Christina Geiselhart
Paganini – Der Teufelsgeiger

PAGANINI

DER TEUFELSGEIGER

Musik, Mythen und ein Mordverdacht

Ein biografischer Roman von Christina Geiselhart

EDITION KOCH

Impressum

Die Autorin: Christina Geiselhart
Deutsche Erstausgabe 2013

Druck: FINIDR s.r.o.
Coverdesign und Buchsatz: © Thomas Auer, www.buchsatz.com
Coverabbildung: © Hetty Krist
Korrektorat: Dr. Matthias Auer, Bodman-Ludwigshafen

Edition KOCH, ein Imprint der KOCH International GmbH, A-6604 Höfen
www.editionkoch.com

ISBN 978-3-7081-0521-5
Auch als E-Book erhältlich mit der ISBN 978-3-7081-0522-2

Printed in the Czech Republic

VORWORT

Niccolò Paganini, wilder Bursche. Wir wären Freunde gewesen und hätten gemeinsam ’ne grandiose Show hingelegt. Wahrscheinlich war er sogar mal auf dem Kiez und trank sein Bierchen in der Ritze. Christina Geiselhart hat jahrelang in halb Europa recherchiert und ein spannendes Buch über sein verrücktes Leben und seine wilden Konzerttouren geschrieben. Schaut alle rein! Es lohnt sich echt!

– Udo Lindenberg

… für den Geigenspieler muss das Geigenspielen so natürlich sein, wie es für den Vogel das Fliegen ist. Haben Sie jemals einen Vogel gesehen, der sich beim Erwachen des Morgens sagte: Oh, heute bin ich müde, also werde ich nicht fliegen …

Yehudi Menuhin

TEIL 1

1
Genua 1786

„Antonio, fermati … aspetta … halt an, Antonio!“

Antonio war dabei, die schief gepflasterte Via Lorenzo hinauf nach Hause zu eilen. Unwillig drehte er sich um.

„Was ist los, Giorgio?“

„Hier ist ein Freund, der mit dir sprechen möchte!“

Antonio blieb stehen, blickte den Kommenden mit verzerrtem Gesicht entgegen, die Augenbrauen zusammengezogen. Er wirkte gereizt. Giorgio Servetto runzelte die Stirn.

„Was ist in dich gefahren, Antonio? Ich dachte, für Geschäfte bist du immer zu haben.“

„Nicht heute!“, brummte der Angeredete. Er drückte seine Mütze tiefer in die Stirn und sagte mit leise bebender Stimme. „Niccolò ist tot! Ich muss rasch nach Hause.“

„Niccolò? Wie seltsam!“ Giorgio kratzte sich verlegen im Nacken, lüftete die Mütze und fuhr mit drei Fingern durch den dunklen Lockenschopf. „Vor einigen Tagen war er noch putzmunter. Du hast mir erzählt, dass er für einen Vierjährigen erstaunlich geschickt an den Zupfinstrumenten rumfummle, die du vom Hafen bringst. Dabei sehe er so richtig glücklich aus, hast du gesagt!“

„Hm!“, machte Antonio düster und wandte sich mit einem knappen Gruß ab. Giorgio zuckte mit den Achseln. Warum stellt er sich so an, fragte er sich. Jeden Tag sterben Kinder. Im armen Genua krepieren sie wie Fische im Netz. Ich muss ihn ablenken, dachte er, nahm zwei Stufen auf einmal und holte den Freund ein. Überschwänglich rief er:

„Antonio, quanto sei stupido! Die Sache könnte dir Geld bringen. Und Geld magst du doch, Antonio.“

„Ich hab jetzt keine Zeit, Geld zu machen, ich muss an die Beerdigung denken.“

„Das ist ein wichtiger Punkt. Dein geliebter Niccolò soll doch um Santa Maria Willen nicht in den Gruben bestattet werden. Er soll ein echtes Grab haben, eines in geweihter Erde. Ohne einen Batzen Soldi geht das nicht!"

„Gemeiner Hund!", zischte Antonio und eilte mit großen Sprüngen weiter, an der Kathedrale San Lorenzo vorbei. Geschwind bog er in eine dunkle Gasse und verschwand zwischen den Häusern des Viertels San Andrea. Giorgio Servetto wandte sich zu seinem Begleiter um.

„Tja, vielleicht sollten wir ein paar Tage warten. Sagen Sie es Ihrem Auftraggeber. Wie war doch eben sein Name?"

„Signor Buonarotti." Der Fremde zog seine zerzausten Brauen hoch und zischte: „Wir wollen nicht warten."

„Hm!", brummte nun Giorgio, legte die Stirn in Falten und riss ganz plötzlich weit die Augen auf, als sei ihm ein Licht aufgegangen. „Ja, Sie haben recht. Wieso eigentlich warten? Bringen Sie die Kisten einfach zu mir. Wir verladen sie dann in der Nacht wie üblich aufs Schiff."

Der Mann sah Giorgio schräg von der Seite aus verengten Augen an.

„Wir vermeiden Zwischenstationen. Zu viele Eingeweihte, mi capisce? Ich werde einen anderen finden. Erklären Sie das Ihrem Freund." Er wandte sich zum Gehen. Giorgio behagte das nicht und er hielt ihn zurück. Er wollte sich um jeden Preis an der Sache beteiligen, wenn auch nicht viel Geld dabei heraussprang. Zwar hatte er noch nie etwas von diesem Buonarotti gehört, aber er wusste, um was es ging, denn er war ja nicht blöd und er war Student. Gescheiterter Musikstudent. Es ging um die Befreiung Italiens. Um die Bildung eines einheitlichen Staates, regiert von den eigenen Leuten. Fort mit den fremden Herrschern, die schon seit Jahrhunderten für ihre Interessen den italienischen Boden zu ihrem Schlachtfeld machten. Spanier, Engländer, Österreicher, alle wollen sich das Land unter den Nagel reißen. Sie alle sollten verschwinden! Dazu rief dieser Buonarotti auf und Giorgio gab ihm recht. Nur Antonio dachte anders. Er fürchtete das Chaos, er traute der einheimischen Aristokratie und dem gehobenen Bürgertum weniger als den Fremden. Antonio nannte die österreichische Regierung weise und erleuchtet. So ein Unsinn, rebellierte es in Giorgio! Antonio ist eben kein Student und versteht die Zusammenhänge nicht. Er denkt wie der einfache Mann und gibt sich zufrieden, weil wir hier in Genua besser dran sind als unsere Brüder in Rom unter dem machtgierigen Papsttum. Dort vegetiert das Volk noch unter mittelalterlichen Zuständen dahin und wird von einer verrotteten Priesterschaft verhetzt, sich ja nicht aufzulehnen, sonst sei das Paradies verloren. Vor einigen Jahrhunderten – das war Giorgio bekannt, denn er besaß in der Tat ein wenig Bildung – hatte die römische Bevölkerung noch manchen Papst auf die Engelsburg oder die abgelegenen Bergschlösser gejagt. Heute traute sich keiner mehr die weihnachtlich geschmückten Gottesvertreter zu verscheuchen. Wollten Italien und die italienische Seele nicht untergehen, musste das Volk aufgerüttelt werden. Buonarotti suchte Anhänger, die der Auferstehung Italiens zum Sieg verhelfen sollten. Italien musste erst geboren werden. Dafür wollte sich auch Giorgio rüsten. Kein Kampf ohne Waffen. Vermutlich verbargen die Kisten, die nach Neapel und Palermo verschifft werden sollten, genau das. Sie waren über den Landweg ohne peinlichen Aufenthalt aus Frankreich gekommen und hatten selbst die üblen Straßen und tückischen Wälder von Marseille bis Genua unbeschadet überstanden. Nun aber lauerten überall Kontrollen. Zu viele Staaten, zu viele Grenzübergänge, zu viele verschlagene Wachposten, deshalb schien der Seeweg am sichersten. Giorgio wunderte sich allerdings, warum die Kisten nicht schon in Marseille verschifft worden waren. Argwöhnisch musterte er den Fremden, der noch immer dastand, zögernd, die Mütze tief in der Stirn, so dass die Augen im Schatten lagen.

„Es wird nicht mehr Eingeweihte geben als es ohnehin schon gibt. Und mein Freund wird mitmachen, sobald er den Schmerz über den Verlust seines Jungen überstanden hat. Fidati di me!“

Antonio Paganini war ein echter Genueser und liebte Geld, das wusste Giorgio mit Sicherheit. Jetzt brauchte er es besonders, da wieder eine Beerdigung bevorstand. Er hielt dem Fremden die Hand hin und sagte:

„Morgen Nacht zur verabredeten Stelle am Hafen! Promesso!"

„Ich verlasse mich darauf!" Der Fremde drehte sich ohne einen weiteren Gruß um und ging auf den schiefen Pflastersteinen der Via Lorenzo hinunter Richtung Hafen.

Nachdenklich sah Antonio aus dem Fenster. Das gegenüberliegende schlammfarbene Gebäude lag so nah, dass er es mit der Hand hätte berühren können, wäre das Fenster offen gewesen. Aber es war Februar, die Scheibe beschlagen und seine Laune auf dem Tiefpunkt. „Es heißt, Großherzog Leopold habe in der Toskana Todesstrafe und Folter abgeschafft und er habe Privateigentum dem Volk zugänglich gemacht, den Bauern vom Großteil seiner Fron befreit, damit er langsamer krepiert …" Er redete nun lauter, um das Gejammer seiner Frau zu übertönen. „Ja, ja, ich bin für Veränderung. Das ist doch klar, aber sie soll friedlich vor sich gehen, in aller Ruhe. Ich will keine Schwierigkeiten, keine Gefahr für meine Familie heraufbeschwören!"

„Antonio, wovon redest du? Was interessiert dich die Politik? Was interessiert das Schicksal Genuas? Das Kind ist tot …"

„Genua ist eine Republik und war immer schon besser dran als die anderen Staaten. Die reichen Grimaldis, Dorias, Balbis haben dazu beigetragen und uns dabei ausgenommen. So ist das eben! Wollen wir uns beklagen? So schlecht wie in Süditalien geht es uns lange nicht." Antonios Worte klangen hohl. Es fehlte der Herzschlag, denn er hasste es, in der armseligen Gasse zu hausen, in einem feuchtklammen Wohnkasten zu nisten, Missgeburt italienischer Architektur, durch die übelste Gerüche strömten. Für ihn würden Genuas wunderschöne Winkel, die herrlichen Hänge und malerische Viertel auf immer verschlossen bleiben. Dort wohnten die Dorias, Grimaldis und ihresgleichen. Er gehörte nicht dazu und konnte sich wenig Hoffnung machen, jemals dazu zu gehören.

„Antonio! Marito! Was gehen sie uns an? Das Kind ist tot ...", wiederholte Teresa tonlos und endlich kehrte Antonio seiner Frau das Gesicht zu. Sie war eine gute Frau, gute Katholikin, gute Italienerin, von kleiner Gestalt, die durch das schwere Haupthaar noch gedrängter wirkte. Sie hatte schwarze Augen, eine spitze, sehr lange Nase und das Kinn einer Eule. Vielleicht liebte er sie, vielleicht auch nicht. Jedenfalls sorgte er für sie und die Kinder.

Teresa schluchzte. Allmählich löste sie den traurigen Blick vom reglosen Körper ihres Sohnes und sah zu ihrem Mann. Sie verabscheute seine dummen Reden, wollte er damit doch nur von seinem Schmerz ablenken, denn auch er litt, wenn er es auch nicht zeigte, der strenge Mensch mit den finsteren Augen, die im Widerschein des milchigen Tageslichtes weiß funkelten. Sie starrte an ihm vorbei auf die schmutzige Fensterscheibe. Dort meinte sie, ein Blatt zu erkennen, das langsam in Stufen durch die Luft zur Erde sank. Sonderbar, dachte sie. Da schwebt vom nasskalten Februarhimmel ein Olivenblatt. Es schwebt in diese schmale Gasse, in der kein einziger Baum wächst, fliegt vor das Fenster des schäbigsten Hauses. Nichts blühte in diesem finsteren Viertel, nur Unkraut drängte sich durch die Ritzen der Steinquader und Mauerrisse. Wenn hier ein Lebenslicht erlosch, wunderte sich niemand.

Ihr Mann, Francesco Antonio Paganini, kam auf sie zu. Er hatte einen kantigen Kopf, dichtes struppiges Haar und die schmalen Lippen eines verbitterten Menschen. Und er stank nach Knoblauch. Als Teresa ihn 1777 in einer der schönsten Kirchen Genuas, der Chiesa delle Grazie, geheiratet hatte, war er dreiundzwanzig und seine Lippen hatten die Form eines Kusses. Teresa konnte nicht lesen, aber sie erkannte Zahlen. Dreimal die sieben war ein gutes Zeichen und darum hatte Teresa befunden, dass sich unter der harten Schale ihres finsteren Mannes ein guter Kern verstecken musste.

„Wieder ein totes Kind!“, murmelte er, während er zum Bett schritt. Er schob das Leintuch über das Gesicht des Vierjährigen und bekreuzigte sich. Teresa schluchzte auf.

„Angela ist kaum begraben und schon müssen wir den Jungen hergeben. Heilige Mutter Gottes, Santa Maria, was habe ich getan?“ Teresas Gesichtsfarbe war nun bräunlich blass und krank, ihre lebhaften schwarzen Augen wirkten stumpf, ihr Atem ging flach.

„Nichts Schlechtes hast du getan, Weib! Nur warst du so dumm, an den Humbug deines Heilands zu glauben. Hat er dir nicht im Traum prophezeit, unser Sohn würde ein großer Geiger werden? Wie du siehst, wird unser Sohn nicht einmal groß.“

„Antonio! …“, wimmerte sie und warf die Arme in die Luft. „Antonio! Nicht schreien … bitte nicht schreien …!“

„In unserer Stadt sterben die Kinder wie Fliegen, während sich die Spinolas und Dorias bester Gesundheit erfreuen. Überall lauert diese verdammte Krankheit, vor der wir unsere Türen nicht verschließen können, weil wir nicht die passenden Pforten haben wie die Reichen. Aber Dreck ist genug da, den Tod anzulocken. Weiß der Teufel, wie diese Krankheit heißt. Tückisch, tückisch, denn wer achtet auf Flecken im Mund und hinter den Ohren. Wir haben alle Flecken. Überall haben wir Flecken. Schau dich an, Weib. Siehst ganz scheckig aus.“

Resigniert ließ die Frau ihre Arme sinken. Obwohl noch jung, wirkte sie erschöpft. In ihrem Haar schimmerten Silberfäden, es hatte seine Spannkraft verloren und das Strahlen ihrer Augen war erloschen. Hilflos sah sie zu ihrem Mann. Dieser drehte sich wieder zum Fenster. Er öffnete die Scheibe und blickte suchend hinunter.

„Der Dottore wollte noch einmal kommen. Ich sehe ihn nicht, und es ist ja auch egal. Was wir brauchen ist ein Priester.“

„Antonio!“, jammerte die Frau von neuem. „Du sprichst vom Teufel und von Flecken und ob der Dottore kommt ist dir egal. Antonio, du bist kein guter Mensch.“

Teresas Blick wanderte an den schimmeligen Wänden hinauf, über die armseligen Möbel zu dem rostigen Bettgestell, auf dem ihr Sohn lag und sich nicht mehr rührte. Zitternd trat sie näher. Nachdem sie den verhüllten Körper eine Weile angestarrt hatte, zog sie vorsichtig das Tuch vom Gesicht. Beim Anblick der reglosen feinen Züge zuckte sie zurück, fiel vor dem Jungen auf die Knie, faltete die Hände und betete mit monotoner, kraftloser Stimme mehrere Rosenkränze. Ihr Gemurmel und ihr Schluchzen gesellten sich zum Klang der eiligen Schritte des Dottore, die in der gepflasterten Gasse wie Pferdegetrappel hallten. Antonio rief ihm vom Fenster aus zu.

„Parieren Sie zum gemächlichen Schritt durch, Dottore! Es ist nicht mehr viel zu reparieren."

„Mi scusi?" Sein bleiches Gesicht blickte auf, dann verschwand er im Hauseingang. Antonios Rat hatte er nicht befolgt, denn er sprang regelrecht die Stufen zum oberen Geschoss hinauf.

„Verzeihen Sie die Verspätung, aber meine Kutsche ist in der Gasse stecken geblieben und ich musste durchs Dach hinausklettern wie eine Katze!", röchelte er, wobei er den Hut abnahm.

„Madre mia, Dottore! Wer brachte Sie auf die einfältige Idee, eine Kutsche durch die Passo del Gatto zu quetschen? In Genua gibt es nur zwei Straßen, die breit genug für Kutschen sind. Hier kommen gerade mal eine Katze durch oder ein Rudel Ratten, guter Signore."

Verlegen drehte Dottore Gambaro den Hut in seiner Hand und antwortete schief lächelnd:

„Ich wollte einfach ein Exempel statuieren. Man muss der äußeren Macht mit innerer Stärke trotzen. Die Kraft der Gedanken kann Wände durchbrechen, nicht wahr?" Er atmete vorsorglich durch den Mund, denn der Gestank war unerträglich. Antonio quittierte seine absonderliche Rede mit einem verächtlichen Zucken seines Mundes und wies auf den verhüllten Körper des Jungen. Erstaunt trat Gambaro ans Bett des Vierjährigen. Damit, dass er schon tot sein könnte, hatte er wahrhaftig nicht gerechnet. Wohl war ihm beim letzten Besuch neben der Masernerkrankung eine Entzündung des Rückenmarkes aufgefallen weshalb er entzündungshemmende Pflanzenextrakte verschrieben hatte. Heute hatte er eine kleine Dosis

Chinin mitgebracht, um dem Masernvirus den Garaus zu machen. Teresa machte dem Arzt Platz, der sie voller Mitleid musterte. Vor knapp einem Jahr war die einjährige Biagio gestorben, und erst vor zwei Wochen musste sie Angelina, Niccolòs jüngere Schwester, begraben. Der zweijährige schmächtige Körper hatte den Kampf gegen Masern, Dreck und Feuchtigkeit verloren. Niccolò hingegen war älter und schien, trotz seiner schmächtigen Statur, sehr zäh zu sein. Teresa hatte hektisch das Leintuch hochgezogen, aber nur die untere Gesichtshälfte bedeckt. Niccolòs Gesicht sah tatsächlich wächsern aus wie das eines Toten.

„Schlimmer als es ist, kann es nicht werden!", flüsterte der Vater trocken. Der Dottore schüttelte den Kopf. Dann beugte er sich hinab, drückte sein Ohr auf die Brust des Jungen und runzelte die Stirn. Er befühlte die Pulsadern und wackelte mit dem Kopf, kramte einen Spiegel hervor und hielt ihn dicht an die Nase des Kindes. Im Raum war es atemlos still. Teresa zitterte am ganzen Leib, während ihre Lippen unablässig das Ave Maria murmelten. Der Vater stand stocksteif, wobei sein glühender Blick jede Bewegung des Arztes verfolgte. Als dieser den Spiegel betrachtete, konnte er einen schwachen Ring Feuchtigkeit entdecken. Er kniff die Augen zusammen und hielt den Spiegel nochmals hin. Nachdem er einen zweiten schwachen Ring wahrgenommen hatte, knöpfte er Niccolòs Hemd auf, legte sein Arztohr erneut auf die Brust des Jungen und hielt den Atem an. Eine Minute verstrich, bevor er sich aufrichtete und den Eltern einen vorwurfsvollen Blick entgegenschleuderte.

„Sie wollten also das Kind lebend begraben? Was für eine Sünde!"

Teresa brach in lautes Schluchzen aus, sank erneut in die Knie, hob die gefalteten Hände. Der Vater sprang auf den Dottore zu und hätte ihn am Kragen gepackt wäre, der Mediziner nicht geschickt ausgewichen.

„Nehmen Sie sich zusammen, Signor Paganini! Sein kleines Herz ist schwach, aber nicht tot. Die Atmung flach, aber nicht still. Er ist in ein leichtes Koma gefallen, der geschwächte Junge." Furchtlos ging der Arzt nun auf Herrn Paganini zu. Streng bannte er ihn mit seinem unerbittlichen Blick. „Helfen Sie ihm, wieder auf die Beine zukommen, statt ihn bei der ersten Reglosigkeit einsargen zu wollen. Geben Sie ihm sorgfältig alle Medikamente, die ich ihm verordne, und lassen Sie ihn keinesfalls aus dem Bett. Er braucht Wärme, Medizin und Ruhe, verstanden?" Nebenbei dachte er: Und mehr Hygiene würde ihm nicht schaden. Aber das war ein frommer Wunsch. In ganz Genua hatte er keine saubere Bleibe gesehen. Wo er auch hinkam, versanken die Wohnungen in schmierigem Dreck, stank es in den Treppenhäusern nach Urin, Kot, in den Küchen nach ranzigem Fett, in den Schlafkammern nach Sperma und Erbrochenem. Auf den Holzböden rutschte man aus, weil ihn jeder Mann mit seinem oralen Auswurf besudelte. Allein auf den Anhöhen der anmutigen Genueser Bucht oder entlang der Nuova Strada thronten wunderschöne, von zahlreichen Domestiken in Schuss gehaltene Villen. Gambaro blickte Antonio lange an. Dieser nickte beherrscht, Teresa schluchzte und lachte in einem.

„Maria benedetta! Wir brauchen keine Beerdigung zu bezahlen. Angela wurde außerhalb der Stadtmauer in einer Gemeinschaftsgrube in Meeresnähe bestattet. Bei dem Mädchen war es nicht so schlimm, aber für Niccolò hätte ich ein Grab und einen Sarg bezahlen müssen. Ich habe doch nur zwei Söhne und auf ihn setzte ich meine elenden Hoffnungen."

„Reden Sie nicht so gottlos! Trinken Sie einen Vino rosso und kommen Sie am Samstag zu unserer Versammlung an der Piazza Maddalena Nr. 3. Dort wird über die Zukunft unserer Halbinsel nachgedacht. Endlich, möchte ich sagen. Die Zeit ist reif! Sie wissen sicherlich, was im Königreich Sizilien los ist. Vizekönig Caracciolo will dem Ancien Régime endlich ein Ende bereiten. Als ehemaliger Botschafter in Paris hat er einiges aufgeschnappt. Dort brodelt es gewaltig, Signor Paganini! Ich sag Ihnen, wir werden in ganz Italien die Auswirkungen spüren: Sehr viel weniger Macht der Kirche, gerechte Aufteilung der Steuerbelastung, was unseren feinen Herren und Gottesdienern nicht passen wird. Il vento cambia!"

„Aber Dottore, wissen Sie es nicht? Caracciolos Amtszeit wird ein Riegel vorgeschoben! Sein eiliges Reformkonzept geht der Noblesse gegen den Strich. Überhaupt brauchen Reformen Zeit. Das Volk versteht sonst nicht, was los ist, und die Aristokraten regieren fürchterlich brutal, wenn sie ihr schönes Leben gefährdet sehen. Überhaupt: Was geht uns Sizilien an. Wir leben in der Republik Genua. Unser Volk ist schläfrig und will seine Ruhe haben!"

„Signor Paganini, Ihre Skepsis gefällt mir gar nicht. Gehen Sie forscher an die Dinge heran. Wie ich, amico! Nehmen wir noch einmal mein statuiertes Exempel von vorhin: Warum sollte ich nicht eine Kutsche durch die enge Passo del Gatto quetschen? Warum sollte sich Italien nicht aus seinem Nest von Nattern triumphierend herauswinden können? Die Lombardei, die Toskana und wie gesagt Sizilien haben Reformen erfahren, auch wir Genueser werden es schaffen. Es ist unsere Pflicht, dieses Land aus dem Sumpf zu ziehen."

„Sumpf? Erlauben Sie, dass ich lache! Ihr Mediziner denkt gleich an die schlimmsten Krankheiten. Wenn einer hustet, vermutet ihr Schwindsucht. Chiaro, auch ich ärgere mich über unser erstarrtes System und die Privilegien der Noblen. Aber im Großen und Ganzen haben wir in Genua wenig Grund zur Klage."

„Santa Maria, sind Sie kurzsichtig, Signor Paganini! Italiens Situation ist fatal. Sie ist der französischen nicht unähnlich in ihrer Bedrängnis, wenn auch die italienische Bedrängnis eine ganz andere ist! Heute drängen sich auf engem Raum absolutistisch-feudale Mittel- und Kleinstaaten, habsburgerische und bourbonische Dynastie, der Kirchenstaat Rom und …"

„Genua und Venedig sind Republiken …"

„Aber was für welche, Signor Paganini! Genua zumindest ist ein verstaubtes Regime nach aristokratischem Muster. Dagegen müssen wir angehen. Kompetente Leute müssen die Geschicke unseres Landes in die Hand nehmen, müssen die Wiege betten, in der ein junges Italien heranreift. Beteiligen Sie sich am Samstagabend an unserer Versammlung. Dort wird Ihnen ein Licht aufgehen. Das Licht der

Revolution. Es scheint in die hintersten Ecken. Unsere Wirtschaft ist rückständig, die Bevölkerung wächst, obwohl viele nichts zu beißen haben, das kulturelle Leben stagniert. Die Pyramide wird nach unten immer breiter und ihre Spitze dünner. Und mit welcher Art von Arbeit halten sich die meisten Leute über Wasser? Na? Mit Bettelei, Betrug, Fälschung, Schmuggel …"

„Ich bin nicht ganz Ihrer Meinung." Antonios brennender Blick schnitt dem Arzt das Wort ab. Entschuldigend lächelnd nahm dieser seinen Hut. Er drehte ihn verlegen in der Hand und suchte nach ein paar versöhnenden Schlussworten:

„Jedenfalls wissen auch Sie, dass es nicht so weitergehen kann, denn Sie sind ein kluger Mann. Es muss Ihnen, wie jedem vollblütigen Italiener, eine Herzensangelegenheit sein, Italien zur Geburt zu verhelfen. Italia, Italia, mio amore!", schrie er und stieß die Faust in die Luft. „Fort mit den Besatzern …!"

Antonio unterbrach ihn verärgert:

„Was Sie sagen, hört sich nach Kampf an, und ich mag das nicht. Ich will keine Unruhe im Land."

„Santo padre, Signor Paganini. Sie sind eine harte Nuss. Ich lade Sie doch nicht zu einer Versammlung streitsüchtiger Buben ein. Die meisten sind studierte Leute wie ich. Unser Vorsitzender hat Literatur und Jura studiert. Kommt aus Pisa wie Michelangelo und ist ein feuriger Bewunderer Rousseaus, des Freidenkers. Sie wissen doch, Signor Paganini, die Aufklärung, les années des lumières." Er sprach den französischen Satz mit stark italienischem Akzent aus. Antonia blickte ihn finster an, doch nichts in seinem Ausdruck deutete darauf hin, ob er irgendetwas verstanden hatte. „Lumières", murmelte er nach. Gambaro griff das Wort nochmals auf und fügte an:

„Esattamente, Antonio Paganini! Sie haben's begriffen. Ans Licht, an die Sonne, heraus aus den Kellern der Unwissenheit und Unterdrückung!"

„Hm", brummte Antonio. „Mache ich mich dabei nicht strafbar? "

„Ach, was! Im Gegenteil. Es ist die Pflicht des gebildeten Italieners zu reagieren. Und zwar jetzt, wo sich die Flamme der Freiheit auch in anderen Ländern entzündet. Kommen Sie! Ja, kommen Sie gleich heute Abend. Avanti popolo! Filippo Buonarotti ist heute Abend persönlich anwesend, während er bei der nächsten Sitzung vertreten wird." Dottore Gambaro setzte seinen Hut wieder auf, verneigte sich vor Signora Paganini, wies mit strengem Blick auf die Medikamente und strebte hinaus.

Sekundenlang betrachtete Antonio seinen reglosen Sohn. Dann schloss er die Augen, setzte sich auf die Bettkante, strich über die verhüllten Beine des Jungen und grübelte. Es passte ihm nicht, dass der Dottore die Schmuggelei erwähnt hatte, weshalb er auch geneigt war, an dessen Diagnosen und Prognosen grundsätzlich zu zweifeln. Ob politisch oder medizinisch. Konzentriert hefteten sich seine Augen auf das Kind. Starr wie ein Toter lag es unter dem fleckigen Laken. Lebte er tatsächlich? Hatte sich der Dottore nicht getäuscht? Nichts hatte sich verändert. Und Teresas gerunzelte Stirn bestätigte ihn in seiner Vermutung, dass der Tod hämisch grinsend am Fußende des Bettes saß und auf seinen Einsatz wartete.

𝄽

Ich kann euch nicht sehen, doch ich kann euch fühlen. Mamas weiche Hand, die mein störrisches Haar aus dem Gesicht streicht. Ihre Finger sind zart, aber zittern, weil sie die Temperatur meiner Haut fürchtet. Ist sie vielleicht kalt wie der Tod? Sie tastet über meine Nase, meinen Mund, meine Stirn und dort spüre ich nun ihre kühlen Lippen.

Ich kann euch auch hören. Es ist schon sonderbar, aber meine Ohren nehmen das leiseste Geräusch auf, in den feinsten Tönen. Ich höre Stimmen, die zu Melodien werden. Sie schwingen hoch hinauf, brechen sich und fallen, fallen wie Blätter … setzen sich sanft auf meinem Bett nieder, wanken auf dem grauen Laken. Schwarze und weiße Fragmente der Melodien. Könnt ihr nicht sehen, wie sie einander suchen? Könnt ihr nicht sehen, wie sie sich finden auf einer schlangenförmigen Linie, die nach unten, dann nach oben schwingt? Viele winzige schwarze Köpfchen schmiegen sich aneinander, halten sich gegenseitig an ihren dünnen schwarzen Ärmchen fest, lassen sich los, machen da und dort einem hellen, ruhigen Köpfchen Platz, um sogleich in die Höhe zu springen, wo sie wild durcheinander wirbeln, bis sie in Reih und Glied stehen und mich mit ihren schwarzen Augen ansehen. Jetzt singen sie. Hört ihr sie nicht?

Das alles geht nicht mit rechten Dingen zu, dachte Teresa, doch ich will nicht undankbar sein. Santa Maria hat den Dottore durchs Dach der Kutsche klettern lassen, um uns zu sagen, dass Niccolò leben wird.

Akribisch befolgte sie nun seine Verordnungen. Sie massierte den Brustkorb des Jungen, seine Beine, bettete ihn weich, betupfte seine Stirn mit belebendem Öl und ganz allmählich spürte sie, wie sich das junge Leben unter ihren Händen wieder regte. Ihr olivenfarbenes Gesicht hellte sich auf, in den stumpfen Augen erwachte der alte Glanz. Antonio hielt sich in einiger Entfernung auf und beobachtete die Szene. Dann glitt sein Blick über die Wände des Zimmers, über die grauen Flecken, schwarzen Löcher, die dünnen langgezogenen Risse. Schimmel wuchs unter den Deckenbalken. Fedrige Fäulnis bildete sich in den Wohnzimmerecken. Es stank nach Abfall, Urin, nach ungewaschenen Menschen, nach altem Knoblauch und verfaulten Zwiebeln. Augenblicklich mischte sich der Geruch von würzigem Öl und Kräutermedizin darunter. Er hasste diese erniedrigende Behausung. Er träumte den vergeblichen Traum von einem Häuschen in einem der Flusstäler Polcevera und Bizagno. Ein heftiger Ruck durchzuckte ihn, ließ ihn hochfahren. Er ging über die Schwelle und schlug laut die Tür hinter sich zu.

2

Der Vorsitzende erweckte Antonios Vertrauen. Seine Ideen begeisterten, seine Sprache war besonnen und seine Denkweise eher traditionsgebunden als revolutionär. Er sprach von ganz konkreten Problemen. Ständig steigenden Brückengeldern, Zöllen, Privilegien der Clans, von der Vielfalt der Währungen. Solange wir alles widerstandslos hinnehmen, kann nichts anders werden, sagte er und griff weit zurück in Italiens Geschichte. Antonio, der trotz bescheidener Herkunft ein wenig Bildung besaß, hatte den Eindruck, zum ersten Mal tiefgreifende Dinge über sein Land zu erfahren, über seine Menschen, über seine Leiden.

„In den kleinen Dingen offenbart sich das Unheil des ganzen Landes. Um sie müssen wir uns kümmern, die kleinen Wunden müssen wir heilen, um ein gesundes Ganzes zu schaffen. Nicht zupflastern, nicht übertünchen. Nein! Den Bazillus ausmerzen und etwas Neues gestalten. Unser Konzept ist ein unabhängiges, von fremder Herrschaft befreites Italien, wir streben eine politische und wirtschaftliche Einheit aller fortschrittlichen Staaten unserer Halbinsel an. Dieses Ziel soll uns leiten und in den kleinen Dingen unser Richtmaß sein. Schritt für Schritt voran und keinen einzigen Schritt zurück. Es ist an uns, die wir gebildet sind, dieses Ziel, diese Botschaft, unters Volk zu tragen, das kaum lesen und nicht schreiben kann." Ernst blickte der Redner in die Gesichter der Zuhörer. Der stattliche Mann mit der hohen Stirn, den strengen Augen und dem energischen Mund sprach aus, was Antonio dachte. Dieser Mann hatte eine sorgsame, friedvolle Veränderung im Auge. So jedenfalls fasste Antonio seine Sätze auf und voller Bewunderung blickte er hinauf zu dem stattlichen Herrn, dessen dichtes schwarzes Haar den Denkerschädel noch ganz bedeckte. Zwar war sein Kopf quadratisch und saß auf einem kurzen Hals, der durch die modische Halsbinde noch kürzer wirkte, aber daran störte sich Antonio nicht. Es gab wenige harmonisch aussehende Menschen. Sehr wenige. Man konnte sie an fünf Fingern abzählen.

„Niccolò lebt!", brüllte er am frühen Morgen des nächsten Tages seinem Freund entgegen. Hier am Hafen entfaltete die Sonne ihre ganze Kraft und durchströmte die kalten Monate mit ihrer Wärme. Sie spiegelte sich im glitzernden Meer, in den feuchten Dohlen der Landungsstege, im schmutzigen Weiß der niedrigen Gebäude. Antonio sprang über ein Fass und landete direkt vor Giorgios Nase. Beinahe hätte er ihn umgeworfen. Er war bester Laune, was man von Giorgio hingegen nicht behaupten konnte.

„Che merda!", entfuhr es ihm gegen seinen Willen.

„Was soll das heißen? Wolltest du etwa Niccolòs Tod? Ich dachte immer, du magst ihn, du falscher Hund." Zornig funkelten seine dunklen Augen.

„Es tut mir leid, Antonio. Natürlich mag ich ihn und er mag die Musik wie ich. Und niemals will oder wollte ich seinen Tod. Ich hab nur so reagiert, weil ich dem Kerl die Kistenverschiffung schon zugesagt habe, denn ich dachte, du brauchst Geld für die Beerdigung."

Antonio stürzte sich auf Giorgio, packte die öligen Zipfel seines Hemdkragens, schrie:

„Du miese Ratte! Du geldgieriger Genueser! In Wahrheit wäre dir Niccolòs Tod sehr gelegen gekommen. Aber ich sag dir: So oder so gebe ich mich für keine krummen Sachen her."

„Sie ist sicherlich nicht krummer als dein geheimer Musikhandel. Was du aus Cremona mitbringst und hier nachts zollfrei verschiffst, ist kein Käse, mein Alter! Ich weiß, was für herrliche Instrumente übers Wasser gehen und welche Summen in deinen Geldbeutel. Warum solltest du Buonarotti und Italien nicht auch mal einen Gefallen tun?"

„Buonarotti?" Jählings ließ Antonio den Kameraden los und riss erstaunt die Augen auf.

„Kennst du ihn etwa?“

„Irgendwie schon. Ich hab ihn auf der Versammlung gesehen.“

„Was für eine Versammlung?“

Und Antonio erzählte seinem Freund von Buonarotti. Aber es irritierte ihn, den korrekten Mann mit verbotenen Geschäften in Verbindung zu bringen.

„Ascolta, amico! Manch hehres Ziel erreicht man nur auf Schleichwegen.“

„Und die Schleichwege sind oft mit Leichen gepflastert. Solche Schweinereien kommen im Musikhandel nicht vor, ob geheim oder offiziell.“ Jetzt grinste Antonio, was seinem von Natur aus finsteren Gesicht etwas Fratzenhaftes gab. Freundliche Regungen waren ihm fremd. Die beiden Männer wurden sich einig und in der kommenden Nacht beluden Antonio, Giorgio sowie ein taubstummer Hafenarbeiter einen Dampfer nach Neapel. Der Taubstumme erhielt ein paar Scudi Zuschuss, damit er die Kisten begleitete und am Bestimmungshafen an den Verbindungsmann weiterleitete.

Auf dem Nachhauseweg grübelte Antonio darüber, was wohl in den Kisten sein mochte. Seine Ohren dröhnten noch von Giorgios Gefasel, man müsse furchtlose Anhänger für die gute Sache finden, sonst verlaufe sie im Sande. Überall gab es unzufriedene Bauern, auf denen eine hohe Fron lastete, Handwerker und Tagelöhner, die am Hungertuch nagten, Bettler und Diebe, denen die grausamsten Strafen drohten, vor allem in Neapel und Palermo, aber auch in den Kirchenstaaten. Sie müsse man gewinnen und kampffähig machen. Vermutlich verbargen die Kisten den Schlüssel zum Erfolg. Antonio vermutete Waffen und Pamphlete. In ihm regte sich das schlechte Gewissen, etwas Ungesetzliches getan zu haben, darum versuchte er, zu vergessen und wollte auch nicht mehr wissen, was in den Kisten war.

In der heimischen Gasse angekommen, atmete er tief durch, bevor er ins stinkende Treppenhaus trat, übersah die drei fetten Ratten am Eingang und nahm dann zwei Stufen auf einmal. Leise drehte er den

Türknopf der Wohnungstür. Teresa schlief noch und vom Matratzenlager, auf dem sich alle Kinder drängten, nahm er gleichmäßige Atemzüge wahr. Der enge Raum war von seiner Schlafkammer nur durch einen zipfeligen Vorhang getrennt. Er schob ihn zur Seite und suchte mit den Augen Niccolò. Der Junge schlief an der Wandseite, die beiden Schwestern in der Mitte, flankiert von Bruder Carlo. Niccolòs Gesicht war zum Fenster gerichtet und so konnte Antonio ihn nicht betrachten, er hätte sonst über die Kinder steigen müssen. Aber sein Gefühl sagte ihm, dass es dem Jungen wieder besser ging.

3

Genua 1789

Interessiert betrachtete Niccolò die Mandoline, die auf der Kommode ruhte. Sie gefiel ihm besser als die anderen Instrumente, die sein Vater vom Hafen mitbrachte. Im Porto Franco hatte der pfiffige Antonio schon eine Flöte, zwei Gitarren aus Spanien und eine Querflöte erstanden. Neulich war er mit dieser neapolitanischen Mandoline nach Hause gekommen. Sämtliche Instrumente wurden zuerst von ihm auf ihren Zustand überprüft, dann poliert, ausprobiert und schließlich gehortet, bis sich ein Käufer fand, der gut zahlte. In der Zeit fand Niccolò Gelegenheit, die Instrumente in Ruhe zu betrachten, sie auch zu betasten. Sein Vater schimpfte nie, wenn er behutsam über die Flöte oder die Zupfinstrumente strich. Der sonst so strenge Mann blickte aufmunternd. Die Mandoline hatte es Niccolò besonders angetan. Sie lag zum Greifen nah und in ihrem schimmernden Holz meinte er ein Lächeln zu sehen, als bitte sie darum, von ihm berührt zu werden. Er nahm sie vorsichtig in die Hand, schaute sie liebevoll an, blies in ihren Bauch und lauschte. Er zupfte geschickt, als wäre sie ihm schon lange vertraut, und entlockte ihr klare, volle Töne. Antonio kam ins Grübeln. Vielleicht sollte er die Stunden, die er in langweiligen Versammlungen zubrachte, lieber dem kleinen Niccolò widmen. Das Kerlchen hatte ohnehin nicht das Zeug zum kräftigen Gassenbuben.

„Du zupfst ganz ordentlich, mein Sohn", sagte er eines Tages zu ihm. „Willst du dich nicht an einem Lied versuchen, anstatt so kreuz und quer zu zupfen?"

Niccolò probierte eines der italienischen Volkslieder aus, die seine Mutter den Kindern vorsang. Der Vater brummte.

„Das scheint noch nicht hinzuhauen. Ich will dir beibringen, die Töne zu finden!"

Und so ging für Niccolò die spielerische Zweisamkeit mit der Mandoline zu Ende. Es begannen die ersten ernsten Musikstunden.

Drei Jahre waren seit Niccolòs schwerer Krankheit vergangen. In dieser Zeit hatte Antonio mehrmals geholfen, Holzkisten nach Palermo und Neapel zu verschiffen, und die Versammlungen besucht. Sein Freund Giorgio war ein begeisterter Anhänger Buonarottis geworden. Hatten ihn seine Ideen anfangs fasziniert, so verteidigte er sie mittlerweile sogar fanatisch, indessen Antonio die Sache mit steigerndem Argwohn verfolgte. Inzwischen wusste er nämlich, dass die geheimnisvollen Kisten aufwieglerische Schriften enthielten, die das geknechtete Volk Süditaliens aufklären und auf den Kampf vorbereiten sollten. Buonarotti wurde seit einiger Zeit von der toskanischen Polizei überwacht, weil er in seiner jüngst gegründeten Zeitschrift gegen Großherzog Leopold polemisierte. Darin schimpfte er ihn einen Lügner und Heuchler, der mit vagen Reformen sein Volk an der Nase herumführe. Antonio schwoll der Kamm und er machte sich rar bei den Versammlungen. Er nahm es Buonarotti übel, dem reformbereiten Großherzog in den Rücken zu fallen. Er nahm es ihm übel, nach dem blutrünstigen Frankreich zu schielen. Was ging in seinem Denkerschädel vor? War er gespalten?

„Sie sind alle gleich. Der Mensch ist Mensch, solange er nicht nach der Macht schielt. Einmal auf dem Thron, benimmt er sich wie der, den er vom Thron stieß. So ist es, mein Niccolò!“

Der Junge hörte mit seinen Übungen auf und sah den Vater ehrfürchtig an. Seine großen dunklen Augen blickten traurig, das Gesicht war trotz seiner olivenfarbenen Tönung bleich, was durch die schwarzen Locken noch verstärkt wurde.

„Ich habe dir nicht erlaubt, die Übungen zu unterlassen!“, herrschte der Vater den Kleinen an, der daraufhin zusammenzuckte. „Mach weiter, immer weiter! Übe, bis sich eine zentimeterdicke Hornschicht auf deinen Fingerkuppen bildet. Du zeigst mir jeden Tag deine Finger und wehe, die Hornhaut bildet sich nicht.“ Er hob die flache Hand gegen ihn. Niccolò duckte sich und zupfte fleißig weiter.

An die Wand des einzigen ordentlichen Zimmers gelehnt, die Hände in den Hosentaschen, beobachtete Vater Paganini den Jungen. Er zupft wie der Teufel, dachte er. Klangvoll, flink, exakt. Maria benedetta, das ist gut so, denn was soll aus dem schmächtigen Kerlchen auch werden, wenn nicht ein Musikus? Lasten kann er nicht schleppen, Kisten nicht verladen, aber Geld muss er verdienen. Am besten so schnell wie möglich, damit noch einiges in meine Tasche wandert.

Niccolò übte täglich viele Stunden, auch an diesem Sonntag, an dem er sich nachts fiebrig gefühlt hatte und nach der Morgentoilette von der Mutter wieder ins Bett zurückgeschickt worden war. Antonio prüfte Zunge und Puls des Jungen, fand nichts Beunruhigendes und jagte ihn aus den Federn.

„Siehst du nicht sein scheckiges Gesicht, Marito? Lass das Kind, es braucht Ruhe!“

„Nichts da! Er hat zu lange herumgelegen. Davon ist er scheckig.“ Sein flammender Blick zuckte von Teresa zu Niccolò. „Du übst, bis ich zurückkomme, hai capito? Jeder Bettler in Italien kann die Mandoline handhaben, aber du sollst sie spielen wie kein anderer. Ich befehle es, und wehe, du spielst stattdessen den Kranken.“

Er schlug die Tür hinter sich zu und beschloss, den Tag zu genießen, fern von Kindern und Ehefrau. Es war Spätsommer 1789, die Sonne stand hoch am Himmel, der Wind lag träge in den Winkeln oder schlummerte auf der schimmernden Decke des Meeres. Bei diesem Wetter strebte Antonio nicht sofort zum Hafen. Gemächlich schlenderte er über die Via Dante, streifte durch die verwinkelten Gassen, in denen Menschen so dicht aufeinander hausten wie Ratten. In fast alle Häuser, so finster und schmierig sie auch aussahen, war eine Marienskulptur gemeißelt. Erhaben, doch blind sah sie auf das Elend zu ihren Füßen herab. Vor der Chiesa Santa Maria Maddalena machte Antonio kurz Halt, lüftete die Mütze und stapfte sogleich weiter durch die Vico della Maddalena, über die Vico del Tempo Buono, von wo aus er die Strada Nuova erreichte. Der Unterschied sprang ihm heute deutlicher als sonst ins Gesicht. Er wollte sich die Laune nicht ganz verderben lassen, weshalb er arrogant durch die Straße der Paläste schritt und vor jeder reichen Pforte ausspuckte. War er auch kein Revolutionär, so wünschte er dem hoffärtigen Gesindel dennoch die Krätze an den Hals. „Pack!“, schimpfte er und stieß mit dem Fuß gegen eine Statue am Eingang eines Palastes. „Ihr seid schlimmer als die Österreicher!“ Ein Wachposten näherte sich drohend. Antonio entwischte durch die Via San Siro. Plötzlich hatte er es eilig, das Viertel der Wohlhabenden zu verlassen. Er überquerte eine Piazza, begrüßte da und dort einen Bekannten, der vor einem heruntergekommenen Hauseingang döste, und gelangte endlich ins Hafengelände. Heute erwartete ihn nicht der Hafenkapitän, bei dem er sich von Dienstag bis Samstag allmorgendlich zum Entladen und Packen der Schiffsladungen melden musste. Offiziell war er ein Ligaballe, ein Packer am Hafen, inoffiziell galt er als Suonatore, als Musikant.

Die Hände in den Hosentaschen peilte er einen Schlupfwinkel des Hafens an. Dort erwartete ihn eine Bande bärtiger Gesellen zum Mora-Spiel. Dieses Glückspiel verlangte nichts weiter als zehn Finger und deren glückliche Anwendung. Man spielte es zu zweit. Einer der beiden Spieler nannte eine Zahl und bezeichnete mit den Fingern, welchen Teil er davon haben wollte. Gleichzeitig musste der andere, ohne die Hand des ersten zu sehen, so viele Finger zeigen, dass die anfangs genannte Zahl voll wurde. Natürlich spielte man nicht umsonst. Antonio war gefürchtet, denn oft gewann er seine kostspieligen Einsätze doppelt und dreifach zurück. Er hatte Glück im Spiel, verstand sich aufs Handeln und er vertraute auf das Talent der Paganinis sowie den guten Riecher des Genuesers. An diesem Sonntagabend kam er sehr spät, aber mit vollen Taschen nach Hause. Er brannte darauf, seinen Erfolg vor der ganzen Familie wie einen Sieg hinauszuposaunen und war gleichzeitig auf die Fortschritte seines Sohnes gespannt.

Doch der Junge lag vermummt im Bett. Über ihn beugte sich Dottore Gambaro, am Fußende stand klagend Teresa, die weinende einjährige Paola auf dem Arm. Ein grässlicher Gestank nach Erbrochenem und Urin schlug dem Hausvater entgegen und er hatte gute Lust, zum Hafen zurückzukehren.

„Scarlatina!", diagnostizierte der Arzt.

„Kenn ich nicht!", antwortete Antonio mürrisch.

„Scarlatina verdankt ihren Namen dem kräftigen roten Hautausschlag, den sie hervorbringt. Das Fieber steigt auf 39 Grad, die Nase läuft und entzündet sich, kleine Punkte sprießen, die dann zu großen Flecken zusammenfließen."

„Flecken! Flecken! Flecken!", spie Antonio aus. „Warum hat der Kerl ständig Flecken? Liegt das an unserer Gegend? Anlage kann es nicht sein. Ich hatte nie Flecken und Teresa bekam sie erst nach dem zweiten Kind."

Gambaro erklärte, dass die Flecken eine harmlose Nebenerscheinung des eigentlichen Übels seien.

„Bedenklicher ist die Rachenschleimhaut. Sie wird stark in Mitleidenschaft gezogen und die katarrhalen Symptome, die das Ausschlagfieber begleiten, wirken sich verheerend auf die Bronchien aus.

„Hören Sie mit Ihrem Latein auf und reden Sie Italienisch!"

„Madre mia!", schimpfte der Dottore. „Der Junge wird vermutlich Zeit seines Lebens schwach auf der Brust sein, weil der Husten, la tossa ripetitiva, seine Lungen angreift und seine ewige Rotznase den Schleimhäuten den Garaus macht. Er braucht Wärme und frische Luft. Hier jedoch, in dieser klammen Bude, die trotz des trockenen Sommers wie ein Kellerloch muffelt und stinkt, wird er nicht genesen." Er fasste sich an die Gurgel, als wolle er ersticken.

„Was soll ich also tun, Sie Besserwisser?"

„Mieten Sie eine Sänfte, packen Sie ihn warm ein und lassen Sie ihn in Genuas schönster Bucht Boccadasse herumtragen."

Antonio starrte sekundenlang betäubt auf Gambaro und brach dann in ein so irres Gelächter aus, als habe er einen Harlekin vor sich. Verwirrt wich Teresa zurück.

„Ich habe vier Kinder zu ernähren und drei Bestattungen bezahlt. Glauben Sie, ich bin ein Goldesel?"

„Ob Sie ein Esel sind, sei dahin gestellt. Jedenfalls lassen Sie keine Gelegenheit aus, Ihre Taschen zu füllen. Hier!", er deutete auf die Mandoline, „warum haben Sie das edle Stück aus Neapel noch nicht zu einem horrenden Preis verkauft? Das Mandolinenspiel ist noch immer sehr beliebt."

„Sie ist für Niccolò. Er soll Musikant werden."

Dottore Gambaro nahm seinen Hut. Er wiederholte, an Teresa gerichtet, die Dosis der einzunehmenden Medizin und blieb beim Hinausgehen vor Signore Paganini stehen.

„Die Medizin allein reicht nicht aus. Sollten Sie meinen Ratschlag nicht befolgen, wird Niccolò kein Musikant, weil ihm dazu keine Zeit bleibt." Gambaro setzte den Hut auf und wandte sich ab.

„Schwarzseher!", nuschelte Antonio. Gambaro drehte sich um.

„Nicht ich! Sie sind es. Deshalb kommen Sie auch nicht mehr zu unseren Versammlungen. Sie glauben, die Republik Genua sei eingerostet. Sie glauben, sie bewege sich nicht nach vorn. Vielleicht nicht einmal nach hinten. Einfach gar nicht mehr. Sie täuschen sich, lieber Signore!"

Ich kann sehen, aber die Sonne sticht in meine Augen. Silbrig glänzende Weingärten ziehen sich den Hang hinab zu einer verfallenen Kapelle. Von hier aus sieht sie aus wie ein Spielzeug. Sie ist nicht größer als meine Hand und doch steht sie wie eine Königin auf der Klippe. Einsam und erhaben. Dahinter liegt das Meer, tiefblau, schäumend und kraftvoll. Wenn das Meer ausatmet, tanzen die Wellen in ihren weißen Röcken, wenn es einatmet, rollen sie sich wie Schnecken zusammen. Ich versuche, so zu atmen wie das Meer. Vater hat gesagt: „Nimm beim Einatmen die Weite des Meeres und des Himmels in dir auf, atmest du aus, stoße das Meer mit deinem Atem bis zum Horizont." Das ist leichter gesagt als getan, außerdem stört mich Vaters Mandolinenspiel. Gemütlich lehnt er an der verwitterten Mauer eines zerfallenen Steinhauses und zupft Mandoline. Zu den herrschaftlichen Häusern, die die Anhöhen der Bucht schmücken, passt das zerschossene Gebäude nicht, aber vermutlich war es einmal ein Schloss oder ein Teil davon und soll uns an Genuas Kriege erinnern. Ich sitze in einen Mantel gehüllt neben ihm, die Sonne wärmt mein Gesicht, meinen Kopf, meine Brust. Immer wieder muss ich husten. Vater glaubt, es ist die frische Luft, die meine Lungen reizt und reinigt. Ich aber glaube, es sind die unreinen Töne der Mandoline. Vater sagt: „Hör gut zu Niccolò, so freundlich bin ich nicht alle Tage. Sobald du gesund bist, wirst du wieder viele Stunden täglich üben, und dann spielst du so. Schau auf meine Hände. Hörst du nicht, Niccolò? So spielst du. Genau so!"

Und er zupft, wie eine Katze ihr Fell zupft. Er rupft an den Saiten wie Mama das Huhn am Samstag rupft. Er reißt an der Saite wie Paola an ihrem Haar reißt, wenn sie Flöhe hat.

„Hörst du, Niccolò?", fragt er grimmig. Oh ja ich höre sehr wohl und sehr gut. Ich habe kein unharmonisches Ohr wie Sie, böser Padre! Und ängstlich sehe ich zu ihm hoch. Ich kneife die Augen zusammen, und er denkt, ich tue es, weil ich ihn fürchte. Aber es ist die Sonne, die meine Augen blendet.

„Hörst du, kleiner, nichtsnutziger Kerl, was dein Vater sagt?"

Ich nicke und er meint, ich sei einverstanden, aber ich denke ganz fest, dass ich nie so zupfen und nie so spielen werde wie Vater, weil ich nicht so spielen und zupfen kann. Niemals! Dieses Instrument, diese Mandoline ist doch kein Acker, auf dem man pflügt, keine Straße, auf der Kutschen fahren, aber vielleicht ist es ein Meer, in dem Tiere schwimmen und das durch eine leise Bewegung des Windes aufgewühlt wird.

4

Ein Jahr später ergatterte Antonio am Porto Franco eine Violine. Es war kein wertvolles Instrument, nicht stark im Holz und sehr im Klang beeinträchtigt. Niccolò musste sie vorerst genügen, denn der Vater wünschte dringend, dass sein Sohn die Mandoline gegen ein höheres Instrument eintauschte. Das Mandolinenspiel galt nicht mehr viel, jeder Hanswurst in Genua verstand sie, die wie eine Gitarre mit sechs Saiten bespannt war, zu handhaben. Niccolò war kein Hanswurst, ließen seine langen Gliedmaße auch an eine Marionette denken. Niccolò war der Sohn des Francesco Antonio Paganini und der einfältigen Maria Teresa Paganini, die den blassen Jungen mit Liebe und Volksliedern fütterte. Die sorglos dahin geträllerten Volkslieder der Mutter spielte Niccolò mittlerweile fehlerfrei, ja, er hatte sie im Handumdrehen erweitert, sie mit Trillern ausgeschmückt und durch Ritornelle verlängert. Antonio sah sich als waschechter Genueser veranlasst, noch mehr Geld in diesen Jungen zu stecken. Die Anlage schien gewinnträchtig, deshalb musste er aus dem Kerlchen so schnell wie möglich Können und Talent herauspeitschen. Wunderkinder fallen vermutlich vom Himmel, aber wird der ungewöhnliche Stern nicht gefeilt, poliert und notfalls zurechtgehauen, erlischt sein Strahlen. So dachte Antonio und entwickelte ein Dragonerrezept: Täglich sechs Stunden Violinunterricht. Vorbei die unnötigen Spaziergänge in der Bucht, keine sinnlosen Spiele in der schmutzigen Passo del Gatto mit nichtsnutzigen Gassenbuben und sehr sparsame Liebkosungen von Seiten der stupiden Mutter.

„Du überforderst das Kind, Antonio. Es wird wieder krank werden und womöglich sterben."

„Sei still, dummes Weib! Krank wird er in der verseuchten Gasse, wenn er sich mit liderlichen Spitzbuben herumtreibt."

„Niccolò mag keine Spitzbuben."

„Und eines sage ich dir: Wird er nicht Musikant, so wird er Bettler. Dann ist es schon besser, er stirbt in jungen Jahren!"

Teresa wand sich entsetzt von ihm ab. Solange es sich um seine Einsätze handelte, kannte Antonio keine Gnade. Und auf Niccolò setzte er nicht nur Geld, sondern auch seine Zeit, seine Energie und sein Können.

In den kommenden Monaten lernte Niccolo eifrig und wagte er es, Müdigkeit zu zeigen, strich ihm der Vater das Mittagessen. Der Alte kannte kein Mitleid, denn er unterstellte dem Knaben eine zähe Natur. Zweimal hatte er den Tod von der Bettkante gewiesen. Der schmächtige Kleine trotzte den porösen Wänden, aus denen feuchte Blasen drangen und Schimmel bildeten, er trotzte den sonnenarmen, stickigen Räumen und dem Gestank des osmanischen Klos im Treppenhaus, der das gesamte Haus verpestete. Tapfer absolvierte er ein klägliches Pensum an Schulstunden, um Schreiben, Lesen und Rechnen zu können, lernte dabei etwas über die Geschichte seines Landes und erfuhr von seinem Lehrer, einem Freund des Dottore, dass nicht nur in Genua italienisch gesprochen wurde, sondern auch in den Kirchenstaaten, in den Herzogtümern Toskana und Parma, im Königreich Sizilien, auch in der Republik Venedig. Dieser Lehrer verriet Niccolò auch, warum die Straßen in allen Teilen des großen Landes schlecht waren, überall Räuberbanden lauerten und es schlimmste Armut, Dreck und Gleichgültigkeit gab. „Weil die Österreicher und andere Eroberer überall ihre Finger drin haben", erklärte der Erzieher. Den Jungen kümmerte dies nicht. Er freute sich auf das Ende des Unterrichts und das Spiel auf seiner Geige. Er übte mit feurigem Ernst, dennoch ließ er ab und zu die Geige ermattet sinken. Sieben bis acht Stunden täglich erschöpften ihn. Manchmal war er so schwach und taumelig, dass er schwankte. Sein Vater kannte kein Mitleid. Er zog ihm die Ohren lang, bis der Kleine aufschrie und wieder kerzengerade stand.

„Wie oft hast du die Etude vom Blatt gespielt?"

„Fünf Mal, Padre!"

„Was höre ich?" Er schlug dem Jungen ins Gesicht. „Das ist zu wenig." Er schlug ein zweites Mal, weil Niccolò die Ohrfeige reglos hinnahm. „Gib zu, dass es zu wenig ist. Hörst du nicht? Bist du taub?"

Zögernd schüttelte Niccolò den Kopf. Die Geige hing plötzlich an seinem Arm, als sei sie zentnerschwer. Der Bogen glitt ihm fast aus der Hand. Der Vater schlug ein drittes Mal zu.

„Natürlich bist du taub. Ich hab dir unzählige Male befohlen, sie so lange zu spielen, bis du sie aus dem Effeff beherrschst."

„Das habe ich getan, Padre." Der Junge duckte sich, denn drohend schwebte die Hand des Vaters über ihm.

„Und die Tonleiter? Hast du sie gespielt?"

„Auf jeder Saite habe ich sie gespielt, Padre!" Wohlweislich bedeckte Niccolò seine Wange.

„Wie oft auf jeder Saite?"

„Zehnmal, Padre!"

„Die Etude von Tartini hast du fünfmal gespielt und die Tonleiter zehnmal auf einer Saite, ja?"

„Genau, Padre!" Niccolò reckte sich vorsichtig. Er war mit sich zufrieden. Nicht so der Vater. Seine Augen traten aus ihren Höhlen.

„Du wagst es, mir Unfug zu erzählen?"

„Ich habe gespielt, bis ich sie beherrschte, Padre! Genau wie Sie mir befohlen haben."

„Du lügst!“, schrie der Alte und schlug Niccolò auf den Kopf. „Du behauptest also, du könntest diese schwierige Übung nach so kurzer Zeit fehlerlos spielen? Behauptest du das?“

Niccolò nickte sehr zaghaft, nicht ohne dabei seinen Kopf mit der Hand, die den Bogen hielt, zu schützen.

„Zeig es!“

Zitternd schob Niccolò die Geige unters Kinn und setzte ganz langsam den Bogen an.

„Beeile dich, du Nichtsnutz!“ Antonio zerrte an ihm herum. „Los, los, mach endlich. Zeig es mir, du Lügner!“

Und Niccolò spielte die Etüde von Tartini so langsam, als wolle er jeden Ton auskosten. Er spielte sie fehlerlos, hätte sie gerne ausgeschmückt, traute sich aber nicht. Der strenge Ausdruck im Gesicht des Vaters milderte sich nur wenig. Ein höhnisches Grinsen flackerte in seinen Augen.

„Das ist nicht schlecht. Aber ich wünsche sie schneller, du kleiner Schwindler. Und das wirst du nicht können, weil du zu wenig geübt hast. Wer mit so dünnen Fingern nur fünfmal diese Etude spielt, kann sie noch lange nicht, selbst wenn er begabt ist. Du bist ein Besserwisser und Aufschneider.“

Niccolò spielte sie etwas schneller. Die Miene des Vaters verzog sich kaum. Er spielte sie noch schneller. Die Augen des Vaters traten nicht mehr hervor, aber weiteten sich, und im Moment, als Niccolò sie so emsig intonierte, dass Antonios träge Augen den flinken Fingern kaum folgen konnten und der Junge ans Ende der Etude einen blitzschnellen Lauf der chromatischen Tonleiter setzte, sperrte der Vater auch den Mund auf.

„Wie alt bist du, verdammt noch mal?“

„Verzeihen Sie, Padre, aber ich weiß es nicht mehr. Ich kann es mir nicht merken, weil wir die Geburtstage nicht feiern.“

„Wozu soll ich den Geburtstag eines Taugenichts feiern?“

Niccolò sah ängstlich zu seinem Vater hoch. Die zusammengepressten Lippen und der drohende Blick verliehen diesem etwas

Furchterregendes. Wie um ihn gnädig zu stimmen, spielte Niccolò nun mehrere Tonleitern, einmal von der G-Saite, einmal von der E-Saite ausgehend, aber verzierte sie mit Trillern. Die Töne waren lupenrein und klangen harmonisch. Signore Paganini ließ Milde walten, denn in seinem Kopf arbeitete es. Der Genueser rechnete. Er kalkulierte, überschlug, addierte und zog ab. Als die Kasse in seinem Kopf klingelte entspannte sich sein Gesicht und er sagte:

„Was sich bezahlt macht, sollte gefeiert werden. Wann ist dein nächster Geburtstag?"

„Im Herbst, Padre!"

„Im Herbst, im Herbst", schrie Antonio, „was für eine Antwort! Jetzt haben wir November und es ist immer noch Herbst. Wann im Herbst?"

„Es ist noch nicht sehr kalt, aber auch nicht mehr so warm und die Blätter fallen von den Bäumen. Der Himmel ist grau und in der Wohnung muss man heizen."

„Dummes Geschwätz!", brummte der Vater. Dann hob er die Stimme und brüllte: „Signora Paganini? Weib, komme es auf der Stelle!"

Teresa erschien in einem grauen Tageskleid. Wie üblich hing Paola an ihrem Rockzipfel. „Was wünscht Signore Paganini von seinem Weib?"

„Wann kam dieser Lümmel zur Welt?"

„Im Herbst vor …", sie zählte an ihren Fingern ab, murmelte die Zahlen und fuhr fort," … vor acht Jahren."

„Das heißt, der Junge ist heute acht Jahre alt?"

Teresa nickte und schickte sich an, hinauszugehen.

„An welchem Tag im Herbst ist der Kerl geboren?"

Nun schaute Teresa betreten. Antonio sah, wie es in ihrem Kopf arbeitete.

„Ich vergesse die Zahl immer wieder, weil wir seinen Geburtstag nicht feiern."

„Geht mir zum Teufel mit eurem Geburtstagsfeiern. Bin ich ein Goldesel? Ich will verdammt noch mal endlich den Tag seines

Geburtstags wissen oder muss ich dazu das Stammbuch suchen? Hier in diesem unordentlichen, schmutzigen Haus?“

Während er schrie, stand Niccolò geduckt daneben, Geige und Bogen hingen an seinem Körper herunter, links die Geige, rechts der Bogen. Teresa runzelte die Stirn und dachte angestrengt nach.

„Es war Ende des Herbstes. Der Himmel war grau, es regnete ein wenig und der Wind …“

„Neiiiiiin, das hab ich schon mal gehört. Per favore! Man suche mir das Stammbuch.“

„27. Oktober!“, schoss es da plötzlich aus Teresas Mund.

„27. Oktober!“, wiederholte Antonio erleichtert. „Na endlich. Der Junge wurde also vor einem Monat acht Jahre alt. Das ist ausgezeichnet. Wer mit acht Jahren so flink spielt, der wird mit 10 Jahren ein ausgezeichneter Kirchenmusikant sein und Geld verdienen. Noch feiern wir deinen Geburtstag nicht, denn du hast ja bis jetzt nichts verdient, aber nächstes Jahr wird gefeiert. Versprochen.“

Niccolò durfte hinausgehen. Teresa folgte ihm, die scheue Paola am Rockzipfel.

5

Sechs Monate später musste sich Antonio eingestehen, dass er dem Jungen nichts mehr beibringen konnte, und suchte Maestro Giacomo Costa auf. Der dreißigjährige Genueser spielte die erste Geige bei Kirchenmusikstücken und schien Antonio genau der Richtige. Niccolò sollte ein angesehener Kirchenmusiker werden. Unter Costas Anleitung wuchsen Niccolò Flügel. Seine Finger füllten sich mit Leben – was ihnen beim Unterricht seines Vaters nicht ganz gelungen war –, sie strafften sich, bogen sich. In seinen Fingerkuppen pochte wild das Blut, so dass sie wie Hämmerchen auf die Saiten niederstürzten. Sein linker Arm wuchs und wuchs und endete an der Spitze seines

Geigenbogens. Im April 1791, knapp neunjährig, spielte er beim Gottesdienst das Konzert für Violine und Orchester Op. 17 von Pleyel. Von da an übernahm er Costas Rolle als erster Geiger bei Kirchenstücken. Antonio konnte seine Freude über den Erfolg nicht vollständig auskosten, denn noch kam kein Geld herein, außerdem beschwerte sich Giacomo Costa. Der Junge sei wohl begabt und unschlagbar in seinem musikalischen Ideenreichtum, sein Kopf allerdings, der sei nicht nur groß, er sei auch stur. Niccolòs Bogenführung sei haarsträubend und widersetze sich jeglicher seriöser Methode des Geigenspiels. Antonio versprach Costa, den Jungen mit ein paar Backpfeifen zur Vernunft zu bringen. Vermutlich sei ihm der Erfolg in seinen großen Kopf gestiegen.

Als er am späten Nachmittag zu Hause eintraf und Niccolò folgsam beim Geigenüben vorfand, milderte sich die unterwegs angestaute Wut keinesfalls, nein, sie steigerte sich noch, da er nicht begriff, was an Niccolòs Bogenhaltung falsch sein sollte. Seine Geige zeigte in spitzem Winkel nach unten, als sei ihr Steg ein Opfer der Erdanziehung, und sein rechter Arm, der den überlangen Bogen führte, streifte dabei fast seinen Körper. Was konnte an einer Haltung falsch sein, die so kraftvolle, reine Töne produzierte?

„Leg dein Instrument weg!“, herrschte er den Jungen an. Verständnislos starrte der Kleine auf den Vater. Was ist geschehen, dass der Vater das Gegenteil von dem wünschte, was er üblicherweise mit strengster Härte verlangt, schien er sich zu fragen. Kaum lagen Geige und Bogen sicher auf der wurmstichigen Kommode, machte Antonio zwei dröhnende Schritte und schlug Niccolò schallend auf die rechte Wange. Sein Kopf flog nach links, da schlug Antonio noch mal so kräftig auf die linke Wange. Der Kopf flog nach rechts.

„Ich hab alles richtig gemacht!“, stotterte der Kleine zwischen den Ohrfeigen.

„Du wagst es, mich anzulügen?“ brüllte der Vater. Sein Zorn war nun aufs höchste angestachelt. Heftig atmend packte er den Jungen, riss ihm die Hosen herunter und drosch auf den armen, dürren

Hintern ein, bis dieser so krebsrot war wie Niccolòs Gesicht in Zeiten des Scharlachfiebers und bis Teresa rasend vor Empörung ins Zimmer stürzte.

„Francesco Antonio Paganini, warum verprügelst du unseren armen Sohn so schrecklich? Was hat er getan, dass du ihn klopfst und drischst wie Waschweiber ihre schmutzige Wäsche am Waschtag?"

„Er führt den Bogen falsch und wirft sich damit Steine in den Weg einer erfolgreichen Zukunft."

„Ich halte ihn richtig", krächzte der Sohn, worauf Antonio zu neuen Schlägen ansetzte. Teresa warf ihren kleinen, doch korpulenten Körper zwischen die beiden und zeterte dabei ohrenbetäubend. Wie ein Schutzwall baute sie sich vor ihrem Kind auf. Sie schleuderte Antonio Schimpfwörter, untermischt mit Fragen und Klagen, ins Gesicht. Antonio erreichte Niccolòs Hintern nicht mehr und hätte auf seine Frau dreschen müssen, was ihm seine Erziehung untersagte. In seiner Familie wurden Frauen nicht geschlagen. Inzwischen hatte sich Niccolò in eine enge Nische im Treppenhaus geflüchtet, wo ihn Antonio nicht fassen konnte.

„Was ist an Niccolòs Bogenführung falsch?", schrie Teresa.

„Weiß ich nicht!", schrie Antonio zurück, während er den Kleinen mit den Augen suchte.

„So ein Unsinn! Wer sagt, sie sei falsch?"

„Costa sagt es und Costa weiß es. Und ich will, dass der Junge spielt, wie es Costa verlangt."

„Warum soll der Junge anders spielen als er spielt, wo er doch besser spielt als alle Schüler Costas, die so spielen, wie es Costa verlangt? Seid ihr denn alle dümmer als ich? Ihr, die ihr lesen, schreiben und rechnen könnt!"

„Halt den Mund, Weib! Du verstehst nichts."

„Mein Herz versteht mehr als dein gelehrter Kopf. Wenn du den Jungen noch einmal schlägst, zerschlage ich die Geige an deinem gelehrten Kopf. Dann kann er die Geige weder falsch noch richtig halten."

Der Ärger über sein Weib, gepaart mit dem Ärger über Niccolò, trieb ihn aus dem Haus. Er ging zum Landungsquai. Eine elende Gegend. Egal. Sie entsprach seinem momentanen inneren Zustand. Missgestaltete Häuser standen dicht gedrängt, verwahrlost und armselig. An den offenen Fenstern hingen schlammfarbene Kleidungsstücke zum Trocknen und aus den Wohnungen strömte modriger Geruch, der sich in den gewaschenen Kleidern festsetzte. Antonio strebte die Makkaroni- und Polentastände an, wo er Giorgio Servetto zu treffen hoffte. Seit in Frankreich der radikale linke Flügel der demokratischen Partei herrschte und vielen Adeligen, ob gut oder böse, die Guillotine drohte, nagten leise Zweifel an Giorgios Gesinnung. Er fürchtete, Fillipo Buonarotti beabsichtige, Italien auf ebenso blutrünstige Weise zu revolutionieren. Und so grübelte der einstige Musikstudent darüber, ob er nicht das schwierige Geschäft der Revolution anderen überlassen und in aller Ruhe sein früheres Leben wieder aufnehmen sollte. Heute als Hafenarbeiter, morgen als Geigenlehrer oder auch als Polenta- oder Fischverkäufer.

Der junge Servetto saß auf dem Boden hinter einem Polentastand und starrte gedankenverloren an den flatternden, Staub und Dreck verteilenden Tauben vorbei, die ihre Schnäbel gierig in die Fleischabfälle stießen, als er plötzlich Antonio erkannte. Er grüßte ihn und winkte ihn heran.

Eine Weile saßen sie schweigend nebeneinander und betrachteten das rege Treiben. Die Händler feilschten mit krächzenden Stimmen oder zeterten unzufrieden einem davoneilenden Kunden nach. Giorgio war wie es den Anschein hatte, nicht zum Arbeiten hier. Er grübelte und träumte, nebenbei teilte er Antonio seine Bedenken mit.

„Irgendwie möchte ich weiterhin unserer Sache dienen, denn auch ich wünsche die Fremdherrschaft zum Teufel. Allerdings muss das Ganze besser organisiert werden und darf nicht in ein Blutbad ausarten. Bis jetzt sind wir ein Haufen unzufriedener Intellektueller, Bürger, verbitterter Adeliger, Landarbeiter und hie und da stößt sogar ein Priester dazu. Das genügt nicht. Uns fehlt eine gemeinsame solide

Basis und Hilfe in den maßgebenden Parteien. Wir haben noch nicht einmal einen Namen."

Antonio antwortete nicht. Seine Augen schweiften über die farbige Vielfalt von Gesichtern und vertieften sich in den Anblick eines jungen Mädchens.

„Wie wäre es, wenn du dich nach einer jungen Frau umsähest, Giorgio? Du bist dreiundzwanzig und solltest an eine Familie denken!", sagte er unvermittelt.

„Mit meinen unsicheren Einkünften?"

„Arbeite wieder als Geigenlehrer. Das bringt was ein. Du spielst doch ordentlich Geige, oder?"

„Ich habe sie zehn Jahre lang gelernt und kenne mich aus."

Sein Satz lieferte Antonio das Stichwort und dieser konnte seine Frage stellen, wobei er mit funkelnden Augen auf den Sohn schimpfte. Kaum hatte er Luft abgelassen, richtete sich Giorgio auf und zwinkerte Antonio von oben herab zu. Warum er nie daran gedacht habe, ihn als Lehrer einzustellen, wollte er wissen.

„Weil du Geld brauchst, und ich dich teuer bezahlen müsste. Costa macht es fast umsonst, da er Niccolò für eine Sonderbegabung hält, die unbedingt gefördert werden muss. Aber genug davon! Beantworte mir meine Frage."

„Bene!" Giorgio zwinkerte. „An der Bogenführung ist nichts falsch, Antonio!" Er fischte Tabak aus der Hosentasche, zerrieb ihn auf dem Handrücken und zog ihn durch die Nase. Bevor er weiter sprach, atmete er tief durch. „Lass den Jungen einfach in Ruhe. Wie es aussieht, schwört sein Lehrer Costa auf die französische Methode, weil der Geiger dabei ein elegantes Bild abgibt und sie vom berühmten Sevcik zum Nonplusultra erhoben wurde. Angeblich spielt man dabei auch besser."

„Ich hab mich um all das nie gekümmert. Wie sieht das Ganze denn aus, verdammt? Kannst du mir das erklären?"

„Das Gewicht des Körpers ruht auf dem linken Bein, der rechte Fuß wird leicht nach vorn versetzt. Die Geige hält man zwischen

Kinn und Schulter liegend, ohne Stütze der linken Hand, der Ellbogen nach innen, damit die Finger mit Kraft niedersausen ..."

„Das ist mir bekannt. Nur, Niccolò hebt immer eine Schulter etwas höher, so dass er schief aussieht, der Gimpel! Doch was ist mit dem Bogen?"

„Der Daumen liegt leicht gebogen am Anfang des Frosches, das Ende des Zeigefingers gebogen auf dem Holz, sozusagen zum Ausbalancieren. Während des Spiels ruht die Violine im rechten Winkel zum Körper, das heißt, man hebt den rechten Arm so weit an, bis sich der Bogen mit den Saiten auf gleicher Höhe befindet. Capito?"

Antonio wackelte mit dem Kopf, zuckte mit den Schultern, murmelte, er habe bei Niccolò nie auf diese Details geachtet und nie wäre ihm seine Haltung oder Bogenführung absonderlich vorgekommen. Im Gegenteil, auf alten Gemälden und Lithographien hielten die Geiger ihr Instrument immer mit einer leichten Neigung nach unten.

„So lehrt die italienische Schule des 18. Jahrhunderts, doch das ist veraltet. Inzwischen gilt die verfluchte französische Schule, auf die Niccolò offensichtlich pfeift. Diese Franzosen wollen sich überall breitmachen, auch in der Musik, und Niccolò sträubt sich mit Recht dagegen. Sie entspricht ihm nicht. Er hat seine eigene Methode gefunden dank der er genial spielt. Was willst du mehr, Antonio? Fördere ihn, statt an ihm rumzumäkeln."

Ein wenig bereute er nun, den Jungen wegen jeder Kleinigkeit so schrecklich verprügelt zu haben. Seine Frau hatte recht gehabt, den schmalbrüstigen Kerl zu schützen. Sie hatte oft recht, obwohl sie ein einfältiges und dummes Weib war und seit der Geburt von Paola ziemlich hässlich geworden. Durch ihre Haare zogen Silberfäden, ihre Haut war bräunlich-gelb gescheckt, aber am schlimmsten sah sie aus, wenn sie zeterte. Jedes Kind hatte einen Zahn gekostet, und da Teresa mittlerweile sieben geboren hatte, fehlten ihr sieben Zähne, zwei davon in der vorderen oberen Reihe. Maria benedetta, hatte Teresa ein gutes Herz. Vielleicht liebte sie sogar ihren Mann. Jedenfalls liebte sie alle ihre

Kinder, auch die gestorbenen. Die lebenden hütete sie wie eine Henne, bekochte sie gut, sang ihnen Lieder vor und salbte sie mit Olivenöl ein. Nur schade, dass sie von Hausarbeit nichts hielt. Dreck und Unrat verklebten die Winkel, Staub bedeckte die Möbel, Schimmel die Wände, schmierige Schlieren verunreinigten die Böden, Flecken die Fenster. Diese Wohnung ähnelte einem Hühnerstall. Und in diesen Hühnerstall kam Antonio als geschlagener Gockel auf allen Vieren zurück. Er würde sich seine Niederlage nicht anmerken lassen, stattdessen wollte er Niccolò bald mit einer neuen, besseren Geige überraschen.

Vater hat mich nie mehr wegen meiner Haltung geschlagen. Auch nicht wegen irgendetwas anderem. Noch immer ist er streng, manchmal gibt es eine Backpfeife, aber er ist nicht mehr ganz so finster und böse. Als letzten Winter ein englischer Admiral unsere schöne Stadt belagerte, wurde er sogar freundlich. Er versammelte uns Kinder im Wohnzimmer und erklärte, was die Engländer in Italien suchten. Er sagte: Sie wollen mehr Land, mehr Macht und mehr Geld. Ähnlich den Österreichern, bloß dümmer. Sie wollen, dass wir alle englisch reden, ihr scheußliches Bier trinken, ihre Ideen annehmen und ihren Regen. Er sagte, wegen der Engländer könne er mir die neue Geige nicht zu Weihnachten schenken. Die Engländer hinderten ihn an seinen Geschäften, sagte er, aber sie würden ihn und mich nicht daran hindern, viele Konzerte zu geben. Schon wenige Monate später kamen die Franzosen und verscheuchten den englischen Admiral. Darüber waren wir nicht besonders froh, denn es hieß, junge Genueser Männer müssten in den Krieg gegen Frankreich ziehen. Vater ist zwar nicht jung, aber auch nicht alt, und er ist nicht so böse, dass wir ihn ins Pfefferland wünschen. Auch Mama mag ihn trotz seiner scharfen Stimme und den buschigen Brauen, die schwarz wie das Gefieder eines Raben über den funkelnden Augen wachsen. Er blieb also bei uns und so konnten wir unsere

Pläne verwirklichen. Ich studiere weiterhin bei Costa, dabei hasse ich den Mann täglich mehr. Er schiebt immerzu meine Geige in eine horizontale Lage und tut mir dabei weh. Er zupft an meinem rechten Arm, als sei er eine Saite, und rammt ihn nach oben. Er schlägt auf meine Schultern, drückt sie mit seiner schweren Pranke, weil ich die Gewohnheit habe, sie hochzuziehen. Er schüttelt mich, stampft mit dem Fuß auf, wenn ich die Geige sinken lasse, rauft sich die Haare, wenn ich Auftakte mit dem Niederstrich, Niederschläge mit dem Aufstrich vortrage. Er staunt allerdings darüber, wie gekonnt ich den Bogen zwischen Daumen und Zeigefinger halte. Leicht wie eine Feder, doch kraftvoll wie ein Pfeil, sagt er und fügt an, dass mir Gott einen überlangen kleinen Finger verpasst habe, damit ich den Bogen sorglos im Gleichgewicht halten könne. Ein Quälgeist, der die Quälerei meines Vaters zeitweise übertrifft. Denn während Vater milder wird, zwingt mir Costa nun ein Pensum von zehn Stunden Übungen täglich auf. Das macht mich außerordentlich müde und manchmal wird mir schlecht, ich schwanke und falle hin. Aber immer so, dass meiner Geige nichts geschieht. Da bin ich sehr vorsichtig, denn ich liebe sie irgendwie. Ich schlafe mit ihr ein und wache mit ihr auf. Sie ist meine Gefährtin, obwohl mir ihre Stimme nicht besonders gefällt. Es ist wie mit Menschen. Manche haben einen Geruch, der abstößt, und manche haben Stimmen, die klirren. Ich hätte Vater anvertrauen können, dass der Klang meiner Geige mir Kopfschmerzen verursachte, ließ es aber sein, um seinen Zorn nicht zu reizen. Ich habe ihm aber gesagt, dass meine Vorträge in der Chiesa di San Filippo Neri im Mai und in der Chiesa Nostra Signora delle Vigne im Dezember weitaus schöner ausgefallen wären, hätte ich eine bessere Geige gehabt. Er zitierte als Antwort eine Zeitung, die von einem „wohlklingenden Konzert“ schrieb. Ich entgegnete, dass die meisten Genueser über jene Durchschnittsohren verfügten, in denen ein verstimmtes Klavier wohltemperiert klinge. Er antwortete mit einer Backpfeife. Nun gut. Jedenfalls wollte er vom Kauf einer Geige vorerst nichts wissen. Zu teuer! Nicht nötig!

Ein Talent könne zaubern, sagte er. Ein talentierter Musikant hole aus einer krächzenden Geige himmlische Melodien.

Das brachte mich auf die Idee, mein Konzert im Teatro S. Agostino mit Vogelgezwitscher zu beenden. Ich wartete den Jubel und das Getrampel des Publikums verneigend und lächelnd ab und schob, sobald ein wenig Ruhe eingekehrt war, meine Geige erneut unters Kinn. Applaus ließ das Haus von neuem erbeben. Die Zuhörer hofften auf eine Zugabe im klassischen Sinn. Mich aber ritt ein Kobold. Statt einer klassischen Zugabe imitierte ich den Gesang einer Nachtigall. Ich schloss die Augen. Im Saal herrschte unwirkliche Stille und ich fühlte die Nacht um mich aufsteigen. Eine helle, strahlende Nacht, in der die Nachtigall ihren Geliebten ruft. Als ich die Augen öffnete, fürchtete ich die Reaktion des Publikums und als ich zu meiner Rechten die schwarzen Augen meines Vaters blitzen sah, fürchtete ich sogar um mein Leben. Der Erlös dieser Veranstaltung nämlich sollte mir mehr Türen öffnen, höhere Studien ermöglichen, die mein Vater nicht zahlen konnte. Er hatte sogar einen Artikel in der Gazetta di Genova veranlasst, der die Leute zum Kommen zusammentrommelte. Und da waren sie nun, viele neugierige Genueser, die mein Konzert rasend beklatschten und denen ich als Dank zum Abschluss Vogelgesang präsentierte. Würden sie es mir verübeln? Die seltsame Ruhe, die eintrat, nachdem ich meine Geige abgesetzt hatte, machte mich nervös. Ich tänzelte verlegen hin und her, da streifte mein Blick meinen Vater. Er lächelte. Nein, mehr noch. Er lachte und mit ihm lachten plötzlich alle. Und diese amüsierten Lacher schickte der Sturm wie kleine Wellen den großen Wellenbrechern voraus. Sekunden später erzitterte das Teatro unter dem Beifallsgetöse des Publikums. Ich hatte gewonnen. Vater erwog nun wenigstens den Gedanken an eine gute Geige. Und dieser Gedanke ging in ihm um. Er erkundigte sich, besuchte Musikhandlungen, ließ sich in die Geigenmacherzunft einweihen, aber zögerte.

Mein Konzert hörte auch ein junger Mann, den sie als den Marchese Giancarlo Di Negro ansprachen und sich dabei verneigten.

Unglücklicherweise sah ich ihn erst am Schluss der Vorstellung, denn wäre mir seine Anwesenheit aufgefallen, hätte ich meine Variationen über „La Carmagnola“ nicht gespielt. Vater sagte, es sei nicht ratsam, einen Adligen an die Jakobiner zu erinnern. Vor allem nicht jetzt, da in Frankreich die Köpfe der Blaublütigen rollten. Mein Lehrer Luigi ist Jakobiner, nur Vater weiß es nicht. Er hat mir einen Kopfputz gezeigt, den sie die phrygische Mütze nennen und die von den Jakobinern Frankreichs getragen wird. Mein Lehrer Luigi ist schuld daran, dass ich die Melodie von „La Carmagnola“ kenne. Nachdem er sie mir einmal vorgesungen hatte, echote sie in meinem Kopf und löste einen bunten Reigen von Bildern aus. Bilder der Vergangenheit, farbige und graue Bilder, Bilder aus meiner frühen Kinderzeit. Später saß ich im Zimmer unserer düsteren Wohnung, am Tisch unterm Fenster, vor mir das vollgeschriebene Blatt. Ich starrte auf die Zeichen, die Schlangenlinien und erkannte unter ihnen, dort auf dem Blatt, einen Jungen, bis über die Ohren in ein grau-weißes Laken gehüllt. Nur das dunkle Haupthaar drängt widerspenstig über den Rand der Decke. Der Junge ist tot, dachte ich und musste weinen. Schnell drehte ich das Blatt um, aber da kamen sie. Runde, schwarze Köpfchen, die auf Haken saßen, Kaulquappen ähnliche Wesen, die sich an ihren Schwänzen festhielten. Eine heftige Welle Zorn schüttelte mich. Nein, nicht weinen, nicht leiden und bemitleiden, tobte es in mir. Ich werde den Jungen aufwecken. Und dann kamen sie wieder, die runden schwarzen Köpfchen, die auf Haken saßen. Sie flossen aus meiner Feder. Mein erstes Werk, aufgebaut auf der schlichten Melodie der „La Carmagnola“. „Weißt du, woher der Titel kommt“, hatte mich Luigi gefragt. „Woher soll ich es wissen?“, fragte ich zurück. Meine Ungezogenheit lächelnd übergehend erklärte er es mir. Urheber waren Bauern aus Carmagnola, einem Dorf bei Turin. Sie wanderten nach Frankreich aus, ließen sich in Marseille nieder, lernten Französisch, aber trugen weiterhin ihre Tracht, eine Samtjacke mit zwei Knopfleisten, die Carmagnola. Bauern und Arbeiter sind das Volk, das vom Klerus dumm gehalten wird und vom Adel ausgesaugt. Daher der Name des Liedes.

An all das erinnerte ich mich, als ich den Marchese wahrnahm. Ich bekam einen feuerroten Kopf. Noch während des tosenden Applauses ging ich von der Bühne ab. Aus den Augenwinkeln beobachtete ich meinen Vater. Er stand beim Marchese und lachte. Ja, er lachte! Wie war es möglich? Ein Revolutionslied musste den Marchese doch beleidigen und aufbringen. Einmal hinter der Bühne, dachte ich an Flucht. Aber wohin hätte ich mich flüchten können? Und überhaupt, da näherten sie sich schon, mein Vater und der Marchese. Sie lachten noch immer. Nun ja, vielleicht habe ich sie mit dem Vogelgezwitscher so gut amüsiert, dass „La Carmagnola" ganz in Vergessenheit geraten war.

„Niccolò, warum hast du es so eilig? Der Marchese möchte dir gratulieren."

Gratulieren? Dann musste er die Carmagnola überhört haben. Wie wunderbar! Ein unpolitischer Mensch vermutlich. Vater trat dicht an mich heran, beugte sich an mein Ohr und sagte mit gerührter Stimme:

„Der Marchese Di Negro ist ein weitgereister Mann und hält dich für den begabtesten Geiger unter der Sonne. Er fände keine Ruhe mehr, sagte er, würde er die Gelegenheit versäumen, dir den Weg an die Spitze zu ebnen."

So bebend spricht Vater nur, wenn wichtige Personen zugegen sind. Bei Mama hören sich seine Sätze ganz anders an. Meistens schreit er sie hinaus und schreit er nicht, dann schnoddert er sie unverständlich in seinen Bart. Ich verneigte mich vor dem Marchese.

„Unglaublich, ja, ganz unglaublich fand er deine Variationen über ‚La Carmagnola'."

Ich hob den Kopf und sah völlig verwirrt und ungläubig in ein begeistertes Gesicht.

„O mio dio!", brach es ungestüm aus dem Marchese heraus. „Was du aus dieser Melodie geschaffen hast, ist einfach wunderbar. Und das mit zwölf lächerlichen Jahren. Nach Mozart haben wir wieder ein Wunderkind."

Der Vergleich mit Mozart beschämte mich. Niemand reichte an den großen Musiker heran.

Auf dem Nachhauseweg erzählte Vater ein wenig von dem jungen Adligen. Er treffe sich heimlich mit anderen Adligen, um über Genuas Zukunft zu diskutieren. Er gehöre zu den Novatori, die der verrosteten, von alten Männern regierten Republik Genua die Kehle durchtrennen wollten. Napoleon heiße ihr Held. Von manchen auch Buonaparte genannt.

6

Parma 1795–1796

Marchese Di Negro zahlte die Reise nach Parma und übernahm alle Kosten, die der Aufenthalt dort forderte. Vater behauptete, Giacomo Costa könne mir nichts mehr beibringen, ja, er fürchtete sogar, unter Costa würde ich nichts weiter als ein zappeliger Schulgeiger werden. Papa Paganini genügte das nicht, deshalb setzte er alles daran, mich dem berühmten Lehrer und Violonisten Alessandro Rolla vorzustellen. Dieser Rolla dirigierte das Herzogliche Orchester des Herzogtums Parma. Auf ihn war ich äußert gespannt, musste mich allerdings noch in Geduld üben, denn die Reise in der Kutsche war anstrengend und schien kein Ende nehmen zu wollen.

Nach den ersten Kilometern stieg ein finsterer Bursche ein. Unter buschigen rabenschwarzen Augenbrauen fixierte er mich böse. Seinem Aufzug nach zu urteilen kam er aus der Toskana, sah aber aus, als käme er direkt aus der Hölle. Ich drückte mich, so tief ich konnte, in meinen Sitz. Am liebsten wäre ich in die Rückenlehne geschlüpft. Glücklicherweise stieg der Toskaner an einem Ort namens Stradella aus. Vater, ich und eine Dame, die seit einiger Zeit mit tief ins Gesicht gezogenem Hut in einem Winkel des Reisewagens kauerte, holperten in die Dämmerung hinein, da hielt der Kutscher plötzlich vor einer Pferdewechselstelle mit angegliedertem Wirtshaus. Unser Gepäck wurde abgeladen und von einem jungen Burschen in ein enges Zimmer unters Dach des Wirtshauses geschleppt. Dort stellte er es ab, doch statt zu verschwinden, blieb er in ergebener Haltung stehen. „Der will etwas Palanche!“, sagte mein Vater und meinte damit Trinkgeld.

Später aßen wir gekochten Reis, mit Käse abgeschmeckt, und einige Stücke Schweinefleisch. Vater trank dazu einen Vino rosso, ich bekam Wasser. Die Wirtin strich mir über den Kopf und sagte: „Iss, Bambino! Iss, du bist ja dünn wie ein Ästchen.“

Früh am nächsten Morgen sollte es weitergehen. Doch die Pferde ließen sehr lange auf sich warten. Ich wurde ungeduldig, zappelte herum, bis mir Vater auf den Hinterkopf schlug. Endlich kamen junge, derbe Kerle, die lustlose Gäule hinter sich herzerrten. Dann ging es los, viele Stunden über holprige Straßen. Einmal wurden wir so heftig durcheinander geschüttelt, dass ich mit der Nase voraus in den Schoß meines Nachbarn – eines Jesuitenpadres, der unter Wadenkrämpfen litt – purzelte.

Wir übernachteten in Piacenza, einer schmutzigen, verfallenen Stadt, der Markt war grasüberwuchert mit verwahrlosten Wallanlagen und halb verschütteten Gräben. Jedes Haus stand düster da und blickte mürrisch auf seinen Nachbarn. Gott sei Dank fuhren wir nach der ersten Speise weiter und erreichten Parma am frühen Nachmittag des folgenden Tages. Nun wollte ich weder essen noch trinken. Ich wollte nur Geige spielen. Daran war ich gewöhnt, das war mir vertraut. Meine Finger verlangten nach dem Instrument, mein Herz sehnte sich nach seiner Berührung. In Gedanken zupfte ich eine hübsche Melodie, die mir unterwegs eingefallen war.

Am kommenden Tag eilten wir sogleich zu Maestro Rolla und waren völlig überrascht, trotz vorsorglicher Anmeldung nicht empfangen zu werden. Er sei unerwartet erkrankt und ruhe, erklärte die freundliche Signora Rolla. „Che guaio! Für nichts und wieder nichts die lange

Reise!", knurrte mein Vater mit vor Wut grünem Gesicht. Wieder warten, dachte ich verärgert. Dabei muss ich so unglücklich ausgesehen haben, dass die Signora mitleidig vorschlug:

„Warten Sie bitte im Arbeitszimmer. Ich sehe mal, was ich für Sie tun kann. Vielleicht empfängt er Sie morgen oder übermorgen. Dann sind Sie nicht ganz umsonst gekommen." Bei diesen Worten öffnete uns die Signora die Tür zu Rollas Studierzimmer, wo sie meinem finster blickenden Vater einen Platz anbot.

Ich musste mich stehend gedulden. Weil ich aber nervös und aufgeregt war, wanderte ich im Zimmer auf und ab. Da entdeckte ich auf dem Tisch nahe beim Fenster eine Partitur. Sie sah so aus, als wäre sie frisch komponiert worden. Ich konnte die Tinte noch riechen. Mein Vater beobachtete mich. Während ich um die Partitur schlich wie ein Fuchs um die Beute, spürte ich Vaters stechenden Blick auf meinem ganzen Körper. Ob er wohl das Gleiche dachte wie ich? grübelte ich. Das werden wir gleich sehen. Flink packte ich meine Geige aus, stimmte sie geschwind und postierte mich vor dem Tisch. Die Partitur lag etwas schräg und die Noten schienen wie flüchtig auf die Linien geworfen.

„Worauf wartest du?", zischte Padre Paganini. Ich hatte also richtig gehandelt. Ich unterließ es, das Blatt gerade hinzulegen, sondern folgte augenblicklich dem Befehl meines Vaters. Ohne Zögern und Stocken spielte ich die Melodie. Vater zuckte mit dem Kopf, seine Augen verloren nichts von ihrer düsteren Farbe, doch sein Gesicht leuchtete auf wie von der Sonne beschienen. Das alles erfasste ich ganz nebenbei, in wenigen Sekunden, denn gleichzeitig tauchte ich vollständig in die fremde Melodie, eroberte sie, machte sie zu der meinigen. Und da erschien Maestro Rolla. Bleich wie der Mond, das Haar in alle Himmelsrichtungen strebend, den Mund offen, so stand er vor mir. Ich hatte ihn nicht eintreten hören. Entgeistert musterte er mich. Eine Haarsträhne tanzte auf seiner Stirn wie ein Staubwedel über einem Möbelstück. Seine Augen glänzten, ja sprühten Funken. Und seine fleischige Nase bebte.

War er wütend, weil ich mich ungebeten an seinen Musikstücken zu schaffen machte? Jählings unterbrach ich mein Spiel, verbeugte mich und flüsterte verlegen: „Buon giorno, Signore, mi scusi!" Er antwortete nicht. Er prüfte mich mit seinen glitzernden Augen. Lange verharrte sein Blick auf meinen Händen, streifte dann über meinen Arm in mein Gesicht.

„Als ich die ersten Töne hörte, sprang ich aus meinem Bett. Signora Rolla sagte, im Zimmer warte ein Zwölfjähriger, der bislang wenig in der Geige unterrichtet worden sei. Nach dem, was ich hier hörte, scheint mir das unmöglich."

„Ist es auch!", befleißigte sich Papà zu sagen. „Ich unterrichte den Jungen schon seit Jahren."

Rolla musterte meinen Vater sehr kritisch. Seine Nasenflügel bebten und ein Anflug von Zornesröte färbte jäh das kranke Gesicht.

„Ich kann mir beim besten Willen nicht vorstellen, dass Sie der Urheber dieses Talentes sind, Signore!"

„Ach?" Padres Mundwinkel verzogen sich deutlich nach unten. „Jedenfalls würde es diesen Jungen ohne mich gar nicht geben." Innerlich kochte er vor Wut. Gott sei Dank nahm es außer mir keiner wahr. Ich hoffte für Vater, Signore Rolla forderte ihn nicht zum Spielen auf. Meine Hoffnung erfüllte sich. Rolla reagierte nicht auf Vater, sondern sah mich ergriffen an.

„In deinen Augen glüht die Musik! Sie glüht in deinem Körper und befähigt dich zu unglaublichen Dingen. Niemand kann dir beibringen, was dir der Himmel geschenkt hat. Wir armseligen Sterblichen können dich nur fördern und vervollkommnen." Seine Nase hatte aufgehört zu zittern. Mit einer heftigen Kopfbewegung schleuderte er die dichte Haarsträhne aus der Stirn und wandte sich erneut an meinem Vater.

„Dieser Junge braucht meine Hilfe nicht. Er handhabt die Violine wie kein anderer. Wo es noch ein wenig mangelt, ist im Kontrapunkt. Schicken Sie ihn unbedingt zu Maestro Ghiretti, Violonist bei Hofe und berühmtester Kontrapunktist unseres Landes."

Vater hörte die Worte „herzoglich“, „berühmt“, „Violonist bei Hofe“ und schlug mechanisch die Hacken zusammen. Er war kein Kriecher, mein Vater, aber der Glanz des Ruhmes und des Geldes ließen den düsteren Menschen leuchten wie eine Laterne und bewirkten Wunder der Freundlichkeit.

„Mein Sohn ist also tatsächlich sehr begabt?“

„Begabt?“, schrie Signore Rolla auf, als habe man ihn gegen das Schienbein getreten. Er hob die Augenbrauen, bis sie in seinem Haaransatz verschwanden. „Er ist ein Genie, mein Herr! Da!“ Er hielt Vater die Partitur unter die Nase. „Da, prüfen Sie meine unleserliche Notenschrift. Der Junge störte sich nicht daran, im Gegenteil, er spielte, als habe er das Konzert selbst geschrieben.“ Bei den Worten wandte er sich an mich: „Ich rate dir übrigens, ein paar Stunden Kompositionslehre beim Hofkapellmeister Paër zu nehmen.“

Papa stand herum wie eine unvollendete Statue Michelangelos. Sein Mund klappte nach unten, die Haare klebten an seinem Kopf, die Augen quollen hervor. War er schon wieder verärgert?

„Stehen Sie nicht so lange untätig herum, Signore. Der Junge ist ein Genie, aber hat noch viel zu lernen. Vor allem in Harmonik.“

Wir blieben einige Monate in Parma. Während ich dreimal wöchentlich Harmonik bei Gasparo Ghiretti studierte und nebenbei dank Maestro Paër das Komponieren lernte, spazierte Vater durch die Stadt, wo er vermutlich seinen üblichen Geschäften nachging: Einkauf, Verkauf, Kartenspiel und Glücksspiel. Rolla hatte uns eine Herberge unweit vom Marktplatz empfohlen. Hier war es still und beim Üben blickte ich auf den Dom. Er inspirierte mich zu manchen Höhenflügen, Arabesken weit unten am Steg, Sprüngen mit dem Bogen, Zupfvarianten. War Vater unterwegs, wagte ich die kühnsten Schritte. Ich überlegte auch, wie ich die unterschiedlichsten Kunstgriffe mit zwei Händen bewerkstelligen konnte. Meine großen Hände und ihre außerordentliche Beweglichkeit erlaubten es mir, mit der linken Hand zu zupfen, sodass ich gleichzeitig den Bogen führen konnte. Wundervoll wie sich mein Daumen bis zur Handfläche biegen ließ. Das alles hörte sich noch ein wenig kläglich an, aber mit viel Übung würde es mir vortrefflich gelingen.

Hin und wieder fiel mir der Bogen aus der Hand. Meine Finger zitterten, mein Körper bebte und meine Zähne klapperten. Dann schwitzte ich und Vater meinte, ich hätte Fieber. Aber ich war nur erschöpft. Sein grimmiges Aussehen milderte sich bei meinem elenden Anblick. Er sagte, ich sehe so gespenstisch aus wie eines der marmornen Ungeheuer auf den steinalten Gemäuern des Marktplatzes. Dann nahm er mich bei der Hand und meinte spöttisch:

„Komm, ich zeig sie dir!"

„Ich will sie nicht sehen!"

„Dann zeig ich dir etwas anderes, aber gehen wir an die Luft."

Er führte mich eine Weile kreuz und quer durch belebte Straßen bis wir zu einer seltsamen Kirche gelangten. Ihr Dach wurde von Marmorsäulen getragen und wollte man die Kirche betreten, schritt man sozusagen in die Erde hinein. Aber was für ein Publikum erwartete uns dort? In jedem Winkel hockte ein zerlumpter Mann oder eine verschrumpelte Frau, hinter jeder Säule kauerte ein Gespenst, und sobald wir uns näherten, erhoben sie sich und schlurften auf uns zu. Aber sie kamen nicht allein. Jeder schleppte einen Krüppel zum Betteln hinter sich her. Erschreckend sahen sie aus. Menschen mit Wasserköpfen, eitrigen Geschwüren im Gesicht, zahnlos, hinkend, übelriechend. Mir wurde erneut schwindelig. Warum führte mich Vater hierher?

„Lass uns gehen, schnell!", verlangte ich und zerrte an seinem Mantel.

Wir gingen zurück. Langsam, mit offenen Augen für die heiteren Straßen und tief durchatmend. Vater meinte, ich solle mehr essen und besser atmen, ich sähe ja aus wie ein Nachtschattengewächs.

Bevor wir zum Essen ins Wirtshaus traten, zeigte er mir die Taufkapelle. Dort fühlte ich mich wieder besser. Ich betrachtete die schöne Gemäldesammlung des Gottestempels und beobachtete die bärtigen Künstler, die einige der Werke zu kopieren versuchten.

Wir verbrachten den Winter in Parma. Vater telegrafierte Carlo, er solle sich gut um die Familie kümmern und Mama sagen, dass ich mich gut entwickele, leider aber noch immer dünn wie ein Spaten sei. Carlo telegrafierte zurück, ihm gehe bald Vaters Geld aus, Niccolò aber solle kräftiger essen und weniger üben, denn würde ich verhungern, sei alle Mühe umsonst gewesen. Vater warf das Telegramm wütend auf den Boden.

Ich ging fleißig zu Fernando Paër wegen der Kompositionslehre, denn davon versprach ich mir sehr viel. Und dank Ghiretti fiel mir auf, was für eine außerordentliche Null im Kontrapunkt ich doch war. Ich musste noch tüchtig an mir arbeiten, um vollkommen zu werden. Nur manchmal und auch nur, wenn Vater in der Stadt unterwegs war, legte ich die Geige weg und lehnte am Fenster. Der Marktplatz war wie ausgestorben und hatte ich im Herbst noch Vogelstimmen gehört, so lag jetzt eine gläserne Stille über allem. Selbst der Wind heulte nicht mehr in den Winkeln und Nischen der Häuser. Und diese äußere Stille, die an die unheimlich Ruhe auf dem Land im ersten Morgengrauen denken ließ, wurde in meinem Kopf zu einem Konzert. Ich lauschte in mich hinein und vernahm viele unterschiedliche Melodien. Manche hatten einen kantiblen Charakter, andere wiederum machten Bocksprünge, andere klangen wie verstimmte Geigen. Ich hörte sie ganz klar, spürte ihnen nach, ergriff sie, ließ sie reifen. Reifen, saftig werden, zu einem enormen Klanggebilde wachsen, das meine Brust zerriss. In dem Augenblick stürzte ich auf die Musikhefte und goss die Musik in meinem Inneren aufs Papier. Danach ging es mir sehr gut, dennoch erschrak Vater jedes Mal über mein Aussehen, wenn er zurückkam. Und schnell ging es wieder hinaus ins Freie, egal wie kalt die Luft zum Atmen war. Er zeigte mir den Palazzo della Pilotta, vermutlich weil er glaubte, ich müsse mich auch an Theaterluft gewöhnen. Wo er mich jedoch hinführte, stank die Luft nach Moder und schmeckte sie nach Erde. Feucht, klamm, wie erstarrt, so fühlte es sich an, in diesem verlassenen Theater. Auf den verschimmelten Sitzplätzen lungerten Ratten und die Bretter der Bühne glänzten schmierig. Wie beim letzten Mal, in der unterirdischen Kirche, zog ich ihn am Mantel und zerrte ihn hinaus. Ich fühlte mich einsam, heimatlos und Orte wie diese vertieften die Trauer in meinem Herzen. Dann sehnte ich mich besonders nach meiner Geige. Sobald wir zurück in unserem Zimmer waren und Vater sein Schläfchen hielt, wollte ich ein wenig mit ihr plaudern.

8

Filippo Buonarotti war nach kurzem Frankreich-Aufenthalt, wo er sich Anregungen und geistige Nahrung für den italienischen Aufstand geholt hatte, zurück bei seiner Frau Francesca und seinem Sohn Andrea. Er blieb drei Tage im Haus in Carrara, aß genüsslich die würzige Pasta und trank vom toskanischen Wein. Seine Gedanken hingegen flohen immer wieder zu der neuen Arbeit. Er sollte als Kommissar in der Republik Oneglia fungieren, zögerte jedoch, Francesca von der Notwendigkeit eines Umzugs zu überzeugen. Natürlich steckte hinter seinem Zögern nicht nur die Furcht vor ihrem Gezeter – sie war vernarrt in die Toskana und wollte sie nicht verlassen –, ihm graute auch vor ihrer Reaktion, entdeckte sie den wahren Grund des Umzuges. Deshalb machte er sich zunächst allein auf den Weg. Hätte er in Oneglia erst einmal ein hübsches Häuschen erworben, würde er sie locken und zerstreuen können. An Geldmitteln fehlte es ihm nicht. Seine französischen Gesinnungsgenossen hatten ihn großzügig ausgestattet, verlangten allerdings als Gegenleistung, unter dem Deckmantel des politischen Kommissars in Oneglia ein jakobinisches Hauptquartier zu errichten.

Glücklicherweise erfuhr Francesca davon zunächst nichts. Ihr Zetermaul aber war durch den Hauskauf gestopft und statt lästige Fragen zu stellen, jubilierte sie über den finanziellen Aufstieg ihres Mannes. Der fünfjährige Andrea wiederum hätte gerne Fragen gestellt. Es interessierte ihn, wohin sein Vater ging, wenn er nachts das Haus verließ, er folgte ihm mit den Augen, lauschte auf seine Worte, wenn abends Freunde kamen, mit denen er in einem Zimmer verschwand. Bewundernd sah er an ihm hoch, weil er die Bewunderung und den Respekt der anderen für seinen Vater spürte. Manchmal nahm Buonarotti seine kleine Familie zu Versammlungen mit, aber nur, weil die Mitglieder mit Essen und Getränken versorgt werden mussten, wofür sie Frauen brauchten.

Bei einer dieser Versammlungen – es war im März 1795 – lernte Andrea die vierjährige Carlotta Servetto kennen. Die Kleine war von Anfang an dabei, da Giorgio immer mit Frau und Kind nach Oneglia kam. In Signora Servetto wütete der Kampf um ein unabhängiges Italien mehr als in Giorgio. Sie hasste Kaiser Franz, schimpfte ihn einen Barbaren, unfähig und unwillig, die italienische Kultur und Mentalität zu begreifen oder ihr entgegenzukommen. Ein Haustyrann im Schlafrock und Käppchen, so nannte sie ihn. Als einzige Frau unter den Männern lockerte sie die ernsten Gespräche mit frechen Reden auf, während die Kinder unterm Tisch miteinander Bekanntschaft machten.

Als Buonarotti ein Jahr zuvor von Robespierres Hinrichtung erfahren hatte, war es ihm kalt den Rücken hinuntergelaufen, aber es war ihm nicht der Gedanke gekommen, eines Tages selbst ein Opfer der neuen französischen Regierung zu werden. Ahnungslos hatte er im Königreich Neapel, in der Lombardei, in Ligurien, doch vor allem im Piemont Unterschriftenlisten verteilen lassen, die mit einem für ihn verhängnisvollen Satz endeten: *Die Zeit ist reif, dass die Perücken von unseren Händen gekämmt werden.* Anlässlich seines Aufenthalts in Menton wurde er verhaftet und als Anhänger Robespierres bei Wasser und Brot eingesperrt. Der Freiheitsentzug sollte sein rebellisches Blut beruhigen, aber Buonarotti zürnte nun erst recht. Wieder auf freiem Fuß stürzte er sich erneut in die Arbeit. Dank der Gelder

der französischen Genossen und der Hilfe seiner Freunde konnte er sein Programm radikalisieren. Der junge Andrea zählte zu seinen treuesten Anhängern.

9

Antonio war froh, in Parma zu sein und weder dem Dottore noch Giorgio zu begegnen. Die in seinen Augen Verblendeten hatten sich einer von Buonarotti ins Leben gerufenen Organisation verschrieben, die mittlerweile einen Namen trug, aber noch stets aus einem Haufen orientierungsloser, begeisterter junger Männer bestand, dem die Konsequenzen seiner Rebellion nicht bewusst war. Sie nannten sich Jakobiner, sangen „La Carmagnola“ und trugen die phrygische Mütze. Weder Geldstrafen noch die Drohung, dafür im Gefängnis zu landen, hielten sie zurück. Antonio wollte davon nichts wissen. Er wünschte Ruhe und Sicherheit, um mit Niccolò ungestört Konzertreisen machen zu können. Die Zeiten waren gefährlich, überall brodelte es. Gleichzeitig schien das Land fest im Griff der herrschenden Dynastien und der Kirche zu sein. Aus diesem Grund bangte Antonio auch um Freund Giorgio, der mittlerweile geheiratet und eine Tochter bekommen hatte. Italiens Herrscher waren gewarnt und beugten der Machtergreifung rebellischer Elemente mit schauerlichen Maßnahmen vor. In Neapel wurde ein junger Mann vom Klerus zu einem grässlichen Tod verurteilt, weil er in einer Kirche „Vive Paris, vive la liberté“ geschrien hatte. Sein eigenes Pferd musste ihn so lange durch die Straßen schleifen, bis ihm die Haut in Fetzen hing. Dann schnitt man ihm die Zunge heraus, die Hände ab und knüpfte ihn auf. Sein gesamtes Eigentum ging an die Kirche.

„Diese Verrückten hoffen auf Napoleon als den Retter Italiens!“, zischte Antonio vor sich hin. „Unter seiner starken Hand solle das Land zusammenfinden, würden die Bewohner leichter untereinander handeln, gewinnträchtig verkaufen, sich zu einem gesunden Ganzen entwickeln." Er spuckte verächtlich aus. Blutige Aufstände ohne klares Ziel waren an der Tagesordnung. Die einen nahmen Kirche und Christen ins Visier, andere die Juden und Bürger, wieder andere die Reformisten und manche die Franzosen, weil sie diese als neue Fremdherrscher fürchteten.

„Wasser, Klee, Kühe, Musik und Geld sind des Italieners Musen und nicht die Revolution!", stieß Antonio zornig hervor. Ihm gefiel der Satz. Er sollte einer seiner Prinzipien werden, nur in umgekehrter Reihenfolge.

Januar und Februar des Jahres 1796 vergingen und Antonio konnte sich noch immer nicht entschließen, nach Genua zurückzukehren. Erst sollte Niccolò perfekt sein. Der Junge lernte schnell und nichts interessierte ihn mehr als die Musik. Rund um die Uhr Musik. Spielte er nicht, so komponierte er, und komponierte er nicht, arbeitete er mit Paër oder Ghiretti. Nachts schlief er so tief, dass selbst das heftige Gewitter Mitte Februar ihn nicht aus seinem Träumen reißen konnte. Für Sekunden erhellte sich der Himmel unter tosendem Krachen, strahlte wie ein Diamant und Niccolò schlief. Ja, seine Augen zuckten nicht einmal, als sich der Donner direkt über dem Haus entlud. Das Zimmer flammte in gleißender Helligkeit auf, doch Niccolò lächelte mit geschlossenen Augen. Antonio mochte Naturgewalten nicht. Sie verunsicherten ihn. Beunruhigt warf er sich im Bett von einer Seite auf die andere. Die Nacht trat auf der Stelle, der Morgen wollte nicht kommen, das Unwetter zog sich schwerfällig unter unzufriedenem Grollen zurück.

Der März brachte würzige Luft. Niccolò liebte diese Frische. Nach seinen Übungsstunden spazierte er über den stillen Marktplatz und begrüßte die Vögel vom letzten Jahr.

Der Monat brachte auch die Franzosen nach Italien. Antonio saß am offenen Fenster der Wohnung in Parma, schnupfte Tabak und genoss die grelle Sonne. Indessen der Sohn in einem geschützten Winkel seine täglichen Übungen absolvierte, dachte Antonio über den Einmarsch der Franzosen nach, wobei er hin und wieder laut vor sich hinschimpfte:

„Du, Giorgio, und deine Bande um Buonarotti, ihr werdet nun jubeln. Aber freut euch nicht zu früh! Die Franzosen haben mit ihrem Eroberungszug nichts anderes im Sinne, als ihre Taschen zu füllen. Ein waschechter Genueser riecht so was. An Italiens Einigung liegt ihnen nichts, solange sie von seiner Zerstrittenheit profitieren. Und einem Volk samt dessen Regierungen, die in Zeiten, als Frankreich Descartes, Diderot und Voltaire ausbrütete, in mittelalterlichen Strukturen festklebten, abergläubisch waren und politisch völlig bedeutungslos, traut doch Frankreich keine reifen Schritte zu. Ha, dass ich nicht lache!“, entfuhr es Signor Paganini laut. Niccolò erstarrte in seiner Bewegung und sah verwirrt den Vater an.

„Du hast nichts falsch gemacht, verdammt! Nach allem, was deine schlauen Lehrer behaupten, machst du doch nichts mehr falsch, figlio mio! Ich rede nur so vor mich hin. Spiel und kümmere dich nicht um meine lauten Gedanken!“

Niccolò ließ den Kopf sinken und seufzte. Vaters Worte zu ignorieren, wurde bislang mit Essensentzug oder Backpfeifen bestraft. Erleichtert über die plötzliche Veränderung legte Niccolò die Geige auf den Tisch, schüttelte kräftig seine Arme, spreizte seine Finger und streckte alle seine Glieder, als wolle er mit den Fußspitzen den Boden durchdrücken und andererseits die Zimmerdecke berühren. Sein Vater runzelte die Stirn.

„Lass das sein! Deine Glieder sind schon lang genug. Spiel, habe ich angeordnet!“

Behutsam griff Niccolò wieder zu seinem Instrument. Er nahm es so zärtlich in die Hand wie ein junges Kätzchen. Diesmal tauchte er vollständig in seine Arbeit, sah und hörte vom Vater nichts mehr.

„Freut euch nicht zu früh", brummte dieser von neuem. „Die Franzosen scheren sich einen Dreck um unsere patriotische Entwicklung. Aber, was zum Teufel, geht mich das alles an?"

Gemütlich streckte er die Beine aus und gab sich den wohltuenden Sonnenstrahlen hin. Die Hintergrundmusik wiegte ihn. Niccolòs Klänge füllten sich mit Wärme und Herz, sein Bogenstrich griff energischer und ließ keinen Widerspruch mehr zu. Ja, brummelte Antonio tief befriedigt, was geht mich das alles an. Und allmählich döste er ein.

Und es ging ihn doch etwas an. Die politische Situation durchkreuzte Antonios Pläne. Napoleons Feldzug oder Geldzug hatte recht Aufsehen erregend begonnen. Das Königreich Sardinien legte widerstandslos die Waffen nieder, Mailand ließ sich mühelos erobern, nur in Lodi musste der Sieg erkämpft werden. Parma empfing ihn sogar freundlich. Manche jubelten ihm zu, blähten sich stolz auf, wenn der Blick des sagenumwitterten Generals zufällig auf ihnen ruhte, andere wiederum spähten keifend hinter vorgezogenen Vorhängen auf den Einmarsch und wünschten ihm den Tod. Machtgierig, geldgierig, vom Ruhm besessen, zischte es im Verborgenen. Er will die Welt, hieß es, er will Gott vom Thron stürzen, er ist vom Teufel, schaut ihn nur an.

Antonio beschloss, wie so manches Mal in seinem Leben, sein Fähnchen nach dem günstigen Wind zu richten. Und der kam von Napoleon. Diese Brise konnte eventuell auch seinem Söhnchen zum Vorteil gereichen. Während Napoleon Modena einnahm, schließlich Mantua bedrohte, das den Handelsweg nach Österreich sichern und das Piemont sowie das Kaiserreich Österreich auseinandertreiben sollte, spielte Niccolò vor den Landesherren in Colorno und Sala. Voller Mitleid erwarteten die blaublütigen Herrschaften in Sala die ersten Töne des schmalen Knaben, der nur zögernd vortrat, an dessen Arm die Geige schwer wie die Glocke der Chiese Santa Maria Maddalena zu hängen schien und dessen langes, durchsichtiges Gesicht von der Glut zweier nachtschwarzer Augen beinahe verzehrt wurde. Er führte seine Variationen zu „La Carmagnola“ vor. Die Zuhörer saßen reglos da und starrten gnädig auf den blassen Dreizehnjährigen, dessen Leben und Kraft mit unvorstellbarer Zielsicherheit in die Geige floss. Dabei fühlte Niccolò in Sala eine große Schwäche, die er in Colorno nicht bekannt hatte. Die Herbstluft draußen war nasskalt, der Saal überheizt. Er hatte schon geschwitzt, als er ankam, doch nun rann der Schweiß in Strömen an ihm herab. Sein Haar klebte, seine Kleidung klebte, seine Beine zitterten vor Mattigkeit, aber in seinen Fingern pochte wild das Leben, in seinem Kopf leuchtete sternenhell die Partitur, in seinem Herzen machte die Musik Freudensprünge. Kaum verwehte der letzte Ton im Saal, schnellte das Publikum von seinen Sitzen hoch, applaudierte, jubelte, stieß Bravorufe aus. Niccolò vernahm die Geräusche, so wie er das Rauschen des Meeres vernahm, wenn er auf den Anhöhen der Bucht von Genua spazieren ging. Er verbeugte sich mehrmals, schwankte und spürte dann ein paar Arme, die ihn stützen.

Er war erkrankt. Der Herbst in Parma bekam seiner schwachen Lunge nicht. Er hustete, atmete röchelnd, hatte blutigen Auswurf. Vater Antonio machte ein sehr besorgtes Gesicht, denn Niccolò sah wirklich elend aus. Was tun? Der Junge sehnte sich nach Genua zurück, eine Reise jedoch würde er in diesem Zustand nicht überstehen. „Trotz der verhassten Franzosen hat sich bis jetzt alles vielversprechend entwickelt“, grummelte Antonio in sich hinein. „Innerhalb eines Jahres hat der Junge gelernt, wofür andere ein achtjähriges Studium benötigen. Seine Konzerte sprechen sich herum, er wird als junges Talent bejubelt, die Kassel klingelt, ein Haus im Polcevera-Tal rückt in unmittelbare Nähe und nun das …!“ Antonio raufte sich nicht lange des Geldes wegen das Haar, sondern zitierte den besten Arzt der Region herbei. Als der Mediziner jedoch auch ein besorgtes Gesicht machte, wurde Antonio wirklich bekümmert.

„Lungenentzündung ist nicht harmlos, Signore, und der Kleine ist ja so zart gebaut wie eine Amsel. Sein Brustkorb misst kaum mehr als der Durchmesser meiner gespreizten Finger!", konstatierte der Doktor, nachdem er Niccolò sorgfältig untersucht hatte. Unwillkürlich betrachtete Antonio die Hände des Dottore. Sie waren unverhältnismäßig groß.

„Tun Sie, was in Ihrer Macht steht, ich zahle alles. Er muss wieder auf die Beine kommen."

„Sollte er auf die Beine kommen, müssen Sie ihm unwiderruflich einen Monat Ruhe gönnen, sonst könnten Sie die Geige bald für horrende Panache verkaufen."

„Ich bitte Sie um etwas mehr Pietät, Dottore! Sie sind doch Katholik. Mein Sohn ist nicht nur ein Genie, er ist auch ein Stehaufmännchen. Schon zweimal hat er dem Tod die Tür gewiesen."

„Sehr schön! Das zeugt von starkem Lebenswillen. Hier schreibe ich Ihnen auf, was der Pharmazeut mischen soll." Er kritzelte ein paar unleserliche Worte auf seinen Notizblock und reichte Antonio den Zettel. „Fiebersenkende und schleimlösende Mittel und einen hustenstillenden Sirup. Sie, Signore, sorgen dafür, dass er im Bett bleibt, die Geige nicht anrührt und sehr, sehr viel trinkt. Natürlich, bei Santa Maria, kein Brunnenwasser. Übersteht er die nächsten vier Tage und ist am fünften wohlauf, darf er zurück nach Genua. Und ...", er hob drohend den wurstigen Zeigefinger seiner riesigen Hand, „drei bis vier Wochen Ruhe, gutes Essen, Spaziergänge in der Bucht von Genua, falls es Buonaparte erlaubt."

𝄽

Buonaparte, klein geratener Sohn verarmter Adeliger, geboren in bescheidenen Verhältnissen eines rückständigen Korsikas, das unter der Rivalität und endlosen Vendetta der Clans verfaulte, sprach den korsischen Dialekt und strebte nach Höherem. Als Zehnjähriger trat er in die Militärschule ein, verließ sie mit fünfzehn als Leutnant, avancierte zum Oberfeldwebel und erhielt den Auftrag, Toulon aus englischer Hand zu reißen. Die Stadt fiel und Buonaparte, inzwischen vierundzwanzig, wurde zum General ernannt. Anschließend trieb er sich wie alle Generäle in Paris herum, entkam der Säuberungsaktion des Terrorregimes und warf den Royalistenaufstand gegen das Direktorium nieder. Zur Belohnung unterstellte man ihm die italienische Armee. Gleich anfangs ließ er sich die standhaftesten Verfechter der italienischen Befreiungsidee vorführen, unter anderen einen gewissen Buonarotti, den er aus dem Gefängnis holte und zum Chef der italienischen Patrioten auserkor. Noch im selben Jahr änderte Oberbefehlshaber Buonaparte seinen Namen in Bonaparte und heiratete Josephine de Beauharnais.

Vor dieser Josephine, die nun Bonaparte hieß, spielte Niccolò am 27. November 1797. Er fühlte sich besser, wenn auch wohl nicht ganz gesund, denn seine Beine zitterten immer noch ein wenig und der Husten quälte ihn nur dann und wann. Die Genueser Luft jedoch vollbrachte Wunder. Und vor allem Mama. Sie wachte mit Argusaugen darüber, dass er sich nicht verausgabte, viele Kräutertees trank, seine Medikamente einnahm, solange sie nötig waren, und nur bei Sonnenschein spazieren ging. Ja, sie sorgte sogar für saubere Bettwäsche, was Niccolò sehr schätzte. Bis jetzt hatte die saubere Wäsche nie sauber gerochen, da sie Teresa im öffentlichen Waschbecken, vielleicht auch in irgendeinem Fluss oder Rinnsal schrubbte und am Fenster des Hauses der stinkenden Passo di Gatta trocknete. Bald jedoch, ja bald würde sie köstlich riechen, denn der Vater beabsichtigte, ein Haus im Polcevera-Tal zu kaufen.

10

Üblicherweise wurde der Herbstbeginn von den Genuesern gefeiert. Die Läden schlossen auch unter der Woche, die Kirche und manche Häuser erstrahlten im Lichterglanz aufgestellter oder in die Mauern eingelassener Fackeln. In diesem Jahr waren die Gemüter durch die französische Besatzung verwirrt und die politische Situation erschüttert. Jene, die in Napoleon den Tyrannen witterten, rotteten sich zu einem Aufstand zusammen, die anderen stellten Wachskerzen an die Fenster, weil sie noch immer an den Befreier glaubten. Giancarlo Di Negro lud an einem klaren Novembertag zur festlichen Begrüßung und Ehrung Josephine Bonapartes in seine Residenz in der Via Lomellini ein. Der Palast lag inmitten einer bewohnten Straße, hatte aber einen traumhaften Garten im Innenhof. Schmale, von Orangen- und Zitronenbäumen begrenzte Pfade wanden sich hindurch und im Sommer verströmten die Kamelienhaine einen Duft, der jetzt im November noch zu erahnen war. In den hohen, stuckverzierten Räumen hingen wertvolle Gemälde, über den Türen prangten Allegorien als Goldintarsien und die marmornen Säulen leuchteten cremefarben. Am schönsten war der Blick aus den hohen Fenstern im oberen Stockwerk. Ein Teil Genuas, der Hafen und das Meer lagen ruhig und wie gemalt dem Betrachter zu Füßen.

Eigentlich stand den Di Negros der Sinn nicht nach Feiern. Vor nicht ganz zwei Wochen war die Villa von Emilia Di Negros Schwester bis auf die Grundmauern niedergebrannt und hatte unter ihrer Asche das Ehepaar, den Liebhaber der Schwester und eine Köchin begraben. Zufälligerweise führte das Kindermädchen trotz kühlen Wetters die dreijährige Margherita auf der Strandpromenade spazieren, wodurch ein einziges Familienmitglied überlebte. Giancarlo hätte ohne mit der Wimper zu zucken die berüchtigten Carbonari verdächtigt, wären er und sein Schwager nicht selbst Novatori, Adelige, die den Ideen der Carbonari nahestanden. Einen gewissen Giorgio Servetta hatte Giancarlo bei einer Versammlung in Oneglia mit „buon cugino“ angesprochen und ihn nach Buonarotti gefragt. Eine zufriedenstellende Antwort hatte er damals nicht erhalten, aber zumindest hatte er in Giorgio einen, wenn auch zögernden, Carbonaro erkannt.

Das Testament der im Liebesrausch Verbrannten ermächtigte Margherita zur Universalerbin eines enormen Vermögens und erteilte der Familie Di Negro die Vormundschaft. Bis zu ihrem sechzehnten Lebensjahr sollte Giancarlo ihr Erbe verwalten. Niemand überraschte es, das Ehepaar und den Liebhaber gemeinsam vereint auch im Tode vorzufinden. Emilias Schwester war für ihr ausschweifendes Liebesleben bekannt, dessen Quintessenz es war, zwei Männer zur selben Zeit ins selbe Bett einzuladen.

Anlässlich des Herbstfestes spielte der berühmte Rudolph Kreutzer. Di Negro freilich fieberte danach, Josephine Bonaparte seine große Entdeckung vorzustellen. Und tatsächlich riss Josephine die Augen auf. Zunächst vor Schreck. Niccolò war von der Krankheit gezeichnet. Er wirkte abgezehrt, hatte Ringe unter den Augen und eingefallene Wangen. In seinem Blick jedoch funkelte ein geheimnisvolles Feuer, von dem sich Josephine bezaubern ließ.

𝄽

Weihnachten feierte Niccolò im Kreis seiner Familie. Paola war innerhalb eines Jahres sehr gewachsen. Sie hatte ein rosiges Gesicht, volle Wangen und die gleichen dunklen Haare wie Niccolò. Der vier Jahre ältere Bruder Carlo überragte den jüngeren um einen Kopf. Auch Carlos Brust konnte sich sehen lassen, seine Schultern waren breit, sein Gesicht rund wie das der Mutter. Er war nicht neidisch auf den Bruder, obwohl auch er gerne Geige spielte. Er neidete ihm weder seine rasche Auffassungsgabe noch sein feines Ohr. Er neidet ihm nichts weiter als den zärtlichen Blick der Mutter. Teresas Gesicht leuchtete vor Stolz und Freudentränen glänzten in ihren Augen, sobald sie Niccolò in die Arme schloss.

Indessen rebellierte im Hinterland eine Allianz aus Adel, Kirche und Bauern gegen die Besetzer, während die Novatori für Napoleon mobilmachten. Auf den Wegen zur Stadt oder unter den Brücken verbluteten Franzosen, Novatori und Bauern. Hin und wieder lag ein Mönch dazwischen, von einer Hacke erschlagen oder einer Gabel durchbohrt.

Was die Mönche betraf, hatte Antonio kein Mitleid. Sie waren ihm oft in den Straßen von Genua begegnet und entsetzten ihn durch ihr abstoßendes Äußeres. Manchmal blieb er wie vom Donner gerührt stehen und grübelte darüber nach, warum gerade Gottesdiener so niederträchtig aussahen. „Heißt es nicht, Gesichter und Augen spiegeln Seele und Charakter wider? Wenn es so ist, müssen Leute dieses Standes zwangsläufig verschlagen, stumpfsinnig und träge sein", resümierte Antonio.

Die Unruhe im Land hinderte ihn nicht daran, seinen Sohn in die feinsten Salons zu schicken. Und so gab Niccolò das gesamte Frühjahr über Privatkonzerte, die Marchese Di Negro organisierte. Er lernte sämtliche Palazzi Genuas kennen, unter anderem den Palazzo Spinola, wo er an kunstvoll geschnitzten Edelholztischen saß, von hübsch verzierten Tellern aß, aus funkelnden Kristallgläsern trank und eine beeindruckende Portraitsammlung des Malers Van Dyck bewundern durfte. Niccolò verspürte großen Respekt beim Anblick der Werke bedeutender Künstler, lieber jedoch schweifte sein Auge in die Ferne oder versank in sich selbst. Darum bevorzugte er von allen Palästen den Palazzo des Marchese. Bevor er spielte oder manchmal auch später, wenn er sich ungesehen davonschleichen konnte, verweilte er im großen Salon des oberen Stockes, öffnete eines der hohen Fenster und blickte in die Weite hinaus. Vor ihm ausgebreitet lag die Stadt, in der er den ersten Atemzug getan hatte. Ein Wirrwarr von Kirchen, Klöstern, mächtigen oder bescheidenen Häusern, geduckten und schiefen Gebäuden. Dort ein einsamer Klostervorbau, von dessen Dach ein eisernes Kreuz in den hellen Himmel ragte, links der Monte Faccio, bei sonnigem Wetter ein glitzernder Diamant, an rauen, stürmischen Tagen ein drohendes Ungeheuer. Waren seine Augen dann vom Anblick gesättigt, nahm er einen tiefen Atemzug und ging zu den Gästen zurück. Niemand wusste, wo er gewesen war, und niemand erfuhr je, was er dachte, wenn sein Blick in eine Landschaft oder ein Gemälde tauchte. Niemand außer einer Person. Sie ließ ihn nie aus den Augen.

11

Wenn es noch hell ist, sehe ich, wie das unendliche Meer, die Küstenlinie, die am Leuchtturm beginnt, allmählich dünner wird, bald wie ein Faden ist, dann meinen Augen entgleitet. Es ist die schöne Straße nach Nizza. Später, in der Dunkelheit, die plötzlich hereinbricht, ohne den sanften Übergang der Dämmerung, flammen in dieser schönen Straße einzelne Lichter auf und die hohe, sich drehende Lanterna draußen am Meer wirft ihr Licht in unsere Richtung, bestrahlt jäh Di Negros Palast, als dränge der Mond kurz durch eine düstere Wolkenschicht, um gleich wieder zu verschwinden und uns in der Finsternis zurückzulassen. Es ist erschreckend. Es ist seltsam. Ich liebe diesen Anblick, im Gegensatz zu vielen Genuesern, die das Licht von La Lanterna bei Nacht meiden. Sie fürchten, von ihm angestrahlt zu werden, bedeute, verhext zu werden.

Der Urturm von La Lanterna ist fast sechshundert Jahre alt. Da ihn aber der französische König Louis XII. bei seinem Eroberungszug bis zur Hälfte zerstört hatte, musste er neu errichtet werden. Das war vor dreihundert Jahren. Seitdem hat La Laterna ihr Aussehen nicht mehr geändert.

Nizza zieht mich magisch an. Mein Vater hat mir eine Schiffsfahrt nach Nizza versprochen, aber das Chaos in Genua wird uns vermutlich abhalten.

Ich spiele das Frühjahr über vor Genueser Adel. Frauen in weißen Schleiern und Galakleidern, Männer in feinen Anzügen und glänzenden Hüten wenden mir ihre erregten Gesichter zu. Atemlose Aufmerksamkeit, verträumte Augen, dröhnendes Klatschen, ungläubige Fratzen, offene Münder, nasse Küsse auf die Wangen. Sie wollen mich erdrücken. Ich habe ihre Herzen aufgewühlt, ihre Sinne entfesselt. Sie wollen mich auffressen. Und ich flüchte, in den Garten, dort wo die Kamelien blühen, und tauche hinein, starre nur noch auf ein Galakleid. Jenes am Himmel, das prächtigste, gewebt aus goldenem, rotem und gelbem Licht. Das Kleid der untergehenden Sonne.

Ein Aufstand im Mai fesselt mich ans Haus. Es heißt, alle Sträflinge wären befreit worden und Napoleon errichte die Ligurische Republik, damit endlich Ruhe einkehre. Ich komponiere und kümmere mich wenig um Napoleon. Befreier oder Unterdrücker? Es fehlt mir die Zeit, darüber nachzudenken. Seine Frau ist mir in jedem Fall lieber. Auch in ihr stecken Besessenheit und Ehrgeiz, aber sie geht nicht über Leichen. Josephine ist mir ähnlich.

Während die Armee des kleinen, ehrgeizigen Korsen Lucca besetzt, stirbt mein Großvater Giovanni. Ich hatte ihn in letzter Zeit so wenig gesehen, dass ich ihn fast vergessen habe. Nun werde ich ihn nie mehr sehen, doch vergessen werde ich nicht.

Wir hören von Rudolph Kreutzers Auftritt in Livorno und bereiten meine nächste Konzertreise vor. Mama hat mich gut aufgepäppelt, ich wiege etwas mehr, mein Gesicht ist runder. Nicht so rund wie das von Paola, aber das würde mir auch nicht gefallen. Bevor es losgeht, ziehen wir nach San Biagio im Polcevera-Tal. Unser neues Haus ist weit vom Zentrum und vom nächsten Dorf entfernt und hat bei klarem Wetter eine wunderschöne Aussicht auf die Umgebung. Vater und ich sehen davon nicht viel, weil der Herbst Nebel und Regen bringt und weil ihm nicht der Sinn danach steht, durch die großen Fenster die Landschaft zu betrachten. Vor allem Vater ist schlecht gelaunt. Schuld daran sind wieder die Franzosen. Vater sagt, wir müssen sie ernähren wie kleine Kinder, dabei werden sie immer frecher, ebenso wie Kinder, die man nicht züchtigen darf. Sie wollen von Gott nichts wissen, aber interessieren sich brennend für die Gemälde, die goldenen Leuchter, Becher, Vasen und Altäre unserer Kirchen. Selbst Giorgio und seine Genossen hätten erkannt, mit welch gespaltener Zunge der französische General vorgehe. Einst waren sie Anhänger des radikalen Filippo Buonarotti, der in Mailand noch für Napoleon auf die Straße ging, dann aber gegen ihn operierte, da der französische General durch den Friedensvertrag mit Österreich die italienischen Patrioten verraten hatte. Mittlerweile stellte sich heraus, dass uns Napoleon nicht nur besetzt, weil er Ländereien, Herzog- und Fürstentümer für seine Brüder und Schwestern braucht – wie Vater sagt –, sondern weil er gegen die Österreicher Krieg führen muss, denen halb Norditalien gehört, wie Giorgio sagt. Eigentlich ist mir das völlig egal und letzten Endes interessieren mich Eroberungszüge nicht, da sie Elend und Angst verbreiten. Nichts von all dem klingt nach Musik und weder das eine noch das andere bewegt mein Gemüt. Es sei denn, es wird übertrieben, wie dies kurz vor Weihnachten geschah. Da nämlich machten die Franzosen wegen der Engländer kurzerhand den Hafen dicht und zerstörten Lagerhallen und Speicher. Viele Packer sind nun arbeitslos und Vater sorgt sich um seine früheren Kollegen. Vielleicht fürchtet er auch, sie könnten zu ihm kommen und ihn anpumpen. Allen ist bekannt, dass meine Konzerte schon ganz schön Geld einspielen.

12

Livorno 1799–1800

… Stille umgibt mich, doch die Ruhe lässt auf sich warten. Vielleicht ist es mein Fluch, nicht zur Ruhe zu kommen …

Bevor das neue Jahr anbricht, nehmen wir die Konzertreisen wieder auf. Außerhalb Genuas soll es ruhiger sein, wird gemunkelt, und tatsächlich treibt sich in Livorno kein einziger Franzose herum. Vater ist bester Laune. Er mäkelt nicht, reißt auch nicht meinen Ellbogen hoch, den ich beim Spielen viel zu dicht an meinem Körper halte, und nimmt mich mit in gute Wirtshäuser. Und er spricht wieder von einer neuen Geige. Das wirkt sich sehr positiv auf meine Gemütsverfassung aus und natürlich spiele ich dann viel besser. Meine Geige und ich sind ein Herz und eine Seele, und wenn es Letzteren prima geht, leisten meine Violine und ich Großes.

So unterläuft Vater in Livorno ein Fehler, der mir zugute kommt, aber nur, weil ich übermütig bin und mir eigentlich immer etwas einfällt. Vater hatte nicht daran gedacht, die Società Degli Esercizi Musicali kniefällig darum zu bitten, mir die Gunst zu erweisen, vor ihrer erlauchten Privatgesellschaft mein erstes Konzert in Livorno zu geben. Da uns der britische Konsul schon einen Saal verschafft hatte und ich dank Mundpropaganda und einigen Zeitungsartikeln bekannt bin, möchte ich zuerst vor dem Volk spielen. Aber das passte diesen Schurken von der Privatgesellschaft Degli nicht – Vater nennt sie Schurken – und sie verwehrten den Musikern den Zugang zum Theater. Ich weiß nicht, wie sie es geschafft haben, abgesehen von ein paar verängstigten Gestalten, das ganze Orchester von mir fernzuhalten, jedenfalls sieht es so aus, als stehe mir ein einsamer Auftritt vor einem vollen Saal bevor. Durch den Schlitz im Vorhang erkenne ich ein heiteres schwatzhaftes Volk, das nur darauf wartet, sich über den gefoppten Genueser Violinisten halbtot zu lachen. Denen werde ich es zeigen. Ich bin ja so froh, dass ich nicht auf meinen großen Kopf gefallen bin, sonst würde ich solche Situationen nicht überstehen. In Windeseile stelle ich mit der Flöte, der Klarinette und der Gitarre, die sich durchgeschlichen hatten, eine Begleitung zusammen und ändere natürlich ebenso schnell mein Programm. Ich bin achtzehn und ein Zauberer. Schon nach zehn Minuten Musizieren schwatzt kein Zuschauer mehr und nach dem zweistündigen Konzert springen die Leute von ihren Stühlen und verlangen da capo. Ich muss mir noch einiges aus dem Ärmel schütteln. Eine weitere Stunde lang spielen wir Stücke von Kreutzer, Rode, Viotti und einige meiner Kompositionen, unter anderem mein jüngstes Werk für Gitarre solo. Die Lodoiska-Symphonie entzückt das Publikum, es ist ja ganz und gar nicht auf meine Gitarrenkünste gefasst. Die Melodie habe ich der Kreutzerschen Oper entnommen und das Ganze für französische Gitarre arrangiert. Ich weiß, es ist eine schwierige Komposition, aber davon merken diese Menschen nichts. Es sind einfache Leute, die nicht viel von Musik verstehen. Dennoch sind sie wunderbar, sie sind hemmungslos vor Freude. Mein Erfolg sprengt die Blockade. Er sprengt den Widerstand der Società. Am folgenden Tag entschuldigt sich die blasierte Privatgesellschaft und kündigt ein zweites Konzert für den Abend an. Diesmal mit kompletter Orchesterbegleitung.

Auf den Erfolg in Livorno bin ich besonders stolz, weil ich kein angesehener Rudolph Kreutzer bin, der kam, geigte und siegte. Ich bin der Ausländer, der arrogante Genueser, der junge Angeber, der sich erst beweisen muss. Und ich habe es geschafft, eine abweisende Menge von Schwätzern zu gewinnen. Ich bedanke mich an jenem Abend mit einer kleinen Ode an Livorno, einem Chor von singenden Mäusen, Katzen und Eseln.

Im Frühjahr ist die Luft milder, nur am Morgen hängt kühler Nebel über den Feldern. In den Bäumen regt sich neues Leben, die Stadt atmet, sie kommt jeden Morgen neu auf die Welt. Die helle Sonne ist mir noch ein Freund und ich fühle mich gesund. Wir bereisen die Toskana. Ein schöner Flecken, besonders im April und Mai. Ein Konzert folgt auf das nächste und überall springen die Menschen von ihren Stühlen, trägt mich ihr begeistertes Klatschen auf Wellen. Und doch schmerzt mein Erfolg, weil ich ihn nicht mit den Lieben zu Hause teilen kann. In Genua haben sie nichts zu essen, da die Seewege gesperrt sind und die Versorgung unterbrochen ist. Hier bin ich im fernen Livorno, verschlinge kleine Puten, Schweinsnieren, Berge von Trüffeln und muss hören, dass Paolas runde Wangen einfallen. Es heißt, sie braten Mäuse, Katzen und Fledermäuse, um nicht zu verhungern. Ob sie Pia, die Katze, schon gehäutet haben? Das alles ist schrecklich. Aber wir können doch nicht zurück, um mit ihnen gemeinsam Fledermäuse und Katzen zu verzehren. Mir wird schlecht, wenn ich an Paolas und Giulia Nicolettas Teller denke und an den üblen Geruch, der davon aufsteigt. Mich würgt beim Gedanken an meinen starken Bruder Carlo, der so gerne isst und nun vielleicht alles erbricht.

Genua wird zerrieben zwischen dem Machtstreben anderer Länder, die endlich abhauen sollten, schimpft Vater und steht dabei wutschnaubend am Fenster unserer Herberge. Oder er schaut aus dem Reisewagen auf die anmutige Toskaner Landschaft und wünscht sowohl Engländer als auch Franzosen zum Teufel. Eines Tages sagt er: „Niccolò, du bist erwachsen. Ich kann dich nicht immer begleiten. Deine Mutter und deine Geschwister brauchen mich. Nach Modena reise ich noch mit, dann kehren wir nach Genua zurück." Er mustert mich aus verengten Augen. Gleichgültig zucke ich mit den Achseln. Seine ständige Begleitung ist mir ohnehin eine Last. Eines Tages ersticke ich darunter.

„Du wirst noch viele Konzerte geben. In ganz Oberitalien, in ganz Italien. Meinst du, du schaffst es ohne mich?", fragt er lauernd. Da ich ihn verwirrt anblicke und dabei den Atem anhalte, antwortet er selbst. „Ohne mich bist du doch nur eine halbe Portion."

Mittlerweile sind die Franzosen auch in Livorno. Mein Sommerkonzert in Livorno erlebt der britische Konsul noch mit, dann werden er und andere britische Repräsentanten von den Franzosen aus der Stadt gejagt.

In Modena fallen mir die finsteren Bogengänge auf, die sich zu beiden Seiten der Hauptstraße hinziehen. Vielleicht trägt der kalte Dezemberhimmel auch zu ihrem unheimlichen Aussehen bei. Mehr als das sehe ich nicht von der Stadt, weshalb mir die Bogengänge auf immer in Erinnerung bleiben werden. So soll es mit den beiden Konzerten geschehen, die mir Di Negro vermittelt hat. Ich werde sie den Zuhörern so deftig um die Ohren schleudern, dass sie mich nie wieder vergessen.

Zum ersten Mal spiele ich den Spanischen Fandango für Violine solo. Ich liebe dieses Stück. Vater besucht die Kathedrale, während ich meine Auftritte vorbereite. Ich will besser sein als jeder andere Musiker, den Modena je gehört hat.

Noch vor Weihnachten sind wir wieder in Genua. Die Reise hat mich erschöpft und ich hoffe, Mutter tischt mir keine gebratene Fledermaus auf. Aber wie es scheint, ist in Genua ein wenig Ordnung eingekehrt und der Seeweg geöffnet. Vorerst gibt es keine Auftritte. Kirchen sind von den Revolutionsarmeen geplündert und zum Teil zerstört worden. Kuppel und Portal der Gold überladenen Kirche Santissima Annunziata del Vastato sehen mitgenommen aus. Außerdem sind sie geschlossen. Gottesdienste sind selten geworden. Die französische Revolution hat einen langen Atem. Noch immer spüren wir die Nachwehen. Mir ist es augenblicklich recht, dass die aristokratische Republik entstaubt wird. Was meiner Musik zugute kommt, kann nur recht sein. Einige sagen ja, ich hätte das Violinspiel revolutioniert und so was wie mich hätte es noch nie gegeben. Ähnlich dem frischen Wind, der jetzt bläst und manches eingerostete Rad bewegt. Jedoch: Die Kirchen kaputt oder geschlossen, das Theater S. Agostino renovierungsbedürftig ... wo hätte ich auftreten sollen? Auf einem öffentlichen Platz? Ich lasse die Zeit dennoch nicht unnütz verstreichen. Unablässig übe ich auf meiner Geige, die immer noch die alte ist, und pflege das Gitarrenspiel. Ich komponiere und verwerfe, lausche den wilden Melodien in meiner Seele und fessele sie aufs Blatt. Ich komponiere und denke, dass kein Mensch das alles spielen kann außer mir. Ich verwerfe und raufe mir die Haare. Aber ist es nicht besser, wenn es niemand spielen kann? Wenn meine Kompositionen ungewöhnlich schön sind und unausführbar für jeden guten Violinisten, so bleibe ich vorerst der Einzige auf der Welt, der das Volk damit entzücken kann. Meine Kompositionen dürfen also meinem ungewöhnlichen Spiel in nichts nachstehen.

So denke ich und schaue hin und wieder aus den hohen Fenstern unseres neuen Heimes im Polcevera-Tal. Manchmal spaziere ich die gewundenen Wege hinaus zu den Anhöhen. Eher abwesend nehme ich die amphitheatrisch angelegte Stadt und ihren Hafen zu meinen Füßen wahr. Ungleich aneinandergeschmiegt, klettern die Häuser fast bis zu mir herauf. Sie stehen so schief, dass man mutmaßt, sie könnten ohne die Stütze des Nachbarhauses sogleich einstürzen. Da und dort ragt ein Kirchturm wie ein ausgestreckter Finger in den Himmel und weiter draußen erhebt sich La Lanterna. Dort, wo ich gerade bin, schlendern ein paar Müßiggänger und Maler sitzen herum. Die Weite, das Grün, der silberne Teppich des Meeres, in dem der Himmel schaukelt, tun mir und meinen Augen gut. Aber ich schlendere auch gerne durch die schmutzigen Straßen Genuas. Beobachte die Anwohner, wie sie an warmen Tagen wie dem heutigen herumspazieren oder auf Treppenstufen sitzen oder an niedrigen Mauern lehnen und schwatzen. Oft vernachlässigt, in verwahrlosten Kleidern. Manchmal stoße ich in den Torwegen und an Straßenecken auf verwelkte Frauen. Sie tragen ihr graues, verfilztes Haar auf dem Hinterkopf zu einem hässlichen Kissen geknotet, worunter ein Heer von Läusen zu vermuten ist. Ich senke den Blick, sobald ich an ihnen vorbeikomme. Manche sind nicht älter als Mama und mir stehen die Haare zu Berge bei dem Gedanken, sie könnte eines Tages so aussehen. Über ihre Spindeln gebeugt, erinnern sie an Hexen, denen nur der Besen fehlt.

Ach, Genua, du gefällst mir in deiner Vielfältigkeit, aber ich werde niemals einer deiner schlurfenden, alternden Bewohner werden, denn ich muss weiter. Ich spüre in meinem eckigen Körper den Drang, ich spüre das eilige Klopfen meines Herzens und hinter meiner Stirn toben Tausende von winzigen Melodien, die wachsen, wachsen, zu einem weitverzweigten Geäst in den Himmel.

13

„Mehrere Jahrhunderte vor Christus entstand am Fuß der Apenninen in den tiefen Tälern Liguriens meine Heimatstadt Genua. Und es hieß, Janus, der Römergott mit den zwei Gesichtern, habe sie gegründet. Von ihm stamme ihr Name Ianua, die Pforte zwischen Meer und Bergen." An allen Abenden, die Giorgio zu Hause verbrachte erzählte er den Kindern etwas über Italien. Sie sollten seine Geschichte kennen und in Liebe zu ihrem Land aufwachsen. Still wie Mäuschen lauschten Carlotta und Andrea. Aufmerksam hingen sie an seinen Lippen. Hin und wieder machte Giorgio eine Pause und schloss die Augen. Er war zwar noch keine vierzig Jahre alt, aber fühlte sich erschöpft wie ein Sechzigjähriger nach einem arbeitsreichen Leben. Nur schwer verkraftete er den Tod seines Sohnes Umberto. Als er ihn beim ausgelassenen Spiel in die Luft geworfen hatte und wieder auffangen wollte, war er ihm entglitten und mit der Schläfe gegen die Tischkante geschlagen. Seine Frau Giuliana hatte ihm sein Ungeschick noch nicht verziehen. Daran änderte auch Andrea nichts, der nach der erneuten Verhaftung seines Vaters und dem Tod seiner Mutter die Familie Servetto bereicherte. In der Zwischenzeit war Buonarotti freigekommen und agierte im Untergrund radikaler als zuvor. Während Giorgio gemeinsam mit Di Negro ein verzweigtes Netz der Carbonari unter gebildeten und adligen Anhängern webte, flüchtete Buonarotti in die Schweiz, von wo aus er sein radikales Programm leitete. Er blieb mit Giorgio in Kontakt und erwartete von ihm, den Sohn Andrea in seinem Sinne zu erziehen.

„Wann ist die nächste Zusammenkunft bei Di Negro?" Andrea war mittlerweile zwölf und hungrig nach Bildung, deswegen konnte er sich nicht satt hören an Giorgios verbalen Ausflügen in die Geschichte Genuas. Aber es drängte ihn auch, andere interessante Menschen kennenzulernen. Bei Di Negro verkehrte der um vier Jahre ältere Silvio Pellico Silvio, Dichter und leidenschaftlicher Verfechter eines geeinten Italiens. Er hatte das Gesicht eines Vogels, tiefliegende Augen, einen verwachsenen Körper, doch seine schäumenden Reden imponierten Andrea. Bei Di Negro traf er auch Margherita, siebenjährig und schön wie ein Traum. Oft verspürte Andrea das Verlangen, in ihre venezianischen Locken zu greifen.

„Die nächste Zusammenkunft ist nicht heute und auch nicht morgen, Andrea! Di Negro ist augenblicklich sehr mit der Förderung eines vielversprechenden jungen Violinisten beschäftigt. Ich kenne ihn sogar sehr gut. Als er vier Jahre alt war, hielt man ihn für tot. Heute spielt er wie der Teufel."

„Der Marchese vergisst dabei auch nicht unsere gute Sache?"

„Niemals, Andrea! Aber beeile dich mit dem Erwachsenwerden. Wir brauchen junge Menschen wie dich. Die Carbonari sind noch nicht auf dem Höhepunkt ihrer Macht." Giorgio bat die Kinder, etwas Holz nachzulegen und dann hinauszugehen. Er sagte, er müsse ein wenig arbeiten. Dichter am Kaminfeuer sitzend, dachte er darüber nach, wie öde das Leben doch wäre, gäbe es nicht den Kampf um Italiens Einheit. Seine Frau behandelte ihn kühl, seine Freunde am Hafen begegneten ihm skeptisch, Antonio sah er kaum noch und die Arbeit als Schiffspacker füllte ihn nicht aus. Gerne ginge er als Befreier Italiens in die Geschichte ein. Berühmt werden wie Andrea Doria oder Columbus. Gleichzeitig spürte er, dass er dafür weder das Profil noch die Courage hatte. Er musste sich mit der Rolle des Mannes im Schatten begnügen. Als derjenige, der den Weg für jene vorbereitete, die noch nicht geboren waren.

14

Als Niccolò im September 1801 wieder zu Konzerten aufbrach, begleitete ihn Carlo und nicht der Vater. Die beiden Brüder trafen gegen Abend in Lucca ein. Bevor es ganz dunkel wurde, stiegen sie in einer Herberge ab. Carlo mit verzerrtem Gesicht und von Rückenschmerzen geplagt, Niccolò kerzengerade und in berstend guter Laune. Er schien aus Eisen zu sein, das hatte Carlo schon auf der Fahrt über die holprigen Landstraßen bemerkt. An manchen Stellen wurden sie fürchterlich durcheinandergeschüttelt und drohte der Wagen fast umzukippen. Obwohl sich Carlo am Knauf der Wagentür festgehalten hatte, war sein Kopf gegen die Schläfe des Nachbarn gestoßen, der den engen Raum mit dem Gestank seiner Zigarre verpestete. Niccolò hingegen störte sich an nichts und niemand. Scheinbar fasziniert hatte er aus dem Wagenfenster geschaut und seinem Bruder den Eindruck vermittelt, er betrachte die Landschaft. Als sich aber der Zigarrendunst seines Nachbarn etwas verzogen hatte, sah Carlo, dass Niccolò mit geschlossenen Augen und völlig in sich versunken dasaß.

Das Konzert sollte am 14. September in der Kathedrale von Santa Croce stattfinden. Niccolò und Carlo hatten also noch einige Tage Zeit, sich in der Herberge einzurichten. Allerdings wartete auf den jungen Violinisten eine Prüfung, der alle unterzogen wurden, die an dem heiligen Ort musizieren wollten. Da sich Niccolò allen überlegen fühlte, übte er nicht eine Minute. „Was verstehen die Prüfer vom berühmten und großen Hochamt von Santa Croce schon von Musik?“, sagte er sich. „Von meiner Musik und meinem unerreichbaren Spiel verstehen sie absolut nichts! Ich werde sie mit zwei Bogenstrichen mundtot machen.“

Er hatte freilich nicht damit gerechnet, wegen seines langen und straff gespannten Bogens und seiner eigenwilligen Haltung, mit der die Geige ansetzte, verlacht zu werden. Als er einen kichernden Prüfer fragte, warum er von der alten italienischen Geigenschule in der Tradition von Tartini nichts hielte, da er doch als Mitglied des verehrungswürdigen Hochamts bestimmt ein Anhänger der verehrungswürdigen Tradition im Allgemeinen sei, erntete er vom Prüfer einen vernichtenden Blick. Angesichts dieses Blickes senkte Niccolò die Geige, so tief er konnte, setzte seinen straff gespannten Bogen an und spielte die Variationen über „La Carmagnola“.

Was er sich ursprünglich vorgenommen hatte – Jury und andere Musiker mundtot zu machen –, erreichte er dank dieser Variationen. In alternierenden Läufen auf der E-Saite und auf der vierten

Saite stellte er zwei Klangfarben gegenüber und gebrauchte häufig Doppelgriffe, was manchen Prüfer glauben ließ, es spielten zwei Geigen. Die folgenden vierzehn Variationen brachten ihm gigantischen Beifall und nahmen den anderen Kandidaten den Wind aus den Segeln. Keiner von ihnen hatte noch den Mut, sich nach Paganini hören zu lassen.

„Warum hast du ‚La Carmagnola' gewählt?" Carlos Augenbrauen zuckten. „In Genua mag das angehen, weil wir die Ideale der französischen Revolution zu unseren eigenen gemacht haben. Aber hier in Lucca …?"

„Auch in Lucca gibt es Jakobiner, Carlo mio! Ganz blöde sind die hier nicht. Denk an Napoleons Worte: Es gab gute Jakobiner, und es gab eine Zeit, in der jeder intelligente Mann zwangsläufig Jakobiner war."

„Und du, Niccolò, bist auch einer?"

Niccolò zuckte mit den Achseln. Im selben Moment schon hörte er nicht mehr zu. Er dachte an das Fest in der Kathedrale und lächelte in sich hinein. Das diebische Verlangen erregte ihn, den hochverehrungswürdigen Gottesdienern eine Lektion zu erteilen.

Mit dem Festzug erschien auch die Regierung, die Kathedrale füllte sich, in den Seitengängen des Kirchenschiffes drängelten sich die Menschen und Niccolò lächelte in sich hinein. Er war ganz ruhig. Zaghaft und verunsichert wie zu Anfang trat er nicht mehr auf. Die vielen Beifallsstürme der vorangegangenen Auftritte echoten seit fast zehn Jahren in seinem Kopf und sobald er die Bühne betrat, gehörte ihm die Welt. Gleich nach dem Kyrie Eleison fing er an zu spielen. Das Konzert dauerte achtundzwanzig Minuten. In den letzten Minuten ahmte er auf seiner Geige Vögel, Flöten und Trompeten nach und gewann damit jene, die von Musik nicht viel verstanden, aber von seiner Geschicklichkeit verblüfft waren. Der letzte Ton verklang und noch ehe er die Geige von seinem Kinn löste, brach der Applaus wie eine Welle über ihn herein.

Am folgenden Tag überbrachte ihm Carlo den Bericht eines Abtes.

„Hör, Niccolò, wie du die Leute vom Hochamt verärgert hast!", und er las vor: *Dieser Genueser Jakobiner mag wohl Geschicklichkeit im Umgang mit der Geige zeigen, aber er beweist weder Vernunft noch Ernst in Dingen der Musik … sein Konzert endete als Opera buffa, die alle zum Lachen brachte. Die Nachahmung von Vögeln und anderen Instrumenten mit der Geige zeugt von seiner Kunstfertigkeit … aber ist nichts weiter als eine Jugendtorheit, die nur in einer Musikschule vorgeführt werden sollte … und auf keinen Fall an einem geheiligten …*

„Carlo mio, verschone mich mit dem Geschwätz des Geistlichen. Der soll in der Kirche predigen. Hast du nicht die Freude in der Kathedrale bemerkt? Ist dir nicht aufgefallen, wie ich alle gewonnen hab, alle, ohne Ausnahme?"

„Stimmt, ohne Ausnahme, auch die Jakobiner Luccas. Sie waren völlig hingerissen. Du bist ganz anders als alle. Du spielst einerseits flink und geschickt wie der Teufel, andererseits klingen manche Melodien wie von Engeln gespielt."

„Red nicht immer vom Teufel, wenn du mich spielen hörst. Vater macht das auch und hebt dabei seine Augenbraue. Ich mag das nicht. Wer sagt uns denn, ob der Teufel überhaupt spielen kann."

Carlo nickte. „Du hast wie immer Recht, fratellino! Wer, zum Teufel, weiß das schon, ha, ha, ha! Und was wirst du heute noch treiben?"

„Treiben? Gerne würde ich mich etwas in der Stadt herumtreiben, aber dafür haben wir keine Zeit. Wir sind bei ungefähr sechzig angesehenen Leuten eingeladen und überall gibt es köstliches Essen."

„Vergiss nicht meinen Hochzeitstermin! In ein paar Tagen geht es heim nach Genua."

„Dio mio, bei deiner eigenen Hochzeit solltest du wahrhaftig nicht fehlen!" Niccolò schüttete sich aus vor Lachen. „Stell dir vor, statt deiner kommt ein anderer, der dir ähnlich sieht, und Anna merkt es erst nach der Hochzeitsnacht. Zuzutrauen ist es ihr. Oder vielleicht merkt sie es erst, wenn sie den Trauschein anschaut und den Namen Paganini nicht findet. Aber nein … ha, ha, ha …" Niccolòs langes

Gesicht wurde durch das Lachen etwas breiter, „sie kann ja nicht lesen.“

Carlo, den diese Späße ärgerten, zwang sich zu einem Grinsen. Trocken entgegnete er:

„Ich werde dich zu einigen Einladungen begleiten und sie nützen, um eine Stelle im Orchester von Lucca zu bekommen. Danach reise ich ab, so viel steht fest.“

„Ich reise mit, caro Carlo! Denn nichts ist mir lieber, als bei deiner Hochzeit dabei zu sein. Außerdem ertrage ich diese Schwätzer nicht allzu lange. Sie versuchen, mir mit ihren himmelschreienden Musikkenntnissen zu schmeicheln und langweilen mich dabei zu Tode.“

Am letzten Abend vor der Reise aßen sie bei den Quilici. Die Familie wohnte in einem staatlichen Gebäude neben der Kirche San Frediano. Signore Quilici war ein diskreter Herr, der den jungen Paganini nicht mit Lobeshymnen quälte. Er verhielt sich ihm gegenüber respektvoll und anerkennend, wohingegen seine Frau in einem fort schnatterte: „Woher haben Sie nur diese Fingerfertigkeit, Signor Paganini? Wie kommt es, dass Sie wie ein ganzes Orchester spielen? Da hört man Flöten und Hörner mit der Geige dialogieren … und wie Sie den Bogen durch die Luft schwingen … meine Güte, atemberaubend.“ Signor Quilici lächelte verlegen. Niccolò verdrehte die Augen und versuchte, sich auf das Essen zu konzentrieren. Als Hauptgang wurde eine Art Ölkuchen gereicht, bestehend aus mehreren feinen Blätterteigschichten, unter denen sich eine würzige Artischockenfüllung verbarg. Dazu trank man einen Vino bianco. Normalerweise konzentrierte sich der Virtuose nicht auf das, was er sich herzhaft schmecken ließ. Er genoss und hätte niemandem sagen können, was er vertilgte. Ebenso erging es ihm mit dem Wein. Ob er weiß oder rot war, bemerkte er kaum. Die Hauptsache, es mundete. Auch an diesem Abend fiel es ihm schwer, auf den Geschmack des Weißweines zu achten oder die Artischockenfüllung so geräuschvoll zu kauen, um seinen Ohren das Geschnatter der Hauswirtin zu ersparen. Gott sei Dank nahte von anderer Seite Rettung. Bevor das Dessert aufgetischt wurde, ging die Tür auf und Eleonora erschien. Sie mochte vielleicht zehn oder elf Jahre sein, aber in ihr glühte ein zartes Feuer, in dem das Versprechen loderte. Niccolò hob den Kopf und senkte ihn vorläufig nicht mehr.

Am 26. September heirateten Carlo und Anna in der Chiesa San Tommaso. Zwei Monate wohnten sie gemeinsam in Antonios Haus im Polcevera-Tal, während Niccolò komponierte und seine Konzerte vorbereitete, die für November und Dezember in Lucca geplant waren. Er brannte darauf, Eleonora wiederzusehen. In seinen Gedanken war er stets bei ihr, ja, es war fast unmöglich, zu komponieren, ohne an sie zu denken. Eleonora war jung, viel zu jung, und Niccolò wusste nicht, wie er sich ihr hätte anders nähern können als über eine Komposition. Aber die Melodien wollten im Polcevera-Tal nicht so recht kommen. Die Umgebung war bereichernd, der Oktober launisch. An manchen Tagen vergoldete er die Landschaft, dann umhüllte er sie wieder mit einem abscheulich grauen Mantel. Normalerweise ließ sich Niccolò davon nicht beeinflussen. Seine Melodien waren nicht wetterabhängig. Ob es regnete, die Sonne schien oder ein heftiger Wind blies, die Melodien kamen immer. Sie fingen an zu schwingen, zu tanzen, zu toben, schließlich hörte er sie heftig, wie Regentropfen am Fenster, ganz deutlich jeden einzelnen Ton, als wollten sie ihm etwas mitteilen. Das war der Moment, in dem er sie festhalten musste und sie aufs Blatt fesselte. Manche Melodie fesselte er allein im Kopf. Das war sicherer, denn so konnte sie ihm keiner nehmen. Augenblicklich schlugen die Töne in seinem Kopf gegeneinander. Er hörte Dissonanzen. Aber was schlimmer war, sie echoten nicht in seinem Herzen, also taugten sie nichts. Was störte Niccolò? Es war das Haus. Der Vater. Die plappernden, geräuschvollen Schwestern Paola und Niccoletta und natürlich Carlo mit Ehefrau. Entweder er suchte sich eine andere Bleibe oder er ging auf Reisen.

Vorerst wählte er das zweite. Wieder wollte Carlo ihn begleiten. Er versprach Anna, eine Stelle beim Orchester von Lucca zu erbitten. Sollte es mit der Anstellung klappen, würde er eine geeignete Wohnung für beide suchen.

15

Eleonora, jetzt bist du fast vierzehn Jahre und ich dreiundzwanzig. Deine Augen strahlen, wenn ich von der Violine erzähle. Du verstehst meine bizarre Liebe zu ihr, du legst deine weiße Hand auf meinen Arm, sobald mich dabei dieses schreckliche Zittern befällt. Meine Stimme zerbricht, mein Herz klopft, mein Atem wird kurz. Es ist ja nicht das geformte Holz, der Klangkörper, der mit Saiten bespannt ist, woran mein Leben hängt, es ist jenes Instrument, das erst in meinen Händen zur Geliebten wird. In jeder anderen Hand ist es verloren. Ich konnte meine alte Geige so leicht aufgeben, weil sich die neue wie eine Katze in meinen Arm schmiegte. Ich schob sie unters Kinn und atmete ihren wunderbaren Duft, ich berührte die G-Saite mit dem Bogen, spielte eine belanglose Melodie, und schon fühlte ich ihre Hingabe. Sie stammt aus Guiseppe Guarneris Atelier und wurde mir vor einem Jahr in Livorno anlässlich der Einweihung eines Theaters von einem Verehrer überreicht. Das sage ich hier und jetzt. Andere behaupten, ich hätte mein altes Instrument am Hasardtisch verspielt und sei gezwungen gewesen, mir eine Guarneri auszuleihen. Lasst sie reden, die Wahrheit ist ein Chamäleon. Ich nehme es nicht so genau mit ihr, weil sie es auch nicht genau mit mir nimmt. Darum zahle ich ihr nur mit gleicher Münze heim. Signor Livrons Geschenk war ein stolzes Geschenk und genau richtig für mich. Ich ziehe die Guarneri der Stradivari vor, weil sie von einem größeren Format ist. Im Ton steht sie der Geige des genialen Antonio Stradivari in nichts nach. Genauso edel, genauso groß und voll, wenn man ihn zu formen versteht. Besonders liebe ich ihren ambragelben Grundton, über dem eine durchsichtige Schicht roten, schimmernden Lacks liegt. Aber weißt du, Eleonora, ihr Körper schimmert und strahlt erst richtig, wenn ich sie streichle, wenn ich mit den Fingerkuppen ihre Haut klopfe, die Fasern ihres Leibes zupfe oder sie mit dem Bogen zum Schwingen bringe. Dann singt sie, dann lacht und weint sie. Ja, manchmal fürchte ich, ihr wachsen Flügel und sie entreißt sich mir, um einfach davonzufliegen.

Du, Eleonora, verstehst mich. Ich sehe es in deinen weiten, leeren Augen. Sie öffnen sich, um sich mit den Bildern, die ich dir male, zu füllen. Und plötzlich siehst du mich voller Staunen an, so entzückt, als sei ich ein Adonis. Und plötzlich wirst du ganz eifrig, stellst Fragen zur Musiklehre, willst alles erlernen. Wer sind Sie, Signor Paganini, wer ist Stradivari und wer Guarneri?

Angesichts deines süßen, unschuldigen, ja fast dummen Ausdrucks erzähle ich dir ein wenig von Antonio Stradivari, denn er war nur ein Jahr jünger als du, als er vor 150 Jahren zu Amati, dem großen Geigenmacher, in die Lehre ging. Am liebsten streunte er durch den Wald und erforschte die Bäume auf ihren Klang und ihre Beschaffenheit. Er legte sein Ohr an ihren Stamm und verfolgte ihr Wachstum. Mit der Zeit konnte er Holz von Holz unterscheiden, so wie es Michelangelo mit dem Marmor konnte. So gelang es ihm eines Tages, aus den feinsten Hölzern und einer geheimnisvollen Lackmischung, die er in zwei Schichten auftrug, die *große* Stradivari zu schaffen. Später werde auch ich mir eine kaufen.

Entzückende Eleonora, dafür liebe ich dich. Für die Liebe, die du mir bezeugst, die Anbetung, für deine rosige Haut, deinen schlanken Hals, das gescheitelte, geflochtene Haar, das deinen schönen Nacken küsst und für deinen jungen Körper, der in mir Dinge auslöst, die weder du noch meine Geige befriedigen können, und darum nimm die Gitarre. Plaziere sie richtig und packe ihren Hals energischer. Zupfe gefühlvoller und lausche … ja, lausche … Aber nein, der Ton stimmt nicht ganz. Er ist ein wenig daneben. Natürlich! Du hörst es nicht? Das nehme ich dir nicht übel. Viele Menschen hören es nicht.

Sogar Musiker hören es oft nicht. Aber ich höre es, Eleonora, und mir tut es weh. Ja, Eleonora, hin und wieder tut es auch weh, glasklare Töne hören zu müssen.

In den letzten Jahren ist viel passiert. Das üble Gelbfieber griff rasend um sich. Nach mehreren Konzerten in Lucca und Livorno floh ich aus der Gegend Hals über Kopf. Wann werden wir vor diesen Krankheiten sicher sein? Ich weiß nicht, wie weit die Forschung in der Medizin ist, aber es scheint, als hinke sie der Entwicklung in der Musik nach, obwohl wir gerade da noch sehr der Tradition verhaftet sind. Das Volk liebt stets und immer die Opera buffa. Es langweilt sich in längeren, anspruchsvollen Konzerten, darum will ich kurzweilig sein. Die Gefahr, vor einem gähnenden, schläfrigen Publikum zu spielen, gehe ich nicht ein. Darum überrasche ich. Das fällt mir durchaus nicht schwer. Im Gegenteil. Ich fiebere danach, mit meiner Geige die ungewöhnlichsten musikalischen Akrobatiken zu erproben. Pizzicato, Doppelgriffe, Sprünge, drei- und vierstimmige Sätze und was auch sehr verblüfft, ist die chromatische Skala in den allerhöchsten und dabei klarsten Tönen. Dank dem unübertroffenen Gespür für mein Instrument sowie meiner Antenne für die Stimmung im Saal, leuchtet schlagartig ein Alarmsignal in meinem Kopf, sobald es den Zuhörern zuviel wird, und flink spiele ich ein melodisches Adagio. Dann sitzen die Männer atemlos und mit offenem Mund, dann funkeln die Augen der Frauen so großartig, dass mir die Tränen kommen.

Es gibt auch Zeiten, da lege ich meine Geige wochenlang, gar monatelang zur Seite, selbst die neue, wunderbare Guarneri del Gesù vom Mäzen Livron. Lange bevor das Gelbfieber ausbrach, erlag ich dem Reiz einer Dame, die ich niemals hätte berühren dürfen, denn sie ist die Frau meines Wohltäters und noblen Verehrers.

Mein schlechtes Gewissen hindert mich daran, seinen Namen zu nennen, andererseits waren die Monate in Emilias Armen so fruchtbar für mein Leben und für meine Kunst, dass mein Gönner darüber Freudensprünge machen müsste. Emilia hat mich die hohe Kunst der Liebe gelehrt. Meine Geliebte ist eine reife Frau von dreißig Jahren und hat ein Kind geboren, dass eines Tages still in ihren Armen starb, während sie es stillte. Ein sonderbarer Tod! Glücklicherweise gibt es die Adoptivtochter, die arme Waise mit dem venezianischen Haar, deren Namen ich vergessen habe. Emilias Haar ist üppig und dunkel, in der Mitte gescheitelt und zu einem dicken Zopf geflochten, den sie zur dichten Schnecke am Hinterkopf rollt.

Ich lernte sie auf einer dieser fürchterlichen Soireen ihres Gatten kennen, bei denen sehr viel geschwafelt und wenig ernsthaft disputiert wird. Hin und wieder schmerzte mir davon der Kopf bis an die Grenzen der Erträglichkeit. Emilia erwischte mich, als ich mich in einem Zimmer ihrer Residenz verkriechen wollte. Sie bot mir ein anderes Gemach an. Ihres. So fing alles an. Sie machte nicht viel Federlesens. Bald pendelten wir zwischen der Villa in Genua und ihrem Schlösschen in der Toskana hin und her.

Offiziell kam ich zu ihr, um sie die Gitarre zu lehren. Das tat ich dann auch, aber hinterher. Ihr Mann war damals nach Paris gereist, um sich für die Krönung Napoleons einzukleiden. Davon wurde allerorts geredet, es hieß, sogar der Papst werde auf einem Esel über die Alpen reiten, um dem Ersten Konsul die Krone aufzusetzen. Es war Januar und ich dachte, sollte der Papst mit dem Esel über die Alpen und ganz hinauf nach Paris reisen wollen, durfte er nicht länger zögern, sonst käme er ja zum Fest zu spät. Andererseits drohte ihm die Gefahr, in Schnee und Eis zu erfrieren, weshalb es vernünftiger schien, im Frühjahr loszuziehen und in Gottes Namen zu spät zu kommen. Lieber spät als tot. Im Übrigen machte ich mir keine Sorgen um den Papst, eher sorgte mich die Rückkehr des Ehemannes. Sein Schatten eilte ihm schon voraus und verfinsterte mein strahlendes Glück. Denn in Emilias Armen ging für mich die Sonne auf. Ihr Untergang musste so lange wie möglich hinausgeschoben werden. Meine Angst allerdings war sehr übertrieben. Emilias Mann hatte mittlerweile den Italiener abgestreift. Ein Franzosenherz schlug in seiner Brust. Ja, er wollte Bürger Frankreichs werden, seit den Jakobinern ein ehrenwerter Titel. Sein Held Napoleon verkörperte für ihn die neue Welt. Endlich war einer von ganz unten gekommen und hatte sich stolz dorthin gesetzt, wo Jahrhunderte lang Könige saßen und regierten. Hatten die Jakobiner noch die Köpfe abgeschlagen, so ließ Napoleon sie an ihrem Platz, verpasste ihnen allerdings neue Gesichter. Nachdem er in Marengo die Österreicher niedergezwungen hatte, in Turin eingezogen war und mit den Bourbonen in Neapel, mit den Spaniern in Madrid und mit den Engländern in Amiens Friedensverträge unterzeichnete, verehrte ihn Emilias Mann als großen Friedensstifter. Das erzählte sie mir, während ich, von ihrem leuchtenden Körper völlig betäubt, erschlafft neben ihr auf dem seidenen Bett lag. Nach der Liebe bedeckte sie sich gerne mit einem durchsichtigen Schleier, der dann ordentlich verrutschte, wenn sie gestikulierend redete und sich dabei ereiferte. So durfte ich ihren herrlichen Busen, den weißen Bauch, in dessen Nabel ein Diamant glitzerte und die elfenbeinfarbenen Arme ungeniert betrachten. Sie hatte einen Arm angewinkelt und den Kopf in die Hand gestützt, während der andere hin und wieder hochschnellte. Dabei bemerkte ich, wie sehr mich der Kontrast ihrer hellen Haut mit dem schwarzen, gekräuselten Haartuff in ihren Achselhöhlen bis in die letzten Fasern meines Körpers erregte. Ich bedeckte sie mit Küssen und bettelte um eine weitere Lektion in kunstvoller Liebe.

„Erst wenn du mir erklärst, was man unter einem Flageolettton versteht.“

Zuerst fiel mir die Kinnlade herunter, dann griff ich an meine Brust und schließlich lachte ich schallend.

„Aber, liebe Emilia. Was ist für eine nüchterne Frage in diesem sinnlichen Augenblick.“

„Unsinn! Meine Frage ist sehr sinnlich. Wie schaffst du es zum Beispiel unendlich viele wohlklingende Töne in rasender Geschwindigkeit aus einer Saite zu locken? Deine Hand saust über die Saiten wie der Wind. Man sieht nicht, was sie treibt. Und diese Flageoletts führst du in allen Lagen deines Instrumentes aus, niemand hat das je zustande gebracht, es grenzt …"

„Gnade, Emilia!" Ich lag wieder auf ihr. Sie verschluckte das letzte Wort und entspannte sich. Ein süßes Lächeln verklärte ihr Gesicht. „In deinen Armen bin ich nichts weiter als ein glücklicher Hund, der um mehr Liebe winselt."

„In meinen Armen bist du ein ganzer Mann, der aus seiner Geliebten das Letzte holt."

Vor der Gitarrenstunde erklärte ich Emilia in wenigen Worten einige Begriffe. Wir waren angezogen, hatten unsere Haare gekämmt, sahen sauber und unschuldig aus. Ich kann ehrlich behaupten, dass ich mit zweiundzwanzig noch unschuldig aussah, und Emilia kleideten ihre dreißig Jahre wie ein Brautjungfernkleid. Sie ließ den Diener Tee und etwas Gebäck bringen. Als er verschwunden war, fragte ich:

„Was wird er deinem Mann verraten?"

„Dass du hier warst und mich die Gitarre schlagen lehrtest."

„Dein Mann wird die Gitarre an mir zerschlagen." Neugierig wartete ich auf ihre Reaktion.

„Hast du Zeit, Shakespeare zu lesen?"

Statt einer Antworte formte ich meine Lippen zu einem Kuss. Emilia errötete.

„Du hast sehr große schwarze Augen, in denen ein heißes Feuer lodert", flüsterte sie und neigte sich vor. „Mit diesem Feuer wirst du die Welt erobern."

So ein schönes Kompliment verdiente endlich die Antwort auf die von ihr zuvor gestellte Frage.

„Ich denke, du hast eine Ahnung davon, was ein Flageolett sein könnte?"

„Certamente, amore mio! Es sind die leisen Obertöne deiner Geige. Du machst sie hörbar, indem du die Saite an einem Teilpunkt mit sehr viel Fingerspitzengefühl abdrückst. Der erklingende Flageoletton ist eine Oktave höher als die Saite."

„Brillante, tesoro mio! Dennoch solltest du wissen, dass ich außer den einfachen Flageoletttönen auch solche in Doppelgriffen der Terz, Quinte, Sexte ausführe und dass man ja auch natürliche Töne mit Flageoletttönen in Oktavengängen zusammenklingen lassen kann."

„Ich bin erstaunt darüber, wie begeistert du von deiner Arbeit sprichst. Du liebst deine Musik."

„Würde ich es nicht tun, wäre ich nicht hier, wäre ich nirgends, existierte ich nicht. Meine Musik bin ich."

„Ist es nicht Hassliebe? Sicherlich hat sie dich oft gequält!"

Darauf fiel mir nicht sogleich eine Antwort ein. Natürlich lagen mir böse Worte über meinen Vater auf der Zunge. War die Schinderei, der er mich unterworfen hatte, wirklich nötig gewesen? Ich liebe die Musik, ich liebe die Mandoline, die Gitarre, die Geige. Meine Liebe gehört niemandem sonst als diesen Instrumenten und der Musik. Was wäre die Welt ohne Musik? Was wäre mein Leben ohne sie? Vater hätte mich nicht mit Essensentzug zu strafen brauchen, wenn ich statt zehn nur acht Stunden geübt hätte, denn ich habe der Musik den Platz eingeräumt, den sie für ihr Wachstum benötigte. Im Zusammenleben mit mir blieb der Musik nichts anderes übrig, als sich mit mir gemeinsam auszudehnen und zu wachsen. Schritt für Schritt Genua erwecken, aus seinem mittelalterlichen Schlaf reißen, als rebellische Melodie in sein Ohr schleichen, bis ins Innerste, dort aufräumen, die in Ketten schmachtenden Gefühle befreien. Dann weiter, Schritt für Schritt, Ton um Ton, hinaus in die Weite des italienischen Landes.

16

Das Gelbfieber in Livorno griff weiter um sich. Lucca sperrte vorerst die Grenzen und verbot allen Verkehr mit Livorno und Mailand blockierte die Einfuhr von Waren jeglicher Art aus der Toskana.

Niccolò machte es sich über die Wintermonate im Haus in San Biagio bequem. Seine Mutter Teresa kochte Genueser Speisen und servierte ihm einen Montferrat. Nicht immer war der Himmel grau und die Luft feucht und so wagte Niccolò einige Spaziergänge zur schönsten Bucht von Genua am Cap Santa Chiara. Wenn er dann auf der Anhöhe stand, in einen dicken Mantel gehüllt, den Kragen über die Ohren geklappt, die langen, gewellten Haare widerborstig im Wind, träumte er von Emilia. Vor seinem geistigen Auge sah er sein Konzert in ihrer Residenz. Er auf dem Podest, begleitet von einer Harfenspielerin, Emilia im Festsaal eine applaudierende begeisterte Zuhörerin. Er erinnerte sich nun, wie sie sich beim ersten Mal dem Podest näherte, ihren Arm zu ihm hochhob, diesen schönen, elfenbeinfarbenen Arm, seine Hand ergriff und sie länger drückte, als es nötig gewesen wäre. „Niccolò Paganini!", hatte sie überschwänglich gerufen. „Wien hatte Amadeus, wir haben Niccolò!" Wie immer beschämte ihn der Vergleich mit Mozart. Er war es, dem die Welt die schönste Musik zu verdanken hat. Niccolò könnte sich allenfalls in seinem Glanz sonnen, wenn er eine Variation zu einem seiner göttlichen Werke schaffen würde. Vielleicht kommt der Tag, dachte Niccolò und machte sich in Gedanken schon an die Arbeit.

So entstand in den kalten Wintermonaten des Jahres 1804 die Sonata concertata für Gitarre und Violine. Er saß allein am Fenster des lichten Hauses in San Biagio, die Geige griffbereit, die Gitarre an einem Gurt um seine Schulter, als er sie vollendete. Das Knistern des Kaminfeuers echote in seinen Ohren, Klanggirlanden, harmonische Tonbögen erregten sein Herz. Er widmete das Werk seiner Emilia.

Von nun an traf er sie nur noch offiziell. Ihr Ehemann war mittlerweile so gesalbt aus Paris zurückgekehrt, als wäre er selbst gekrönt worden. Niccolò erfuhr von Napoleons ungehörigem Verhalten in der Kathedrale Notre Dame. Vor aller Welt habe der Konsul dem Papst die Krone aus der Hand genommen und sich selbst gekrönt.

Warum hatte er den Papst bloß kommen lassen? Von Rom hinauf nach Paris, weit über die Alpen? Damit alle Welt begreift, dass die Kirche ihre krönende Macht verloren hat, antwortete Emilia.

Lucca hatte inzwischen die Quarantäne aufgehoben. Im Januar des folgenden Jahres kehrte Paganini mit seinem Bruder nach Lucca zurück. Die Quilici boten den Brüdern an, so lange in ihrem Haus zu wohnen, wie es ihnen beliebte. Eleonora war gereift, und in Niccolò erwachte sogleich der Wunsch, sie zu berühren. Emilia hatte in ihm ein Feuer geschürt, das nun aufloderte. Natürlich durfte er das junge Mädchen nicht anfassen. Er durfte ihr Gitarrenstunden geben, ihre Fortschritte verfolgen, ihre Fehler verbessern und dabei ihren runden Arm und ihre weißen Finger versetzen. Das war alles und das war nicht genug. Niccolò litt Qualen beim Anblick des üppigen Mädchens und zwang sich, nur an die Arbeit zu denken. Konzerte, Komponieren und Gitarrenunterricht füllten seine Zeit nicht vollständig aus. Immer blieb Zeit für Gedanken, Wünsche, Drang, Unruhe. Nicht nur aus diesem Grund, sondern weil er tatsächlich regelmäßige Einkünfte wünschte, bewarb er sich um die Anstellung als Konzertmeister im Orchester von Lucca. Seine Kunstfertigkeit hatte sich herumgesprochen und er war nicht größenwahnsinnig wie Napoleon, wenn er sich ausmalte, sein außerordentliches Talent könnte das Orchester von Lucca ja nur weiterbringen. Das Amt für Innere Angelegenheiten schrieb ihm Folgendes:

Dem Signor Niccolò Paganini
Der oben genannte Paganini ist unter die Musiker des Nationalen Orchesters in der Eigenschaft eines Ersten Geigers aufgenommen, ohne dass dadurch die Rechte des derzeitigen Leiters, Professor Romaggi, eingeschränkt werden … Er erhält, beginnend mit dem heutigen Tag, eine monatliche Summe von zwölf Scudi und wird verpflichtet sein, zwei aus Lucca stammende Schüler aufzunehmen …

Am 22. Januar 1805 wurde Paganini eingestellt. Das Orchester war ein bunter Haufen unterschiedlich begabter Musiker, der Niccolò bei weitem nicht das Wasser reichen konnte, doch niemand bekam dies zu spüren. Niccolò stellte seine Begabung unter den Scheffel, während er seine Kollegen gewandt korrigierte, sie beriet, ermunterte, aber niemals tadelte. Er half jedem Musiker, was auch immer er für ein Instrument spielte, egal welches Problem ihn peinigte. In nur wenigen Lektionen stellte er eine falsche Bogenhaltung richtig, obwohl die seine ganz und gar nicht der üblichen entsprach, statt trocken und pedantisch unterrichtete er seine Schüler spielerisch, vermittelte ihnen Freude an der Arbeit und respektierte auch den schlechtesten unter ihnen. Er war unfehlbar in seiner Technik und konnte wie Mozart eine Tonhöhendifferenz von einem Achtelton wahrnehmen. Dank seiner Fürsprache wurde auch Carlo im Orchester aufgenommen. Dieser ließ, kaum hatte er eine Bleibe gefunden, sein Frau Anna nachkommen.

Indessen wohnte Paganini weiterhin im Hause der Familie Quilici. Allerdings war er so beschäftigt, dass er den Bewohnern meistens nur flüchtig begegnete, wenn er gerade durch den Flur auf sein Zimmer hastete. Seine schmale Gestalt blieb dennoch nie unbemerkt. Und sobald ihn jemand erwischte, packte er ihn an der Jacke und zog ihn zu einem Schwätzchen in ein Zimmer.

„Paganini, Sie sind ein Genie! Italiens Mozart, dio mio! Sie leisten Unglaubliches in diesem wahrhaft durchschnittlichen Orchester. Durch Sie werden die Hanswurste über Italien hinaus bekannt werden!“, plapperte die Hausherrin. Oder Signor Torre, den er im Cellospiel unterrichtete, sagte: „Sie sind keine Spur neidisch, fahren kaum aus der Haut, obwohl die Schüler so rechte Nieten sind.“ Paganini nickte verzweifelt, denn er wollte nichts anderes als seine Ruhe. Im Februar ergab sich hin und wieder ein gemeinsames Abendessen, doch Niccolò hatte Mühe, an turbulenten Tagen gleichzeitig das gute Essen, die Ruhe und Eleonoras Anblick zu genießen.

In den folgenden Monaten begann er die Komposition „Alla Ragazza Eleonora“, unterwies mehrmals wöchentlich seine Schüler, übte und arrangierte täglich unter anderem Werke von Rode, Kreutzer und seine eigenen. Nebenbei trat er bei Privatkonzerten auf. Er steckte also über beide große Ohren in Arbeit. Und mitten hinein in diese fruchtbare Phase platzte Elisa Baciocchi, die Schwester Napoleons.

17

Napoleon war 1798 erfolglos aus Ägypten zurückgekommen, fackelte nicht lange und putschte gegen das regierende Direktorium in Paris. Er ließ sich zum Ersten Konsul ernennen, gewann an innerer Größe, wurde daraufhin auch tatsächlich zwei Zentimeter höher und brach auf, sich die halbe Welt zu Füßen zu peitschen. Er schlug die russisch-österreichischen Truppen bei Austerlitz, die preußische Armee bei Jena, marschierte in Berlin ein und beabsichtigte mit der Kontinentalsperre die Engländer zu isolieren, weil sie so dreist gewesen waren, ihn bei Trafalgar zu schlagen und die Seeherrschaft an sich zu reißen. Auch in Italien war er nun allgegenwärtig, aber das Land hatte sich nicht ganz mit ihm abgefunden. In Genua, in der Villa Di Negros zerstritten sich die Bonaparte-Anhänger. Di Negro verteidigte ihn, der Dottore neigte dazu, ihn zu verteufeln, Giorgio fürchtete den Zusammenbruch der Carbonari, sollten sie nicht von einer starken Hand geleitet werden. Der wirklich fähige Mann, Buonarotti, saß in der Schweiz und hatte die Filadelfi gegründet, dank deren Hilfe er den Norden Italiens unterwanderte. Derweil Emilia an Niccolò dachte und fürchtete, er habe sie längst vergessen.

Die Meinungen über Napoleon waren gespalten, die einen misstrauten ihm, die anderen glaubten an ihn. Di Negro hielt den Korsen für einen intelligenten Mann mit großem strategischen Feingefühl. Ihm lag nicht nur an Siegen, er strebte auch kulturelle Entwicklung an. Im Land hatte sich seit den Medici, die Michelangelo, Raffael,

Leonardo da Vinci gefördert hatten, nicht viel getan. Das Land musste lernen. Und warum nicht von den Franzosen?

„Weil sie sich während der Schreckensherrschaft wie Barbaren aufgeführt haben!", mischte sich Emilia ein. „Stell dir vor, nur weil du blaues Blut hast, wird dir der Kopf abhackt?"

„Das blaublütige Gesindel hat bekommen, was es verdient." Sämtliche Augen richteten sich auf Andrea, den sechzehnjährigen Sohn Buonarottis. Zum ersten Mal beteiligte er sich an der Diskussion. Andrea wollte Margherita beeindrucken. Sie saß immer dabei, sagte kein Wort, blickte mit ihren großen grünen Augen jedem ins Gesicht und ließ dabei zärtlich ihre Finger durch das glänzende Haar gleiten. Sommersprossen schmückten ihre kleine Nase. Ihre Haut schien aus Porzellan, ihr Ausdruck abwesend. Doch sie war sehr präsent. Kein Satz schien ihr zu entgehen. Wer sie genau betrachtete, entdeckte Goldpunkte in ihren Augen und konnte direkt sehen, wie es hinter der weißen Stirn arbeitete. Margherita verfolgte nicht nur die erregten Debatten, sie verfolgte in Gedanken die verschlungenen Wege jenes Mannes, der schon vor Jahren tiefe Gefühle in ihr ausgelöst hatte.

„Napoleon ist nicht Robespierre. Was mir nicht behagt, sind die höheren Steuerabgaben, weil jedes Franzosenmaul von uns gefüttert werden muss."

„Von den Abgaben baut Napoleon Schulen, Universitäten, kulturelle Zentren, Giorgio."

„Du hast recht, Giancarlo! Und du bringst mich auf eine Idee. Um in einem Italien ohne revolutionäre Plattform unser Ziel zu erreichen, brauchen wir einen Verbündeten unter den Royalisten."

„Wir brauchen eine offizielle Liberale Partei, Giorgio, das ist wirksamer. Was meinst du dazu, Andrea?" Di Negro hatte die nachlassende Aufmerksamkeit des jungen Mannes bemerkt. Er war ganz in den Anblick Margheritas versunken. Sie sah tatsächlich aus wie ein Edelstein. Die Sonne zauberte Diamanten in ihr Haar, so dass es herrlich funkelte. Andrea war wie geblendet und antwortete nicht, worauf die Versammlung laut hinauslachte. Auch Margherita lachte.

Beschämt erwachte der junge Mann aus seiner Verzückung, stand abrupt auf und verließ gekränkt den Raum.

„Oh, oh, oh!“, machte Di Negro. Seine Kameraden kümmerten sich nicht weiter um den Jungen, sondern knüpften an das unterbrochene Gespräch an.

„Eine liberale Partei? Ausgezeichnet! Doch keinen Napoleon, bitte schön! Er ist mit Vorsicht zu genießen. Einmal liebt er die Bevölkerung, andererseits verkündet er, er regiere nicht mit dem Pöbel. Und plötzlich sitzt er im hermelinbesetzten Mantel aus purpurnem Samt auf dem Thron und will die Welt erobern. Der macht sich über uns lustig.“

„Nicht ganz, Signori!“ Emilias Seidenkleid raschelte. „Vielleicht habt ihr noch nichts vom Gesetzbuch gehört, das der neue König von Italien jüngstens erlassen hat. Es nennt sich Bürgergesetzbuch und schafft die Privilegien der Pfaffen und Blaublütigen ab. Eine Menge Klöster werden geschlossen und geistliche Orden aufgehoben. Deren Besitz fällt dann den Landgemeinden zu, und das ist richtig so, denn mit der Frechheit der Kirchen, den Himmel und weite Flächen auf Erden beanspruchen zu wollen, muss es ein Ende haben.“

„Liebe Freunde, hören wir auf, über unseren Bonaparte herzuziehen!“, rief Di Negro. „Der Gedanke, die vereinte, große Republik Italien zu gründen, hatte ihn schon damals fasziniert, als er Sardinien niederwalzte und nach der Schlacht von Lodi Parma, Mailand und Modena im Handumdrehen einsteckte. Angeblich hat er dem neapolitanischen Botschafter Folgendes ins Ohr geflüstert: *Man wird nie aus Lombarden, Piemontesern, Toskanern, Genuesern, Napolitanern und Römern ein einziges Volk machen können … und doch ist es eine wunderbare Idee.* Wollen wir mit diesen Worten unsere heutige Zusammenkunft beschließen?“

Einstimmiges Gemurmel. Margherita verließ als Nächste den Raum.

Sie suchte Andrea und fand ihn im dritten Stockwerk an einem der hohen Salonfenster, das einen schönen Ausblick auf Genuas Hafen hatte. Bevor sie näherkam, betrachtete sie ihn. Seine schlanke Gestalt zeichnete sich als Schattenriss im einfallenden Licht ab. Eine Hand stützte sich auf eine der Säulen, die den Fenstern vorstanden. Eine elegante, schmale Hand. Die Hand eines Blaublütigen, dachte Margherita.

„Andrea?“

Beim Laut der Stimme zuckte die schlanke Gestalt zusammen und drehte sich um.

„Margherita!“ Er löste sich vom Anblick der Stadt. Sie ging auf ihn zu, während er wie gelähmt stehen blieb und sie anstarrte.

„Die Männer sind dumm. Sie widersprechen sich, reden durcheinander, stellen ihre Argumente auf den Kopf, verlieren den Faden. Sie denken an nichts anderes als Politik. Gibt es nicht schönere Dinge? Die Natur, die Malerei, die Musik zum Beispiel?“ Nun stand sie vor Andrea, der mit hochrotem Kopf anfügte: „Die Liebe …“ Margheritas Gesicht wurde durch ein zauberhaftes Lächeln verschönt und Andrea meinte, direkt in die Sonne zu blicken. Das junge Mädchen musterte ihn spöttisch.

„Warum wirst du nur immer bei jedem Wort, das ich sage, rot bis hinter die Ohren? Das steht dir schlecht. Du bist ein anmutiger junger Mann. Sehr gerne mag ich den Leberfleck unter deinem rechten Auge. Es ist das Tüpfelchen auf dem I.“ Sie kicherte. Andrea errötete schon wieder, diesmal bis zum Hals. Diese Zwölfjährige verhielt sich wie eine gebildete Dame und verteilte ungehemmt Komplimente. Das machte ihn sehr verlegen. Margherita schüttelte lachend den Kopf: „Gehen wir ein wenig im Garten spazieren!“ forderte sie ihn auf und hakte sich bei ihm unter.

18

Nicht nur in Di Negros Salon zerbrach man sich den Kopf über Napoleons Anwesenheit, auch das Volk misstraute dem neuen König von Italien. Doch ungeachtet der blutigen Aufstände im Hinterland der Toskana und der umliegenden Gegend, wo Franzosen und deren italienische Anhänger von bewaffneten Priestern beschossen und von Bauern mit Mistgabeln durchbohrt wurden, breitete sich seine Herrschaft unausweichlich bis nach Rom aus. Und großzügig verteilte er die Regentschaften über die von ihm annektierten Staaten an Familienmitglieder. Lucca wurde aus der Ex-Republik Toskana ausgegliedert, zum Fürstentum erklärt und seiner Schwester Elisa zugeteilt. Sie durfte sich auch Prinzessin des Fleckchens Piombino nennen, womit sie den Neid ihrer Schwester Pauline Borghese anstachelte. Diese hatte dafür den Vorteil, sehr viel hübscher auszusehen als Elisa. Ja, Pauline wurde „La bellisima" genannt und war so schön, dass der Bildhauer Canova nicht anders konnte, als ihre Anmut in Alabaster zu verewigen. Die herbe Elisa hingegen ähnelte ihrem Bruder, was die dunkle Haarfarbe, den korsischen Teint und die hängenden Lider betraf, ihr Gesicht war kantig, ihr Mund streng, fast herrisch. Als sie am 14. Juli in ihrer goldglänzenden, von sechs edlen Pferden gezogenen Staatskarosse in Lucca einzog, empfingen sie zwar ein winkendes Volk und eine strahlende Sonne, aber auch Zurückhaltung und Kälte. Elisa nickte zufrieden nach allen Seiten, selbst zum Himmel, aber sie blieb auf der Hut. Noch war der König von Italien umstritten. Noch verbargen sich unter dieser Masse freudigen Volkes die Gegner, die italienischen Partisanen, die ehemaligen Jakobiner. In ihnen gärte la furia francese. Und was bezweckte Napoleon eigentlich damit, sich in der Mailänder Kathedrale zum König von Italien krönen zu lassen, raunte es in den Reihen. Ein großes Reich will er. Ein Reich wie das von Attila oder Carlo Magno.

Schritt für Schritt gewann Elisa das Vertrauen der Bevölkerung. Bald konnte sie auf halb Lucca und beinahe auf ganz Piombino zählen. Das Wohlwollen der Menschen nutzte sie aus und prägte ihren Herrschaftsbereich diplomatisch und geschickt im Sinne ihres Bruders sowie in ihrem. Sie war nicht nur eine stolze, sie war auch eine rege Prinzessin, der es nicht genügte, ihr langes Haar zu bürsten. Und dumm war sie schon gar nicht. Zehn Jahre Studium an einer französischen Schule hatten zwar ihr bescheidenes Vokabular nicht polieren können, aber ihren Geist geschult. Sie ließ verwahrloste Viertel sanieren, setzte Brücken und Straßen neu instand, legte Sümpfe trocken, förderte die Seidenfabrikation. Die stillgelegten Steinbrüche von Carrara, die einst Michelangelo nach wertvollem Marmor abgeklopft hatte, funktionierten wieder. Und ganz in den Fußstapfen ihres Bruders wandelnd, eröffnete sie Schulen, auch für Mädchen, gründete ein medizinisches Institut und Bibliotheken, schaffte neue Lehrstühle in Geschichte und Jura. Natürlich vergaß sie dabei die Musik nicht, der sie sehr zugetan war. Kurzerhand verabschiedete sie die beiden verstaubten Orchester in Lucca und organisierte ein Hoforchester. Die Umorientierung bekam auch Paganini zu spüren. Domenico Puccini wurde zum Kapellmeister ernannt, Romaggi übernahm anstelle Paganinis die Rolle des Ersten Geigers und Paganini selbst rutschte auf den Platz des Stimmführers der Zweiten Violine zurück, erhielt aber zusätzlich das Amt des Operndirektors.

Allwöchentlich verlangte Elisa zwei Konzerte, wobei weder Tag noch Tageszeit lange vorher angesagt wurden. Die Prinzessin erwartete von ihrem Hoforchester technisches Können, musikalische Versiertheit und die Flexibilität, jederzeit bereit zu sein. Paganini, von dem ihre Umgebung in den höchsten Tönen schwärmte, war ihr bei einem Empfang vorgestellt worden. Der junge Mann gefiel ihr nicht schlecht, an der etwas eckigen Figur störte sie sich nicht. Er trug einen zweireihigen Gehrock, darunter ein weißes Hemd mit hochgestelltem, gestärktem Kragen, um den er gemäß der Mode eine weiße Halsbinde bis unters Kinn geknotet hatte. Der Backenbart wirkte gepflegt, so wie das gewellte, bis auf die Schultern fallende Haar. Er hatte ein anmutiges Gesicht, betrachtete Elisa aus großen, wachen Augen und verneigte sich mehrmals vor ihr. Elisa hatte in ihrem Leben wenig schöne Männer getroffen, im Grunde keinen Einzigen und beschloss, den Künstler attraktiv zu finden. Wohl war er kein Riese, aber ihren Winzling von Bruder überragte er gut und gern um einen Kopf. Zu allem Übel hatte Napoleon ein pausbäckiges, wütendes Bubengesicht und finstere Augen, die von tiefen Brauen erdrückt wurden und Angst einflößen. Auch ihr Gatte konnte mit dem Aussehen des Virtuosen nicht konkurrieren. Verglich man Prinz Felices Gesicht mit dem Paganinis, so stellte man sich unwillkürlich die Frage: Ist das, was Felice auf dem Hals trägt, überhaupt ein Gesicht? Der zusammengekniffene Mund, die breites Nase und Stirn, die schläfrigen Augen, die schlaffen Wangen und die gepolsterte Spitze eines fleischigen Kinns ergaben eine öde Fläche.

Elisa brannte darauf, den Genueser spielen zu hören. Um nicht nur sein Talent und das seines Orchesters, sondern auch deren Flexibilität und Humor testen zu können, verkündete sie eines Tages um die Mittagszeit, am Abend ein Konzert für Violine und Englischhorn hören zu wollen. Die Musiker gerieten in Panik. Sie waren völlig unvorbereitet. Kapellmeister Puccini lehnte es ab, in kurzer Zeit etwas zusammenzuschustern, und leitete die Bitte an Paganini weiter. Für den Genueser war dies kein Problem. Innerhalb von zwei Stunden komponierte er ein Stück mit Orchesterbegleitung, das am Abend sämtliche Gäste von den Stühlen riss und Elisa in Flammen aufgehen ließ. Es war das erste Mal, dass ihr Paganinis Musik den Verstand raubte, aber es war nicht das letzte Mal und bald sollte sie seinem Charme erliegen.

Bis zum Sommer fanden die unangesagten Konzerte zweimal wöchentlich statt und Paganini sah sich gezwungen, über einen Bass zu improvisieren. In Elisas Leib richteten seine Klangphantasie und die teils harmonischen, doch oft aufregenden Klängen seiner Musik ein echtes Unwetter an. Zuerst zitterte und bebte sie am ganzen Körper, als stünde sie unter einem heftigen Regenschauer, dann stöhnte sie und fiel in Ohnmacht. Mitte April wurde ihre Schwangerschaft sichtbar und sie sank schon nach den ersten Klängen zu Boden. Da die Musiker jedes Mal abbrechen mussten, weil sich die Anwesenden hilfsbereit auf die Fürstin stürzten, beschloss diese, künftig den Saal vor Beginn des Konzertes zu verlassen. Schließlich lief ihr der begabte Musiker nicht davon, und überhaupt war er ihr zu Dank verpflichtet.

Sie hatte ihn zum Kammervirtuosen ihres Hoforchesters ernannt, was sein Monatsgehalt auf mehr als zwölf Scudi erhöhte und ihm zusätzlich 1.146 Francs bescherte. Außerdem kürte sie ihn zum Hauptmann der Ehrengarde. Dieser Titel erlaubte ihm, zu ihren Empfängen in Uniform zu erscheinen, worüber sich Elisa vorzüglich gefreut hätte. Doch Paganini hielt nichts von solchen Späßen und tat ihr nie den Gefallen. Damit reizte er ihren Unwillen. Anlässlich eines Empfanges watschelte sie, umringt von ihren Hofdamen, auf ihn zu und sagte schnippisch:

„Signor Paganini, es ist ziemlich rücksichtslos von Ihnen, niemals Ihre Uniform zu tragen. Dabei stünde sie Ihnen ausgezeichnet."

Der Musiker vermied es, auf ihren dicken Bauch zu starren, sondern blickte ihr geradewegs in die Augen. Elisa stand erneut in Flammen.

„Hoheit, erlauben Sie mir, zu bemerken, dass mir die Uniform beileibe nicht so gut steht wie der Bühnenanzug. Und ich möchte Ihre Hoheit nicht erschrecken."

„Gut, ich werde Ihnen verzeihen, wenn Sie uns dafür entschädigen." Elisa nickte gnädig.

„Was immer Ihrer Hoheit beliebt, wenn ich mich nur nicht in der Uniform oder gar nackt präsentieren muss!"

Elisas spontanes Gelächter ließ ihren Bauch hüpfen und vergnügt lachte ihr Hofstaat mit. „Was werden wir dem Maestro auftragen?" Spitzbübisch taxierte sie die jungen Damen. Es kicherte und schnatterte. Vorschläge fielen, aber nichts schien Elisa zu überzeugen. Paganini meisterte auch diese Situation.

„Was halten Sie von einer Oper, die ich persönlich dirigiere?"

Neues Gelächter erschallte. Elisa schnappte lachend nach Luft.

„Wir lieben Opern, Signor Paganini, das wissen Sie! Aber das ist ja absolut nichts Neues. Damit haben Sie uns längst erfreut. Wir wollen etwas Ungewohntes, allerliebster Freund!"

Die Anrede trieb Paganini das Blut in den Kopf, dennoch behielt er Oberwasser. Er zog die Augenbraue hoch und tippte mit dem Zeigefinger gegen seine Adlernase.

„Ich dirigiere die Oper mittels einer Geige mit zwei Saiten. Wäre das ausreichend, die Uniform vergessen zu machen?"

„Gewiss, nur fürchte ich, dass sich mit zwei Saiten das umfangreiche Stück nicht bewältigen lässt. Bei allem Respekt vor Ihrer Kunst, liebster Freund!" Sie warf ihm einen frechen Blick zu. „Vielleicht überschätzen Sie sich. Die Jugend meint oft, Berge versetzen zu können. Wie alt sind Sie, allerliebster Paganini?" Elisa fächerte sich Luft zu, und gerne hätte der Violinist ein wenig frischen Wind abbekommen, fühlte er sich doch zunehmend bedrängt und gleichzeitig auf den Arme genommen mit diesem ständigen „allerliebster, liebster und ach so lieber Paganini!"

„Alt genug, um eine Wette abzuschließen!", antwortete er kühn.

„Ich bin dabei. Was wetten wir, mon Virtuose?"

„Ich dirigiere die Oper, spiele nebenbei auf zwei Saiten und gewinne – falls es mir gelingt – ein Essen für 25 Personen."

„In Ordnung!", kicherte Elisa heftig fächelnd. „Und was bekomme ich, wenn Sie verlieren?" Ihr Fächer bedeckte Mund und Nase, nur ihre dunklen, glühenden Augen fixierten ihn. Niccolò ging der Blick unter die Haut. Ein Vorschlag wollte ihm nicht einfallen und die Furcht, sie könne von ihm das Tragen der Uniform verlangen, lähmte seine Zunge. Doch da beugte sie sich vor und flüsterte:

„Falls Sie verlieren, tragen Sie die Uniform für mich. Für mich ganz allein, mon Virtuose. D'accord?"

Niccolò verneigte sich steif wie ein Stock, brachte aber kein Wort heraus. Natürlich hatte er die Prinzessin verstanden, deshalb nahm er sich vor, die Wette haushoch zu gewinnen.

19

Felice Baciocchi, der gesichtslose Ehemann, lernte indessen das Geigenspiel bei Paganini. In den letzten Wochen hatte der Gesichtslose viele Damen schwitzend und nach Luft ringend im Saal erlebt, sobald Paganini seine Violine hatte erklingen lassen. Die atemberaubenden Läufe, Triller und Akkordfolgen fegten männliche und weibliche Zuhörer von den Stühlen. Dabei war er so jung, so schmal, wirkte so zerbrechlich, sah aus, als wolle er in der nächsten Minute vor Schwäche umsinken. Signor Baciocchi vermutete ein Geheimnis hinter Paganinis Kunst. Ein Fluch, ein Zauber, eine Krankheit. Irgendetwas Skurriles. Kein normaler Mensch, selbst hochbegabt, kann in jungen Jahren solche Kunststücke vollbringen und Klangwirkungen schaffen, die Frauen jeder Altersgruppe außer Rand und Band bringen, dachte Felice erregt. Elisa fängt schon an zu zittern, sobald der Musiker den Hals der Geige packt und sie unters Kinn schiebt. Bei den ersten Tönen verdreht sie die Augen, nach einigen harmonischen Klängen sinkt sie um. Mit seiner schmächtigen Figur und dem leidenden Gesicht wird er Elisa nicht verführen können, denn darin ist sie wählerisch wie ihr verdammter Bruder. Was aber, wenn er es mit seinen teuflischen Künsten schafft? So grübelte Felice und trachtete danach, selbst ein guter Geiger zu werden.

„Mache ich Fortschritte?", fragte er seinen genialen Lehrer Ende Mai des Jahres 1806.

„Nach sechs Monaten Unterricht lässt sich nicht viel sagen, mon Prince!" Paganini packte hastig die Geige ein. Er wollte seine kostbare Zeit nicht noch weiter mit dem schwerfälligen, tapsigen Prinzen vergeuden, obwohl er ihn schätzte. Außerdem war es besser, Elisa zu meiden. Nicht ein Bankett, nicht eine Soirée hatte sie verstreichen lassen, ohne um ihn herumzuschwänzeln. Sie war eine Wespe. Sie schwirrte herbei, summte um ihn herum und passte er nicht auf, stach sie ihn an der empfindlichsten Stelle.

„Seien Sie ehrlich, Maestro! Ein Lehrer weiß schon nach zwei Wochen, ob sein Schüler begabt ist."

Santa Maria, dachte Niccolò. Er hat mich doch nicht nach seiner Begabung gefragt, sondern nach seinen Fortschritten. Und mit beiden ist es nicht weit her.

„Erlauben Euer Gnaden, mit dem Urteil noch ein wenig zu warten." Paganinis Wangen röteten sich, was ihm gut stand. Sein Gesicht wurde ernst und in seinen Augen blitzte es. Felice erschrak. Plötzlich zweifelte er nicht mehr daran, dass Paganini ein Geheimnis hatte. Aber welches?

„Gut, gut, Maestro. Muntern Sie mich dennoch ein wenig auf. Alles, was Sie tun, ist mit dem Kopf nicken oder Hmmm murmeln. Mir ist zu Ohren gekommen, wie eifrig Sie Ihre Schüler vom Orchester anspornen. Bin ich, Ihr Prinz, weniger wert als die kleinen Schüler?"

Paganini schloss die Augen und stellte sich schnell das Gesicht seines strengen Vaters vor, weil er fürchtete, höhnisch und ungebührlich aufzulachen. War der Prinz dumm oder naiv? Wie konnte er sich mit einem Musiker des Orchesters vergleichen? Paganini ging den Weg des geringsten Widerstandes, um rasch verschwinden zu können.

„Euer Gnaden sind meiner Verehrung gewiss. Sie haben enorme Fortschritte gemacht! Vertrauen Sie mir: Ich werde Sie zukünftig tüchtig anspornen."

Unglücklicherweise tauchte in dem Augenblick Elisa auf. Sie war kugelrund und figurlos, was ihr Kleid noch hervorhob. Der Rockteil war hoch angesetzt und von einem goldenen Band über dem Bauch gehalten. Ihre schmale Nase wirkte durch das hagere Gesicht noch länger und die Augen hingen wie zwei feuchte Trauben unter den Augenbrauen. Paganini verneigte sich und griff nach seinem Geigenkasten.

„Maestro, s'il vous plaît, ne partez pas si vite!"

„Madame, mi scusi!" Er verneigte sich ein drittes Mal. Diesmal lächelten seine Augen. Sein Mund verzog sich charmant, so jedenfalls wirkte es auf Elisa. Paganini bezweckte nicht, charmant zu sein, er suchte das Weite. Und er fand Elisa, bei aller Hochachtung, die er ihr entgegenbrachte, schlicht und einfach albern. Heute oder morgen sollte ihr Kind zu Welt kommen und sie hörte nicht auf, ihren Kammervirtuosen anzuschmachten und an dem Vater des Kindes vorbeizusehen, als wäre er ein Möbelstück. Felice schien davon nichts zu bemerken. Ihm fehlten gewisse Antennen. Das machte sich natürlich auch im Geigenunterricht bemerkbar.

„Lieber Signor Paganini, wann immer ich Ihnen begegne, sind Sie in Eile. Das gefällt mir durchaus nicht. Bis auf die ungezogenen Gegner meines Bruders sind Sie der Einzige, der nicht jede Sekunde mit mir ausnützen will. Nennen Sie mir bitte den Grund Ihrer permanenten Hast."

Paganini verneigte sich ein weiteres Mal. Diesmal, um seine gelangweilte Miene zu verbergen. Als er den Kopf wieder hob, verbarg ein Lächeln seinen Ärger.

„Madame, ich erlaube mir zu behaupten, dass ich Ihrer kostbaren Zeit nicht würdig bin, solange ich nicht spiele. Meine Bedeutung liegt in meiner Kunst und liegt die brach, will ich Ihrer Herrlichkeit mit meiner Wenigkeit nicht auf die Nerven gehen." Paganini versuchte, sich rückwärts davonzumachen, sich dabei stets verneigend, um seine spöttische Miene zu verbergen. Elisa wackelte ihm hinterher. An der Tür verlangte es die Höflichkeit von ihm, nochmals aufzusehen.

„Madame, au revoir!"

Elisa blickte ihm geradewegs in die Augen. Mit einer Glut, die ihn entzünden musste, ob er wollte oder nicht.

„Sie haben schöne Augen, mon Virtuose! Es lodert ein Kaminfeuer darin, an das man sich setzen möchte." Ihre Stimme hatte einen samtenen Klang und für wenige Augenblicke spürte er ein sonderbares Verlangen. Ein Ziehen im Magen, ein kurzer Drang, sich im weichen Samt ihres Kleides niederzulassen. Die Idee berührte ihn flüchtig und kaum hatte er das Zimmer verlassen, dachte er nicht mehr daran.

20

Elisa will mich um jeden Preis. Es schmeichelt mir, dennoch wehre ich mich energisch. Der Gedanke, dem armen Wicht von Ehemann Hörner aufzusetzen, schmerzt körperlich. Genügt es nicht, dass er auf

Wunsch des Kaisers seinen Namen Pasquale in Felice hatte ändern müssen? Er ist ein Einfaltspinsel, aber ein gutmütiger Kerl und verdient mehr Respekt. In der Regel sind mir dumme Menschen eine Qual, bei Felice hingegen urteile ich milder. Er tut mir leid. Seine Frau schert sich nicht um ihn. Er kann sich alle Mühe geben, er bleibt eben nichts weiter als das Anhängsel einer Bonaparte.

Zwei Wochen vor der Geburt des Kindes taucht die Prinzessin kaum noch auf ihren Empfängen auf und auch ich mache mich rar. Ich betreue, so weit es geht, die Schüler, erfülle meine Pflichten im Hoforchester.

Unter den Musikern tummelt sich ein gar sonderliches Subjekt. Es frisst alles, was nicht niet- und nagelfest ist. Nein, es frisst auch, was fest ist. Seine Fingernägel, seine Haare, seine Kleider und selbstverständlich seine Partituren. Immer wieder sind wir veranlasst, die Partitur für ihn zu kopieren, bevor er sie auffrisst. Leider ist der Mann Violinist, was mich fürchten lässt, er knabbere eines Tages an seiner Geige oder am Bogen. Flöte und Pauke laufen weniger Gefahr, gefressen zu werden. Der Musiker hört auf den Namen Alessandro und hat ein vorzügliches Ohr. Er spielt auch ganz anständig, überrascht zwar nicht mit seinem Spiel, aber das erwartet ja kein Mensch von einem Orchestermusiker. Wie auch immer. Wäre nicht der absonderliche Mensch, würde ich mich in aller Ruhe auf meine neue Komposition für Orchester und Violine konzentrieren können. Elisa, die Teufelin, wünscht etwas Besonderes zum Geburtstag ihres Bruders im März des kommenden Jahres. Als sie es mir sagt, streift ihr Arm meine Brust und ihr dicker Bauch meine Schenkel. Ich spüre den Strom ihres Verlangens. Er überträgt sich bei jeder Berührung.

Endlich kommt das Kind zur Welt und Elisa ist abgelenkt. Ich arbeite an der Sonate. Einen Monat lang habe ich Ruhe, in einem freundlichen Zimmer des Hauses Quilici. Mein Fenster zeigt auf den Garten, der im Augenblick in seiner ganzen Farbenpracht erblüht. Eine schmale Allee von roten Rosensträuchern führt zu einer Laube in dunklem Grün. Dahinter blitzt etwas blauer Himmel, in dem weiße Wolken schweben. Sie erinnern tatsächlich an ungeschorene Schafe. Mit Notenblatt, Feder und Tintenfass setze ich mich täglich ans Fenster. Ich schaue hinaus und bald schon sehe ich die Farben vor meinen Augen nicht mehr. Nein, ich höre sie. Ich höre das Thema, ein wenig pastoral, ein wenig poetisch, leicht dahinwiegend, im Sechsachteltakt. Eine fließende Melodie, die ein Frauenherz erweicht. Aber wird es Elisa genügen? Einen Sprung in den Zweivierteltakt mag diese gestrenge Frau sicherlich. Das klingt nach Marsch. Jawohl, Madame, wir Lakaien marschieren vor Ihrer Hoheit in Reih und Glied auf: Eins, zwei, eins, zwei. Nun jucken meine Finger. Drei Variationen werden folgen und dazu tanze ich nicht nach Madames Rhythmus. Raus aus dem Gefängnis der Gewohnheit. In den beiden ersten Variationen springt mein Bogen, dann wechseln sich Flagoletts mit Grundtönen ab und endlich, gegen Ende der dritten Variation bebt mein ganzer Körper von der Tonfülle, die mir in schnellen Läufen von Zweiunddreißigstel-Quartolen aus den Fingern strömt. Und alles auf der G-Saite. Ja, die Violinstimme wird nur auf der G-Saite singen. Eine kühne Idee! Wunderbar! Jetzt noch ein bombastisches Finale. Und einen eindrucksvollen Anfang. Wie soll beides aussehen? Es fällt mir in diesem Sommer nicht mehr ein.

Anfang Juli befiehlt Elisa den gesamten Hof auf ihre Sommerresidenz Bagni di Lucca. Mir gestattet sie eine kurze Konzertreise nach Livorno. Angeblich kann sie mich entbehren. Obwohl sie mir ziemlich egal ist, verletzt es, von ihr vorgeladen und dann wieder weggestoßen zu werden. Sie geht mit mir um wie mit ihren Dienern. Aber das hat Paganini nicht nötig. Jedenfalls nicht mehr, denke ich und lasse mich weiterhin wie einen Lakai behandeln. Andererseits: Habe ich Grund zur Klage? Ich bin kein brotloser Künstler wie viele andere. Als Genueser kann ich rechnen. Einnahmen und Ausgaben notiere ich sorgfältig in meinem Notizbuch. Alles in allem geht es mir nicht schlecht. Ich bewege mich in illustren Kreisen, esse unter Kandelabern, trinke vorzüglichen Wein und werde angebetet. Und wie besonders tröstlich ist es, von Madame Frassinet angebetet zu werden. Die junge Frau ist Hofdame bei Elisa und versäumt keinen meiner Auftritte. Wo und wann auch immer ich spiele, sie sitzt unten und hebt ihr entzücktes Gesicht zu mir herauf. Manchmal andächtig, manchmal erhitzt. Ich sehe ihre glänzenden Augen, sehe ihre Brust sich heben und senken, erkenne trotz des diffusen Lichtes die hektischen Flecken auf ihren Wangen und ich weiß, dass ihr Herz wild klopft, ihr Blut wallt. Ich spüre es auf der Bühne, denn von dieser zarten Gestalt dort unten geht eine himmlische Gewalt aus. Diese Gewalt nimmt mich vollständig in Besitz. Ich spiele das Adagio meines neuesten Werkes und bringe sie zum Weinen. Im changierenden Licht des Teatro Avvalorati in Livorno glitzern ihre Tränen wie Edelsteine. Da empfinde ich Liebe für sie. Zärtliche Liebe und das Verlangen, sie zu küssen, ihr zu danken, ihr meine Violine zu Füßen zu legen.

Wir lieben uns in einem Hotel in Livorno. Es ist das erste Mal. Sie ist so anders als Emilia. Nur wenig älter als ich, doch scheu und voller Erwartung. Ich wollte ihr meine Guarneri zu Füßen legen, doch bevor ich es tue, sinkt sie nieder und umklammert meine Knie: „Nimm mich wie deine Geige. So sanft, so großzügig, so gewaltig. Und pack mich mit der Guarneri in den Geigenkasten. Trage mich bei dir, wo immer du auch hingehst. Ich will nicht mehr Hofdame einer herrischen Kuh sein und Ehefrau eines verknöcherten Generals."

Ich entdecke nicht nur Madame Frassinets unersättliche Lust, ich entdecke auch ihre Gesangsstimme und ihre Gitarrenkünste. Beides beherrscht sie nicht perfekt, doch angenehm. Wir können also unsere Liebe im Geheimen weiterpflegen, da sie von nun an bei mir Gitarrenunterricht nimmt und hin und wieder als Sängerin auftritt. Elisa und auch Frassinets Ehemann, ein gebeutelter General unter Napoleon, dürfen nichts erfahren. Madame Frassinet belebt meine freien Stunden in Lucca, ihr anschmiegsamer Körper inspiriert mich. Ich verstecke mich während der Liebe nicht mehr unter der Decke. Sie wirft jedes Kleidungsstück zu Boden, schiebt Schleier und Decken zur Seite, schlingt sich um mich und zieht mich in sich hinein. Unser letztes Treffen in Lucca löste eine bombastische Orchesterintroduktion für meine Sonate in mir aus. Mit einigen trillernden, leichten Flöten, die sich in Elisas Ohr schleichen und warm über ihren Rücken rieseln werden. Und schlicht, aber eindrucksvoll höre ich das Finale. Die Violinstimme unterhält sich voller Übermut, hin- und her springend mit der Flöte, kurz trumpfen Streicher, Oboen, Klarinetten, Fagotte, Hörner in Es und Posaunen auf, werden von der übermütigen Violine unterbrochen, erklingen ein letztes Mal triumphierend und verneigen sich vor ihrer Herrlichkeit. Vor welcher eigentlich?

21

Im Februar 1807 steht die „Sonata Napoleone" auf dem Blatt. Mein bis dato bestes Werk. Und nicht Napoleon soll sie gewidmet sein, sondern der zarten Elise Napoleone Baciocchi, die mir Elisa für einige Monate vom Leib gehalten hat.

Ich habe vor, das Stück ausschließlich auf der G-Saite vorzutragen, und möchte damit nicht nur dem Hof oder dem fernen Napoleon imponieren, ich möchte besonders meinen Verehrerinnen gefallen. Das Orchester und ich üben gemeinsam nur eineinhalb Tage. Zuvor teile ich das Manuskript an die Musikanten aus und verordne strengste Auseinandersetzung mit dem neuen Werk. Selbstverständlich fertigte ich eine zweite Kopie für den Vielfraß Alessandro an. Ich tat gut daran, denn als wir uns vor dem Konzert zur Probe treffen, hat er seine Partitur bis zur Unkenntlichkeit zernagt und ist augenblicklich dabei, seinen Bogen anzufressen. Meine Nerven sind nicht die besten, aber ich bin gefasst. Letztendlich ist die Erste Violine die Hauptperson und sollte Alessandro auch jede Note verspeisen, so merkt das Publikum nichts davon. Ich werde harmonische Klänge erzielen und Effekte herstellen, die Frauen atemlos machen und ihre Dekolletés vom Schweiß glänzen lassen. Dazu wende ich Kunstgriffe aus der Barockzeit an und kein Mensch beachtet Alessandro, den Allesfresser. Hinter mancher Zauberei verbirgt sich nur perfektes Handwerk. Ich hyperakkordiere die Geige, stimme die G-Saite um eine Terz höher, wodurch sie stärker gespannt ist und man eine höhere Klangbrillanz erzielt. Diese Klangbrillanz muss Elisas Blut zum Herzen getrieben und den Kopf entleert haben. Die Flageolette können es nicht gewesen sein, denn sie fällt schon bei den harmonischen Klängen des Larghetto in Ohnmacht. Sehr elegant. Sofort eilen alle Lakaien, außer mir, herbei, heben sie hoch und tragen sie hinaus. Während des Andantino-Teils liegt sie im Nebenzimmer und horcht. Das weiß ich, denn ihr entgeht nichts. Selbst bewusstlos nimmt sie alles wahr. Die Pauken setzen ein und ich gleite in die tänzerische Variation, in der ich mit Flageoletten arbeite, die jeder Frau unter die Haut gehen. Es ist ja charmant von den Damen, mich hin und wieder mit einer Ohnmacht zu beehren. Nur bei Elisa geht es mir langsam auf die Nerven. Ihre Ohnmachten sind lästig und gefährlich. Eine leise Ahnung beschleicht mich, wie man Elisa von ihrer Schwäche erlösen könnte. Dabei läuft es mir heiß über den Rücken.

Der Kaiser selbst hatte sich nicht die Ehre gegeben, doch wo auch immer er gerade wieder ein Land eroberte, der Erfolg der „Sonata Napoleone“ kam ihm zu Ohren. Ich erfahre es von Elisa. Es ist eine schwüle Augustnacht in Massa, als sie mich in ihre starken Arme nimmt und … nun wie sage ich’s … zuerst im spöttelnden Corrente und schließlich im Adagio seducente liebt. Auch auf diesem Gebiet ist sie sehr anspruchsvoll und nach ihrer stöhnenden, etwas unmusikalischen Hingabe zu urteilen von ihrem Ehemann gehörig vernachlässigt worden. Der Gehörnte scheint auf allen Gebieten eine Pfeife zu sein. Inzwischen tut er mir nicht mehr leid. Der Mann braucht vorläufig für nichts zu fürchten. Und solange er Napoleon und Elisa nicht stört, darf er auch am Leben bleiben. Ein eigenartiges Völkchen, die Bonapartes und ihr Anhang.

Madame Frassinet vernachlässige ich in jener Zeit, aber sie tut es ebenfalls. Wir vernachlässigen uns gegenseitig, da Elisa stärker ist. Ich liege in ihren Armen wie angeschmiedet. Auch in der Villa Marlia, in die wir Anfang September zurückkehren, verzichtet sie nicht auf mich. Ich stehe ihr immer zur Verfügung und kümmere ich mich nicht um sie oder das Hoforchester, spiele ich Elise Napoleone auf der Mandoline vor. Die Kleine sitzt in einer kaiserlichen Kinderkarosse im Garten der Villa und lauscht mit geöffnetem Mund. Ich sage: „Du hast recht Elise, mach den Mund gut auf und ziehe die Töne durch die Zähne ein." Sie lacht und zeigt mir ihr zahnloses Mündchen. Das nette Geschöpf hat die ersten Teile einer Komposition angeregt, die ich später das „Duetto amoroso" nenne. Es sind harmonische Spielereien auf der Mandoline. Die Töne kommen leichtfüßig zu mir, sie schweben einfach daher und verweben sich zu unkomplizierten Melodien. Lieder für Kinder. Sonatinen für kindliche Erwachsene, hübsche Damen in lieblicher Toilette. Ich blicke in den hellen Himmel, sehe das saftige Grün des Rasens und Elise Napoleones strahlendes Gesicht. Madre mia, ich erkenne weder Vater noch Mutter in dir, bambina! Deine Mutter ist ein Teufelsweib. Ihre Beine schlingen sich um meinen Nacken, wenn ich sie liebe, packt sie mich erregt an meiner langen Nase und schnürt mir den Atem ab. Sie keucht und jauchzt. Ihr Busen hebt und senkt sich leidenschaftlich … Aber ach, was rede ich daher. Das ist nichts für deine Ohren. Höre die Stimme der Mandoline. Ich spiele sie so gut wie die Violine, findest du nicht? Nun, Elise Napoleone, wie soll ich die klingenden Gemälde nennen, die mir beim Anblick deiner Kinderaugen einfallen? Fangen wir noch einmal an. Das erste heißt Beginn. Der Anfang eines Spiels, eines Tanzes. Heiter, leicht. Das zweite nenne ich Gebet. Es klingt nachdenklich, ein wenig wiegend. Schläfst du ein? Dann würzen wir mit mehr Schwung. Das dritte heißt Einwilligung und das vierte werde ich Schüchternheit taufen, denn nun wirkst du besorgt. Aus Schüchternheit? Es ist möglich. Deine Amme kommt und ich entferne mich. Die Sonatinchen werde ich später weiterkomponieren.

𝄽

Bald ist Weihnachten, und ich sehne mich danach, mia carissima Signora Madre wiederzusehen. An manchen Tagen fehlt sie mir. Leider ist eine Rückkehr mit Schwierigkeiten verbunden. Die Kontrollen haben sich geändert, seit Napoleon König von Italien ist und er das Königreich Italien proklamiert hat. Sogleich teilte er das Land nach napoleonischem Gutdünken ein. Das Piemont, die Toskana, das Herzogtum Parma, die Kirchenstaaten und natürlich Ligurien wurden jeweils in mehrere Regierungsbezirke geschnitten, damit auch alle Familienangehörigen Bonapartes etwas zu regieren haben und Hof halten können. Überall trat das französische Recht in Kraft. Mensch, Tier und Landschaften waren davon betroffen. Parma und Florenz wurden Präfekturen, Flüsse, Meere und Berge wurden ohne Rücksicht auf ihre Herkunftsbezeichnung einfach umgetauft.

Was ich zuvor nicht benötigte, brauche ich jetzt: einen Pass, um nach Genua zu reisen. Sicherlich werde ich einen bekommen, denn Elisa setzt sich für mich ein. Lästig sind nur diese Wartezeiten. Einst dachte ich, der Korse, der jeden Feldzug aufs Kleinste plant und die mindeste Abweichung einkalkuliert, helfe der italienischen, von Sonne und Wein geprägten Mentalität auf die Sprünge. Hat er dazu nicht eine neue Klasse geschaffen? Diese sonderbare Spezies der Funktionäre, Präfekten, Ratgeber und so weiter! Sie müssten ihre Arbeit im Handumdrehen verrichten. Aber es sind eben nur Menschen, diese Funktionäre und Bürokraten. Minderwertige Menschen, Tieren ähnlich. Träge, desinteressiert, gleichgültig, wenn es um den Nächsten geht, und zu allem bereit, wenn es um sie selbst geht. Eigentlich mag ich den Menschen nicht. Aber mit Tieren kann ich auch nicht viel anfangen. Am liebsten ist mir Madre. Sie kann nicht schreiben, nicht lesen und hat doch Verstand. Vor allem hat sie Herz. Und wegen dieses lahmen Gesindels auf den von Napoleon wieder eingeführten Präfekturen besitze ich keinen Pass und kann die liebe Madre und meine Schwestern zu Weihnachten nicht sehen. Ich werde mich damit begnügen müssen, Ihre Hoheit zu beglücken.

Wenige Tage vor Weihnachten liege ich nackt und zufrieden neben ihr, unter der Decke natürlich, denn vor Elisa habe ich gewisse Hemmungen. Da plötzlich fährt sie hoch und wandert hektisch im Schlafzimmer auf und ab. Der wallende Rock ihres Boudoirumhanges schleift wild hinter ihr her. Politische Veränderungen stünden bevor, schimpft sie, Felice verlange mehr Aufmerksamkeit und sie könne nicht alles bewältigen. Kurz und gut, sie werde das Kammerorchester auflösen, die Hofmusik auf ein Streichquartett reduzieren und mit uns ginge das ebenfalls nicht so weiter. Erstaunt blicke ich vom Bett hoch, dabei rutscht die Decke ein wenig und meine Brust ist zu sehen. Bevor ich sie bedecken kann, ruft sie:

„Ach, Paganini, bedecke schnellstens deine Brust. Ich fürchte immer, du wirst krank. Sie sieht so leidend aus. So schmal und weiß. Du bist ein begnadeter Musiker, aber deine Brust …“ Sie lässt ihre Arme resigniert sinken. Wenn für eine Frau die Brust eines Mannes wichtiger wird als der Rest, dann sollte der Mann gehen. Diese Frau war mir schon immer ein Rätsel und jetzt zwingt sie mich auch noch dazu, abzuwägen, welches meiner jüngsten Werke sie verdient. Das Duetto amoroso ist ein simples, aber sehr hübsches Kunstwerk, das niemand anderem zusteht als Elise Napoleone. Sie wird es eines Tages würdigen. Ihrer Mutter fehlt die Feinheit.

„Es tut mir leid, meine Liebe, dich mit meiner Brust zu peinigen!" Rasch ziehe ich die Decke hoch. „Aber, so ist sie nun mal. Und ihr habe ich vieles zu verdanken, wenn ich mich auch um ihr Innenleben sorge. Manchmal habe ich das Gefühl zu ersticken."

Sie steht vor dem Bett, die Hände in die Hüften gestützt, das Gesicht streng, die Lippen aufeinander gepresst.

„Trotz deiner Brust musizierst du auch im Bett besser als Felice. Und wenn ich dich aus meinem Bett verbannen muss, so nicht um dem Langweiler Platz zu schaffen." Sie setzt sich auf die Bettkante. „Und es wäre ein Jammer, würdest du ersticken." Ihre Hand schlüpft unter die Decke und streichelt unter anderem meine Brust.

Da ich momentan an mehreren Sonaten arbeite, will ich ihr die Sonate in C-Dur widmen und sie dementsprechend gestalten. In diesem Stück werfe ich ihr alles zu Füßen. Meine Hände, meine Finger, meine Arme, meine Beine und natürlich meine Brust. Eine Komposition von 47 Takten ist mehr als genug für ihre Hoheit. Anfangen werde ich mit einem zaghaften Dialog, der zu einem aufgeregten Gezeter anwächst, in dem die Solostimme der Geige in cantabiler Verzweiflung auf die aggressiven Sticheleien seines Partners antwortet. Natürlich werden die sanften, sich steigernden Antworten zunächst wild niedergemacht. Hier lasse ich den Bogen springen und zupfe, was das Zeug hält. Mit der linken Hand, selbstverständlich. Darauf folgt, wie kann es auch anderes sein, eine versöhnende Mattigkeit in Form einer demütigen Melodie. Der Partner Elisa beruhigt sich, um jedoch alsbald wieder aufzufahren. Nun baue ich Doppelgriffe ein, denn mit einer Stimme ist dem Teufelsweib nicht beizukommen. Und was tut sie? Sie antwortet mit hoher Stimme, wie es aufgeregte Frauen oft tun. Den Flageoletten stelle ich Grundtöne gegenüber und tatsächlich verständigen wir uns über kurze Zeit. Doch schon entgleitet sie mir wieder, auffahrend, hin- und hergerissen. Sie ohrfeigt und küsst mich. Und sie reißt mir die wenigen Haare von der Brust, auf die ich stolz bin. Jetzt treiben wir ein wenig orientierungslos dahin und halten uns hin und wieder an unserer Unfähigkeit fest. Auch in dieser Frau steckt, wie in dieser ganzen Bonaparte-Brut, etwas fürchterlich Hochmütiges und Wahnsinniges.

Im Januar löst Elisa tatsächlich das Kammerorchester auf und reduziert die Hofmusik. Alessandro darf bleiben, vermutlich, weil er aufgrund seiner dummen Angewohnheit nirgends unterkäme. Jüngstens überfiel ihn während der Probe ein ungezügelter Heißhunger, und er nagte an der Partitur des Kontrabassisten. Ein Jammer. Domenico Puccini wird Kapellmeister, Carlo und ich bekommen nur noch 45 Scudi monatlich. Was für eine geizige Frau Elisa doch ist. Hingegen erhalte ich endlich meinen Pass. Leider bekomme ich ihn nicht, um endlich freier zu sein und nach Genua reisen zu können, sondern um die Ankunft von Elisas Schwester in Turin zu feiern. Die Borghese kommen aus Frankreich und sollen als Regenten des nördlichen Piemonts ins Schloss Stupinigi einziehen. Wieder eine Bonaparte auf dem Regierungssessel und wieder ein idiotischer Ehemann. Ich stelle es an einem Aprilabend in Turin fest. Zwei Konzerte genügen und das Gesicht von Camillo Borghese zerläuft. Völlig benommen reicht er mir seine schlappe Hand und lobt mich in höchst unangebrachten Tönen. In Misstönen zelebriert er mein Genie. Redet stümperhaft über Musik, überschüttet mich mit seinem dilettantischen Wissen. Napoleon verheiratete seine Schwestern absichtlich mit Hanswursten. Sie sollen schließlich den Schwestern aus den Händen fressen, deren Hände wiederum an Napoleons Willen gebunden sind. Und alle Schwestern nebst deren Hanswursten bekommen vom Kaiser persönlich andere Vornamen verpasst. Was für eine Brut! Und die Vetternwirtschaft nennt sich demokratisch. Proklamierte nicht die Französische Revolution hoch und unheilig demokratische Prinzipien?

Die schöne Pauline hat nur eins mit Elisa gemein. Sie trägt ihr Dekolleté so tief, dass man atemlos darauf wartet, es verziehe sich und entblöße ihre weißen Brüste. Ich sehe sie nur einen Augenblick und stelle dabei fest, wie herrisch unabhängig sie liebt. Ehemann Camillo nächtigt im Schloss Stupinigi derweil in Paulines Schlafgemach, während Liebhaber Felice Blangini Einzug hält. Was für eine fürchterliche Brut! Enttäuscht reise ich ab.

Unbeschreiblich wohltuend ist es, nach langen Monaten inmitten aufgeplusterter Prinzessinnen, vertrottelter Ehemänner und eines blasierten Hofes einfache, ja schlichte Menschen zu treffen. Auch das Hoforchester zehrt an meinem empfindlichen Nervensystem. Nicht selten werde ich von Schüttelkrämpfen und eigenartigen Zuckungen heimgesucht. Madre weint und nimmt mich in die Arme.

„So wie du jetzt zitterst, hast du schon mit sieben Jahren gezittert, Niccolò. Ich erinnere mich, wie dein ganzer Körper bebte, damals, als du die Masern hattest. Du warst oft krank. Achte auf dich, mein Kind! Du magst wohl zwanzig Jahre sein, aber du bist zart wie ein Kind. Du solltest der Musik nicht so viel Zeit und Platz einräumen." Durch Mamas Haare wandern nun sehr viele silbrige Streifen. Ihre Haut ist um einen Ton erdiger als beim letzten Mal. Aber ihre Augen strahlen voller Liebe. Ja, sie liebt mich. Sie ist der einzige Mensch auf Erden, der mich liebt. Jedenfalls glaube ich das ganz fest.

„Die Hofmusiker sind wohl liebe Kerle und fleißig, aber einige von ihnen machen mich verrückt. Alessandro frisst alles, was ihm in die Finger kommt, und Salvatore klappert während des Konzertes mit den Zähnen. Es wäre vernünftig, ihn zu entlassen, ich bringe es aber nicht übers Herz, weil er ein hervorragender Musiker ist und halb blind." Ich sehe Madre traurig an. Es heißt, ich sei ein strenger Dirigent, exakt und gefürchtet. Wer meine Zeichen nicht sogleich versteht, den schwärze ich beim Konzertmeister an, damit er ihn hinauswirft. Aber es gibt Künstler, denen kann ich nicht die Tür weisen. Salvatore ist einer von ihnen. Er ist begabt, er gibt sich ganz, er lebt mit der Musik, er kann kaum sehen, aber da ist dieses fürchterliche Zähneklappern mit dem er schon manchen Zuhörer irritiert hat. Natürlich kann mir Madre nicht helfen und so erzählt sie von Paolas nichtsnutzigem Ehemann, von Nicolettas baldiger Hochzeit mit einem Glashändler und von den Sorgen ihres kleinen Lebens.

Vater spricht kaum mit mir und wenn, dann nur über Geld. Was zahlt dir der Hof? Ist die Prinzessin großzügig? Verdient Carlo auch genug? Seid ihr beide bis ans Lebensende abgesichert? Das wäre ihm recht. Er brauchte sich nicht mehr um uns zu scheren und könnte uns ganz aus seinem Gedächtnis streichen.

„Niccolò, schau deinen Vater nicht so misstrauisch an. Er ist kein böser Mensch, er sieht nur ein wenig so aus."

Sonderbarerweise schlafe ich schlecht, obwohl schlafen einer meiner höchsten Genüsse ist. Meine Nächte werden von vielen Frauengestalten bevölkert. Sie alle bedrängen mich, flattern um mich herum, zupfen an meinen Kleidern, zerren an meinen Haaren. Entführen mich in einer Kutsche, hinaus aus der Stadt zu einem kleinen Platz auf den Anhöhen der Bucht von Genua. Das Ganze ähnelt einem Hexensabbat. Sobald ich aus der Kutsche steige, muss ich spielen. Die Damen ziehen sich zu den Klängen meiner Violine aus und geraten in höchste Ekstase. Auf dem Höhepunkt ihrer Erregung stürzen sie sich auf mich und verlangen alle auf einmal, von mir beglückt zu werden. Keuchend vor Lust winden sie sich zu meinen Füßen. Da überspanne ich die G-Saite, damit sie reißt. Es ist ein Kinderspiel, eine erregte Frau nach der anderen mit der Saite zu erwürgen. Wenige Minuten später ist alles still. Reglos liegen sie vor mir. Schöne, leblose, makellose Körper. Schweißgebadet wache ich auf. In dieser Nacht fängt das eigenartige Schwitzen an, das mich allmählich immer häufiger im Verlauf meiner Konzerte befällt.

22

Elisas Eitelkeit und Herrschsucht wurden grenzenlos, nachdem ihr Bruder den spanischen König gezwungen hatte, abzudanken. Hatte sie wirklich nicht gewusst, wie grausam die französischen Soldaten

Einzug hielten? In den Dörfern wurden Frauen vergewaltigt, bis sie starben, alte Männer wurden aus den Häusern gejagt und erschlagen. Säuglinge flogen durch die Luft. Die Franzosen ähneln wilden Tieren, hieß es. Es genügte ihnen nicht, ihre Beute zu erlegen, sie mussten sie auch zerfleischen.

Vielleicht erfuhr Elisa davon nichts, weil die salbungsvollen Töne, die ihren Bruder beweihräucherten, jede Dissonanz verschluckten. Anzunehmen ist, dass es der eitlen Person nur um sich selbst ging. Bruder Napoleon suchte einen Generalgouverneur für die Toskana, konnte unter den unfähigen Bittstellern keinen finden und seine Favoriten interessierten sich nicht dafür. Blieb Elisa. Elisa wusste von ihrem Glück schon im Juli 1808 und verhielt sich dementsprechend. Sie befahl und der Hof gehorchte. Paganini wurde nach ihrem Belieben herumgeschickt. Er durfte zwei Konzerte in Livorno geben, war verpflichtet, den August über in ihrer Sommerresidenz Marlia zu spielen, ob mittags oder abends, durfte hingegen gleichzeitig ihr Schlafzimmer nicht mehr betreten.

In Livorno drang ihm unglücklicherweise ein Nagel in den Fuß. Als er hinkend die Bühne betrat, begrüßte ihn das Publikum mit Gelächter. Kaum fing er an zu spielen, fielen die Lichter vom Pult, worüber sich die Zuhörer zusätzlich ergötzten. In der spärlichen Saalbeleuchtung war die Partitur nicht zu entziffern, was ihn nicht hinderte, mit dem Spiel von neuem zu beginnen, doch da riss plötzlich die G-Saite. Das Gelächter im Publikum versiegte erschrocken, denn zu weit wollte man es mit dem Unglückswurm auf der Bühne nicht treiben. Doch genau in dem Moment, als hätte der Riss der Saite ein Toben in ihm ausgelöst, legte der Musiker wie ein Besessener los und spielte das Konzert in seiner komplizierten Fülle auf drei Saiten. Es war ein Riesenerfolg. Das Publikum raste. Elisa zuckte mit den Schultern. Der Violinist interessierte sie nicht mehr.

Im folgenden Jahr jedoch änderte sie ihre Meinung und verlangte von ihm, sie nach Florenz zu begleiten, wo sie im März zur Großherzogin der Provinz Toskana ernannt wurde. Sie herrschte im Palazzo

Pitti wie einst Maria di Medici und schikanierte Paganini, wann immer sie konnte. Sie zitierte ihn während seiner Ruhepausen zu sich, um unnötige Dinge zu besprechen und ihn mit Fragen über Musik zu quälen. Unangemeldet stürmte sie in die Proben der Musiker oder ließ angesagte Konzerte platzen. Niccolò bildete eine Elefantenhaut, an der alles abprallte, innerlich hingegen kochte er. Endlich lüftete sich das Geheimnis der Sphinx. Hinter ihrem unergründlichen Lächeln, der hohen Stirn und den eng beieinander stehenden Augen verbargen sich nichts weiter als Eigensinn und der Hochmut einer Bonaparte. Sobald die Zeit reif ist, werde ich mich rächen, schwor er sich.

Bis dahin ging er, nach getaner Arbeit, spazieren, wanderte am Arno entlang, flanierte durch die Stadt. An einem Juniabend beobachtete er einen Bettler, der unter einem Torbogen hockte und erbärmlich auf seiner Gitarre herumzupfte. Paganini lieh sich das Instrument für die Länge einer wehmütigen Melodie, die er so wundervoll spielte, dass die Passanten zusammenliefen und willenlos ihre Geldbeutel leerten. Paganini gab die Gitarre zurück, und während der Bettler hastig die Geldstücke zusammenklaubte, tauchte der Violonist im Gewühle unter. Ein paar Neugierige hefteten sich an seine Fersen. „Wer bist du, woher kommst du, dass du so göttlich die Gitarre spielen kannst? … Non ci sono parole!", hörte Niccolò hinter seinem Rücken und lief schneller, jagte, schlug einen Haken und verschwand durch das Portal eines Palazzo.

Den Sommer über gab er Elisas Grillen weiterhin nach. Er spielte, wann immer sie wollte, was immer sie verlangte. Der Herbst meldete sich stürmisch an, heftiger Wind riss die ausgedörrten Blätter von den Bäumen und wirbelte sie durch die Gassen von Florenz. In den Salons der Palazzi erklangen das „Duetto amororo", „Les Merveilles de Paganini" und die Sonaten, die Niccolò Madama Frassinet und Felice Baciocchi gewidmet hatte. Allmählich regte sich in Paganini Rebellion. Im Oktober verlegte die Herzogin ihre Residenz nach Pisa. Paganini zählte zu jenem Zeitpunkt nicht mehr zum engeren Hofstaat und in ihm wuchs die Wut. Noch ließ er sich nichts anmerken. Unverdrossen unterrichtete er Felice in der Geige, obwohl sein Schüler nicht den geringsten Fortschritt machte. An windigen, ungemütlichen Herbstabenden saß er manchmal mit Freunden des Prinzen um den Kamin und lauschte scheinbar aufmerksam der Unterhaltung. Paganini sprach nicht viel, seine glühenden Augen fixierten die Holzscheite, seine Stirn lag in Falten. Dabei wirkte er so reglos, als sei er erstarrt. Aber kaum richtete der Prinz eine Bitte an ihn, zuckte er wie vom Blitz getroffen und konzentrierte sich vollständig auf seinen Arbeitgeber. Einem jungen Musiker, ebenfalls Gast und Bewunderer des Violinisten, missfiel Paganinis Gefälligkeit. Am folgenden Tag schrieb er an einen Freund: *Auf seine Art ist Paganini auch ein König, und wenn er weniger Scherze machen und auf die Rolle des großen Geigen-Clowns verzichten würde, dann wäre er wirklich der Größte … und könnte … sagen: Ich bin lieber der König der Violine als die Violine des Königs.* An Elisa Ohren drang nur der letzte Satz, und der machte sie sehr wütend. Sie schloss daraus, Paganini mache sich über ihren vertrottelten Gatten lustig und indirekt über sie selbst. Ihr Zorn auf den Geiger wurde übermächtig.

Sie sann auf Rache. Zur selben Zeit bebte auch Paganini dem Augenblick entgegen, der hochnäsigen Elisa, die seine Brust lächerlich gemacht hatte, tüchtig eins auszuwischen.

Das Neujahrskonzert, mit ihm als Solisten, bot sich dafür an. An jenem Tag, zu einem Zeitpunkt, da Napoleons Ruhm verblasste und der Hass auf ihn überall neu aufflackerte, erschien er nicht wie gewohnt im schwarzen Frack, sondern zum ersten Mal in der Uniform, in der ihn Elisa vor Jahren zu sehen gewünscht hatte. Auf der Uniform prangten Bienen, Napoleons Emblem. Der Kaiser hatte sie gegen die Lilie der Bourbonenkönige eingetauscht. Sie sollten den Fleiß seiner Bürger symbolisieren statt sattes, faules Leben. Paganinis Aufzug war unter den gegebenen Umständen völlig unangebracht. Ein Raunen ging durch die Menge und entsetzte Blicke trafen die

Prinzessin. Vor allen Gästen forderte die beschämte Herrscherin ihren einstigen Liebhaber auf, eilig seinen Bühnenfrack anzulegen. Mit dem Argument, er sei der Hauptmann ihrer Leibgarde und dürfe die Uniform sehr wohl tragen, weigerte sich dieser und begann das Konzert. Wutschnaubend wartete die Prinzessin das Ende der Veranstaltung ab und veranlasste dann seine sofortige Verhaftung. Sie hatte die Rechnung ohne den Wirt gemacht.

Niccolò kannte die Nacht und tauchte so schnell in ihr unter, wie er auch aus ihr gekommen war. Er verließ Florenz, verließ den Hof, verließ Lucca.

Es war dunkel, die Hofgesellschaft feierte und glaubte ihn unter den Gästen. Doch ganz unbeobachtet verschwand er nicht. Vom Balkon des Palais verfolgten ihn die Katzenaugen jener Person, die ihm seit Jahren auf der Spur blieb.

23

Genua war sein Ziel. Die Hochmütigen und Verwöhnten hinter sich zu lassen, sich im Kreise liebender und einfacher Menschen auszuruhen, war sein Wunsch. Er freute sich auf den frischen Wind, die Aussicht ins Tal und die Ruhe. Doch schon nach wenigen beschaulichen Tagen vergällte ihm Vater Antonio den Aufenthalt. Während seiner Anstellung am Hof von Lucca hatte Niccolò Geld gespart. Als er seinen Eltern einen Teil davon abgeben wollte, verlangte der Vater alles.

„Ohne mich wärst du nicht so weit gekommen. Ohne meine Strenge hättest du nicht geübt, ohne mein Gespür könntest du das schwierige Instrument nicht handhaben.“

„Ich habe die Mandoline selbst entdeckt und später auch die Violine!“

„Ohne mich hättest du rein gar nichts entdeckt, denn ich brachte die Instrumente ins Haus.“

„Ich wurde auf sie aufmerksam."

„Deine Aufmerksamkeit hätte dir den Teufel genützt, wenn ich dich nicht zur Arbeit getrieben hätte." In Antonios Stimme zitterten Ärger und Neid.

„All Ihre Schläge und Strenge wären nutzlos gewesen, hätten nicht der Drang und die Liebe zur Musik tief in mir gesteckt, Padre!"

„Drang und Liebe sind wertlos, wenn sie nicht gefördert und geleitet werden. Dein Förderer und Leiter war ich. Darum steht mir dein verdientes Geld zu. Alles!" Antonio stieß die Faust in die Luft und drohte ihm damit. Niccolò fürchtete sich nicht. Beherrscht trat er vor seinen Vater.

„Meine echten Förderer waren Rolla und Paër. Ohne sie wäre ich ein Bettler."

Der Vater bekam einen krebsroten Kopf. Die Faust in der Luft zitterte, seine Augen traten hervor.

„Ich werde dir beibringen, mich in Ehren zu halten." Er wollte sich auf ihn stürzen und hätte es auch geschafft, wäre nicht Teresa dazwischengefahren. Niccolò rührte sich nicht vom Fleck. In stoischer Ruhe sagte er:

„Ich möchte Sie gern in Ehren halten, Padre. Aber benehmen Sie sich dann nicht wie ein geldgieriger Halsabschneider."

Das war zuviel für Antonios gespannte Nerven. Sein Zorn prasselte hemmungslos auf Niccolò nieder. Ein gewaltiger Schrei erschütterte seinen Körper. Er bespuckte den jungen Mann, schleuderte ihm die gemeinsten Ausdrücke um die Ohren, brüllte, tobte.

„Ich bringe dich um, wenn du mir nicht das ganze Geld gibst! Ich bringe dich um, du schmächtige Gestalt, und es wird mir nicht schwerfallen." Schnaubend fiel er über Niccolò her und hätte ihn unter sich begraben, wäre dieser nicht rechtzeitig zur Seite gewichen, wodurch der Alte gegen die Wand knallte. Niccolò verließ augenblicklich den Raum. Alles, was er noch hörte, war ein seltsames Rumpeln, Stöhnen und einige verzweifelte Schreie.

Enttäuscht und ohne sich vom Vater zu verabschieden, reiste er ab.

So saß er dann, in einen Winkel des Wagens gekauert, trotz milder Februartemperaturen bis zum Kinn in einen dicken Pelz gewickelt. Von ihm unbeachtet zog die ligurische Landschaft am Kutschenfenster vorbei.

Während seine Augen nach draußen starrten, kehrte sein Blick nach innen. Dort hing sein Vater an der Wand, festgehalten in einem Rahmen. So sollte er bleiben. So verletzte er niemanden. Madre, die Schwestern und Carlo standen reglos da und lächelten.

Seine Aufmerksamkeit wandte sich wieder der Außenwelt zu. Ächzend holperte der Wagen über einen von Heidekraut überwucherten Weg, an trockenen Sträuchern vorbei, die am Fenster kratzten, eilig durch einen düsteren Wald, weiter nach Livorno in die Toskana. Gerne wäre er in entgegen gesetzte Richtung gefahren. Hinauf nach Nizza. Diese Stadt sollte ihm nicht entgehen. Irgendwann würde er die schöne Straße nach Nizza reisen. Irgendwann.

24

„Wir müssen eine Zeitschrift gründen, die einfache Leute lesen können." Seit zwei Jahren studierte Andrea Literatur und Musik an der Universität von Parma. Sein Vater Filippo Buonarotti hatte die Fächerverbindung Jura und Literatur verlangt, Andrea jedoch liebte die Poesie, verfasste auch selbst Gedichte und konnte sich nicht dazu durchringen, Paragraphen mit dem Ziel auswendig zu lernen, später einem Aristokraten aus seinen betrügerischen Geschäften zu helfen. Mit Hilfe seines Adoptivvaters Giorgio setzte Andrea seinen Wunsch durch.

Sein Vorschlag fiel bei den Mitgliedern des Komitees auf fruchtbaren Boden. Silvio Pellico, ebenfalls anwesend, stellte sich zur Mitarbeit bereit. Man traf sich weiterhin regelmäßig bei Di Negro, häufig an den Wochenenden, wenn Andrea aus Parma anreiste. Die meisten der Gruppe distanzierten sich mittlerweile von Napoleon, nur Di Negro zögerte noch. Nun setzten alle ihre Hoffnungen auf Emilias Überzeugungskunst. Sie sollte ihrem Gatten klarmachen, dass Bonaparte einem befreiten Italien nur ihm Wege stünde.

„In unserer Zeitschrift sollten wir nicht nur über die inländischen Verhältnisse berichten, sondern vom Kulturzustand und Staatswesen anderer Nationen schreiben. Dadurch heben wir unsere Rückständigkeit und die schlechten heimischen Verhältnisse im Vergleich zum Ausland hervor."

„Das hat mein Vater in seiner Zeitung am Beispiel Englands aufgezeigt. Er hat dort Handel, Gewerbe und Produktion in voller Blüte gefunden. Auch gibt es gute Schulen, interessante Zeitschriften, philanthropische Einrichtungen." Andreas Augen funkelten. Mit einer leidenschaftlichen Gebärde griff er in sein volles, dunkles Haar und fuhr fort.

„Meiner Meinung nach dürfen wir die Menschen nicht nur politisieren oder ihnen eine beliebige moderne Kultur auferlegen. Im italienischen Sinne müssen sie kultiviert werden, ihre Werte kennenlernen und sich dafür einsetzen. Wir sind keine Engländer und wir wollen uns auch nicht zu Franzosen machen lassen."

„Richtig! Napoleon mag korsischer Herkunft sein, aber von uns Italienern versteht er wenig." Emilia gestikulierte viel beim Sprechen, wodurch der Stoff ihres üppigen Kleides raschelte.

„Er hat uns enttäuscht. Seine Schwestern und Schwager herrschen in fast allen Ländern. Unter dem sogenannten Befreier hat sich, was die Regierungshäupter betrifft, nichts geändert. Kein Italiener weit und breit. Dennoch sollten wir in unserer Zeitschrift nicht über ihn polemisieren."

„Du wirst einsichtig, Giancarlo?" Erstaunt musterte Emilia ihren Mann. Di Negro zuckte mit den Achseln.

„Vergessen wir eines nicht: Die territoriale Zusammenfassung Italiens, die augenblicklich unter Napoleon geschieht, ist der erste Schritt zur Einigung. Er hat die verstaubten Aristokraten aus ihren Sesseln gejagt.“ Andrea redete gefasst. Mit scharfem Verstand verfolgte er eine klare politische Linie, seine Gefühle hingegen spielten ihm Streiche. Sein Herz klopfte, sein Blut geriet in Wallung beim Geräusch eines Schrittes, dem Rascheln von Stoff. Immer wieder schielte er zur Tür. Sobald er einen rotgoldenen Schimmer am Fenster aufflammen sah, zuckte er zusammen. Er litt darunter, nicht zu wissen, wie Margherita empfand. Sie war fern, rätselhaft, undurchsichtig. Gleichzeitig litt er unter der Zuneigung einer anderen. Carlotta vergötterte ihn, während er sie nur wie eine Schwester liebte.

„Sei nicht zu gnädig mit ihm, Andrea!“, warf Emilia wütend ein. „Die verstaubten Aristokraten hat er aus eigennützigen Gründen aus den Sesseln gejagt! Auf ihnen thronen nun Mitglieder seiner Familie, deren Blut nicht blauer ist als das eines Bauern“. Sie verachtete Prinzessin Elisa und ihren Clan.

„Da aber alle unter seiner Kuratel regieren müssen, entsteht gewisse Einigkeit, eine überregionale Plattform, auf der wir besser agieren können.“

„Nicht in seinem Sinne, Andrea!“, ereiferte sich Giorgio.

„Certamente! Aber wir treten in seine Fußtapfen und formen sie nach unserem Maß. Capito?“

Emilia sah Andrea kopfschüttelnd an und stand geräuschvoll auf.

„Ich sage euch: Wir brauchen einen Verbündeten aus den oberen Reihen. Ich habe dabei an Murat gedacht!“, hörte sie die Stimme ihres Mann Di Negro, bevor sich die Tür hinter ihr schloss.

Immer noch kopfschüttelnd ging Emilia über den spiegelnden Boden der Eingangshalle. Sie dachte: Der weißgelbe Marmor, auf dem ich gehe, ist aus Siena, der Marmor der Säulen kommt aus Carrara, mein Mann und Andrea jedoch scheinen aus Ferrara zu stammen, dem Ort der einfältigen und törichten Italiener. Murat! Ich muss mich verhört haben. Erst vor zwei Jahren ist Napoleons Schwager zum König von Neapel ernannt worden und gerade er sollte sogleich den verraten, der ihn auf einen italienischen Thron gesetzt hat?

Vor sich her schimpfend erreichte sie die große Flügeltür, die in den Garten führte. Der Saum ihres Kleides schwang um ihre Seidenschuhe, ein angenehmer Wind streichelte ihr Gesicht. Sie hielt die flache Hand schützend vor die Augen und ließ sie suchend über die blühenden Rosenarkaden gleiten. Bald entdeckte sie den Stoff von Margheritas Kleid durch die Farbenpracht der Blumen schimmern.

„Margherita, ich verbiete dir, weiterhin ohne Sonnenschirm spazieren zu gehen. Du verdirbst dir deine durchsichtige Haut." Emilia eilte die weißen Stufen der Terrasse hinunter und ging den angelegten Weg weiter. Margherita kam ihr entgegen. Sie trug ein bauschiges Kleid aus feinem Tuch, Dekolleté, Ärmel und Saum mit Perlen bestickt.

„Cara zia, mi scusi! Verzeihen Sie, Tante. Ich bin so vergesslich."

„Vergesslich", murmelte Emilia amüsiert und musterte voller Stolz ihre Nichte. Seltsam! Sie ähnelt weder meiner Schwester noch deren Mann. Sollte Margheritas Vater ein ganz anderer sein? Non importa! Alle sind tot und bald wird die Schöne das gesamte Vermögen ihr eigen nennen. Am 15. Mai 1810, in genau vier Tagen, wird Margherita sechszehn Jahre alt. Grund genug, ein schönes Fest zu feiern.

„Du bist nicht vergesslich! Du bist sehr wachsam und sehr klug. Ich denke, du verbirgst uns etwas." Emilia strich zärtlich über die Stirn des Mädchens. „Manchmal möchte ich zu gerne wissen, was hinter dieser schönen weißen Stirn vorgeht und …", auffordernd blickte sie auf ihre Nichte. „… wer sich hier eingenistet hat." Emilia deutete auf ihr Herz. „Ein gewisser Andrea?"

Jetzt schlug Margherita die Augen weit auf, und Emilia erschrak über das intensive Grün, in dem goldene Punkte schwammen. Auf die Frage ihrer Tante antwortete sie nicht, stattdessen fragte sie:

„Ich habe gehört, ihr wollt an meinem Geburtstag ein Konzert veranstalten. Wer wird spielen?"

Emilia setzte eine geheimnisvolle Miene auf. Rasch hakte sie sich bei Margherita unter, und während sie gemeinsam den Weg zurück zur Terrasse gingen, seufzte sie: „Ach, wie gerne hätte ich Niccolò verpflichtet, aber er ist nirgends zu finden."

„Nirgends zu finden?" Margherita stutzte. „Wie ist es möglich? Er ist Dirigent am Hoforchester in Lucca. Nichts Einfacheres, als ihm zu schreiben und ihn herzubitten."

„Dort ist er nicht mehr." Emilia schob das Mädchen weiter. Die junge Frau ging zögernd, wobei sie die Tante nicht aus den Augen ließ. „Ich glaube, er ist auf Reisen."

Margherita sah in die Ferne. Bis sie in die Eingangshalle traten, sprach sie nicht mehr. Dort lief ihnen Andrea entgegen. Atemlos blieb er vor den beiden Frauen stehen, verneigte sich vor Emilia und starrte Margherita an, ohne einen Ton hervorzubringen.

„Santa Maria! In der Versammlung bist du nicht so wortkarg. Nun gut, vergnügt euch, ihr beiden! Der Tag ist wie geschaffen dafür." Emilia entfernte sich. Die beiden jungen Leute blieben noch eine Weile schweigend stehen. Schließlich nahm Margherita Andreas Arm:

„Komm, gehen wir ein wenig spazieren."

25

De che magia é fatto il tuo violino? Che solo a sfiorarlo ti ricopre il cuore Cosa c'é dentro? Un nido d'usignolo Un'orchestra di flauti et chitarrini? – Wo liegt das Geheimnis deiner Violine? Du berührst sie nur und schon öffnet sich das Herz. Wer verbirgt sich dort? Das Nest einer Nachtigall? Ein Orchester von Flöten und Gitarren?

Martin Piaggo, italienischer Dichter

Nichts hält mich zurück. Kein Haus, keine Frau, keine Anstellung. Ich bin frei. Bedeutet es Glück? Im Moment empfinde ich ein wenig Trauer, eine sonderbare Anspannung und Neugierde. Was wird mich erwarten? Nun, eine präzise Vorstellung habe ich zumindest von dem, was ich zu tun gedenke. Konzerte werde ich geben. Ich freue mich darauf. Für Februar und März stehen sie fest. Drei Konzerte in Livorno im Teatro Avvalorati, eines im Teatro Castiglioncello in Lucca. Alles ist geplant. Problematisch ist die Theatermiete, die ich aus eigener Tasche zahlen muss. Dem Himmel sei Dank, habe ich nur einen Teil meiner Ersparnisse der Mutter gelassen. Nun hoffe ich und ich werde meine ganze Energie dafür einsetzen, die Theatermieten doppelt und dreifach einzuspielen. Sollte es mir nicht gelingen, sieht meine Zukunft düster aus.

In Livorno wohne ich in einer Herberge, in Lucca im Hause Quilici. Die Quilici gehören zu den wenigen Menschen, denen ich vertraue. Es gibt zu viel Gesindel, zu viele Heuchler. Manchen stehen Dummheit, Bosheit oder Hinterhalt ins Gesicht geschrieben. Man muss auf der Hut sein und das bin ich!

Eleonora ist zu einer hübschen jungen Frau herangewachsen. Ich widme ihr sechs Sonaten für Violine und Gitarre, die ich in einem Gefühlsbad aus Kummer, Heiterkeit und Melancholie in Lucca geschrieben habe. Nebenbei arbeite ich an meiner Polonaise. Die Ideen dazu sammelte ich schon in Genua. Es gab dort manche Stunde, in der ich nichts zu sagen hatte und mir auch keine Antwort auf die Fragen meiner Familie einfiel. In meinem Kopf konkretisierte sich das Werk Schritt für Schritt und es war nicht immer nötig, jene zu meiden, die meine poetischen Gedanken mit ihrem Schwachsinn verwässerten. Wie zum Beispiel meine Schwester Nicoletta, die dumme Kuh. Von Vater ganz zu schweigen.

Melodie und Ablauf des Stückes festigten sich in mir und so war es nicht nötig, sie niederzuschreiben, bevor ich Genua verließ.

Über meine gebrechliche Gesundheit will ich nicht klagen, mein Gemüt hingegen spielt mir häufig freche Streiche. Es pendelt zwischen Zufriedenheit und Possen, wobei die Posse häufig gewinnt. Ich kann mich auf der Bühne nicht zusammennehmen. Wenn andere behaupten, der Gaul ginge mit ihnen durch, so würde ich sagen, mit mir tut es die Geige. Sie wird sozusagen selbständig, herrscht über meine Finger, meine Arme und mein Gehirn. Dabei gerate ich in Ekstase und pfeife geradezu auf die Ernsthaftigkeit einer Sonate. So kommt es vor, dass ich im zweiten Satz eines Konzertes von Viotti einen Hund, einen Esel oder einen Hahn nachahme. Darüber amüsiere ich mich köstlich und ich lasse es mir nicht verbieten, weil es wunderbar echt klingt und einem eintönigen Konzert die besondere Note verleiht.

In der Zeit, die ich zwischen Livorno und Lucca zur Verfügung habe, notiere ich die Polonaise. Es ist ein sonniger Tag Anfang März, als sie mir klar vor Augen erscheint. Da befinde ich mich schon in Lucca und spaziere ein wenig durch die Stadt. Carlo begleitet mich. Noch geigt er im reduzierten Hoforchester. Keiner weiß, wie lange er den Posten noch halten kann. Ich jedenfalls bin froh, ihn bei mir zu haben, weil ich den Schleimern, die vor mir buckeln und schöntun, nicht über den Weg traue. Truffatori, wohin ich blicke.

Wir reden über die Eltern, die schmutzigen Theater und lausigen Direktoren, über Napoleon und über Italiens Zukunft. Dann, mit einem Mal, sagen wir nichts mehr. Schweigend atmen wir die würzige Luft des nahen Meeres. Es erinnert an Genua und ich bin sicher, auch Carlo schnappt nach ein paar Erinnerungen aus der Kinderzeit, wenn auch die nicht besonders heiter waren. Ich greife in Gedanken nach dem Adagio, das ich mir in Genua ausgedacht hatte. Endlich hab ich alles beisammen. Die Partitur steht in meinem Kopf und sollte nun möglichst schnell aufs Papier. Einmal aufs Notenblatt gebracht und ein- bis zweimal durchgespielt, bleibt sie unauslöschlich in meinem Kopf: Ein Präludium in Form eines Adagio cantabile, im Weiteren die Vorstellung des Themas, dann vier Variationen im Dreivierteltakt, die erste entwerfe ich in Sechzehntelquartolen, in der zweiten benutze ich Zweiklänge von Terzen, die dritte spiele ich in Moll und in der vierten kehre ich zu H-Dur zurück und arbeite mit Oktav- und Dezimensprüngen. Damit der Rhythmus nicht langweilt, führe ich das Adagio im Zweivierteltakt aus. Meraviglioso!

„Nun, Carlo, wollen wir nicht zurück? Die Quilici erwarten uns zum Essen."

„Es ist noch zu früh, sich den Magen voll zu hauen, caro fratello." Carlo hält abrupt an, fasst mich an der Jacke. „Übrigens: Warum verzichtest du nicht auf die dummen Scherze, Kläfflaute oder Miauen zu imitieren?"

„Weil es lustig ist, deshalb!"

„Finde ich nicht. Mit diesen Clownerien verdirbst du deine Großartigkeit. So was Ähnliches hat neulich ein Chronist anlässlich deines letzten Konzertes geschrieben."

„Diese Schreiberlinge verstehen nichts. Kleckser, Sprücheklopfer! Lass sie reden und lass uns umkehren! Ich hab genug von Luft und Landschaft. Das nächste Mal ahme ich einen Chronisten nach." Wir lachen vergnügt.

Ich höre von Elisas dreitägigem Aufenthalt in Florenz, erwarte insgeheim eine Einladung oder wenigstens eine Nachricht, ja, hoffe sogar, sie würde sich zu meinem Konzert in Lucca einfinden und mit mir Frieden schließen. Wie einfältig ich doch bin! So ist es nun mal. Man kann nicht überall auf Draht sein. Und richtig pfiffig bin ich ohnehin nicht.

Bei aller Wut, die mich von Zeit zu Zeit gegen dieses Bonaparte-Geschmeiß packt, muss ich gestehen, von dieser Brut nicht lassen zu können. Eine verteufelte Hassliebe ist das. Einerseits wünsche ich das Natterngezücht ins Pfefferland, andererseits bin ich so schwach und widme ihm meine Werke.

In den ersten Monaten des Jahres 1810 entwickle ich eine Sonate, in der ich mein Repertoire auf der vierten Saite erweitere. Ich strukturiere sie wie die „Sonata Napoleone" und baue Flageolette ein, wo immer es sich anbietet. Es ist eine Wonne, zu entdecken, was in einer Violine steckt. Sie ist eine Wundertüte, in der sich die gesamte Welt der Musik verbirgt. Eine Art Wunderlampe, die den Geist solange gefangen hält, bis einer mutig genug ist, ihn zu befreien. Es ist göttlich. Es ist unfasslich. Wie kann in diesem einfachen Drahtgewinde so viel stecken?

Kurz und gut! Ich widme das kleine Werk Napoleons neuer Herzensdame, der Österreicherin Marie Louise, und nenne es auch so.

𝄽

Es ist Ende August, ein heißer Sommer geht schwül zu Ende, ich stehe in Cesena auf der Bühne und verspüre keine Lust, einen Hund bellen zu lassen. Dafür juckt mich eine andere Idee. Zunächst führe ich ruhig, in gewohnt schlichtem Stil ein Konzert von Rode vor, im zweiten Teil aber will ich sie alle verblüffen, denn was ich vorhabe, dürfte diesem Publikum noch nicht bekannt sein. Nachdem ein gewisser Domenico Bartoli seine Arie heruntergeleiert hat, eile ich zurück auf die Bühne, höre mit geschlossenen Augen den Orchesterteil der „Sonata Napoleone", die lieblichen Flöten, die Pauken, und stelle mich in Positur. Ich setze Geige und Bogen an, locke die ersten Töne des Themas aus meinem Instrument, da reißen ganz plötzlich drei Saiten hintereinander. Verblüfft glotze ich auf die gekringelten wertlosen Drähte, lausche der atemlosen Stille im Publikum und genieße. Ja, genieße die Situation wie eine Liebesnacht. Mancher Zuhörern leidet um mich. Ich weiß es. Er bedauert den Künstler mit der Pechsträhne. Andere wiederum grinsen hämisch in sich hinein und sehen mich schon geduckt hinausflüchten. Sie warten auf die Niederlage des schmächtigen, langhaarigen Genuesers. Ha, denen werde ich es zeigen! Allen werde ich es zeigen. Ich knote geschwind die störenden Saiten seitlich fest und lege los. Bis zum Schluss spiele ich nur auf der G-Saite. Der Erfolg ist beispiellos. Sie applaudieren, drängen bis zur Bühne vor, erklimmen sie teilweise, reißen an meinem Frack und verfolgen mich nach dem Konzert bis zum Hotel. Ich bin zufrieden. Aber maßlos erschöpft.

Einen Monat später spiele ich in Forlì und werde genauso frenetisch beklatscht. Ein Chronist schreibt am folgenden Tag: *Ein erhabener Violinspieler namens Niccolò Paganini ehrte am Abend des 18. September 1810 unser Theater. Dieser unvergleichliche Mann spielte drei Konzerte, zwei davon auf allen vier Saiten und eines nur auf der G-Saite. Die neue Art, den Bogen zu streichen und das Instrument zu halten, überraschte; die Sanftheit, die Grazie, die Harmonie, die Schwingung, die Vortrefflichkeit des Klanges verzauberte … Einen so großen Meister wird es vielleicht nie wieder geben.*

Meine Konzertreise fängt besser an, als ich zu hoffen gewagt hatte. Ich bin glücklich … nun, sagen wir mal … beinahe. Elisa hat im Juli einen Jungen zur Welt gebracht, und, ob ich will oder nicht, es nagt der Neid, nicht der Vater zu sein. Demnach hat sie Felice wieder in ihr Bett gelassen. Erst vor einigen Tagen traf sie erneut in Florenz ein, diesmal, um über hundert Klöster in der Toskana das Todesurteil zu verhängen und dem Klerus sein Vermögen abzuknöpfen. Ein unkluges Vorgehen. Erneut schürt sie den Hass der Italiener auf den Eindringling Bonaparte. Wäre sie nur gekommen, um mich um ein Konzert zu bitten, hätte ihr das keiner verübelt. Und ich hätte es ihr hoch angerechnet. Wie gerne hätte ich sie um ein Konzert winseln hören. Nie werde ich ihre Blässe und ihre Ohnmachten zu den Klängen meiner Musik vergessen. Sie bewies dabei eine Eleganz, die ihr sonst fehlt.

Bis Ende des Jahres ziehe ich von einem Theater zum nächsten und erringe ausgezeichnete, oft sehr begeisterte Kritiken. Mein Name spricht sich herum. Ich spiele in Ravenna, Rimini und plane für Modena, Reggio Emilia, Parma, Bologna. Nach dem Konzert in Rimini allerdings geht mir die Luft aus. Ich bin gereizt, ungeduldig, fühle mich gehetzt. Meine Haut zeigt Flecken und ich fürchte, ein hässliches Ausschlagfieber auszubrüten mit dem ich mich nirgends blicken lassen kann. Trotz Novemberwetter breche ich bei der kleinsten Anstrengung in Schweiß aus. Meine Beine zittern, der Anzug schlottert an meinem Körper und ich sehe aus wie eine Vogelscheuche. Es ist wohl vernünftiger, dem Rat des Arztes zu folgen und eine kleine Kur zu machen.

In einem Kurhotel in Ancona tankt mein geschwächter Körper auf, nährt sich mein ausgelaugtes Gehirn an den Schätzen der Natur. Es ist kühl, aber ich zwinge mich zu Spaziergängen. Ich esse gesund und nehme täglich beruhigende Kräuterbäder. Ich denke an Elisa, Emilia und Eleonora, aber ich vermisse sie nicht. Mein defektes Nervensystem gesundet, meine Seele kommt zur Ruhe und in diesem Frieden komponiere ich eine schlichte Sonate. Sie soll von einem kleinen Orchester getragen werden. Zwei Violinen, eine Viola, Violoncello, Kontrabass, zwei Oboen, zwei Hörner. Das Orchester beginnt mit einer kurzen Introduktion, ein Adagio und ein Andantino schließen sich an, darauf folgen drei Variationen auf der G-Saite, die natürlich um eine große Terz höher gestimmt wird. Ich bin mit mir zufrieden. Auch der Blick in den Spiegel erschreckt nicht mehr so sehr wie vor einigen Wochen. Bin ich nicht ein ansehnlicher Mann? Der Haarwuchs ist in Ordnung, meine Gesichtsfarbe gesünder, ich rieche nach Kräutern und nicht nach Knoblauch, Schweiß, Tabak und Schmutz wie die meisten. Zwar ist meine Nase enorm, sind meine Ohren zu groß, meine Finger überlang und meine Brust ähnelt der eines Huhnes, wie Elisa sagt, aber das ist doch völlig einerlei. Non importa! Unsere Zeit gebiert wenige schöne Menschen. Man darf sich schon glücklich schätzen, keinen Buckel zu haben, keine Löcher und Narben im Gesicht und noch alle Zähne im Mund. Vielen verfaulen sie schon in jungen Jahren. Entsetzlich ist auch der Gestank, der mich umgibt. Seit ich täglich bade, merke ich erst, wie entsetzlich die ganze Welt stinkt. Ich vermute, dass Elisa ebenso stank und ihr Felice nicht minder. Mein Gott, und wie grauenhaft muss Napoleon stinken. Heißt es nicht, starke Charaktere haben einen penetranten Eigengeruch? Ich bin ja nun nicht sonderlich gebildet, habe von Naturwissenschaft, Politik oder Biologie wenig Ahnung. Man kann nur eine Wissenschaft gründlich lernen und das habe ich mit der Musik getan. Dennoch lese ich die Zeitung und außer Partituren auch hin und wieder Bücher. Es ist mir also bekannt, dass die Haut drei unterschiedliche Gerüche absondert: den Schweiß, die Ausdünstung des Essens und den Eigengeruch ihrer Beschaffenheit. Dieses Gemisch kann entweder erträglich sein oder zum Erstickungstod führen. In wenigen Fällen ist es angenehm.

Ende April bin ich gestärkt und bereit, ganz Italien zu erobern. Es beschäftigt mich nur eines: Wie komme ich auf den Konzertreisen zu meinem täglichen Bad?

Im Mai 1811 sitze ich wieder im Reisewagen. Es geht nach Modena, Reggio Emilia, Parma, Bologna. Den ganzen Mai, den Juli und den August über begeistere ich die Zuhörer und verwirre die Kritiker. Sie stehen Kopf und können mich nicht einordnen. Da ich in bester Stimmung bin und mich fantastisch fühle, kann ich nicht darauf verzichten, einen Esel oder eine Katze zu imitieren, und sehr oft reißen die Saiten. Einige der Chronisten verachten meine lustigen Einlagen, weil sie nichts verstehen. Sie können nicht weiter denken, als es der Entfernung entspricht, die zwischen ihrem Standort und dem nächsten Laternenpfahl liegt. In Florenz gibt es sehr viele Laternen. Einer der Chronisten äußerte den Verdacht, ich würde die Saiten präparieren, damit sie reißen. Und wenn es so wäre? Es geht doch hier nicht um das Kunststück, Saiten zum Reißen zu bringen. Was zählt, ist, wie ich damit umgehe. In manchem Schreiberling sitzt eben ein Giftzahn, mit dem er auf jeden Künstler einhackt, den er nicht begreift. Idiota! Sind es nicht gerissene Saiten, dann ist es der bellende Hund, den ich nachahme, oder es ist mein Aussehen. Habe ich da nicht jüngst den Konzertbericht eines Franzosen gelesen, der mein Talent eine Gabe des Himmels nennt, mein Aussehen hingegen ein Geschenk der Hölle? Er schreibt: *Wenn Paganini seinem Instrument diese enormen Töne entlockt, frage ich mich, ob ich ihn oder sein Instrument höre. Bestimmt ist er der Dürrere von beiden, und wenn er in die Nähe des Kamins kommt, fürchte ich immer, dass er in Flammen aufgeht, deshalb muss immer ein Eimer Wasser in Reichweite sein.*

Ich habe seinen Namen vergessen, nicht seine Kritik. Der Mensch bekrittelt auch meine Improvisationen, meine Spielereien auf der Geige, die mich selbst so glücklich machen. Warum sehen sie nicht den Spaß? Es scheint ihnen völlig unbegreiflich, dass man mit seinem Instrument spielen will wie mit seinem Kind. Mal ernst, mal lustig, schelmisch.

In Bologna werden mir immerhin 200 Lire zugebilligt, das ist erstaunlich, da der Sänger nur fünfzehn erhält und die übrigen Musiker nicht mehr als drei Lire. Ich bin also auf dem besten Wege und werde mich nicht von den schwatzhaften Kritikern verunsichern lassen. Allerdings sollte ich mit gewissen Neckereien vorsichtiger umgehen. Es geschieht nämlich Folgendes:

Zwei Tage vor dem Abend des 22. Februar 1812 lässt mich die angeheuerte Sängerin, Signora Marcolini, plötzlich hängen. Vertraglich ist nichts festgelegt, also kann ich sie nicht zwingen. Costei mi vuol' fare arrabbiare! Sie will mich rasend machen, in Verlegenheit bringen, aber es soll ihr nicht gelingen. Jedenfalls muss ich mir im Handumdrehen eine Sängerin beschaffen. Dies ist möglich, weil mein Freund Giovanni Gordigiani ebenfalls in Ferrara weilt, und zwar in Begleitung einer entzückenden singenden Person. Er ist verliebt in sie und ich lasse mir eine Arie vorsingen. Ihre Stimme ist lieblich, reizend, aber leider sehr schwach. Dennoch bitte ich sie, einzuspringen. Sie sträubt sich: „Lieber Paganini, ich glaube, Sie wollen scherzen! Ich soll statt der schicken Marcolini singen, man würde mich nur auslachen." Natürlich hat sie recht. Ihre Darbietung reizt den Spott des Publikums. An mehreren Stellen wird gepfiffen, hin und wieder fliegt ein Gegenstand auf die Bühne und ich fürchte um das arme Mädchen, das sich doch alle Mühe gibt. Bald kann ich mich nicht mehr beherrschen. Ich spiele mein letztes Stück zu Ende, schreite dann dicht an die Lampen und mache eine ruckartige Bewegung, die alle verstummen und aufhorchen lässt. Sie erwarten noch etwas Besonderes und sollen es haben. Kraftvoll streiche ich die E-Saite hinter dem Geigensteg von der Rechten zur Linken und springe dann von der Linken zur Rechten auf die G-Saite. Das ergibt ein täuschend echtes I-A. Nach vollbrachter Tat rufe ich in den Saal: „Questo è per quello che ha fischiato – Dies ist für den Pfeifer." Zuerst verstehe ich nicht, warum die Leute von ihren Sitzen hochfahren und sich lauthals aufregen. Unberührt verlasse ich die Bühne und will mit meinen Freunden verschwinden, da drängen auch schon Polizisten ins Theater, bahnen sich einen Weg hinter die Kulissen und ergreifen mich. Ich bin ganz verwirrt. Vieles habe ich schon erlebt, aber das noch nicht. Ich wehre mich kaum, da ich Angst um meine Guarneri habe. Die Kerle stoßen mich hinaus, zerren an meinem Anzug, an meinen Haaren, es ist unbegreiflich. Wissen die nicht, wer ich bin? Die Beteuerungen meines Freundes Giovanni Battista, ich sei der größte Violinist ganz Italiens und dürfe keinesfalls so behandelt werden, kümmert die uniformierten Typen einen Dreck. Sie verlangen von mir, augenblicklich die Stadt zu verlassen und vorläufig nicht wiederzukommen. „Weil ich einem Esel in seiner Sprache antwortete?", frage ich fassungslos.

„Esattamente!", entgegnete ein Ordnungshüter und schlägt wütend die Wagentür zu. Ich bleibe mit meiner Verwunderung vorläufig allein, denn Giovanni steigt nicht mit ein. Erst als wir drei Stunden später die Pferde wechseln, neigt sich der Kutscher zu mir und erklärt:

„Die Leute in Ferrara sind dumm und ohne Talent, Signor Paganini."

„Es sind Esel, nehme ich an."

„Sie haben es erkannt, Signor Paganini. Wenn Sie in dieser Ortschaft von jemandem gefragt werden: ‚Di qual luogo vieni … woher kommst du?' können Sie getrost mit einem langgezogenen I-A antworten und jeder weiß, dass Sie aus Ferrara kommen."

Aha! Mit meinem Ulk habe ich das Volk beleidigt. Nun gut. Lassen wir das. Während der Kutscher und die Pferde sich den Magen vollschlagen, vertrete ich mir ein wenig die Beine und denke an den schönen Satz eines freundlichen Kritikers: *Niemand schadet dem, der den Himmel entzückt.*

26

Buonarotti hatte die „Geheimen Gesellschaften“ gegründet und steuerte sie von Genf aus. Sein Programm sah eine gleichwertige Erziehung aller jungen Menschen vor, egal, ob Blaublütiger, Bürger, Bauer oder Landarbeiter. Es ging ihm nicht darum, den Adel aufzuknüpfen, er wollte ihn unschädlich machen und umerziehen. Mit Giorgio verkehrte er brieflich in erster Linie wegen seines Sohnes. Den wollte er für seine Sache gewinnen, indessen sein Interesse für Giorgio nachließ, da sich dieser nur noch mit dem gemäßigten Flügel der Patrioten traf.

Voller Häme verfolgte Buonarotti Napoleons Niedergang. Der hätte besser auf seine Frau gehört, die ihm geraten hatte, auf den Russlandfeldzug zu verzichten. Nach fünfmonatigem Kampf in Schlamm und Schnee kehrten von 400.000 Männern 18.000 zurück. Napoleons schlechtes Ansehen sank weiter. Holland und Deutschland gingen verloren, bis nach Süditalien war das Wackeln seines Thrones zu spüren. Das Königreich Italien bröckelte.

Filippo kehrte vorerst nicht nach Italien zurück. Er knüpfte seine Fäden, spann ein Netz, das er mit dem der Carbonari zu verbinden suchte. Giorgio, Andrea und Di Negro zogen in Italien die Drähte, aber erwärmten sich nicht für Buonarottis Vorgehensweise.

Ende September 1812 saßen sie im Garten von Di Negros Villa. Andrea hatte seine Studien erfolgreich beendet und eine Stelle am Istituto dell'Arte in Genua bekommen. Er lehrte Musik und Literatur und versäumte es dabei nicht, Anhänger für die Carbonari zu werben. Giorgio riet ihm, dabei sehr vorsichtig zu sein, denn noch waren die Carbonari eine verbotene Gesellschaft, die unterschiedlich politisierte Menschen anzog. Neben dem gemäßigten Anhänger, der ganz im Sinne Andreas eine höhere menschliche Moral in einem gerechten und geeinten Italien anstrebte, und dem überzeugten Revolutionär, der wie Buonarotti auch Gewalt befürwortete, gab es auch einige Krawallmacher, die gerne zündelten. Man unterhielt sich über den berüchtigten Florentiner Buonarotti.

„Ich trau ihm nicht ganz und ich bezweifle die Schlagkraft seiner Argumente“, sagte Di Negro.

„Er ist ein weiser Mann. Was er will, ist nobel. Die Federazione Italiana in der Lombardei basiert auf dem Motto Brüderlichkeit, selbst die Costituzione Latina der Kirchenstaaten mobilisiert alle Geheimen Gesellschaften. Beide proklamieren den Zusammenschluss freier, gebildeter, zivilisierter Menschen aller Rassen, unterschiedlicher Nationalitäten und Religion …“

„Kurz und gut: Sein Ziel gleicht dem unseren – es ist der moralisch hochstehende Mensch, der gute Mensch, der freie und gerechte Mensch. Was ist daran verwerflich?“ Andrea verteidigte seinen Vater stets aufbrausend, manchmal so stürmisch, als wolle er seinen Zweifeln keine Chance geben. Andrea schien zu fiebern. Mit glänzender Stirn und erhitzten Wangen gestikulierte und debattierte er. All die Zeit hatte Giorgio hinter der Erregtheit des jungen Mannes seine Tochter vermutet. Carlotta errötete und stotterte, sobald sie Andrea sah, und dieser wurde leichenblass und fahrig. Carlottas Atem ging schnell, ihr Körper zitterte, wenn der junge Mann sie begrüßte. Dieser umarmte sie kühl, befreite sich rasch aus ihren Armen und vermied ein Gespräch. Mittlerweile war Giorgio ein Licht aufgegangen. Was er anfangs für Schüchternheit und Anstand gehalten hatte, war Abweisung.

„Nichts ist daran verwerflich, mein Junge!“, rief Giorgio, aber der Angesprochene schien nicht richtig hinzuhören. Giorgio verkniff sich ein Lächeln. Er liebte Andrea wie einen eigenen Sohn und wie ein guter Vater spürte er, was in ihm vorging, deshalb gab es Momente, in denen er wünschte, die venezianische Schönheit wäre mit ihren Eltern in den Flammen umgekommen.

„Leider aber befürwortet dein Vater Gewalt aller Art, was uns nicht immer behagt, hingegen lehnt er manches ab, was wir befürworten!", fuhr Di Negro fort. „Zum Beispiel erhofft er sich keine Hilfe von fremder Macht, während wir uns durchaus einen Verbündeten unter den Royalisten denken können."

„Du denkst an Murat. Vergiss ihn! Royalisten sind unberechenbar, selbst jene, in deren Adern italienisches Blut fließt." Andrea blickte sich um.

„Wen suchst du, Andrea?"

Der Gefragte errötete, überlegte kurz und holte tief Luft:

„Habt Ihr nicht gesagt, mein Vater wolle uns einen Besuch abstatten?"

„Davon war mal die Rede, aber er zog es vor, nach Paris zu gehen. Du weißt, er wird hier immer als Staatsfeind verfolgt." Giorgio kniff die Augen zusammen.

„Und wo ist Silvio? Ohne ihn können wir die Zeitung nicht starten."

„Er ist nach Mailand gegangen, wo er sich nach einer Stelle als Lehrer umsieht. Dort wird er Verbindung zu den Liberalen aufnehmen."

Sie hoben ihre Gläser mit dem lauwarmen Wein und tranken auf ein vereintes Italien unter italienischer Regierung.

27

Eine schöne Fremde hatte Niccolò in ihr Netz gelockt. Er spielte nicht, er komponierte nicht. Sein Herz, seine Seele, sein Gehirn, sein ganzer Körper gehörten ihr. Sie konnte darüber verfügen. Und sie tat es. Drei Monate lang. Sie verführte ihn gleich nach seinem ersten Bad am späten Morgen. Kaum hatte er gefrühstückt, einen Blick in die Gazzetta geworfen, da schlüpfte sie in sein Hotelzimmer in Parma.

Nach seinem Konzert im Herzoglichen Theater am Abend zuvor hatte er nach Genua reisen wollen, aber Parma hielt ihn fest und schuld daran war sie, die junge Frau aus der ersten Reihe im Theater. Als er das Larghetto der „Sonata Napoleone“ spielte, nestelte sie an ihrem Dekolleté und schob es tiefer, damit ihr Brustansatz besser zu sehen war. Niccolò sah es nicht gleich, denn meistens spielte er mit geschlossenen Augen. Als er sie für einen Moment öffnete, leuchtete ihm die weiße Haut provozierend entgegen und er musste die Augen rasch wieder schließen, um nicht vor Verlangen umzukippen. In seinem Inneren leuchtete die Haut weiter, mehr noch, er sah ihren nackten Körper, fühlte, wie die Begierde von ihm Besitz ergriff. Nicht ganz Besitz ergriff, denn Niccolò war ein großer Künstler. Was er empfand, floss in sein grandioses Spiel. Bei den Schlussklängen der Sonata zuckten seine Lider, und als er das wehmütige Thema von „I palpiti“ begann, musste er fast weinen. Und leise, in weiter Ferne hörte er das Schluchzen der Frauen. Nur einen Spalt öffnete er die Augen und da sah er die schöne Fremde, völlig in Tränen aufgelöst, hingegeben, verzückt. Er spielte die Variation zu Rossinis „Di tanti palpiti“ zum ersten Mal, noch war sie nicht ausgefeilt, dennoch richtete sie ein wahres Erdbeben unter den Frauen aus.

Nach dem Konzert suchte er die junge Frau vergeblich unter jenen, die ihn umringten, ein Wort von ihm aufschnappen wollten, sein Haar berührten oder an ihm zupften. Während sein Blick über die dunklen Haare, glitzernden Kleider und funkelnden Kandelaber streifte, wartete sie im Hotelzimmer, tief in einen Sessel vergraben, so dass er sie nicht einmal entdeckte, als er eintrat.

Mittlerweile hatte er gegessen, getrunken, geredet und sich dummes Geschwafel angehört. Er war zerstreut, müde und dachte nicht mehr an die Schöne. Benommen wankte er zur Kommode, wobei er an die Kante eines Tisches stieß und dabei ein Tintenfass umwarf, dessen Inhalt sich auf den Boden ergoss. Paganini nahm davon keine Notiz. Er wandte sich seinem Geigenkasten zu, auf dem in goldenen Lettern sein Name prangte, öffnete ihn und holte vorsichtig die Guarnari heraus. Mit einem weichen Tuch wischte er sie ab, küsste ihren Bauch und legte sie behutsam wieder zurück. Dann rief er einen Diener und wies ihn an, ihm ein Bad zu richten. Während der Diener seine Aufgabe erfüllte, trat ein Mann ein, den Paganini müde begrüßte. Die beiden Männer setzten sich auf die Chaiselongue und sprachen über den Kauf eines Hauses.

Am nächsten Morgen dachte Niccolò gerade über das gestrige Gespräch und die Rückreise nach Genua nach, als ein schönes Mädchen in der Tür stand. Er hatte seine Toilette nicht ganz beendet und wanderte zerstreut im Hausmantel durchs Zimmer.

„Sie suchen etwas, Maestro, nicht wahr?"

Paganini starrte verwirrt auf die Erscheinung. Die Schöne von gestern, durchzuckte es ihn. Sie fiel vor ihm auf die Knie und blickte fasziniert zu ihm auf, dabei sorgsam bedacht, ihre Brust ins rechte Licht zu rücken.

„Sie suchen mich, nicht wahr, Maestro? Ich habe Sie in Rimini, Modena, Reggio Emilia, Parma gesehen, sehe und höre Sie manchmal nur von Weitem, ja meist nur in der Phantasie, und nie darf ich diese Hände küssen, die aus der Geige die wundervollsten Töne locken." Paganini war geblendet. Er hörte ihre Worte nicht. Sie waren belanglos und natürlich zweifelte er an ihrem Inhalt. Ihr Anblick brachte ihn um den Verstand, obwohl ihm dieser Anblick vertraut war. Mädchen und Frauen fielen ihm reihenweise zu Füßen, hängten sich an seinen Rock. Diese hier schien etwas Besonderes zu sein. Er spürte etwas, was er bei keiner empfunden hatte. Er konnte sich von ihrem Gesicht nicht losreißen und das, obwohl er es hasste, in den Morgenstunden gestört zu werden. Statt sie hinauszuwerfen, starrte er sie an. Statt sie zu fragen, wie sie es angestellt hatte, ungeschoren in sein Zimmer zu gelangen, ließ er sich von der Unbekannten verführen.

Er kannte nicht einmal ihren Namen, als er wenig später mit ihr im Bett lag. Das Bett war nicht sehr breit und weder durch einen Vorhang noch Baldachin vom Raum abgetrennt. Paganini kümmerte sich nie darum, wie sein Zimmer aussah, ob es eine Dachstube oder ein Abstellraum war. Was er wollte, war Ruhe, einen Raum, der zum Hof hinausging.

Nach einer guten Stunde in den warmen Armen der Fremden gab er seinen Plan auf, die kommenden Wochen in Genua zu verbringen. Jetzt zählte dieses Wunderwesen. Er musste es kennenlernen. Er musste mit dieser Frau einige Zeit zusammenbleiben.

Er fragte sie, ob sie es sich vorstellen könne, mit ihm zu gehen. Auf Reisen, in andere Städte, andere Herbergen. Die Fremde antwortete, sie wolle von heute an alle Wege nur noch mit ihm gemeinsam gehen.

„Dann sage deinen Eltern Bescheid, und wir reisen noch heute ab."

Das sei nicht nötig. Sie habe niemanden und sei niemandem Rechenschaft schuldig.

„Wovon lebst du dann und wie?"

„Beim Tod meines Vaters erhielt ich eine Summe Geld. Ich verwende sie darauf, mich einzukleiden und Ihnen zu folgen, Maestro."

„Wer war dein Vater?" Mit einer völlig Unbekannten wollte Niccolò nicht unbedingt ins Blaue reisen. Die Schöne streichelte seine Schulter und zupfte ihn am Ohr.

„Ein reicher Handelsmann. Ihm gehörten drei Villen und ein Palazzo in Florenz! Er war auch so schlau, sich noch zu Lebzeiten um ein schönes Plätzchen auf dem Friedhof zu bemühen. Sie wissen vielleicht, wie teuer das ist."

„Darüber denke ich nach, wenn die Zeit gekommen ist. Wie hieß dein Vater?"

„Sprechen wir später darüber. Es tut weh, daran zu denken, und es lenkt mich ab. Nichts soll unsere Liebe belasten."

Paganini nickte. Er verzichtete darauf, weiter nachzuforschen. Sie reisten noch am selben Tag. Um ungestört zu sein, mietete er eine Kutsche.

Niccolò war glücklich. Die Sonne schien. Es roch nach jungem Gras, knospenden Blumen, nach frischem, reinem Wind und es roch nach schönen Augenblicken in der Kindheit. Der Wagen holperte einen ausgefahrenen Landweg hinab und schüttelte die Insassen kräftig durch. Lachend fuhren sie in einen niedrigen Pinienwald hinein, dessen plötzliche Dämmerung sie verstummen ließ. An manchen Stellen brach die Sonne durch das Geäst, ritzte Goldstreifen in die Baumrinden oder warf Lichtbälle auf den Weg. Niccolò schob das Wagenfenster hoch, streckte den Kopf hinaus und atmete tief durch.

„Diese Luft belebt, wärmt und schmeckt. Ja, sie schmeckt wie eine köstliche Suppe!“ Er leckte sich die Lippen. Sie sprachen wenig, blickten sich aber häufig an. Einmal hielt der Wagen an einem Wirtshaus. Die Pferde wurden gewechselt, seine Schöne eilte in den Gasthof, um sich zu erfrischen. Niccolò war nicht zum Aussteigen zu bewegen. Er wollte niemandem begegnen, verspürte keinen Hunger. Den Durst stillte sie, die ihm einen Krug Wasser brachte und sich sogleich an ihn schmiegte. Nach dem kurzen Aufenthalt wurden die beiden Reisenden müde und kauerten sich in einen Winkel des Wagens. Niccolò schlief sofort ein. Eine Stunde verging, da weckte ihn das abrupte Halten des Wagens. Man hatte das Stadttor erreicht und die Insassen wurden kontrolliert. Als sie ihre Pässe zeigten, regte sich in Niccolò Neugier und beinahe hätte er den Pass seiner Begleiterin an sich gerissen, um ihren Namen aufzudecken. Aber er unterließ es. Die Rolle des Wachhundes war unter seiner Würde.

„Ich liebe Sie und möchte Ihre Frau werden“, flüsterte sie in seinen Armen. Niccolò war hingerissen. Ihr schöner Körper zitterte, wenn er sie berührte, ihre Augen glänzten. Und nun wollte sie sogar ihr Leben mit ihm verbringen. Hatte er Gott jemals gedankt?

„Du möchtest mich heiraten und ich weiß nicht einmal deinen Namen?“

„Sind Namen so wichtig?“

„Oh, ja. Auch meinen Partituren gebe ich Namen, Hunde und Katzen werden benannt. Pferde ebenso. Hin und wieder auch ein Fisch. Also? Wie heißt du?“

„Nennen Sie mich, wie es Ihnen beliebt."

Niccolò amüsierte das Spiel.

„Bei dir brauch ich nicht lange zu überlegen. Dein Gesicht ist frisch, du riechst gut, bist schön wie eine Blume. Ich werde dich Fiorella nennen. Ist es dir recht?"

Fiorella nickte und kicherte.

„Was belustigt dich?"

„Sie haben sehr gut gewählt. Und nun, da ich einen Namen habe, können wir heiraten."

„Oho, nicht so eilig. Bist du nicht zu jung?" Er stützte sich mit dem Ellbogen auf dem Bett ab und betrachtete sie. „Ich schätze dich auf achtzehn, ich dagegen bin ein alter Kerl von 30 Jahren. Du kannst unmöglich meine Frau werden."

„Mir ist der Altersunterschied ganz gleichgültig, mein Geliebter. Ganz gleichgültig!", wiederholte sie.

An einem Morgen im August erwachte er an den Kirchenglocken, die zur Messe riefen. Es war ein Sonntag. Durch die nachlässig zugezogenen Vorhänge strömte das Morgenlicht. Lange betrachtete Niccolò das schlafende Gesicht seiner Geliebten. Nur für sie und mit ihr hatte er in den letzten Wochen gelebt. Fiorella schien keine andere Aufgabe im Leben zu haben als die, sich an ihn zu schmiegen und von ihm geliebt zu werden. Tag und Nacht. In allen Stunden des Tages hing sie wie eine Raupe an seinem Arm. Eine schöne Raupe, die noch nicht bereit war, sich als Schmetterling zu entpuppen. Sie schwärmte von ihrem Geliebten, dem berühmten Virtuosen, dem Italien zu Füßen lag und der seinerseits nur ihr zu Füßen lag. Auf der Kommode, in den Geigenkasten gebettet, wartete die Guarneri. Seit Wochen hat sie keinen Ton von sich gegeben. Das war nicht gut. Sie würde es ihm schwer übelnehmen, kümmerte er sich nicht bald wieder um sie. Doch mit Fiorella war an nichts anderes zu denken als an Gemeinsamkeit. Gemeinsamkeit zu jeder Tages- und Nachtzeit.

Er lag in Gedanken versunken und die Sonnenstrahlen drangen nun stärker ins Zimmer, überfluteten den ganzen Raum, kitzelten Fiorellas Lider und allmählich wachte sie auf. Sie wandte ihr Gesicht Niccolòs zu. Da lag er, reglos auf dem Rücken. Nichts bewegte sich, seine Brust war starr, als atme er nicht mehr. Fiorella erschrak und fuhr hoch:

„Was ist, mein Geliebter? Du weinst?"

Paganinis Wangen waren nass. Beim Klang ihrer Stimme schnellte er hoch und wischte sich eilig mit den Ärmeln seines Schlafhemdes übers Gesicht.

„Was sagst du? So ein Unsinn. Das ist ja zum Totlachen. Ich hab noch nie geweint!"

„Dann bin ich wohl verrückt". Die junge Frau strich über sein wirres Haar. Ein geheimnisvolles Lächeln veränderte ihr Gesicht und sie sah plötzlich viel älter aus. „Ich habe deine Tränen gesehen. Viele Tränen. Dein Gesicht war nass davon. Aber vermutlich habe ich geträumt."

„Das hast du!", sagte er kühl. Fiorellas Finger strichen über seine Augen, seine Nase, streichelten seine Wangen.

„Deine Haut ist trotz der Bartstoppeln so zart wie die einer Frau. Seltsam."

„Und meine Brust ist schmal wie die eines Gockels, mein Kinn so spitz wie der Schnabel eines Vogels und meine Ohren sind so groß wie die eines Esels, nicht wahr?" Ironie schwang in seiner Stimme. Die Schöne zog ihre Hand zurück.

„Ich bin nicht eine der Frauen, die dich nur bewundern. Ich liebe dich, Niccolò. Vergiss es nicht. Vergiss es nie!"

An einem regnerischen Vormittag im selben Monat verließ Niccolò das Hotel. Er trug den kleinen Koffer mit der Wäsche und seinen Geigenkasten. Fiorella schlief noch. Am Abend zuvor hatten sie sich gestritten. Er war nervös, von Unruhe getrieben, obwohl er sich an ihrer Seite wunderbar gefühlt hatte. In ihren Armen hatte sich zum ersten Mal der Wunsch nach einer eigener Familie geregt. Carlo und Paola waren verheiratet, seine Schwester Giulia Nicoletta plante ihre Hochzeit im Februar des kommenden Jahres und er sehnte sich nach Kindern. Warum verließ er sie, die ihn liebte und seine Frau werden wollte? Eine Antwort fiel ihm ein. Er war nicht fähig, in ihrer Gegenwart zu komponieren oder auch nur einen gelungenen Satz auf der Guarneri zu spielen. Melodien wirbelten durch seinen Kopf, seine Finger zuckten, doch all das fand allein Befriedigung an Fiorellas Körper und ihrer Hingabe. Wenn Liebe seine Musik ausschloss, musste er sich das Ganze noch einmal überlegen. Er ließ dem Mädchen genug Geld, damit sie nach Florenz fahren konnte. Dort habe sie Verwandte, hatte sie ihm erzählt. Dem Kutscher gab er als Reiseziel Genua an.

Je weiter er sich von Fiorella entfernte, umso deutlicher formten sich die Melodien in seinem Kopf. Eine neue Partitur nahm Gestalt an. In Genua würde er sie zu Papier bringen und ein für alle Mal seinem Vagabundenleben ein Ende setzen. Er brauchte eine Bleibe. Ein Haus, das ihm gehörte.

28

Im Haus der Eltern liefen die Vorbereitungen für Nicolettas Hochzeit. Teresa verbesserte das Hochzeitskleid, das sie von der Schneiderin Anna Quilici hatte anfertigen lassen und das nicht ganz ihren religiösen Vorstellungen entsprach. Einmal nur war sie deshalb gemeinsam mit Nicoletta nach Lucca gefahren. Es war im Mai 1812 gewesen und Niccolò hatte seine Anstellung bei Hof längst aufgegeben. Während sich Teresa in Lucca aufgehalten hatte, spielte ihr Sohn in Parma. Von Carlo erfuhr sie den Wirbel, den seine Eselimitation in Ferrara entfacht hatte. Nie konnte sie ihren begabten Sohn in einer der Städte brillieren sehen, aber ihre Gedanken reisten stets mit ihm und auch die Angst um seine Gesundheit. Jetzt war er wieder bei ihr. Sie weinte vor Glück, den Rastlosen im Hause zu wissen. Alle freuten sich, selbst der Vater machte ein artiges Gesicht, und stolz zeigte ihm Paola ihre Sammlung aller Kritiken.

„Höre, Niccolò, weiß du, was im Giornale über dein Konzert bei Ravenna steht?" Und während es sich der Künstler auf einem Sessel gemütlich machte, von dem aus er zum Fenster hinaussehen konnte, las sie vor: *Der berühmte und nie genug gelobte Niccolò Paganini aus Genua, der Beste unter den Violinisten, ist überraschenderweise aus Lugo zurückgekehrt und hat in Piangipane dem Hause Cappi einen Besuch abgestattet ... er ist jetzt siebenundzwanzig Jahre alt und denkt daran, nach London zu gehen; wenn er dies ausführt, wird er ein wunderbarer Musiker werden, da er einen völlig harmonischen Geist hat und eine so große Begabung, dass er sich ein Genie nennen darf, nicht bloß einen Musiker.*

„Schön, liebe Paola. Du hast also doch noch lesen gelernt."

Paola runzelte die Stirn:

„Hatte ich je vor, es nicht zu lernen?" Ihre Augenbrauen trafen sich über der Nasenwurzel und in gespieltem Ärger musterte sie ihren Bruder. Der lächelte schief, da sein schiefes Gesicht ohnehin kein gerades Lächeln zuließ.

„Und in Modena ... *der erhabene, unvergleichliche Niccolò Paganini ...*" Mittlerweile hatten sich Vater Antonio und Nicoletta eingefunden und hörten zu. Niccolò unterbrach Paolas Lesefluss.

„Bitte, liebe Paola, langweile unsere Familie nicht mit geschwollenen Kritiken."

„Rede nicht arrogant über Menschen, die du brauchst, caro fratello!", ereiferte sich Nicoletta.

„Mag sein, aber sie verbreiten Ärger. Und überhaupt", er rückte im Sessel hin und her, „ich habe fortlaufend Ärger. In Lugo wurde mir das örtliche Theater verboten, in Rimini musste ich auf allen Vieren kriechen, um ein Konzert im Teatro del Pubblico halten zu dürfen.

Den Kritikern zu Folge müsste sich das Theatergesindel um mich reißen, stattdessen behandeln sie mich wie einen Bettler." Niccolò bekam rote Flecken im Gesicht. „Es ist überall das gleiche!", fuhr er erregt fort. „Kein Theaterdirektor ersucht mich, in seinem Theater aufzutreten. Bis dato schmiere ich oder einer meiner Freunde diesen Affen Honig ums Maul, damit sie mich nehmen. Eben zerbreche ich mir den Kopf über den honigsüßen Brief an einen Freund, der mir den Zugang zum Teatro Riccardi in Bergamo verschaffen soll."

„Dein Name ist leider noch nicht berühmt genug und die Theater fürchten, die Säle nicht voll zu kriegen."

„Niccolò hat noch immer alle Säle gefüllt, Nicoletta!" Paolas Augen strahlten vor Stolz. „Aber, sag mir eins, Bruder. Man schreibt, du würdest es vermeiden, in der Stadt, in der du zwei oder dreimal auftrittst, dieselben Konzerte zu spielen. Warum? Es ist doch leichter, dasselbe Repertoire abzuspulen."

„Ach, Paola Domenica, was soll ich darauf antworten? So bin eben ich. Niccolò Paganini spult nicht ab. Er spielt."

„Das liegt allein an deinem Dickkopf!", murrte der Vater und sah seinen Sohn dabei nicht an. „Du spielst, wie es dir passt. Heute so und morgen so. Du willst dich an keine Vorlage halten. So warst du schon als Kind." Antonio blickte zu Boden. Seit dem letzten Mal, als er seinem Sohn an die Gurgel wollte, schämte er sich. Ein wenig Kritik konnte er dennoch nicht unterdrücken.

„Vater, verzeihen Sie den Einwand, aber Niccolò würde es schätzen, von Ihnen mehr gewürdigt zu werden. Vielleicht verstehen Sie ihn besser, wenn ich Ihnen sage, dass Niccolò in derselben Stadt unmöglich dieselben Konzerte geben kann, weil es der Seele des Virtuosen widerspricht. In Konzerte von Viotti und Kreutzer baut er je nach Stimmung Kadenzen oder Tierlaute ein. Außerdem schreien diese Werke unter Niccolòs Zauberhänden geradezu nach Improvisation."

In dem Augenblick spazierte Teresa in ihrem wiegenden Gang herein und klatschte zum Essen.

„Zu Tisch, Kinder!“ Erleichtert blickte Niccolò seine Mutter an, und ohne es zu beabsichtigen, sagte er:

„Vielen Dank, Madre!“

„Lieber Sohn, genieße die Zeit und den Wein mit uns. Du brauchst Ruhe, ich sehe es in deinem Gesicht.“

In principio era il Verbo, e il Verbo era presso Dio e il Verbo era Dio. Egli era in principio presso Dio: tutto è stato fatto per mezzi di lui, e senza di lui niente è stato fatto di tutto cio che esiste …

Weihnachten in der Chiesa Nostra Signora delle Vigne. Seine Familie hatte es geschafft, Niccolò in die Messe zu bewegen. Jedenfalls glaubten sie es und Niccolò ließ sie in diesem Glauben. Tatsächlich aber hatten ihn die Glocken des Kirchturmes gelockt. Ihr Klang löste eine wehmütige Erinnerung in ihm aus. Er war noch ganz jung gewesen, vier oder fünf, als er beim Spiel der Glocken aufgehorcht und manchmal, wenn es keiner merkte, die Fenster geöffnet hatte, um diese würdige Musik in sich einzusaugen. Sie strömte ihm zu, durchflutete ihn und er hob das Gesicht, breitete vorsichtig, damit es keiner sah, die Arme aus und blieb reglos stehen, um sie in Empfang zu nehmen. Damals kamen ihm die Tränen, heute konnte er sie zurückhalten. Auch das Orgelspiel hatte den fünfjährigen Niccolò mit trauriger Sehnsucht erfüllt. Neben dem Mädchen Fiorella hatte ihn die Kraft für Sekunden verlassen. Sie hatte sich nicht getäuscht, als sie sein Gesicht an jenem Morgen im August sah. An jenem Morgen im Hotel erklangen die Kirchenglocken und er lag nutzlos neben Fiorella, die seine Frau werden wollte. Wie hätte er sie glücklich machen können, mit dieser Melancholie im Herzen?

Paganini las flüchtig in der Zeitung von Napoleons Misserfolgen, diskutierte jedoch nicht viel darüber. Er erfasste den Zeitgeist intuitiv. Napoleon saß auf dem gebrochenen Ast und würde heute oder morgen fallen, das fühlte der Künstler. Es schien ihm deshalb vernünftiger, im Programm für das Konzert im Lombardischen Bergamo die „Sonata Napoleone“ und die „Sonata Maria Luisa“ nur mit den Anfangsbuchstaben anzukündigen. Diese Ära ging zu Ende. Wichtig war es nun, sich den neuen Herrschern anzugliedern. Wer es auch immer sein mochte, Paganini wünschte nichts weiter als eine friedliebende Regierung, die seine Konzerttourneen ungestört ließ.

Aufgrund des großen Erfolges in Bergamo gab er zwei weitere Konzerte im berühmten Teatro della Società di Bergamo Alta. Er spielte das Konzert von Rode mit Variationen, die das musikgewohnte Publikum von den Stühlen riss, er führte seine „Sonata Maria Luisa“ nur auf der G-Saite aus, was den Musikkennern unbegreiflich erschien, und ahmte im Spanischen Fandango mit Variationen a Capriccio Tierstimmen und Vogelgesang nach, womit er sich den Durchbruch beim einfachen, aber Musik liebenden Volk sicherte. Auf der Welle dieses Erfolges reiste Paganini noch im Februar nach Brescia zu einem weiteren Konzert und begab sich daraufhin sofort nach Mailand. Er hatte mit seinem ehemaligen Lehrer Rolla korrespondiert, der ihn sogleich in sein Haus einlud.

Rolla wohnte seit 1802 in Mailand, war Direktor des Theaters der Scala und Geigenlehrer am Konservatorium. Niccolò freute sich sehr auf ein Wiedersehen. Seit Parma hatte er jenen Mann nicht wiedergesehen, der seine Begabung schon nach wenigen Bogenstrichen erkannt hatte.

Die Fahrt im Reisewagen war diesmal beschwerlicher. Es blies ein für diese Gegend selten kalter Wind und der stete Regen weichte die Wege auf, so dass die Räder häufig im Matsch versanken. Paganini fürchtete, die Kutsche könne in ein tiefes Schlammloch geraten und steckenbleiben. Es fröstelte ihn, er verkroch sich im warmen Mantel. Und plötzlich dachte er an Fiorella. Sie hätte sich an ihn gekuschelt und ihn mit ihrer Mädchenstimme abgelenkt. Wo mochte sie stecken? Monate waren vergangen und er wusste nichts von ihr. So traumgleich sie in sein

Leben getreten war, so war sie auch daraus verschwunden. Zwar hatte er sie verlassen, aber sie war ihm ja zuvor ständig nachgereist, warum hatte sie das Nachreisen nicht wieder aufgenommen? Vielleicht war sie verstimmt, denn besonders galant war sein Abschied nicht gewesen.

In Cremona übernachtete er in einem schäbigen Wirtshaus, vor dem sich ein Haufen zerlumpter Frauen und Kinder zusammenrotteten. Um die armseligen Gestalten loszuwerden, verteilte der Wirt Kupfermünzen. Am nächsten Tag ging es weiter, bis in die tiefe Nacht hinein. Lange holperte die Kutsche durch feuchte Nebelschleier, schummrige Wälder, schlafende Dörfer und endlich, nach endlosen zähen Stunden, zeichnete sich der Schatten des Doms in der Morgenhelle ab. Bald darauf rumpelte der Wagen über die gepflasterten Straßen Mailands. Trotz der ungemütlichen Fahrt und des hässlichen Wetters hatte Paganini die meiste Zeit geschlafen. Nun fühlte er sich frisch und war bester Laune.

29

Überschwänglich umarmte Alessandro Rolla seinen einstigen Schüler. Paganini entgegnete die herzliche Umarmung, soweit es seine steifgefrorenen Glieder zuließen.

„Bene, ich nenne dich Niccolò, wie früher. Aber sag mir, hast du neben all den Konzerten keine Zeit zum Essen?“ Er fasste den Virtuosen am dürren Arm und führte ihn ins Wohnzimmer. Auf dem Salontisch standen zwei Gläser und eine Schale getrocknete Früchte. Niccolò schritt ein wenig unsicher, Rolla ließ ihn nicht los, und als sie schließlich am Kamin vorbeikamen, hielt Niccolò abrupt an, streckte die Hände aus und wärmte sich. „Ach, ich verstehe. Dir ist kalt. Kein Wunder, an dir ist ja auch kein Gramm Fett.“

„Um Ihre Frage zu beantworten, Maestro“, begann Paganini, “Ich esse sehr gerne, aber das Fett will halt nicht ansetzen. Was soll ich machen?“

„Weniger nervös sein, junger Mann. Nervenleiden sind schwer zu heilen. Man kennt ihren Ursprung nicht. Also, öffne deinen Brustkorb, lass die Luft hindurchströmen und atme konzentriert wieder aus. Suche, wo der Atem sitzt." Paganini kratzte sich am Ohr. Signor Rollas Gerede behagte ihm nicht und so fragte er freundlich nach seiner Frau.

„Es geht ihr gut. Du wirst sie gleich kennenlernen. Aber setz dich doch bitte."

„Ich kenne Signora Rolla. Sie hat meinen Vater und mich vor achtzehn Jahren in Ihrer Wohnung in Parma empfangen und in Ihr Arbeitszimmer geführt. Ich hoffe, Signora Rolla ist noch stets dieselbe Signora Rolla."

„Certamente, caro Niccolò. Mein Leben ist vor allem die Musik. Da kann ich zu Hause keine Unruhe gebrauchen." Sie nahmen Platz, griffen nach den Gläsern, stießen auf ihr Wiedersehen und Signora Rolla an, die in dem Moment den Raum betrat.

Bei Tisch erzählte Alessandro vom Erfolg des Choreographen Salvatore Viganò in der Scala. Viganò habe lange Zeit in Wien gearbeitet und Beethoven kennengelernt.

„Ein begabter Mann, dieser Viganò."

„Ich schätze Beethoven außerordentlich", äußerte Paganini, ohne auf Viganò einzugehen.

„Natürlich, natürlich! Ein großer Mann, dieser Beethoven. Für Salvatore komponierte er ‚Die Geschöpfe des Prometheus'. Er führt es augenblicklich in der Scala auf. Wir werden es uns ansehen, nicht wahr, lieber Freund?" Paganini nickte und schwieg.

„Ein anderes Werk von Viganò steht ab April wieder auf dem Programm. Auch das werden wir ansehen. Der Choreograph eroberte letztes Jahr damit ganz Mailand. Seine Melodien singt noch heute jeder Hanswurst in den Gassen und Wirtshäusern."

Paganini nickte und aß. Signora Rollas Essen schmeckte vorzüglich. Wäre es auch weniger vorzüglich gewesen, so hätte Niccolò dennoch keine Speise auf dem Tisch ausgelassen, da er für sein Leben gern aß. Und er trank mit Vorliebe Rotwein. Signora Rolla servierte einen Rossese di dolceacqua zum Hauptgang und Käse, während ein leichter Sciacchetrà das Dessert abrundete. Niccolò leerte sein Glas rasch und schätzte es, wenn ihm nachgeschenkt wurde.

„Ja, und aufgrund des großen Erfolges und der Nachfrage hat man ‚Il noce di Benevento' wieder aufs Programm gesetzt."

„Hmm", machte der Künstler.

„Die Musik ist von Süßmayr. Den du wohl kennen wirst."

Sein einsilbiger Gesprächspartner nickte, sagte weiter nichts.

„Nun, ja. Freund und Schüler Mozarts, dieser Süßmayr. Jedenfalls basiert Viganòs Choreographie auf einer Volkssage aus Benevento. Eine Hexengeschichte, wenn du so willst. An einem verzauberten Nussbaum treffen sich die Hexen zu einer gespenstischen Konferenz. Da werden schauerliche Getränke gebraut, in denen Spinnen, Kröten, allerlei Insekten und Eingeweiden schwimmen … oh, Verzeihung."

Niccolò verzog angewidert das Gesicht. Er schluckte, was er im Munde hatte, und rang sich zu einem Wort durch:

„Interessant!"

„Was ist interessant?"

„Das Hexentreffen am Nussbaum. Hochinteressant." Er nahm sein Glas und trank es in einem Zug leer. Alessandro wusste nicht so recht, was an dem Hexentreffen so hochinteressant sein sollte, und rügte seinen Gast scherzhaft.

„Niccolò, du wirst ja besoffen, wenn du so weiter trinkst."

In der Tat hatte der Violinist Mühe, sich gerade zu halten, als er aufstand. Rolla begleitete ihn die Treppe zu seinem Zimmer hinauf.

„Ruhe dich gut aus. Morgen gehen wir in die Scala."

Der Diener brachte ihm Licht und zog die Vorhänge zu. Er deckte das Bett auf und fragte den Gast, ob er noch einen Wunsch habe. Niccolò verneinte. Der Diener verneigte sich und ging.

Während er beim Essen war, hatte der Lakai seinen kleinen Koffer und den Geigenkasten aufs Zimmer gebracht. Paganini strengte seine Augen an. Da, der Kasten stand nahe beim Fenster. Ach, dieser Gimpel! Wie konnte er bei den kühlen Temperaturen die Geige ans Fenster stellen?

Selbst eingebettet in das rote Samtfutter des Kastens würde sie frieren. Und wenn sie fror, fror auch er. Schlagartig begriff er, warum ihm die ganze Zeit so kalt war. An der Nacht konnte es nicht liegen. Sie war ein wenig frisch, eher anregend. Ein herber Wind blies die Ausdünstungen des Tages hinweg. Paganini legte den Kasten aufs Bett. Dort öffnete er ihn. Eine Weile schaute er hinein. Die Guarneri sah nicht so aus, als fröre sie. Dennoch wärmte er sie mit seinen Händen. Dann klappte er den Deckel zu und löschte das Licht. Er hätte ein Bad nehmen sollen, aber dazu war es zu spät, außerdem hatte er zu viel gegessen. Morgen würde er darum bitten.

Er legte die Kleider ab und wusch sich notdürftig. Der Schein des Vollmondes genügte ihm dafür.

In den folgenden Wochen lernte Paganini die Scala kennen. Das elegante Gebäude hatte der Architekt Piermarini nur wenige Jahre vor Niccolòs Geburt genau an der Stelle erbaut, an der zuvor die Kirche Santa alla Scala gestanden hatte. Eingeweiht wurde es damals mit einer Oper von Antonio Salieri. Niccolò gefiel das Theater, und er freute sich auf den Tag, an dem er selbst hier spielen sollte.

Zweimal sah er sich „Die Geschöpfe des Prometheus“ an. Ein Grund dafür war die mittelmäßige Sängerin, die er in Ferrara begleitet hatte. Er entdeckte sie im Ballettkorps und konnte sich ganz plötzlich nicht mehr auf die Musik konzentrieren. Dabei interessierte ihn Antonietta Pallerini durchaus nicht. Ihr puppenhaftes Gesicht hatte ihm nie gefallen und ihre tänzerischen Fähigkeiten rissen nicht zu Begeisterungstürmen hin. Anfangs tummelte sich die kleine Person in einem wilden Haufen ungekämmter Frauen und Männer, die den Beginn des Menschengeschlechts darstellten. Kunst, Wissenschaft, Liebe und Anmut bezähmten das Wilde und feine, elegante Wesen bildeten sich heraus. Antonietta machte ihre Sache ganz gut, aber sie war entschieden zu mager. Was die Musik betraf, so bestätigte sich beim zweiten Mal das, was er beim ersten Mal trotz geteilter Aufmerksamkeit empfunden hatte: Beethovens Musik war schön, aber hier langweilte sie ihn. Er liebte Beethovens Quartette. Ja, er liebte und studierte sie, fasziniert von der Vitalität und dem Genie dieses Mannes.

„Il noce di Benevento“ feierte auch in diesem Jahr einen grandiosen Erfolg. Und als Niccolò das Stück im Mai hörte, war er begeistert. Das Thema hallte hartnäckig in seinem Kopf wider. Er musste es verarbeiten, davor konnte er nicht weglaufen.

Anlässlich Paganinis Besuchs in Mailand hatte Rolla den Choreographen Salvatore Viganò, Giovanni Ricordi und ein paar Tänzer zum Abendessen eingeladen. Es war ein milder Maiabend, die Fenster standen offen, das Gezirpe der Grillen und der Duft des Rosengartens drangen ins Esszimmer, wo sich die Gäste an einer ovalen, reich gedeckten Tafel eingefunden hatten. Stolz stellte Rolla seinen einstigen Schüler vor und überschüttete ihn dabei mit Lobeshymnen. Der Virtuose wäre am liebsten im Boden versunken, da sich nun alle Augen auf ihn richteten. Er wollte nur angestarrt werden, wenn er spielte, keinesfalls, wenn er aß oder redete.

„Oh, ja, ich habe schon von Ihnen gehört, Maestro“, lispelte Viganò. „Aber gehört habe ich Sie noch nicht. Man erzählt sich die unglaublichsten Dinge über Ihr Spiel. Ihre Finger flögen ja regelrecht über die Saiten und ließen dabei die schönsten Töne erklingen, schrieb ein Kritiker. Wird da nicht viel fabuliert?“ Viganòs Mund stand offen, seine Zunge hing zwischen den Zähnen, gleichzeitig zwinkerte er dem Violinisten zu. Dieser sah ihn nur scharf an und schüttelte sich so heftig, als wanderte eine Armee Ameisen über seinen Rücken. Antonietta ärgerte die Spöttelei ihres Choreographen. Sie war ohnehin auf ihn sauer. Er plagte sie beim Tanzunterricht wie ein Postpferd. Nichts war ihm gut genug. Dabei wurde sie von der Presse als ein *außerordentlich applaudiertes Geschöpf* gelobt. Viganò holte zu einem weiteren Schlag aus.

„Und wer auf der ganzen Welt kann mit der linken Hand zwei Dinge gleichzeitig erledigen?"

„Paganini!", antwortete Rollo schreiend. Es kam wie aus der Pistole geschossen. Viganò zuckte bei dem Schrei zusammen. Ricordi lachte auf. Pagnini leerte sein Glas in einem Zug und sah dabei nicht auf.

„Es heißt, Sie zupfen den Bass mit den drei ersten Fingern, während die beiden anderen auf den oberen Saiten eine Melodie spielen. Anatomisch unmöglich, selbst bei größter Beweglichkeit. Ich kann das beurteilen, als Choreograph …" Viganò machte ein Pause, in der er Paganini mit aggressiver Neugierde musterte. Dann fuhr er leiser fort: „Oder sind Sie etwa eine Schlange?" Antoniettas Zorn auf den Ballettlehrer hatte seinen Höhepunkt erreicht. Bevor Rolla einen weiteren Schrei loslassen konnte, sprudelte sie los:

„Der Ruf, der Signor Paganini vorauseilt, honoriert nicht annähernd sein erstaunliches Können. Ich habe ihn in Ferrara gehört und kann es bezeugen. Signor Paganini ist einmalig, unerreicht. Niemand kann die Violine so wundervoll und absolut göttlich spielen wie er."

„Und niemand so technisch hochentwickelt", fügte Alessandro mit ruhiger Stimme an. Niccolò rutschte auf seinem Sitz hin und her.

„Signor Direttore, bei aller Wertschätzung Ihres Urteils, aber Signor Paganini war Ihr Schüler, also werden Sie ihn loben." Viganò biss genussvoll in ein Stück saftiges Kalbfleisch. Schmatzend fuhr er fort: „Ich will keinesfalls die hohe Begabung und das Können Ihres ehemaligen Schülers bezweifeln, aber ich hüte mich vor dem Geschwätz der Presse."

Giovanni Ricordi, der Druckermeister, beobachtete aufmerksam die Mimik des Musikers. Keine Geste entging ihm, kein Zucken des Mundes übersah er. Er entdeckte eine leichte Anhebung am Ende der Stirn. Wenn es stimmt, was von ihm erzählt wird, dann ist dieser Mann überdurchschnittlich musikalisch und irgendwo hat diese Musikalität ihren Sitz, dachte Ricordi. Vermutlich dort, hinter der geschwollenen Stirn. Das Gesicht des Künstlers erschreckte und faszinierte ihn gleichzeitig. Nie hatte er so viel Unruhe in einer so schweigsamen Person lodern sehen.

„Meine Worte über Signor Paganini jedoch übergehen Sie, als wären sie Dreck, weil Sie mich für einen unwissenden Menschen halten." Gekränkt sah Antonietta Viganò an, dabei fiel ihr auf, wie sich dessen Mund verächtlich verzog. Ihr Blick schweifte zu Niccolò. Seine Miene war ausdruckslos, doch in seinen Augen blitzte es. Sie mochte diesen sonderbaren Mann, sein stilles Wesen, die gefährliche Unruhe, die von ihm ausging. Sein düsteres, wildes Aussehen und sein linkisches Benehmen kontrastierten so stark mit der gelassenen Sicherheit, die er auf der Bühne entfaltete, dass man meinte, es handele sich um zwei Personen.

„Wie geht es unserem gemeinsamen Freund, Giovanni?", fragte Paganini unvermittelt und blickte dabei nur Antonietta an. Was bisher gesprochen wurde, schien er nicht wahrgenommen zu haben. Die junge Frau lächelte liebenswürdig.

„Es geht ihm gut, er würde sich freuen, seinen alten Freund wiederzusehen."

„Nichts lieber als das, Antonietta! Bestimmen Sie, wann ich ihn treffen kann, und ich tue es." Endlich sah Paganini in die Runde. Rolla atmete erleichtert auf. Viganò betrachtete ihn prüfend. Dieser erwartete gespannt die Reaktion des Geigers auf seine Provokation. Ja, er wartete sogar auf eine Demonstration, hier im Hause Rollas.

„Kommen Sie morgen Mittag zum Essen, lieber Paganini! Ich werde Signor Rollas Kutscher die Adresse geben. Es hat keinen Sinn, sie zu notieren, Sie werden sie ohnehin vergessen."

„Vergessen? Assolutamente no, Antonietta!" Niccolò hatte ein ausgezeichnetes Gedächtnis. Noch Jahre später erinnerte er sich an jede Person, die ihm einmal vorgestellt worden war. Er prägte sich ihre Gestalt, ihren Namen und die wenigen Sätze ein, die er mit ihr gesprochen hatte. Paganini fand nichts Besonderes an dieser Fähigkeit. „Leider kann ich nicht zum Mittagessen kommen, weil ich es mir abgewöhnt habe, so früh zu Tisch zu gehen. Es ist einfach nichts für mich."

„Aber Sie werden doch nicht zu müde sein, uns eine Kostprobe Ihres Könnens zu bieten?" Viganòs Augenbrauen zuckten verschwörerisch. Paganini erstarrte. Sein vom Wein und Essen gerötetes Gesicht wurde blass und außer dem Funkeln seiner Augen rührte sich nichts mehr an ihm. Rolla bemerkte es und lenkte ein:

„Lassen wir unseren Freund ruhen. Er wird ohnehin in der Scala spielen." Bei diesen Worten stand Rolla auf. „Trinken wir den Kaffee auf der Terrasse. Die Nacht ist himmlisch."

Verwundert erhob sich auch der Choreograph:

„Wie bitte? Signor Paganini wird am Theater spielen? Davon weiß ich ja nichts, Direttore. Und wann, lieber Signor Direttore? Wann? In den kommenden Wochen stehen meine Stücke auf dem Programm. Deswegen ist es nur recht und billig, wenn er uns etwas vorspielt. Man muss doch wissen, auf was man sich einlässt. In die Scala kommt nicht jeder Hanswurst, da kann er noch so viel Saalmiete bieten."

Rolla hatte nun alle Hände voll zu tun. Er wollte die Gereiztheit Paganinis in Schach halten und sah sich gezwungen, den Choreographen zu besänftigen. Signora Rolla servierte den Kaffee auf der Terrasse und eine Hausangestellte räumte den Tisch ab. Dabei lief sie Viganò in den Weg, der dabei war, sich mit ausladenden Gebärden auf Rolla zu stürzen. Ungerührt folgte Paganini der Hausherrin. Viganò stellte sich Rolla in den Weg, der Paganini und seiner Frau nacheilen wollte. Ricordi sprang von seinem Stuhl und hielt Viganò am Ärmel fest.

„Sehen Sie nicht, dass sie zu weit gehen?"

„Wie bitte? Ich verstehe nicht!"

„Sie haben den Virtuosen beleidigt." Ricordis Zeigefinger schnellte in die Höhe. „Wie konnten Sie den sensiblen Mann so abfahren lassen?"

„Ich? Abfahren?" Viganò schlug sich gegen die Stirn.

„Corretto!", mischte sich Antonietta ein. „Signor Paganini ist zartfühlend. Jedes gemeine Wort schneidet ihm in die Haut."

„So sieht seine Haut in der Tat aus", mokierte sich der Choreograph. In dem Augenblick kam Rolla in den Salon zurück.

„Signor Paganini lässt sich entschuldigen. Ihm ist schlecht. Er hat zu schnell gegessen."

„Er hat nicht schneller gegessen als ich", entgegnete Viganò.

Mein Spiel anatomisch unmöglich? Damit will er doch nur andeuten, dass ich anatomisch unmöglich bin. Mein Körperbau, meine Arme, meine langen Finger, mein Kopf. Nur aus diesen Gründen kann ich besser mit der Violine umgehen als er mit seinem Verhalten. Ha! Und was ist mit meinen Ohren? Eine anatomische Unmöglichkeit, natürlich. Und warum kann ich auf einer verstimmten Geige richtig spielen? Tiere. Nichts als wilde Tiere um mich herum. Da soll nur noch mal einer kommen und mich wegen meiner Tierimitationen kritisieren. Ich werde ihm mit meinen langen Fingern den Hals umdrehen und dabei erklären, warum ich das tue.

Gleichwohl hat dieses Tier Viganò, abgesehen von seiner plumpen Art und seiner Ähnlichkeit mit einem Affen, verborgene Qualitäten. Sein freches Benehmen vergällte mir die Lust auf Kaffee in seiner Gegenwart und trieb mich stattdessen zurück zu meiner geliebten Guarneri. Und sein lahmes Ballett „Die Nussbäume" beflügelt mich zu neuen Taten. Allerdings steuert die Süßmayrische Musik einen wichtigen Teil dazu bei. Sie verführt mich zur eigenen Komposition. Das Stück echot nach zweimaligem Besuch der Scala in meinen Gehirnwindungen, als hätte ich es tausendmal gehört, dennoch werde ich mir die Noten besorgen. Denn nichts ist mir widerwärtiger als ein Wettstreit mit Süßmayr. Ich komponiere etwas völlig Eigenes und leihe mir das Thema nur als Impuls aus. Ich bin doch kein Idiot.

Ich lösche das Licht und setze mich mit der Guarneri ans geschlossene Fenster. Eine märchenhafte Nacht wölbt sich über Rollas Haus. Wenige Sterne funkeln. In ihrem zarten Licht sehe ich weißgekleidete Feen tanzen. Sie lächeln mir zu und ich lächle zurück. Eben fällt mir ein, die Oboenstelle durch die Geige sprechen zu lassen.

Wunderbar. Ich greife nach der Sourdine, mit der ich die Saiten dämpfe. Keinesfalls soll diesem ungeschlachten Tier ein einziger Ton zu Ohren kommen. Bevor ich irgendetwas zu Papier bringe, habe ich eine grobe Partitur im Kopf. Kurze, bombastische Introduktion fürs Orchester, der Vorlage folgend, dann ein zartes Larghetto des Solisten und die Vorstellung des Themas in verschiedenen Variationen und so weiter und so fort. Leise spiele ich und niemand außer Gott und vielleicht … Fiorella können mich hören.

In den folgenden Tagen treffe ich Giovanni Battista und führe heitere Gespräche. Er ist nicht dumm, sieht man von seiner Verliebtheit in Antonietta ab. Aber werden wir nicht alle in der Liebe einfältig? Ich bin ein gutes Beispiel dafür. Giovanni schwärmt von der Idee, nach Prag zu gehen, um dort Gesang und Kompositionslehre zu vertiefen. In seinen Plänen kommt seltsamerweise keine Antonietta vor. Der alte Freund hat sich seit Florenz nicht verändert, birst vor Tatendrang, redet ohne Unterlass und seine Nase zeigt noch immer gen Himmel, wodurch die Nasenlöcher gut sichtbar sind, was ich für einen Sänger bedauerlich finde. Vor allem, weil ihm dort kräftiger Haarwuchs gegeben ist, der meines Erachtens eine Etage höher, auf den Kopf, gehört. Seine Statur ist nicht beeindruckend, hingegen liegt in seinen Augen ein keckes Blitzen. Im Übrigen ist er ein genießbarer Zeitgenossen und mit Talenten gesegnet. Er bietet an, mir Mailand zu zeigen, aber ich lehne dankend ab. Ist er auch angenehm und heiter, so bevorzuge ich die Ruhe bei meinen Spaziergängen. Tumult macht mich nervös, zu viele Menschen schüchtern mich ein, redselige Menschen erschöpfen mich.

So streife ich also solo und völlig ungestört durch Mailand. Dem Städtchen haben die spanischen, österreichischen und nun französischen Einflüsse nicht geschadet. Es strotzt vor Lebenslust und sind politische Diskussionen in der Öffentlichkeit auch untersagt, so gibt es noch immer das Theater und die Musik, deren verborgene Botschaften man nur zu deuten braucht. Im intimen Kreis, wohlweislich.

Napoleons Geschmack hat sich deutlich in der Architektur niedergeschlagen. Dagegen will ich bei Leibe nicht polemisieren, nur meine hämische Freude darüber äußern, dass il Teatro alla Scala schon vor meiner Geburt gebaut worden ist. Französisch angelegte Parks, kaiserliche Wohnungen, Triumphbögen, breite Straßen, den Pariser Boulevards abgeguckt, überall haben die Besetzer Spuren hinterlassen. Nebenbei schnappen sie sich unsere Kunstschätze und schleppen sie nach Frankreich. Zum Beispiel die Rosse von San Marco. Die kraftvollen Tiere nach Paris zu entführen, war nicht ein simpler Kunstdiebstahl, hier wollte der kleine Kaiser – ein Meter fünfzig in Stiefeln mit Absätzen, wie ich von Elisa weiß – seine Vormachtstellung demonstrieren. Was im Hinterland geschah, war Raub. Damit er in Ruhe ab- und ausräumen konnte, ließ er Kirchen verriegeln und hob Klöster und Konvente auf. Das ist seine Art, unser Land neu zu gestalten und seines zu verschönern. Von mir aus! Irgendwann werden Napoleons Mannen aus diesem Land verjagt. Werden sämtliche Äußerlichkeiten bleiben, wenn sie verschwunden sind? Wer weiß, in jedem Fall haben französische Wörter die italienische Sprache unerbittlich besetzt. Man stößt auf Assez! Eh bien! Garde à vous! O là là! Mon dieu! Ciel! Doch ich bin dankbar, mich auf Französisch verständigen zu können.

Beim Spaziergang am Corso entlang erfreue ich mich am Anblick der vornehmen Wagen, in denen ganz reizende junge Damen sitzen. Es sitzen dort auch Herren und ältere Damen, doch die beachte ich nicht. Ursprünglich hatte ich vor, Noten zu kaufen, da Rolla sie mir aber vom Konservatorium mitbringen will, werde ich derweil ein berühmtes Kunstwerk des verehrten Leonardo da Vinci betrachten. Ich weise den Kutscher an, zum Kloster Santa Maria delle Grazie zu fahren, und bin verblüfft, als er mich vor einem verfallenen Gemäuer aussteigen lässt. Er sagt, ich solle bis zum alten Speisesaal gehen. Dort sei besagtes Werk an einer Wand verewigt.

Ich verstehe nicht viel von Malerei, wie ich überhaupt von wenigen Dingen viel verstehe. Man kann eben nur eine Wissenschaft richtig betreiben. Deshalb halte ich mich zurück, wenn es um Politik, Theologie, Philosophie oder Malerei geht. Ich möchte dennoch bescheiden bemerken, dass Komposition und Anlage von Leonardos „Abendmahl" unvergleichlich kunstvoll sind, dass allerdings Farben und Gesichtsausdrücke fürchterlich gelitten haben in den Jahren. Da hilft das Retuschieren und Übermalen nicht viel. Im Gegenteil! Mancher Stümper kleckste Löcher zu, schwindelte Schatten und Runzeln hinein, die augenscheinlich nie dagewesen sind. Ein Jammer! Es tut mir Leid für Leonardo, den großen Mann. Ist es da nicht manchmal besser, seine Werke selbst zu vernichten, sie aufzuessen oder zu vergraben, bevor sie von der Nachwelt verludert oder verschandelt werden?

30

Meine schwermütigen Gedanken in der Stadt und die Furcht, einem der ungezogenen Tiere beim Essen zu begegnen, wecken den Wunsch, trotz des weiten Weges einen Abstecher nach Genua zu unternehmen. Rolla hat für den 29. Oktober ein Konzert ausgehandelt und ich werde alles tun, um die Saalmiete aufzubringen und das Konzert sorgfältig vorzubereiten. Mailand ist ein Meilenstein. Vermutlich sitzen hier weniger Esel im Saal als in Ferrara und mehr verwöhnte Musikliebhaber als in Lucca oder Parma. Ich muss mein Bestes geben. Mein Allerbestes!

Auf der Reise plagt mich diesmal die Hitze. Ich meine, in dem rumpelnden Kasten zu ersticken, und bitte den Kutscher mehrmals, an schattigen Stellen anzuhalten. Es kommt ihm einerseits der Pferde wegen gelegen, andererseits fürchtet er Überfälle, denn seit die Staaten bröckeln, treibt sich verstärkt Gesindel herum. Auch diese verfluchten Carbonari verstecken sich meines Wissens im Wald. Wohl bin ich für eine gerechtere Welt, aber ein Carbonaro sollte sie möglichst nicht regieren. Ich fühle mich hundeelend. Ein Schweißfilm bedeckt meinen Körper, das Hemd klebt an meiner Brust, die Hose am Hintern, das Haar im Nacken. Wie sehr sehne ich mich nach einem Bad, nach frischer Wäsche. Im Gehölz gehe ich einige Schritte, atme tief die köstliche Luft ein. Sie riecht nach Harz und Honig. Mit geschlossenen Augen lehne ich eine Weile an einem Stamm und lausche dem Verlauf meiner Hexenvariationen, die in meinem Kopf ein wahres Getöse veranstalten. Die Ruhe wird von den schnaubenden Pferden und dem ungeduldigen Seufzen und Scharren des Kutschers durchbrochen. Er mahnt mich, einzusteigen, man könne nie wissen, was außer Tieren noch aus dem Unterholz herausstürzen mochte. Ich öffne die Augen und sehe ein Eichhörnchen den Stamm hinaufflitzen. Die vierbeinigen Tiere sind weitaus anmutiger und gebildeter als die zweibeinigen. Mit diesem Gedanken steige ich ein.

Nass geschwitzt und vom langen Sitzen und Rumpeln durchgeschüttelt, erreiche ich Genua an einem glutheißen Julitag. Der Zweibeiner auf dem Kutschbock strebt Richtung Polcevera-Tal, ins Haus der Paganinis.

Mama ist wie immer den Tränen nahe, als sie mich sieht. Ihr Blick dringt mir bis auf die Knochen und sagt, wie bei jedem Besuch: Du isst zu wenig, mein Junge! Gott sei Dank spricht sie es nicht aus.

Es ist still geworden im Haus. Carlo wohnt noch immer in Lucca, Nicoletta hat sich mit ihrem Ehemann irgendwo in Genua niedergelassen, Vater redet wenig und zeigt sich kaum. Bleiben Madre und Paola Domenica, deren Mann ein rechter Taugenichts zu sein scheint und häufig abwesend.

Die beiden Frauen haben für ihren geliebten Sohn und Bruder ein kleines Zuhause im oberen Stockwerk eingerichtet. Paolo zeigt mir den freundlichen Wohnraum, der einen schönen Ausblick auf Himmel und Felder bietet. Solche Ausblicke sind mir die liebsten. Dann führt sie mich in einen Schlafraum, in dem schon alles für ein Bad bereitsteht. Hier zeigt das Fenster allein den Himmel und die Wipfel einer herrlichen Eiche.

Ich bin gerührt, umarme sie aber lieber nicht, da alter Schweiß an mir klebt, mein Haar strähnig auf die Schultern fällt und ein wenig Schwefelgeruch an mir haftet, weil mir die Fahrt den Magen verstimmte. Ein verstimmter Magen ist scheußlicher als eine verstimmte Geige. Ach, was sage ich. Eine verstimmte Geige in den Händen eines Stümpers mag entsetzlicher sein als ein verstimmter Magen, aber er wird einen gesunden Magen mit Sicherheit verstimmen.

Bene, ich verbringe zwei angenehme Monate. Täglich richten mir die Frauen ein Bad im oberen Stock mit Ausblick auf Himmel und Wipfel. Madre füttert mich wie ein Kind und verfolgt erstaunt, mit welcher Hast ich alles vertilge, jedes Glas Wein hinunterstürze und dabei nicht dicker und auch nicht betrunken werde.

Die Gespräche bei Tisch verlaufen gelassen. Ich brauche nicht viel zu erzählen, weil es Paola Domenica übernimmt, die meine Konzertreisen besser kennt als ich selbst. Sie konsultiert jede Zeitung aller Städte, in denen ich aufgetreten bin.

Vater erinnert beiläufig daran, dass Napoleon alles aus den Händen gleitet. Das Königreich Holland, die deutsche Nordseeküste gehen ihm verloren, Russland verbündet sich mit den Engländern, Österreichern und Schweden, um ihn endlich in die Knie zu zwingen. Mein Alter fürchtet Aufstände in der Stadt, denn schon wird gemunkelt, Österreich werde in Venetien und die Illyrischen Provinzen einmarschieren, und da Genua ohnehin vor ihren Füßen liegt, packten sie es gleich mit ein. In allen von Franzosen annektierten Regionen brodelt es kräftig. Vizekönig Eugène de Beauharnais klammert sich vergeblich an die Lombardei, heute oder morgen werden dem Papst seine Staaten zurückgegeben. Das alles sieht Vater aufgrund der Diskussionen mit seinen Arbeitskollegen und Kumpanen voraus.

„So schlecht war das nicht unter Kaiser Napoleon. Er hat aufgeräumt und saniert. Die Straßen und den Hafen erweitert, zum Beispiel!“

„Zu militärischen Zwecken, Padre!", äußere ich. Padre sieht mich daraufhin endlich an.

„Und wenn schon? Bist du etwa gegen ihn? Wozu hast du dann für ihn komponiert und seine Schwester hofiert."

Ich kneife die Augen zusammen. Die Welt ist klein. Sie wissen vermutlich mehr über mich als mir lieb ist.

„Ich hab keine einzige Note für den Kaiser komponiert. Die Sonata gilt seiner Tochter Elise Napoleone. Und was deren Mutter betrifft, so habe ich diese Dame nicht hofiert, sondern ihr Orchester dirigiert." Es wäre boshaft von mir, anzufügen, der alte Vater habe vielleicht die Verben hofiert und dirigiert verwechselt. Aber bin ich nicht irgendwie ein boshafter Kerl?

„Ach, ja! Erzähl uns etwas über die Schwester. Man munkelt so einiges über dich und die Fürstin."

Mein entsetzter Ausdruck bringt Paola augenblicklich zum Schweigen. Ich verspüre nicht die geringste Lust, etwas über Elisa und mich zu verbreiten. Später vielleicht. Vater übergeht die Anspielung auf die Bonapart'sche Prinzessin und fährt in seinen Überlegungen fort.

„Er hat sich für mehr Gerechtigkeit eingesetzt und der Willkür des Adels und Großbürgertums einen Riegel vorgeschoben."

„Ich verstehe nicht recht, Antonio. Er ist doch selbst ein Adliger."

„Er hat sich selbst gekrönt, dummes Weib! Er kam aus der Gosse. Ärmer und einfacher als ich war er. Dann schwingt er sich auf und reißt auf seinem Weg alles an sich. Stellt euch vor, ihm gehört der halbe Kontinent und er will noch mehr."

„Dabei sind viele junge Buben zugrunde gegangen!" Mutters Stimme klingt weinerlich und ich füge an:

„Die Bonapartes wollen immer mehr als sie schon haben, Padre! Sollten die Österreicher kommen und mir die Wege nach Mailand verbarrikadieren, bin ich übel dran." Ich stehe auf.

Ein Verdauungsspaziergang in der Genueser Meeresluft tut mir gut. Ebenso ein Abstecher ins Herz der Stadt. Die engen und dämmrigen Straßen meiner Kindheit riechen noch immer nach Armut, dennoch atme ich ihren Gestank gierig ein. Die warmen Bäder sind eine Wohltat, Madres gute Kost und Paolas stolzes Flackern in den Augen, wenn sie gute Kritiken herunterleiert, erfreuen Magen und Seele. Lesen hat sie übrigens dank den napoleonischen Maßnahmen gelernt. Vor Napoleon wurden nur Jungen aus sehr vornehmen Kreisen unterrichtet und selten kamen die Mädchen zum Zuge. Inzwischen gibt es Mädchenschulen, die allerdings meist von Mädchen aus dem gehobenen Bürgerstand besucht werden, da sie Geld kosten. Aber Paola Domenica kann es zahlen, weil ich nicht so geizig bin, wie allerorts behauptet wird. Was verstehen diese ungebildeten Tiere von meinem Geiz? Nichts! Ich bin geizig, wenn es angebracht ist. Wenn jemand eine hohe Saalmiete für einen verwahrlosten Raum verlangt oder astronomische Summen für eine Dachkammer. Wenn der Schneider mir für meine schmale Figur meterweise Stoff anrechnet, wo ich doch nur einen Meter brauche. Wenn ich für ein miserables Essen zwölf Scudi berappen muss. Auch diese Reisewagen kosten ein Vermögen. Alles kostet ein Vermögen. Die Herbergen, die Hotels, die Wirtshäuser. Santa Maria, wenn ich an die Zeit im Hotel mit Fiorella denke, dann denke ich nicht nur an die süßen Stunden, mir fällt auch die Rechnung wieder ein und dabei wird mir zur Recht schwarz vor Augen. Wie mag es wohl der lieblichen Fiorella gehen?

Leichten Herzens und mit Schwung verrichte ich meine Übungen, voller Vorfreude konzipiere ich das Programm für die Scala und sehr bedacht kreiere ich meine Komposition. Meine eigene Komposition, denn nur ein Hauch darf an Süßmayr erinnern. Der Hauch der Eingebung. Bleiben wir also bei einer energischen Introduktion des Orchesters, woran ich ein sanftes Larghetto anschließe, in dem ich das Thema darlege, das die Herren hellhörig machen und mir alle Frauenherzen öffnen soll. Natürlich genügt das nicht. Ich muss in den Variationen brillieren. Und da packe ich alles hinein. Alles, was in meinen Fingern juckt, in meinem Kopf wirbelt, durch meinen geplagten Unterleib braust und alles, alles, was mir die Herzen der Frauen und ganz Mailands zuträgt. Traurig schöne Töne, wildes Aufschreien der G-Saite, weil ich ihr ganz allein den gesamten zweiten Satz aufzwingen werde. Dann peitschende Klänge, Pizzicato, Flageolette und Doppelgriffe in der oberen Lage. Am besten alles mit der linken Hand, damit den gekrönten und ungekrönten Häuptern die verwöhnten Ohren vom Kopf fallen. Das Ganze taufe ich „Le Streghe".

Und bevor die Österreicher in Venetien einmarschieren, sitze ich gebadet und neu gekleidet im Reisewagen. Ich habe wenig Gepäck, wenn es möglich wäre, würde ich ganz darauf verzichten. In meinen Geigenkasten passen Unterwäsche und einige Rasier- und Frisierutensilien. Freilich will ich als feiner Mann in der Scala auftreten. Die Natur hat mich nicht mit schönem Aussehen bedacht, also muss ich selbst etwas dafür tun. Für meine Morgentoilette nehme ich mir viel Zeit, für meine Frisur weniger, am meisten Zeit und Liebe verwende ich auf die Kunst, die Adonis nicht braucht, weil er seinen schönen Körper hat. Während der umständlichen Fahrt tröste ich mich: Schönheit vergeht, aber Kunst bleibt Kunst.

In Mailand angekommen, stelle ich schnellstens mein Orchester zusammen und handele die Tarife aus. Man muss ja alles selbst bezahlen in diesem Land, das ist eine rechte Unsitte. Wer die Unkosten durchs Konzert nicht doppelt einfährt, geht leer aus oder vor die Hunde. Ein gewagtes Spiel, doch ich wage es, ich habe schließlich keine andere Wahl. Rolla lässt derweil Plakate und Handzettel drucken, Antonietta verteilt sie in der Stadt, ihr Verlobter Giovanni beklebt gemeinsam mit Viganò sämtliche geschlossenen Kirchenpforten, die Fenster der Wirtshäuser und Säulen mit der Einladung ins Konzert am 29. Oktober 1814. Das Tier Viganò macht sich nützlich, das rechne ich ihm an. Vielleicht bereut es seine groben Worte.

Zur Probe am 29. Oktober erscheine ich in bedenklicher Verfassung. Rücken und Nacken schmerzen, mein Hals ist verspannt. Dem Übel und meiner inneren Unruhe rücke ich mit Schnupftabak zu Leibe. Ich frage den Kapellmeister, ob Blechinstrumente und Pauken an ihrem Platz und in Ordnung seien, und halte dann die Probe mit äußerster Strenge ab. Ich kann mir keine Fehler leisten. Wenn sich auch nur eine einzige Orchesterstimme in einer Passage um eine Zweiunddreißigstelnote vertut, wiederhole ich so lange, bis alles hundertprozentig sitzt. Mir entgeht nichts und ich dulde keine Schlamperei!

Trotz jahrelanger Erfahrung bin ich am Abend sehr befangen. Wir haben viele Male geprobt, ich stehe seit meinem neunten Lebensjahr auf Bühnen, spiele die Geige seit meinem siebten, dennoch ergreift mich wie früher ein wohliges, schauerliches Beben, als ich durch den Vorhang in den Saal linse. 125.000 Einwohner zählt Mailand, nahezu 7.000 von ihnen sitzen dort unten. Und alle meinetwegen. Wegen einer Geige und der kleinen unwichtigen Gestalt, die sie spielt. Ach was, unwichtig! Non è così! Ich bin Paganini und nun raus ins Licht der Rampe. Ich gehe diagonal über die Bühne. Das hat noch keiner vor mir gemacht. Vor allem nicht in der Scala. Das Publikum begrüßt mich freundlich, aber klatscht zurückhaltend. Ebenso zurückhaltend und beinahe feierlich warte ich das Ende der Orchesterintroduktion von „Le Streghe“ ab.

Ich schließe die Augen und sinke in die zaghaft anrollende Welle der Flöten und Klarinetten, lasse mich von einer aufbrausenden Woge der Hörner, Kontrabässe, Pauken hochspülen und warte ab. Mit höchster Behutsamkeit tauche ich in der Melodie des Themas von „Le Streghe“ wieder empor. Mein Bogen liebkost die Saiten in unendlicher Zartheit, ohne schlaff oder mürbe zu klingen. Meine Guarneri singt ihre Engelsstimme und liegt in meinem Arm, als gäbe es keinen schöneren Platz auf der Welt. Schon nach den ersten Klängen höre ich die Tränen auf den Wangen der hübschen Damen im Saal. Ja, ich höre ihr sanftes Rollen und das Seufzen, das sie begleitet. Meine Finger greifen den Corpus und seine Sehnen an den engsten Stellen, weit unten am Steg, ohne auch nur einen Achtelton daneben zu sein. Das kann mir nicht passieren, weil es schmerzt. Eine atemlose Stille setzt daraufhin ein. Vorsichtig hebe ich die Lider, um mich zu vergewissern, ob der Saal nicht leergefegt ist. Da sitzen sie mit halboffenen Mündern, glänzenden Gesichtern, starr vor Staunen. Es ist der Augenblick, der das Ende des Andantes markiert. Angefeuert von der anschwellenden Energie im Saal, die mich weiter und weiter treibt, lasse ich Hörner und Pauken an mir vorüberziehen und werde schon von der ersten Variation in die höchsten Regionen getragen. Unwillkürlich reiße ich das Publikum in einer peitschenden, sich steigernden Welle von Variationen mit. Pizzicatos und chromatische Tonleiter am Steg diagolisieren, Flageolette in Doppelgriffen und Pizzicatos wechseln sich ab. Dank der beschwichtigenden Stimme der Melodie beruhigt sich mein aufgeheiztes Gemüt während einiger friedlichen Takte, doch sogleich spülen mich die Kraft meiner Guarneri und mein Bogen wieder in rasendem Fluss davon. Meine Violine und ich sind eine Person, an diesem ersten Abend in Mailand spüre ich unsere Fusion als einen schrecklichen Blitz, der mich vom Scheitel bis zur Zehe durchzuckt. Beim Allegretto reiße ich die Augen kurz auf. Grelles Licht blendet mich und doch erkenne ich ein stilles Wogen von leuchtenden Gesichtern. Sie sind ergriffen, sie sind in meinem Bann. Zufrieden schließe ich die Augen wieder, beende beschwingt das Allegretto, eile beglückt eine klingende Leiter hinauf zu den Flageoletttönen, drücke sie sanft, streichle und peitsche sie ein letztes Mal, bis mir das Orchester kurz und bündig die Schlusskadenz um die Ohren haut.

Ich spüre den Schweiß in meinem Nacken, auf dem Rücken, am Hals, wo der steife, hohe Kragen mich fast erwürgt. Und ich höre ein Aufbrausen, das meine Sinne betäubt. Der Saal kocht und ich stehe taumelnd da, wage kaum die Augen zu öffnen, halte mit Mühe das Gleichgewicht. Sollte ich nicht die Kreutzer-Sonate sogleich anschließen? Es ist unmöglich. Die Menschen in der Scala sind außer Rand und Band. Ich verbeuge mich, öffne die Augen ein wenig, ohne zu schauen, hebe den Blick dankend nach oben und senke ihn allmählich.

Ich forme viele Worte des Dankes mit den Lippen, ohne sie auszusprechen. Aber wie sonderbar ist es doch. Inmitten des bravorufenden und klatschenden Publikums steht Fiorella wie ein Engel und sieht mich an. Sie bewegt sich nicht, klatscht nicht, kommt auch nicht nach vorn. Sie lächelt ein Lächeln der Zufriedenheit und ein Lächeln des Stolzes. Dann legt sie einen Finger auf ihre Lippen und formt einen Kuss. Fiorella, rufe ich benommen und schreite an den Bühnenrand, aber die Zweite Geige hält mich fest und schiebt mich wieder in die Mitte. Abgehen, zischt es in mein Ohr. Verneigen! Abgehen! Warten! Dann wiederkommen! Bitte, Signor Paganini! Ich tue wie mir befohlen, aber diagonal, und beim Rausgehen stoße ich an einen Pfosten.

Antonietta reicht mir einen Lappen, mit dem ich notdürftig den Schweiß von Gesicht und Nacken wische. Vom Saal herüber schwellen die Bravorufe zu einem Berg an. Ich eile zurück auf die Bretter, diagonal wandle ich nach vorn, verneige mich aufs Neue. Der Kapellmeister hebt den Stock, das Publikum beruhigt sich, aber es setzt sich lange nicht. Nein, es setzt sich während der ganzen Kreutzer-Sonate und der Napoleon-Sonate nicht. Es setzt sich überhaupt nicht mehr.

Viele Menschen umringen den Ausgang des Theaters und überall steigen Bravo-Rufe in den nun dunklen Oktoberhimmel. Im Schutz Giovannis und des zappeligen Rolla erreiche ich die Kutsche. Arme strecken sich nach mir aus, Köpfe beugen sich vor, Hände halten mich fest. Manche drücke ich freundlich, manchen weiche ich aus. Endlich bin ich im Wagen. Giovanni und Rolla steigen mit ein, schlagen die Wagentür zu. Ergriffen dränge ich mich in einen Winkel und schließe die Augen. Die beiden Männer reden erregt. Ihre Stimmen schwingen in unschönen Kadenzen nach oben und hören sich entsetzlich an. Rabengekrächze beleidigt meine empfindlichen Ohren und ich bedecke sie mit den Händen.

„Gnade, meine Herren! Ich habe Kopfschmerzen."

„Niccolò, du warst so wahnsinnig gut, dass ich vor dir auf die Knie sinken möchte."

„Nur das nicht!", hauche ich mit letzter Kraft.

„Niccolò, ich wusste, du würdest es schaffen, und ich weiß, dass du es noch viel weiter bringen wirst. Niemals hat es jemanden wie dich gegeben und ich wette, dass es lange Zeit keinen wie dich geben wird."

Ich rette mich in den Schlummer. Der Kutscher jagt die Pflasterstraße hinab, ich döse trotz des Schüttelns stoisch weiter. Als ich erwache, bin ich augenblicklich guter Stimmung und sehe allen Unbilden gelassen entgegen. Rollas Ehefrau erwartet uns im Haus des Direktors mit dem Abendessen und einem kleinen Kreis erlesener Gäste. Mittlerweile haben sich dort Antonietta, der Kapellmeister des Orchesters der Scala, Ricordi und dieses ungebildete Tier eingefunden.

„Maestro!", ruft mir Ricordi entgegen, „Sie sind ein Wunder. Sie sind der erste und größte Violinist der Welt. Ich habe Sie während des Auftrittes beobachtet und werde ein paar Lithographien anfertigen, die wir ins ganze Land aussenden. Mon ami, Sie werden über alle Grenzen hinaus berühmt!"

„Und das haben Sie wahrhaftig verdient!", ruft eine Stimme, die von ganz unten empor zusteigen scheint. Ich schaue verdutzt zu Boden. „Sie sind nicht nur der erste und größte Violinist der Welt. Sie sind *der* Violinist. Außer Ihnen gibt es keinen. Mit Paganini ist der Violinist erst geboren. Zuvor gab es Geigenspieler. Gute, sehr gute, brillante. Und nach ihm wird es Geigenspieler geben. Das ist alles." Die Stimme des Sprechers ähnelt einem Wimmern, ein wenig verzogen und schräg, als habe sie jahrelang auf Eis gelegen. Schließlich erkenne ich sie als diejenige des Choreographen. Er robbt auf allen vieren in den Raum, jault tausend Entschuldigungen und huldigt mir über alle Maßen. Einfältig und dumm.

„Haben Sie eine Schlange zu Gast, Signor Rolla?", frage ich kühn. Rolla lacht verlegen und schiebt mich weiter. Antonietta hüpft vor Freude. Vermutlich wäre sie gerne auf diesem Gewürm herumgesprungen. Aber da erhebt es sich schon. In seiner ganzen athletischen Schönheit steht das Tier vor mir und entschuldigt sich in aller Form.

„Es tut mir leid, Monsieur!“ Er verneigt sich tief, sein Kopf reicht fast an seine Knie, doch schon drückt er den Rücken wieder durch, streckt sich und schaut mich an. Verlegen, etwas ängstlich, fast scheu. Ein Tier. Ein durchaus nettes Kriechtier. Ein Hund. Vielleicht habe ich es zu streng beurteilt.

Während des Abendessens verfolgt Viganòs ergebener Blick jede meiner Bewegungen. Er sitzt mir gegenüber, also kann ich mich dem nicht entziehen.

„Maestro!“, höre ich ihn, „Sie lassen auf Ihrer Geige Flöten jubilieren.“

Ich hebe die Augenbraue, runzele die Stirn. Er glaubt, ich habe ihn nicht verstanden, was durchaus möglich wäre bei dem allgemeinen Palaver. Antoniettas Kinderstimme klingt wie eine kaputte Pikkoloflöte, Rolla und Ricordi lachen im Stakkato wie Kontrabässe. Und so wiederholt er seinen Satz anders formuliert: „Ihre höchsten Töne gleichen glasklaren Flötentönen. Wie machen Sie das bloß?“

Ricordi mischt sich ein: „Ja, unglaublich, unglaublich. Eigentlich fehlen mir die Worte bei so viel Kunst und technischer Brillanz. Eine Geige benötigt keine vier Saiten, wenn man sie spielen kann wie Paganini. Haben Sie die Variationen auf der vierten Saite gut verfolgt, Signor Viganò? Wie machen Sie das, mein Freund?“ Er wendet sein jungenhaftes Gesicht in meine Richtung. Sein Haar ist gewellt und umlockt schmeichelhaft eine niedrige Stirn. In den Augen sehe ich große Anerkennung gemischt mit Verlegenheit. Ricordi ist mir nicht unsympathisch, aber mein Freund ist er dennoch nicht. Falls er mir die Partitur des Duetts für Alt und Tenor des Tancredi von Rossini verschafft und einige vorteilhafte Lithographien meiner schmächtigen Gestalt in ganz Italien verbreitet, soll er meinetwegen mein Freund sein. Kurz nachdem ich zum zweiten Mal in Mailand ankam, hat mich Meister Henri Jacob auf Leinwand gepinselt. Das Gemälde kann sich sehen lassen. Meine Nase ist etwas zu dick geraten, meine Lippen zu schmal und die Haare zu kurz, dafür verdanke ich ihm einen klaren Blick und hübsch kaschierte Ohren. Mag er es verbreiten, damit die Leute ein besseres Bild von meiner Erscheinung erhalten. Einige Kritiker beschreiben mich als elenden Hering, dessen Geige größer sei als er selbst. Andere vergleichen meine Beine mit Bohnenstangen, die mich kaum zu tragen vermögen, wieder andere sehen in meinem Gesicht fratzenhafte Züge. Leider gibt es zu wenige weibliche Kritiker. Das schöne Geschlecht geht milder mit meinem Aussehen um. Vermutlich betrachtet es mich mit Kunstverstand und finanzpolitischem Interesse. Ich verdiene ja immer mehr. Die kommenden Wochen bestätigen es.

Das Vordringen der Österreicher stört überhaupt nicht, im Gegenteil, ihre Anwesenheit kommt mir zugute. Die Franzosen fliehen und ich wünsche, sie schleppten ihre kartesianische Nüchternheit mit. Sie sind humorlos, kritteln an meinen spielerischen Veränderungen langweiliger Kompositionen herum und verehren einen grauenhaften Komponisten mit dem ebenso grässlichen Namen Le Sueur. Sollen sie verschwinden und den Trägern der Kammer -und Instrumentalmusik Platz machen: den Österreichern.

Im November gebe ich zwei weitere Konzerte in der Scala, wobei ich die Eintrittspreise verdopple. Die Miete der Scala ist kein Pappenstiel und nebenbei möchte ich ja etwas Vermögen ansammeln, was jeder Genueser sehr gut nachempfinden kann. Giovanni und Antonietta warnen mit erhobenen Zeigerfingern, Rolla zuckt mit den Schultern und Viganò verdreht die Augen. Wenn die verwöhnten Mailänder mich lieben, werden sie jeden Preis zahlen, denke ich. Wenn nicht, sollen sie fortbleiben. Aber sie zahlen, die guten Mailänder. Sie zahlen und strömen ins Theater. Es ist randvoll, in den Logen und im Orchester sitzen sie wie Sardinen nebeneinander, auf den Balkons und im Olymp ganz oben erdrücken sie sich fast.

Von solchem Erfolg beflügelt, kündige ich für Dezember elf Konzerte in den Theatern am Carcano und am Re an, mit doppelten Eintrittspreisen. Der Erfolg verlässt mich nicht mehr. Er hat mich adoptiert. Ich könnte zufrieden sein, wäre nicht die schmerzliche Sehnsucht nach Fiorella, die ich nach dem Konzert in der Scala vergeblich suche. Die ich nach jedem Konzert suche, weil ich sie in jedem Konzert zu sehen glaube, und die ich nie finde. Ich schicke Giovanni in die Halle und lasse ihn alle jungen Damen aushorchen, aber er kommt mit hängenden Schultern zurück. Ich jage Antonietta unter die Leute, ja, mache mich selbst daran. Doch schon mein erster Versuch scheitert, weil mein Erscheinen einen beängstigenden Wirbel auslöst. Schwärme von Menschen umschwirren mich, rücken mir zu Leibe und nur mit größter Mühe gelingt es meinen Beschützern, mich aus dem Tumult zu ziehen wie einen Fisch. Einige Haare gehen dabei verloren, ebenso der Schwanz meines Anzuges und ein helles Tuch, das ich fest um den Hals geschlungen hatte. Ich kann mir nicht denken, wie es jemand entwenden konnte, ohne mich dabei zu erdrosseln.

Einige Tage vor meinem letzten Konzert – es ist kurz vor Weihnachten – lese ich in einer Kritik, dass ich die Kreutzer-Sonate und das Konzert von Viotti nur deshalb nicht werkgetreu vortrage, weil ich es vermutlich nicht könne. Mein einziges Geheimnis bestehe darin, in die eigenen Kompositionen jede Menge Tricks einzubauen, die Geige zu präparieren, an den Saiten herumzuknoten, wobei ich auf eigene musikalische Ergüsse angewiesen sei. Mit jedem anderen Werk müsse ich zwangsläufig Schiffbruch erleiden. Dem schreibenden Tier will ich eine deftige Antwort geben. Auf die Programmzettel der künftigen Konzerte lasse ich Folgendes drucken: *Jedermann kann dem Konzertgeber beliebige Musikstücke vorlegen, die derselbige augenblicklich vom Blatt zu spielen hat.* Einige besonders niederträchtige Windhunde versuchen, mich mit einem schwierigen Beethoven-Quartett aus der Bahn zu werfen. Ich spiele es a prima vista und ohne Zögern. Mit verstörter

Miene legt mir daraufhin eine reizende Dame eine Partitur verkehrt herum aufs Pult. Durch ein Kopfzeichen mache ich das Orchester auf die verkehrt liegende Partitur aufmerksam, worauf die Zweite Geige hochspringt und sie korrekt legen will. „No! No! No, sie bleibt so, wie sie ist!“, gelle ich und fetze den Bogen durch die Luft, als wolle ich den armen Musiker dreschen. Schreckensbleich hält der Mann in seiner Bewegung inne, und bevor er aus seiner Erstarrung erwacht, habe ich das Stück fließend vom umgekehrten Blatt gespielt.

Vom Einmarsch der Engländer in Lucca erfahre ich am Rande. Sie besetzen Viareggio, den Hafen von Lucca, lassen sich in den vornehmsten Villen nieder, sorgen für Tumulte. Soweit ich weiß, ist Elisa Baciocchi noch in Florenz, aber der Boden unter den Füßen wird ihr sicher schon zu heiß. Ich kann mir ihr zorniges Gesicht sehr gut vorstellen. Von den Engländern hat sie nie viel gehalten. Ce sont des barbares sans culture. Des animaux – Das sind kulturlose Barbaren, Tiere!

Ende Dezember, nach der Premiere von Rossinis Aureliano in Palmira im Teatro della Scala, drücke ich den Hut tief in die Stirn, verkrieche mich in meinem Pelzmantel und verlasse das Haus durch den Orchestereingang. Allein. Ich haste mit Scheuklappen vor den Augen zur Kutsche, geduckt wie immer, den Kopf eingezogen. Da stellt sich eine Person in meinen Weg. Was ich zuerst sehe, ist der Saum eines bauschigen Mantels aus Flanell, dann einen Pelzmuff in Höhe des Bauches, worin die Hände steckten. Eine löst sich daraus und hält mich auf, denn ich will stur weiterlaufen. Unwirsch blicke ich auf. Mein Ärger verfliegt, als ich in das schönste Gesicht blicke, das mir je begegnet ist. Verdeckt von einem großen Hut, der durch ein Band unterm Kinn gehalten wird, entdecke ich nur ihre hellen Augen, die Porzellanhaut und diese liebliche Nase, die ich sofort liebkosen möchte. Sie zieht den hohen Kragen tiefer und nun sehe ich auch diesen Mund, der mir ein Paradies verspricht. Ich fühle, wie ich aufblühe, wie meine eingesunkene Gestalt sich streckt.

„Fiorella, du bist grausam!", sage ich zur Begrüßung. „Zwei Jahre lang lässt du mich an deiner Leine durch Italien ziehen. Du weißt, wie sehr du mich damit quälst."

„Zumindest kommst du deshalb nicht auf dem Zahnfleisch daher, mein Geliebter."

„Noch nicht!" Ich lege den Arm um ihre Schulter. Gemeinsam steigen wir in die Kutsche und damit in das wunderbare Land des Genusses. Nicht ganz, denn es wird nicht nur gelacht.

Fiorella bittet mich, die kommenden Wochen mit ihr zu verbringen, außerhalb Mailands. Sie hat eine Vorliebe für ländliche Gegenden. Auf der Straße nach Novara entdecken wir an einem Waldrand liegend eine bezaubernde Herberge. Sie sieht gepflegt aus, bietet Spazierwege, einen Ausblick und verfügt über elegante Zimmer. Ganz flüchtig streifen mich finanzielle Bedenken, doch dann sage ich mir, für Fiorella könne nichts zu teuer sein.

Wir scheinen füreinander geschaffen. Sie ist zärtlich, voller Hingabe, sie gibt mir das Gefühl, ein guter Liebhaber zu sein. Anerkennungen dieser Couleur vermisse ich seit langer Zeit. Die letzte, die sich freudig darüber äußerte, war Elisa gewesen, aber ihre Art, mich abzuservieren, hatte die alten nagenden Zweifel wie eine Wunde wieder aufflackern lassen.

Fiorella blüht in meinen Armen. Sie strahlt, sie leuchtet und sie schreit ihr Entzücken hinaus, so dass ich Reklamationen seitens der Hotelbelegschaft fürchte. Gott sei Dank erkennt mich niemand. Bis aufs Land scheint mein Ruhm nicht gedrungen zu sein, zumindest nicht mein Konterfei. Wie damals vor zwei Jahren lieben wir uns auch jetzt zweimal am Tag. Morgens nach dem Aufwachen, während die Sonne langsam über den Horizont zieht und den kalten Dezemberhimmel ein wenig aufwärmt, und abends in der Stille, nur vom Wein und der Lust aufeinander berauscht. Innerhalb einer Woche werde ich wieder der junge Mann von zwanzig Jahren. Fiorella ist in der

Liebe hemmungslos. Manchmal frage ich mich, ob sie tatsächlich Katholikin ist, denn die Weise, wie sie geliebt zu werden wünscht, hat durchaus nichts Orthodoxes an sich. Mir ist es recht. Allerdings reizt mich die Neugierde nach ihrer Herkunft bald so heftig, dass ich sie mit Fragen belästige.

Wir sind nun drei Wochen zusammen und haben vor allem über mich geredet. Meine Reisen, mein Genie, meine Konzerte. Dabei beweist sie eine erstaunliche Kenntnis und verrät unwillentlich, fast alle meine Konzerte miterlebt zu haben.

„Ich hab dich beobachtet. Du hast dich enorm entwickelt. War anfangs manches noch zu leidenschaftlich und fehlte es an Struktur, so gewinnst du jetzt mehr und mehr. „Le Streghe“ ist wundervoll. Die Grundtonart des Werkes ist Es-Dur, du aber stimmtest die Violine einen halben Ton höher. Warum?“

Ich bin über ihr feines Ohr erstaunt.

„Es gehört zu meinem Geheimnis. Aber etwas möchte ich dir dennoch verraten: Zum einen behandele ich die Violine als transponierendes Instrument, zum anderen möchte ich all jenen, die sich eines Tages an meine Kompositionen wagen, viele Stolpersteine in den Weg werfen.“

„Das ist typisch Paganini. Ich erkenne dich. Wie magst du wohl mit deiner Ehefrau umgehen?“

Ich hob die Schultern, verzog den Mund. Natürlich würde ich gut mit ihr umgehen, liegt mir auf der Zunge, aber ich schlucke den Satz. Vermutlich glaube ich nicht so recht daran.

„Kehren wir zu ‚Le Streghe‘ zurück. Das Werk ist verglichen mit früheren Kompositionen viel geschmeidiger in der Ausführung, außerdem ergibt der enorme Umfang des Orchesters ein herrliches Volumen.“

Wir sitzen während des Gespräches am Kaminfeuer unseres Zimmers in der Herberge. Es ist später Vormittag. Einen Spaziergang lehnte ich ab. Mir geht diese Kälte bis auf die Knochen. Fiorella ist eine angenehme Gefährtin, sie ist die Einzige, die meine Guarneri in den Hintergrund drängt. Die Violine hab ich bei Rolla gelassen, weil ich nicht wusste, welchen Abenteuern ich hinterherjagen würde. Außerdem bin ich mit meinem Instrument leichter zu erkennen, obwohl meine Adlernase und mein langes Gesicht das Ihre dazutun.

„Und dann diese Überraschung im Saal, die Freude, jene Art von Ekstase, mit der die Zuhörer in völliger Stille deiner Harmonie lauschen, das ist unbeschreiblich. Du hörst das Tosen oben auf der Bühne, aber es rauscht und tost an dir vorbei. Ich jedoch bin mittendrin, wie in einem gewaltigen Meer, das sich nicht mehr beruhigen will und seine Wellen über mir zusammen schlägt."

„Du übertreibst, Geliebte!" Ich nippe an meiner heißen Schokolade.

„Du verschmilzt in diesem Stück Töne und Stimmen so wie Raffael und Michelangelo auf der Leinwand Farben und Licht verschmolzen. Schreib endlich Konzerte! Ich brenne auf ein großes Konzert aus deiner Feder."

„Die Idee trage ich schon lange mit mir herum und ich habe auch schon Versuche mit der Guarneri unternommen. Es wird in Noten umgesetzt, ich verspreche es dir!" Ich stehe auf und lege Holz nach. Eine Weile verfolge ich, wie sich die gefräßige Flamme der frischen Nahrung annimmt und dabei hell auflodert.

„Nun erzähl etwas von dir, Fiorella! Ich weiß nichts." Solche Fragen sind ihr lästig. Sie seufzt und steht auf. Nervös wandert sie umher, bleibt stehen, sieht durchs Fenster auf die öde Winterlandschaft, geht wieder auf und ab.

„Der Zeitpunkt ist noch nicht gekommen. Auch ich hab mein Geheimnis, caro Niccolò."

Wie sie das sagt, missfällt mir. Ihre Stimme klirrt. Ob es die Kälte ist?

„Ich mag nicht, wenn du über alles entscheidest, was uns beide gleichermaßen betrifft."

„Ich entscheide nicht alles selbst. Du entscheidest darüber, ob du mich heiratest, ob du mich liebst und wann du gehst."

„Ich kann keine Frau heiraten, von der ich nichts weiß.“ Noch immer blicke ich in die Flammen, schüre ein wenig, pumpe Luft in die Glut.

„Falsch!“ Empört schreitet sie auf mich zu. Ihre Schritte haben etwas Herrisches. „Du weißt genug, um zu entscheiden, ob du mich zur Frau willst. Ein Name, eine Geburtsstadt, die Stellung der Eltern tun da nichts zur Sache. Mein Auserwählter sollte mich so heiraten, wie er mich auch in seinem Bett nimmt. Ohne Bedenken.“

Ihrer Logik kann ich nicht ganz folgen, gebe mir allerdings Mühe. Ich richte mich auf und sehe ihr in die Augen.

„Wäre das nicht die Katze im Sack?“

Santa Maria, ich finde immer die richtigen Töne, auch auf einer verstimmten Violine, aber mit Worten ist das so eine Sache. Fiorellas herrliches Gesicht wird fratzenhaft. Die Augenbrauen ballen sich über der Nasenwurzel und Zorn verdunkelt ihren Blick. Eine Weile fixiert sie mich, als sei ich ein Scheusal, das unerlaubt in ihre Gemächer vorgedrungen ist. Dann plötzlich glätten sich ihre Züge. Ihr Kinn hebt sich, die Nase gewinnt an Höhe, der Mund bleibt streng.

„Gut! Ich gebe dir einige Monate Bedenkzeit, diesen niederträchtigen Satz unausgesprochen zu machen. Dann komme ich wieder. Ich beschließe, heute zu gehen, und du wirst dir bis zum nächsten Mal gründlich überlegen, was du verlierst, wenn du mich als deine Ehefrau ablehnst.“ Sie lässt mich stehen, geht nach nebenan, reißt geräuschvoll ihre Kleidungsstücke aus dem Schrank. Wenig später kommt ein Zimmermädchen, und noch ehe der Nachmittag beginnt, sitzt Fiorella in einer Kutsche, deren Ziel ich nicht erfahre. Sie hat sich allerdings zärtlich von mir verabschiedet und mich mit sehr lieben Worten verlassen.

„Ach!“, hatte sie an der Tür gesagt und sich noch einmal nach mir umgedreht. „Du solltest noch etwas Wichtiges wissen.“ Der Hut warf einen Schatten über ihre Augen. Ich griff nach ihrer Hand und machte ein neugieriges Gesicht.

„Ich liebe dich!“, hörte ich. Dann fiel die Tür zu.

31

Andrea wurde es zusehends bewusst, Spielball seiner Gefühle zu sein. Zu Hause hielt er es kaum aus, weil ihn Carlottas schmachtender Blick auf Schritt und Tritt verfolgte. Sie wagte nicht, ihm ihre Liebe zu gestehen, hingegen zeigte sie durch zahlreiche Gesten, wie sehr sie an ihm hing. Kam er an einem regnerischen Abend von der Universität zurück, eilte sie mit einer Plane hinaus, die sie über ihn hielt, bis er unterm schützenden Dach war. Glaubte sie, er habe Durst, jagte sie nach Wein und Wasser und alles andere las sie ihm ohnehin von den Augen ab. Hunger, Müdigkeit, Aufregung und Trauer. Andrea litt unter dieser erstickenden Liebe, der er nur mit brüderlicher Zuneigung begegnen konnte. Und er verfluchte sich, weil er nicht ehrlich zu ihr war. Warum verhielt er sich wie ein elender Feigling? Er wagte nicht, Margherita seine Gefühle zu gestehen, und Carlotta ließ er in dem Glauben, er liebe sie irgendwie. Um sich abzulenken, stürzte er sich mit Leib und Seele auf die neuen Aufgaben, die Buonarotti und die Liberalen um Di Negro von ihm erwarteten. Es war März 1814, und Napoleon hatte abgedankt. Nun galt es, Aufstände gegen die Österreicher in allen strategisch wichtigen Städten zu organisieren, damit sie sich nicht wieder breitmachten. Dafür sorgte er schon seit Wochen. In Genua und Mailand standen die Leute bereit. Di Negro und Giorgio lehnten es ab, sie zu bewaffnen. Er hingegen dachte im Sinne seines Vater: Gegen die Gewalt der anderen vermagst du nichts ohne Gewalt. Viele gaben ihm recht und schließlich wurde beschlossen, einen Großteil der Leute unter Waffen zu stellen.

Nach der Lagebesprechung für den Tumult in Mailand, der Ende des Monats stattfinden sollte, gingen Giorgio und Giuliana auf den Markt und Andrea zog sich in den Flügel des Hauses zurück, den er seit einigen Jahren bewohnen durfte. Es war ein milder Spätnachmittag. Er streifte sein Hemd ab, griff nach den Büchern zur Vorbereitung der bevorstehenden Vorlesungen und wollte sich gerade setzen, da trat plötzlich Carlotta ins Zimmer. Erschrocken tastete er nach seinem Hemd, doch Carlotta war schneller. Sie riss es an sich, zerknautschte es, drückte es an ihren Mund und sog gierig Andreas Geruch ein.

„Wenn du mich nicht in deine Arme nehmen willst, finde ich andere Wege“, seufzte sie und atmete heftig.

„Carlotta, lass das!“ Er versuchte, ihr das Hemd zu entreißen. Die erregte Frau umklammerte es mit schier übermenschlicher Kraft.

„Du musst es zerfetzen, wenn du es haben willst.“

Andrea legte den Arm um ihre Schulter, suchte nach den rechten Worten und stotterte dummes Zeug, womit er das Gegenteil von dem erreichte, was er wollte. Hatte Carlotta in all den Monaten nur da und dort eine zärtliche Geste gezeigt, ihm hie und da einen Kuss auf die Wange gegeben oder seine zufälligen Berührungen genossen, so brannte sie jetzt am ganzen Körper und wollte nicht mehr verzichten. Sie schlang ihre Arme um seinen Nacken und zog ihn an sich. Ihre durstigen Lippen fanden seinen Mund. Sie küsste ihn nicht, sie verschlang ihn. Wie glühende Lava überschüttete den jungen Mann Carlottas gewaltige Liebe, die überwältigende Sehnsucht ihrer Lust. Zuerst wollte er sich wehren, aber jeder Widerstand schmolz in Carlottas glühender Hitze. Während sie ihn küsste, streifte sie das Oberteil ihres Kleides bis zu den Hüften herunter und schob den Rock hoch. Sie fielen aufs Bett. Sie jauchzte innerlich, leckte seinen Nacken, seine Brust, seinen Nabel. Endlich spürte sie seine Hände überall und als sein Mund ihre Brust liebkoste, umklammerte sie mit den Schenkeln seine Beine. Jetzt gehörte er ihr. Sie stöhnte. Andrea stöhnte und sein Stöhnen klang, als gäbe er den Kampf gegen den süßen Fluss endlich auf, um sich in den reißenden Fluten zu verlieren.

„Es hätte nicht sein dürfen“, flüsterte Andrea, als sie wieder bei Sinnen waren.

„Es hätte längst sein sollen, Geliebter. Wir gehören zusammen. Von Anfang an. Für immer!“

Andrea richtete sich im Bett auf, suchte nach einem Kleidungsstück. Carlotta hingegen breitete ihren nackten Körper zufrieden auf dem Laken aus. Es war noch nicht spät, in den Winkeln des Zimmers tanzte das Licht. Die Luft war warm, es roch nach Abend. Die junge Frau streckte die Arme über den Kopf, so dass Andrea das dunkle Haarnest unter ihren Achseln ins Auge fiel. Sein Blick rutschte tiefer zum schwarzen Venushügel. Schlagartig musste er an den goldenen Haarflaum in Margheritas Nacken denken. Sein Herz zog sich zusammen.

„Carlotta, was habe ich getan?“ Verzweifelt grub er das Gesicht in seine Hände. Carlotta beugte sich vor, das dunkle Haar fiel über ihren Bauch. Es streifte Andreas Rücken. Er spürte auch ihre Brust. Unwillkürlich wich er zurück.

„Andrea! Liebster Andrea, gib deine Liebe zu mir frei. Du fesselst sie in deinem Herzen und lässt nur Politik gelten.“

Andrea drehte sich abrupt zu ihr um. Nun musste er die Wahrheit sagen, sonst würde das alles kein Ende haben.

„Du täuschst dich, Carlotta. In meinem Herz ist nicht nur Platz für Politik.“

Carlotta küsste seine Schultern. Andrea entzog sich ihren Liebkosungen, drehte ich von ihr weg.

„Carlotta, bitte. Es ist … ich meine, du bist …“ Er stockte.

„Du liebst Margherita, nicht wahr?“

Andrea erschrak. Carlotta packte mit beiden Händen sein Gesicht und zwang ihn, sie anzusehen. Eindringlich blickten ihre funkelnden Raubtieraugen in die seinen. Die braune Haut schimmerte im Abendlicht wie Honig, das schwarze Haar umrahmte ein feuriges Gesicht.

„Ja, gib es nur zu! Du liebst Margherita. Was für eine vergebliche, törichte Liebe, armer Andrea!“

Er hörte auf zu atmen.

„Sagst du das, um mich zu quälen?“, fragte er erstickt.

„Quälen?“ Sie schüttete traurig den Kopf. „Oh, Andrea, was denkst du von mir? Ich möchte dein Glück und dein entspanntes

Gesicht wie vorhin, als du mich geliebt hast. Aber Margherita wird dich nicht glücklich machen."

„Warum, verdammt noch mal?" Grob schüttelte er ihre Hände ab.

„Weil sie dich nicht liebt, Andrea!"

Jetzt sprang Andrea auf. Nervös klaubte er seine Kleider zusammen, lief unruhig im Zimmer auf und ab. Er wartete, dass Carlotta sich anzog. Sie tat es nicht.

„Was weißt schon du von Margherita?" Wild gestikulierend blieb er vor dem Bett stehen. „Sie ist dir in deinem Leben kaum begegnet."

„Die wenigen Male genügen. Sie liebt nicht dich, was mir unbegreiflich ist. Sie liebt einen anderen."

„Du heckst etwas aus. Ich habe sie nie mit einem anderen Mann gesehen. Wen sollte sie denn lieben?" Andreas Stimme überschlug sich. Nebenbei streifte er in fliegender Hast das Hemd über, stopfte es nachlässig in die Hose. Carlotta zuckte auf seine Frage hin die Achseln.

„Ich weiß nichts Genaues. Aber ich hab so meine Idee."

„Ach ja? Du hast so deine Idee? Ich will sie nicht wissen, deine hirnverbrannte Idee!" Ungestüm riss Andrea die Tür auf und rannte hinaus.

Laufen. Davonlaufen. Als er den Weg über die Anhöhen rannte, ließ er den angelegten Pfad zu den Villen zornig links liegen und bog nach rechts über die erdigen Hügel, fiel hin, raffte sich hoch, stolperte durch eine niedrige Baumgruppe, in der es stockdunkel war, wieder hinaus unter den grauen Himmel. Oben auf dem Hügel saß ein Maler, weiter unten am Meer trieben sich trotz des nahen Abends noch Leute herum. Hier im Wald war er allein. Allein mit dem Brausen in seinem Kopf, diesem wilden Herzklopfen, den entsetzlichen Fragen, ob es stimmte, was Carlotta gesagt hatte. Wen sollte Margherita lieben außer ihm? Silvio war wohl ein Dichter und scharfsinniger Denker, aber er war klein und hässlich. Ja, missraten könnte man sagen. Es hieß, seine seltsame Krankheit sei nachts durch miauende Katzen ausgebrochen. Ihre Klagelaute hätten ihn aus dem Schlaf geschreckt. Seitdem wuchs außer seinem Kopf nichts mehr, und seine Glieder verkrümmten sich. Jahrelang musste er an Krücken gehen. Nein, in Silvio konnte Margherita nicht verliebt sein und die anderen Männer aus dem Komitee waren älter, verheiratet oder simple Burschen, die wenig lesen und kaum schreiben konnten. Wen liebte sie also? Niemanden außer ihm. Carlotta reimte sich diese Bosheit zusammen. Carlotta war eine Ränkeschmiedin. Aber vielleicht liebte ihn Margherita noch nicht genug. Und wenn dem so war, dann musste er ihre Liebe gewinnen – das wollte er tun. Nicht umgehend, denn als Nächstes stand der Aufstand in Mailand auf dem Plan, fast zur selben Zeit andere in Süditalien, gefolgt von Tumulten in Bologna und Genua. In einer ruhigen Minute inmitten dieser Turbulenzen würde er Margherita alles erzählen, auch, dass er versehentlich mit Carlotta geschlafen hatte.

„Gott sei Dank haben wir den unsinnigen Gedanken, Joachim Murat für unsere Sache zu gewinnen, schnell verworfen!", sagte Giorgio beim Abendessen. Carlotta und Giuliana saßen ihm gegenüber. „Dieser Murat hat versucht, das Königreich Neapel weitgehend unabhängig von Napoleon zu gestalten und dabei die Patrioten geschwächt, statt sie zu stärken. Nicht grundlos schießen sie gerade in Neapel wie Pilze aus der Erde. Die Wälder um Neapel sind voll von venditi."

Die Frauen nickten. In dem Moment wehte Andrea lärmend zur Tür herein. Er hatte einen roten Kopf und stank nach Alkohol.

„Dieser Murat", fuhr Giorgio fort, wobei er so tat, als bemerke er Andreas Zustand nicht, „gehört zu jenen Franzosen, die im Grunde ein geeintes Italien vereiteln. Sie haben italienische Reformer zu Marionetten herabgewürdigt und den Revolutionären ihre Ideen geklaut, um sie gesellschaftsfähig zu machen. Der Terror wurde piekfein herausstaffiert."

Ohne darauf zu reagieren, setzte sich Andrea an seinen Platz. Es gab Pansotti, ungleichmäßig geformte Ravioli, gefüllt mit Gemüse,

Käse und feinen Kräutern. Der junge Mann belud seinen Teller und übergoss das Ganze mit etwas Nusssoße.

„Oh, du hast einen Bärenhunger!“ Carlotta sah ihn aus großen Augen zärtlich an. Andrea beachtete sie nicht, sondern wandte sich an Giorgio.

„Lass uns über den Hass auf die Franzosen diskutieren. Unsere Kundschafter berichten von grässlichen Ausschreitungen gegen französische Soldaten, Beamte und Angestellte der französisch belehnten Gebiete. Unsere Anhänger im Süden sollten die Sache gemäßigt angehen, sonst geraten wir rasch in den Verruf von Schlächtern. Zuviel vergossenes Blut kann sich gegen uns wenden.“

„So wie sie zuvor gegen die Prinzen, den Papst und die Österreicher gewettert haben, gehen sie nun gegen die Franzosen vor. Das alles ist durchaus begreiflich, weil die Franzosen sich schlecht benommen und uns verraten haben.“

„Das ist kein stichhaltiges Argument, Giorgio! Unser Ziel soll nicht auf einer Blutlache aufgebaut werden.“

„Wünschst du etwas Wein?“, fragte Carlotta überflüssigerweise.

„Santa Maria, gib ihm keinen Tropfen mehr! Er ist dabei, seinen Rausch zu bewältigen. Wasser, bitte!“

Carlotta schnellte hoch. Andrea sah sie nicht ein einziges Mal an und zog sich nach dem Essen sofort zurück.

32

Fiorella war Anfang Februar davongefahren und hatte ihren Geliebten nachdenklich zurückgelassen. Wieder in Mailand, wurde er von den Freunden herzlich empfangen. Keiner stellte ihm Fragen, alle waren froh, ihn heil wiederzufinden. Er verbrachte noch einige Wochen im Kreis der Gruppe um Giovanni und Antonietta. Sie schleppten ihn durchs Mailänder Nachtleben, begleiteten ihn ins

Theater oder flanierten am Corso entlang. Einsame Spaziergänge wurden täglich schwieriger, weil ihn viele Leute erkannten und ihn begafften wie ein exotisches Tier.

Viganò lernte er von einer besseren Seite kennen. Während der Ballettproben stieg der Choreograph in seinem Ansehen. Verblüfft stellte er fest, wie geschickt der junge Mann aus einem Haufen leidlich talentierten Tänzerinnen das Letzte herausholte und dabei ein erstaunliches Ergebnis erzielte. Es grenzte an Zauberei. Als er ihn diesbezüglich lobte, antwortete Viganò: „Maestro, meine Arbeit ist kinderleicht im Vergleich zu Ihrer. In Ihrer Funktion als Kapellmeister haben Sie in Lucca aus einem Haufen leidlicher Musiker ein großes Orchester gezaubert. Das macht Ihnen niemand nach."

Es folgten Konzerte in Pavia und Turin, die den Violonisten sehr beanspruchten, dennoch entging ihm die allgemeine Unruhe im Lande nicht. Die Nachricht von Napoleons Abdankung verbreitete sich wie ein Lauffeuer und trieb die Menschen auf den Straßen zusammen. Sie trieb auch manche aus Italien hinaus, wie Elisa Baciocchi, die mit Familie und Hofstaat Florenz verließ und nach Paris abreiste.

Als Paganini nach Mailand zurückkehrte, hatten sich die Massen wieder gefasst. Im April und Mai füllte er die Theaterhäuser der Stadt, wobei ihm ein bunteres Publikum lauschte als zuvor. Statt krittelnder, verbissener Franzosen mischten sich nun unter die Italiener Musik liebende Österreicher. Die belcantogewöhnten Italiener und die der Kammer- und Instrumentalmusik zugeneigten Österreicher ergänzten sich hervorragend. Paganinis Vorliebe, die Konzerte mit Gesang aufzulockern, war erfolgreich. Sänger kamen meist gut an und der Violinist arbeitete gerne mit ihnen, waren sie auch etwas schwach auf der Brust, wie Antonietta. Giovanni und Antonietta erfreuten das Publikum mit ihren lustigen Duetten und Paganini erheiterte es.

Der Rückzug der Franzosen machte sich nun überall bemerkbar. Deshalb wartete Paganini ab, bis auch die Tumulte in Genua abflauten, und setzte sich erst Ende Juni in den Reisewagen. Es gab eine Kutsche, die gegen drei Uhr morgens nach Genua aufbrach. Um diese Zeit war die Luft im Wagen noch erträglich. Sie roch nach einem Gemisch aus Holz, Stoffen und Frühnebel, bevor sie sich in eine stickige Wolke aus Ausdünstungen und saurem Atem verwandelte. Ab und zu wehte ihm der Morgenwind den würzigen Schweiß der Pferde um die Nase. Das mochte er, und solange es weder zu kühl noch zu heiß war, fühlte er sich im Wagen recht behaglich. Auf der Stelle schlief er ein. Die einzige befahrbare Straße nach Genua führte von der Lombardei über das Piemont, doch auch dieser Weg war uneben, stellenweise von Geröll übersät, und so rüttelte ihn das rumpelnde Gefährt immer wieder wach. Paganini gönnte sich dann einen Schluck Wasser oder betupfte sich mit Eau de Cologne. Während die Pferde gegen sieben gefüttert wurden, blieb er im Wagen sitzen und rührte sich kaum. Gegen zehn Uhr brannte die Sonne gnadenlos auf das Wagendach hernieder und der Kutscher hielt ein weiteres Mal, um die Pferde zu wechseln und sich selbst zu stärken. Anstatt nun im Wirtshaus einzukehren und ein klein wenig zu speisen, vertrat sich Niccolò die Beine. Es konnte sein, dass er dabei im Gehölz untertauchte, zwischen tief hängenden Ästen verschwand und für längere Zeit nicht mehr zu sehen war. Sorgenvoll suchte dann der Kutscher mit den Augen die Gegend ab und eilte schließlich, das Schlimmste fürchtend, nach Hilfe suchend ins Wirtshaus. Doch da plötzlich stand Paganini wie von Geisterhand hervorgezaubert wieder da, schwarz, düster blickend, aber in bester Laune.

In Genua beabsichtigte er die Musik niederzuschreiben, die schon seit Monaten in ihm rumorte. Sie hatte sich in Fiorellas Armen als Konzert für Violine und Gitarre herauskristallisiert.

Endlich, am Sekretär seines Salons im Hause San Biagio sitzend, arbeitete er an einem herrlichen Augustnachmittag am ersten Teil.

Er konzipierte ein eröffnendes Risoluto in der üblichen klassischen Form des Konzertsatzes und schwamm dann in einer Vielfalt von Themen. Er verzettelte sich, schweifte ab und verwarf, zerriss, fing von neuem an. Nichts wollte ihm gefallen, nichts so recht gelingen, nichts hatte Hand und Fuß. Er schleuderte die Manuskripte zu Boden und verließ unzufrieden das Zimmer. Spazierte im Polcevera-Tal herum, blieb stehen und starrte in den Himmel, unterhielt sich mit einer schwarz-weiß gescheckten Katze, die auf einem moosüberwucherten Gesteinsbrocken faul in der Sonne lag.

Auf diese Weise vergingen ein paar Wochen. Schließlich tastete er sich an zwei Hauptthemen in E-moll entlang, hängte ein drittes in E-Dur an und ein viertes in G-Dur. Die folgende Passage in Achtel-Triolen gefiel ihm nicht schlecht, entflammte allerdings nicht sein Herz. Ende August war er nahe daran, alles zu vernichten, besann sich im letzten Augenblick, raffte die Blätter in einer heftigen, wütenden Bewegung zusammen und stopfte sie in die Schublade des Sekretärs. Brütet, zischte er ihnen zu. Brütet ein wenig und verschont mich so lange.

In der ersten Septemberwoche bereitete er sich auf die Konzerte im Teatro S. Agostino vor, wo er als Jugendlicher die Genueser begeistert hatte. Er spielte unter anderem die „Sonata Napoleone", stellte „Le Streghe" vor und eroberte von neuem seine Heimat.

Ruhige Tage zwischen den Konzerten verbrachte er nicht im Salon, wo die Partitur vor sich hin brütete, sondern im Schlafzimmer oder auf schmalen Feldwegen, die zur Bucht am Capo Santa Chiara führten. Nach dem Abendessen kam Paola mit ihrem dicken Ordner, in dem sie sämtliche Artikel über ihren Bruder archivierte, und las ihm vor.

„Hör zu, lieber Bruder, und mach nicht so ein unzufriedenes Gesicht."

„Es ist mein normales Gesicht. So sehe ich immer aus. Leider!"

„Schade! Aber vielleicht verjagt Folgendes für immer die Unzufriedenheit in deinen Gesichtszügen. Am 10. September stand in der Gazzetta di Genua: *Es ist schwierig, den lautstarken Applaus und die begeisterten Zurufe des Publikums zu beschreiben; das Orchester hat sich mit den Zuschauern zusammengetan, um ihm Beifall zu zollen. Paganini ist also ein Wunder und sei er nun ein Teufel oder ein Engel, er ist sicherlich ein musikalisches Genie.*" Paola sah hoch. Ihr in der Mitte gescheiteltes Haar war streng am Hinterkopf geknotet, ließ aber eine gekringelte Strähne über den Rücken fallen. Niccolò betrachtete sie und lächelte müde.

„Wie schön, dass alle Welt so gut von mir spricht."

„Stell dir vor: In unserer normalen, gewöhnlichen Familie gibt es ein einziges Genie. Keiner hat das mit dir gemeinsam."

„Wenige haben es mit mir gemeinsam, liebe Schwester." Er legte sich der Länge nach aufs Bett und lehnte den Kopf an die Bettumrandung. Von hier aus konnte er noch immer die kargen Wipfel der Eichen sehen.

„Ich habe weder dein schwarzes Haar noch deine schlanke Figur. Ich habe auch nicht dein langes Gesicht, deine eindrucksvolle Nase, deinen Witz und Humor. Was, um Maria Willen, habe ich mit dir gemeinsam?"

„Du hast mit mir das Wunder gemeinsam!", antwortete er wie unter einer Eingebung und schloss dann sofort die Augen. Ihr erstauntes Gesicht wollte er lieber nicht sehen, er hätte ihr seine Antwort auch nicht erklären können. Paola sprach nicht. Sie seufzte. Ihre Schritte zielten Richtung Fenster. Vielleicht schaute sie hinaus, in die Ferne, aufs Meer, an die Stelle, wo der Himmel die Erde küsst. Und vielleicht zuckte sie die Schultern. Er war nicht neugierig und darum blieb er mit geschlossenen Augen liegen und dachte an das junge Mädchen, das ihm beim letzten Konzert im Theater begegnet war. Es hatte den Kerzenleuchter von der Bühne geräumt und wollte eben einige Partituren einsammeln, als Paganini einschritt und ihm die Manuskripte entriss. Niemand außer ihm durfte die von ihm komponierten Orchesterstimmen einsammeln. Den Musikern hatte er strengstens untersagt, die Stücke nach Hause zu nehmen. Vor dem Gedanken, sie könnten es kopieren, graute ihm mehr als vor den schlimmsten Ungeheuern. Darin lag auch die harte Probenarbeit begründet. Keiner der geplagten Musiker konnte zu Hause üben, alles geschah vor Ort und unter Paganinis strenger Fuchtel. Und dieses hübsche Mädchen kam herein, ohne Buon giorno zu sagen, und legte Hand an seine Partituren. Niccolò wollte sie zornig zurechtweisen, da blickte er in ihre Augen und verstummte augenblicklich. Er meinte in Fiorellas Augen zu sehen. Sie hob ihr Gesicht, blinzelte, entschuldigte sich. Ihr Knicks und die Art, wie sie den weiten Rock zurückstreifte, versetzten ihm einen Hieb in den Magen. Im Moment der ersten Benommenheit berührte er versehentlich ihren Arm und der Duft ihrer Haut stieg ihm wie ein betäubendes Parfüm in die Nase. Ihm schwindelte. Noch bevor er diagonal von der Bühne ging, fragte er, ob sie nicht eine bessere Tätigkeit kenne, als Manuskripte und Kerzenleuchter einzusammeln.

„Niccolò?" Von fern hörte er seinen Namen. Seine Lider zitterten, seine Lippen formten: Angelina, Angelina, ich will meine geliebte Fiorella niemals vergessen, aber du treibst mir das Blut in die Lenden.

„Was sagst du?" Paolas laute Stimme riss ihn aus seinem Tagtraum. Er hob den Kopf und fragte grinsend.

„Findest du mich attraktiv?"

Lachend warf Paola die Arme in die Luft.

„Natürlich. Du bist doch mein Bruder."

„Dummes Zeug! Wird ein hässlicher Zwerg dadurch attraktiv, dass er dein Bruder ist?"

Paola ging ums Bett herum, blieb stehen, duckte sich und verdrehte den Kopf. Sie betrachtete ihn aus unterschiedlichen Winkeln.

„Von welcher Seite auch immer ich dich betrachte: Du kannst dich sehen lassen!", kicherte sie. Niccolò hob die Augenbrauen.

„Antworte mir ehrlich und ohne närrisches Beiwerk. Könnte mich eine junge, schöne Frau anziehend finden?"

Nun setzte sich Paola neben ihn aufs Bett.

„Was für Fragen, Niccolò! Elisa Baciocchi hat dir doch ihr Prinzessinnenlager angeboten."

„Elisa liebte den Ruhm und nicht mich."

„Madame Baciocchi brauchte deinen Ruhm nicht, außerdem warst du zu der Zeit nur Konzertmeister am Hof von Lucca." Sie senkte ihre Stimme: „Nein, nein, Niccolò, Elisa fand dich sehr attraktiv und glaub mir, du bist es auch!" Sie zwinkerte. Paganini sah weg. Er hätte ihr solche Fragen nicht stellen dürfen. Sie verrieten die Unsicherheit, die ihm sein Körper bescherte.

Die Schwester umarmte ihn flüchtig, stand auf und griff wieder zum Ordner. Bei der Lobeshymne, die sie nun vorlas, handelte es sich um das Sonett eines gewissen Luigi Germi. Der dichtende Rechtsanwalt hatte wie viele andere Kunst liebende Genueser den Violinisten im Teatro Sant' Agostino erlebt und stand unter seinem Bann. Zuerst hörte Paganini nicht hin. Seine Phantasie malte Angelina in den hinreißendsten Farben, so dass ihm bald heiß, bald kalt wurde. Luigi Germis Akrostichon dauerte ziemlich lange, und erst bei den letzten Zeilen war Niccolò ganz Ohr:

„*Wer wird dir Bürge sein? Du wirst es dir allein sein, durch das zauberische Instrument, mit dem du die Harmonien Delos' neu entfalten wirst. Da die grässliche Schar entrückt sein wird, wird keiner es wagen, dich zu berühren; dem schadet keiner, der den Himmel verzückt!*"

Am selben Tag begann die Freundschaft zwischen Luigi Germi und Niccolò Paganini. Und an jenem Tag beschloss er, der Modistin Angelina Cavanna nachzuspüren. Ihr hübscher Mund, das lockende Dekolleté, ihre verführerische Gestalt ließen ihn nicht mehr ruhig schlafen. Er musste sie haben. Nichts schien ihm augenblicklich wichtiger, als dieses Mädchen zu gewinnen. Dabei war ihm klar, dass er sie nicht liebte. Sie hatte ihn verhext. Der Eröffnungssatz seines ersten Konzertes schmorte in der Schublade, die Guarneri lag unberührt in ihrem Kasten, ja, er kümmerte sich sogar alarmierend wenig um die Einnahmen der Genueser Konzerte. Der dafür zuständige Finanzmann an den Theatern behielt Paganinis Honorare zurück und dachte erst recht nicht daran, dem Violinisten einen Kredit zurückzuerstatten, der es ihm, dem beklagenswerten Finanzmann, ermöglicht hatte, aus der Dachkammer des Theaters auszuziehen und eine Wohnung zu kaufen.

Paganini erinnerte sich an den dichtenden Rechtsanwalt. Er sollte sich der Sache annehmen, sollte ihm zukünftig beratend zur Seite stehen, damit er von dem Gesindel, so beschimpfte er die Theaterdirektoren und deren Personal, nicht noch mehr ausgenommen werde. Er schrieb einen Brief an Germi und tauchte unter. Niemand wusste genau, wo er sich aufhielt, nur Paola ahnte etwas. Die Genueser Abendgesellschaften vermissten ihn, die vornehmen Damen langweilten sich, denn war er auch keine Schönheit, so hielt man doch den Atem an, sobald er eintrat. Und raunend ging es durch die Reihen: Paganini ist verschwunden … Pagnini ist untergetaucht … Paganini, Paganini …

33

Mitte Juli, nach den Tumulten in Genua, traf Andrea seine Angebetete im Garten hinter den Orangenhainen. Ihre Nase steckte in den Blüten, ihre Augen wurden vom Grün der Blätter beschattet. Sie trug ein cremefarbenes Kleid, hatte das Haar locker zu einem Dutt gesteckt, einige rotgoldenen Kringel tanzten um ihr Gesicht. Andrea hielt den Atem an. Er näherte sich langsam und rief ihren Namen. Sie drehte sich um.

„Margherita, hast du Zeit für mich?“ Andrea blieb einige Schritte vor ihr stehen. Ihr Anblick machte ihn schwindlig. Die junge Frau sprang auf ihn zu und umarmte ihn spontan.

„Natürlich, Andrea, aber schau nicht immer so unglücklich. Lass uns ein wenig spazieren gehen, dann erzählst du mir, was dein Herz bewegt.“

Ihre gute Laune überraschte ihn. Sie war immer freundlich gewesen, ging mit ihm durch den Garten, hörte ihm auch zu, doch hatte er ständig den Eindruck, neben ihrem Schatten zu gehen, während sie selbst weit entfernt war. Heute schien sie vollständig anwesend. Er schöpfte Mut.

„Ist es wegen Carlotta?“ Ihre grünen Augen blitzten wie Smaragde. „Sie liebt dich schon lange und ihr seid ja nun alt genug, um zu heiraten, oder?“ Die beiden jungen Menschen gingen nebeneinander durch den Orangenhain. Andrea trug sein Hemd bis zur Hälfte geöffnet und hatte die Ärmel hochgekrempelt, seine glatten Arme und die Brust waren sonnengebräunt. Margherita genierte sich nicht, seinen Arm zu streicheln. „Ich kann sie verstehen, du bist ein hübscher Mann.“

Ihre Sätze halfen ihm und die warme Hand auf seinem Arm elektrisierte ihn. Er griff nach dieser Hand und drückte sie.

„Liebste Margherita, niemals werde ich Carlotta heiraten können, weil ich nur dich liebe. Nur dich immer geliebt habe. Werde du meine Frau!“

Margherita lächelte verlegen. Sie entzog ihm ihre Hand und strebte weiter. Er hielt sie fest.

„Margherita, du sagtest, ich bin ein hübscher Mann, du weißt, ich habe eine Stellung als Lehrer, du selbst besitzt ein Vermögen. Was steht uns im Weg?“ Er schluckte und fragte leiser: „Wer steht uns im Weg?“

„Wer?“ Sie runzelte die Stirn. „Wie kommst du auf diese Frage?“ Ihre Nasenflügel bebten. Er meinte, ihr Herz klopfen zu hören. Seine Zähne schlugen gegeneinander, als er weiter sprach.

„Verzeih mir, aber ich habe gehört, du liebtest einen anderen Mann. Ist es wahr oder nur ein Gerücht?“ Er hielt sie mit beiden Händen an den Schultern fest, seine Finger krallten sich in ihr Kleid. Sie schüttelte sich.

„Du tust mir weh!“

„Margherita, nur du kannst mir die Wahrheit sagen.“

Die junge Frau streifte seine Hände von den Schultern. Sie hob ihr Gesicht, sah ihn ernst an. Sein trauriger Blick bekümmerte sie und sie strich mit der Hand die steile Falte über der Nasenwurzel glatt.

„Ach, warum ist alles verkehrt? Kennst du den ‚Sommernachtstraum'?"

Er nickte. „Ich studierte Literatur."

„So ist es mit uns. Die Liebestropfen müssten richtig verteilt werden. Ich weiß, wie du leidest, Andrea, nur kann ich mich im Moment nicht entscheiden. Ich liebe dich zärtlich und doch sehnt sich mein Herz nach einem anderen. Ich fürchte jedoch, dass ich mit ihm nicht glücklich werde. Drum warte noch ein wenig, wenn du es kannst."

„Ich werde mein ganzes Leben auf dich warten, liebste Margherita." Schweigend gingen sie zurück. Vor der hohen Flügeltür, die in die Halle führte, gab er Margherita einen Kuss auf die Wange. Sekundenlang blieb er auf den weißen Steinstufen stehen und unterdrückte den Wunsch, sie nach dem Namen des geheimnisvollen anderen zu fragen. Dann ging er. Aber ein Schimmer Hoffnung erhellte sein melancholisches Gesicht.

Der Wiener Kongress am 9. Juni 1815 zerstückelte die Halbinsel erneut. Anfang November trafen sich Giorgio, Andrea und Silvio Pellico bei Di Negro im kleinen Salon des oberen Stockwerkes. Ein feuchter Nebel benetzte die Scheiben, nur undeutlich war das Meer zu erkennen. Silvio erzählte begeistert vom Grafen Porro Lambertenghi, dessen Söhne er unterrichtete und dem er nebenbei als Sekretär diente. In seinem Hause in Mailand verkehrten die scharfsinnigsten Denker Norditaliens, es wurde gleichermaßen über Kunst, Literatur und Infrastruktur diskutiert. Graf Porro wolle einen Dampfbootverkehr auf dem Po und die öffentliche Gasbeleuchtung einrichten. Er fasse vieles ins Auge, die Gründung eines Nationaltheaters sowie die einer liberalen Partei. Für diese Idee entbrannte vor allem ein gewisser Confalonieri. Federico Confalonieri war weder österreichisch noch französisch, hasste von ganzem Herzen Napoleon und seinen Clan. Federico und der junge, enthusiastische Graf Porro hatten vor, zukünftig offiziell in der Partei zu agieren und gleichzeitig die Carbonari zu unterstützen. Silvio gefiel diese Entwicklung und er war überschäumender Laune. Neben politischer Tätigkeit profilierte er sich als Dramaturg. Seine Tragödie „Francesca di Rimini" wurde mit großem Erfolg in Mailand aufgeführt und von seinem Dichterfreund Lord Byron ins Englische übersetzt.

„Du hast einen wunderbaren Stil, Silvio", schwärmte Andrea. „Ich habe das Stück wirklich genossen und wünschte, auch nur annähernd so schreiben zu können. Die ‚Francesca' belebt die italienische Literatur, befreit sie vom seelenlos gewordenen Klassizismus, jener erstarrten Poesie."

„Andrea, du verwechselst unsere Zusammenkunft mit einer deiner Vorlesungen am Instituto!", rügte Giorgio. Er war inzwischen grau geworden. „Vergegenwärtigen wir uns die Lage: Das Land setzt sich nun aus zehn Staaten zusammen, worin nur Piemont-Sardinien, Neapel, Sizilien und die Kirchenstaaten relativ unabhängig sind. Schlimmer ist es mit dem Rest: Die Lombardei und Venedig gehören Österreich, das haben wir dem verräterischen Befreier zu verdanken, die übrigen Staaten stehen unter österreichischer Kontrolle. Wir sitzen in der Falle und haben die Pflicht, mehr denn je von unten aus zu agieren."

„Und gleichzeitig von oben!", ergänzte Di Negro, wozu Silvio zustimmend nickte. „Dafür sorgt die Liberale Partei, die unter Confalonieri demnächst aus dem Ei schlüpft. Apropos: Wie geht es Buonarotti, buon cugino Andrea?"

„Mein Vater ist noch immer in Paris und hat uns sein detailliertes Emanzipationsprogramm zukommen lassen. Ich agiere dementsprechend am Instituto, Silvio handelt nach eigenem Gewissen, Giorgio unterrichtet die Patrioten um Genua herum und unsere Verbindungsmänner in Neapel, Rom und Palermo tun, was in ihrer Macht steht."

„In Ordnung, Andrea. Kehren wir an die Oberfläche zurück. Metternich setzt sich dafür ein, dass der Code Napoleon vorerst beibehalten wird. Er hat auch jegliche Repression gegen Patrioten untersagt. Zwar wurde Murat hingerichtet, weil er sowohl seinen Schwager als auch später die Österreicher hintergangen hat, indem er sich ein zweites Mal Neapel unter den Nagel reißen wollte. Seine Partisanen hingegen hat man begnadigt." Silvio blickte von Giorgio zu Di Negro.

„Ich traue diesem Metternich'schen Frieden nicht ganz. Sie sind hintertrieben, die Österreicher. Ich fürchte, dass die Repressionen nicht lange auf sich warten lassen."

„Die Zeit ist reif für einen Fürsprecher bei den Royalisten!", wiederholte Giorgio. Sie beschlossen, nach Mailand zu gehen, um diese Frage mit dem Grafen Porro zu beratschlagen.

Andrea begegnete Carlotta wie ein Bruder. Sie litt täglich mehr darunter. Sie war nun vierundzwanzig, in der Blüte ihrer Jugend. Ihr Körper sehnte sich nach Andreas Armen, doch all ihre adretten Kleider, all der goldene Schmuck, den sie der ständig vom Wein umnachteten Giuliana abluchste, nicht einmal ihr leuchtendes Gesicht mit dem tintenschwarzen Haar lockten Andrea. Traurig beobachtete sie von weitem seine Spaziergänge mit Margherita.

Margherita war in den letzten Monaten sehr schwermütig geworden. Etwas hatte ihre Stimmung verdüstert. Stundenlang saß sie auf der Terrasse und brütete vor sich hin. Vergeblich versuchte ihre Tante Emilia, sie durch Gespräche oder Musik aufzuheitern. Andrea wünschte von ganzem Herzen, dahinter möge der geheimnisvolle Fremde stecken. „Ich fürchte, er wird mich nicht glücklich machen", hatte sie gesagt. Nun war es so weit. Und tatsächlich wurde Margherita anhänglicher. Sie suchte Andreas Gegenwart, bei Spaziergängen schmiegte sie sich an ihn und irgendwann ließ sie sich küssen. Anfangs blieb sie starr, schließlich erwiderte sie seine Küsse. Sie gestattete ihm bald Berührungen, die sie ihm zuvor nie erlaubt hätte. Als Andrea im Sommer des Jahres 1816 vor Liebe und Begierde brannte wie eine vertrocknete Eiche und die hübsche Frau heftig umarmte, ihren Mund, ihr Gesicht und ihr Dekolleté mit Küssen bedeckte, stieß sie ihn zurück.

„Ich bin noch nicht so weit, Andrea!" Ihr Gesicht war wie aus Glas.

„Margherita, du bist grausam. Ich liebe dich, ich begehre dich!"

„Du brauchst eine Frau, weil du ein Mann bist wie alle Männer!"

„Aber, Santa Maria, das ist nicht der Grund …", stotterte er. Margherita sah ihn kalt an.

„Mag ja sein, dass du mich liebst. Aber zu einer Liebesnacht bin ich noch nicht bereit. Falls du es nicht mehr aushältst und dich entladen musst, schlafe mit Carlotta. Ich hab nichts dagegen."

Als habe man ihn auf den Kopf geschlagen, taumelte er und wich zurück.

„Wie kannst du nur so reden? Es ist schrecklich."

„Was ist schrecklich?" Ihr gläsernes Gesicht, schön und unnahbar wie das einer Puppe, näherte sich dem seinen. „Ich kann nicht mit dir schlafen, aber du brauchst es dringend. Du bist scharf, erregt, dein Blut wallt und Carlotta verlangt wie eine läufige Hündin danach. Worauf wartest du?" Jeder ihrer Sätze schlug ihm in die Magengrube. Seine Augen weiteten sich, er meinte, den Verstand zu verlieren.

„Das … das ist völlig unmöglich. Du bist die Frau, die ich will, nicht sie." Durch Margheritas Körper ging ein Ruck. Sie streckte beide Arme vor, um ihn von sich zu halten.

„Hör zu: Bis ich bereit bin, solltest du Erfahrungen sammeln, denn ich will keinen unerfahrenen Mann. Davon halte ich nichts. In mein Bett kommt nur ein kluger, leidenschaftlicher Liebhaber. Ein Mann mit Pfeffer, sonst langweile ich mich. Und wer weiß, vielleicht bin ich nie bereit!" Allmählich wuchs in Andrea die Wut über so viel Kaltblütigkeit. Margherita wandte sich zum Gehen.

„Wenn ich mit Carlotta schlafe, binde ich sie mehr an mich. Und was ist, wenn sie schwanger wird?“, rief er ihr hinterher. Margherita drehte sich um. Ihr Gesicht war ausdruckslos. Sie zuckte die Achseln. Diese hochfahrende und gleichzeitig wegwerfende Geste entfachte Andreas verzweifelten Zorn.

„Bist du ein verdorbener Mensch? Oder bist du eine giftige Natter?“

Margherita war zu stolz, um sich solche Anschuldigungen vom vernachlässigten Sohn eines Revolutionärs gefallen zu lassen. In energischen Schritten kam sie zurück, holte aus und versetzte ihm eine derartige Backpfeife, dass er wankte. Ohne ihn noch eines Blickes zu würdigen, ging sie davon.

34

In all der Zeit ging es raunend durch die Abendsoireen, flüsternd durch ganz Genua und bald laut und besorgt durch jeden Winkel Norditaliens: „Paganini ist verschwunden … Paganini ist unauffindbar … Wo ist er?“ Niemand wusste eine Antwort und schon bald hielt sich das Gerücht von einer Krankheit, die ihn entstellte, die seine Finger verkrüppelte, sein musikalisches Talent auslöschte. Manche hielten ihn für tot. Manche erzählten, sie hätten den Ruf seiner Geige bei nächtlichen Fahrten in den Wäldern gehört. In ihrem wilden, aufpeitschenden Klang sei Schwefelgeruch aufgestiegen und der Kutscher sei vom Weg abgekommen.

Paganini genoss es, die Leute zum Narren zu halten. Sollten sie nur denken, er sieche dahin und übergebe seine Seele dem Teufel. Sollten sie glauben, er sei in der Hölle, spiele ein Duett mit seinem Freund. Ja, er wünschte, dass sich um sein Verschwinden Geheimnisse rankten. Schreckliche, schauerliche Geheimnisse. Umso gieriger lechzten sie nach seiner Rückkehr und umso erfolgreicher würde sie sein.

Er hatte Angelina seine Leidenschaft gestanden und war im Liebesrausch mit ihr durchgebrannt. Inkognito lebten die beiden auf dem Lande in einer Herberge. Sie liebten sich Tag und Nacht. Die Geige ruhte. Er war unfähig, eine einzige Saite zum Klingen zu bringen. Angelina brachte ihn mit ihrem schönen Körper und ihrer Hemmungslosigkeit um Verstand und musikalische Eingebung. Seine Phantasie schmolz in ihrem Feuer. Sein Gehirn war ausgebrannt. Er hörte keine andere Musik als ihr Seufzen, ihr Stöhnen, ihr Jubilieren, wenn er sie in den knarrenden Betten der Herberge wie der Teufel ritt. Ihr lüsterner Gesang war für ihn die herrlichste Musik. In sie stimmte er mit ein. Und gemeinsam schwelgten sie in einer Symphonie aus Ächzen, Stöhnen, wollüstigem Schreien und schrillen Obertönen, die er jedem Musiker seines Orchesters mit Schlägen ausgetrieben hätte, die ihm aber jetzt lupenrein und engelsgleich erschienen. Er fragte sich, warum er diese Töne seiner Violine noch nicht hatte entlocken können. Die Antwort fiel ihm in der fünften Nacht ein: weil er diese Musik nie zuvor, auch nicht aus Fiorellas Mund, so klar und so ekstatisch vernommen hatte. Nach achtundfünfzig rauschenden Nächten jedoch und neunundfünfzig nebulösen Tagen sprengten Angelinas kaltblütige Sätze das endlose Liebesfest und enthüllten die Hexe hinter der Venus.

„Ich bin schwanger, du dummer Mann. Gierig und unersättlich hast du dich um deine Angelina gekümmert und sie dabei saftig geschwängert. Jetzt musst du mich heiraten. Da geht kein Weg vorbei. Eigentlich will ich dich gar nicht, aber dein Name hat einen sehr schönen Klang. Ha, ha, ha!"

Schwanger! Das Wort echote wie Donnerhall in seinem Schädel. Angelina erwartete ein Kind von ihm. Eine öde, dumme Gans, die zu nichts anderem fähig war, als ihren Hintern bereitzuhalten, trug ein Kind von ihm unter dem Herzen! So dachte er nun und erwachte mit grauenhaften Kopfschmerzen aus seinem Liebesrausch. Nicht der stärkste Wein, literweise getrunken, konnte diesen rasenden Schmerz verursachen, der ihn von Kopf bis Fuß durchzuckte. Wie eine Axt, die seinen Schädel spaltete, sein Gesicht auseinanderriss und seinen Körper.

Als der Schmerz nachließ, packte er seine Geige und den kleinen Koffer, in dem sein Leben Platz hatte und stürmte davon. Während der Fahrt zurück nach Genua erkannte er, dass er im Polcevera-Tal nicht sicher sein würde. Dass er nirgends sicher sein würde vor Angelina, der Teuflischen, denn sie war in der Lage, ihm bis in die Hölle nachzuspüren.

Wochenlang quälte er sich von Stadt zu Stadt, tauchte bei Freunden unter, versteckte sich auf dem Land. Es genügte nicht. Sie hefteten sich auf seine Fersen. Angelina und eine Brut von Heuchlern und Schurken. Vater, Onkel und Brüder der einst Angebeteten jagten ihm die Polizei auf den Hals. So viel Gemeinheit hätte er der Kleinen nicht zugetraut. Ernüchtert, enttäuscht und angewidert versuchte er, aus Italien zu fliehen. Es gelang ihm nicht. Nach einigen Monaten Irrlauf wurde er gefasst. Man stempelte ihn zum Mörder und sperrte ihn ein.

Er konnte es nicht fassen. Er, ein Mörder? Im Kerker verbrachte er Momente der tiefsten Verzweiflung. Man warf ihm vor, Angelinas Kind umgebracht zu haben. Er fürchtete den grässlichen Tod am Galgen, er fürchtete das kalte Grab, in dem er verfaulen würde. Er war erst vierunddreißig und stand am Anfang einer fantastischen Karriere. Alles würde mit einem Schlag zerrinnen.

Sein Lager bestand aus einer harten Pritsche, das karge Essen schmeckte ekelhaft und vor dem abgestandenen Wasser hütete er sich. Gnädigerweise hatten sie ihm seine Geige gelassen. Aber in den Monaten des Hoffens und Bangens konnte er weder spielen noch komponieren. Immer wieder sah er die Hexe Angelina vor sich, die schrie: Das Kind ist tot. Du hast es umgebracht! Dafür sollst du büßen. Dein Leben lang!

Dann ging eines Tages die Tür auf. Er glaubte zu träumen, er glaubte, ein Engel hole ihn ab, um ihm den beschämenden Gang zum Henker zu ersparen. Es war der Polizeikommissar:

„Signor Paganini! Ich verehre Sie und habe Sie nie für einen Mörder gehalten. Sie sind frei!"

„Wer hat meine Unschuld bewiesen?", fragte der Gefangene kleinlaut.

„Sie ist nicht bewiesen. Ihre Entlassung wurde von höhere Stelle veranlasst."

Unwillkürlich sah Niccolò nach oben.

„Danken Sie nicht Gott. Danken Sie dem Teufel!" Der Kommissar streckte ihm zum Abschied die Hand entgegen. Niccolò ergriff sie nicht.

Von nun an reiste er mehr als je zuvor durch ganz Italien, holperte trotz Erschöpfung oft tagelang in der Kutsche von einer Stadt zur nächsten und schlug sich dort mit den Theater- oder Bankdirektoren herum. Kein anderer Künstler erlegte sich die Strapazen auf, zu jeder Jahreszeit über die defekten Wege Italiens zu schaukeln, keiner schlief ununterbrochen in fremden Betten, aß in Wirtshäusern, komponierte in unordentlichen Zimmern. Hässliche Zeichnungen eilten ihm voraus. Sie zeigten ihn einmal im Gefängnis angekettet, auf seiner Geige spielend, ein andermal wie er ein Kind mit dem Kissen erstickt. Sein Freund Germi konnte nicht herausfinden, was an der Sache stimmte, und Niccolò verstrickte sich in Widersprüche.

Die Geschichte ruhte auch nach Jahren nicht. Sie verfolgte ihn tagsüber auf den langen Reisen, nachts im bleiernen Schlaf: Die süße Angelina war schwanger geworden und kraft ihres Plappermauls hatte sich schnell herum gesprochen, wer als Vater in Frage kam. Wie eine Klette hatte sie sich an ihn gehängt und die Ehe gefordert. Und an ihr hing selbstverständlich die gesamte Familie, denn alle schielten nach seinem Geld. Das hatte er dem Mädchen gegeben, ja ihm sogar eine lebenslange Rente versprochen, sobald das Kind auf der Welt wäre. Doch jeder, der den Geiger kannte, wusste, wie unangenehm ihm Zahlungen waren, und als schließlich Angelina –

mit Hilfe ihrer Mutter – ein Kind zur Welt gebracht hatte, das noch am Tag der Geburt verschwand, stürzten sich die Lästermäuler – mit Hilfe Angelinas Vaters – auf den Geiger. Er habe das Neugeborene dem Teufel versprochen, mit dem er im Bunde sei, dem er seine Kunst zu verdanken habe.

Sein bisschen Glauben an die Menschheit und die hübschen Mädchen war nun völlig lädiert. Der ohnehin argwöhnische Paganini traute nun überhaupt niemandem mehr. Ja, er zweifelte sogar an seinen Beratern. Selbst an Germi. Seit dem schrecklichen Vorfall überwachte er seine Geldanlagen selbst und ärgerte sich dabei mehr, als ihm lieb war und er dazu Zeit hatte. In Bologna witterte er hinter den Bankangestellten nur noch Intriganten und Betrüger, die einen ehrlichen Mann erschaudern ließen. Darum transferierte er beträchtliche Geldbeträge nach Mailand, wo er sie dem Bankier Carli anvertraute, der selbst Violinist war.

Doch das Leben regte sich wieder in ihm. Er war jung. Empfindungen, Gefühle blühten erneut auf und er flatterte von einer Blume zur nächsten. Er konnte sich Hals über Kopf in eine junge Frau verlieben, sie drei Tage lang vergöttern, um wenige Wochen später in ihr eine bösartige Intrigantin zu entdecken. Es passierte mehrmals im Jahr, endete immer rascher und hinterließ dunkle Stellen auf seiner Seele. An seinen Anwalt schrieb er: *Lieber Germi, ich glaube, ich werde alle Frauen, die ich je kennengelernt habe, zum Teufel schicken, denn sie wollen ja doch nur meinen Untergang.*

In der Zeit, die der unglücklichen Episode mit Angelina folgte, verzehrte sich Niccolò in unzähligen Abenteuern und dachte gleichzeitig immer häufiger ans Heiraten. Einmal traf ihn die Verliebtheit wie ein Blitzschlag und er beschloss, das Mädchen sofort zu ehelichen, da verlangten die Eltern eine formelle und, wie sie es nannten, sittliche Bedenkzeit. Der Vater hatte nichts gegen Paganini persönlich einzuwenden, ihm behagte lediglich die überstürzte Eile nicht. Paradoxerweise tat er damit dem hastigen Werber einen Gefallen. Nach fünf Tagen schon gingen Niccolò die Augen auf, der Schleier der Vernarrtheit hob sich und er sah völlig klar. Sein Interesse erlosch schlagartig und die Eltern rauften sich die Haare, weil ihnen ein berühmter und inzwischen auch sehr wohlhabender Schwiegersohn durch die Lappen ging.

Was Paganinis Anwalt und Freund Luigi Germi jedoch besonders beunruhigte, und deshalb schickte er Giovanni und Antonietta mit auf die Reise nach Sizilien, waren die häufigen Besuche bei zwei berühmten Ärzten. Niccolò kaschierte mit kläglichen Mitteln eine Krankheit, die ihm anzusehen war.

TEIL 2

1

Palermo 1820

Seit zwei Monaten weilte er in der sizilianischen Stadt. Zum ersten Mal war er in Begleitung zweier Musiker eines neapolitanischen Orchesters sowie seiner Freunde Giovanni und Antonietta unterwegs. Eigentlich hatte Giovanni genug mit sich selbst zu tun, das Wohlbefinden anderer kümmerte ihn wenig. Aber an Niccolò lag ihm viel. Außerdem gab es diese Mordgeschichte, die noch nicht geklärt war. Zwar trommelte das grausige Gerücht mehr Zuhörer in die Theater als sämtliche begeisterte Kritiken, andererseits passte die Aura eines Mörders nicht zum sensiblen Geiger. Sie musste abgewaschen werden. Würden Giovannis und Antoniettas Nachforschungen erfolgreich sein?

Der Violinist hatte schon mehrere Konzerte am Teatro Carolino gegeben und nun saß die kleine Truppe um einen langen Tisch und feierte seine Erfolge bei viel sizilianischem Wein.

Nachdem es Wein und Essen serviert hatte, gesellte sich das Personal dazu, denn jeder wollte Niccolò begaffen. Man erzählte sich phantastische Dinge über sein übernatürliches Können und sein wahnsinniges Aussehen. Es hieß, er sei ein Traumspieler, der kein Hindernis kennt, jede Schwierigkeit verachtet. Und natürlich dachten alle an seinen Bund mit dem Teufel, und wer genau beobachtete, konnte sehen, wie manchem die Haare zu Berge standen.

Niccolò spürte es und verzog sich rasch. Er lief nicht allein den Lobeshymnen davon, auch den Beschuldigungen. Hinter jedem Lob hörte er deutlich die Frage nach dem Mord und in allen Augen der Bewunderer sah er Sensationslust glitzern. Giovanni vermutete, dass er sich mit der Komposition der Quartette elf, zwölf und dreizehn abzulenken versuchte. Schon vor einigen Tagen hatte er den Part der Violine begonnen und brütete nun sicherlich über den ergänzenden Stimmen. Meistens ging er folgendermaßen vor: Er kreierte zuerst die Violinstimme und sobald die stand, beugte er sich über die anderen Stimmen. Eine Methode, über die viele Kollegen den Kopf schüttelten und die jenseits der Alpen undenkbar gewesen wäre.

Im allgemeinen Enthusiasmus des Zusammenseins las einer der Musiker die Kritik des Gran Foglio di Sicilia vor: „*Der berühmte Paganini hat drei Abende lang auf unseren Bühnen die Wunder wiederbelebt, die Europa in Erstaunen versetzt haben. Das Theater war voll besetzt … uns bleibt die Sehnsucht, noch einmal die verzaubernden Harmonien zu hören, die er seiner Violine entlockt.*“ Antonietta unterbrach den Vorleser mit den Worten:

„Hier, die Gazzetta Privilegiata di Venezia schreibt: *Wer Paganini nicht hört, der wird nicht nur niemals wieder hören können, sondern wird sich auch niemals vorstellen können, was Geist und Hand des Menschen zu schaffen und auszuführen imstande sind.*“

„Apropos: Erinnert ihr euch, was im Teatro dei Fiorentini in Neapel passiert ist?“, platzte es aus Giovanni heraus.

„Keine Ahnung, wir waren nicht dabei!“, lachte ein Musiker.

„Etwas gänzlich Unglaubliches! Das Publikum applaudierte enthusiastisch, noch bevor der anwesende Hof seine Zustimmung gab. Die Leute haben nicht gewartet, bis das gekrönte Haupt Neapels applaudierte. Sie klatschen wie in einem Rausch, haben ununterbrochen Hurra geschrien und Niccolò dreimal hintereinander zurück auf die Bühne …“

„Und wisst ihr, wie es in Rom ablief?“, fiel ihm Antonietta ins Wort.

„Wir schätzen, dass die Priester noch vor dem Papst klatschten, nicht wahr?“ Die beiden Musiker lachten vergnügt.

„Ach, ihr seid echte Idioten. Die Priester verboten ihm, am Freitag zu spielen. Daraufhin wollte Niccolò sofort abreisen, weil ihm ein anderer Tag überhaupt nicht in den Kram passte. Ihr kennt ihn ja, unseren stolzen Freund. Und was passiert da mit einem Mal? Ein

Wunder! Wichtige Persönlichkeiten setzten für Niccolò beim Papst den Freitag durch. Papst Leo erlaubte ein einziges Konzert, aber das genügte nicht, denn dieses eine Konzert löste einen solchen Wirbel der Begeisterung aus, dass ihm Papst Leo XII. mehrere Konzerte gestatten musste. Alle im Teatro Argentina und alle mit großem Erfolg. Dabei hat unser Freund schön Geld gemacht." Antonietta schöpfte Atem. Der Wirt stand schon eine Weile daneben, ohne etwas zu sagen. Nun schien ihm der Moment günstig, einige lobende Worte beizusteuern:

„Vergessen Sie nicht, sein Konzert zu erwähnen, das er zugunsten des Armenhauses gegeben hat. Das Geld hätte er auch behalten können, was sollten ihn schon die Armen kümmern."

„Ja, was sollten sie ihn auch kümmern!", bemerkte eine hässliche Magd. „Er sieht doch auf alle herab. Auch ist er ein Mörder und läuft frei herum."

Empört schnellte Antonietta hoch.

„Bis jetzt konnte ihm kein Mord nachgewiesen werden. Also wage es nicht, dich unter die Verleumder zu mischen. Niccolò tut keiner Fliege was zuleide!" Antonietta glaubte fest an ihre Worte. Alle hackten auf Niccolò herum. *Das arme Mädchen und der tote Säugling.* Wie Geier hatten sie sich auf diese Schlagzeile gestürzt, und noch war nicht alles ausgestanden.

„Er hat sehr viele Neider. Bald wird ihn die ganze Welt hofieren und die Neider werden an ihrem Neid ersticken." Sich an Giovanni wendend fragte Antonietta: „Hast du gesehen, wie sie sich um ihn scharen, sobald er die Pension verlässt?"

„Aber sicher. Darum meidet er Ausgänge." Giovanni hatte den Satz kaum beendet, da drang ein markerschütternder Schrei durch die Pension und ließ die gesamte Gesellschaft hochfahren.

„Madre Mia, was ist das für ein Gepolter?", entsetzte sich der Wirt und jagte hinaus. Böses ahnend stürzte ihm Giovanni hinterher. Eine blasse Dienstmagd wankte ihm entgegen. Stotternd:

„Signor … rapidamente … kommen Sie schnell."

Giovanni sprang an ihr vorbei, raste auf eine Menschengruppe am Treppenende zu, drängte sie brutal auseinander. Unglücklicherweise hatte er richtig vermutet. Vor ihm lag Paganini und ächzte.

„Santa Maria? Cosa è successo? Was ist geschehen? Mein Freund, sprich!“ Sich nach den anderen umdrehend, gellte er: „Hat jemand den Dottore gerufen?“ Die Wirtin beugte sich herab:

„Alles Nötige ist veranlasst. Sollen wir ihn auf die Ruhebank legen?“

„Lieber nicht! Der Arzt muss ihn erst abtasten.“ Er wandte sich Niccolò zu, dessen panisch aufgerissene Augen zur Decke schielten. Giovanni folgte seinem Blick und wurde kreidebleich.

„Was? Diese ganze Treppe bis du runtergestürzt?“ Ungläubig blickte der Freund eine Stiege hinauf, die nicht enden wollte. Niccolò nickte angestrengt. Einer der Umherstehenden ergänzte:

„Er ist am oberen Treppenabsatz gestolpert und alle Stufen hinuntergepurzelt.“ Ein Grinsen begleitete seinen Satz.

„Das hat Sie augenscheinlich amüsiert? Wissen Sie nicht, wen Sie da so tatenlos herunterpurzeln ließen?“, zischte er den Mann an. Dieser wich zurück. Mittlerweile kniete auch Antonietta neben Paganini. Sie strich zärtlich über seinen Kopf, während ihn Giovanni abtastete. Der Verletzte ächzte und stöhnte. Giovanni bat ihn, seine Glieder vorsichtig zu strecken, um zu prüfen, ob etwas gebrochen war. Niccolò befolgte die Bitte.

„Schickt die Leute fort!“, schnaufte er. Giovanni wedelte die Neugierigen davon. Endlich erschien der Arzt. Nach der ersten Untersuchung stellte man Paganini wie eine Holzpuppe auf die Füße. Er hatte sich nichts gebrochen. Er konnte mit der Hilfe seines Freundes die Treppen wieder hinauf in sein Zimmer steigen. Allerdings drehte sich die Decke vor seinen Augen, als er endlich auf seinem Bett lag.

„Er hat einen kräftigen Schlag auf den Kopf abbekommen!“, diagnostizierte der Dottore. „Sonst kann ich nur Prellungen feststellen. Nichts Ernstes.“

„Meine Arme? Meine Hände? Meine Finger?“

„Alles in Ordnung, Niccolò. Sorg dich nicht!"

„Es schmerzt die linke Hand."

Der Arzt tastete sie ab, drückte sie vorsichtig. Der Violinist verzerrte ein wenig das Gesicht.

„Nichts Ernstes. Bis in ein paar Tagen ist alles wieder in Ordnung."

„Was ist mit dem Kopf?", wollte Giovanni wissen.

„Eine Beule, hier!" Er zeigte ihm die Stelle am Hinterkopf. „Das ist die unempfindlichste Stelle, er hat Glück gehabt. Mit einem kalten Umschlag wird das Ding kaum anschwellen."

„Vor meinen Augen dreht sich alles!", stöhnte der Gepeinigte. Giovanni warf dem Arzt einen beunruhigten Blick zu.

„Es ist die Erschütterung, weiter nichts. Schonen Sie sich, schreiben und lesen Sie nicht. Es wird sich ein wenig Kopfschmerz einstellen. Dagegen trinken Sie diesen schmerzstillenden Trank." Der Dottore holte ein Fläschchen aus der Tasche. Argwöhnisch betrachtete Giovanni die rosa Flüssigkeit und zermarterte sich das Hirn: Was mochte das für ein Gebräu sein? Die Medizin hier auf Sizilien steckte vermutlich noch in den Kinderschuhen. Wahrscheinlich wusste der Dottore nicht einmal, dass es einen Blutkreislauf gab, und von der komplizierten Beschaffenheit des Gehirns hatte er nicht die geringste Ahnung. Ach, warum stürzte Paganini ausgerechnet im mittelalterlichen Sizilien?

Der Arzt wartete darauf, bezahlt zu werden, und als er die geforderte Summe erhalten hatte, verbeugte er sich übertrieben devot und sagte beflissen:

„Zögern Sie nicht, sofort nach mir zu schicken, falls es sonst noch schmerzt ...", er hielt inne, schöpfte Atem, bevor er mit einer tieferen Verbeugung fortfuhr: „Es war mir ein Ehre, die berühmte linke Hand des berühmten Paganini untersuchen zu dürfen."

„Wieso verlangen Sie dann Panache?" Giovanni drängte den Mediziner gestikulierend zur Tür.

„Halsabschneider!", schimpfte er, als der draußen war. „Er verlangt doppelt soviel wie die Ärzte in Neapel und lispelt dabei wie eine Schlange. Eine Schande!"

Niccolòs Lider zitterten. Er fasste sich an die Stirn und jammerte:

„Ach, es gibt so viel zu tun. Während ich trügerischen Gelüsten auf den Leim gegangen bin, habe ich vieles versäumt. Hör, Giovanni, du musst Ricordi schreiben, er soll sich schnellsten um den Druck der Quartette kümmern. Sie sind meinem lieben Freund Germi gewidmet."

„Hast du elf, zwölf und dreizehn in der kurzen Zeit fertig stellen können?"

„Ach, nein ... und ach, wie soll ich nun die Feder führen?" Skeptisch prüfte er seine rechte Hand, dann die linke. Er drehte und wendete sie wie Schilder.

„Sie sind in Ordnung, Niccolò!" Giovanni setzte sich auf die Bettkante. Niccolò schloss die Augen. „Ja, ruhe dich aus! Es bleibt uns Zeit, bevor wir nach Neapel zurückkehren."

„Ich habe mich immer dagegen gewehrt, meine Werke zu drucken, weil ich mich vor Nachäffern fürchtete, aber nun ..."

„Keiner wird jemals die Capricci spielen können. Sie sind selbst für den normal begabten Geiger zu schwierig. Dennoch müssen sie der Nachwelt erhalten werden."

„Sie sind auf andere Instrumente transponierbar. Flöte, Klavier und Viola eignen sich." Er sprach mit geschlossenen Augen. Sein Körper entspannte sich und Giovanni entdeckte einen sanften Zug in dem oft strengen Gesicht.

„Die Gitarrenstimme vom Konzert in E-moll ist liederlich hingekritzelt." Ein wütender Blitz schoss unter seinen halbgeschlossenen Lidern hervor. Schlagartig blickte er Giovanni an:

„Kannst du dir vorstellen, dass dieses Biest Angelina mich zum Adagio des E-Moll-Konzertes inspiriert hat?"

„Durchaus. Es ist von jener lyrischen Kantabilität, die eindeutig auf Verliebtheit schließen lässt. Und es ist trotz seiner Melancholie ein wenig monoton. Nun, wie das Verliebtsein eben ist. Du denkst an nichts anders mehr als an sie. An sie! An sie! An die Eine und Einzige."

„Aber sie ist es nicht. Sie ist nicht die Eine und Einzige! Maledizione! Sie ist ein hinterhältiges Frauenzimmer und hat mich verleumdet!“, rief er gequält aus, beruhigte sich jedoch sogleich wieder. „Es gab andere, die mich tiefer beeindruckt haben und die mir wohl gesonnen waren. Die Banti zum Beispiel, Marina Banti aus Bologna. Du kennst sie. Sie sollte mich heiraten, aber ihre Eltern haben Himmel und Hölle in Bewegung gesetzt, um es zu verhindern. Und dann gibt es noch eine!“ Er stockte, sah Giovanni ernst an. „Sie ist die Einzige, die ich liebe. Trotz allem …“, er seufzte, „Fiorella …“

„Du fängst an zu fabulieren. Jedenfalls bist du keiner treu. In jeder Stadt verliebst du dich aufs Neue!“

„Es gibt auch immer wieder herrliche Geschöpfe. In Piacenza zum Beispiel wohnte ich im Haus von Freunden und sah dort wunderschöne jungen Damen aus- und eingehen. O Gott, war es eine Freude, der einen oder anderen zu begegnen.“

„Und hier hat dir die schöne Fürstin von Palermo zugejubelt. Eine Frau, die äußerst selten applaudiert.“

„Infatti!“, entgegnete Niccolò etwas lebhafter. „Sie behauptete, dass sie viele Meilen reisen würde, um mich immer wieder zu hören.“

„Es scheint dir besser zu gehen. Kann dich allein lassen?“

„Geh nur, aber komm wieder. Gott weiß, ob meine letzte Stunde nicht bald schlägt.“

„Red nicht solchen Unsinn! Und warum öffnest du deine Augen nicht, wenn du mit mir sprichst?“

„Um mich an die Dunkelheit des Grabes zu gewöhnen.“

„Wirst du wohl …“, Giovanni hob drohend den Zeigefinger und verbat ihm die dummen Gedanken.

„Lieber Giovanni, mit meiner Gesundheit ist es schlechter bestellt als mit manchem Orchester. Müdigkeit und Verdauung machen mir zu schaffen.“ Argwöhnisch musterte ihn der Sänger.

„Jetzt, wo du es ansprichst, wage ich es, dich danach zu fragen: Wozu suchtest du in Bologna mehrmals Ärzte auf? Und in Neapel schicktest du auch nach ihnen.“

Ein gereizter Blick brachte Giovanni sofort zum Schweigen. Niccolò weigerte sich, darüber zu reden.

„Die Ärzte in Neapel wussten nicht, was ich habe. Sie verstehen ihr Handwerk nicht. Ich kann dir also keine Antwort gegen."

Dennoch riet ihm der Sänger dringend, zu ruhen und an die guten Seiten seines Lebens zu denken. Ein Erfolg fädele sich an den nächsten und die Eroberung der Welt stehe vor der Tür.

„Ich bin kein Napoleon!"

„Grazie a dio!" Giovanni verließ das Zimmer.

Ich habe keine Zeit, hier herumzuliegen. Das kostet Geld. Ein menschlicher Sturz wäre wohl billiger gewesen. Es gibt noch so viel zu tun. Ricordi muss die Capricci und andere Werke herausgeben, darum kann ich mich nicht mehr drücken, wenn ich der Nachwelt etwas von mir hinterlassen will. Da ich bis jetzt keinen Nachkommen habe, werde ich wohl auf andere Weise um Unsterblichkeit kämpfen müssen. Vielleicht eignen sich die „Napoleon-Sonate" und die „Sonata Maria Luisa" zum Druck. Das Konzert Nr. 1 allerdings werde ich zuvor noch ein wenig verzerren. Mögen sich die Kopisten die Zähne an der Dechiffrierung ausbeißen. Dann will ich auch an eine Biographie denken, bei der Gelegenheit. Sie soll von mir diktiert werden, damit sich keine Dummheiten oder Hirngespinste über mein Leben einschleichen. Niemand soll mir Unfug andichten. Dazu bin nur ich selbst befugt. Ich möchte sie schon gern zum Narren halten, die Nachwelt. Ihr Rätsel aufgeben. Wozu soll die Nachwelt auch ein stimmiges Bild von mir haben, wenn ich selbst keines habe? Manche behaupten, ich sei wohl genial und habe eine neue Art von Musik geschaffen, gleichzeitig sähe ich aus wie der Teufel und sei ein kauziger, reizbarer Kerl. Was wissen sie mehr, als was sie sehen und empfinden? Kennen sie meine Sehnsucht, meine Unruhe, meine Angst? Ich reise durch Italien, nicht nur, um berühmt zu werden, ich reise auch, um Fiorella zu finden. Alle anderen Frauen, die meine Wege kreuzten, haben mich wie Spinnen eingefangen, mich mit ihren engelsgleichen Gesichtern bezirzt und mit ihren teuflischen Herzen gequält. Angelina, das Biest, verstand es mit ihren achtzehn Jahren sehr gut, einen Mann wie mich zu verführen. Ich bin keineswegs unerfahren auf diesem Gebiet, obwohl meine Liste geliebter Frauen sich nicht mit der Don Juans messen lässt. Und doch verblüffte mich Angelinas erotische Virtuosität, mit der sie mich monatelang zu ihrem Knecht gemacht hatte. Oh, es war eine herrliche Zeit, ihr Körper so geschmeidig in meinen Armen, dass kein Tag verstrich, an dem wir uns nicht liebten. Bald jedoch spürte ich ihr kaltes Herz. Sie liebte den Professor Paganini, nicht Niccolò. Und mit ihrer Schwangerschaft versuchte sie, nicht allein meine Liebe, sondern vor allem meinen Status zu gewinnen. Ich wünsche mir eine Familie, ein Heim, eine liebe Frau und Kinder, in denen ich mich wiederfinden kann. Aber nicht auf diese Weise. Angelina enttäuschte mich unbeschreiblich und ihr tiefer Hass bestürzte mich. Sie weiß sehr gut, wie das Kind umkam. Sie allein. Aber sie log und hetzte mir ihren Vater auf den Hals, der mich verklagte, weil ich mit seiner kostbaren Tochter „unsittlich" zusammenlebte und dann zum „Mörder" wurde. Warum tut diese Brut das alles? Weil ich der Einzige bin, der zahlen kann, deshalb! Als ich das Mädchen Ende September zum ersten Mal traf, war ich nicht ihr einziger Freier. Wer weiß, ob ich damals nicht mit einer Schwangeren ins verlogene Liebesglück flüchtete. Ich leugnete also die Vaterschaft, was ich nicht hätte tun sollen, denn das Gesindel ließ mich einsperren wie einen niederträchtigen Verbrecher.

Ach, Germi, guter Anwalt, liebster Freund. Vergiss deinen armen Paganini nicht und schlag diesen Nattern, die sich an meinem Busen nähren wollen, die Köpfe ab. Ich sehe dein freundliches Gesicht vor mir, sehe deinen Blick unter den buschigen schwarzen Augenbrauen liebevoll auf mir ruhen. Du bist der Einzige, dem ich wirklich vertraue. Giovanni und Antonietta sind nette Personen, aber es steckt nicht viel in ihnen. Sie singen mittelmäßig, trinken zuviel und reden zu laut. Dir kann ich mein Innerstes anvertrauen. Damals in Rom, als ich von einem Besuch beim Bildhauer Canova, einem recht liebenswerten Mann, zurück in mein Hotelzimmer kehrte, überfiel mich eine entsetzliche Leere. Sie breitete sich aus, höhlte mich aus, schmerzte und biss, als hätte sie ein Maul, mich von innen zu zerfressen. Ich schrieb dir von meiner drückenden Einsamkeit, der Sehnsucht, die kleine Lauretta heiraten zu wollen, und der Trauer, als sie mir sagte, sie sei keine Katholikin. Ach, wenn es mir doch nur egal sein könnte, was sie ist. Hättest du sie gesehen, hättest du vielleicht die Religion aufgegeben, um sie zu bekommen …

Ich richte mich ein wenig auf, um das Fenster sehen zu können. Die Dämmerung drängt an die Scheiben, Lichtflecke schwimmen in ihr. Sie zerlaufen, entfernen sich, kommen wieder zusammen. Welcher Religion gehört eigentlich Fiorella an? Und wo ist sie? Die Erinnerungen tragen mich zurück ins Jahr 1817:

Zwei Jahre lang blieb ich nach unserem Zusammensein in der Herberge bei Novara ohne Nachricht. Zwei Jahre hatte sie mich schmachten lassen, dann tauchte sie auf. Im Mai 1817. Ich kam gerade sehr zufrieden von einem Besuch bei Herzog Copio di Salabue zurück, denn ich hatte ihm eine 1724er Stradivari abgekauft. Im Moment als ich aus der Kutsche stieg, hörte ich ihre klingende Stimme, hell wie die eines Kolibris, und sah auf. Sie saß in einem Straßencafé, meinem Hotel gegenüber. Die Maiensonne bestrahlte Gebäude und Straßen, die Blumenkästen vor den Cafés und meinem Hotel dufteten. Kurz und gut, es war ein Mai, wie er im Buche steht. Zwar fürchtete ich, von Bewunderern umstellt zu werden, gleichzeitig war es mir einerlei. Die Stradivari gut in ihrem Kasten verpackt und diesen fest in der Hand, steuerte ich auf sie zu. Fiorella erhob sich sofort. Freudestrahlend fiel sie in meine Arme. Vor allen Leuten. Ich konnte sie nicht einmal gebührend begrüßen, hielt doch meine rechte Hand die wertvolle Geige fest.

„Wie besonnen du dir immer die Zeit aussuchst!“, sagte ich, als wir ins Zimmer traten. „Ich gebe den ganzen Mai bis in den Juni hinein keine Konzerte.“

„Meine Koffer sind in einem anderen Zimmer untergebracht. Kann ich sie holen lassen?“

Ich klingelte augenblicklich nach dem Diener. Sie drückte sich an mich, verschloss mir den Mund mit ihren Küssen, schien nichts anderes im Sinn zu haben, als mich ins Bett zu ziehen.

Wir verbrachten einige leidenschaftliche Nachmittage im Hotelzimmer. Fiorella war ganz wild auf mich, ihre Hemmungen hatte sie nun völlig abgestreift. Lustvoll räkelte sie sich in ihrer Spitzenunterwäsche auf dem Bett, zog sich genussvoll aus, wünschte, dass ich jeden Zoll ihres Körpers kannte und liebkoste.

Abends gingen wir essen und ins Theater. Sie begleitete mich zur Uraufführung von Rossinis „La Gazza Ladra“ im Teatro alla Scala und gefiel sich in dem Wirbel, der um meine Person veranstaltet wurde. Gemeinsam mit meinem Freund Rossini schwelgten wir in den lauen Mainächten, spazierten über den Corso, auf dem auch nachts prächtige Kutschen defilieren, und narrten die Leute, indem wir unsere Kleider vertauschten. Ich trug Fiorellas Hut und Spitzentäschchen, sprach eine Oktave höher, während Rossini so tat, als tändele er mit zwei Frauen. Kamen wir spät ins Hotel, fielen wir einander in die Arme und schliefen ohne weiteres ein. Am nächsten Morgen erwachte ich vor Fiorella, verlangte ein Bad und war in Höchstform, wenn sie ihre Augen öffnete. Leider sollte es nicht so bleiben.

Ich war so glücklich mit ihr, dass ich beschloss, den ersehnten Heiratsantrag zu machen, ob sie mir nun ihren Namen verriete oder nicht. Sie hatte ja recht. So, wie ich sie ihm Bett nahm, sollte ich sie auch zur Gattin nehmen. Eine idealere Ehefrau würde ich niemals finden. Meine trostlosen Erfahrungen bestätigten es. Als ich es ihr verkündete, fiel sie mir um den Hals und erdrückte mich fast.

„Oh, Niccolò, wir werden die schönste Hochzeit feiern. Und wenn sie zu Hause schimpfen und toben, ich werde deine Frau sein bis ans Ende meines Lebens."

„Warum sollten sie denn toben? Ich bin doch keine schlechte Partie."

Sie wippte mit dem Kopf:

„Nun, ein Graf, der immer zu Hause hockt, wäre schon besser. Und die Sache mit dem Mord ist noch nicht aus der Welt."

„Es war kein Mord, Fiorella. Das Kind ..."

„Rechtfertige dich nicht!" unterbrach sie mich. „Angelinas Kind interessiert mich nicht. Ich liebe dich so, wie du bist. Und weil wir vermutlich viel reisen werden, erübrigt sich auch die Kinderfrage, was mich betrifft."

Ich stand, aber der Satz warf mich in einen Sessel. Sie sagte dies so nebenbei, so desinteressiert. Wollte sie denn keine Kinder? Ich fragte sie. Zärtlich beugte sie sich über mich, strich über meine Wange und nahm dann ruhig neben mir Platz.

„Oh, ich hätte schon gerne Kinder. Aber ich bin nie schwanger geworden, obwohl wir viele Male miteinander geschlafen haben."

Ich hielt den Atem an. Fiorella konnte keine Kinder bekommen, zuckte es durch mein Hirn, durch meinen ganzen Körper, ja, der Gedanke erschütterte mich von Grund auf wie ein Erdbeben und hinterließ ein Gefühl von Zerstückelung, das Gefühl von Sterben, Siechen, Verfaulen.

Wäre nicht die verdammte Affäre mit Angelina gewesen, die mir ein Kind geboren hatte, so hätte ich an meiner Zeugungsfähigkeit zweifeln dürfen. Da ich sie mit offenem Mund und entsetzten Augen anstarrte, sagte sie beruhigend:

„Du leugnest zwar die Vaterschaft von Angelinas Kind, aber es war dein Kind, nicht wahr?" Ihrem Blick wich ich aus, aber ich nickte vorsichtig.

„Also kann ich davon ausgehen, dass es nicht an dir liegt, wenn ich nicht schwanger werde!", fuhr sie fort. Oh, Santa Maria, läge es nur an mir! Ich brachte kein Wort mehr hervor. Nicht eine tröstende Geste gelang mir. Wie versteinert hockte ich da und schnurrte innerlich zusammen. Ich spürte, wie mein Gefühl für sie litt, wie es am Boden lag zerschmettert in den letzten Zügen schnaufte.

„Das ist doch keine Katastrophe, oder?"

Mein Mund war wie zugeschnürt. Mein Herz ebenfalls. Hätte ich nur sagen können: Nein, es ist nicht schlimm. Es ist eigentlich egal. Kinder gibt es genug, viele verhungern, viele sterben bei der Geburt, nach der Geburt et cetera, et cetera. Angelinas Kind habe ich nicht umgebracht, niemals kann ich ein Kind morden. Hätte ich Fiorella trösten können mit meiner bedingungslosen Liebe: Du, du bist mir wichtiger, Fiorella. Ich heirate dich so, wie ich dich im Bett nehme. Ohne Bedenken. Hätte ich nur so reagieren können, aber ich konnte es nicht, weil ich so nicht denke und weil ich es nicht vertreten kann. Fiorella erriet meine Gedanken und das liebe Lächeln auf ihrem Gesicht erfror.

„Du findest es schlimm!", sagte sie tonlos. Ich bewegte mich nicht. Den Kopf gesenkt, hörte ich nur ihren unruhigen Atem: „Du findest es nicht nur schlimm, du findest es katastrophal, aussichtslos, erledigt." Bei den letzten Worten stand sie auf. Noch immer wagte ich nicht, aufzusehen. Ich fürchtete, sie könnte in meinem Gesicht meine zerschlagenen Hoffnungen lesen. Wieder wanderte sie auf und ab. Es war ihre Art, sich zu beruhigen. Es gelang ihr nicht.

„Es bedeutet, dass du mich letztendlich nicht liebst." Sie blieb stehen. Ging weiter. „Es bedeutet, dass du mich natürlich niemals heiraten wirst." Erneuter Stillstand. Doch nun flog ihr Kopf herum und feurige Funken sprühten aus ihren Augen. „Vermutlich hast du mich nie geliebt. Deine Lebensweise spricht dafür. Eine Madame di Banti dort, eine Neapolitanerin da, eine Lauretta, eine Angelina, immer wieder Frauen, obwohl du mich kanntest. Welcher liebende Mann verhält sich so?" Jeder weitere Satz spuckte heiße Funken, die auf Haut und Seele brannten. So schimpfte und schluchzte sie weiter, während ich wie ein geschlagener Hund auf dem unbequemen Sessel saß.

Ein herrisches Klopfen zerreißt die traurige Erinnerung in Fetzen.

„Was ist?“, frage ich ungehalten. Giovanni tritt ein.

„Wir sorgen uns. Wie fühlst du dich?“

„Gut!“

„Und was treibst du dann? Du wolltest an den Quartetten arbeiten, aber liegst seit einer Stunde tatenlos auf dem Bett.“

„Ich habe mich ausgeruht und über den Entwurf einer Biographie nachgedacht. Mich amüsiert der Gedanke, dabei eine große Verwirrung anzustellen. Ich will der Nachwelt nicht nur wegen meines Spiels und meinen Kompositionen, sondern auch wegen meines rätselhaften Lebens für immer in Erinnerung bleiben. Was meinst du?“ Ich richte mich auf. Giovanni starrt mich entsetzt an und ich vermute zunächst, es habe mit meiner kühnen Idee zu tun.

„Niccolò, du sieht abgezehrt aus. Dein Gesicht ist leichenblass. Sei ehrlich. Was ist los?“

„Ach, geh mir zum Teufel mit meinem Aussehen! Mir geht es ausgezeichnet. Setz dich hier hin und beantworte meine Frage.“ Ich klopfe mit der linken Hand auf das Bett. Giovanni setzt sich.

„Mir gefällt dein Plan nicht schlecht, vor allem, da du dir nichts Haarsträubendes aus den Fingern zu saugen brauchst. Dein Gefängnisaufenthalt kann sich dank der Phantasie von Presse und sensationshungrigen Menschen auf mehrere Jahre verlängern. Um diese Zeit müsstest du eigentlich noch im Kerker schmachten, mein Freund! Was treibst du in Palermo und fällst neununddreißig Stufen tief?“

„Oh, diese Geier! Sie genießen es, mich als Mörder zu beschimpfen.“

„In der Tat. Warum hast du die scheußliche Tat begangen?“

Überrascht über eine Frage, die sich einem Freund niemals hätte stellen dürfen, antworte ich sarkastisch und lache dabei wie ein Irrer.

„Weil ich kein Kind von Angelina wollte. Darum! Aber sag mir doch bitte, lieber Freund, wie habe ich das arme Kind denn umgebracht?“

„Das wirst du doch selbst am besten wissen, was?" Jetzt lacht Giovanni sein grässlichsten Lachen. Natürlich glaubt er kein Wort von dem Geschwätz, dennoch juckte es mich, ihn zu irritieren. Ich beuge mich noch weiter vor und biete ihm den Anblick meines erschöpften Gesichtes, meiner ungekämmten Haare, meiner flammenden Augen aus nächster Nähe. Er erschrickt fast zu Tode.

„Ich habe das Kind mit der G-Saite erwürgt, liebster Freund!", flüstere ich böse. Giovanni weicht zurück, gleichzeitig schreit er amüsiert auf.

„Die Gerüchte behaupten, du hättest es mit einem Kissen erstickt!", stottert er und sieht dabei wie ein Geisteskranker aus.

„Glaub ihnen nicht! Ich habe es mit der G-Saite erwürgt. Ganz einfach." Mit wird übel bei dem Gedanken, dass solch entsetzliche Dinge tatsächlich geschehen.

„Hören wir auf mit den Possen, Niccolò!" Erschöpft sinkt Giovanni auf einen Sessel nieder. „Ich sage dir, was passiert ist: Das Kind wurde im Polcevera-Tal tot geboren, aber die liderliche Angelina und ihre schuftigen Eltern haben das Gerücht vom Mord aufgebracht, um deinen Ruf zu ruinieren, stimmt es?"

„Wer weiß es so genau? Viele rätseln um meine Kunstfertigkeit, sollen sie nun auch um meine Bosheit rätseln."

„Mit solchen Dingen spielt man nicht. Das arme Kind kann einem Leid tun. Es war immerhin ein menschliches Wesen."

„Du hast recht! So war es." Und plötzlich steigt die alte Wut wie Schwefel in mir hoch und ich zetere: „Aber die Hebamme, Angelina Cavanna, und ihr Schuft von Erzeuger, steckten unter einer Decke. Damit sie mich nicht weiterhin belästigten, habe ich dem Lump Cavanna 1.200 Lire zugesagt und für Anglina bei Battista Rovere 600 Lire deponiert. Aber die Blutsauer ließen nicht locker. Vor vier Jahren verurteilte man mich zu 3.000 Lire, die man von der Leibrente meiner Mutter abzwackte, weil ich den Geldhaien das Geld nicht sogleich in den Hintern schob!" Mein flammender Blick versengte Giovannis ironisches Grinsen zu einem bitteren Lächeln. „Noch ist die Sache nicht ausgestanden. Es ist ein Jammer mit den Frauen." Von Trauer und Hass gleichermaßen ermüdet, sinke ich aufs Bett zurück.

„Jedenfalls kam sie von deinem Namen nicht los. Sie hat inzwischen einen Giovanni Battista Paganini geheiratet. Nomina sunt omina."

„Soll es ihr gut gehen, wenn sie öffentlich bekannt gibt, wie das Kind tatsächlich umkam, und wenn mich der alte Schurke in Frieden lässt."

Giovanni steht auf. Er betastet meine Stirn, befühlt meinen Puls und bittet mich, aufzustehen. Wir gehen einige Schritte durchs Zimmer. Dabei bemängelt er die Unordnung. Kleidung liegt auf dem Boden neben aufgeschlagenen Büchern, Manuskripte übersäen den Sekretär. Hin und wieder schüttelt er den Kopf und fragt, wie ich es schaffe, all das zu überblicken. Beim Anblick der Manuskripte fühle ich einen Stich in der Magengegend. Giovanni merkt es und versteht. Vermutlich steckt doch mehr Feingefühl in ihm, als ich zu hoffen wage. Es sei zwar schon neun Uhr abends, sagt er da, aber wenn ich noch arbeiten wolle, werde er neue Kerzen heraufbringen lassen und später noch einmal nach mir sehen.

„Nicht später als halb elf, lieber Giovanni!", rufe ich ihm nach.

Kaum ist er weg, tapse ich zum Spiegel. Tatsächlich ist meine Haut so bleich wie die einer Made. Meine Augen glänzen fiebrig. Schweißperlen glitzern auf der Stirn. Ach, Giovanni, ich leide an etwas, worüber ich nicht sprechen mag. Es ist ekelhaft, es ist widerwärtig und es verleidet mir das Leben.

Ich ordne die drei Quartette, die ich am Nachmittag begonnen hatte, und bleibe dabei, die Erste Violine in den Vordergrund zu stellen. Alle sind für vier Sätze komponiert, wobei ich mich im ersten Satz dem Allegro der Sonate nähere, den zweiten als Menuett gestalte und mit einem Rondo abrunde. Die helle Jungmädchenstimme der Violine dialogiert mit der dunklen Klangfarbe von Viola, Violoncello und Gitarre. Ein Kampf von Licht und Schatten, der unentwegt in mir stattfindet. Der Schatten würde gewinnen, säße ich nicht wie ein Luchs auf der Lauer. Die Violinstimme entzückt den Himmel, sagen meine Kritiker, so dumm sie auch sind, denn sie loben im selben Atemzug die Diabolik der Geige. Ein Instrument Mephistos, der auf ihr einen faszinierenden Walzer spielt. Mögen sie schwätzen und mag Mephisto auf ihr spielen, solange er will. In seiner Hand werden auch die jubilierenden, silbern glänzenden Flöten zu diabolischen Instrumenten. Die Geige ist wie ich oder wie ein Mensch. In ihr steckt Diabolisches und Engelhaftes. Quartett Nr. 14 ist in A-Dur und wird aufgrund der sechs Vorzeichen manchen Ausführenden zur Verzweiflung bringen. Umso besser. Wenn er das Spiel schafft, dann bitte Largo con sentimento. Es juckt mich in den Fingern und ich kritzele noch einige Hinweise dazu, wie ich es bei meinen Sonaten op. 2 und op. 3 getan habe: Moderato impostamente, Allegretto-Motteggiando, Andante Innocentemente, Andantino-Gallantemente.

Die Stimme der Viola des Quartetts Nr. 9 fehlt. Während ich die Unordnung durchwühle, fällt mir wieder ein, warum ich gestürzt bin. Weil mir die Stimme der Viola partout nicht gelingen wollte, gedachte ich, ein wenig an der frischen Luft zu spazieren. Das Manuskript nahm ich mit, war darin vertieft und achtete nicht auf die Stufen. Geschieht mir recht. Und wenn sie verloren gegangen ist, um so besser. Der Wind, der wie ein Fuchs ums Haus schleicht, inspiriert mich zu einer ganz anderen Melodie.

In weniger als einer Stunde sind die neuen Kerzen zur Hälfte niedergebrannt, aber die Instrumentierung der Quartette elf, zwölf und vierzehn haben Relief. Sie sind meinem lieben Germi gewidmet.

Für ein Bad ist es zu spät. Ich lösche die Kerzen. Eine Weile lausche ich im Dunkeln. Mein Zimmer zeigt zum Hof, doch höre ich das Raunen der Stadt, als stünde ich mitten im Gewühle. Ich rette mich bis zum Morgengrauen in einen tiefen ruhigen Schlaf. In einem Gewirr aus Hundegebell und Menschenstimmen döse ich in den hellen Morgen hinein, getrieben von den Bildern der jüngsten Vergangenheit. Die Biographie, die Biographie. Sie muss geschrieben werden, bevor ich sterbe. Wodurch aber sollte ich sterben? Durch die seltsame Krankheit. „Sie wird allmählich jeden Winkel Ihres Körpers verseuchen und Sie niederstrecken!“, sagte der Arzt. Wann wird sie mich niederstrecken? Wie lange bleibt mir noch, fragte ich ihn. Das weiß nur Gott. Wenn Sie stark sind und dies einnehmen, halten Sie sich länger. Er verordnete mir die Roob-Kur, um die Gifte in meinem Körper auszuspülen. Als ich erwache, rufe ich den Diener, mir ein Bad zu richten und eine Tasse Schokolade zu bringen. Die Wartezeit verbringe ich damit, in den Spiegel zu starren.

„Komm herein, wenn du es bist, Giovanni“, beantworte ich das Klopfen. Ich sitze in einem Holzzuber, gefüllt mit Heilkräutern und Wasser. Eine alte Magd reicht mir Schwämme und Reibesteine. Das Zimmer riecht nach Melisse, Rosmarin und Salbei. Kaum nähert sich Giovanni, hat er auch schon den gleichen besorgten Ausdruck wie gestern.

„Du warst ja schon immer schlank, aber jetzt bis du mager.“ Besorgt mustert er meine Schultern. „Und deine Brust, Niccolò. Deine Brust!“

„Wirst du wohl sofort meine Brust aus dem Spiel lassen! All’ inferno di nuovo!“, rufe ich aufgebracht. Sehr ungern erinnere ich mich an Elisas Klagen über meine Hühnerbrust. Giovanni wechselt augenblicklich das Thema.

„Vielleicht sollten wir bald abreisen. Im Volk herrscht eine ungemütliche Stimmung. Die Leute sind gereizt. Ich weiß nicht genau, was los ist. Angeblich geht es um die Abschaffung des Code Napoleon, an dem doch eigentlich nichts auszusetzen ist. Niccolò, ich verstehe das alles nicht. Wollen die Menschen nach der alten Methode weiterleben, unter der sie gelitten haben und keine Rechte hatten, oder wollen sie nach vorn?“

„Die Menschen haben immer Angst, den Boden unter den Füßen zu verlieren, deswegen setzen sie auf das Vertraute, capito?“

„Dann ist es also verständlich, wenn sich das Volk gegen eine reformfreudige Regierung sträubt?“

Ich höre nicht mehr hin. Mein Unterleib schmerzt. Auf seine Frage hin, sage ich deshalb entschlossen:

„Falls eine Kutsche nach Neapel fährt, möchte ich noch heute abreisen."

„Für dich wäre es in jedem Fall vernünftig, einige Wochen in Genua auszuspannen."

Wir werden sehen, denke ich. Das Haus in Ramairone gehört mir seit Vaters Tod, aber Mutter bewohnt es weiterhin. Vielleicht ergibt sich die Gelegenheit, dort zu ruhen und von der hässlichen Krankheit zu genesen. Ich nicke Giovanni zu.

„In Ordnung. Ich werde unsere Freunde zum Aufbruch einstimmen." Er verschwindet und die Magd hilft mir beim Trocknen und Ankleiden. Ein Diener bringt eine zweite Tasse Schokolade. Nachdem ich wieder allein bin, platziere ich mich am Fenster und trinke meine Schokolade beim Anblick des grauen Himmels von Palermo. Es mangelt mir an Inspiration. Wo sind all die hübschen Sizilianerinnen, die mich träumen lassen oder eine Oper, ein Volkslied, die mich anregen? Rar sind die Momente, die mir Eingebungen schenken, wie 1815 in Mailand. Resigniert und verletzt, wie ich damals war, besuchte ich die Oper „L'amor marinaro" im Teatro alla Scala und ließ mich zu einer Variation anregen, die beim Publikum sehr gut ankam. Auch Beethoven erlag der Arie „Pria che l'impegno magistral prenda" und wob einige Variationen in sein Trio für Klavier, Klarinette und Violoncello Nr. 11, von dem ich mir die Partitur besorgte. Joseph Weigl kannte Beethoven, worum ich ihn beneide. Er kannte auch Mozart. Er kannte die Größten.

Die Tasse ist leer. Der Himmel senkt sich. Vermutlich wird die Reise ungemütlich. Als ich mich wieder zum Zimmer wende, blitzt das Bild meines Vaters in mir auf. Der düstere Tyrann starb und vermerkte in seinem Testament die recht ungewöhnlichen Worte: *Erben und dann Besitzer meiner beweglichen und unbeweglichen Güter … werden zu zwei Dritteln Niccolò Paganini, mein treuester Sohn, und zu dem übrigen Drittel Carlo Paganini sein.* Der Gedanke, mein Vater könnte mich doch geliebt haben, beruhigt meine aufgewühlte Seele. Er ist vor drei Jahren gestorben, einen Monat, bevor ich Fiorella das letzte Mal getroffen hatte. Nur wenige Jahre davor, so scheint es mir heute, hat er mich in einem Reisewagen, durch dessen Dach der Regen sickerte, nach Parma geschleppt, damit ich ein guter Musiker werden sollte. Ein besserer als er jedenfalls. Könnte es sein, dass ich seine Träume verwirklicht habe?

Das Stehen ermüdet mich. Ich rücke einen Stuhl ans Fenster, lasse mich nieder und betrachte die Scheibe, ohne sie zu sehen. Niemand rührt sich, niemand drängt zum Aufbruch. Das ist gut so. Mit bleiben einige Minuten, um die Geister in meinem Inneren zu beschwichtigen.

An Fiorella möchte ich jetzt nicht mehr denken. Es tut weh, und wenn der Körper leidet, sollte man der Seele Ruhe gönnen. Fiorella hat ein wehmütiges Gefühl hinterlassen. Das wunderschöne Mädchen war tränenüberströmt aus dem Hotel gelaufen. Ihr herrliches Haar kaum hochgesteckt, rannte sie durch die Halle zur Kutsche. Ich hinterher. Doch alles, was mir von ihr blieb, war ihr Profil im Kutschenfenster. Sie hatte keinen Blick mehr für mich. Und mir drehte es das Herz im Leibe um.

An anderes erinnere ich mich gerne. Zum Beispiel an den lächerlichen Wettstreit mit Charles Philippe Lafont, dem gepriesenen Schüler von Kreutzer, im Jahre 1816. Der liebe Professor spielt ja ordentlich, aber er überrascht nicht, und seine Frau singt leidlich und hat eine fürchterliche Aussprache. Dieser Streit war unter meiner Würde und doch drängte es mich danach. Zwei so verschiedene Künstler, wie wir es sind, können sich nicht messen. Wo ist der Maßstab? Lafonts Spiel hat Klangvolumen und Kraft, aber es mangelt ihm an Phantasie. Das wundert natürlich nicht. Er vertritt halsstarrig die französische Schule und bei seiner Ausführung gefrieren seine Augen vor lauter Ernsthaftigkeit zu Knöpfen. Er interpretierte das Doppelkonzert, das Kreutzer und Rode einmal gemeinsam in Paris gespielt hatten, zu streng und langatmig. Allerdings beherrschte ich mich, solange wir gemeinsam spielten. Erst als die Solopassage kam, raste ich davon wie ein Pferd, das zu lange im Stall gestanden hatte. Ich extemporierte, reagierte auf die plötzliche Inspiration, verließ mich auf meinen Instinkt und mein Können. Um es kurz zu sagen: Ich spielte und spiele immer auf italienische Weise. Lafont und seine Anhänger nennen dies eine Nicht-Schule, respektlosen Umgang mit der reinen Komposition. Was auf dem Notenpapier steht, muss wie ein Gesetz betrachtet und befolgt werden. Ich gebe zu, ich wünsche ebenso wenig wie Beethoven, dass meine Kompositionen beliebig heruntergeleiert werden. Auch die Musik hat ihr Gesetz. Nur ist die Musik im Unterschied zum Gesetz nicht für alle gleich. Gut, ich will es vergessen. Außer meiner Würde hat niemand darunter gelitten, meine angeschlagene Gesundheit hat anderswo ihre Ursachen. Nun, da mich das Stehen nicht mehr ermüdet, quält mich ein Zahn. Was ist nur mit meinem Körper los? Ach, was! Ich will nicht auf ihn hören. Denken wir ans Abreisen.

Ich bin ein Wanderer. Ich lebe in Hotels, Herbergen, Pensionen, in gemieteten Wohnungen oder Häusern von Freunden. Es gibt nur einen Zipfel Heimat in Ramairone. Doch diese Heimat ist wie ein Stück Stoff, das vom Wind hin und hergezerrt wird.

Bis auf das leise Raunen des Windes, ein fernes Hundegebell, die gedämpften Stimmen aus dem Wirtshaus ist es still. Regentropfen klopfen leise an die Scheibe und gleiten verwirrt am Glas herab. Es regnet in Palermo. Und es wird Zeit für mich weiterzugehen.

2

In der ersten Stunde trommelte ein heftiger Regen aufs Dach. Im Inneren ballte sich die Luft. Niccolò kauerte zusammengekrümmt in einer Ecke und sprach kein Wort. Düster starrte er vor sich hin, seine Arme fest um den Körper geschlungen. Obwohl sie nur zu dritt reisten – die Musiker hatten eine andere Richtung eingeschlagen –, saßen sie beengt und schon nach zwei Stunden verlangte Niccolò, man solle halten und nicht nur die Pferde füttern, sondern auch die Kutsche wechseln. Er spüre, wie die Kälte ihm in die Knochen krieche und seinen Körper zum Erfrieren bringe.

„Wir sind im Monat April und die Außentemperatur ist erträglich, Niccolò!"

„Lass ihn, Giovanni! Er ist krank, siehst du nicht? Wir werden in der nächsten Stadt einen Arzt aufsuchen müssen." Antonietta zog ihre Jacke aus und legte sie Niccolò um die Schulter.

„Ich bin nicht krank. Mein Zahn schmerzt. Der Gedanke, ihn behandeln zu lassen, kann selbst ein gutes Herz zum Stillstand bringen!" Die Begleiter nickten verständnisvoll.

„In Messina sind wir erst morgen, also sollten wir uns ein wenig ablenken, statt über schlimmen Dingen und Schmerzen zu brüten."

Jetzt nickte Niccolò und machte ein Zeichen, sie mögen ihn doch bitte abwechslungsreich unterhalten.

„Aber bitte, verschont mich mit euren Zeitungsartikeln!" Seine Stimme klang krächzend, und sein Ausdruck war so finster, dass es Antonietta kalt über den Rücken lief. Giovanni senkte den Blick. Beide überlegten dann krampfhaft, worüber sie reden konnten. Fast gleichzeitig dachten sie an Paganinis Treffen mit Rossini in Mailand anlässlich der „Diebischen Elster".

„Rossini ist ein lustiger Kerl. Man sieht es ihm auch an. Rund und vergnügt." Antonietta wagte kaum, nach Paganini zu schielen. Giovanni fürchtete einen Wutanfall seines Freundes und brachte eilig einige Dinge in Erinnerung, die Paganini ablenken und erfreuen mochten.

„Ich war ja nicht dabei, aber man erzählte sich, dass Niccolò und Giacchino gemeinsam auf dem Cembalo improvisierten. Damals dachtest du auch daran, dich in Bologna ganz niederzulassen. Es gab dafür ja einige Gründe." Aufmunternd sah er den Freund an, der immer blasser und drohender dreinblickte. Giovanni hoffte, die

Erinnerung an Marina Banti aus Bologna würde den Virtuosen aufheitern. Sie nannte sich seine treueste Geliebte und wäre mit ihm ans Ende der Welt gereist. Sogar im Unterrock. Dummerweise bemerkte Antonietta kichernd:

„Madre mia, Niccolò und Rossini am Cembalo. Das muss ja höchst ergötzlich ausgesehen haben. Der eine dick wie eine Kugel und der andere …" Giovanni stieß ihr heftig gegen das Schienbein. Sie schrie auf. Niccolò erwachte aus seiner Erstarrung, schielte von einem zum anderen, wobei er aussah wie ein Habicht, der sich auf seine Beute stürzen wollte, und brach plötzlich in schallendes Gelächter aus.

„In der Tat!", krächzte er, „daran habe ich nie gedacht. Ha, ha, ha, es ist ein köstliches Bild. Leider wurde es von niemandem gemalt. Ha, ha, ha!" Niccolò klappte den Mund wieder zu, schnalzte mit der Zunge, schmatzte und saugte, schürzte die Lippen und spuckte im hohen Bogen etwas aus dem Fenster.

„Niccolò, was tust du?" Antonietta wich in den hintersten Winkel des Wagens.

„Seit einer Stunde zerre ich an dem Zahn herum. Nun ist er draußen."

Alle außer Niccolò seufzten erleichtert. Das erspare den Gang zum Barbier, bemerkte Antonietta leise.

„Ich gehe nicht zu einem unkundigen Barbier. Unglücklicherweise brauche ich einen Zahnbrecher oder Chirurgen. Ein anderer Zahn wackelt und muss herausgerissen oder geschient werden."

Nun fiel den anderen nichts mehr ein und die düstere Gesellschaft döste oder blickte stumm vor sich hin.

Eine lange Kolonne von Weinkarren, auf denen struppige Bauern saßen, blockierte den Weg nach Messina. An einer übersichtlichen Stelle konnten sie endlich überholen und rumpelten dann im hellen Sonnenschein an der Küste entlang.

In Messina besorgte Antonietta schmerzstillende Mittel und brachte Kräuteressenzen für Mundspülungen. Giovanni schickte nach einem Arzt, der Niccolò von Kopf bis Fuß untersuchte, aber außer einer leichten Reizung des Unterleibs nichts feststellen konnte. Er verbat ihm augenblicklich die Roob-Kur. Sie sei ein drakonisches Abführmittel.

„Sie sind ohnehin schon dürr wie ein Galgen und können jeden Moment zusammenklappen. Essen Sie gesund und normal."

„Aber der Arzt in Palermo behauptete das Gegenteil. Kurierte ich mit der Roob-Kur nicht meine Krankheit aus, so stürbe ich einen langsamen Tod."

„Welche Krankheit?"

Niccolò war mit dem Arzt alleine und wagte es deshalb, sich nach der gefürchteten Unterleibsgeschichte, die der Arzt in Sizilien diagnostiziert hatte, näher zu erkundigen. Zu diesem Zwecke entkleidete er sich vollständig. Als der Dottore sein Glied beäugte, wurde Niccolò rot bis in die Haarwurzel. Vorsichtig tastete der Doktor daran herum, hob nachdenklich den Kopf und wischte sich den Schweiß von der Stirn.

„Eine Reizung, eine kleine Erhebung, nichts Bedeutendes. Man soll nicht immer ans Schlimmste denken, Signor. Sie bewegen sich doch in guten Kreisen, nicht wahr?"

„Natürlich. Aber was wäre das Schlimmste?"

„Eine Lues Venerea, Signor. Aber das muss nicht sein. Stärken Sie sich mit guten Speisen, behandeln Sie die Reizung mit Kräuterbädern und einer Paste, die ich Ihnen verordnen werde."

Bis nach Neapel waren es noch mehrere Tage. Niccolò verbrachte sie damit, darüber zu grübeln, was eine Lues Venerea sein könnte, wie und ob sie sich ausdehnte und wo er sie aufgeschnappt haben konnte. Während Paganini mit gesenktem Kopf dasaß, versuchte Giovanni den finster dreinblickenden Mann an eine Episode zu erinnern, von der er selbst nur die Hälfte wusste.

„Anscheinend war dein Konzert in Verona alles andere als normal!", sagte Antonietta und sah Niccolò aufmunternd an. Der Angesprochene zwinkerte nervös mit den Wimpern.

„Ich habe Lord Byron getroffen, ohne zu wissen, wer er ist."

„Ich meine nicht den Lord, ich meine dein Konzert, Niccolò." Antonietta sah von Niccolò zu Giovanni. „Oder hat das Konzert etwas mit dem Lord zu tun? Wer ist dieser Lord?"

„Ein englischer Dichter. Angeblich hat er das Konzert mit angehört und sich sehr amüsiert", antwortete ihr Giovanni.

„Aber dann sag mir doch, was daran ungewöhnlicher war als bei seinen anderen Konzerten, Giovanni!", bettelte Antonietta. Der Sänger lachte und stieß den Virtuosen freundschaftlich mit dem Ellbogen an.

„Niccolò, los, erzähl es Antonietta! Erzähl uns die Geschichte! Ich kenn sie nicht so genau."

Paganinis verkniffene Gesichtszüge lockerten sich. Jetzt drängte sich sogar ein schalkhaftes Lächeln auf seine Lippen und seine Augen funkelten spitzbübisch. Giovanni atmete auf. Er hatte den richtigen Ton angeschlagen.

„Kapellmeister und Komponist Valdabrini nannte mich einen Scharlatan. Ich hätte keine korrekte Ausbildung und streue dem Publikum mit allerlei Clownerien Sand in die Augen. Damit niemand merke, dass es mit meinem Können nicht weit her ist, würde ich vor allem eigene Werke spielen."

„Das wird immer wieder von dir behauptet und es ist gelogen."

Niccolò quittierte Antoniettas Bemerkung mit einer dezenten Verneigung. „Du weißt dies und dir muss ich es nicht beweisen. Aber diesem Valdabrini wollte ich eins auswischen. Am Abend beim Konzert, als Valdabrinis Komposition an der Reihe war, legte ich plötzlich meinen Bogen beiseite. Keiner begriff, warum, die Musiker schauten verwirrt zum Kapellmeister und der zu mir.

Da griff ich zum spanischen Rohr, das ich unbemerkt auf die Bühne geschleust hatte, und spielte das Stück mit dem Rohr."

„Was hast du getan? Das ist ja verrückt?", lachte Antonietta verwundert und Giovanni äußerte schmunzelnd:

„Du wolltest zeigen, dass es mit seiner Komposition nicht weit her ist, nicht wahr?"

„Das Publikum hat gelacht, aber nicht alle haben meinen Spott honoriert. Und was Lord Byron davon hielt, habe ich nicht erfahren können.“ Sein Satz war kaum beendet, da sank er wieder tief in den Winkel des Wagens und wollte sogleich einschlafen, da fragte Giovanni:

„Verona, Verona, das Liebesnest von Romeo und Julia. Konntest du die Stadt besichtigen?“

Niccolò wurde sofort wieder munter. Er rückte aus seinem Winkel und neigte sich zu den Mitfahrenden.

„Ehrlich gesagt, fürchtete ich, das echte Verona könne das romantische Verona meiner Phantasie zerstören. So ist es nicht. Der Marktplatz ist malerisch und Shakespeare hätte für diese wundervolle Geschichte keinen schöneren Platz finden können. Es ist nur schade, dass das Haus der Capulets zu einer verwahrlosten Schenke heruntergekommen ist. Und vom Garten, in dem Romeo zu Julia hinauf rief: ‚Es ist die Nachtigall und nicht die Lerche‘, ist auch nichts mehr übrig.“

„Es soll dort wunderschöne Paläste geben, die mit Terrassenpfaden und Galerien versehen sind“, verriet Antonietta und blickte den Violinisten erwartungsvoll an.

„Und ein römisches Tor, dessen Bogen die schönste Straße überwölbt“, antwortete ihr Paganini mit leiser Stimme. Nun meldeten sich Müdigkeit und Schmerz wieder. Er verzog sein Gesicht und kroch zurück in den Winkel.

Nachdem sie über weite Fluren, schattige Wege am glitzernden Meer entlanggefahren waren, erreichten sie endlich ihr Ziel. Zuvor humpelten sie über die Staub bedeckten Pflasterstraßen, an zerlumpten Lazzaroni vorbei, die in Torwegen und Rinnsteinen dösten, an billigen Schaubuden, Straßensängern, Märchenerzählern entlang, bis sie zur Chiaja kamen, wo Niccolò eine Unterkunft hatte.

Kaum war er untergebracht, fühlte sich der Virtuose besser und vergaß die Lues Venerea für einige Tage. Er badete in Kräutern, behandelte seine Hautreizung, zerrte an dem wackelnden Zahn so lange herum, bis er herausfiel, und spülte danach seinen Mund tagelang mit Brandessig. Eine Woche später kündigte sich der Mai an, und Paganini frohlockte wieder. Er fuhr auf der Chiaja auf und ab, genoss die milde Sonne und setzte sich an seinen Schreibtisch, nur um Germi zu schreiben: *Angenehmes Klima, herrliches Panorama, ausgezeichnete Speisen und Weine, luxuriöse Kutschen, öffentliche Anlagen, so anmutig wie die Gärten der Hesperiden; liebliche Frauen, aber Paganini lebt halb wie ein Stoiker und halb wie ein vorsichtiger Genueser.*

Antonietta und Giovanni bereiteten ihre Abreise nach Prag vor. Die Sängerin lag dem Violinisten noch einige Tage in den Ohren, er möge einen Arzt besuchen, um alle Zweifel zu vertreiben, worauf ihr Niccolò antwortete, dass ein Arzt keine Zweifel vertreibe, sondern jeden zweifelnden Mann zur Verzweiflung treibe. Antonietta und Giovanni zuckten die Schultern und verabschiedeten sich mit schlechtem Gewissen.

Da er sich nun besser fühlte, kümmerte er sich um die Geschäfte. Er gab Ricordi in Mailand grünes Licht, die Capricci und einige andere Werke herauszubringen, er erhöhte die Leibrente seiner Mutter von 20.000 Lire auf 30.000 und sah sich in Musikhandlungen nach Bögen und Gitarren um. Als General Pepes Truppen im Juli Neapel besetzen, merkte er nicht viel davon. Er wusste auch kaum etwas darüber. Die Ereignisse der kleinen Welt Italiens glitten an ihm vorbei wie die Wälder und Städte im Fenster seines Reisewagens.

Sein Leben wurde vor allem durch seine schwankende Gesundheit beeinträchtigt. Mitte Juli blühte das vornehme Neapel in der Pracht seiner Blumen und milden Luft, leuchtete das Teatro San Carlo im Sonnenlicht, wenn er nach einem Spaziergang im öffentlichen Garten daran vorbeifuhr, und Niccolò freute sich zu leben. Für September waren Konzerte geplant und natürlich vergaß er nicht, dass Wien auf ihn wartete. Dies verdankte er Fürst Metternich, dem er in Rom anlässlich seines Privatkonzertes im Palazzo Braschi begegnet war. Der Diario di Roma hatte am 24. April 1819 geschrieben: *Signor Paganini führte in der Residenz des österreichischen Botschafters Graf Kaunitz vor 600 Leuten des vornehmsten römischen und ausländischen Adels ein Violinkonzert mit überraschender Meisterschaft aus*. Kritik bewirkte nicht mehr viel bei Niccolò, die Worte der Frau Kaunitz allerdings berührten ihn bis ins Innerste. „Sie, Signor Paganini, sind das wirkliche Fest!“, sagte sie nach dem Konzert und hielt ihm ihre weiße Hand hin. Und die Einladung Metternichs ehrte ihn, denn es war bekannt, dass der Fürst selbst ein guter Violinist war, der sich nur mit dem Besten zufrieden gab.

Nun, Wien war weit, und Niccolò fühlte sich nicht imstande, eine lange Reise zu unternehmen. Vorerst würde er hier bleiben. Das Klima behagte ihm, der Juckreiz hatte nachgelassen, der Anblick neapolitanischer Mädchen inspirierte ihn. Meistens war er allein, nur hin und wieder in Begleitung seines Hauswirtes, der ihm eine komfortable Wohnung in der Nähe des Theaters vermietet hatte. Frauen traf er wenige, doch er dachte viel an Fiorella und der Gedanke, mit ihr keine Familie gründen zu können, saß als bohrender, anhaltender Schmerz in ihm. In seiner Einsamkeit kommunizierte er mit Germi oder schrieb ihm Briefe: *Neulich sah ich ein stilles Mädchen in einer Kirche und verliebte mich sogleich in sie; ich folgte ihr, um zu sehen, wo sie wohnte; sie war die Tochter eines Notars. Was rätst du mir? Sie zu heiraten oder ledig zu bleiben?*

Niccolò kritzelte eine Komposition hin und widmete sie dem Mädchen. Nachdem seine Sehnsucht in die dreiundzwanzig Stücke für Gitarre solo ausgeströmt war, verblasste die Neapolitanerin in seiner Erinnerung. Der Alltag holte ihn ein. Germi hatte die Angelina Cavanna Affäre mit 4.400 Francs beglichen und Elisa Bacciocchis starb im Moment, als Bildhauer August Leep eine Marmorbüste von ihm modellierte. Vielleicht hatte ihn das lange Sitzen im Garten des Bildhauers angestrengt, denn wenige Tage darauf bekam er fiebrige Anfälle, es brannten Kopf und Glieder. Er erinnerte sich, beim Modellsitzen in der brütenden Augusthitze sehr geschwitzt zu haben, wobei ihn die warme Brise vom Meer nicht angenehm kühlte, sondern ihm als kalter Wind unter das Hemd kroch. Er zog sich in die Wohnung zurück und konzentrierte sich vollständig auf die Quartette. Ohne auf seinen erschöpften Zustand zu achten, arbeitete er am Quartett Nr. 15 bis spät in die Nacht. Mehrmals ließ er Kerzen bringen und jedes Mal sah ihn die Hausherrin besorgt an.

„Ich werde der Viola den Vorrang geben!“, erklärte er der Dame, die von Komposition nichts verstand, aber Paganinis Musik liebte. „Das erste und zweite Thema bestreitet die Viola in D-Dur. Andere Instrumente, darunter die Gitarre, werden die Wiederholungen ausbalancieren. Das Menuett spielt zunächst die Viola, die dann eine Oktave höher von der Violine abgelöst wird, während im Trio die Gitarre vorrangig ist. Ein wunderschönes Adagio cantabile wird ebenfalls von der Viola geleitet und … wir schließen …“ Niccolòs Worte brachen jäh ab. Mit einem lauten Schlag knallte sein Kopf auf die Schreibplatte des Sekretärs, dann rutschte sein Körper vom Stuhl. Signora Bottari schrie aus Leibeskräften ihren Mann herbei.

Eine halbe Stunde später lag Niccolò schwer hustend und röchelnd im Bett, neben ihm ein neapolitanischer Arzt.

„Hat er die Schwindsucht?“, wollte der Hauswirt genervt wissen. „Dann wäre es mir lieber, er verlässt das Haus …“

Paganinis Augen hatten nichts von ihrem Feuer verloren. Lodernd hefteten sie sich an den Vermieter und er schwor sich, sobald als möglich diesen Ort zu fliehen und ihn trotz der freundlichen Hausdame nie mehr zu betreten. Signora Bottari rügte ihren Mann. Sie werde Paganini so lange pflegen, bis er wieder auf den Beinen sei, versprach sie dem Arzt.

„Er hat keine Schwindsucht, aber er hat was.“

„Oh, wie kundig Sie doch sind, Dottore!“, spöttelte der Violinist. „Sie tragen sicher zentnerschwer an Ihrem Wissen, nicht wahr?“

Verlegen wandte sich der Arzt an Signora Bottari.

„Signor Paganini, der große Meister der Violine, sollte sich schonen.“

„Aber das tue ich doch!“, begehrte Niccolò auf. „Seit Palermo habe ich kein Konzert gegeben!“

„Sie sind empfindlich, Signor. Wie der Künstler eben ist. Er hat eine dünne Haut, ein sensibles Herz …“

„… ein fürchterliches Nervensystem …“, knurrte Niccolò.

„Ich verordne einen Trank gegen den Reizhusten, fiebersenkende Mittel, Kräuterlösungen zur Inhalation und ermuntere Sie, jeden Tag ein Gläschen Rotwein zu trinken. Er stärkt Herz und Magen.“

„Leider nicht den Darm!“ Tatsächlich fühlte sich Niccolò ein wenig besser, seit er lag und begriffen hatte, dass er sich selbst der beste Arzt war. Der Dottore konnte ruhig zum Teufel gehen, er würde sich in die lieben Hände der rundlichen Signora Bottari begeben.

Die Konzerte für September mussten abgesagt werden. Bis Ende Oktober päppelte Signora Bottari den Geiger mit vielen Heilmittelchen und fürsorglicher Liebe wieder auf. Sie machte ihm Essig- und Kartoffelumschläge, um eventuelle Gifte aus dem Körper zu vertreiben, überwachte die Medikamenteneinnahme und gestattete in den langen Wochen nur zwei Aderlässe. Sie hielt nichts von der Ausbluterei, aber da der Dottore darauf bestand, waren ihr die Hände gebunden.

„Sie wollen doch nicht einen berühmten Mann auf dem Gewissen haben!“, drohte er ihr.

Paganini lag nicht untätig im Bett. Er überarbeitete die wichtigsten Werke, darunter das Konzert Nr. 1 und das E-Moll-Konzert, die er im kommenden Jahr in Druck geben wollte. Auch die Komposition „Ghiribizzi“, die der Neapolitanerin gegolten hatte, eignete sich, gedruckt und verbreitet zu werden, weil sie ein brauchbares Übungsstück für Gitarre darstellte. Hin und wieder spazierte er durchs Haus, holte die Guarneri aus dem Kasten, spielte, übte, wärmte seine Hände auf und endlich, Anfang Dezember, war er kräftig genug, in der milden Winterfrische zum Theater San Carlo zu fahren, um bei der Premiere von Rossinis „Maometto II“ dabei zu sein.

3

Zum ersten Mal nach langer Zeit war Giuliana wieder nüchtern. Sie fühlte sich wie neu geboren und hängte beschwingt Unterkleider, Socken, Hemden, farblose Röcke, dunkle Hosen an die Wäscheleine im Garten des zweistöckigen Häuschens oben auf dem Hügel im Viertel San Andrea. Es lag von der Passo di Gatta nur einen Katzensprung entfernt, hatte aber einen Vorplatz, auf dem Gras und ein Baum wuchsen. Ein sommerwarmer Wind wehte, die Wäsche flatterte und Giuliana sang italienische Kinderlieder dazu. Vor zwei Jahren hatte Carlotta ein Kind geboren. Ihr und der Kleinen zuliebe verabschiedete sich Giuliana endgültig von der täglichen Weinflasche. Glücklicher als am Tag ihrer Hochzeit mit Andrea und bei der Geburt des Mädchens hatte sie Carlotta nie zuvor erlebt und sie meinte, sie auch hinterher nicht mehr so glücklich gesehen zu haben. Andrea und Carlotta liebten sich zweifellos, aber Streit lag oft in der Luft, denn seit fast einem Jahr hatte Andrea zwei Frauen. Sein Verhältnis mit der verruchten Halbvenezianerin war monatelang geheim geblieben, bis Carlotta dahinterkam. Ein erneuter fürchterlicher Streit erschütterte das Häuschen auf dem Hügel. Viel Geschirr ging kaputt, Kleider wurden zerrissen, Andrea lief unter den Schlägen einer Pfanne davon und kam tagelang nicht wieder. Die gesamte Familie Servetto vermutete ihn in den Seidenbetten der teuflischen Geliebten. Tatsächlich trug es sich folgendermaßen zu: Andrea flüchtete zu Margherita, die im Jahr 1818 eine Villa im Polcevera-Tal gekauft hatte und dort mit Hausdamen, Köchin, Gärtner und Diener residierte. Zwei Hunde und eine Katze leisteten ihr Gesellschaft. Andrea wurde wie ein Prinz empfangen und fürstlich verwöhnt. Nichts veranlasste ihn, sich aus jenen Armen zu reißen, die er lebenslang ersehnt hatte. Nichts außer dem schlechten Gewissen. Und weil Andrea kein schlechter Mensch war, kehrte er nach Tagen zu Carlotta zurück. Sie war ihm nicht mehr böse, sondern nahm ihn erleichtert und dankbar wieder auf. Sie verzieh ihm, ja, sie duldete Margherita als seine Geliebte. Ganz Genua wusste davon, niemand störte sich daran. Nur Tante Emilia.

Heute war der 5. Juni und Andrea steckte bis über die Ohren in politischen Entwürfen. Mehrere wichtige Aufstände wurden vorbereitet. In Neapel hatte man den ehemaligen General Pepe für die Sache gewinnen können und in Turin fanden Unterhandlungen zwischen Confalonieri und Porro einerseits und dem jungen Carlo Alberto von Savoyen andererseits statt. Carbonari und die Liberale Partei sahen in ihm die Hoffnung Italiens. Sein Vater war Franzose, die Mutter eine ungebundene, starke Persönlichkeit von Sachsen-Kurland. Carlo Alberto war in Frankreich und in Italien aufgewachsen, fühlte sich als Italiener und befand sich augenblicklich als Regent in Turin. Viele Patrioten zählten nun auf ihn. Sie wollten eine neue Verfassung durchsetzen, die sich der Charta von Cadiz angleichen sollte, und wünschten die Unabhängigkeit von Österreich sowie die Erweiterung des Königreichs Sardinien zu einem oberitalienischen Königreich. Mit seiner Arbeit am Instituto dell' Arte und den aufreibenden Vorbereitungen hatte Andrea bis tief in die Nacht hinein zu tun. Auch reiste er häufig nach Mailand zu Graf Porro. Carlotta und Margherita blieb nichts anderes übrig, als das Kriegsbeil zu begraben. Sie wurden Freundinnen. Und als Carlotta wieder schwanger war, verlangte Margherita, den Namen zu bestimmen, falls es ein Junge sein würde. Carlotta willigte ein.

Anlässlich eines Abendessens im Hause Di Negro wurde viel von Niccolò Paganini geredet. Ganz Italien sprach von ihm, jede Zeitung pries seine Erfolge, sein Genie in den höchsten Tönen. Vergessen waren die Gerüchte um Kindsmord und Teufelsbund. Bei dem Ehepaar Di Negro hatten sich die Servettos, Frederigo Confalonieri und Frau, einige heimliche Carbonari-Anhänger aus noblen Kreisen sowie Andrea mit seinen beiden Frauen eingefunden.

„Ich habe den Jungen damals entdeckt. Ich habe ihn gefördert. Warum werde ich nicht auch ein wenig beklatscht?“ Giancarlos einst rabenschwarzes Haar hatte an Fülle und Farbe verloren. Sein Gesicht war von tiefen Falten gezeichnet.

„Ich applaudiere Ihnen gern, lieber Onkel“, sagte Margherita. „Paganini ist ein Phänomen und ich werde seine Musik nie vergessen.“

„Hast du seine Konzerte in Genua besucht?“, wollte Andrea wissen. „Wir hätten es gemeinsam tun können, Carlotta interessiert sich nicht dafür.“

„Margherita hat Niccolò hier im Hause kennengelernt, vor sehr vielen Jahren.“

„Onkel, das ist unwichtig. Ich war ja erst fünf oder sechs Jahre.“

„Dennoch. In dieser Zeit prägt sich das Wesentliche ein.“

Emilia, die versonnen vor sich hingeblickt hatte, wechselte unerwartet das Thema.

„Heute Abend soll nicht über Politik geredet werden, aber es gibt eine Sache, die ich unseren Revolutionären zu bedenken geben möchte. Es geht um Carlo Alberto.“

Die Gespräche verstummten. Es wurde so still, dass jeder sein eigenes Herz klopfen hörte.

„Ich lernte ihn am Turiner Hof sehr gut kennen, da ich einige Wochen bei König Viktor Emmanuel zu Gast war.“

„Hmm!“, machte ihr Gatte. „Ich kann mich vage daran erinnern, dass Sie in den Jahren um 1815 herum einer Einladung von Viktor Emmanuel folgten. Es ist mir unbegreiflich, wie eine schöne Frau wie Sie, Madame, in der dort herrschenden Atmosphäre von Staub und Moder überleben konnte.“

„Unwichtig! Alarmierend ist der Eindruck, den ich von Carlo Alberto hatte. Dieser junge Mann ist unreif.“

„Non è così!“, wandte Giorgio ein. „Das war damals, heute ist er reifer.“

„Er ist noch stets ein Schwärmer."

„Das kommt uns doch wie gerufen, liebste Signora Di Negro", rief Confalonieri begeistert. „Er ist jung. Der heilige Stachel des Ehrgeizes vermag alles über ihn."

„No! Seine kränkliche Art und dieses Sich-ständig-unverstanden-Fühlen erinnert eher an eine närrische Frau als an einen vom Ehrgeiz getriebenen Mann."

„Beruhigen Sie sich, Madame." Giancarlo tätschelte Emilias Arm. Sie wischte seine Hand wie eine Staubfluse von ihrem Kleid.

„Sein Handkuss war wie der Kuss einer Kuh. Sein Schritt zaghaft ..."

„Das ist ausgeschlossen, Signora Di Negro, im Feldzug gegen Spanien hat er sich als tapferer Soldat bewiesen."

„Vielleicht hatte er eine Glückssträhne, als er das Bajonett in der Hand hielt. Denn sein Blick ist normalerweise undefinierbar, er wirkt bleiern ... ach!" Sie schüttelte sich vor Ekel, „das ist niemals der richtige Mann für ..."

„Reden wir von wichtigeren Dingen!" Di Negros Stimme schnitt ihr das Wort ab. Emilia warf ihrem Mann einen gehässigen Blick zu. Sie hob ihr Glas, kostete ihren Wein und nahm Andrea ins Visier. Erleichtertes Geplapper erklang von neuem, Besteck klapperte, Gläser klirrten. Emilia wandte sich mit gedämpfter Stimme an Andrea. Als er die Augenbrauen zusammenzog, sagte sie schnell:

„Nein, ich fang nicht wieder von Carlo Alberto an. Ich möchte von dir und deiner einmaligen Chance sprechen. Du bist gescheit, redegewandt, bist ein gutaussehender junger Mann und nennst die schönsten Frauen dein eigen. Du hast die Dunkle, die Anschmiegsame, das Kätzchen und ...", sie sah Margherita an. Die Unterhaltung war verstummt und Emilia von neuem Mittelpunkt der Aufmerksamkeit, „und du hast die Kratzbürstige, Hochfahrende und dennoch so herrlich aristokratische Löwin mit den grünen Augen. Du hast eine Tochter und ...", ihr Blick schweifte auf Carlottas Bauch, „bekommst sicherlich bald einen Sohn. Und dies vor aller Welt. Ist das der neue Lebensstil?"

Beschwichtigend legte Di Negro die Hand auf den Arm seiner aufgeregten Frau:

„Liebste, was ist denn nur los mit Ihnen? Zuerst schimpfen Sie über Carlo Alberto und nun beklagen sie einen Stil, der schon von Ihrer eigenen Familie zelebriert wurde. Margherita ist alt genug und darf wissen, dass sie die Frucht des venezianischen Geliebten Ihrer Schwester ist und leider nicht die meines Bruders." Rasch wanderte sein Blick zu Margherita. „Ich liebe dich trotzdem, meine Blume! Vater wird man durch das Leben."

„Vielen Dank, lieber Onkel. Auch ich liebe Sie, von ganzem Herzen." Margherita sah ihn warm an. Di Negro sonnte sich in dieser Wärme. Besser gestimmt legte er den Arm um Emilia, drückte seine Frau und brummte schmunzelnd: „Dem Himmel sei gedankt, meine liebe Frau hat nie so gierig nach Liebhabern geschielt."

„Ha!" Sie warf den Kopf in den Nacken. „Denkst du, ich hätte deinen Hang zu jungen Mädchen blind geduldet, wären mir nicht selbst ein wenig außereheliche Freuden zuteil geworden?" Sie duzte ihn, im Gegensatz zu ihm, der sie stets siezte, auch im Bett.

„Madonna mia! Sie hatten doch nicht …?" Di Negro sah sie belustigt an. Die Anwesenden amüsierten sich.

„Sie hatten einen Liebhaber, Tante Emilia?", fragte Margherita interessiert und beugte sich vor. Ihre Augen blitzten keck. Auch Carlotta rutschte auf ihrem Stuhl herum und flüsterte neugierig:

„Kennen wir ihn?"

Nun schmunzelte Emilia. Sie stieß ihren Mann mit dem Ellbogen an und fragte laut, ob er etwas dagegen hätte, wenn sie den Namen des Mannes verrate.

„Sollte es zu Ihrer und meiner Ehre gereichen und die Anerkennung unserer Gäste einbringen, Madame, ermutige ich Sie. Sonst bitte ich Sie um Stillschweigen."

Alle Augen waren nun erwartungsvoll auf Emilia gerichtet und die Ohren gespitzt. Doch als sie den Namen aussprach, wurde Margherita blass wie die Wand, die Kräfte verließen sie und sie kippte aus ihrem Stuhl. Die Gesellschaft schreckte hoch, während Andrea wie ein Geschlagener auf Margherita starrte. Endlich wusste er, wen diese Frau seit Jahren liebte.

4

Paganinis Energie war zurückgekehrt und er warf sich in Arbeit und Vergnügen. Konzerte im Teatro Argentina in Rom und die Direktion der Premiere und zweier Vorstellungen von Rossinis „Mathilde de Shabran" im Teatro Appolo füllten die ersten Monate des Jahres. Germi saß in der ersten Reihe und amüsierte sich darüber, wie sein Freund mit der Violine täuschend das Horn imitierte. Der Hornist war erkrankt und niemand außer Paganini konnte ihn ersetzen. Trotz einiger Wehwehchen da und dort fühlte er sich bestens und schon regte sich auch neue Lust auf eine Frau. Rom feierte Paganini als bewundernswerten Dirigenten, und während die Zeitungen seinem Bogen die *Macht des Donners, die Lieblichkeit der Nachtigall und die Erfahrenheit des Meisters* zuschrieben, saß der Urheber schon im Reisewagen nach Neapel. Warum? Er hatte geglaubt, das neapolitanische Mädchen vergessen zu können, aber so leicht war es nicht aus seinen Gedanken zu vertreiben.

In Neapel ging es drunter und drüber. Die Kutsche kam mit Mühe bis zur Chiaja vor, quetschte sich an lärmenden Menschentrauben vorbei, aus denen wütend Fäuste in die Luft stießen. Avanti Popolo, schrie die Menge und schlug auf die Kutsche. Verächtlich lugte Niccolò aus dem geschlossenen Fenster. Was wollten sie nun schon wieder? Dass General Pepe verschwand oder die Österreicher? Pepe war der Anführer einer Horde Militärs der Kavallerie von Nola und verteidigte die Charta von Cadiz. Aber niemand wusste so recht, ob der General tatsächlich hinter den Idealen von Freiheit, Gleichheit und Brüderlichkeit stand oder nach Macht trachtete wie alle Emporkömmlinge.

Der Kutscher bog ab und sie holperten über eine unebene Seitenstraße. Paganini wurde schlimmer durchgeschüttelt als auf dem langen Weg von Rom her. Von dort her – durch die öde Ebene der pontischen Sümpfe – hatte eine ausgefahrene, überschattete Landstraße geführt und hinter Terracina hatten sich enge, aber gut befahrbare Wege nach Norden geschlängelt. Hier hingegen schien die Straße seit Hunderten von Jahren nicht repariert worden zu sein. Wieder spähte Niccolò durch den Vorhang. Diesen Teil der Stadt kannte er nicht und er wollte schon den Kutscher bitten, umzudrehen, da wuselte eine Schar halbnackter Kinder herbei. Schreiend umkreisten sie den Wagen, spiegelten sich im Lack und behinderten die Weiterfahrt. In einem günstigen Augenblick gab der Kutscher den Pferden die Peitsche und in gefährlichem Tempo jagte er über Umwege in Niccolòs Quartier. Er hatte sich trotz seines Schwurs wieder bei Frau Bottari eingemietet.

„Die Unruhen dauern nicht mehr lange, Signor Paganini. Bald ist alles wieder friedlich unter den Österreichern und mir ist das lieber so. Was kann uns so ein General schon versprechen? Das sind doch alles krumme Hunde. Schauen Sie nur Napoleon an oder denken Sie an seinen Schwager Murat. Zuerst leckt er Napoleon die Füße, dann bandelt er mit den Österreichern an, schließlich ist er gegen sie und am Ende wird er erschossen. Geschieht ihm recht!" Frau Bottaris lange Rede ließ Paganini geduldig über sich ergehen. Nachdem sie Atem geschöpft hatte, bot sie ihm ein Abendessen an, aber er bat um ein Bad und etwas Ruhe. Was das Essen betraf, schüttelte Signora Bottari energisch den Kopf. Dieser dünne Mensch, an dem der Anzug traurig herumschlotterte, würde von ihr gemästet werden. Das schwor sie sich. Und während ihre blinde und fast taube Magd das Bad richtete, bereitete sie einen Imbiss für den Musiker.

Eine Stunde später saß Niccolò frisch gebadet und nach Kräutern und Menthol duftend in einem Hauskleid am Sekretär und schrieb einen Brief an Germi: *Endlich habe ich mich entschlossen, den Geboten meines*

Herzens und denen meiner gesellschaftlichen Stellung zu folgen und eine Frau zu nehmen. Ein liebenswertes junges Mädchen, Tochter einer ehrbaren Familie, die die Vorzüge der Schönheit und einer strengen Erziehung in sich vereint, hat wahrhaft mein Herz angerührt …

Hier unterbrach ihn Frau Bottari. Sie trug ein Tablett mit dampfender Suppe, herzhaftem Brot und einer Flasche Barbera Vivace rosso herein.

„Signor Paganini, verzeihen Sie mir! Ich gebe keine Ruhe, ehe Sie nicht etwas zu sich genommen haben. Dies hier ist leicht und bekömmlich." Paganini lächelte schwach. Eilig beendete er den Brief. Er beauftragte seinen Anwalt, ihm Dokumente über seine Besitztümer in Genua zu beschaffen, die er den zukünftigen Schwiegereltern vorlegen wollte, und verlangte außerdem von ihm, die Taufurkunde zu ändern: … *denn es würde mir eine große Freude bereiten, mich etwas jünger als 40 zu machen. Dein Freund Paganini.*

Zu Signora Bottaris Vergnügen aß er mit gesegnetem Appetit. Er schöpfte zwei Teller mit üppiger Gemüsesuppe, verspeiste genüsslich das Brot, trank in raschen Zügen den Wein aus Piemont.

„So gefallen Sie mir, so werden Sie die Konzerte mit Kraft attackieren." Niccolò sah von seinem Teller auf. Er schenkte ihr einen feurigen Blick. Sie errötete.

„Was mir aber nicht so gut gefällt", äußerte sie zaghaft, „sind Ihre einsamen Fahrten. Wie kann ein Mann wie Sie es wagen, Tag und Nacht über die gefährlichen Straßen Italiens zu reisen? Es wimmelt nur so von Gesindel. Und die Verschwörerbande, die Carbonari, treffen sich in den Wäldern und überfallen rechtschaffene Bürger."

„Signora, die Carbonari, von denen ich nicht viel halte, geben vor, hehre Ziele zu haben. Die wollen doch nicht als Räuberbande gelten."

„Ach!", seufzte sie nur und nahm ihm gegenüber Platz. Frau Bottari war rundlich, ungefähr vierzig Jahre alt und keineswegs Niccolòs Frauentyp, dennoch gefiel sie ihm nicht schlecht.

„Ach?", fragte er zurück.

„Ach, was werden Sie spielen am Teatro del Fondo?“

„Normalerweise verrate ich es nicht, liebste Signora.“ Niccolò schob den leeren Teller weg und Signora Bottari schenkte ihm nach. Die Glut in seinen Augen verwirrte die arme Frau und sie errötete erneut. Als er sagte, dass er für sie eine Ausnahme mache, bekam sie einen hochroten Kopf.

„Ich werde eine Arie aus Rossinis ‚l'Italiana in Algeri‘ ausführen, wobei ich eine Sängerin begleite. Diesmal eine begabte Dame, liebste Signora Bottari. Dann spiele ich einige meiner Werke, darunter auch ‚Le Streghe‘. Kennen Sie es?“ Die Bottari seufzte unüberhörbar.

„Aber Signor Paganini, wie können Sie nur so etwas fragen? Ich kenne alle Ihre Werke und habe Sie oft spielen hören.“

Paganini runzelte die Stirn und einen kurzen Moment, ja, nur den Splitter eines Augenblicks, meinte er, Fiorella vor sich zu sehen. Die schöne Fiorella. Sie hatte so gar nichts mit Signora Bottari gemein, aber die Lust, die von der rundlichen Hausherrin ausging, strahlte auch Fiorella aus. Wo war sie nur? Und was war mit ihm? In den nächsten Tagen würde er sich mit Carolina Banchieri verloben, dennoch dachte er mit großer Sehnsucht an Fiorella. Ohne recht hinzuhören, vernahm er Signora Bottaris Stimme:

„Ich sehe Sie auf die Bühne kommen. Alles an Ihnen ist schwarz, nur Ihr weißes Gesicht lodert wie eine Flamme. Dann erhebt sich der Klang ihrer Geige und ich meine, Ihr trauriges Herz zerreißt. Nie habe ich solche Töne gehört. Ich habe nicht einmal gewusst, dass es sie gibt. Das Adagio des E-Moll-Konzertes folgt einer einfachen Melodie, doch unter Ihren Händen wird es zu einem himmlischen Gesang.“

Niccolòs Wangen bekamen Farbe. Ob es nun der Rotwein war oder Signora Bottaris liebenswürdige Sätze, wusste er nicht so recht. Jedenfalls bedankte er sich sehr herzlich und küsste ihre Hand. Er war gerührt und sie war bewegt.

„Es ist sehr liebenswürdig von Ihnen, in meinen Werken Engelsgesang zu hören, wo mich doch viele mit dem Teufel im Bunde wähnen.“

„Wer dies behauptet, ist selbst ein Teufel."

„Signora, wie kann ich Ihnen danken? Vielleicht, indem ich Ihre Worte verwende? Wer sagt, meine Geige singt wie ein Engel, ist selbst ein Engel." Niccolò sah Signora Bottari an, wie brünstig sie anderen Dank erwartete. Sie hing an seinen Lippen mit sehnsüchtigen Augen, ihr Mann war seit Wochen unterwegs und hatte sie vermutlich seit Monaten nicht angerührt. Bei dem Gedanken, seinen Kopf in die warmen Kissen ihrer Brüste zu betten und zwischen ihren mächtigen Schenkel den Hunger zu stillen, den die Suppe nicht stillte, überwältigte ihn die Lust. Er schnellte hoch und verbeugte sich. Er hatte gebadet, gegessen, getrunken und er lebte. Seine Verlobung stand bevor, aber das beruhigte nur sein Gewissen, sein einsames Herz, nicht seine Lust.

„Signora, ich stehe zu Ihren Diensten." Er ging auf sie zu, griff nach ihrer Hand und zog sie sanft aus dem Stuhl. Signora Bottari blickte verwirrt um sich. Paganini zweifelte einen Augenblick, ob er ihre Wünsche nicht missdeutet hatte, und sagte, um sich zu vergewissern:

„Sie sind ein Kunstwerk italienischer Renaissance. Michelangelo hätte Sie geliebt, und ich danke der Heiligen Mutter Gottes, dass Ihr Mann im Pfefferland weilt."

„Oh, Signor!" Signora Bottari wankte. Sie sank in seine Arme und warf ihn dabei fast um.

„Wir müssen die Tür verriegeln", flüsterte sie erregt. „Die Magd darf es nicht merken. Sie ist ein Scheusal und nur blind und taub, wenn es ihr passt!" Kaum hatte sie Tür zugesperrt, hetzte sie durchs Zimmer, zog die Vorhänge vor, versicherte sich mehrmals, ob alles verriegelt war, rannte kreuz und quer, bis ihr Paganini riet, sich aufs Bett zu legen und der Dinge zu harren. Seine Erfahrung half ihm, nicht ganz machtlos einer Situation ausgeliefert zu sein, die ihn sichtlich überforderte. Statt sich sogleich aufs Bett zu legen, entkleidete sich Signora Bottari zitternd vor Verlegenheit und Lust. Je mehr sie enthüllte, um so heftiger drehte sich das Bett vor Paganinis Augen.

Er erinnerte sich an Elisas athletischen Körper, an Emilias mütterliche Figur und an Angelinas energiegeladene Angriffslust und er erinnerte sich vor allem an Fiorellas elysischen Körper, der die Venus von Botticelli in den Schatten stellte. Doch nie hatte er solch ausladende Formen gesehen. Ohne sich zu rühren, glotzte er die halbnackte Bottari an. Sie musste wohl in diesem Moment gedacht haben, das Opfer eines Missverständnisses zu sein, da sie mit einem spitzen, erschreckten Schrei die drapierende Seidendecke des Bettes über ihre Schultern warf. Paganini überlegte krampfhaft, wie er der Bottari'schen Körperfülle Herr werden sollte. Ihm war, als wüsste er nicht, zu welcher Tür hinein und zu welcher wieder hinaus. Da er während seiner Überlegungen zu taumeln begann, stürzte die Bottari auf ihn zu. Dabei glitt die Seide von ihren Schultern und Pagnini spürte die weiche Haut ihrer Arme, die zarten Rundungen ihrer Brüste, ihre Schenkel, die ihn stützten. Die alles stützten, denn nun war er gerettet. Er spürte es. Die Bottari spürte es ebenfalls und lächelte lüstern.

„Allerliebster Niccolò, kommen Sie. Liebster, ich habe Sie so lange erwartet."

5

Guglielmo Pepe hatte sich als Offizier unter Murat profiliert, dem ehemaligem König von Neapel, und stieß nun mit Veteranen der napoleonischen Kriege zu den Carbonari. Mit ihm gewann die Geheime Gesellschaft eine neue Dimension. Ihr intellektuelles Fundament wurde durch exzellente strategische Kenntnis ergänzt. Andrea setzte sich mit Pepe in Verbindung, tüftelte mit ihm alle weiteren Schritte aus. Gemeinsam stellten die Männer eine brauchbare Armee zusammen, die Anfang Juli in Neapel einmarschierte. Da sie vom Volk als Befreier empfangen wurde, zog es König Ferdinand vor, die

Waffen vorerst ruhen zu lassen und mit den aufständischen Führern zu verhandeln. Er akzeptierte die von Andrea und Pepe geforderte Verfassung, die gemäß der Charta von Cadiz Liberalismus mit katholischen Werten und napoleonischen Reformen verknüpfte. Unter dem Druck der Aufständischen bildete König Ferdinand eine neue Regierung, ohne die Konsequenzen zu bedenken. Dieses Pronunciamento des Königs beflügelte alle Carbonari Italiens. Im Umkreis von Neapel und bis in die Kirchenstaaten gewannen sie die Oberhand. Am 5. Juli wehte ihre Trikolore in den Farben Rot, Blau und Schwarz auf allen Staatsgebäuden von Benevento und der Papst dachte schlotternd an Flucht. Auch nach Sizilien drang das Echo der siegreichen Carbonari, entzündete dort gleichsam einen Flächenbrand. Die leicht erregbaren Rebellen von Palermo nämlich gaben sich mit der gewünschten Verfassung nicht zufrieden. Sie forderten völlige Unabhängigkeit, hissten die sizilianische Fahne, mobilisierten Partisanen, Patrioten, Bauern, das gesamte Volk, konnten sich jedoch nicht einig werden. Da ihre Landesbrüder in Messina und Caltanisetta der gemäßigten Linie Andreas und Pepes folgten, bekämpften sich nun Palermo und Messina gegenseitig. Es kam zu blutigen Schlachten, die in Metzeleien ausarteten. Andrea, der mittlerweile zurück in Genua war, um an Carlottas Wochenbett zu eilen, verfluchte seine Landsleute im Süden. Seiner Meinung nach hatten sie nichts begriffen, reagierten wie aufsässige Kinder, ohne Verstand und Hirn. Ehe er seinen Sohn richtig betrachten konnte, geschweige denn, seinen Namen erfuhr, reiste er wieder ab. Pepes Truppen waren unterdessen schon nach Palermo unterwegs. In Neapel angekommen, hörte Andrea vom grausamen Vorgehen Pepes gegen sizilianischen Genossen, mit dem Ziel, den Staat zusammenzuhalten. Andrea schäumte vor Zorn über Pepes unklugen Schachzug. Damit schwächt der dumme General die Pfeiler unseres Unternehmens, zürnte er. Die revolutionäre Idee wird an Tragweite einbüßen und ihren Verfechtern wird man zukünftig misstrauen. Die Sizilianer sind ohnehin argwöhnisch. Im Zweifelsfalle verlassen sie sich aufs Althergebrachte.

Rasch kehrte er Neapel den Rücken, sprang in eine Reisekutsche und rumpelte wieder gen Norden. Diesmal direkt nach Mailand. Er ahnte, dass die ganze Geschichte eine denkbar ungünstige Wendung nehmen würde. Der Verbindungsmann, den Confalonieri für die Carbonari gewonnen hatte, hieß, trotz Emilias Einspruch, nun doch Carlo Alberto von Savoyen. Gelang es ihm, auch König Carlo Felice von Sardinien für die neue Verfassung zu erwärmen, würden sie stark genug sein, weiterzukämpfen.

In aller Eile traf man in Mailand mehrmals zusammen, beratschlagte über neue Aufstände in Turin, unterhandelte mit Carlo Alberto. Dieser zögerte, schob es hinaus, seinem Onkel die neue Verfassung zu unterbreiten. Andrea hingegen drängte. Es musste rasch etwas geschehen. Er verstand nicht, worauf der Neffe Carlo Felices noch wartete. Aber allmählich ging Andrea das Licht auf, das Emilia bei der letzten Sitzung hatte anzuzünden versucht. Er hatte es mit einem Feigling zu tun, einer mickrigen Seele, die nach Bewunderung, Anerkennung strebte und sich darin sonnte, in den Augen der jungen Rebellen der Held zu sein, der er in Wirklichkeit nicht war. Mit Schaudern dachte er an Emilias Worte.

Wenn es nun stimmte, dass Carlo Alberto für die Revolution nur schwärmte, solange sie ein Spiel blieb? Wie würde er im Ernstfall handeln, wie sich verhalten, wenn er seinem Onkel als Rebell gegenübertreten, ja ihn sogar vom Thron jagen musste?

Die Aufstände bedrohten und erschütterten die Grundfesten des Staates. Kaiser Franz konnte der Sache nicht mehr gelassen gegenüber stehen. Seit einigen Monaten verfolgte seine Polizei die Aktionen der Carbonari mit verschärfter Aufmerksamkeit. Die von Federico Confalonieri gegründete Zeitung ließ der Kaiser verbieten und ihren Herausgeber überwachen. All das jedoch schien ihm nicht genug, um der Schlange, die sein Reich erdrosseln wollte, den Giftzahn zu ziehen. Es blieb dem Herrscher nichts anderes übrig, als massiver gegen die Aufständischen vorzugehen und in Neapel militärisch einzugreifen. Von der Heiligen Allianz zwischen Preußen, Russland und Frankreich erhielt er grünes Licht, über die Kirchenstaaten ins Königreich Neapel einzudringen. Die offizielle Jagd auf die Carbonari und ihre Sympathisanten begann. Nirgends waren sie mehr sicher, auch nicht bei ihren adligen Protektoren, deren Paläste rücksichtslos nach verräterischen Papieren und Dokumenten durchsucht wurden. Doch noch immer hoffte Andrea auf Carlo Alberto. Er ahnte nicht, wie nahe er am Abgrund entlangbalancierte.

Bleich und resigniert kam Andrea an einem Oktoberabend aus Mailand zurück. Er umarmte Carlotta und küsste seinen Sohn. Giuliana rannte an den Herd und wärmte die Torta Pasqualina auf. Giorgio goss ihm Wein ein.

„Du siehst gespenstisch aus, als ob du schon lange nicht mehr geschlafen hättest. Was ist?"

„Es ist aus!" In drei Worten brach Andreas Selbstbeherrschung zusammen. Während der letzten Wochen hatte er alle Kräfte mobilisiert, um den finalen Kampf durchzustehen, keinesfalls aufzugeben, den letzten Blutstropfen für ein geeinigtes Italien zu opfern. Er war es sich und seinem Vater schuldig.

„Wir wurden verraten!", flüsterte er monoton und versuchte dabei, Tränen der Wut zu unterdrücken. „Die Polizei kannte Silvios und Federico Confalonieris Namen, also könnt ihr euch denken, wie der Verräter heißt."

„Carlo Alberto!" Giorgio starrte auf die Tischplatte. Carlotta saß versteinert auf dem Bett. Ihr Mund stand offen, in ihren Augen spiegelte sich panische Angst.

„Angeblich hat er sich bemüht, seinen Onkel, König Carlo Felice für die neue Verfassung zu gewinnen, aber der muss so rabiat reagiert haben, dass der elende Schwächling Carlo Alberto zu zittern anfing und den Schwanz einzog. Und da diesem Nichtsnutz außer Mut auch der Mumm fehlt, fielen Namen. Sämtliche Namen unserer Freunde. Seitdem streift die niederträchtige Polizei des Königs durch ganz Sardinien und das Piemont. Jedem Carbonaro droht die Todesstrafe, denen, die ihn schützen, schwerer Kerker."

Carlotta legte das Baby aufs Bett und schnellte hoch. Aufgelöst stürzte sie vor Andrea nieder und umklammerte seine Knie.

„Santo cielo! Sie dürfen dich nicht töten. Das darf nicht sein, es darf nicht sein …!" Ihr Mund war ausgetrocknet und aus ihren Augen strömten Tränen. In ihrer Verzweiflung krallte sie sich in seine Beine. Andrea blieb äußerlich ruhig, sein blasses Gesicht jedoch verriet, was tatsächlich in ihm vorging. Er streichelte ihr Haar.

„Mich kannte der Verräter nicht und ich hab auch keinen Artikel in unserer Zeitung mit meinem Namen unterzeichnet. Allerdings verhandelte ich mit König Ferdinand von Neapel, außerdem fürchte ich, dass Silvio und Federigo in grässliche, mörderische Verhöre verstrickt werden."

Carlotta schluchzte zu seinen Füßen. Es machte ihn nervös und er bat sie, aufzuhören. Aber ihr Gejammer wurde schlimmer, sie steigerte sich hinein, erstickte fast an ihrem Kummer. Giuliana konnte sie nur mit Mühe aufrichten und in ein anderes Zimmer führen.

„Was wird nun?", fragte Giorgio.

„Ich gehe zu Margherita! Sie hat Geld und kann uns vielleicht helfen."

„Du meinst, um ins Ausland zu fliehen?"

Andrea blickte ihn flammend an. Es sah so aus, als wolle er Giorgios Gedanken zustimmen, dann schüttelte er energisch den Kopf.

„Giorgio! Wir stecken alle in der Scheiße, auch du. Auch Di Negro, vielleicht sogar Margherita. Ich kann nicht einfach abhauen, wie es mein Vater getan hat. Aber ich kann mich bei ihr verstecken."

In den kommenden Wochen und Monaten versorgte Giuliana allein die Familie. Giorgio hatte die Arbeit als Packer am Hafen schon vor einiger Zeit aufgegeben. Seine Kräfte ließen nach, vor allem strengte es ihn deutlich mehr an als früher, den langen Weg zum Viertel San Andrea hochzusteigen. Die Via Lorenzo schaffte er noch, bis zur Porta Soprano kam er mit Mühe, doch bevor er in die Via del Colle einbog, griff er sich an die Brust. Gott sei Dank hatte er von Buonarottis finanzieller Unterstützung das schmale Häuschen gekauft und Gott sei Dank arbeitete Carlotta bei Margherita als Näherin. Allein von Andreas Lehrergehalt hätten sie nicht leben können. Augenblicklich lastete das meiste auf Giuliana. Nun nähte die Fünfzigjährige für Margherita, da ihre Tochter an einem Nervenfieber litt und das Bett hütete. Nebenbei wusch sie die Wäsche, kochte, mit Gina am Rockzipfel, und trug das Baby in einem Tuch auf dem Rücken. Und immer wieder eilte sie zu Carlotta, die mit ihrem Stöhnen die ganze Familie auf Trab hielt, legte ihr den Jungen an die Brust und sah bekümmert zu, wie der Kleine verzweifelt nach Milch schnappte. Der Junge hieß Filippo nach seinem Großvater. Carlotta hatte den Namen bestimmt und nicht Margherita, wie es ursprünglich ausgemacht worden war.

Giorgio saß derweil auf der Bank an der Hauswand, eingehüllt in einen Mantel und starrte über die schiefen Dächer aufs Meer. Ein schmaler Ausläufer davon war von seinem Häuschen aus zu erkennen. Im Nebel sah er Giuliana hin und herlaufen. Sie sammelte Wäsche ein, bevor die düsteren Wolken aufbrachen und bevor die Nacht kam. Der Wind blies Giorgio Nieselregen ins Gesicht. Er öffnete den Mund und streckte die Nase dem Himmel entgegen. Der Regen schmeckte herrlich. Die feinen Tropfen kitzelten auf seiner Zunge. Er lachte. Ich lebe, sagte er laut. Ich bin sechzig und leidlich gesund, wenn ich vom Ziehen in den Armen, den Schmerzen in den Fingern absehe. Früher sprang ich wie ein Reh vom Hafen zu unserm Viertel auf den Hügeln. Heute bleib ich nach zehn Schritten stehen und verschnaufe. Sehe ich dann zur Esplanada di Castelletto hinauf, wird mir schwindelig.

„Ja, früher!“, murmelte er vor sich hin. Giuliana rief ihm zu, er solle unters schützende Dach gehen der Regen werde stärker. Ihre Stimme klang verzerrt, von fern hallend wie ein Echo, dazwischen drängte sich eine andere. Die von Antonio Paganini. Er rief: „Nicht heute, Giorgio. Ich muss nach Hause. Niccolò ist tot." „Wie seltsam", flüsterte Giorgio und schnappte mit offenem Mund nach den Regentropfen wie ein Kind. „Wie seltsam, dass ich einen Satz, der vor über vierzig Jahren gesprochen wurde, so deutlich höre." Giorgio hielt ganz still und lauschte. Dann meinte er, Niccolòs Geige zu hören, das Adagio seines Concerto Nr. 2. Eine wunderschöne Melodie und mit unbeschreiblich trauriger Sehnsucht von Niccolò im Teatro Carlo Felice vorgetragen, im August 1817, wenige Monate nach dem Tod seines Vaters. Damals hatte Giorgio geweint, so tief hatte ihn Niccolòs Spiel berührt. „Ja, ja", murmelte der Alte vor sich hin, „seine Kunst besteht darin – und das übersehen jene, die von seiner außergewöhnlichen Technik geblendet sind –, seine glühende und doch so einsame Seele dank dieser unglaublichen Technik zu Wort kommen zu lassen. Schon als Kind ging er völlig in der Musik auf. Ein prophetisches Gefühl, wie es die Genies haben, drängte ihn und half ihm, schneller voranzukommen als jeder andere begabte Musiker. Das alles fehlte mir, dabei liebe ich die Musik im Grunde tausendmal mehr als die Revolution." Giorgio lehnte nun den Kopf gegen die Wand und betrachtete die mageren Büsche, die den Garten umgrenzten. Sie sahen aus wie Oktoberbüsche eben aussehen. Eigentlich blickte er durch sie hindurch. Hinter seiner gerunzelten Stirn flossen die letzten Jahre in einem trägen Fluss vorbei. Damals, als es mit den Carbonari anfing, waren sie enthusiastisch gewesen. Sie wollten Italien umkrempeln, eine Trikolore wie die der Franzosen sollte vor allen Fenstern flattern. Wir sind Italiener und lieben unser Land, seine Kunst, seine Musik, seine Küche, seinen Wein. So vieles hat sich geändert. Heimlich hatten die Carbonari in den Wäldern angefangen, still hat sich über all die Jahre in den Enthusiasmus Angst eingeschlichen. Für unsere Idee und für Italien sterben, das hatten sie alle auf der Zunge. Aber was Anfangs wie ein Spiel aussah, wurde bitterer Ernst. Nun kam der Ernst und niemand wollte gerne sterben oder im Kerker verenden.

Giorgio öffnete wieder die Augen. Er erschrak. Etwas quälte ihn. Andrea. Was würde aus ihm werden? Er suchte bei Margherita Unterschlupf, während seine Frau in Fieberkrämpfen nach ihm schrie. Und was würde aus ihm, seinen Enkelkinder und seiner Frau werden? Landeten sie alle im Kerker? Giorgio beugte sich nach vorn, streckte die Hände aus, als wolle er jemanden abwehren, und sagte leise aber mit tödlicher Angst in der Stimme: „Nein, nein, es gibt noch so viel zu tun."

6

Von allem, was ich mir ersehne, erfüllt sich nichts, wenn man von den ersten aufregenden Stunden absieht. Ihr entzückender Körper benebelt meine Sinne, solange sie den Mund hält und sich hingibt. Das, grazie a dio, kann sie. Sie gibt sich sorglos, gedankenlos, und ich vermute sogar recht gefühllos hin. Sie legt sich bereit und ich darf mich wie an einer reichhaltigen Tafel bedienen. An ihrem Busen trinken, von ihren Lippen knabbert, in ihren Schoß weinen. Danach dreht sie sich weg. Es fehlt nur noch, dass ich sie bezahle. Noch schlimmer allerdings ist ihre Ignoranz gegenüber der Musik. Sie empfindet rein gar nichts. Wenn meine Violine erklingt, bleibt sie kalt, als habe sie einen Eisklotz anstelle eines Herzens in der Brust. Und spreche ich über meine Kompositionen, schaut sie belämmert wie ein Kalb, dem ich von trockenen Wiesen und mageren Gräsern vorschwärme. Nein. Ich bin entsetzlich enttäuscht. Nichts erinnert an das stille Mädchen, das ich an einem traurigen Tag in einer Kirche habe sitzen sehen. Was will sie denn von mir?

Mein Geld, meinen Ruhm will sie, das wird mir nach zwei Tagen klar. Die Erkenntnis ist ein böser Schlag auf den Kopf. Ich fühle mich betrogen, gleichzeitig fühle ich mich krank. Meine Haut juckt, mir ist übel, manchmal heiß, dann wieder kalt. Es geht mir nicht so gut, wie es mir mit einer jungen Frau gehen sollte. Nach vier Tagen, die mir wie vier Jahre vorkommen, verlasse ich die Person. Da sie sich weigert, sofort nach Neapel zurückzukehren, beauftrage ich eine Bäuerin für viel Geld, der Person Gesellschaft zu leisten, bis sie sich zur Reise entschlossen habe. Auch dafür deponiere ich Geld. Für alles sorge ich und dann verschwinde ich nach Mailand. Ach, will mich denn niemand glücklich?

Mutter und Carlo besuchen mich dort. Wer hat sie dazu überredet? Vermutlich der gute Germi. Er weiß von meinem Zustand. Als mich Madre sieht, faltet sie die Hände und betet. Sehe ich so grässlich aus? Carlo rät mir, schnellstens einen kompetenten Arzt aufzusuchen. Madre drängt mich, die Einladung des Generals Pino anzunehmen und mich in seiner Villa am Comer See zu erholen. Mir fehle die gute Luft und Ruhe, sagt sie. Das Reisen zehre an Nerven und Fleisch. Mutters Vorschlag gefällt mir gut, doch vernünftiger ist Carlos Rat. Vor allem, weil er auch der Germis ist.

Und so reise ich mit Carlo nach Pavia. Die Stadt ist ein Friedhof, es gibt keine Studenten, nur wenige Leute der besseren Gesellschaft, die ich nicht kennenlernen will. Die meisten sind noch in der Sommerfrische. In Pavia treffe ich den bekanntesten Arzt ganz Italiens und lasse mich von ihm untersuchen.

Dottore Borda befürwortet den Aderlass, was mich etwas stutzig macht und meinen Glauben untergräbt, der Mann verdanke seine Berühmtheit seinem medizinischen Wissen. Zunächst entkleide ich mich nur halbwegs und hoffe, das Unterkleid anbehalten zu dürfen. Er übergeht meine Hemmungen, schiebt das Unterkleid bis zum Beckenknochen herunter, tastet unter den Achseln, im Nacken, am Hals, betrachtet mit einer Lupe meine Haut. Dann schaut er in den Mund. Sein Gesichtsausdruck verfinstert sich.

„Signor Paganini, es tut mir leid, aber es ist nun mal so. Sie leiden an der Lues Venerea und es wundert mich, dass Sie noch am Leben sind."

Ich zucke zusammen. Der Verdacht des sizilianischen Arztes bestätigt sich also. Dass sich hinter dem recht musikalischen Namen der Tod verbirgt, hatte der Stümper nicht erwähnt.

„Was heißt das im Klartext, Dottore?"

„Es ist eine unheilbringende Liebesseuche." Borda senkt den Kopf. Sein Augenglas fällt herunter. Betreten sehe ich weg und frage mit abgewandtem Gesicht:

„Wie weit ist das Unheil bei mir fortgeschritten?" Langsam wird mir klar, warum ich mich immer wieder elend fühle. In mir schleicht der Tod. Er wartet nur noch ein wenig. Es amüsiert ihn, mich zu quälen.

„Ihre Lymphknoten sind vergrößert, auf der Haut haben sich rosa gefärbte Flecken gebildet, die sich an manchen Stellen schon verknoten. Es sind Papeln und man nennt sie Condylomata lata. Ist es Ihnen aufgefallen?"

Ich sinke in einen Stuhl und sehe stumpf an ihm hinauf. Er quält mich mit seinem medizinischen Geschwafel, bleibt mir derweil eine klare Antwort schuldig.

„Meine Haut ist sehr empfindlich und reagiert auf Kälte oder Hitze mit Rötungen sämtlicher Nuancen. Also bitte, Dottore, beantworten Sie mir meine Frage statt zu palavern!"

„Drücken wir es mal heftig aus: Sie befinden sich im Sekundärstadium der Krankheit."

Solange es nicht das Endstadium ist, ist die Schlacht noch nicht verloren, denke ich und sehe ihn dementsprechend an.

„Es gibt wirksame Mittel, Signor. Eine Therapie gegen die Seuche. Seien Sie guten Mutes."

„Warum sollte ich es auf Ihre grausame Diagnose hin sein?" Eine dumme Frage, denn mittlerweile weiß ich, welch gigantischen Mut es verlangt, sich in die Hände eines Arztes zu begeben.

„Die Quecksilberkur zerstört wohl das Treponema pollidum, attackiert allerdings ihren Körper. Aber auch dagegen können wir angehen."

„Und solange das Treponema pollidum nicht niedergestreckt ist, bin ich dem Tod geweiht, ja?"

Signor Borda blickt mich anerkennend an. Sein Mund steht schon offen, bevor er mir dazu gratuliert, den Namen des Bakteriums so schnell aufgegriffen zu haben. Sein Lob ist mir Beleidigung. Wie kann er einen Mann, der unzählige Partituren im Kopf hat und sie aus dem Gedächtnis spielt, so gering einschätzen, sobald es sich nur um einige lumpige lateinische Wörter handelt? Nun rühren sich wieder Zweifel in mir. Kann ich ihm und seiner Kur vertrauen?

„Die Kur ist also unerlässlich?"

„Sie ist momentan das einzig existente Mittel gegen die Lues Venerea."

Lues Venerea, murmele ich. Hinter dem schönen Namen verbirgt sich die Fratze des Todes. So ist es mit mancher Frau. In Gedanken versunken verlasse ich den Arzt.

Dass die Gegend, durch die wir von Pavia zurück nach Mailand rumpeln, reizvoll ist, höre ich von Germi. Er begeistert sich für die Farbenpracht der unterschiedlichen Laubbäume. Sein Auge ist geblendet von den herrlichen Gold- und Ambertönen der Blätter. Trauerweiden sind darunter. Ich sehe auf. Ich liebe Trauerweiden, ihre tief hängenden Äste machen mich sentimental. Der Herbst kündigt sich an, die Tage werden kürzer, der Wind kühler, die Sonne wärmt nicht mehr. Da mag er uns mit seinen Farben ein wenig täuschen, in ihm sitzt die Kälte, so wie in mir der Tod sitzt. Aber ich werde dagegen kämpfen. Mit allen Mitteln.

Mutter weiß nicht, woran ich erkrankt bin, aber sie bleibt in Mailand und wacht über die Anweisungen des Arztes. In ihrer Qual strickt sie mir aus schwarzer Wolle eine Nachtmütze, die meinen armen Kopf wärmen soll. Die vermaledeite Quecksilberkur raubt mir jegliche Kraft, bringt meinen Körper in Aufruhr. Tagsüber plagt mich ein schleimiger Husten, der mich nachts zu ersticken droht. Mehrmals taucht Madre des Nachts wie ein Gespenst aus dem Dunkeln und jammert: „Santa Maria, Niccolò, lebst du noch?" Der Husten hindert mich am Geigenspiel, das mir Borda ohnehin verboten hat. Mutter bringt mir Schüsseln, um den Schleim abzuhusten, Borda verabreicht Opium, damit ich wenigstens nachts Ruhe finde. Doch Opium und Quecksilber attackieren meine Eingeweide und setzen meinen Darm in Flammen. Er entzündet sich und ich kann weder liegen, sitzen noch stehen. Die Schmerzen im Unterleib sind unerträglich. Verzweifelt werfe ich mich auf den Boden und krümme mich ächzend unter Stichen, heftigen Verkrampfungen, elektrischen Schüben. Meine Schreie dringen durchs Haus, Madre ringt und faltet die Hände abwechselnd. Sie hilft mir ins Bett, verabreicht lindernde Kräutersafte, etwas Suppe, etwas Brot, doch mein Magen verdaut nichts. Es lodert ein Feuer in ihm und ich fürchte zu explodieren.

Dann kitzelt es in meinen Hals, es würgt mich und Suppe, Brot und Quecksilber stoßen hoch. Nicht einmal eine Tasse Schokolade verdaut mein gequälter Wanst. Ich spucke mehrmals am Tag. Die Kur wird mich umbringen, denke ich. Borda kommt und massiert meinen Unterleib. Das hilft und er unterwirft mich fortan täglichen Massagen. Er hat sich in einem Mailänder Hotel eingemietet, wofür natürlich ich bezahle. Sobald ich alle Sinne beisammen habe, rechne ich die Kosten hoch. Das alles beläuft sich auf ein Vermögen und ich kann keine Konzerte halten. Wie soll ich das bezahlen? Als ich mein rotes Büchlein konsultiere, wird mir schwarz vor Augen. In den letzten Wochen rieselte mir das Geld nur so durch die Finger. Die Rechnung für meine Mailänder Wohnung ist astronomisch. Da ich krank bin, brauche ich mehr Wäsche, was mir die Vermieter natürlich extra berechnen, nebenbei erhöhen sie alles andere, weil ein kranker Mann eine Seuche ist. Meine Ausgaben für zwei Monate, in denen ich kaum gegessen und keinen Wein getrunken habe, weil er mir von Borda untersagt worden war, betragen 400 Lire, Mutter und Borda nicht eingerechnet. Ich verarme in Mailand und werde als Kirchenmaus begraben. Bin ich nur einige Wochen mit der Zahlung im Verzug, droht mir der Vermieter, mich samt Bett aufs Trottoir zu stellen. Vorgestern wachte ich mit einem Wohlgefühl auf und erwog, eine Sonata zu schreiben. Doch nun bin ich wieder völlig erschlagen. Mutter sagt, ich hätte Fieber und sähe ganz gelb aus. Früher sah ich leichenblass aus. Solange ich nicht die Farbe der Herbstbäume trage, darf ich mich nicht beklagen. Dennoch: Signor Borda mag Ordinarius am Ateneo in Pavia sein und berühmter als ich, langsam zweifle ich an seiner Kompetenz. Nun verordnet er mir auch noch Eselsmilch und untersagt mir ein weiteres Mal jeglichen Tropfen Wein. Bestie!

Kurz vor Weihnachten spaziere ich durch die Wohnung, ohne zu taumeln. Mutters Essen wird besser verdaut und meine geliebte Tasse Schokolade bekommt mir ausgezeichnet. Ich beschließe, die Wohnung zu kündigen und nach Genua zu reisen. Der heraufziehende Winter stört mich nicht. Jetzt, da sich mein Körper zu beruhigen beginnt, arbeiten mein Herz und mein Gehirn, da mag es regnen und Winde blasen, soviel es will. In mir wächst ein neues Konzert. Die Zeit ist reif.

Das Haus in Ramairone sollte verputzt werden, einige Zimmer werden renoviert und Mutter wünscht eine neue Küche, denn sie wird auch in der nächsten Zeit für mich sorgen. Als ich soweit genesen bin und ohne zu kippen auf festen Beinen stehe, gebe ich Privatunterricht. Einer der Schüler heißt Camillo Sivori. Ich unterrichte ihn dreimal wöchentlich und bin über seine flinke Auffassungsgabe und die Leichtigkeit seines Spiels überrascht. Leider zwingt mich meine Krankheit, diese vielversprechende Arbeit abzubrechen und nach Pavia zu reisen. Ich dürfe mich nicht durch das Abklingen der Symptome beirren lassen, lese ich in Bordas Brief. Vermutlich sei inzwischen das latente Stadium eingetreten, in dem der Erreger ruhe, dennoch vorhanden sei. Wir aber wollen ihn gänzlich ausmerzen, schreibt er mit dicker Tinte.

„Und was haben Sie nun vor, um das Treponema pollidum gänzlich auszumerzen?“, frage ich, als ich ihm gegenüberstehe. Er lacht kurz und sagt:

„Paganini, Sie haben wirklich ein außerordentliches Gedächtnis. Nun gut … die Flecken verblassen, die Beschwerden haben nachgelassen …“

„Weil ich das verdammte Quecksilber abgesetzt habe. Es ist scheußlich. Es hat mir meine Eingeweide angebrannt."

„Sie sollten es auf der Stelle wieder einnehmen, sonst wird der Erreger zum zerstörenden Ungeheuer in Ihnen anwachsen."

Entsetzt glotze ich ihn an. Aus meinem Gesicht ist jegliche Farbe gewichen. Bordas erschrickt. So habe ich ihn gern, den berühmten Mann, der mich zu einer nichtsnutzigen Krücke macht, statt mich vom Leiden zu befreien.

„Das werde ich nicht!", schreie ich. „Ich hab unsäglich gelitten. Das Leben wurde mir verleidet. Nichts schmeckte, nichts wurde verdaut, mein Bauch blähte sich auf und nun …" Ich fixierte mit meinen glühenden Augen die seinen. „Nun brennt das verdammte Quecksilber mir auch Löcher in die Zähne und ins Zahnfleisch." Ich reiße meinen Mund auf und deute hinein. Borda weicht zurück. Ich folge ihm mit aufgerissenem Mund, wobei ich an dem Zahn rüttele, der mich peinigt. Borda duckt sich, hält schützend die Arme vors Gesicht. Hat er Angst vor mir oder meinem Rüssel?

„Signor Paganini, beruhigen Sie sich doch!" Mittlerweile zittert er vor Bedrängnis und ich lasse von ihm ab. „So sollten Sie nicht mit mir umgehen, ich bin der berühmte Ordinarius Borda." Kerzengerade steht er nun vor mir. Seine Züge sind streng und arrogant.

„Und ich bin der berühmte Musikus Paganini!", äffe ich ihn nach. „Sorgen Sie dafür, dass dieser Musikus noch etwas zustande bringt, bevor er diese Welt verlässt! Sie Ordinarius, Sie!"

Bordas bittet mich, an einem Stuhl am Fenster Platz zu nehmen. Ich mache meinen Mund weit auf. Natürlich wende ich mich voll dem Licht zu, damit der Herr Ordinarius in der Dunkelheit meines Rachens etwas entdecken kann. Ich schließe die Augen, höre sein Schnaufen, vermischt mit Mhhhs und tja, tja, tja, dann höre ich seine Stimme.

„Kein Grund zur Aufregung. Bis jetzt sind die Zähne weitgehend intakt. Ihr Zahnfleisch hat ein wenig gelitten. Es ist gerötet und gereizt."

„Nicht weniger als ich."

„Um weiteren Mundschäden vorzubeugen und diese zu lindern, werden Sie Mundspülungen vornehmen. Mehrmals täglich. Außerdem werden Sie das Quecksilber fortführen, den Wein meiden und einen Liter Eselsmilch pro Tag trinken."

Ich möchte mich verhört haben. Ich fühle mich wie in einem dieser Konzerte, bei denen nur grauenhafte Musik gespielt wird.

„Nun, Signor Paganini, Sie sind so schweigsam. Was denken Sie?"

Gott allein weiß, wie viele Monate ich noch in dieser Lage verbringen muss. Ich eile hinaus, eile aus der Stadt, kehre nach Genua zurück und schließe mich in mein Zimmer ein. Draußen riecht es nach Frühling. Der Himmel strahlt und seine Freude spiegelt sich im Meer wider. Es glitzert und funkelt, in der Luft tanzen Edelsteine. Das ist das Leben. Ich möchte komponieren, doch mir fällt nichts ein. Aber ich spiele. Auch wenn ich nur für den Frühling, den strahlenden Himmel, das glitzernde Meer spiele, deren Applaus recht zurückhaltend ist. Dies hält mich am Leben. Und weil ich am Leben bleiben will, sorge ich dafür, dass es wieder ausgefüllt ist. Ich übertrage Luigi Germi die Vollmacht über meine Konten, mache ihn zum Vollstrecker aller geschäftlichen und nichtgeschäftlichen Angelegenheiten. Sollte ich doch noch eine junge Frau finden, mag er mein Trauzeuge sein und der Taufpate aller meiner Kinder. Im Juni reise ich nach Mailand, um die Catalina zu hören und einige Konzerte in Pavia und Mailand zu organisieren. Angelica Catalina hat eine kräftige und bewegliche Stimme, aber ihr fehlt das Maß und musikalische Philosophie. Sie erreicht die höchsten und tiefsten Lagen, aber sie hätte mehr Seele, wäre sie in die Schule bekannter Meister gegangen.

Meine Viola, die Stradivari und eine Amati müssen zum Geigenbauer Mantegazza gebracht werden. Im Übrigen werde ich nach Cremona reisen und mich nach einer zweiten Stradivari umsehen. Ich liebe diese Werkstätten, den Geruch nach Holz und Lack. Ich sehe dem Geigenbauer gerne auf die Hand. Ach, wie schön kann doch das Leben sein.

7

Von der Angst geplagt, die Lues Venera niemals loszuwerden, nehme ich endlich die Einladung General Pinos an. Er hat einen weitläufigen Landsitz am Lago di Como mit Blick auf den See und er ist ein herzlicher Mensch. Nur wenige Stunden, nachdem ich ihm von meinen Leiden und der scheußlichen Borda-Kur erzählt habe, stehen ein Esel im Garten und eine Kuh im Stall. Er wünsche nichts mehr, als mich gesund und glücklich zu sehen, sagt er, den Esel zufrieden durchs Fenster betrachtend.

„Und Sie wünschen nicht, den alten Paganini mit seiner Geige wiederzusehen?"

„Den alten Paganini treffe ich, sobald er gesund und glücklich ist."

„Sicherlich werde ich in Ihrem Heim endlich genesen."

„Dann bleiben Sie so lange hier, bis es so weit ist. Ich befehle es Ihnen!"

Dem ist nicht leicht Folge zu leisten, denn es treibt mich immerzu weiter. Die Konzerte fehlen mir. Ich fühle mich leer und unnütz, doch das Schlimmste ist, dass mein letzter Strohhalm der Liebe gerissen ist. In all den Jahren, während ich auf der Suche nach der geeigneten Lebenspartnerin und Mutter meiner Kinder jungen Mädchen hinterherhechelte, tröstete mich stets der Gedanke, irgendwo Fiorella zu wissen. Wenn es mit keiner klappt, heirate ich Fiorella eines Tages, beruhigte ich mich. Dann werde ich zwar keine Kinder haben, aber eine liebende Frau. Unglücklicherweise hatte Fiorella längst anders entschieden, ohne mich zu fragen. Germi übersandte mir vor wenigen Tagen einen an ihn adressierten, doch an mich gerichteten Brief der einzigen Frau, die einen Mann wie mich glücklich machen könnte: „Liebster Niccolò, du weißt, meine Liebe zu dir wird nie zugrunde gehen. Sie ist für immer in mein Herz graviert. Die Stunden mit dir waren reich und funkelnd von Lust und Glückseligkeit, doch sie sind ohne Zukunft. Seit einiger Zeit gehöre ich einem anderen Mann. Er liebt mich seit meiner Kindheit. Mit ihm könnte ich alt werden, auch ohne ihm Kinder zu gebären. Er ist jung und augenblicklich in großer Gefahr. Trotz meiner Liebe zu dir werde ich nun an seiner Seite sein. Oh nein, Niccolò! Schüttle nicht den Kopf. Du weißt sehr gut, dass in einem großen Herzen Platz für zwei ist. Deine Musik nimmt einen großen Platz ein, und du verströmst dich in ihr mehr, als du dich in mir verströmt hast. Das letzte Mal habe ich dich im Teatro del Fondo in Neapel gesehen, und deine Musik beneidet um all die Liebe, den Übermut, den Wahnsinn, die Wollust und den glühenden Schmerz, den du ihr schenkst. Du hast den Menschen im Saal die schönsten Glücksmomente gegeben. Nach den Variationen auf der vierten Saite brachte man dir einen Pelz. Blass wie der Tod und am ganzen Körper zitternd, hülltest du dich hinein. Ich sah dich von weitem im Hintergrund des Orchesters auf einem Sessel. Erschöpft, ausgelaugt, ausgeströmt, als ob das Leben aus dir gewichen wäre, und doch strahlten deine Augen.

Wir werden uns wiedersehen. Später. Dann werde ich dir diesen Mann vorstellen. Er wird dir gefallen. Er sieht aus wie der ‚Mann mit Handschuh' von Tizian. Sei umarmt. Deine Fiorella."

… Wie der „Mann mit Handschuh" von Tizian! Dieser letzte Satz hätte nicht sein müssen. Er verletzt mich. Natürlich weiß ich nicht, wie dieser Mann aussieht, denn selten komme ich in ein Museum und meistens sehe ich mir die Gemälde in den Villen meiner Gastgeber nicht an. Aber ich vermute, dass er besser aussieht als ich, und dazu gehört wahrhaftig nicht viel.

Es ist Sommer in Cernobbio. Der sanfte Himmel mit seinem wunderbaren Blau, das meinen Augen Balsam ist, die würzige, heitere Luft, die gute Laune des Generals und die freundliche Zuwendung seiner Gäste lenken von der Wunde ab, die Fiorellas Brief geschlagen hat. Ich hätte nicht gedacht, dass ich nach all der Zeit noch darunter leide.

Immer wieder taucht eine junge Dame auf, die mir sehr zugetan zu sein scheint. Sie umgarnt mich mit ihrem sonnigen Lächeln, redet munter – manchmal artet es in ein nichtssagendes Geplapper aus – und hin und wieder singt sie uns etwas vor. Der General begleitet sie auf dem Piano und ich muss gestehen: Ich höre sie gerne. Sie ist bei weitem keine Catalina, aber sie hat ein angenehmes Timbre und viel Charme. Wenn sie in ihrem dunkelblauen Kleid mit dem weiten Ausschnitt vor uns steht, die Arme anmutig bewegt und beim Singen ein wenig den Kopf hin und her wirft, so dass ihr dunkles, am Hinterkopf befestigtes volles Haar lustig wippt, könnte ich mich beinahe in sie verlieben. Ihr Gesicht ist frisch, und ihre lebhaften Augen sind meist auf mich gerichtet. Ich weiß nicht was eine schöne junge Frau momentan an mir finden kann. Trotz Eselmilch und strenger Diät bin ich ein kranker Mann und sehe dementsprechend aus. Mein Zustand hatte sich vorübergehend gebessert, doch der Schein trügt. Am vorletzten Abend bei Tisch dreht sich der Raum um mich. Es fängt harmlos an. Mein Rücken schmerzt, ich sitze gekrümmt, das Atmen fällt mir schwer und ich fühle große Mattigkeit. Um mir nichts anmerken zu lassen, verfolge ich konzentriert das Gespräch. Wie immer, wenn ich zugegen bin, geht es um Musik. Man spricht von Rossini. In seiner Musik liege Initiative, sagt ein junger Mann, der aussieht wie ein Student, darum gefalle er den aufgeklärten Menschen, die für ein unabhängiges, geeintes Italien kämpften. Ich höre diese Worte und denke an den „Mann mit Handschuh". Ganz unpassend und sehr zum Ärger des Studenten Francesco verwirre ich seine Rede mit der Frage, ob jemand Tizians Gemälde kenne.

„Ich war in einem Palazzo in Florenz eingeladen, in dem Gemälde von Tizian hängen. Aber der ‚Mann mit Handschuh'?" Die junge Frau, deren Namen mir sicher genannt wurde, den ich aber vergessen habe, errötet vor Beflissenheit. „Wenn Sie es aber wünschen, Signor Paganini, kann ich meine Freunde fragen. Sie verkehren in den besten Häusern und …"

Zähneknirschend unterbricht der Student das reizende Mädchen.

„Ich antworte Ihnen auf der Stelle, Signor Paganini. Ich studiere Kunst am Instituto dell' Arte in Turin und reise ab und zu mit

Kunstfreunden nach Paris. Sie wissen vielleicht, dass die Galerie Ludwigs XVI. unter der Regierung des Konvents zur Staatsgalerie wurde. Wir konnten im Louvre eine riesige Ansammlung von Gemälden aller Nationen betrachten. Darunter auch den ‚Mann mit Handschuh' von Tizian."

„Vermutlich hat es Napoleon aus Italien verschleppt. Er scheute sich ja nicht, das gesamte künstlerische Erbe Europas in seinen Besitz zu bringen."

„Hier täuschen Sie sich, verehrter Herr Paganini. Der ‚Mann mit Handschuh' wurde schon von Ludwig XIV. erworben, hing etwas vernachlässigt in Versailles und gelangte 1792 ins Louvre. Für das Schloss Racconigi in Turin werden ähnliche Pläne geschmiedet wie für den Louvre. Man hat vor, dort Bilder des italienischen und europäischen Klassizismus zu horten." Allmählich geht mir der gebildete Besserwisser auf die Nerven.

„Und wie sieht dieses Gemälde nun aus?", frage ich ungehalten.

„Es stellt einen hübschen jungen Mann von edler Herkunft dar. Seine Gesichtszüge sind fein, ebenmäßig und so schön wie bei einem Mädchen." Dies alles sagt er nun plötzlich äußerst rasch, da er zum Thema Politik zurückkehren und dennoch mir gegenüber nicht unhöflich sein will. Mir sacken die Mundwinkel herunter. Ich fühle mich schwindlig. Wie kann mich Fiorella nur so beleidigen? Vielleicht ist es Absicht. Vielleicht soll ich sie endgültig aus meinen Gedanken verbannen. Melancholisch betrachte ich die junge Dame. Sie erwidert meinen Blick. Weniger melancholisch, stattdessen sehr einladend. Ihr Mund ist großzügig, die Oberlippe ein wenig aufgeworfen. Ach, fühlte ich mich nur ein wenig besser, dann könnte ich mich mit ihr vergnügen. Sie scheint nichts anderes anzustreben. Aber ob ich ein leistungsfähiger Geselle sein würde? Eselsmilch ist nicht sehr anregend. Mein Körper ist durch diese fürchterliche Kur vielleicht gesünder, aber elend schwach. Ich verfluche Borda und seine Sippe.

„Signorina?" Ich hebe die Augenbrauen, will ihr ein Kompliment machen, doch mir fällt rein gar nichts ein. Ihre Stimme hat nicht genügend Größe, um bewundert zu werden, und ihr Aussehen ist nicht frappierend genug. Vielleicht ihr Name? Wie heißt sie nur?

„Signorina, verzeihen Sie mir mein Versäumnis, Ihnen nicht zu Ihrem wunderschönen Namen gratuliert zu haben. Hiermit hole ich das Versäumnis nach. Ihr Name ist für einen Musiker eine Wohltat." Damit hoffe ich, ihn ihr nochmals zu entlocken. Zunächst muss ich mich gedulden. Zunächst sind alle Augen erstaunt auf mich gerichtet. Habe ich etwas Peinliches gesagt? Wenn sie nun einen unaussprechlichen Namen hat? Mag sein, das würde auch mein Vergesslichkeit erklären, denn normalerweise behalte ich einmal erwähnte Namen leicht im Gedächtnis. General Pino rettet mich.

„Vortrefflich, vortrefflich, Niccolò! Sie sind wahrhaftig ein Charmeur. Der Name eignet sich ausgezeichnet für Vokalübungen. Ha, ha." Sein vom Rosso di Montalcino gerötetes Gesicht wendet sich der jungen Dame zu, die ihrerseits beleidigt dreinschaut und kontert:

„Für Vokalübungen eignen sich viele Namen unseres Landes. Ricarda, Teresa, Paola, Domenica, Niccolò. Meiner macht da keine Ausnahme." Und um es zu verdeutlichen, hebt sie an zu singen: Riiii-caaar-daaaa, und einen Ton höher: Paaa-oooo-laaaa … Bevor sie ihr recht dünn klingendes zweigestrichenes A erreicht, rufe ich:

„Er ist eine Ausnahme, weil er sich eben nicht allein für Vokalübungen eignet." Ein liebliches Strahlen ihres Gesichtes belohnt mich. Wenn es mir eines Tages besser geht, denke ich still für mich, dann werde ich der Dame den Hof machen. Sie hat so etwas, das mich trotz Eselsmilch und Weinverbot anregt. All die Zeit werde ich von den wütenden Blicken des Studenten geradezu durchlöchert und böse taxiert er auch die junge Dame. Kaum habe ich meinen Satz zu Ende formuliert, nimmt der Student seinen Gesprächstoff wieder auf. Vom einzig erwähnenswerten Opernkomponisten, meinem Freund Rossini, springt er zum Istituto dell'Arte und endet beim Aufstand in Turin. Nun erfahren wir in beeindruckendem Tempo von einem gewissen Guiseppe Mazzini, der mit seinen knapp siebzehn Jahren ein erstaunliches Wissen besitze und die Kraft, Italien aus der Herrschaft der Österreicher zu befreien. Student Francesco nennt ihn den Moses der Einheit. Wie Moses, der den um das Goldene Kalb tanzenden Götzendienern prophezeite, jede falsche Anbetung stürze sie ins Verderben, so warne Mazzini vor verlogenen Bündnissen. Das habe man an Napoleon gesehen, als er Bündnispartner im Krieg gegen Österreich war. Der habe doch kein souveränes Italien gewünscht, sondern aus Rom eine Zweigstelle von Paris machen wollen. Und vor Metternich warne Mazzini besonders. Dem sei nicht zu trauen. Leider habe man Mazzini geschnappt und in der Festung Savons einige Zeit eingesperrt, bis er ins Exil geschickt wurde.

Der Student macht eine Pause, was mir gelegen kommt. Meine Eingeweide brennen, in der Kehle juckt es verdächtig. Ich fürchte einen Hustenanfall und entschuldige mich. Während ich aufstehe, sagt der Student eilig:

„Ihr Spiel, Signor Paganini, bewundere ich sehr. Sie sind ein Genie. Nie habe ich jemanden so Geige spielen hören. Manche Ihrer Kompositionen haben echt europäischen Rang, stürmen nach vorn, antizipieren die Unabhängigkeit. Warum dann, zum Teufel, drehen Sie Ihr Fähnchen nach dem Wind? Sie komponieren für Napoleon, Sie spielen für Metternich und würden vermutlich auch Mazzini ein Ständchen bringen, wenn er Regent wäre."

Herablassend schaue ich in die Runde. Die junge Frau blickt besorgt, Pino wirkt betreten. Nein, getreten. Richtet dieser junge Mensch mit seinen beleidigenden Worten seine Lanze nicht auch gegen Pino? Der General ist Italiener, wurde unter Napoleon ausgezeichnet und zog nach dem Wiener Kongress nach Wien, wo er mehrere Ämter bekleidete. Nun hockt er in seinem Heimatort und ist ein braver Italiener, der rein gar nichts gegen ein einheitliches Italien hat, nur dabei nicht gefährdet werden will.

„Ich bin kein Kämpfer!", antworte ich gelassen und wende mich zum Gehen.

„Si, si!", ruft Student Francesco. „Mit Ihrer Musik können Sie die Welt umkrempeln. Wo unser Denken aufhört, fängt Paganini an."

Entweder hat der Junge zuviel getrunken, worum ich ihn glühend beneide, oder er spinnt. Ich mache eine leichte Neigung mit dem Kopf und gehe ins Freie. Der Abend ist mild und frische Luft hat mir schon immer sehr gut getan, wenn ich meine Beine auch vor lauter Schwäche kaum spüre.

Zum Kaffee im Salon treffen sich nur noch das Ehepaar Pino, ein gewisser Signor Botto und die junge Dame. Vom Studenten keine Spur mehr. Vielleicht war er also nur ein Spuk.

Mit etwas Nachdruck meinerseits erfahre ich von Pino endlich den Namen der Dame. „Antonia Bianchi!“, flüstert er und fügt an: „Sie sind mir ein Schelm, aber ich begrüße dies. Es geht gesundheitlich aufwärts, nicht wahr?“ Er zwinkert bedeutungsvoll. Gut erzogen wie er ist, blickt er dabei nicht auf meine Hose. Er würde dort auch das Übliche entdecken. Nichts außer dem Schlottern des Stoffes, sowohl heute als auch morgen und vielleicht noch mehrere Wochen, wenn es mir weiterhin so elend geht.

Ende August beschließe ich, nach Mailand zu reisen, denn das Landleben zermürbt auf die Dauer meinen Geist. Mehrfach versuchte ich, Sonatinen zu komponieren, doch sie entglitten mir. An einem milden Augustabend gelingt mir schließlich ein „Cantabile e Valtz“ für Violine und Gitarre. Die Eingebung weckte mich, als ich verschlafen in einem dunklen Winkel des Gästezimmers kauerte. Ich hatte den Himmel betrachtet und dabei gedacht, wie grässlich es doch sein musste, in kalter Erde zu liegen, in ein Stück Holz gebettet, und von Würmern angefallen zu werden. Da blitzte wie ein Segen eine sanfte Melodie in meinen Gedanken auf. Sie ist munter, eher anspruchslos und beginnt mit einem „Cantabile quasi adagio“ in …? Ich lausche. Natürlich ist es E-Dur. Ich haste zur einzigen brennenden Kerze, entzünde den Kandelaber am Sekretär und schreibe die Partitur. Sämtliche Lagenwechsel zeichne ich eigenhändig ein und widme das Stück meinem Schüler Sivori aus Genua. Der Junge hat mit seinen zehn Jahren ein außergewöhnliches Talent und ist ein netter Kerl.

Ein gelungener Abschluss meines Aufenthaltes, denke ich und entkleide mich fürs Bett.

Von Antonia verabschiede ich mich am nächsten Tag mit Handkuss und verspreche ihr, bald wiederzukommen. Sie schaut ungläubig. Die Erinnerung an ihr entzückendes, fragendes Gesicht begleitet mich auf der Reise. Es ist sehr früh am Morgen. Am Himmel hängen graue aufgelockerte Wölkchen, die eine ferne, aufgehende Sonne violett färbt. Dieser Himmel wirkt hoffnungsvoller als der gestrige, aber vielleicht empfinde ich es nur, weil ich endlich wieder etwas komponiert habe. Denn mein Gesamtzustand ist ein desolater. Ärzte sind nicht hilfreich. Glücklich ist der, der von dieser Welt Abschied nehmen kann, ohne in die Hände dieser Schurken zu gelangen. Bordas mit seiner Quecksilberkur und den elenden Aderlässen! Fünf davon musste ich erdulden, damit er, wie er sagte, die Ursachen meines Hustens herausfinden kann. Dient denn mein Körper Versuchszwecken? Gleichzeit stopft er mich mit Opium voll, der den Husten beruhigen soll, mich aber aller Fähigkeiten beraubt. Es heißt wohl, Opium stärke die Manneskraft, aber davon habe ich nichts gemerkt. Nicht einmal beim Anblick der anregenden Antonia Bianchi. Ach, Antonia. Wird es dir gelingen, Fiorella zu verdrängen? Es wäre mir nur allzu recht.

Ich fahre direkt zu Rolla. Er erwartet mich ungeduldig. Noch immer spricht man von meinen Erfolgen und er brennt darauf, viele Konzerte zu organisieren. Bei meinem Anblick schaut er bedenklich. Seine Frau umarmt mich herzlich, kann ihren Schreck über mein Aussehen jedoch kaum verbergen.

Den Abend und den folgenden Tag schwirren Signora Rolla und eine Magd um mich herum. Ich erhalte Kräuterbäder, werde wegen meiner Unterleibsschmerzen massiert, trinke Kuh- und Eselsmilch in Massen und fühle mich dennoch elend, ach so elend. Ablenkung verschaffen mir Spaziergänge und die Mailänder Kaffeehäuser, wo ich trotz Verbotes Kuchen esse und in doppelten Mengen Schokoladengetränke in mich hineinschütte. Ich sollte freilich unauffällig bleiben, was mit meiner außerirdischen Gestalt nicht einfach ist. Hin und wieder werde ich erkannt. So auch von einem Arzt, der mich sogleich anspricht. Nachdem seine Litanei über mein Genie, meine erstaunliche Leistung und unglaubliche Spielkunst sowie den Zauber meiner Violine verklungen ist, kommt er auf meine Gesundheit zu sprechen. Und schon nach wenigen Minuten stellt sich heraus, dass Borda keine medizinische Koryphäe ist, sondern ein betrügerischer Dilettant. Dieser Signor verspricht, mich endgültig zu heilen. Auf der Stelle müsse ich die nutzlose und schwächende Kur abstellen, stattdessen von ihm zubereitete Tees trinken sowie gewisse Pillen einnehmen. Ich darf ab sofort gebratene Kalbssteaks essen und guten Wein trinken. Schon als ich das alles höre, geht es mir besser. Obwohl der junge Herr Spitzer Arzt ist, möchte ich ihm vertrauen. So lasse ich mich also von ihm behandeln. Was bleibt mir schon übrig?

Nach kurzer Zeit geht es bergauf. In Begleitung Rollas besuche ich die Scala, sehe mir ein Ballett an, dessen Inhalt mir entgangen ist, während mir die anmutigen Mädchen fast schmerzhaft in Erinnerung bleiben. Ich treffe Salvatore Viganò wieder, beglückwünsche ihn zu der hübschen Choreographie und erstaune ihn damit, seinen Namen noch zu wissen.

Wir gehen ins Teatro Regio, wo die Zuschauer so fürchterlich lärmen, dass ich weder das Orchester noch die Sänger gut höre. An diesem Abend ist es einerlei, weil sie die grauenhafte Musik eines Opernkomponisten aus Parma spielen. Ja, und seit mit wohler ist, kehren wir bei Signor Zin zum Essen ein. Er brät wunderbare Kalbssteaks und hat erlesene Weine. Im Grunde bin ich zufrieden. Deshalb erwäge ich auch, die Winterzeit auf Pinos Landsitz zu verbringen. Sicher wird die muntere Antonia zu Gast sein und allein der Gedanke an ihre sehnsüchtigen Augen belebt meine schlaffen Glieder.

8

Giorgio starb an jenem regnerischen Oktobertag. Als Giuliana ihn trotz des stürmischen Regens nicht ins Haus hatte treten sehen, war sie in den Garten gegangen. Dort fand sie ihn auf der Hausbank, den Kopf leicht nach vorn geneigt, als hielte er ein Nickerchen. In stiller Trauer kniete Giuliana vor ihm nieder. Dicke Tropfen hämmerten auf ihre Schultern, der Regen drang durch den Stoff auf ihre Haut, doch sie spürte ihn nicht. Vorsichtig strich sie ihm das nasse Haar aus dem Gesicht, reckte sich ein wenig und umschlang ihn mit beiden Armen.

Zwei Jahre waren seitdem vergangen. Giuliana hauste bescheiden neben Carlotta und den Kindern im Haus auf den Hügeln, Andrea versteckte sich in Margheritas Palazzo im Polcevera-Tal. Dreimal wöchentlich besuchte Carlotta mit den Kindern den Palazzo. Es hieß, sie würde für das Edelfräulein nähen und ihr Gesellschaft leisten, denn das Edelfräulein lebte in der Tat sehr zurückgezogen. Carlotta aber kam, um ihren Mann zu sehen, und die Kinder verlangten nach ihrem Vater. Mittlerweile waren die Zeiten für einen Carbonaro so gefährlich geworden, dass er sich besser in der Öffentlichkeit nicht mehr blicken ließ. Verbittert saß Andrea in den von außen uneinsehbaren Gemächern Margheritas. Er starrte auf die Fliesen aus Carrara, ohne sie zu sehen. Den prächtigen Baderaum, in dem der grüne Marmor aus dem Polcevera-Tal glänzte, hätte er gerne gegen eine einfache Holzwanne eingetauscht. Die venezianischen Möbel und Leuchter der reichen Margherita, das viele Silber überall, die eindrucksvollen Gemälde eines Raffael machten ihn nur viel trauriger. Das pompöse Bett, in dem er mit ihr schlief, wurde täglich mehr zu einem Feind. Er freute sich auf Carlotta. Auf ihre dunklen Augen, ihr südländisches Gesicht, ihr schwarzes Haar, das sie hoch am Hinterkopf geknotet trug. Er freute sich auf ihr herzhaftes Lachen, das aus der Seele kam. Ihr gebräuntes Gesicht strahlte, die feinen goldenen Ohrgehänge glitzerten wie Diamantfäden, wenn sie ihr breites Schultertuch entfernte und die schwarze Haarpracht lockerte. Dann schlief er auch mit ihr. Die Frauen liebten ihn, seine Kinder spielten mit ihm. Doch dieses Leben befriedigte ihn nicht. Er empfand das bohrende Gefühl, versagt und seinen Vater Buonarotti enttäuscht zu haben. Er sah sein Ziel vernichtet. Die Revolution war am Ende. In allen Staaten wurden Maßnahmen gegen Liberale und Carbonari ergriffen. Die Bleikammern von Venedig oder der Spielberg warteten auf sie. Alle litten unter den strengeren Gesetzen. Eine konstitutionelle Monarchie nach österreichischem Vorbild bildete sich heraus, jede dem Staat verdächtige Handlung oder Tätigkeit musste angezeigt werden. Das Königreich Piemont-Sardinien baute seinen Polizeiapparat aus und Turin etablierte unter Carlo Felice die alten Lehnsrechte, das Recht des Erstgeborenen und das unveräußerliche Erbgut. Im Herzogtum Modena wurde jeder Beamte, der sich einst mit den französischen Ideen solidarisiert hatte, radikal verjagt oder eingesperrt. Francesco IV. gab den Noblen alle Rechte zurück und holte die Jesuiten in die Regierung. Und hatten die Kirchenstaaten einst unter Pius VII. und Kardinal Consalvi noch versucht, revolutionäre Ideen und Religion miteinander zu verquicken, so wollte sein Nachfolger die napoleonische Präsenz und ihre Nachwirkungen am liebsten ungeschehen machen und alles, was daran erinnerte, mit der Wurzel ausreißen.

Einige von Andreas Kameraden hatten sich ins Ausland gerettet. Unter ihnen Di Negro und Emilia. Augenblicklich lebten sie in der Schweiz und rührten sich nicht. Margherita erzählte ihm von Graf Porros Verhaftung und der Durchsuchung seines Hauses. Dabei hatte die Polizei Papiere gefunden, die Andrea als Carbonari verrieten. Die Suche nach ihm wurde verstärkt.

„Sie waren bei uns!“, sagte Carlotta eines Tages. Sie hatten sich geliebt und saßen nun alle zusammen in einem der hinteren Salons, wo sich ein getarnter Ausgang befand. Margherita hatte ihn einrichten lassen, nachdem Andrea bei ihr eingezogen war. Zwar galt sie als eine den Österreichern verbundene Patriotin, die gerne reiste und Kunst höher schätzte als die Revolution. Ihre Achillesferse jedoch war die Verwandtschaft mit Di Negro.

„Dann werden sie bald hier sein." Margherita seufzte. Andrea blieb regungslos. Er schien nicht einmal Angst zu haben.

„Ich kann diesen Zustand ohnehin nicht mehr ertragen. Wie lange soll ich noch hier in der Falle sitzen? Vermutlich werden sie jeden Carbonaro jagen, bis sie ihn haben. Und mir ist es in dem Falle doch lieber, Silvio Pellicos und Federigo Confalonieris Schicksal zu teilen."

„Müssen alle Carbonari sterben?", fragte Carlotta und riss ängstlich die Augen auf. Margherita blickte die beiden lange an. Schließlich sagte sie:

„Wir leben nicht mehr im Mittelalter und auch nicht unter Robespierre. Den Gefangenen wird ein Prozess gemacht mit Anwälten. Wer Richtern und damit dem Kaiser beweisen kann, dass die Carbonari in erster Linie den rückständigen Papst im Visier hatten und keine Republik, sondern im Grunde eine Monarchie wünschten – natürlich unter der erleuchteten Regierung des Kaiser Franz –, der gibt den Carbonari eine Chance."

„Margherita, das ist ein Witz! Wie soll ich hinter diesem Unsinn stehen, ohne zum verdammten Lügner abgestempelt zu werden?"

„Du kannst es, weil du deine Gesinnung nicht schriftlich festgelegt hast wie Silvio und manche anderen. Kein Artikel ist von deiner Hand gezeichnet, alles Aufklärungsmaterial haben andere ausgefertigt."

„Ich habe Flugblätter im Instituto verteilt und sicherlich hin und wieder meinen Namen daruntergesetzt oder er wurde erwähnt oder so ... du träumst, Margherita?"

Über Margheritas Augen hing ein Schleier, sie bewegte sich wie in Trance und selbst in Andreas Armen schien sie benommen oder weit weg zu sein.

„Manchmal denke ich, du bist nicht von dieser Welt. Du bist ein Engel und fliegst irgendwann davon.“ Er lächelte. Carlotta schaute ernst.

„Margherita hat trotzdem recht. Falls sie dich finden, darfst du nichts zugeben. Erzähl ihnen das Märchen vom Österreicherfreund. Erzähl ihnen gute Märchen, die sie glauben können. Bitte, Andrea, versprich es!“

Sie unterhielten sich, während die Kinder über die Marmorfliesen der langen Eingangshalle rutschten. Das Gebell der Hunde klang dazwischen, doch irgendwann hörten sich die jaulenden Laute der Tiere sehr aufgeregt an. Kaum hatte es Margherita bemerkt, erschien ein Diener und meldete die Polizei. Sogleich verschwand Andrea durch die getarnte Tür. Sie führte über einen Gang und eine Treppe zu einem Ausgang, durch den er aufs Dach des Palazzos gelangte. Er wollte sich hier verbergen, bis die Gefahr vorüber war, aber ein Wachposten entdeckte ihn und alarmierte brüllend die anderen. Andrea sprang vom Dach und stieß dabei den Polizisten so heftig zurück, dass dieser hinschlug. In fliegenden Schritten erreichte er die hintere Pforte des Gartens, doch zu allem Unglück war das Eisentor verriegelt. Der Weg in die Freiheit war ihm verwehrt.

Als sie ihn abführten, warf sich Carlotta mit Gina zu seinen Füßen und der kleine Filippo, der kaum laufen konnte, klammerte sich an Margheritas Rock fest. Diese starrte fassungslos auf die uniformierten Männer, die ihren Geliebten grob fortschleiften. Carlotta wankte ihnen heulend hinterher. Da ging schlagartig ein Ruck durch die Venezianerin. Sie stürzte sich auf Carlotta, riss sie hoch, schüttelte sie und schrie:

„Reiß dich zusammen! Wir wissen, wo er hinkommt. Ich verfolge die Sache schon lange. Antonio Salvotti führt den Prozess. Ich werde zu ihm gehen. Und du wirst persönlich beim Kaiser ein Bittgesuch einreichen. Wir werden ihn dort wieder herausholen. Wir müssen es!“

Klagend fiel Carlotta in Margheritas Arme. Giuliana, die allem von weitem zugesehen hatte, schlurfte heran wie ein Geist. Ihre sonnengebräunte Haut sah aus wie braunes Wachs.

Es war ein schöner Sommertag im August 1823. Die Luft sang, sie duftete, sie wärmte. Nur den drei Frauen kroch Kälte ins Herz.

9

Ich komme Anfang Dezember abends in Cernobbio an. Das Wetter ist ein wenig rauh, ein frischer Wind weht, das lange Sitzen hat mich versteinert und ich möchte nur liegen, ein wenig spazieren und wieder liegen. Aber Pino springt in langen Schritten auf meinen Reisewagen zu, reißt die Wagentür auf und ruft freudig:

„Paganini, da sind Sie ja wieder! Ich weiß von Germi, dass es Ihnen besser geht und Sie im neuen Jahr Europa erobern wollen. Wir haben uns alle versammelt, um in Ihren Diensten zu stehen."

Im selben Moment löst sich ein Schatten im Hintergrund und Antonia tritt hervor. Lieblicher, aufreizender, gleichzeitig schüchterner als zuvor.

„Wenn das so ist", sage ich krampfhaft lächelnd, „dann wünsche ich zunächst ein entspannendes Bad, eine Tasse heiße Schokolade, anschließend Zeit für ein wenig Geigenspiel und schließlich die Ruhe meines Bettes."

Antonia sieht bei meinen Worten blass und unglücklich aus, aber mein Augenzwinkern dürfte ihr sicherlich Mut machen. Und tatsächlich freue ich mich darauf, sie in den Arm zu nehmen. Und, um ganz ehrlich zu sein, lechze ich danach, ihre weiße Haut zu streicheln.

In den kommenden Wochen schleichen wir umeinander, beschnuppern uns. Antonia singt zu Gerneral Pinos Klavierspiel und ich begleite Pino mit der Gitarre, während mich Antonia anhimmelt.

„Sie spielen ebenso gut Gitarre wie Violine. Sie sind unerreichbar!", sagt sie. Ich blicke ihr so streng in die Augen, dass sie meine Gedanken lesen muss: Nein, Antonia, ich bin durchaus erreichbar.

Du brauchst nur deine runden, weichen Arme nach mir auszustrecken, und ich bedecke sie mit Küssen.

Als sie an einem regnerischen Dezembernachmittag mit gerötetem Gesicht ins Vestibül tritt und mir begegnet, sagt sie verlegen: „Oh, der Regen hat mich überrascht, und nun kleben mir die Kleider am Leib. Verzeihen Sie mein Aussehen."

Ich ertrinke in ihrem Anblick. Der Stoff schmiegt sich frech an alle Partien ihres Körpers, an die ich mich drücken möchte. Auf Hals und Gesicht perlen Tropfen, die ich ablecken möchte. Ihre Brust schimmert durch das nasse Oberteil ihres Kleides und ich meine, die Brustwarzen zu erkennen. Das ist zuviel. Ich wanke und bitte Antonia unverblümt, mich aufs Zimmer zu begleiten, ich litte hin und wieder an Schwächeanfällen. Sie ist sehr verständig. Sie reicht mir ihren Arm und gemeinsam erklimmen wir die Treppe zu meinen Räumlichkeiten. Dabei spüre ich die Wärme ihres Armes und rieche den Duft ihres Körpers. Ein Gemisch aus Regen und irgendwelchen Riechwassern. Ich bin benommen, doch in vollem Besitz meiner Kräfte. Wir überschreiten die Schwelle und stehen in meinem Zimmer, das vom Hausmädchen gerichtet worden ist und wo wir ungestört sind. Wir stehen eine Weile. Sie wagt nicht, meinen Arm loszulassen, weil sie fürchtet, ich könnte umfallen. Ich drücke ihren Arm, weil ich mich nach ihrer Weichheit sehne.

„Vielleicht möchten Sie sich aufs Bett setzen … oder legen?" Sie stottert. Gütiger Himmel, sie stottert. Ich schaue ihr glühend vor Verlangen in die Augen und hoffe sehnsüchtig, die Flamme möge endlich überspringen. Sie seufzt, benetzt mit ihrer Zunge die Lippen. Nun lass ich ihren Arm los, aber nicht, um alleine aufs Bett zuzusteuern. Zärtlich streiche ich ihr einige nasse Haarsträhnen aus dem Gesicht, dann wandert meine Hand über ihren Nacken zu ihren Schultern.

„Sie sind schön!", flüstere ich. Sie antwortet:

„Vielen Dank, Maestro, aber diese schrecklich klebenden Kleider belästigen mich und meine Schönheit."

„Dann befreien Sie sich von der Last!“ Ich neige mich ein wenig nach vorn und küsse ihr Dekolleté. Sie seufzt.

„Hier, in diesem Raum?“

„Natürlich hier!“

Sie seufzt tief. Oh, Antonia, mach es mir nicht so schwer, denke ich. Ich kann es kaum erwarten, merkst du es nicht? Wenn du nicht selbst die Kleider ablegst, reiße ich sie dir vom Leib und labe mich an deinem Körper. Denn ich bin ausgehungert, Antonia. Ich habe wenig komponiert, seit Monaten kein Konzert gegeben und lange keine Frau genossen. Alle meine Gedanken strömen in einem Satz einzigen, etwas längeren Satz zusammen:

„Antonia, ich würde mich glücklich schätzen, sehr glücklich, meine Sehnsucht mit Ihnen teilen zu dürfen!“ Das genügt. Ehe ich mich versehe, hat sie alle Kleider von sich geworfen und liegt auf meinem Bett.

Ich bin in Hochform. Ich beglücke sie und mich. Wir sind zufrieden, bleiben bis zum Abend liegen, lieben uns von neuem und reden über Musik, von Pinos Neffen Galeazzo Fontana, der Antonia in Mailand den Hof gemacht hatte. Ein wilder Regen schlägt gegen die Fenster, grau und schwammig hängt der Himmel über Pinos Landschlösschen. Wir reden auch von der Zukunft. Die Situation, das Fenster, der Vorhang, die plappernde nackte Frau an meiner Seite im Bett, all das erinnert mich an Fiorella. Vielleicht bewegt mich diese Erinnerung, mich schließlich ernsthafter mit Antonia zu befassen. Aber vielleicht liebe ich sie auch.

10

In Venedig sollte den Gefangenen der Prozess gemacht werden. Andrea hatte von den berüchtigten Bleikammern gehört, aus denen Casanova die Flucht gelungen war. Die Kammern befanden sich im oberen Teil des bleibedeckten Dogenpalastes. Manche von ihnen hatten Ausblick auf das Dach von San Marco. Durch das Fenster seiner Zelle konnte Andrea unzählige Kuppeln, Glockentürme, einen Teil des Palasthofes und einen der Eingänge sehen. Ein hässliches Eisengitter verschandelte die Aussicht.

Hier saß er nun, von Einsamkeit, Ängsten und Vorwürfen geplagt. Hatte er sich je bewusst gemacht, wie gefährlich sein Einsatz für das geeinte Italien war? Und wen er damit ins Unglück stürzte, falls es schiefginge? Für die Carbonari hatte er sich begeistert, weil er wie viele seiner Altersgenossen und Freunde den alten Muff abstreifen wollte und weil sein Vater ein Pionier war. Er durfte ihn nicht enttäuschen. Nun hatte er ihn doch enttäuscht und seiner Familie schreckliches Leid zugefügt.

Der Kerkermeister war ein gutmütiger Mensch. Er erzählte Andrea, er habe in seinem Leben schon viel Elend gesehen und erlebt, habe in vielen Kriegen gedient. Manchmal würde er lieber aufs Schlachtfeld zurückkehren als täglich dem Hinsiechen der Insassen zusehen zu müssen. In ihm fand Andrea einen Verbündeten. Er schmuggelte seine Briefe unzensiert hinaus, konnte hingegen die eintreffenden vor der Zensur nicht schützen. Carlottas oder Margheritas Zeilen waren oft durch dicke schwarze Tinte verstümmelt. Einmal hatten beide Frauen gemeinsam geschrieben, doch Andrea konnte nur Liebster Andrea und das Grußwort: „Wir umarmen dich von Herzen!“ lesen. Alles hatte die Zensur geschwärzt.

Kriechtiere bevölkerten die Zelle, aber er war froh, keine Ratten zu Gast zu haben. In der Nacht krochen Wanzen unter seine Kleidung, attackierten ihn Läuse und Mücken. Sie kamen in Schwärmen, bohrten ihren lästigen Summton in sein Ohr, stachen ihn gnadenlos. Er fürchtete, sie könnten ihre Eier in die Stichwunden legen und aus seinem Körper ein Nest für Würmer und Spinnen machen. Alles wurde unerträglich. Auch der Sommer, den er so sehr liebte, wurde durch die Bleidächer zur Folter.

Die Angst um ihren Mann raubte Carlotta den Schlaf. Sie jammerte unablässig, schleppte sich erschöpfter als ihre Mutter Giuliana durchs Haus und konnte trotz der Kinder dem Leben keine Freude mehr abgewinnen. Ganz anderes Margherita. Sie wollte kämpfen, obwohl sie sehr wenig Hoffnung auf eine Begnadigung hatte. Derjenige, der den Carbonari-Prozess führte, schien unbestechlich zu sein. Die Carbonari verkörperten nicht nur die gefährlichsten Feinde des Staates, sie waren in seinen Augen auch Verbrecher, mit denen man kurzen Prozess machen sollte.

Margherita suchte Antonio Salvotti in vornehmer Kleidung auf. Sie ließ einige Strähnen ihres rötlichen Haares aus dem Hut kringeln und nahm sich vor, weder zu flehen noch sich zu seinen Füßen zu werfen.

Sie stand einem gutaussehenden Mann gegenüber, dessen kohlschwarze Augen sie prüfend musterten. Seine Kleidung war gewählt, seine Bewegungen elegant.

„Sie sind also die Baronesse Di Negro, Signora?"

„Marquise Di Negro, Signor."

„Oh, die Di Negros. Eine Sorte Adliger für sich." Bei diesen Worten wurde sein Blick durchdringend. Margherita wich zurück.

„Erschrecken Sie nicht, meine Liebe! Meine Untersuchungen haben, was Sie betrifft, nichts Belastendes ergeben."

Die junge Frau trug einen zartgrünen Hut aus gestärktem Tuch, unter dem ihre Augen wie Smaragde funkelten. Es war Zorn in ihnen.

„Sie lassen mich beobachten?"

Salvotti warf die Feder, mit der er spielte, auf seinen Schreibtisch.

„Sie gestatten, dass ich mir ein Bild von den Menschen mache, die mich um eine Audienz bitten. Sie, Madame, scheinen mit den Carbonari nicht viel gemein zu haben. Abgesehen von der Familie Di Negro und Andrea Buonarotti umgaben Sie sich mit interessanten und Österreich wohlgesonnenen Leuten. Warum bitten Sie nicht einen dieser Menschen, sich beim Kaiser Franz für Ihren Schützling einzusetzen?" Er wandte ihr sein Profil zu und Margherita kam nicht umhin, an einen grausamen Römer zu denken, der im Kolosseum den Daumen nach unten richtete und den Tod des Gladiators forderte. Die gebogene Nase, der herrische große Mund, der starke Hals, in allem schienen sich Stolz, Willenskraft und Bosheit zusammenzufügen und eine Lanze gegen sie zu formen.

„Weil ich Sie für den richtigen Mann halte, Signor!" Margherita hatte Mühe, freundlich zu sprechen.

„Vor dieser einen Person, auf die ich anspiele, habe ich große Achtung und es ist sehr schmeichelhaft von Ihnen, zuerst auf meine Hilfe zu bauen. Ich glaube nämlich, dass besagte Person beim Kaiser etwas erreichen könnte."

„Das glaube ich nicht, Signor Salvotti! Und ich zweifle auch, ob sie sich einsetzte. Darum bin ich bei Ihnen."

„Und Sie denken, ich werde mich einsetzen? Verehrte Signora, ich verabscheue die Revolution. Sie verkörpert das Unordentliche, das Unbotmäßige. Ich bin ein Mann des Gesetzes, der klaren Linien, ich kenne meine Pflicht. Was erhoffen Sie sich von mir?"

„Ich erhoffe Ihre Güte. Sie sind ein Mann der Differenz, Sie scheren nicht alles über einen Kamm. Andrea Buonarotti schätzt Österreich, wenn es nur Italien vereinigen und verfassungsgemäß regieren wollte. Diesen Standpunkt lassen Sie gelten, Signor Salvotti, ich weiß es!" Margherita meinte, gegen einen Strom anzuschwimmen. Die letzten Sätze sprach sie mit nachlassender Kraft. Sie taumelte.

„Buonarotti … wenn ich schon den Namen höre!", zischte er und schüttelte sich. „Madame!", fuhr er fort, „es ist vier Uhr nachmittags. Wir wollen nun zu Mittag speisen. Darf ich Sie in ein ausgezeichnetes Mailänder Speisehaus einladen? Aber vermutlich kennen Sie es!" Er zwinkerte. Margherita wusste nicht, was sie davon halten sollte, sagte aber zu. Es war sicher ein Trick, während des entspannten Mittagsmahls mehr aus ihr herauszulocken. Sie musste auf der Hut sein.

Andrea saß nun seit Monaten in der Bleikammer. In seinen Briefen berichtete er wenig, aber was er schrieb, genügte, um den beiden Frauen Schauder über den Rücken zu jagen. Nun war es Winter und sie hatten ihn in ein Zimmer nach Nordwesten umgebettet, in dem eisiger Frost herrschte und er todkrank werden konnte. In einem Brief schilderte er, wie er des Nachts vom Gefühl hochschreckte, erwürgt zu werden. Sonderbarerweise fand er sein Taschentuch stark um seinen Hals festgeknotet, schwor aber, das Tuch die ganze Nacht nicht angerührt zu haben. Da niemand Grund hatte, ihn zu erwürgen, weil er ja verurteilt werden würde, konnte nur er selbst es gewesen sein. Nun fürchtete er jede Nacht, von sich selbst erwürgt zu werden. Margherita trauerte. Wenn sie las, seine Gemüsesuppe rieche so ekelerregend, dass sich ihm der Magen umdrehe und er gar nichts zu sich nehmen könne, weinte sie, während Carlotta im Zimmer auf und ab wanderte und vor Wut schrie. Sie biss sich in die Hände, um den Schmerz zu betäuben, die seine Worte auslösten: „Wenn ich nur mit einem Freund kommunizieren könnte. Silvio war hier in einer dieser Kammern und ist nun auf dem Spielberg. Wie gerne hätte ich den einmaligen Kameraden umarmt. Manche haben Freunde gefunden und unterhalten sich unermüdlich durch Klopfen an die Mauern oder bei den Spaziergängen auf dem Hof. Das ist nicht einfach, weil jeder von zwei bewaffneten Soldaten begleitet wird. Dort treffe ich italienische Mitgefangene, die mich respektvoll grüßen und ehrfurchtsvoll sagen: ‚Er ist kein Straßenräuber wie wir, er ist etwas viel Besseres, dennoch schmachtet er hier.‘“

„Hör auf zu lesen!“, brüllte Carlotta am Ende ihrer Nerven. Da die Venezianerin noch immer keine Nachricht von Salvotti erhalten hatte, beschlossen die Frauen, eine Bittschrift um Begnadigung an den Kaiser zu verfassen. Sie wünschten das Unmögliche. Die Todesstrafe in eine lange, grauenhafte Kerkerstrafe zu wandeln, erschien ihnen sinnlos. Andrea würde es nicht überleben. Margherita verkehrte seit ihrer Kindheit in einflussreichen Kreisen. Sie kannte sogar den Erzbischof von Mailand. Er und viele andere unterschrieben die Bittschrift. Und mitten im Winter reiste Carlotta über das verschneite Gebirge nach Wien.

Der Kaiser empfing sie nicht, aber die Kaiserin hörte sich Carlottas Flehen an, nahm das Bittgesuch entgegen und vertröstete sie.

An einem Vormittag im Februar 1825 holte der Kerkermeister Andrea aus seiner Höhle und brachte ihn in einen Saal, in dem sich der Präsident der Kommission, ein Untersuchungsrichter und zwei Anwälte befanden. Er wurde zu vier Jahren schwerer Haft verurteilt, abzusitzen im berüchtigten Gefängnis Spielberg in Mähren. Dies erschien ihm nicht mehr so schlimm, dennoch verließ ihn die Kraft und er schwankte. Es war vom Todesurteil die Rede gewesen, von fünfzehn bis zwanzig Jahren schwerer oder sehr schwerer Haft. Ich werde diese vier Jahre überleben, meinen Frauen und meinen Kindern zuliebe, dachte der Gefangene.

Als Margherita das Urteil erfuhr, atmete sie auf. Carlotta indessen empfand selbst die umgewandelte Strafe als haarsträubende Ungerechtigkeit einem Mann gegenüber, der nichts Verbrecherisches getan hatte. Sie verbrachte ihre Tage heulend, schluchzte am Herd, schimpfte beim Wäscheaufhängen, zürnte beim Waschen und klopfte die nassen Lappen in schreiender Wut, versorgte, von Giuliana unterstützt, jammernd und wehklagend ihre Kinder und den Haushalt. In Margherita indessen regte sich wieder die Reiselust. Neben aller Liebe und Trauer für Andrea, hatte die wehmütige, vergrabene Sehnsucht ihrer Kinderseele nie aufgehört, still weiter zu glimmen. Eine verschüttete Glut in ihrem Inneren, die nicht erlöschen wollte, hielt sie in ständiger Erwartung. Sie bereitete sich gerade vor, der Küste entlang nach Rom, Neapel und Messina zu reisen, da erreichte sie im Sommer eine Nachricht, die ihr Pläne vorerst über den Haufen warf.

11

Fast ein Jahr ist vergangen. Ich habe alles auf eine Karte gesetzt. Meine Krankheit, die Musik, die Zukunft und Antonia. Seit acht Monaten bin ich unterwegs, anfangs allein, nun mit dieser Frau, und ich ertrage sie immer noch. Es ist angenehm, mit ihr zu reisen. Hin und wieder überfallen sie seltsame Nervenausbrüche. Sie wird rot, sehr aufgeregt und zittert. Es geht schnell vorbei und danach schnurrt sie wie ein Kätzchen.

Im April gebe ich Konzerte in Pavia, mehrere in der Mailänder Scala, im Mai spiele ich mit Camillo Sivori in Genua, reise wieder zurück nach Mailand, und weil ich bester Laune bin, gebe ich in Como ein Benefizkonzert.

Da ich lange ausgesetzt habe und mich anfänglich das Lampenfieber sehr plagt, interessieren mich natürlich die Kritiken. Besonders die Gazzetta di Genova. Ich wage kaum, sie aufzuschlagen. Aber als ich es dann doch tue, kommen mir die Tränen. Es ist ein wunderbares Gefühl, nach den Magenkrämpfen, Zahnschmerzen, Darmbeschwerden, todesnahen Hustenanfällen und einem bösartigen Virus solche Worte zu lesen: *Das Verlangen, Paganini zu sehen, war so stark, dass trotz des strömenden Regens der Zulauf gewaltig war; wunderschöne Damen schmückten alle Logen; und bereits lange, bevor das Konzert beginnen sollte, blieb im Parkett kein Platz mehr frei … Es ist uns unmöglich, mit Worten begreiflich zu machen, welchen Ausdruck, welch bis dahin nie vernommene Töne er aus seinem wunderbaren Instrument hervorholt … Es ist uns gesagt worden, dass er, nachdem er lange Zeit krank war, noch perfekter geworden ist: Wir würden aber statt dessen behaupten, dass er sein Spiel in der Lieblichkeit des Ausdrucks verfeinert hat … Paganini hat sich angewöhnt, aus dem Gedächtnis zu spielen. Er stellt sich allein mit seiner Violine in die Mitte und man könnte ihn für einen Apoll halten … wir können glücklich sein, das Wunder der musikalischen Kunst Paganinis erlebt zu haben …*

Ich weiß selbst nicht, warum mich die Kritik so sehr bewegt. Die Tränen steigen mir in die Kehle und machen mich verlegen. In der Regel reizt mich das Geschreibsel eher zum Lachen, da die meisten Chronisten musikalische Ignoranten sind. Sie haben keine Musikausbildung, kein gutes Ohr und sind unfähig, mein Können richtig zu beurteilen, aber sie lassen sich von der rauschenden Begeisterung des Volkes zu Lobeshymnen verleiten, und es soll mir, weiß Gott, recht sein.

Wenige Tage später lese ich in einer anderen Zeitung, dass Paganini sich selbst übertrifft. Wunderbar. Der Meinung bin ich seit Januar ebenfalls. Ich habe mich in vielem übertroffen. Ich reise mit einer Frau und ertrage sie, ich liebe sie sogar ein wenig. Ich gehe nicht daran zugrunde, in letzter Zeit fast nichts komponiert zu haben oder zumindest nichts Vernünftiges, ich habe gegen scheußliche Bakterien mit sehr schönen Namen gekämpft und bin dabei, den Kampf zu gewinnen. Die Lues Venerea liegt in den letzten Zügen, ich verfüge über eine sehr einsatzfähige Manneskraft und in Antonia eine äußerst willige Partnerin. Sie ist vielleicht nicht so einfallsreich auf dem Gebiet wie meine ewig geliebte Fiorella, aber sie entzückt. Man könnte es in den gleichen Worten ausdrücken, die ich verwendete, als ich Lafonts Geigenspiel charakterisierte: Sie ist gut, aber sie überrascht nicht.

Wir erreichen Venedig bei Nacht. Die Kutsche hält mit einem fürchterlichen Rütteln und wir steigen in ein finsteres Boot, das von zwei verschlafenen Männern gerudert wird. Der Wind seufzt schauerlich, er wiegt das Boot und kräuselt das Wasser. Ich vermumme mich in meinem schwarzen Mantel, den Arm um Antonia gelegt. Es ist seltsam und gleichzeitig zauberhaft, in der Finsternis auf ein Lichtermeer zuzurudern. Unterwegs streifen wir etwas Massiges, das wie ein ehernes, gigantisches Floß auf dem Meer zu schwimmen scheint. Es ist der Friedhof, sagen die Ruderer. Ein steinerner Friedhof im Meer, denke ich und kann meine Augen nicht vom ihm lassen. Antonia kuschelt sich noch dichter an mich. Endlich gleiten wir in die Stadt hinein. Häusergruppen, Kirchen, Paläste entsteigen den Fluten. Ein gepflasterter Quai kommt in Sicht. Seine Bögen und Pfeiler erheben sich im strahlenden Licht der Petroleumlampen aus der Dunkelheit. Jetzt sehen wir auch Menschen. Dann eine Treppenflucht, die vom Wasser hinauf zu dem Haus führt, in dem wir uns, nachdem wir viele Korridore und Galerien durchwandert haben, für die nächsten Tage häuslich einrichten. Es ist der Ponte della Verona Nr. 3131.

Am nächsten Morgen finde ich Antonia am Fenster stehend, wie sie erstaunt auf die Boote und Barken hinabsieht, auf Masten und Tauwerke, und vom herrlichen blauen Wetter, dem frischen Tag, dieser schönen Stadt Venedig geblendet ist. Ich sage ihr, für die Schönheiten hätten wir augenblicklich keine Zeit. Ich hätte die Konzerte vorzubereiten und sie möge an ihrer Stimme arbeiten, der trotz ihres schönen Glanzes noch etwas Volumen fehle. Antonia schimpft, schlägt im Spaß nach mir, äfft mich nach: Für Schönheiten haben wir keine Zeit, oh, Santa Maria, es gibt ja nur die Musik, die Komposition und die Schäferstündchen ... dabei läuft sie ungeschickt durchs Zimmer, schlenkert mit den Armen, wie es meine Art ist, und lacht hinaus, aber letztendlich ist sie verständig. Sieht man davon ab, dass ich meine Partituren kaum noch entziffern kann, weil meine Sehkraft allmählich schwindet, ich also auch beim Komponieren beeinträchtig bin, und sieht man ebenfalls davon ab, dass Signor Stendhal, ein bedeutender französischer Dichter, trotz seines Verstandes meinen Ruf verunglimpft, indem er veröffentlicht, ich hätte mein Können nicht durch arbeitsreiches Studium, sondern im Gefängnis erlangt, wo ich mir die Zeit mit einer einsaitigen Geige vertrieben habe, könnte ich leidlich zufrieden sein. Und klammert man gleichzeitig aus, dass mir im Februar dieses Jahres ein Zahn ausfiel, ich gestern einen zweiten in meinen Teller spuckte, wobei mir Blut aus dem Mund lief, und ich nebenbei von regelmäßigen krampfartigen Hustenanfälle geplagt werde – dann geht es mir gut. Antonia erträgt mich und ich ertrage sie. Wir sind ein gar sonderbares Gespann. Grazie al cielo verlangt sie nicht, von mir geheiratet zu werden, denn ganz sicher bin ich mir noch nicht.

Ich spiele im majestätischen Fenice vor nicht ganz vollem Saal. Das ist betrüblich, aber ich hätte es mir denken können. Die Hitze treibt die vornehme Gesellschaft in die Sommerfrische, manche Theater sind geschlossen. Antonia langweilt sich und statt täglich für Konzerte, die nicht stattfinden, ihre Stimme zu trainieren, ermuntert sie mich, spazieren zu gehen. Mein erster Besuch in Venedig vor bald acht Jahren schloss jegliche Besichtigung aus. Entweder ich spielte oder war zu Gast bei hohen Persönlichkeiten. In den freien Minuten lag ich in Signora Didas großzügigen Armen. Ein prachtvolles Weib. Sie sagte, die Klänge meiner Violine würden sie so erregen, dass sie an nichts anderes mehr denken könne, als von mir beglückt zu werden. Ich könnte der Teufel persönlich sein, sagte sie, es würde ihre Erregung nur noch steigern.

Überrascht betrachte ich die herrliche Piazza San Marco und den einmaligen Palast, der aussieht, als sei er von Mädchenhänden gewebt worden, so zart und schwerelos wirkt er.

„Was ist mit den Rossen von San Marco?“ Mit gerunzelter Stirn blicke ich am Palast hinauf. Antonia Bianchi sieht mich verdutzt an. Sie weiß nicht, wovon ich spreche. Aber ich weiß es sehr wohl, obgleich ich geschichtlichen und gesellschaftlichen Dingen nicht oft nachspüre.

„Die Rosse von San Marco standen einst über dem Hauptportal des Dogenpalastes.“ Ich weise nach oben. „Lange bevor sie nach Venedig kamen, schmückten sie das Hippodrom Konstantinopels und davor krönten sie einen Triumphbogen in Rom. Im Jahre 1204 erreichten sie Venedig, wo sie Napoleon 1797 abmontieren ließ. Wie ich aber gehört habe, wurden sie nach Napoleons Niedergang den Venezianern zurückgegeben. Wo sind sie also?“

„Im Innern!“, antwortet das Mädchen, ohne mit der Wimper zu zucken.

„Woher weißt du das?“

„Ich weiß es nicht, ich vermute es.“ Sie gibt mir einen Kuss und wir schlendern weiter. Nun denn, Antonia ist nicht dumm, sie hat tatsächlich kompositorischen Geist. Dennoch: Ich habe für heute genug gesehen und will zurück, sie aber führt mich zum Ponte dei Sospiri hinter dem Dogenpalast. Die Brücke ist schmal und gewölbt. Auf ihr wurden und werden Gefangene in schauerliche Kammern gebracht. Gerne wäre Antonia hinaufgestiegen in die erdrückende Hässlichkeit der bleibedeckten Zellen, aber ich ziehe sie weg. Ganz plötzlich fällt mir der Dichter Silvio Pellico ein. Er verkehrte in Mailand im Hause des Grafen Porro Lambertenghi, bei dem ich mehrmals zu Abend aß. Eine ungewöhnliche Gestalt mit einem feinen, intelligenten Gesicht. Ich weiß nicht, ob ihn meine Musik interessierte und ob er mich in Mailand hatte spielen hören. Jedenfalls verneigte er sich ehrerbietig vor mir, als wir uns im Salon begegneten, sprach aber kein Wort. Dieser Mann wurde einige Jahre später beim Aufstand in Turin als Carbonaro verhaftet. Vermutlich sitzt er in den berüchtigten Bleikammern. Es ist mir unbegreiflich, wie man diesen sensiblen Mann mit den Haudegen der Carbonari in einen Topf werfen kann. Sein Ziel war ein geeintes, unabhängiges Italien, was ist daran auszusetzen? Und dieses Ziel verfolgte er nicht mit Gewalt und Anschlägen, wie es die Cabonari in ganz Italien versuchten. Er schrieb und das verstand er sehr gut. Ein feiner Mann, dem Unrecht getan wurde.

Im September öffnen einige Theater ihre Pforten. Ich fühle mich gesund und verjüngt. Flink springe ich in meine schwarzen Beinkleider, tappe in die Schuhe, umwickele den Hals mit der großen Binde, schlüpfe in die Weste und den Rock, entstaube meine Guarneri und eile ins San Benedetto und andere Theater. Die Häuser sind voll, dennoch bringen die paar Konzerte in Venedig recht wenig ein. Unser Leben aber ist teuer, wir hausen in einer komfortablen Wohnung, samt Diener und allen erdenklichen Annehmlichkeiten. Eine schreckliche Unruhe ergreift mich, sobald ich an die Ausgaben denke. Ich erwäge also, Porträts von mir anfertigen und verkaufen zu lassen. Bei der Gelegenheit soll auch Antonia Bianchi gezeichnet oder gepinselt werden. Gott sei Dank kann ich beim Essen sparen. Wir sind meist eingeladen wie zuletzt bei einem hohen Beamten der Stadt. Diesen Kerl sehe ich hoffentlich nicht wieder, so hoch er auch im Dogenpalast platziert sein mag. Er sieht mich erschrocken an, fragt nach meinem Befinden, flüstert mir ungehörige Dinge ins Ohr wie zum Beispiel: „Sie sehen aber nicht gut aus, Signor", und: „Sie sollten sich besser halten! Das A und O des Menschen ist die Haltung. Wer windschief dasteht wie Sie, Signor Paganini, der wird eines Tages umgepustet."

Ich unterlasse es, meine Gedanken zu äußern, die da sind: Beamte sollten aus dem Verkehr gezogen werden. Sie sind noch schlimmer als die Carbonari. Zu all dem wirft mir dieser Mensch Nekrophilie vor, weil ich mehrmals auf dem Friedhof des Lido gespielt habe. Der Friedhof inspirierte mich schon am Tag unserer Ankunft und schließlich spiele ich für alle gratis. Für die Toten und die Lebenden. Aber leider störte sich selbst Antonia an meinen morbiden Eskapaden.

„Wie das aussieht!", schreit sie an unserem letzten venezianischen Abend, kaum sind wir unter vier Augen. „Unheimlich, gespenstisch. Grabsteine ragen in die dunkle Nacht und man fürchtet jeden Augenblick, ein Toter steigt aus seiner Gruft. Von weitem glitzert das Meer, dass man meinen könnte, der Teufel zwinkert. Und du spielst, du spielst und spielst für diese Verrückten."

„Es sind Leute wie du. Sie sitzen und stehen im Kreis und hören mir unentgeltlich zu. Und Paganini spielt selten umsonst."

„Sie sitzen auf den Grabsteinen, die Frevler, und lauschen deinen düsteren Melodien." Antonia schnauft wie eine Furie.

„Aber das ist herrlich! Eine kühle Nacht, schwarz und unheimlich, Menschen schluchzen und lachen und vielleicht tue ich den Toten auch einen Gefallen. Dort unten in der kalten Erde erklingt kein sauberer Ton mehr."

„Und du glaubst, deine sauberen Töne erreichen vermoderte Leichen? Ach, du hast ja deine Sinne nicht beisammen.“ Auf ihrem Dekolleté perlt Schweiß. Ihr Haar hat sich im Zorn gelöst, und da sie den Überrock ihres Tageskleides aufnestelt, lösen sich die oberen Haken ihrer Bluse. Obwohl ich gerade vom Friedhof komme, bin ich quicklebendig. Ich trete von hinten an die zeternde Frau und umfasse ihr Brüste. Sie windet sich und schreit dabei:

„Lass mich in Ruhe! Mir ist überhaupt nicht danach.“

Seit Monaten reise ich mit dieser Frau und kann mit ihren Unpässlichkeiten recht gut umgehen. Sie verachtet es keineswegs, im Nacken geküsst zu werden, und sie liebt es, meine langen biegsamen Finger auf ihren Brüsten zu spüren. Ich streife die Bluse von ihren Schultern und genieße mit all meinen Sinnen, die ich angeblich nicht mehr beisammen habe, ihre weichen Rundungen. Antonia dreht sich abrupt um und versetzt mir eine gesalzene Ohrfeige.

„Ich will nicht!“, schreit sie halbnackt. Ihr Busen wippt. „Deine Totenmesse fand ich ganz und gar nicht anregend und ich werde dich dafür doch nicht belohnen. Bin ich denn dumm?“

Nun, darüber brauchen wir nicht zu streiten. Gewiss ist Antonia nicht dumm, sie kann manchmal sogar geistreich sein. Mit einer dummen Frau würde ich keinen Kilometer reisen. Allerdings ist sie nicht sehr scharfsinnig und hin und wieder etwas beschränkt. Ich reibe meine Wange und lasse sie los. Statt mich weiter um sie zu kümmern, verlasse ich den Raum und begebe mich an meinen Sekretär. Ich werde nicht um ihre Liebe betteln. Das hat Paganini nicht nötig, mag er auch eine schiefe Haltung haben, eingefallene Wangen und die Farbe einer Leiche. Es gibt in Italien genügend Schönheiten, die noch immer um mich und meine Finanzen anhalten. Aus meiner Mappe hole ich eine Kammermusik für Streicher, mit der ich vor meiner Krankheit in Neapel angefangen und die ich nie zu Ende gebracht habe. „Non cor più non mi sento“ liegt einer Arie von Paisiello zugrunde. Eilig überfliege ich die Partitur. Meine Augen schmerzen, ich kann vieles nicht genau entziffern, doch ich höre die Musik. Ich muss sie verändern und konzipiere sie nun, ohne viel nachzudenken, für Violine und Violoncello. Sämtliche Kerzen brennen, dennoch habe ich mit dem Schreiben Mühe. Das hält mich nicht davon ab, in die Musik einzutauchen. Sie entgleitet mir nicht, und zerlaufen auch die runden Köpfe der Noten zu Sternchen, ich folge ihr blind, so wie Beethoven der seinen mit schwachen Ohren folgt. Allmählich spüre ich die Anwesenheit Antonias hinter mir. Zuerst nur flüchtig, nicht sehr angenehm, wie einen kalten Luftzug. Ohne mich umzudrehen, weiß ich, dass sie im Türrahmen steht. Ein Tier auf der Lauer. Und ich meine zu riechen, dass sie nackt ist. Abrupt drehe ich mich um. Sie ist halbnackt und stürzt sich auf mich. Erst haut sie mir auf den Kopf und auf die Schultern, dann stößt sie mich zur Seite und reißt die Partitur an sich.

„Für wen ist das?“ Sie hält sie in den Schein der Kerze. „Ha, für wen hast du das komponiert? Los, sag es schon!“ Sie rückt das Manuskript an die Flamme. Entgeistert glotze ich sie an.

„Für wen? Warum für wen? Was kümmert es dich? Ich bin dir doch ganz einerlei, du willst nicht mit mir schlafen!“ Vorsichtig nähere ich mich und versuche, an die Partitur zu kommen. Antonia wedelt damit vor der Kerze herum. Jeden Moment wird das Ding Feuer fangen. Ach, es ist einerlei. Das meiste steht in meinem Kopf.

„Ich werde sie zerstören, deine schöne Partitur, wenn du nicht gestehst, wem sie gewidmet ist.“ Ein hämisches Grinsen begleitet ihre Worte. Nein, die Häme ist nur Maske, dahinter verbirgt sich Kummer. Ihre Augen blicken traurig, das gelöste Haar fällt lockig über ihre Schultern und sie hat plötzlich etwas sehr Zerbrechliches.

„Antonia! Auf wen bist du eifersüchtig? Es gibt keine andere Frau, das weißt du. Wir sind Tag und Nacht zusammen.“

„Aber es gibt vieles, das dich von mir entfernt. Die Guarneri, deine Familie in Genua, um die deine Gedanken kreisen, deine Mutter, deine Musik, immer wieder deine Musik, deine Kompositionen.“ Sie steigert sich hinein und wird dabei wieder sehr begehrenswert.

„Wenn du komponierst, bist du weit weg von mir, wenn du spielst, bist du weit weg, auch wenn du auf der Bühne neben mir stehst, wenn du denkst, bist du weit weg. Selbst wenn du mit mir schläfst, bist du woanders. Du bist immer weit weg. Wo bist du eigentlich?“ Ihre keifende Stimme klingt nun weinerlich. Das Manuskript schwankt vor der Flamme auf und ab. Bei ihrem letzten Satz stutze ich. Merkt sie etwa, dass ich Fiorella nicht vergessen kann? Nein, das soll sie nicht merken. Energisch gehe ich auf sie zu.

„Liebe Antonia, ich wollte eben die Widmung schreiben: A mio caro Luigi. Bist du auf Germi eifersüchtig? Das darfst du nicht. Er verwaltet das Geld, überwacht alle Geschäfte und nimmt mir die Nebensächlichkeiten ab, die mein Beruf mit sich bringt. Ohne ihn bricht alles zusammen.“ Nun bin ich bei ihr, berühre ihre Schulter. Ihr Mund zuckt, als sie fragt:

„Wozu hast du dann dein rotes Büchlein, in das du jeden ausgegebenen Scudo einträgst, wenn alles Germi macht?“

Zärtlich streichle ich ihr Gesicht.

„Liebste Antonia, ich will wissen, was wir ausgeben, und Germi sorgt dafür, dass mein Geld Zins bringend angelegt wird. Ich denke oft daran, eine Villa zu kaufen.“ Es ist mir ernst bei dem, was ich sage. Mein Traum ist ein Zuhause, ein Stückchen Erde, das mir allein gehört, eine Villa, in deren Garten meine Kinder spielen. Gleichzeitig will ich in allen Theatern Europas auftreten, in Stockholm und Moskau, und irgendwann in Amerika.

„Du liebst nur dich, sonst nichts auf der Welt.“

Sie kuschelt sich in meinen Arm, die Partitur fällt unversehrt auf den Boden. Ehe ich sie aufhebe, streichle ich Antonias Brüste und küsse ihren Hals. Sie seufzt.

Am folgenden Morgen brechen wir nach Triest auf. Die gesamte Fahrt über ist Antonia zahm wie ein Kätzchen. Statt zu plappern, schnurrt sie, und statt übelgelaunt durch die vom Regen und Matsch verschmierten Scheiben zu starren, ruhen ihre Augen liebevoll auf mir.

„Ich bin stolz auf dich!“, sagt sie. Das höre ich gern. Die beiden Mitreisenden lächeln verständnisvoll. Natürlich wissen sie, wer ich bin. Schon beim Einsteigen lüfteten sie ihre Hüte und machten mir ihre Ehrerbietung. Gott sei Dank halten sie, nachdem sie überschwänglich sämtliche Gazetten Venedigs, Veronas und Bolognas rezitiert haben, den Mund und verfolgen unsere Bewegungen. Was mich betrifft, gibt es da nicht viel zu sehen. Meist sitze ich steif im Winkel, Kätzchen Antonia an mich geschmiegt, die sich hin und wieder da und dort kratzt, wobei ihr Kleid verrutscht. Auf halber Strecke zwischen Venedig und Triest knallen uns dicke Regentropfen aufs Dach, dennoch drosselt der vermaledeite Kutscher die Geschwindigkeit nicht, die Pferde galoppieren über zerklüftete Wege und wir werden höllisch herumgeschüttelt.

„Was fällt diesem Tier auf dem Bock ein? Warum fährt es nicht langsamer?“, raune ich Antonia zu. Diese schreckt plötzlich hoch, fährt nervös mit den Fingern über Gesicht und Haar und schreit:

„Ich will hier raus! Ich muss hier raus. Ich krieg keine Luft mehr!“ Sie legt die Hand an ihre Kehle. Dann steht sie, so gut es geht, auf, beugt sich vor und rüttelte an der Tür. Entsetzt ziehe ich an ihrem Kleid, halte sie zurück, versuche, sie in den Arm zu nehmen, sie zu beruhigen. Nichts hilft. Sie schreit und wedelt mit den Händen, als wolle sie Fliegen vertreiben. Der Mitreisende redet auf sie ein, aber sie schlägt ihm ins Gesicht. Das kann ich nicht zulassen. Zornig herrsche ich sie an, sie solle sich zusammennehmen, bereite mich allerdings gleichzeitig auf eine fürchterliche Ohrfeige vor. Mein Blick glüht vor Wut, meine Hand umklammert ihren Arm. Antonias Kopf fährt zu mir herum. Ich bin auf alles gefasst, aber nicht darauf, dass ihr Körper schwer in meinen Arm fällt, sich ihr Gesicht an meine Brust schmiegt und sie zu schluchzen anfängt. Dann brabbelt sie etwas, das ich nicht verstehen kann. Tröstend streichle ich ihre zitternden Schultern. Der Mitreisende runzelt die Stirn. Meine murmelnde Entschuldigung nimmt er verständnisvoll zur Kenntnis.

Wir wohnen im Hause Samengos an der Contrada Nuova. Agostino Samengo hatte seine Reederei einige Zeit vor Napoleons Einmarsch aufgegeben und war nach Triest umgesiedelt. Er ist einer meiner ältesten Bewunderer. Als er mich in der Chiesa St. Philippe gehört hatte, eilte er auf meinen Vater zu und beglückwünschte ihn. Zu mir sagte er damals: „Niccolò, ich hab in dieser Stadt meine Zelte abgebrochen und wohne nun in Triest. Wer mit elf Jahren so spielt, der wird es weit bringen, aber denke stets daran, wo auch immer du bist: Mein Haus steht für dich offen."

Ja, und hier sind wir nun. Wir genießen eine herrliche Wohnung und vorzügliches Essen. Im Laufe der beiden folgenden Monate gebe ich drei gut besuchte Konzerte. Die Kritik spart nicht mit dem üblichen begeisterten Geschwafel, selbst Antonia wird für die Kavatinen aus der „Diebischen Elster", dem „Barbier von Sevilla" und aus „Pietra del Paragone" von Rossini lobend erwähnt. Auch Maestro Meyerbeer sitzt bei allen Konzerten im Publikum und ruft an einer stillen Stelle hell entzückt: „Ich höre die Engel des Paradieses!" Ach, manches rührt mich sehr, manches ehrt mich, wie das vom Direktor der Philharmoniker von Ljubljana verliehene Virtuosendiplom, das schon Beethoven zuteil wurde, manches bringt mich zum Lachen. Besagter Direktor saß nämlich mit einem vornehmen österreichischen Violinisten namens Signor Jaëll im Saal und sagte, nachdem er mich gehört hatte: „Nun können wir alle unser Testament machen!", worauf dieser Jaëll erwiderte: „Nein, ich bin schon tot!"

Antonia fühlt sich wohl in der prächtigen Wohnung und ist hin und wieder eine angenehme Gefährtin. Sie nimmt mir meine vielen Briefe an Germi und Madre nicht übel. Es ärgert sie nicht, wenn ich mich nach alten Bekannten erkundige, ja, sie sieht sogar darüber hinweg, dass ich erwäge, eine Sonata für Madre zu komponieren. Abends ist sie eine wundervolle Geliebte und im Kerzenschein äußerst begehrenswert.

Dennoch kann sie nicht die nagende Sehnsucht in mir stillen, die mich im Traum in Fiorellas Arme treibt. Seit ihrem letzten Brief, in dem sie von ihrem geliebten „Mann mit Handschuh" schrieb, habe ich nichts von ihr gehört, und doch lebt sie in meinem Herzen. So sehr ich mich auch bemühe, Antonia so zu lieben, wie sie es als meine Gefährtin verdient, ich schaffe es nicht. Ich traue Antonia letztendlich nicht. Trotzdem will ich mich nicht beklagen. Sie bemüht sich, selbst im Gesang hat sie sich deutlich gebessert. Und es ist anerkennenswert, wie sie das viele Reisen bewerkstelligt.

Im Dezember geben wir nämlich die herrschaftliche Wohnung in Triest auf und rumpeln über Stock und Stein, durch regnerisches, teilweise scheußliches Wetter nach Bologna. Unterwegs überfällt mich der Husten, an dem ich seit einiger Zeit leide, derart krampfartig, dass ich nach Luft ringe und Antonia wild ans Kutscherfenster hämmert, damit der Wagen anhält. Ich stürze von Antonia gestützt ins Freie und huste mich aus. Übles Zeug steigt aus meinen Lungen. Ich spucke, speie, atme röchelnd, lehne schließlich entkräftet an einem Baum. Die Luft ist kalt und feucht, doch sie lindert im ersten Moment. Die Reise kann weitergehen. Dergleichen darf mir keinesfalls auf der Bühne passieren. Ich kann aussehen wie der Tod, schwarz, unheimlich, gespenstisch aus den Kulissen treten, das alles wirkt auf das törichte Volk phantastisch und reizt seine Neugier, aber ich darf beim Spielen nicht so grauenhaft husten. In Bologna suche ich einen Arzt auf und lasse mir stillenden Sirup verschreiben. Es genügt, um zwei Konzerte am Teatro del Corso und die Weihnachtszeit zu überstehen. Ende Januar sind wir in Rom. Meine Gesundheit ist so weit hergestellt und ich reagiere wieder auf die Reize einer göttlichen Kreatur. Sie ist wunderschön, gut erzogen und singt besser als die Bianchi. Eine Woche geistert sie durch meine Gedanken, auch überlege ich, ob ich sie nicht als Sängerin engagiere, fürchte aber Antonias Ausbrüche. All das wird in dem Augenblick völlig bedeutungslos, als mir Antonia gesteht, sie erwarte ein Kind. Wie sehr hatte ich mich darauf gefreut und wie seltsam trifft mich die Ankündigung. Trifft sie mich ins Herz? Ich weiß es nicht. Jedenfalls werde ich Vater. Paganini wird Vater und die Mutter dieses Kindes soll geachtet und geliebt werden, egal wer sie ist. Meine Pläne mit der Sängerin Cortesi lasse ich vorerst fallen. Nicht auszudenken, bekäme Antonia gerade jetzt ihre nervösen Anfälle. Bei den Konzerten im Teatro Argentina bemerke ich ihre wachsende Eifersucht. Sie überwacht den werdenden Vater ihres Kindes wie ein Polizist, keine Bewegung entgeht ihr, kein Augenzwinkern, kein Blick. Dabei sehe ich täglich schlechter, erkenne also die Dekolletés der Damen in den zweiten Reihen nur noch als helle Flächen. Außerdem bin ich zeitweise ein miserabler Liebhaber, weil es mich an allen Ecken und Enden piesackt. Der lindernde Sirup gegen meinen Husten scheint das Zahnfleisch anzugreifen. Es ist ja so empfindlich. Das Kauen schmerzt, und wenn meine Zunge den Mund durchforscht, stößt sie auf Schwellungen und aufgeschürfte Stellen. Ich konsultiere in Rom erneut einen Arzt, obwohl ich diese Brut längst der Hölle überantwortet habe. Aber was soll ich machen? Ich selbst verstehe von dieser Wissenschaft überhaupt nichts.

Am Abend des 15. Februar 1825 liest mir Antonia den Artikel eines deutschen Musikkritikers vor, der sich in Italien herumtreibt, um Musikveranstaltungen zu rezensieren:

„*Seine Ausführungen auf der IV. Saite verraten ein unermüdliches Studium, aber entbehren der Feinheit. Das Gleiche gilt für die Oktaven, die er viel besser spielt als andere Violinisten. Aber auch hier fehlt der letzte Schliff. Er kann sogar Triller all'ottava spielen, aber sie gelingen nicht immer. Kurz, er ist kein Künstler im umfassenden Sinne des Wortes.*“ Antonia schöpft Luft, sieht mich spitzbübisch an und meint: „Aber der Kritiker ist ein Idiot im umfassenden Sinn des Wortes.“

Ich bin gerade dabei, mit vom Arzt präparierten Lösungen den Mund auszuspülen, und antworte nicht gleich. Antonia spricht lächelnd weiter: „Außerdem hat er vergessen, dass du die Fertigkeit auf der vierten Saite an Ketten geschmiedet im Kerker errungen hast, oder nicht?“

Manchmal ist das Mädchen nicht auf den Kopf gefallen. Ich sehe auf, verziehe schmerzlich das Gesicht, denn in meinem Mund tut sich etwas. Antonia blickt mich mitleidig an: „Und der blöde Kritiker missachtet, unter welchen Umständen du das alles leistest. Er ist ein großer Narr, dieser Mann.“ Sie kommt auf mich zu, hält dann auf halbem Weg inne, weil ich zwei Zähne in die Waschschüssel spucke. Im Spiegel sehe ich hellrote Speichelfäden aus meinem Mund hängen. Antonia dreht sich weg.

„Wenn du so weitermachst, bleibt dir kein Zahn mehr.“

„Es tut mir leid. Es liegt an der Behandlung. Sie lockert das Zahnfleisch, dann fallen die Zähne heraus.“

„Warum nimmst du das Zeug?“ Sie dreht mir noch immer den Rücken zu. Ich säubere, so gut es geht, Lippen und mein feuchtes Gesicht, spüle viele Male den Mund.

„Du weißt es: gegen den Husten und eine Schleimhautentzündung.“

Endlich sieht sie mich wieder an.

„Und bevor du mich kanntest, hast du ein grausiges Gebräu getrunken, das dir ebenfalls das Zahnfleisch ruinierte und Magenschmerzen verursachte. Oh Himmel und alle deine Heerscharen!“ In ihren Augen liegt keine Abscheu, also empfindet sie doch ein wenig Liebe für einen kranken Mann. Ich nehme an, sie wäre sehr glücklich darüber, endlich Signora Paganini zu werden. Warum, in Marias und auch Gottes Namen, kann ich mich dazu nicht durchringen?

Um Antonia meinen schrecklichen Anblick vergessen zu lassen und weil ich ihr dankbar bin, erlaube ich ihr, sich in Rom einzukleiden. Mit einem Freudengeschrei springt sie tags darauf in die Kutsche. Ich harre derweil der Auszeichnung des Papstes, denn ein Kardinal hat meine Violine anlässlich eines Konzertes im Hause des Marchese Guiseppe Origo gehört und war voller Begeisterung. Leider müsse er erst den grässlichen Gerüchten um meine satanische Herkunft und die Gefangenschaft nachgehen, bevor er mir den Orden verleihe, bemerkte er betrübt. Unverzüglich setze ich einen Brief an Germi auf, indem ich ihn bitte, meine bürgerliche und ehrenhafte Geburt zu bestätigen, mit Unterschrift meiner Mutter, die freilich weder lesen noch schreiben kann, aber sicherlich ein Kreuz zu machen versteht. Die Sache wird sich demnach hinziehen. Es ist sinnlos, untätig herumzusitzen, ich mache mir so meine Gedanken um die Zukunft. Natürlich will ich in ganz Europa Konzerte halten, aber bald wird meine Gefährtin mein Kind zur Welt bringen und diese beiden brauchen ein Zuhause. Einerseits liebe ich die Toskana, andererseits zieht es mich nach Genua. Germi sollte sich dort nach einer Villa umsehen, derweil ich mich um den Posten des künstlerischen Leiters am im Bau befindlichen neuen Theater bewerben könnte. Der Architekt hat sogar ein benachbartes Dominikanerkloster niederreißen lassen, um das weiträumigste Theater ganz Europas zu erbauen. Sicherlich werden sie sich nach einem Direktor wie mir die Finger lecken. Mein Name echot in ganz Italien, ich habe Erfahrung mit Sängern, kann dirigieren et cetera, et cetera. Ich werde dort auch eine eigene Druckerei gründen, auf diese Weise bin ich nicht stets an irgendwelche schurkischen Verleger gebunden, die ja doch nur verdienen wollen. Alles wird sich fügen … mein Kind hat eine Heimat, Madre ist in der Nähe … und vielleicht wird nach der Geburt alles viel einfacher mit Antonia.

𝄽

Im März sitzen wir erneut in der Reisekutsche. Antonia verhält sich bewundernswert. Ich mache mir mehr Sorgen als sie, denn die schlechten Straßen nach Neapel rütteln uns gewaltig durcheinander. Um zu sparen, fahren wir mit der regulären Kutsche, die zeitweise brechend voll ist und außerdem Kisten und Koffer auf dem Dach geladen hat. Mir wäre es recht gewesen, hätte Antonia in Rom auf meine Rückkehr gewartet, aber sie lässt mich keine Meile alleine reisen. Ihr Auftritt im Teatro del Fondo ließ sehr zu wünschen übrig. Der Chronist haute alle Sänger in die Pfanne. Er schrieb: *Es spielte der berühmte Paganini. Er hat viel Talent, aber auch eine gute Dosis Scharlatanerie ist mit im Spiel. Unter anderem spielte er ein Concerto miltare auf der IV. Saite. Man gab auch viele Vokalstücke, die auf lächerliche Weise gesungen wurden. Wir bekamen Lachkrämpfe*. Warum sollten sie nicht lachen, die guten Neapolitaner? Es gibt hier nicht viel zu lachen, also beschwert euch nicht.

Nun gut. Antonia ist nun mal dabei, ihr Zustand bleibt nicht mehr unbemerkt, also werde ich sie auf jede weitere Etappe mitnehmen. Um sie nicht ständig den hart gefederten Kutschen auszusetzen, wähle ich für die Fahrt nach Palermo den Postdampfer. Er gehört zu den jüngsten Errungenschaften der Technik und spuckt sehr viel Rauch. Wer sich am Bug aufhält, wird vom Gestank jedoch verschont und kann genießen.

Es ist gemütlich und bei der Jahreszeit ein Vergnügen. Ein strahlend blauer Himmel spiegelt sich im Meer. Das Wasser glitzert, als habe es der Himmel mit Diamanten bestreut. Antonia steht an der Reling und atmet tief die samtene Luft ein, ich sitze unterm Schutz einer Markise, kneife die Augen zusammen und höre eine engelsgleiche Melodie, von vielen Geigern getragen. Sie eilt dahin, sie eilt mir davon. Ich schicke ihr Pizzicatos und Flageolette hinterher, doch sie jagt weiter, in den blauen Himmel hinein. Ich packe sie mit Doppelgriffen, mein Bogen saust durch die Luft, bringt sie zum Stocken, da entgleitet sie mir schon wieder. Engelsgleich, zart, durchsichtig. Plötzlich höre ich ein anderes Instrument, weit weg, ich kann es nicht bezeichnen. Also stehe ich auf, krame meine blaue Brille aus der Tasche, die mir lesen hilft und gleichzeitig gegen die Sonne schützt, und trete hinter Antonia. Die Melodie ist weg, in den Wolken, sehr hoch, zu hoch. Ich gebe es auf und nehme Antonia in den Arm.

Sie lehnt sich an mich. Eine Weile stehen wir schweigend, lassen uns vom Wasser wiegen. Antonias Haar glänzt wie Seide, ihre Haut duftet nach Sonne. Ich grabe mein Gesicht in ihren Nacken. Sie seufzt, nimmt meine Hände und legt sie auf ihren Bauch. Von ganz weit höre ich wieder die Melodie. Wie ein Gruß, wie ein Echo aus einer anderen Welt.

Dank der Hilfe meines Freundes Donizetti, Dirigent des Teatro Carolino, genehmigen mir die Behörden von Palermo einige Konzerte. Wir richten uns auf einen längeren Aufenthalt ein, denn hier soll das Kind zur Welt kommen. Es ist nicht sehr heiß, meistens scheint die Sonne, deren direkte Bestrahlung ich zwar meide, die mir dennoch ein willkommener Gesellschafter ist. Jedes meiner Konzerte wird in den Gazetten überschwänglich gelobt und ich freue mich auf die Ankunft des Kindes. Wenn nur Antonia nicht so nervös wäre. Wegen eines Nichts gerät sie in Raserei. Ist der Tee zu heiß, schreit sie, man wolle ihren Mund verbrennen, ist er zu kalt, schüttet sie den Inhalt mit der Tasse weg und kreischt. Ich muss sie behandeln wie ein rohes Ei. Nein, wie einen Korb voll roher Eier. Das kostet Nerven, und um sie nicht allzu sehr zu reizen, gehe ich ihr entweder aus dem Weg oder lasse ihr alle erdenklichen Liebenswürdigkeiten angedeihen. Bin ich abends zu lange weg, kann es sein, sie empfängt mich voller Freude, sinkt glücklich in meine Arme und flüstert, wie stolz sie auf mich sei und wie geehrt, mit mir leben zu dürfen. Meine längere Abwesenheit kann allerdings auch von ihr bestraft werden, wie neulich, als ich von der Polizei aufgehalten wurde. Vergeblich versuchte ich ihr zu erklären, dass mich die Ordnungshüter für einen Carbonari gehalten hätten und einsperren wollten. Sie nannte mich einen Lügner, zeterte, strampelte und fegte einen Kerzenleuchter vom Tisch, den ich im Fluge auffing, bevor er die Vorhänge entflammte. Über alles sehe ich hinweg, nehme sie tröstend in die Arme. Ich weiß nicht, was in dem Mädchen vorgeht. Ich hoffe nur, es hat mit der guten Hoffnung zu tun.

12

In zwei Fuhrwerken rumpelten die Gefangenen nach Brünn. Die Reise dauerte vierzehn Tage und setzte Andreas Gesundheit bedenklich zu. Er hustete stark, fühlte stechende Schmerzen in der Brust. Sein Kopf tat weh, Fieberschübe machten ihn schwindelig. Bei der Ankunft stieg er nicht aus dem Reisewagen, sondern taumelte entkräftet hinaus, nach Luft und Leben ringend.

Friedlich lag die Hauptstadt von Mähren im Sonnenschein vor ihm, doch als er den Berg erblickte, auf dem sich die ehemalige Burg der Fürsten von Mähren erhob, rieselte es ihm eiskalt über den Rücken. Was einst idyllisch wirkte, dann von den Franzosen während der Schlacht von Austerlitz zerschossen wurde, war nun das erbarmungslose Zuchthaus der österreichischen Monarchie. Die zerstörte Ringmauer war nur halbwegs wiederhergestellt worden, um Räuber und Mörder einzusperren.

Andrea betrat seine Zelle und sank vor Erschöpfung zusammen. Das dunkle Loch, das er mit einem Gefangenen teilte, empfing ihn zu dieser Jahreszeit feucht und kalt. Es gab außer einer hässlichen Pritsche kein Möbelstück. Margheritas luxuriöses Bett gerann zu einem fernen Traum, den er träumte, wenn er auf dem Behelf nicht schlafen konnte. Nur Kranke bekamen das weichere Lager, den Strohsack. Andrea wurde nach der ersten Untersuchung vom Arzt als für den Strohsack nicht krank genug befunden. Das Essen war eine Mischung aus trockenem Brot und hartem Fleisch, das in einer dünnen Suppe schwamm. Meistens litt er Hunger. Einige seiner Mitgefangenen starben an Unterernährung oder Krankheit.

Auf der Terrasse des Innenhofes durften die Gefangenen täglich spazieren gehen und Licht tanken. Im Winter verzichteten die meisten darauf, weil sie in der ärmlichen Sträflingskleidung vor Kälte schlotterten. Andrea hängte sich an die Hoffnung. Er träumte von seinen beiden Frauen, verfasste Zeichnungen und Gedichte für seine Kinder. Bis jetzt verfügte er noch über Schreibzeug und Papier, aber auch nur, weil der alte Wärter den jungen Mann bemitleidete. Diesbezüglich hatte Andrea Glück. Alle Wärter waren ihm wohlgesonnen. Dank dem Siebzigjährigen – einem Schweizer mit Namen Schiller – konnte er sich mit seinen Frauen brieflich verständigen. Der Briefwechsel wurde auf dem Spielberg strenger überwacht als in den Bleikammern, darüber hinaus trafen die Briefe entweder unleserlich oder erst nach Monaten ein.

Margherita zog vorübergehend nach Wien, um der Festung Spielberg näher zu sein. Nach seinem ersten offiziellen Brief, der die Frauen erst nach Monaten in Genua erreichte, hatte sie Andrea gebeten, dem Wärter einen geheimen Ort in der Umgebung Brünns zu nennen, wo die beiden Liebenden durch die Vermittlung des Alten Briefe austauschen konnten. Dieser riskierte zwar Kopf und Kragen, aber Margheritas Geld und der Hass auf seine Tätigkeit balancierten die Gefahr aus. Margherita und Carlotta verfolgten das Leben ihres Mannes aus der Ferne und stärkten ihn mit ihrer Zuversicht.

In seiner Einsamkeit fütterte Andrea eine Armee von Ameisen mit Brotkrumen und freundete sich mit einer Spinne an. Er fing ihr Fliegen, die er anfangs aufs Fensterbrett legte. Später krabbelte sie ihm sogar auf die Hand und holte sich dort ihre Nahrung. Sie schien auch seinen Gesang zu lieben. Andrea sang viel. Um sich aufzumuntern, um die Seele zu kräftigen, um sich abzulenken. Er sang italienische Volkslieder oder Opernarien. Eines Tages bemerkte er, dass sich die Spinne immer dann an ihrem Faden herunterließ, wenn er ein Lied intonierte. Sie kam ganz nahe an sein Gesicht, vor seine Augen, und verharrte regungslos, solange er sang. Sobald er aufhörte, zog sie sich hoch und verschwand in ihrem Winkel.

Mittlerweile kannte er den Unterschied zwischen schwerer und sehr schwerer Haft. Für ihn galt die schwere Haft. Das bedeutete: auf einem Brett zu schlafen, zur Arbeit verpflichtet zu sein, eine Kette an den Füßen zu tragen und die ärmlichste Kost zu essen. Immerhin ging es ihm besser als dem zu sehr schwerer Haft Verurteilten. Jener trug einen Eisengurt um die Hüfte, dessen Kette an die Mauer geschmiedet war und ihm gerade so viel Spielraum ließ, sich auf der Pritsche auszustrecken. Umdrehen konnte er sich nicht. Das Essen war ebenso miserabel, bestand es doch vorwiegend aus Wasser und Brot. Mehrmals hatte er nach Silvio Pellico gefragt und nie eine Anwort bekommen. Bei den Spaziergängen auf dem Wall war er ihm nie begegnet. Zu gerne hätte er mit ihm seinen Kummer geteilt. Ein Freund, ein Kamerad, ein Mitleidender wäre erleichternd gewesen.

13

Am 23. Juli dieses Jahres bringt Antonia meinen Sohn zur Welt. Ich bin glücklich und fühle mich sogar wohl, obwohl ich in der Nacht zuvor unter Schmerzen einen Zahn verloren habe und wieder an Magenkrämpfen leide. Jetzt fehlt mir bald die Hälfte meiner Zähne. Es ist ein Jammer! Doch mein Sohn lässt mich allen Kummer vergessen. Er ist winzig und wunderschön. Als ich ihn ansehe, fällt mir schlagartig das Instrument ein, das ich in der Melodie auf dem Postdampfer nach Palermo gehört habe. Es war ein Glöckchen. Dieses zarte Glöckchen wird in mein Concerto Nr. 2 eingearbeitet werden. Ich höre alles. Die Melodie, die Tutti-Abschnitte, die Solopassagen. Während Antonia das Kind stillt – oh ja, sie stillt es selbst und nicht eine schlurfende Amme –, schreibe ich am Adagio. Es ist für mich der Höhepunkt in all meinen Werken, mögen die Rondos und Allegros noch so phantasievoll sein und klangtechnisch bestechen, ich liebe die Adagi. Es sind die Tränen meiner Seele, die niemand sieht. Als ich die

Einleitung der Hörner schreibe, werde ich von ihrer schmelzenden Kantabilität davongetragen. Die Flöten führen zum Part der Violine, das Orchester begleitet mit einem kräftigen, einheitlichen Pizzicato.

Wir taufen unseren Sohn Achille. Zu dieser etwas tragenden Namensgebung hat mich ein Bewunderer inspiriert. Nach einem Konzert in Palermo äußerte er:

„Sie sind ein Gott und Homer stand mir vor Augen, während ich Ihrer Musik ergeben lauschte. Der erste – grandiose – Satz stellte das Anlegen der griechischen Schiffe in Troja dar: Das Adagio, zur selben Zeit so edel und anmutig, rief mir das Gespräch zwischen Briseidis und Achille ins Gedächtnis; wann aber werde ich die Verzweiflung und die Klagen über dem Leichnam des Patroklos hören, verehrter Paganini?"

Ich antwortete dem Signor, ohne zu zögern: „Sobald der Achille Paganini unter den Violinisten einen Patroklos als Freund gefunden haben wird."

Auch ich antworte gelegentlich recht scharfsinnig. Leider erschöpft mich das Leben mit Antonia oft dermaßen, dass mir schrittweise der Scharfsinn abhanden kommt. Nun verweilen wir fast zwei Monate in Palermo und allmählich erkenne ich ihren wahren Charakter. Entweder ist sie verrückt oder raffiniert. Entweder sie liebt mich wahnsinnig und macht uns mit ihrer wahnsinnigen Liebe alle verrückt oder sie hasst mich. Achille ist keine acht Wochen auf der Welt und Antonias Nerven sind schon wieder aufs äußerste gespannt. Man darf ihr nicht zu nahe kommen und kommt man ihr schließlich aus Vorsicht nicht mehr zu nahe, bezichtigt sie einen der Lieblosigkeit. Mitte September gebe ich mein letztes Konzert in Palermo und kümmere mich bis Ende November um Antonias Wohlbefinden und um meinen Sohn. Ich schlafe mit ihr, verwöhne sie, obwohl ihr zänkisches Verhalten Prügel verdient. Ich versichere ihr, dass ich keiner der jungen Frauen, die nach dem Konzert wie Bienen um mich schwirren, nachsteige. Ich schwöre ihr Treue und werde doch als Schwindler beschimpft.

Nebenbei arbeite ich am Concerto. Das Rondo formt sich allmählich. Es wird schöner, ausgewogener zwischen Orchester und Solist. Die Ausgewogenheit zwischen Antonia und mir hingegen hinkt bedenklich, was auch immer ich anstelle. Ich bin mit meinem Latein am Ende und schreibe in meiner Verzweiflung häufig Briefe an Germi. Er antwortet, Antonia sei so nervös, weil ich sie nicht heirate. Ich mute der Frau zu viel zu. Sie sei nun Mutter, lebe mit dem Vater ihres Kindes und der erhebe sie nicht in den Stand seiner Ehefrau. Was soll ich nur tun?

In Neapel bricht mein Husten gewaltiger aus als zuvor. Ich vermute, der Quacksalber in Bologna, der mir den beruhigenden Sirup verordnet hat, ist ebenso unkundig wie die ganze medizinische Sippe. Sie gehen der Sache nicht auf den Grund. Sie bedecken eine Wunde mit lindernden Salben, während darunter die Ursache weitergärt. Doch, was ist die Ursache? Welches Geschwür wächst in meinen Lungen oder in meiner Kehle, dass ich meine, die Luft werde mir abgeschnürt? Sollte diese verdammte Lues Venerea doch nicht abgeheilt sein?

Es ist kühl in Neapel. Die Feuchtigkeit macht mir zu schaffen und manchmal denke ich, mein letztes Stündlein habe geschlagen. Dies wäre eine große Strafe des Himmels, denn ich wünsche mir so sehr, meinen Sohn wachsen zu sehen. Ich möchte ihm zeigen, welche Begeisterung sein Vater mit der Geige auslöst, und ich möchte ihm vorspielen, ihm alleine.

Vorerst muss ich den grauenhaften Husten loswerden. Antonia schläft nicht mehr in meinem Bett, weil sie des Nachts von meinem quälenden Röcheln erwacht. Morgens huste ich Unmengen von Schleim in die Waschschüssel, die vom Diener sogleich entfernt werden, damit Antonia nicht ohnmächtig wird. So kann es nicht weitergehen. Ich lasse Dottore Calisi kommen, die neapolitanische Kapazität. Ursprünglich misstraute ich den süditalienischen Dottores, da aber jener aus Bologna keine Leuchte war und der Mailänder eine Niete, ist es letztendlich egal, auf welchem Flecken Italiens oder der Welt ich diese Tiere konsultiere. Der neapolitanische Dottore empfiehlt mir Kuren und Ruhe auf der Insel Malta. Erschöpft nehme ich es zur Kenntnis.

Mit Pillen und Sirups ausgerüstet, steige ich in Begleitung eines Sekretärs auf einen Postdampfer Richtung Messina. Von dort aus soll es nach Malta gehen. Antonia und Achille bleiben in Neapel.

Tatsächlich erhole ich mich rasch im milden Klima der Insel. Der Husten lässt nach, das Rasseln beim Atmen klingt ab. Sogleich fühle ich mich wie neu geboren. Innerhalb von drei Wochen komme ich zu Kräften und vollende mein Concerto Nr. 2. Das Rondo ist mir gelungen. Es mag sonderbar anmuten, dass ich die Tonart Fis wählte, die für die Geige unangebracht erscheint, aber ich sehe sonst keine andere Möglichkeit, dem Rondo sein außergewöhnliches Klangwesen zu geben. Das wirklich Ungewöhnliche gleichwohl ist das Glöckchen. Ich schreibe es jeweils vor der Wiederkehr des Themas vor. Und weil es mich nicht loslässt, ahme ich es in einzelnen Flageolett-Passagen wie auch in den Orchesterinstrumenten nach. In meinem Hotelzimmer spiele ich es viele Male und bin entzückt von dieser Komposition. Auf den Spaziergängen am Meer echot ein feines durchsichtiges Klanggebilde in mir nach. „La Campanella" heißt der schöne dritte Satz des Konzertes. Stolz, doch mit ein wenig Sorge trage ich mein neues Werk zurück nach Neapel.

Ich ahne das Ungewitter, die Luft ist zu still, eine gesunde Bewegung in ihr hätte mich beruhigt. Doch diese fast statische Stille. Magnetisch, elektrisch geladen. Antonia nimmt mich in den Arm und schwänzelt in der Zeit um mich herum, in der ich meine Kleider abnehme und mich fürs Bad richte.

„Willst du deinen Sohn nicht sehen?"

„Oh sicherlich, aber ich will mir erst den Straßenstaub abwaschen und mein Hausgewand anziehen."

Der Diener hatte sich beeilt. Nachdem das Wasser mit den üblichen Kräuterzusätzen durchmischt ist, setze ich mich hinein. Antonia wäscht mir Rücken und Brust.

„Du bist dünner geworden."

„Noch dünner kann ich nicht werden, Antonia. Dann wäre ich ja Haut und Knochen." Ich lege den Nacken an den aufragenden Wannenrand und entspanne mich.

„So ist es auch! Hast du dort denn nicht gegessen?"

„Ich habe wunderbar gespeist, aber angeblich nimmt mein Körper nicht viel Fett auf. Er beschränkt sich auf Mineralien und Vitamine. Besser so als gar nichts. Ich will mich nicht beklagen, also beklage auch du dich nicht. Wäre ich tot, lebtest du schlechter als jetzt."

„Weil ich nicht deine Frau bin!", stößt sie giftig hervor und schüttet aus dem Krug warmes Wasser auf meine Brust.

„Wir wollen später darüber reden."

„Nein, nicht später! Später heißt nie. Du musst endlich etwas tun, Niccolò!" Ihre Stimme wirkt gereizt und sie schaut böse. Ich fühle mich ihr entsetzlich ausgeliefert, nackt und außer meinem Verstand jeder Waffe beraubt.

„Liebste Antonia! Ich komme eben zur Tür herein, von einer rabiaten Krankheit kaum genesen, liege schutzlos in diesem kratzigen Zuber und du willst, dass ich dir einen Heiratsantrag mache?"

„Esattamente!" Sie beugt sich zu mir herab, sieht mir freundlich, aber sehr bestimmt in die Augen und sagt feierlich: „Wiederhole diesen Satz und gib mir dein Wort darauf: Liebste Antonia, du hast mir einen Sohn geboren, den ich liebe und lieben werde, wie ich auch dich liebe und lieben werde. Werde vor Gott und der Welt mein angetrautes Weib."

Mir bleibt die Antwort im Halse stecken. Und da es sich dabei um einen Entsetzensausruf handelt, meine ich daran zu ersticken. Gott sei Dank kehrt der Husten nicht sofort zurück. Mein Verstand ist klar, ich denke also kurz nach, dabei fällt mir auf, dass ich auf Malta nur an meinen Sohn gedacht und Antonia kaum vermisst habe, und es erschreckt mich die Erkenntnis, überhaupt nur an eine Frau gedachte zu haben. Fiorella! Immer wieder Fiorella. Sie hat sich wie ein hartnäckiges Bakterium in mir festgehakt.

„Wiederhole!“, gellt es in mein Ohr. Kurz darauf höre ich die Schreie Achilles.

„Kümmere dich um Achille, er verlangt nach dir.“

„Ripetere!“ Antonias Augen blitzen und ich fürchte einen ihrer Anfälle. Vorsichtig hebe ich meinen nassen Arm, mache eine tröstende Geste. Achille schreit derweil lauter.

„Antonia, bitte! Verlange nichts Unmenschliches!“

„Waaaas?“, kreischt sie und schüttet den Rest lauwarmes Wasser über mein Haupt. „Du nennst es unmenschlich, die Frau zu heiraten, die dein Kind geboren hat?“

„Nein, das meine ich nicht! Es ist unmenschlich, meine hilflose Situation auszunützen.“

„Indifeso!“, lacht sie höhnisch. Sie posaunt das Wort zunächst in klarer Linienführung hinaus, um es dann in eine Koloratur umzufärben, die sie auf keiner Bühne Italiens zustande gebracht hätte. In diesem Zustand rast sie hinaus, die Hände vors Gesicht gepresst, den Kopf hin- und herschüttelnd. Erschöpft winde ich mich aus dem Zuber. Der umsichtige Diener ist schon da und reicht mir Handtücher und mein Hausgewand. Seine Augen sind aufgerissen, sein Gesicht so von Schrecken gezeichnet, dass ich ihn belustigt frage:

„Sagen Sie ehrlich, Cesare: Ich kann doch einer jungen, hübschen Frau nicht zumuten, einen Kerl zu heiraten, der ein Gesicht hat wie eine Geige und einen Körper lang wie einen Galgen?“

Cesare verneigt sich:

„Ich erlaube mir, mein Herr, durch das Zitat eines Chronisten meines Heimatortes Pisa zu antworten: *Was auch immer man über dieses lebende Wunder der Violine sagen könnte, wäre der Wahrheit bei weitem unterlegen, und trüge es auch alle Farben der Vorstellungskraft.*“

„Wenn ich Ihrer Bildung Rechnung trage, wollen Sie damit ausdrücken, dass ich in Wirklichkeit noch schrecklicher aussehe als auf der Bühne?“

„Erlauben Sie, mein Herr, richtigzustellen. Es will sagen: Ein großer Künstler, wie Sie es sind, darf sich jedes Aussehen erlauben, aber ich möchte hinzufügen, dass Sie unbelassen ein interessant aussehender Mensch sind, der viele Frauen anzieht. Sieht man die edle Stirn, die ausdrucksstarke Nase, den entschlossenen Mund, das schwarze Lockenhaar, so sagt man entwaffnet: Dies ist ein schöner Kopf."

Nun, hoffen wir, er hat diese Wendungen nicht nur auswendig gelernt, um bei mir gutes Geld zu verdienen. Es schmeichelt dennoch und etwas gepanzert gehe ich ins Schlafzimmer an Achilles Wiege. Sie ist leer. Daneben sitzt Antonia, friedlich, als sei nichts geschehen, in geöffneter Bluse, den kleinen Achille an der Brust. Er trinkt genüsslich. Seine Wangen glänzen gesund. Dunkles Haar wächst zaghaft auf seinem Kopf. Als ich mich nähere, lässt er die Brustwarze los und sieht mich an. Kann er mich erkennen? Er lächelt. Santa Maria, was für ein Lächeln!

Es ist sonderbar um diese Frau. Achille trinkt sich mit geschlossenen Augen satt. Er schläft schon, als sie ihn zurück in die Wiege legt. Ihre Brüste bedeckt sie jedoch nicht. Oh, nein, sie schiebt die Bluse ganz von den Schultern und räumt still einige Dinge auf. Teufelsweib! Das Kerzenlicht lässt ihre herrlichen Brüste schimmern. Ich spüre das Blut in mir wallen, die Hitze in den Lenden, doch ich rühre mich nicht. Da kommt sie, sinkt vor mir auf die Knie, dass mein Blick allein auf ihren schwellenden Busen und ihr liebliches, nun sehr freundliches Gesicht fallen kann.

„Niccolò, ich liebe dich!", flüstert sie. Streckt ihre Arme nach mir aus, öffnet mein Hausgewand. Ein neuer Trick, um den Heiratsantrag aus mir zu locken? Ich ignoriere es. Ihre Hände wandern an meinen Beinen hinauf. Für den Rest des Abends bin ich ganz in ihren Händen. Und es ist köstlich!

Leider ist es sehr sonderbar um diese Frau. Am nächsten Tag quält sie mich erneut. Ich halte sie mit Versprechungen hin. Germi soll eine Villa besorgen, die Stelle des musikalischen Leiters am neuen Teatro Carlo Felice in Genua muss gesichert sein, gleichzeitig warte ich auf Germis Bestätigung meiner bürgerlichen Herkunft, um die versprochene Auszeichnung vom Papst zu erlangen. Mehr Geld muss hereinkommen, und da ich trotz vermaledeiten Krankheiten wenig auftrete, gebe ich bei den besten neapolitanischen Bogenherstellern Bögen in Auftrag. Ich habe vor, sie für wenig Geld zu kaufen und dann Germi nach Genua zu schicken. Er soll sie gewinnbringend absetzen. Meine Zeit in Neapel ist mit Geschäften ausgefüllt und natürlich kann ich Antonia nicht überallhin mitnehmen. „Meine Geliebte, kümmere dich lieber um Achille, statt mich bei langweiligen Geschäfte zu begleiten", sage ich zuckersüß. Die Bianchi ist anderer Meinung. An einem Abend, als ich ohne sie davon eile – beim Gespräch mit einem neapolitanischen Saitenhersteller würde sie nur stören –, gerät sie in eine markerschütternde Rage. Ihr Toben dringt bis ins Treppenhaus und ich kehre stehenden Fußes um. Was ich sehe, lässt mein gepeinigtes Blut in den Adern gefrieren. Sie wirft meinen Geigenkasten mit Wucht auf den Boden, hebt ihn sogleich wieder auf und schmettert ihn noch mal und noch mal, insgesamt viermal auf den Boden, bis er völlig zerbrochen ist. Schreckensbleich starre ich auf das kaputte Ding. Meine Geige ist tot, denke ich fassungslos. Aber nein, da sehe ich sie in Cesares Händen. Die Bianchi kreischt, greift nach Stühlen und fegt Gegenstände von Kommode und Tisch. Ich eile geduckt zu Cesare, der sich ins Nebenzimmer geflüchtet hat. Die Geige wollte sie zerstören, stottert er verängstigt. Nachdem ich gegangen war, habe sie sich fuchsteufelswild auf das Instrument gestürzt, es in der Luft geschwungen und dabei aufgeheult wie ein Wolf.

„Nur mit Mühe konnte ich sie ihr entreißen, mein Herr. Eisern hatte sie ihre Finger darum geklammert. Eine Kraft hat diese Frau! Erst als ich ihr das Objekt ihrer Wut genommen hatte, verging sie sich am Kasten."

Trotz des großen Schreckens überlege ich noch, woher der Diener diese gewählte Ausdrucksweise hat. Dankend nehme ich ihm die Guarneri ab. Sie ist heil, wenn auch ziemlich lädiert. Ohne nach der Bianchi zu sehen, verlasse ich mit der Geige augenblicklich das Haus und komme erst am nächsten Mittag zurück.

Bald ist Weihnachten. In die Luft mischen sich weihnachtliche Gewürze, der Duft von warmen Kerzen durchströmt sämtliche Räume und mancher Zweibeiner wird besinnlich, wie zum Beispiel unser Diener Cesare. Froh darüber, mir eine Freude bereiten zu können, holt er den von mir bestellten neuen Geigenkasten ab. Ich arbeite derweil am Concerto Nr. 3. Auch diesem Concerto will ich ein ungarisches Kolorit geben. Dazu benötige ich einen zurückhaltenden ersten Satz. Er soll sparsam in technischen Mitteln sein, er soll ruhig sein und dennoch in klanglicher Vielfalt den entfesselten letzten Satz vorbereiten. Ein Allegro marziale, von einem erhebenden, hoffnungsvollen Thema getragen.

Meine Arbeit geht langsam voran und wird von Antonias wankelmütigem Wesen beeinträchtigt. Kurz vor dem Fest sind wir im Hause spanischer Herrschaften zu Gast, wo ich das Können eines jungen Violinisten beurteilen soll. Nach einiger Zeit langweilt sich die Bianchi und verlangt, nach Hause gebracht zu werden. Ich frage natürlich, warum, und ernte als Antwort eine gewaltige Ohrfeige, begleitet von höllischem Kreischen. Ehe wir es begreifen, schlägt sie auf alle Anwesenden ein und schreit dabei ununterbrochen. Wir glauben ernsthaft, sie habe den Verstand verloren.

Soll ich die verrückte Mutter meines Sohnes einfach zum Teufel jagen? Das kann ich nicht und angesichts des bevorstehenden heiligen Festes verspreche ich ihr, sie im nächsten Jahr zu heiraten. Die Idee scheint mir abstruser denn je, aber momentan übersteigt es meine Kräfte, nach einer besseren Lösung zu suchen. Ob es die üppige Kost, der gute Wein oder die Zänkereien mit der Bianchi sind, die mich erneut niederwerfen, weiß ich nicht. Jedenfalls plagt mich in den Neujahrstagen eine Dickdarmentzündung und statt wie vor einigen

Jahren an Durchfällen zu leiden, ist mein Darm zugemauert. Ein Völlegefühl und dieser geblähte Magen machen mir das tägliche Leben zur Hölle. Quacksalber Calisi verschreibt das Abführmittel Le Roy. Da es zuerst nicht wirkt, erhöhe ich die Dosis auf eigene Faust und nehme es viel zu lange ein. Ende Januar bin ich todkrank. Meine Kräfte schwinden dahin. Calisi lässt mich in der Nähe von Neapel in eine vornehme Wohnung bringen, weg von der Bianchi und ihrem teuflischen Gezeter, weg von meinem geliebten Sohn. Er ist erst sechs Monate alt. Wenn ich jetzt sterbe, wird er sich niemals an seinen Vater erinnern. Himmel, erhalte mich noch ein wenig, bete ich und verfluche gleichzeitig die nichtsnutzige Ärztebrut.

„Sie haben eigenmächtig gehandelt, Signor Paganini.“ Calisi sitzt vornüber gebeugt an meinem Bett. Er befühlt meinen Puls, horcht mein Herz ab.

„Danken Sie dem Himmel für Ihre kräftige Konstitution. Ein Abführmittel nimmt man nicht sorglos ein. Ich habe es Ihnen sehr niedrig dosiert verordnet.“

„Aber es wirkte nicht!“, röchele ich.

„Es braucht seine Zeit, wie alles seine Zeit braucht.“

„Es wurde mir geraten, während der Arbeit nichts zu essen und Le Roy so lange zu nehmen, bis alles in Ordnung ist, dann könne ich hundert Jahre werden!“

„Wenn Sie mit Le Roy spielen, verlieren Sie Ihr Leben. Um Ihnen die verheerende Wirkung zu verdeutlichen, zitiere ich eine Grabinschrift: Stavo bene, volli star meglio/ presi il Le Roy /ed eccomi qua: Ich fühlte mich gut, ich wollte mich besser fühlen, ich nahm das Le Roy und nun bin ich da.“

„Sie möchten mir wohl Todesängste einjagen“, krächze ich böse.

„Ich will Sie retten. Nehmen Sie das Zeug nie mehr! Erholen Sie sich nun. Sie werden ein kräftigendes, den Darm stabilisierendes Essen bekommen und ruhen. Von Signora Bianchis Ausbrüchen habe ich gehört, deshalb sollten Sie die Frau vorerst nicht sehen. Ihren Sohn ebenfalls nicht, damit er sich nicht ansteckt.“

„Es warten in Neapel und Rom die Theaterdirektoren auf meine Konzerte, Dottore. Ich kann nicht hier herumliegen."

„Als Toter liegen sie länger."

„Vielen Dank, Dottore", murmele ich. Ich ziehe meine von Mutters Hand gestrickte schwarze Wollmütze über die Ohren und döse vor mich hin. Dabei erschaffe ich still den zweiten und dritten Satz des Concerto Nr. 3. Ein cantabile-spianato, zart gewebt, leicht gespielt, voranschreitend, in den Himmel vielleicht, weil mir so elend ist. Dann wiederkehrend, geradlinig und stark, weil ich einfach nicht sterben will. Zurückhaltende Akkorde der Streicher im Pizzicato und wieder diese himmelwärts strebende Melodie, die sich nicht aufbäumt, sondert zaghaft nach vorn tastet, abwartet, in Flageoletten auf beschwingtes Leben wartet. All das wird die Polonaise im Dreivierteltakt leisten. Nun kann ich getrost einschlafen.

14

Fast das ganze Jahr 1826 muss ich mehr oder weniger ruhen. Antonia und Achille besuchen mich an Sonntagen, da ich jedoch kein geselliger Zeitgenosse bin, bleiben sie nicht lange. Ein Abzess im Mund zögert die Gesundung hinaus. Ich fühle mich völlig entkräftet, doch gebe ich den Kampf nicht auf. Zunächst vom Bett dann vom Schreibtisch aus erledige ich die lebensnotwendigen Geschäfte. In meinem roten Büchlein herrscht Ungleichgewicht, die Ausgaben steigen ins Unermessliche. Die in den letzten Jahren verdiente und angelegte Summe fängt zu schrumpfen an. Meinen Sekretär veranlasse ich, schnellstens die siebzig in Neapel hergestellten Bögen für elf Lire zu kaufen und sie Germi zu senden, damit er sie zum doppelten Preis absetze. Ich diktiere und schreibe Briefe an Rolla in Mailand, an Donizetti in Palermo, an sämtliche musikalische Leiter Italiens, um überall Konzerte für 1827 zu organisieren. Ich wünsche, alle Kosten zu wissen, Theatermiete, Personal, Polizeiaufsicht, Beleuchtung, Tarife der Orchestermusiker und Steuern. Dementsprechend will ich die Eintrittspreise kalkulieren. Ich werde Sorge tragen, in diesem kurzen Leben viel Geld zu verdienen und Ruhm zu erlangen, der über Italien hinaus scheint.

Germi schreibt, dass mir der Posten des künstlerischen Leiters in Genua vermutlich nicht zugeteilt werden kann, da ein berühmter Mann wie ich ständig unterwegs sei. Dies bedaure ich einerseits, fühle mich andererseits wiederum geehrt.

Als ich genug Kraft zum Gehen habe, treiben mich Antonia und Achille aus der dunklen Wohnung hinaus an die frische Luft. Wir fahren eine ebene Landstraße zwischen Rebengirlanden entlang, die sich von Baum zu Baum ziehen, und nähern uns dem Vesuv. Vom Fenster meiner Unterkunft aus sehe ich ihn und seine Gipfel, die zu dieser Jahreszeit noch dick mit Eis und Schnee bedeckt sind. Jetzt, da wir uns mit der Kutsche nähern, erscheint er übermächtig und erschreckend. Deutlich und klar ist nun die Rauchsäule über dem weißen Kegel aus Schnee zu sehen und Schauer rieseln über meinen Rücken bei dem Gedanken, er könne jetzt ausbrechen.

Wir wollen einen Spaziergang machen und halten an einem hübschen Plätzchen an. Im Schatten ist es recht kühl, doch die Sonne brennt heiß, der Himmel ist klar, keine Wolke, kein Dunststreifen trübt ihn. Antonia, die sich einen Dreck um Ausgaben schert, hat natürlich für den Ausflug einen privaten kostspieligen Reisewagen gemietet. Ich sage nichts, sonst hält sie mir nur wieder vor, ich reicher Mann sei zu geizig, eine eigene Kutsche zu unterhalten. Sie holt einen Korb mit etwas Wein und einen Imbiss hervor. Ich krame meine dunkle Brille aus der Tasche, setze mich, nehme Achille auf den Schoß und lasse mich von Antonia und Cesare bedienen. Es ist ein herrlicher Tag. Der Golf von Neapel liegt wie ein Silberteppich vor uns und eine zufriedene Ruhe umgibt mich.

Noch schwach auf den Beinen, aber schwungvoll im Kopf, rede ich über Konzerte, die fürs Jahr 1827 zu planen sind, und über die

Europatournee, die nicht mehr lange hinausgezögert werden darf, denn wer weiß? Die Bianchi ist wie ausgewechselt, ähnelt in nichts der streitsüchtigen Frau vom letzten Jahr, im Gegenteil, sie erinnert mich an die Antonia, die ich im Sommer 1823 bei General Pino kennengelernt habe. Ich bin guter Dinge. Das Wetter ist mir gewogen und auch der Himmel hat es gut mit mir gemeint. Für uns selbst und auch für Außenstehende sind wir eine kleine, harmonische Familie.

Da mir die Umgebung bekommt und ich aufgrund des langwierigen Abszesses in der Mundhöhle vorerst ruhen muss, lasse ich Antonia und Achille samt Cesare in die Wohnung im malerischen Mugnano di Napoli einquartieren, ohne die Bleibe in Neapel ganz aufzugeben. Ich zwinge mich, nicht an die unnötigen Ausgaben zu denken, sondern zermartere mir das Hirn, auf welche Art noch Geld zu verdienen ist. Es gab vor einigen Jahren einen Herrn, der eine Biographie über mich verfassen wollte. Die käme jetzt sehr gelegen, wobei die wilden Gerüchte um meine Person amüsante Zutaten abgäben. Ich werde den Mann über Germi kontaktieren. Mittlerweile habe ich die bestellten Saiten erhalten und bespiele sie, wann immer mein körperliches Gleichgewicht es erlaubt. Es gibt genug vornehme Leute in Italien, die von mir bespielte Saiten als Sammlerstücke kaufen.

Ich bombardiere Germi mit Briefen, in denen ich ihn dränge, sich mit den erforderlichen Formalitäten für den Vatikan zu sputen. Nächstes Jahr steht Rom auf dem Plan und ich kann mir die Auszeichnung von Papst Leo XII. keineswegs entgehen lassen. Nicht nur Rom, nein, ganz Italien werde ich daran erinnern, dass ich existiere, dass ich wohlauf bin, mich prächtigster Gesundheit erfreue. Ich ignoriere hartnäckig den düsteren Gesellen, der in mir herumgeistert. Zu meinen Füßen: Jene, die unten in den Reihen sitzen, oben auf den Rängen, in den Logen oder auf den Balkonen, aus denen mir die schönsten Dekolletés Italiens entgegenleuchten: Das will ich. Vielleicht ein letztes Mal. Teatro Argentina in Rom, in Florenz das Teatro della Pergola, die Mailänder Scala, dann Bologna, Turin, Venedig,

Genua, Livorno et cetera, et cetera. Vielleicht ein letztes Mal, bevor mich das schleichende Gespenst in meinem Körper endgültig niederstreckt.

Neben der geschäftlichen Seite gilt dieses phlegmatische Jahr auch meinem Repertoire. Von nun an möchte ich vorwiegend eigene Kompositionen spielen, höchstens zur Auflockerung eine Rossini-Arie begleiten, die – des lieben Friedens willen – Antonia singt.

Ich liste alles chronologisch auf, wobei ich die Capricci, viele Sonaten und Sonatinen erst einmal beiseite lege. Ich liebe jene Stücke, die nur in Salons oder zu Hause gespielt werden können, bin aber sehr stolz auf die Werke, die sich zum Vortrag vor großem Publikum eignen: die Concertos 1–3, das Concerto in E-Moll, „le Streghe", die „Sonata Napoleone", nicht zu vergessen die Variationen „Non cor più mesta accanto al fuoco", dessen Thema ich Rossinis „La Cenerentola" entnommen habe, und „Nel cor più mi sento". Diese Werke werden noch viele Geschwister bekommen. Ich fühle es. Schon höre ich die Melodien und schon sehe ich die Partituren in meinem Kopf.

Das Jahr 1827 muss ein Erfolgsjahr werden und nichts, das dem Erfolg dienlich sein kann, darf unterlassen werden.

In den Sommermonaten geht es mir bedeutend besser. Ich übe ein wenig. Aus Langeweile zunächst, auch, um Antonia anzufeuern, ihre Stimme zu trainieren, und natürlich will ich dabei Achille amüsieren. Ich übe im Liegen, im Sitzen, in der Hocke, mit Handschuhen, mit verbunden Augen, unter dem Sternenhimmel, eingepfercht in Achilles Wiege, die trotz Antonias Geschrei nicht zusammenbricht, und im kratzigen Waschzuber.

„Ich wiege kaum mehr als Achille!", beruhige ich sie. „Seit Monaten esse ich mageres Zeugs, wovon soll die Wiege zusammenbrechen?" Mein Sohn beobachtet mit großen Augen meine Verrenkungen. Er gluckst, lallt Unverständliches und ahmt mich natürlich nach. Vor einigen Wochen feierten wir seinen ersten Geburtstag im Freien. Schon oft hatte ich Esel, Katzen, Hunde oder Schafe auf der

Geige imitiert und Achille aufgefordert, die Töne nachzusingen. Am Geburtstag befanden wir uns auf einem Spaziergang, und sobald ich eines dieser Tiere erblickte, ahmte ich es auf der Geige nach und nannte es beim Namen. Das kluge Kerlchen und ich spielen seitdem öfters ein lustiges Spiel: Achille ahmt das Tier nach, ich muss raten und seinen Namen sagen, den er noch nicht richtig aussprechen kann. Habe ich mich geirrt, prustet er und schüttelt sein nettes Köpfchen, habe ich richtig geraten, nickt er jauchzend und zeigt auf die Geige. Dann bin ich an der Reihe: Ich ahme mittels der Geige ein Tier nach, Achille errät es, wobei er ulkige Laute von sich gibt, die ich zum richtigen Tiernamen zusammenklaube. Stimmt es, was ich herausfinde, nickt er eifrig, gluckst und wirft die Arme in die Luft. Selbst die Bianchi lacht über uns.

Seit er laufen kann, verbringe ich mehr Zeit mit dem Jungen. Ich bade ihn gerne selbst, ziehe ihn hübsch an, drehe mich vor dem Spiegel, was er nachzuahmen versucht, und dabei umkippt. Dann rollen wir uns auf dem Boden und lachen wie zwei Verrückte.

15

Giuliana schlurfte durch den Garten zurück ins Haus. Sie hatte Wäsche abgenommen, bevor die vom Meer heraufziehenden Wolken sich über dem Viertel entluden. Abgesehen von sporadischen Regenschauern und Windböen war das Wetter mild. Am heutigen Tag jährte sich Giorgio Tod zum fünften Mal und Andrea hatte zweieinhalb Jahre seiner Strafe verbüßt. Giuliana machte Andreas Gefangenschaft sehr zu schaffen. An die Ketten an seinen Füßen habe er sich beinahe gewöhnt, schrieb er, doch ständig leide er an Fieberanfällen. Manchmal glühe er, dann wieder habe er Schüttelfrost. Der Sträflingsanzug bestehe aus groben Lappen in Grau und Kapuzinerbraun und stinke, die Strümpfe kratzen, schrieb er. Schweiß und Kleidung klebten auf seiner Haut und juckten. Da er ziemlich krank sei, habe man ihn in ein helleres Zimmer verlegt, doch keiner nehme ihm die lästigen, schweren Ketten ab. Sie rieben die Haut an den Fesseln auf, das rohe Fleisch entzünde sich, aber immerhin sei die Aussicht schöner. Jetzt sehe er einen Vorort der Stadt Brünn mit seinen farbigen Gärten, einem kleinen See und etwas weiter den bewaldeten Hügeln, die Brünn von den Feldern Austerlitz trennen, schrieb er in krakeliger Schrift.

Kaum trat Giuliana ins Innere des Hauses, prasselte der Regen nieder. Sie legte Holz nach und schürte das Feuer und alsbald breitete sich eine wohlige Wärme aus. Während sich die Alte auf der Liege im Wohnraum von ihrer Arbeit ausruhte, bereitete Carlotta das Essen vor. Gina und der sechsjährige Filippo halfen ihr dabei. Bald war der Tisch gedeckt und sie setzten sich. Wie immer in den Jahren von Andreas Abwesenheit sprach Carlotta das Tischgebet, schloss ihren Mann mit ein, faltete die Hände und weinte. Auf den Fensterscheiben hüpften Regentropfen, in ihnen spiegelte sich das Feuer. Der Himmel neigte sich, legte sich aufs Haus, auf den Garten. Es war erst vier Uhr nachmittags und fast dunkel. Giuliana starrte auf die züngelnden Flammen im Kamin und dachte an ihren Giorgio. Tränen fielen in ihr Teller. Carlotta beachtete es nicht. Sie sah in das funkelnde Licht der Regentropfen. Und es war ihr, als sähe sie in den rötlich goldenen Farben Margheritas Gesicht auftauchen. Auch sie sehnte sich nach Margherita.

Die Venezianerin scheute weder Kälte noch Regen und reiste gleich nach Weihnachten ab. Keinen Tag länger hatte sie es ausgehalten in der trostlosen, nach Tod riechenden Atmosphäre Genuas. Giulianas tränende Augen, ihr abgemagertes Gesicht und Carlottas unberechenbare Launen waren unerträglich geworden. Außerdem ging ihr Andreas Zustand näher, als sie es sich eingestehen wollte.

Fast täglich wurde sie von Krämpfen durchschüttelt. Nachts erwachte sie an kalten Füßen, an erstarrten Gliedern, denn sie meinte, in einem frostigen Keller an Ketten geschmiedet zu liegen. Oder sie schreckte panisch hoch, weil sie Wanzen auf ihren Schenkeln und ihrem Bauch spürte. Sie krochen in ihren Nabel, liefen über ihr Gesicht, in die Nasenlöcher, in Augen und Ohren. Margherita erbrach sich, weinte, schrie, zerkratzte ihre Haut, denn auch sie konnte ihre Gefühle nicht immer beherrschen. Als sie eines Morgens ihre roten Augen, die roten Striemen auf der Haut und ihr glanzloses Haar sah, spuckte sie in den Spiegel. Sie schalt die Person darin und gab sich ein paar Ohrfeigen. Dann verlangte sie ein Bad und ordnete ihrem Hausmädchen an, die schönsten Kleider für eine neue Reise zu richten.

Margherita flüchtete in die Kunst und in die Natur, die sie liebte. An grauen, vereinsamten Buchten und einer winterlich kargen Landschaft vorbei erreichte sie nach zehn Tagen und neunzehn Stationen Neapel. Sie ruhte sich zwei Tage in einem vornehmen Hotel aus und fuhr dann weiter am San Angelo vorbei, an Weinbergen und Olivenhainen entlang, passierte Gärten, in denen im Sommer Orangen- und Zitronenbäume blühten. In Sorrent stieg sie aus, spazierte durch die Straßen, betrachtete die Landhäuser oder sie wanderte im Sonnenschein am Meer entlang, von wo aus sie die Häuser Neapels als kleine weiße Würfel schimmern sah. Nach einer Woche fühlte sie sich gestärkt genug, ins Theater zu gehen.

Am 30. Januar gab Niccolò Paganini im Teatro San Carlo ein Konzert in Begleitung einer Sängerin. Die Atmosphäre war spannungsgeladen, das Publikum lauschte atemlos, doch Margherita vergaß sehr schnell ihre Umgebung und ließ sich vom Concerto Nr. 2 davontragen. Sie entdeckte eine große Kraft und Sicherheit in der Einführung und war verblüfft über das sensible, herzzerreißende Adagio. Er flageoliert in Terzen, macht auf einer Saite einen Lauf von drei Oktaven, doch in seinen Adagi beweist er, dass er ein solider, tief empfindender Spieler ist, kein Hexer, dachte Margherita. Niccolò

Paganini ist, weil er ist, und nicht, weil andere vor ihm kamen. Sie schloss die Augen und ließ sich treiben.

Später mischte sie sich unter die Bewunderinnen, die ihn umringten. An seiner Seite stand eine dunkelhaarige, attraktive Frau. Sie trug das Haar hochgesteckt und ein cremefarbenes Kleid, in dessen tiefem Dekolleté eine Perlenkette prangte. Der Hals war in Margheritas Augen zu dick. Paganini sah erschöpft aus. Sein Haar fiel unordentlich auf die Schultern, was nach dem Konzert verständlich war, und er trug eine dunkle Brille, die ihm etwas Gespenstisches verlieh. Margherita durchzuckte der Gedanke, er könne sie sehen. Und tatsächlich blickte er in ihre Richtung, aber sein Gesicht verriet nichts. Fiel sie ihm auf oder nicht? Hieß es nicht, ihm entginge keine schöne Frau? Sie unternahm nichts, um sich bemerkbar zu machen. Es widerstrebte ihr, sich unter die lauten Bewunderinnen zu mischen.

Am folgenden Tag schritt Margherita durch das mächtige Portal des Doms von Neapel. Seine Säulen aus afrikanischem und ägyptischem Granit zierten einst den Tempel Apollos und verliehen ihm etwas sehr Mystisches. Margherita hatte vom Blut des heiligen Januarius gehört, das in zwei Phiolen aufbewahrt wurde und in einem silbernen Tabernakel ruhte. Dreimal im Jahr verflüssige sich dieses Blut. Wenn dieses Wunder eintreffe, geschähen auch andere, sagte der Volksmund.

Am 11. Februar gab Niccolò sein zweites Konzert. Margherita besuchte es und reiste dann nach Florenz ab.

Nahm sie auch von Andreas Familie Abstand, so blieb sie doch mit ihm in brieflichem Kontakt. Er konnte sie nicht erreichen, aber ihre Briefe gelangten zu ihm. Damit sie nicht von der Zensur allzu entstellt wurden, schrieb Margherita so belanglos wie möglich.

Sie erzählte ihm zum Beispiel, wie sie in Florenz, nicht weit vom Palazzo Pitti entfernt, ganz allein einen bedeutenden Hügel hinaufspazierte. Hin und wieder hielt sie an, denn der Weg war uneben und steil, atmete tief durch, genoss die Frische und lief tapfer weiter. Vom Gipfel sah sie die alte, zerstörte Stadt Fiesole. „Die Toskana.

Ich liebe sie! Und ich liebe dich! Vergiss es nie und sei stark. Irgendwann werden wir diesen Hügel gemeinsam besteigen!", beendete Margherita ihren Brief.

Würden sie das? Margherita wusste es nicht. Und sie wusste auch nicht, ob sie ihn liebte oder ob er ihr nur Leid tat.

In Florenz richtete sie sich bei der Verwandtschaft des mütterlichen Liebhabers ein. Außer ihrem venezianischen Aussehen gab es keinen Beweis, die Tochter jenes Mannes zu sein, mit dem ihre Mutter in den Flammen umgekommen war. Margheritas Mutter war eine dunkelhaarige Italienierin gewesen und deren Mann ein glutäugiger Di Negro von olivenfarbener Haut.

„Es ist die Luft, die Dante, Michelangelo und Botticelli atmeten. Außerdem kommt Gott einmal im Jahr zum Ausspannen in unser herrliches Land." Mit diesen Worten wurde Margherita empfangen und dazu überredet, Frühling und Sommer zu bleiben. Sie blieb, ging viel spazieren, lauschte beim Mittagessen den Gesprächen über Politik und nahm verärgert zur Kenntnis, was über Carlo Alberto erzählt wurde.

„Er lebt bedenkenlos in der Toskana, nachdem er die Regentschaft niedergelegt und Hunderte von Carbonari ans Messer geliefert hat. Kein Held, dieser Mann!", hörte sie ihren Onkel Beppo.

„Eine schwache Natur! Es war dumm von den geistigen Führern der Carbonari, diesen Mann ernst zu nehmen. Confalonieri hätte es besser wissen müssen!" Der geladene Gast und Nachbar, Marchese Cataldi, sprach zu Beppo und betrachtete dabei unentwegt Margherita. Von ihrem freundlichen Lächeln ermutigt, redete er an sie gewandt weiter:

„Ein morbider Typ, zeit seines Lebens. Angeblich erkrankten abwechselnd alle Organe. Hatte er eine Magengrippe überstanden, entzündete sich Milz oder Leber, waren die genesen, bekam er es auf der Lunge, kaum konnte er wieder atmen, schmerzten die Nieren."

„Erschwerend hinzu kommt natürlich sein wankelmütiger Charakter!", steuerte Margheritas Tante bei. Sie war Venezianerin, sprach den venezianischen Dialekt und hieß Zanze, wie viele Venezianerinnen.

„Vergessen wir ihn!“, bestimmte Onkel Beppo resolut.

„Bevor wir das tun, sollte man ihn mehrere Monate unter die Bleidächer von Venedig sperren und anschließend zehn Jahre bei verschimmeltem Brot, abgestandenem Wasser und schweren Ketten auf dem Spielberg schmachten lassen.“

Alle Köpfe wandten sich Margherita zu. Onkel Beppo wurde blass:

„Mia bambina, sag das nicht! Auch wenn Carlo Alberto kein gutes Ansehen genießt, sollten wir bezüglich der Carbonari vorsichtig sein.“

„Signorina Di Negro“, rief Marchese Cataldi hingerissen aus. „Sie reden! Und wie Sie reden! Mit feurigen Augen und glühenden Wangen. Sind Sie vielleicht eine Carbonara?“ Er zwinkerte.

„Ich bitte Sie, Marchese! Schweigen Sie, um Himmels Willen, schweigen Sie! Noch ist die Gefahr nicht gebannt. Noch können wir alle im Gefängnis landen, wenn wir etwas mit den Brüdern gemeinsam haben. Selbst im Scherz!“

Margherita senkte die Lider, wartete, bis die Spannung ihren Höhepunkt erreicht hatte und antwortete:

„Ich war nie eine Carbonara, aber ich kannte welche und kann bezeugen, dass es unter ihnen ehrenvolle Männer gibt. Ich habe wenige Menschen getroffen, die so einfühlend, so gerecht und menschlich denken wie Silvio Pellico, Federigo Confalonieri oder Andrea Buonarotti. Es ist eine Sünde, diese Menschen in unwürdigen Zuständen dahinsiechen zu lassen.“

Onkel Beppos Körper wurde auf diese Worte hin von nervösen, ja beinahe epileptischen Zuckungen befallen. Fahrig tupfte er mit seiner Serviette über die glänzende Stirn.

„Es ist momentan nicht angebracht, Staatsfeinde zu verteidigen. Es ist bedrohlich!“

„Staatsfeinde?“, fuhr Cataldi auf. Er antwortete Beppo, blickte gleichzeitig auf Margherita. „Sie meinen Feinde des fremden Staates, nicht des eigenen.“

„Marchese, Marchese! Sehen Sie denn nicht, wie meine Frau zittert? Rühren wir dieses Eisen nicht an, es ist noch glühend heiß." Beppo griff sich ans Herz, dann an die Grugel.

„In der Tat, guter Signor Beppo. Das Eisen ist noch heiß und wird auch nicht erkalten. Die revolutionäre Bewegung lässt sich nicht niedermähen wie ein Ährenfeld. Die Idee hat Wurzeln geschlagen, die wichtigen Leute im Ausland legen keineswegs die Hände in den Schoß. Es ist schon sonderbar. Zuerst entzündete die revolutionäre Idee Frankreichs den italienischen Freiheitskampf und nun findet der von oben niedergewürgte Kampf der Carbonari in ganz Europa ein Echo!" Die Augen des jungen Marcheses leuchteten.

„Aber wir sollten uns lieber ruhig verhalten. Ich will keine Schereien. Die Gesetze sind unerbittlich."

„Kaiser Franz hält sich für den strengen Vater, der seine Untertanten züchtigen muss, damit sie auch brav sind, doch Sie werden sehen, über kurz oder lang geht der Aufruhr wieder los." Munter nickte er Margherita zu.

„Bene, bene, sprechen wir von anderen Dingen." Onkel Beppo stand auf, womit die Tafel aufgehoben war. Seine Frau Zanze flüsterte Margherita etwas ins Ohr, worauf diese den Kopf schüttelte. Dann ging die Venezianerin in nachdenklichen Schritten zum Fenster. Sie hörte noch die an Signor Cataldi gerichtete Frage ihres Onkels.

„Marchese, sagen Sie mir doch bitte, wann kommt Ihr sagenumwitterter Freund nach Florenz?"

Der Marchese hörte nur mit halbem Ohr hin. Seine Augen und Gedanken folgten Margherita. Onkel Beppo wiederholte seine Frage noch zweimal, ehe der Angesprochene antwortete:

„Oh, Sie haben recht, es gewittert förmlich um ihn. Manchmal fürchte ich, die grauenhaften Legenden, die sich um seine Person ranken, könnten ihn eines Tages erdrosseln." Aufmerksam verfolgte er Margheritas Bewegungen, wobei er seinen Gesprächspartner nicht vergaß. „Wann er kommt, wollen Sie wissen? Nun, augenblicklich weilt er in Rom. Soweit ich weiß, gibt er dort Konzerte bis in den

Mai hinein. Ich denke, wir dürfen ihn nicht vor Juni erwarten."

„Es wäre eine große Ehre für mich, ihn in meinem Hause begrüßen zu dürfen. Marchese, könnten Sie da ein Wort einlegen?" Onkel Beppos erhöhte Stirn glänzte vor Erregung. Mitleidig sah der Marchese den älteren Herrn an.

„Es wird mir eine besondere Freude sein, Sie mit ihm bekannt zu machen, wenn es möglich sein sollte. Dennoch halte ich es für unwahrscheinlich, dass er Ihre Einladung annimmt. Er wird von allen namhaften Leuten eingeladen und ginge er überall hin, müsste er sich vierteilen."

Onkel Beppo schaute verdrießlich zu Boden. Der junge Marchese indes ließ denn Älteren einfach stehen und wandte sich an Margherita. Beppo sah auf und trottete ihm hinterher wie ein Hündchen.

„Signorina, ich sehe dunkle Wolken in Ihren Augen und Ihre Stirn liegt in hübschen Falten. Sollte Ihr Herz durch etwas belastet sein, was ich beheben könnte?" Cataldi stand vor Margherita. Er sah in ihre grünen Augen und verstummte. Es fiel ihm nichts mehr ein. Ja, die Luft blieb ihm weg.

„Es gibt nur einen, der mein Herz entlasten könnte, und der tut es nicht, weil er es nicht kann und nicht will."

Während ihrer Worte blickte sie ihn bedeutungsvoll an, doch kaum war ihr Satz zu Ende, wandte sie sich ab und ging rasch zur Flügeltür, die zur Terrasse führte.

„Liebes Kind, warte!", rief Onkel Beppo. „Ich hab nämlich eine vorzügliche Idee."

Auf den Wink ihres Onkels kam Margherita zurück. Als sie neben ihm stand, legte er den Arm auf ihre Schulter und fasste ihr kühn unter das Kinn:

„Sehen Sie dieses holde Gesicht und urteilen Sie selbst, Marchese! Würde es Ihnen Ihr Freund jemals verzeihen, ihm diese schöne junge Dame nicht vorgestellt zu haben? Ich weiß, Paganini ist umringt von schönen Frauen, ja, sogar von den interessantesten, aber wenige sind wie Margherita."

Margherita schlug seine Hand von ihrem Kinn. Es hätte nicht viel gefehlt, und ihre Hand wäre mit Wucht auf seiner Wange gelandet. Eine leichte Zornesröte verschönte sie und die Männer betrachteten sie sekundenlang mit angehaltenem Atem.

Dann drehte sie sich abrupt weg und verließ über die Terrasse das Haus. Onkel Beppo sah sie zwei Wochen nicht mehr.

16

Entkräftet durch dreijährige quälende Haft lehnte sich Andrea schwer atmend an die Hofmauer. Stechende Schmerzen im Knie vergällten ihm die Spaziergänge. Er biss die Zähne zusammen, folgte den anderen, wenn sie an die frische Luft hinaus geführt wurden. Aber schon nach wenigen Schritten gab er auf, stützte sich an der Mauer ab. Sitzen wollte er nicht, weil er vom Boden aus keinen Ausblick auf das weite Land hatte. Und danach sehnte er sich nach dem endlosen Starren auf feuchte Zellenmauern. Es war Balsam für Augen und Seele. Allerdings wusste er auch, dass dieser Ausblick sehr bald beeinträchtigt sein würde. Kaiser Franz hatte angeordnet, den Wall, der den Gefangenen für ihre Spaziergänge diente, mit einem dickmaschigen Zaun zu umgrenzen. Niemand konnte sich erklären, welchen Sinn diese Maßnahme verfolgte, außer dem, den Gefangenen den Blick auf die weite Ebene zu zerstören. Fliehen konnte keiner und keiner hätte die Burg einnehmen können. Also ging das Gerücht, Kaiser Franz wolle seine Untertanen erneut züchtigen, sie seelisch foltern, indem er ihnen die Aussicht nicht ganz nahm, sie stattdessen verunstaltete. Die Ahnung von der ihnen verwehrten Schönheit sollte ihnen bleiben. Die Sehnsucht danach sollte sie zermürben. Als ob Hunger, die elende Unterkunft, Ketten und Krankheit nicht schon ausreichten.

Andrea hörte sein Herz nicht mehr klopfen. Es war abgestumpft, verödet. Warum diese Quälereien, fragte er sich apathisch. Leiden wir nicht schon genug? Wollen sie uns zertreten wie Würmer? Er schloss die Augen.

Sein Nachbar hatte den Winter nicht überstanden. Er hatte entsetzlich gehustet, sich unter Fieberschüben gekrümmt, Blut gespuckt. Schließlich bekam er die Wassersucht. Oft hatte er, neben Andrea spazierend, vom Wall in die Ebene geschaut und gesagt:„Ich muss mich an den Gedanken gewöhnen, dort drinnen zu verwesen, und doch gestehe ich, dass dieser Gedanke mich nicht schaudern macht." Beim letzten Spaziergang äußerte er: „Ich bereite mich jetzt auf den Tod vor … wenn ich nur noch ein letztes Mal in mein väterliches Haus treten dürfte …" Wenige Tage später hörte Andrea die Stimmen der Männer, die den Toten holten. Er und die anderen Gefangenen konnten vom Fenster aus den schäbigen Trauerzug beobachten. Zwei elend aussehende Sträflinge, begleitet von vier Soldaten, zogen den alten Karren mit der länglichen Holzkiste. Andreas Nachbar hatte in den letzten Stunden furchtbar gelitten. Sein Gesicht war von Schmerzen entstellt gewesen und entspannte sich erst, als der Tod ihn erlöste. Unwillkürlich schloss Andrea die Augen. Und heiß spürte er die Tränen über seine bärtigen Wangen rollen. Sollte auch er hier verwesen? Sein Leben, das so hoffnungsvoll begonnen hatte, inmitten von Menschen, die ihn liebten, sollte dieses Leben auf einem finsteren Berg enden? Auch er wälzte sich im Fieber, hustete die halbe Nacht, meinte, daran zu ersticken, meinte, zu verhungern, zu krepieren wie ein Tier. Aber irgendetwas hielt ihn aufrecht, zog ihn hoch, wenn er zusammen sackte. Sobald sein Glieder erschlafften, sein Herz leiser klopfte, spürte er ein sachtes Ziehen: „Andrea, Andrea, lass dich nicht fallen! Sei stark. Wir brauchen dich. Auch dein Vater braucht dich." Ja, sein Vater. Keinen einzigen Brief hatte er von ihm bekommen. Aber, ach, es wäre ja viel zu gefährlich und würde keinem nützen.

Die Sonne wärmte sein kaltes Gesicht, wärmte seine Lider und schließlich schlug er die Augen wieder auf. Die Wächter stießen grobe Befehle aus: „Aufstehen! Ordnen! Bewegen!" Als sich Andrea von der Wand löste, knickte er ein. Schon am Morgen hatte sein Knie stärker wehgetan als die Wochen zuvor und nur mit großer Anstrengung schleppte er die Kette. An diesem Nachmittag im September des Jahres 1827 hing sie wie ein Felsbrocken an ihm. Der Geplagte versuchte, sein Gleichgewicht zu finden, um sich in die Reihe einzugliedern, doch er stürzte. Mitgefangene eilten herbei. Als sie ihm halfen, aufzustehen schrie er tierisch auf. Die Erschütterung hatte den flackernden Schmerz im Knie aufgestachelt und nun bohrte es, als triebe man ihm spitze Messer ins Fleisch. Sie trugen ihn auf die Pritsche und riefen nach dem Arzt.

Verzweifelt starrte Andrea zur Zellendecke. Sein Knie brannte wie Feuer. Wie auch immer er sich drehte oder legte, die Qualen wurden nur schlimmer. Bis der Arzt kam, versuchte er sich abzulenken. Er sprach vor sich hin, dichtete, erfand einen Brief an seine Frauen, summte. Sein Lied lockte wieder die Spinne an.

Sie schien dicker und hässlicher geworden zu sein, liebte aber noch immer die Musik. Flink krabbelte sie auf seinem entblößten Hosenbein hinauf zum Knie und blieb dort sitzen, wo es schmerzte. Andrea sang weiter. Eine Arie von Rossini, dann wieder ein Volkslied. Reglos saß die Spinne da, und es sah aus, als lauschte sie hoch konzentriert. Da näherten sich Schritte, dann Stimmen, schließlich rasselten die Schlüssel. Im Nu war die Spinne verschwunden. Der Arzt trat ein. Zuerst sah er Andrea ins Gesicht.

„Aus deinen Augen blickt der Tod!“, brummte er ungerührt. Andrea zuckte zusammen.

„Aber es ist doch nur mein Knie!“ Er weinte. Der Arzt schüttelte den Kopf. Er ließ dem Kranken die Ketten abnehmen und untersuchte das Bein. Wo auch immer er an der Kniescheibe drückte, überall schmerzte es.

„Es ist ein Flammenherd!“, weinte Andrea.

„Es ist eine Geschwulst. Sie muss ausgeätzt werden.“

In den folgenden Tagen legte der Arzt Blutegel und Höllensteine auf, verabreichte trockene und feuchte Umschläge aber erreichte damit das Gegenteil. Höllischer brannte das Knie. Die Ätzmittel fraßen sich tief in die Haut, zerstörten Gewebe und bildeten Eiter. Nach zwei Wochen war Andreas Knie ein nässender, klaffender Eiterherd. Er konnte sich kaum noch bewegen und wieder und wieder hallten die Worte des Arztes nach: „Deine Stunden sind gezählt, armes Schwein!“ Der Arzt hatte es an seinem Ausdruck gesehen. Der Tod saß in ihm. Doch Andreas wollte nicht sterben. Er war noch keine vierzig. Das Leben dauert länger als vierzig Jahre.

In seiner Not stand ihm sein Zellengenosse, Don Fortini, bei, sooft es diesem erlaubt war. Fortini half Andrea, sich im Bett umzudrehen. Er legte das Bein behutsam in die passende Lage, bettete seinen Kopf, fütterte ihn und er erzählte ihm seine eigene Geschichte. Mit schwacher Stimme sangen die beiden Arien von Rossini und italienische Volksweisen. Dann bat Andrea den Nachbarn Fortini, einen Brief für Carlotta aufzusetzen.

17

Nach zwei Wochen kam Margherita zurück und söhnte sich mit Onkel Beppo aus. Aber sie wies ihn zurecht. Sie sei keine Puppe von achtzehn Jahren, die dem berühmten Paganini zum Zeitvertreib vorgesetzt werden könne. Ja, sie glaube nicht einmal, dass Signor Paganini sie ansehen würde, da sie in seinen Augen vermutlich schon zu alt sei. Paganini habe ein Faible für junge Damen, das sei bekannt. Und überhaupt habe er ja mittlerweile ein Kind und vermutlich lebe die Mutter des Kindes mit ihm zusammen. Falls er das Haus betrete, sei sie nicht anwesend.

„Du weißt aber eine Menge über ihn, mia bambina!“, entfuhr es Onkel Beppo. Wütend stampfte Margherita mit dem Fuß auf. Onkel Beppo blickte betrübt zu Boden. Ach, es ist ja kein Beinbruch, wenn ich den großen Violonisten nicht persönlich kennenlerne, schien er sich zu sagen. Dann wird es eben in Gottes Namen ein Traum bleiben, wie so vieles andere auch.

„Ringe dich wenigstens zu einem Theaterbesuch durch, liebste Margherita!“, bat er und wackelte am Satzende mit seinem Kopf, als wolle er sich selbst antworten.

„Die Toskana ist wunderschön, Onkel! Da ich den Sommer hier verbringe, werde ich sicherlich Gelegenheit finden, den großen Mann auf der Bühne zu erleben.“ Margherita schwang ihren Rock und eilte hinaus.

Der Tag war strahlend blau. Sie wollte ihn genießen und ließ sich in ihrer Kalesche zum Giardino di Boboli fahren, in dem sie den gesamten Nachmittag verbrachte. An den meisten Skulpturen schlenderte sie achtlos vorbei, dem Bacchus-Brunnen gönnte sie ein Lächeln, den Neptun-Brunnen streichelte sie, am längsten und in ihre Gedanken versunken saß sie im Kaffeehaus. Ihren Ausgang beendete sie mit einer Visite in der Galleria degli Uffizi. Auch hier eilte sie an der einstigen Privatsammlung der Medici-Fürsten vorbei und steuerte geradewegs auf Botticellis „Primavera“ zu. Wieso ihr gerade dieses Gemälde so gut gefiel, konnte sie nicht so recht erklären. Vermutlich hatte es mit der Vereinigung von irdischer und himmlischer Liebe zu tun, die das Gemälde versinnbildlichte. Dass sie allerdings nach langen Minuten des Betrachtens wie ein Kind zu schluchzen anfing, war ihr völlig unbegreiflich.

Zu Paganinis erstem Konzert in Florenz ging sie alleine. Sie hatte die Ankündigung gelesen und war nun auf die Sängerin gespannt. *Der Philharmoniker Cavaliere Paganini, durch die Mitwirkung von Signora Grisi und der durchreisenden Signora Bianchi favorisiert, wird die Ehre haben, seine Violine in der Ausführung eines Großen Konzertes in drei Sätzen mit einem obligaten Glöckchen … hören zu lassen*, war zu lesen, und Margherita fragte sich, warum die Bianchi als durchreisende Sängerin annonciert wurde und nicht als seine Lebensgefährtin.

Vom Concerto Nr. 3 war überall die Rede, sie hatte es noch nie gehört. An dem Abend im Teatro della Pergola mietete sie eine Loge für sich allein. Falls die Musik sie mit ihrer ganzen Wucht ergreifen sollte, würde sie sich ihr hemmungslos hingeben können.

Paganini wurde mit rauschendem Applaus empfangen. Seine Blässe erschreckte sie. Sein Gang war getrieben, sein Kopf nach vorn gebeugt wie der eines angreifenden Hirsches. Langsam, in diagonaler Linie kam er auf die Bühne, ging bis zur Rampe, blieb dort stehen und sah ins Publikum. Ein flüchtiges Lächeln verscheuchte für einen Augenblick den finsteren Ausdruck. Margherita fand ihn sehr mager. Die Hosen schlotterten um seine Beine, die Wangen schienen fleischlos. Er hob die Schultern, setzte den Bogen an, begann sein Spiel und Margherita vergaß das traurige Äußere schon beim ersten Satz. Er war reif, überlegen und nicht von diesem egoistischen Hang zur Selbstdarstellung gezeichnet. Während der Orchesterpassagen durchblitzte seine Violine das Tutti mit Tonfunken. Ein Adagio folgte, das von einer großzügigen Seele zeugte. Er spielte es, als reiße er die lästige, flatternde Kleidung auf, werfe sie ab und erhebe sich über die Zuschauer hinweg. Von überallher strömte nun die Musik. Aus den Wänden, von der Decke, aus jedem Atemzug der Anwesenden. Die junge Frau wusste nicht mehr, wo sie sich befand, welcher Tag oder welche Uhrzeit es war. Sie tauchte in seine Welt und vereinigte sich mit ihr.

Ein dröhnender Beifall schloss sich an den verklingenden Ton des Rondos. Das Theater erbebte wie unter einem gewaltigen Platzregen, in dem die Zuschauer noch hysterischer wurden. Paganini verbeugte sich unbeholfen, berührte seine Stirn und verließ, vom Applaus verwirrt, die Bühne.

Erschüttert starrte Margherita auf das Tosen unter ihr. Von der Bühne ging verstört ein Mann, der dies alles verursacht hatte, doch nichts damit zu tun zu haben schien. Ein starkes Bedürfnis, ihn zu streicheln, seinen Kopf in ihren Schoß zu betten, durchflutete sie, aber sie blieb betäubt sitzen, bis der Saal sich geleert hatte.

Erst als die letzten Musiker den Ort verließen, stand sie auf. Vielleicht hoffte sie ihm zu begegnen, denn unter ihrem Sommerhut durchforschten ihre Augen jeden Winkel. Andererseits eilte sie, zog den Kopf ein und versteckte sich hinter ihrem Schleier. Im Hinausgehen fiel ihr Signorina Bianchi ein. War sie überhaupt auf der Bühne gewesen? Sie konnte sich nicht erinnern, eine junge Dame neben Paganini gesehen oder gehört zu haben, so sehr hatte sie unter seinem Bann gestanden.

Am 31. Juli begleitete Margherita Onkel Beppo und Tante Zanze zur Vorstellung. Sie tat es ihnen zuliebe. Tatsächlich hätte sie das Konzert lieber gemieden und ihre Gefühle geschont. Beim letzten Mal hatte sie die halbe Nacht nicht schlafen können. Und die Tage, die auf das Konzert folgten, hatte sie wie eine Fieberkranke verbracht. Entweder sie fror oder der Schweiß drang ihr aus allen Poren. Aber da sie es den lieben Verwandten versprochen hatte, ging sie mit. Die Farbe ihres neuen Kleides aus feinstem Seidenkrepp schmeichelte ihrem Teint und ihren schönen Augen. Passend dazu trug sie ein Käppchen derselben Farbe, dessen Seidenband seitlich unterm Kinn eine Schleife bildete.

„Du siehst zauberhaft aus, Margherita. Wie eine Margerite, blühend, sonnig, herrlich. Ach, wenn dich der Maestro nur sehen könnte."

„Und dann?", fragte Margherita. „Soll er mir einen Heiratsantrag machen, lieber Onkel?"

„Ich hätte nichts dagegen, diesen außergewöhnlichen Mann in meine Familie aufzunehmen. Im Gegenteil, ich fühlte mich sehr geehrt."

Das Gemurmel verebbte, die Orchestermusiker nahmen ihre Plätze ein. Paganini erschien als Letzter. Bei seinem Eintreten hielt der Saal zunächst den Atem an. Dann brach der begrüßende Applaus über ihn herein. Er verbeugte sich mehrmals, warf einige freundliche Worte ins Publikum und gab dem Orchester das Zeichen.

„Mio Dio!", seufzte Onkel Beppo, „der sieht nicht gesund aus."

Mit geschlossenen Augen wartete der Maestro die Introduktion ab und setzte schließlich den Bogen an. Das Ritornello begann. Er schob seinen rechten Fuß nach vorn, verbog den Körper, als hänge er an Fäden wie eine Marionette.

„Vor dem Mann kann man sich ja fürchten!“, flüsterte Onkel Beppo hörbar.

„Besser man fürchtet einen Mann, als man langweilt sich mit ihm.“ Zanze blickte Beppo scharf an. Margherita grinste. Die Familie saß auf dem Balkon, nahe der Bühne und etwas erhöht. Von hier aus beobachtete Margherita erstaunt den frappierend schnellen Wechsel der Finger des Künstlers. Während des Rondos schüttelte Beppo mehrmals den Kopf und sagte immer wieder: „Unglaublich, unglaublich! So kann kein normaler Mensch spielen. Er ist nicht von dieser Welt.“

Auch ihre Nachbarn auf dem Balkon neben ihnen, der Bühne noch näher, unterhielten sich angeregt. Dort saßen drei Damen, die unentwegt miteinander tuschelten. Margherita fühlte sich gestört. Nervös schweifte ihr Blick vom Violinisten zu den Damen und zurück. Da plötzlich unterbrach Paganini sein Spiel, schaute zum Balkon hinauf und sagte in die verdutzte Stille hinein: „Ich fürchte, mit meinem Spiel ein wichtiges Gespräch zu stören.“ Die Damen verstummten schlagartig, doch Paganini führte sein Konzert nicht fort. Er verließ die Bühne und betrat sie nicht wieder.

Auf dem Heimweg in der Kutsche schimpfte Beppo über den hochgradig sensiblen Künstler. Er übertreibe, halte sich für den Kaiser persönlich. Margherita und Zanze verteidigten ihn.

„Du musst ihn verstehen, Onkel. Alles, was er vorträgt, empfindet er selbst am stärksten, sein ganzes Wesen ist Gefühl und Aufmerksamkeit. Es ist beleidigend, seine Gefühle nicht zu respektieren.“

„Meine Mutter hat als junges Mädchen Mozart gehört und genau das Gleiche erlebt. Mitten im Spiel stand er unwillig vom Klavier auf und verließ die unaufmerksamen Zuhörer!“, ergänzte Zanze.

„Ihr wisst immer alles besser!“, schnaubte Onkel Beppo und schwieg auf der ganzen Fahrt nach Hause.

18

Unruhig lief Carlotta durch das Haus. Von der Küche ins Wohnzimmer, wo ihre Mutter immer häufiger im Lehnstuhl döste und die Kinder in der Obhut eines Lehrers Schulaufgaben machten, zurück in die Küche, hinaus in den Garten. Es war Herbst und sie erwartete jeden Augenblick Margherita. In ihrem Brief hatte sie die Venezianierin gebeten, sie möge nach ihrer Ankunft aus Florenz bei ihr vorbeikommen, sie habe nicht die Kraft, mit Kindern und hinkender Mutter ins Polcevera-Tal hinabzusteigen. Immer wieder sah sie durch die Fenster nach draußen, immer wieder eilte sie zum Gartentor und suchte mit den Augen eine nahende Kutsche. Über den Himmel zogen perlfarbene Wolken, noch hatten nicht alle Bäume ihr Laub gelassen. Es war ein lauer Tag, der träge verging.

Gegen Abend, es war noch hell, hörte sie das Rollen der Kutschenräder und sie raste auf den Weg hinaus. Santa Maria, dachte Carlotta, als Margherita ausstieg. Sie sieht zu allen Zeiten schön aus, ob sie hart sind oder nicht. Ihr Haar glänzt noch immer wie Gold, ihre Haut behält lebenslang den Schmelz eines bequemen Lebens, während mein Haar ergraut, meine Haut schrumpelt und sich mein Rücken beugt. Kraftlos sank sie in Margheritas Arme.

„Du hast mir nicht geschrieben, was mit Andrea ist.“ Margheritas erste Worte lösten bei Carlotta einen Strom von Tränen aus. Sie schluchzte, ihr Gesicht war schmerzverzerrt, sie schien am ganzen Körper zu beben.

„Mein Gott, Carlotta, sprich! Er ist doch nicht tot?“ Margherita hörte auf zu atmen. Sie spürte einen tiefen, ziehenden Stich im Herzen. Ohne zu antworten, zog Carlotta die Ankommende ins Haus. Von Weinkrämpfen geschüttelt wankte sie an Andreas Schreibtisch und kramte nach seinem letzten Brief.

„Hier! Lies selbst.“ Ihre Hand zitterte so sehr, dass der Brief auf den Boden fiel. Margherita hob ihn auf, ging ans Fenster und las:

„Liebe Carlotta, liebe Margherita,

im letzten Brief habe ich euch von meinem kranken Knie erzählt. Ich hoffe, ihr habt den Brief erhalten. Lest nun, wie es weiterging. Weil die Mittel des Arztes nichts vermochten, zogen sie einen Oberarzt hinzu. Der untersuchte mich und verschwand alsbald wieder. Gleich darauf erschien der Unterinspektor und teilte mir mit, der Oberarzt wage es nicht, mir seine Diagnose zu verraten, weil er vermute, ich ertrage sie nicht. Das machte mich fuchsteufelswild und ich schrie: ‚Habe ich nicht in all den Monaten genug Beweise meiner Belastbarkeit erbracht? Die Qualen, die Schmerzen, das Essen, die Kälte, die Einsamkeit? Man schlage mir etwas vor. Solange man mir nicht den Tod vorschlägt, bin ich bereit.‘

Und dann rückten sie mit der Nachricht heraus: Entweder Amputation oder Tod. Sie zögerten dennoch, da sie befürchteten, mein geschwächter Körper überstehe den Eingriff nicht.

Seid beruhigt, meine Lieben. Wenn ihr diesen Brief erhaltet, ohne von meinem Tod benachrichtigt worden zu sein, bin ich am Leben.

Ich flehte um die Operation, was auch immer geschehe. Ich hatte ja keine andere Wahl. Die Schmerzen wurden unerträglich und hätten mich sicherlich umgebracht. Brachte mich die Operation um, dann sollte es eben so sein.

Am nächsten Tag wurde ich in ein größeres Zimmer geführt. Der Abt Wrba gab mir die Sakramente, dann warteten Fortini und ich auf die Chirurgen. Ich kann euch sagen, die ließen auf sich warten. Ich bin ja nichts weiter als ein Stück Abfall. Um uns die Zeit zu verkürzen, sangen Fortini und ich fromme Lieder und der Abt las aus der Bibel. Als wir uns gerade so richtig eingesungen hatten, kamen zwei Ärzte. Der eine ist der Wundarzt des Hauses, den wir Barbier nennen, der andere ein junger Chirurg der Wiener Schule. Zuerst forderten sie mich auf, etwas zu trinken. Ich kippte es in einem Zug hinunter. Sie hielten mir ein Tuch vor die Nase. Davon wurde ich etwas benebelt. Nun halfen sie mir, mich so auf den Rand des Bettes zu setzen, dass die Füße herabhingen. Fortini hielt mich zwischen seinen Armen. Sie legten auf das gesunde Fleisch über dem Knie eine Binde, um den Schnitt des Messers zu zeichnen. Dann ging es los. Ich biss mir die Zähne fast bis zum Zahnfleisch durch. Sie schnitten ringsherum einen Finger tief, zogen die aufgeschnittene Haut herauf, durchtrennten dann die entblößten Muskeln. Tragt es mir bitte nicht nach, wenn ich euch alles haargenau schildere. Aber ihr sollt mich als einen Helden in Erinnerungen behalten, falls ich doch noch sterbe. Von meinen Schenkeln abwärts sah es aus wie ein Schlachtfeld. Es blutete in Strömen und ich kann nicht begreifen, warum ich nicht ohnmächtig wurde. Eine eiserne Macht hielt mich wach, milderte die höllischen Schmerzen. Zuletzt durchsägten sie den Knochen und trugen das Bein davon. Hört ihr, liebe Frauen? Sie trugen das Bein davon, mit dem ich bis heute durchs Leben gegangen bin. Durch Himmel und Hölle.

Aber noch war nicht alles überstanden. Denn jetzt klaffte dort, wo einst der untere Teil meines Beines hing, eine entsetzliche Wunde, die schnellstens gepflegt werden musste. Natürlich war der Spielberg dafür nicht ausgerüstet und die Ärzte hatten außer ihren Instrumenten nichts mitgebracht. Ich musste also ein paar Stunden unter den fürchterlichsten Schmerzen zubringen, bis aus der Stadt Wachsleinwand, Binden und Eis besorgt worden waren. Zuerst belegten sie den Stumpf mit Eis, und am folgenden Tag entfernten sie die Blutkrusten, wuschen ihn, zogen die Haut herunter und verbanden ihn.

Heute ist der erste Tag im Oktober des Jahres 1827. Vor nicht ganz sechs Jahren haben wir unseren lieben Giorgio begraben. Er war ein wirklicher Vater für mich und ich bin froh, dass er mich nicht auf einem Bein durch den Rest meines Lebens humpeln sieht.

Seid geküsst und umarmt mir die Kinder. Ich hoffe, euch im nächsten Jahr wohlauf zu sehen. Dann ist die entsetzliche Strafe um."

Margherita verbrachte den ganzen Abend und die halbe Nacht bei Carlotta. Ihr Kutscher wurde ins Haus geholt und mit der Familie an den Tisch gesetzt. Es gab La farinata, ein bescheidenes Essen aus Kichererbsen, Öl, Oliven und Salz, im Ofen gebacken und heiß serviert. Margherita hatte nach den erlesenen Speisen in den Palazzi von Florenz den Eindruck, schon lange nicht mehr so gut gegessen zu haben.

19

1827. Das Jahr der brennenden Kerzen. Ich brenne an allen Ecken und Enden. Ich lebe und werde dem Zerstörer in mir gewappnet entgegentreten. Mit derber Lebenslust hänge ich an dieser Erde und allem, was sie zu bieten vermag.

Noch vor Weihnachten sind wir in die Wohnung in Neapel zurückgekehrt. Es kann losgehen. Ich brauche alle meine Energie und bin nicht gewillt, auf Antonias Zicken einzugehen. Sollte sie wieder durchdrehen, werde ich ihr mit eigenen Händen den nackten Hintern versohlen.

Nach den ersten Konzerten im San Carlo in Neapel, wo ich mich sozusagen wieder einspielte, reisen wir im Februar nach Rom. Ich trage unter anderem das Concerto Nr. 2 mit ungeheurem Erfolg vor. Die Bianchi bekommt wieder diese vor Stolz glitzernden Augen beim Anblick der tosenden Begeisterung und versäumt keine Sekunde, in meinem Ruhm zu glänzen. Rom empfängt mich diesmal mit offenen Armen und nicht wie im Jahre 1818, als die Theaterdirektoren sich hinausredeten, die Theater seien alle verplant. Selbstverständlich ging ich damals der Sache nach – so bin ich nun mal – und besuchte allabendlich die hochgepriesenen Opern, die die Programme füllten. Mir standen die Haare zu Berge. Vieles hätte zu meinen Gunsten unbedingt vom Spielplan genommen werden müssen. Nun, vergessen wir das! Heute gehört Rom mir, und um meinen Ruhm abzurunden, verleiht mir Papst Leo XII. im April den Ritterorden vom Speron d'Oro. Nicht, dass ich auf all die lächerlichen Auszeichnungen großen Wert lege. Ach, sie sind mir im Grunde völlig egal. Aber mit dieser hat es eine Bewandtnis. Mozart hatte sie erhalten und das zeichnet die Auszeichnung aus. Noch bevor ich nach Florenz weiterreise, nimmt mich die Accademia Filarmonica unter ihre Ehrenmitglieder auf. Ich fühle mich sehr geehrt und sehe dem steilen Aufstieg meiner Karriere gelassen entgegen.

Florenz, Perugia, Florenz, Livorno, wieder Florenz. Dort meinte ich, Fiorella gesehen zu haben. Aber natürlich täuschte ich mich. Meine Augen spielen mir stets neue Streiche. Seit ihre Sehkraft nachgelassen hat, senden sie mir die herrlichsten Gemälde meiner Phantasie, die sich leider als Trugbilder erweisen.

Wir treten den ganzen Sommer über gemeinsam auf, bis sich Achille sechs Tage nach seinem Geburtstag ein Bein bricht. Die Bianchi schiebt mir die Schuld in die Schuhe. Ich leite den Jungen zu dummen Streichen an, hopse und springe mit ihm durch die Wohnung, als sei dies ein Garten oder der Sandstrand. Zweifelsohne schiebe ich die Schuld zurück auf sie. Warum passt sie nicht besser auf ihn auf? Cesare und die Köchin können nicht überall gleichzeitig sein, aber die Bianchi kann es, denn sie hat Zeit. Beim Konzert am 4. August im Teatro San Marco von Livorno wird sie also keine Arien singen. Und tatsächlich vermisst sie auch keiner. Gemäß der Presse führte ich das Adagio appassionato und das Rondo brillant aus, die Harfenbegleitung zu meinen Variationen über Rossinis „Mosé" wird lobend erwähnt, während kein Hahn nach den Sängern kräht. Auf meinen Abstecher nach Bologna nehme ich sie nicht mit, es gibt dort auch nichts für sie zu tun. Kein Konzert, kein großartiger Empfang. Achilles Bein ist noch stets geschient, er braucht also doppelte Aufmerksamkeit. Die Bianchi zahlt es mir mit einigen unkontrollierten Zornesausbrüchen heim. Bei meiner Rückkehr sitzt sie heulend am Eingang und beschimpft mich vor den Passanten. Sie bezichtigt mich des Geizes und der Untreue, so gellend, dass halb Florenz mithören kann. Cesare hilft mir, die zeternde Frau ins Haus zu bringen, wo ich am liebsten zu einem Stock gegriffen und sie durchgeprügelt hätte. Das ist nun nicht mehr möglich, da Florenz mit gespitzten Ohren an der Tür steht.

„Du musst mich überall hin mitnehmen!“, schluchzt sie. „Ich halte es keine zwei Tage ohne dich aus.“

„Unfug!“ Sie lügt. Sie will mir nur schmeicheln. „Als ich mich außerhalb Neapels auskurierte, hast du es zwei Monate ausgehalten.“

„Das ist etwas anderes. Da warst du krank. Doch jetzt bist du gesund genug, deinen Bewunderinnen nachzusteigen. Diese sittenlosen Weiber öffnen ihre Dekolletés bis zum Nabel, damit du sie anglotzt!“

„Ich steige niemandem nach!“, rufe ich empört und verlasse den Raum. Dort finde ich Achille vor, an die Schürze der Köchin geklammert. Ich beuge mich zu ihm hinab. „Mein geliebter Junge, beunruhige dich nicht. Komm zu Papa, lass dich umarmen.“ Zögernd zuerst, dann freudestrahlend wirft er sich in meine Arme. Sein Bein steckt noch immer in der Schiene, doch er humpelt problemlos damit herum.

An einem nebligen Septembermorgen erwische ich die Bianchi vor meinem Schreibtisch, wie sie im Begriff ist, alte Partituren zu durchstöbern. Ich verhalte mich bedacht, denn nichts wäre schlimmer, würde sie Werke vernichten, die noch nicht gedruckt und nicht mehr vollständig in meinem Kopf sind.

„Leg es bitte weg, liebste Antonia!“

„Liebste Antonia?“ Zornig fährt sie herum. Sie trägt ihr Hauskleid und sieht adrett aus. „Hier, hier …“, sie wedelt mit den Manuskripten, „lauter Liebste … da …!“ Sie blättert, während ich wie eine Marionette an Fäden einen Schritt vor den nächsten setze. „Liebste Principessa Elisa, à Madame Frassinet, alla ragazza Eleonora, alla gentilissima Emilia Di Negro, alla Signora Dida … alla Signorina Aurora … Aurora … Aurora?“, wiederholt sie pfeifend. „Was für ein Name!“ Sie hält das Blatt hoch in die Luft und keift: „Signorina Fiorella, lauter Blumen, lauter Frauen, lauter Geliebte …!“

Ich bin schon bei ihr und erwische einen Teil der Manuskripte. Gelassen – nur keine Schwäche oder Aggression zeigen – blättere ich, nun selbst nach Namen suchend:

„Hier!", sage ich in ruhigem Ton, „lauter Männer, à Felice I Principe di Lucca, al Signor delle Piane, al bravo Ragazzino Signor Camillo Sivori, al …"

„Na und?" Sie schlägt mir die Partituren aus den Händen und haut mir jene, die sie hält, um die Ohren. Himmel, lass mich Geduld üben, bevor sie alles zerfetzt!

„Geliebte Frauen oder geliebte Männer, nicht ein einziges Werk hast du mir gewidmet! Mir, mir! Der Frau, die seit Jahren mit dir lebt, der Mutter deines Kindes. Du bist ein Scheusal!"

Ich halte die Luft an, aus Furcht, sie mit dem Wind, der in mir braust, aus dem Zimmer zu fegen. Noch immer hat sie einen Teil alter Partituren in der Hand. Sie spielt damit, beißt darauf herum, nagt die Ecken ab und beobachtet mich von weitem wie ein Tiger, der darauf wartet, seine Beute zu zerfleischen.

„Antonia, sei vernünftig! Gib mir die Manuskripte und bereite dich besser auf unsere nächste Etappe vor!"

„Du willst mich ohnehin nicht mehr dabeihaben."

Gequält schreie ich: „Si, si! Ich will dich immer bei mir haben."

„Dann versprich mir hier auf der Stelle, dass du mich auch nach Wien und Paris mitnimmst!" In ihren Augen funkelt nicht nur Wut. Nein, es ist etwas anderes. Es ist etwas Furchterregendes. Allein mit dem Feuer ihrer Augen könnte sie meine Manuskripte zu Asche verbrennen. Ich packe die mir verbliebenen Blätter in eine Mappe und gedenke sie mit den anderen sobald ich diese ergattert habe, auf der Bank bei meinem Geld zu deponieren. Was soll ich sonst tun? Die Guarneri und der Bogen müssten ebenfalls an einen sicheren Ort. Und natürlich ich selbst. Tief atme ich durch.

„Gut, reise mit mir, wohin du willst!" Langsam gehe ich auf sie zu. Sie hat den Arm mit dem Stoß Partituren sinken lassen. Willenlos lässt sie ihn sich abnehmen. Ich stecke die Partituren zu den anderen in die Mappe, klemme alles unter meinen Arm. Mit der rechten Hand streichle ich ihr Gesicht. Sie sieht sonderbar aus. Irgendwie verloren. Ein paar Tränen drängen unter den Wimpern hervor. Himmel, warum hast du mir gerade diese Frau geschickt? Bin ich mir nicht selbst schon genug im Wege?

Wir machen Station in Genua. Madre freut sich, Achille zu sehen. Ich glaube, es ist das erste Mal. Sie ist von seiner Schönheit angetan und verwöhnt ihn mit allerlei Leckereien. Hier ist er gut aufgehoben. Wir richten uns für drei Monate im oberen Stock ein. Mit der Bianchi scheint sich Madre ebenso gut zu verstehen wie mit den übrigen Familienmitgliedern. Sie trudeln allmählich ein, von der Neugierde angezogen. Carlo mit Frau. Nicoletta allein, Paola ohne ihren nichtsnutzigen Ehemann, der mich dazu zwang, meiner Schwester eine Leibrente zu sichern, weil er selbst sich aus dem Staube gemacht hat.

Achille wird wie ein Wunder bestaunt, die Bianchi verstohlen gemustert, und was mich betrifft … nun, ja, … ich bin jedenfalls auf alles gefasst. Die einen schäumen über vor Lobeshymnen, wie Paola Domenica, die ihr Archiv mitgebracht hat und die jüngsten Meldungen der Gazetten herumreicht. Die anderen erkundigen sich mitleidsvoll lächelnd nach meiner Gesundheit.

Am 9. November spiele ich am Teatro del Falcone vor König Carlo Felice und seiner österreichischen Gattin Maria Teresa. Ein äußerst begabter fünfzehnjähriger Flötist bereichert das Programm, die Bianchi singt zwei Arien von Paër. Gleich im Anschluss reisen wir nach Turin, bewältigen dort in gestrecktem Galopp drei Konzerte und sind rechtzeitig am 16. zurück. Die Königin und ihre Töchter erwarten uns an jenem Tag zu einem Konzert im Teatro S. Agostino. Die Tour strengt an und ich wünsche mir eine stärkere Gesundheit.

Während unserer Abwesenheit sorgt Madre rührend für Achille. Sie wäre dem Jungen vermutlich die bessere Mutter. Er hat runde

Apfelbacken, herrlich seidiges Haar und eine beinahe göttliche Kopfform. Mein langes Gesicht wurde bei seiner Fabrikation völlig übergangen. Grazie al cielo!

Am vorletzten Abend unseres Aufenthaltes liest Paola die Kritik aus der Gazzetta di Genova vor, in der es heißt: *Das Königspaar sparte nach jedem von Paganini ausgeführten Stück nicht mit Applaus, den das Publikum mit lebhaftester Begeisterung wiederholte.*

„Niccolò, Niccolò, unsere Schwester sammelt nur die positiven Kritiken."

„Gibt es denn schlechte, lieber Carlo?", frage ich augenzwinkernd. Mein Bruder ist der seriösere Musiker. Er hält sich strikt an die Partitur und studiert gewissenhaft transalpine Musik.

„Du weißt, mein verehrter, berühmter Bruder, dass deine musikalische Bildung der eines österreichischen oder deutschen Konservatoriumsstudenten vermutlich unterlegen ist."

„Was macht das schon? Wer solchen Erfolg hat, vor Königen spielt, Orden bekommt et cetera, et cetera, der pfeift auf die traditionelle Ausbildung." Diese Bemerkung konnte nur von der Bianchi sein. Wir tangieren ein Gebiet, von dem sie eigentlich nicht sehr viel versteht, und ich hoffe, sie plappert nicht allzu viel.

„Es stimmt übrigens nicht, dass ich nur positive Kritiken sammele", verteidigt sich Paola. „Ich habe irgendwo etwas Hässliches über dich gelesen und es zerrissen, aber ich kann mich an den Wortlaut erinnern."

„Ich möchte es nicht hören!", sagt die Bianchi.

„Aber ich, liebe Schwester. Denn ich möchte zu gerne dein gutes Gedächtnis kennenlernen."

Paola richtet sich ein wenig auf, legt die Gabel auf den Teller und zitiert feierlich aus ihrem ausgezeichneten Gedächtnis:

„Seine Sonata militare hat südlichen Schmelz, doch in allem kommandiert dieser Violinheld durch unerlässlichen Trommelwirbel und ist auch jetzt der Totschläger seiner Kollegen. Ich wünsche mir doch etwas mehr Spohrschen Ernst, Baillotsche Kraft, Maysedersche Pikanterie …"

„Ha, ha, ha!", lacht die Bianchi. „Du und ein Totschläger! Niccolò, ein Totschläger. Der kann doch nicht einmal eine Fliege erledigen. Er ist so sanft, so zärtlich, so liebe …"

„Antonia, ich bitte dich, halt an dich! Es interessiert hier keinen, ob ich sanft oder zärtlich bin."

„Si, si!", höre ich aus verschiedenen Mündern. Dem meiner beiden Schwestern, dem meiner Mutter und natürlich aus Carlos Mund. Dabei grinsen sie süffisant. Und Bianchi macht weiter, sie braucht ja einen sanften Menschen, den sie mit Ohrfeigen züchtigt, nicht zu fürchten.

„Einmal habe ich gelesen, er habe einen diabolischen Blick und käme direkt aus der Hölle. Er besuche uns nur, hinterlasse Schwefelgeruch und Blutspuren auf dem Körper jeder Frau, die er berührt!" Sie stockt, sieht mich belustigt an. Bis jetzt amüsiere ich mich. „Und so, wie er die Geige mit dem Bogen peitsche, würde er auch seine Geliebte peitschen." Wieder bricht sie in ein nervöses Gekicher aus. Allmählich fürchte ich um ihre Nerven. Madre schaut bedenklich. Antonia sieht ihr geradewegs ins Gesicht:

„Aber ich kann euch versichern, er ist der liebste, zärtlichste und geduldigste Mensch, den ich kenne. Irgend so ein Idiot hat gesagt, er sei reizbar. Das ist er nicht! Nicht wahr, Niccolò, das bist du überhaupt nicht? Du bist mein lieber, geduldiger, empfindsamer Niccolò, der so viel durchzustehen hat." Ihre Augen treten aus ihren Höhlen und ich befürchte das Schlimmste. Am besten, ich lenke die Aufmerksamkeit um, sonst schnappt sie noch über.

„So viele freundliche Worte verdiene ich nicht, liebste Antonia. Du bist die Geduldige, Einfühlsame, die einen Kerl wie mich erträgt." Meine Worte begleite ich mit einem breiten, entmutigenden Lachen, das alle Zahnlücken sehen lässt und mir ein fratzenhaftes Aussehen verleiht. Niemand spricht oder lacht. Alle glotzen betreten an mir vorbei, auf ihre Teller oder sonstwohin. Paola befreit sich als Erste aus der Erstarrung und fragt nach meinen Plänen für das Jahr 1828.

„Wien! Dort werde ich zu Prinz Metternichs Geburtstag spielen."

Ein anerkennendes Ohh geht durch die Reihen. Ich fahre fort.

„Wenn alles klappt: Bis zum Sommer Wien, Wien und nochmals Wien. Anschließend Prag, dann alle wichtigen Städte Deutschlands."

„Oh, mio Dio!"

„Du hast Paris vergessen, Liebster."

Wieder ein ehrfürchtiges Ohhhhh. Paris werde ich vermutlich ohne dich bezwingen, allerliebste, geduldige, unberechenbare Bianchi, denke ich und schaue ihr dabei fest in die Augen.

20

Sie ist eine gar sonderbare Frau. Sie spürt vielleicht, wie ich mich allmählich von ihr entferne. Das behagt ihr keineswegs, vor allem nicht jetzt, wo europaweiter Erfolg winkt und erlesene Kreise locken. In der letzten Novemberwoche verwöhnt sie mich köstlich und ich komme lange nicht darauf, dass ihr vielleicht daran liegt, nochmals schwanger zu werden. Sie ist sehr reizvoll, geschmeidig wie eine Katze. Ihr Körper glüht vor Verlangen und bringt mich um den Verstand. Ich bin ihrer Wollust kaum gewachsen. Sie windet sich um mich, lechzt nach meinen Liebkosungen, als sei sie am Verhungern. Sie schreit, stöhnt, seufzt beglückt. Und jedes Mal endet unser Liebesrausch mit dem Satz:

„Ach, Niccolò, könntest du mich nur so lieben, wie ich dich liebe."

Ich traue ihr nicht ganz. Sie hat in der Tat etwas Katzenhaftes. So wie sie sich jetzt schnurrend um meinen Körper windet, kann sie auch fauchend meine Geige zerstören. Und meine Geige bin ich.

In der Scala in Mailand singt sie wieder die Arie von Paër, eine Szene und Arie aus „Temistocle" und Variationen über die Herzklopfen-Kavatina aus „Tancredi" von Rossini. Für ihre lebhafte Stimme und den klaren Ton zollt ihr das Publikum erstaunlichen Beifall. Leider straft sie mich tags drauf mit einer grauenhaften Eifersuchtsszene, in der sie mich beschuldigt, den schwärmenden Mädchen nach der Vorstellung regelrecht unter die Röcke zu schlüpfen. Ich tue es nicht, aber reagiere nicht völlig unempfindlich auf die Huldigungen mancher Damen, die mir ihre Gunst fast vor die Füße werfen. Ihr Geschrei ist nicht genug. Sie rennt heulend durch alle Flure der Wohnung, wirft Gegenstände von den Konsolen, reißt einen Vorhang herunter und schlägt, als ich sie schließlich erwische und beruhigen will, mir die Tür vor der Nase zu, klemmt aber dabei den kleinen Finger meiner rechten Hand ein. Ich heule auf. Kurz und sehr bündig, denn ich kann mir kein Gewinsel erlauben. Der kleine lädierte Finger ist keine Katastrophe. Wir müssen das Konzert vom 5. Dezember auf später verschieben, das ist alles.

Der Unfall hindert mich nicht, durch schlammige Straßen nach Turin zu rumpeln, die reumütige Bianchi im Schlepptau. Meinen verletzten Finger behandelt sie fürsorglich und beinahe ehrerbietig, schließlich leistet er einiges. Er ist noch nicht ganz verheilt, aber einsatzfähig. Ich spiele unter Schmerzen und ernte dennoch eine meiner schönsten Kritiken. Ich hoffe, Paola Domenica lernt auswendig, was der Redakteur Felice Romani in der Gazzetta Piemontese über mich schreibt: *Die perfekte Imitation verschiedener Blasinstrumente und das Spielen höchster Töne, die sonst nur von singenden Engelchen erreicht werden, sind für ihn ein stets unbefangenes und tadelloses Spiel, und gäbe es in der musikalischen Sprache ein Wort, das die Unterteilung der Halbtöne bezeichnete, wären wir fähig, zu beschreiben, wie sehr er seine Violine beherrscht, um ihr jene magische Abstufung von Tönen zu entlocken, deren Schöpfer er gewissermaßen geworden ist.*

Zufrieden und still in einen Winkel des Reisewagens gekauert, kehre ich nach Mailand zurück. Bianchis Blicken weiche ich aus. Ich vermeide ein Gespräch, denn ich lehne es von nun an ab, weiterhin in ihrem süßen Spinnennetz zu zappeln. Befreie ich mich nicht endgültig daraus, werde ich lebenslang ihr Gefangener sein. Sie bekommt noch einige Kinder, ich bekomme Ohrfeigen, wenn ich nicht spure, und mein Geld wird in ihren Händen zerrinnen. Es schüttelt mich bei dem grauenhaften Szenenbild. Den Großteil der Strecke legen wir schweigend zurück. Dicke Regentropfen schlagen ans Fenster, wo sie vom Wind hin- und hergetrieben werden. Ihr eigenartiger Zickzacklauf macht mich nachdenklich. Renne ich nicht ebenso durchs Leben? Auf und ab, nach rechts, nach links, sammle Geld, lege es an, gebe es aus, renne weiter. Zickzack, rauf und runter, von Palermo nach Mailand und zurück. Und es existiert kaum ein ruhiger Platz, an dem ich zu Hause bin. Bei Madre nicht, neben der Bianchi nicht, auch nicht in Fiorellas Armen.

Grübelnd starre ich durch die verfleckte Scheibe. Und schon bald kristallisiert sich aus dem verschwommenen, dunstigen Bild Achilles Gesicht heraus. Sein Kindergesicht, sein Jungengesicht und sein erwachsenes Gesicht. Achille ist mein Zuhause und ich werde ihn wachsen sehen. Das will ich, keiner wird mich daran hindern, auch der Himmel nicht.

„Liebe Carlotta und liebe Margherita, ich bin wohlauf, falls man das in einem Kerker wie dem Spielberg so nennen kann. Nach der Operation bekam ich eine Woche lang täglich nur eine halbe Tasse Brühe mit geschlagenem Eidotter. Als die Gefahr des Wundfiebers gebannt war, durfte ich zum ersten Mal, seit ich eingekerkert bin, nahrhafte Speisen zu mir nehmen. Nur vorsichtig, damit mein geschundener Magen nicht erschrickt. Angeblich will Kaiser Franz doch nicht, dass ich wie ein krankes Tier verrecke. Er hat befohlen, den Kranken so lange gut zu verköstigen, bis er wieder bei Kräften ist. Das dauerte vierzig Tage.

In all dieser Zeit hauste ich in einem hellen, angenehmeren Raum. Nun bin ich wieder zurück in der Zelle, die allerdings erweitert worden ist. Die Wand zur Nebenzelle hat man durchgebrochen und uns erlaubt, zusammen zu bleiben. Ich möchte mich nun keinesfalls beklagen, aber am schönsten wäre es, hörte ich bald das Rasseln der Schlüssel und die Stimme des Unterinspektors, der sagt: ‚Sie sind frei!'

Seid umarmt und verzagt nicht. Ich liebe euch. Andrea."

Ende Oktober 1827 wurde Andrea begnadigt. Als er den Spielberg verließ, war er knapp 38 Jahre alt, aber sah aus wie ein Greis. Seine Kinder erkannten ihn nicht und er selbst drehte sich entsetzt von seinem Spiegelbild weg. Die einst glühenden Augen waren erloschen, die Haut fleckig und schlaff, das Haar ergraut. Auf dem Spielberg waren ihm Zähne ausgefallen und die schlechte Nahrung hatte sein Zahnfleisch angegriffen. In der ersten Zeit erbrach er das gesunde Essen und die Sonne stach in seinen Augen. Es dauerte Monate, bis er normale Kost zu sich nehmen konnte und sie behielt. Nachts schreckte er hoch und schrie. Er fiel aus dem Bett und schlief auf dem Fußboden. Carlotta pflegte ihn mit Kräuterbädern und Massagen, ging mit ihm durch den kleinen Garten, erzählte ihm vom täglichen Leben, das ohne ihn traurig dahingeflossen sei, sang ihm italienische Lieder vor. Im Frühling setzte sie sich mit ihm auf die Wiese und drückte ihm Gräser und Blumen in die Hand, die er behutsam abtastete und an denen er roch. Manchmal fürchtete Carlotta um seinen Verstand. Als er das erste Mal wieder mit ihr schlafen wollte, peinigte ihn ein Anfall, der seinen gesamten Körper durchschüttelte. Es brauchte viel Einfühlungsvermögen und Geduld, ihn wieder liebesfähig zu machen. Er zweifelte an sich, an seiner Manneskraft, und vor allem quälte es ihn, ein Krüppel zu sein.

An Weihnachten ging es ihm besser. Er saß im Kreise seiner Kinder und erzählte von den letzten Tagen auf dem Spielberg.

„Es war ein Sonntag. Fortini und ich deckten unseren Tisch mit dem mageren Sonntagsessen, da trat der Unterinspektor ein. Er entschuldigte sich, uns zu stören, aber er habe uns etwas Wichtiges mitzuteilen. Wir folgten ihm in einen anderen Raum, wo der Polizeidirektor und der Oberinspektor saßen. Feierlich fing Letzterer eine Rede an, die den gütigen und herrlichen Kaiser pries. Wir hatten schon alle Hoffnung aufgegeben und dachten, der gute und herrliche Kaiser, der uns gestohlen bleiben kann, habe gütigst veranlasst, uns statt der ekelhaften Kost besseres Essen zu verordnen und uns mehr Bücher zu geben. Da schrie der Obersinspektor uns an: ‚Ja, versteht ihr denn nicht? Ihr seid begnadigt.' Fortini und ich wurden fast ohnmächtig." Andrea verstummte, starrte abwesend vor sich hin. Aber Gina zupfte an seinem Hemd und Filippo schubste ihn.

„Erzähl weiter, Papa! Bitte, erzähl weiter."

„Nun ja, am nächsten Morgen ging es in der Pferdekutsche nach Wien, wo wir neue Kleider bekamen. Geld sollte uns erst an der Grenze ausgehändigt werden. Ich fühlte mich trotz der wieder gewonnenen Freiheit hundeelend. Ich fieberte. Vom Schaukeln des Wagens wurde mir übel. Ich musste mich übergeben und fürchtete zu sterben, bevor ich euch noch mal in die Arme schließen konnte."

Tränen lösten sich aus seinen Wimpern. Gina umschlang seine Hüften und drückte ihr Gesicht an sein Herz. Filippo kuschelte sich an seine Schulter. Die erschöpfte Giuliana faltete die Hände und betete. Und Carlotta, die das idyllische Bild aus ein paar Metern Entfernung betrachtete, sank vor glücklicher Schwäche aufs Sofa und weinte.

Margherita wagte es nicht, Andrea zuzumuten, weiterhin mit zwei Frauen zu leben. Er schien auch kein Verlangen danach zu haben. Wie ein Kind klammerte er sich an Carlotta. Seinen Kindern war er ein Spielkamerad. Von seinem richtigen Vater, Buonarotti, sprach er nicht mehr, wollte auch nichts von dessen Plänen wissen, in Paris eine intellektuelle Elite herauszubilden, die in allen italienischen Städten den Kampf wieder aufnehmen sollte. Ein neuer Held machte hier von sich reden, Guiseppe Garibaldi.

Einige Zeit hatte Margherita erwogen, die Di Negros in der Schweiz zu besuchen und dort die nächsten zwei Jahre zu verbringen, doch sie besann sich eines Besseren. Sie plante eine neue Reise. Diesmal sollte sie bis nach England gehen. Und da sie damit rechnete, mehrere Jahre fort zu sein, stellte sie den jungen Buonarottis ihren Palazzo zur Verfügung. Sie könnten das Häuschen auf dem Hügel

San Andrea vermieten und ein sorgenloseres Leben führen. Andrea nahm widerstrebend an. Aber seitdem waren zwei Jahre vergangen, seine Wangen hatten Farbe und Form bekommen und er fühlte sich gewappnet, den Lebensunterhalt zu verdienen. Deshalb akzeptierte Andrea von Margherita zwar die Unterkunft im Palazzo, auch die Anwesenheit der Diener, die dort zum Teil wohnten, aber er lehnte Geld ab. Da ihn das Instituto dell' Arte mit offenen Armen wie einen Helden empfing, gab er wieder Unterricht in Kunst und Literatur. Allmählich fand er ins Leben zurück.

21

Mein Finger ist geheilt. Als mich kurz vor Weihnachten die Stadt Mailand bittet, ein Wohltätigkeitskonzert zu geben, zögere ich nicht. Es ist mir eine außerordentliche Ehre, meinen Mailändern beistehen zu dürfen. Sie haben 1815 aus Niccolò den großen Paganini gemacht. Damals habe ich das Concerto in E-Moll uraufgeführt, heute werde ich zum ersten Mal mein drittes Konzert spielen, das anmutige Adagio im Cantabile spianato, die Polonaise und die Variationen über „Nel cor più non mi sento“ ohne Orchester, bei denen ich selbst die ganze Harmonie forme … Ich bin inmitten der Musik, lasse mich von ihr einsaugen, bis nichts mehr von mir übrigbleibt. Meine Seele steckt in der Violine, und wer sie verbrennt, verbrennt mich zur gleichen Zeit. Ohne sie bin ich ein armer, kränklicher Mann, setze ich den Bogen an, erwachen die Nerven, Muskeln, alle Glieder. Sie straffen sich, spannen sich, verleihen meinem Geist Leben und die Kraft, sich in die Höhen hinaufzuschwingen. Erst dort atme ich auf, erst dort bin ich wieder frei.

Wir geben noch zwei Konzerte in der Scala, in der ich das Concerto Nr. 1, das „Adagio cantabile“ sowie „la Campanella“ aus dem Concerto

Nr. 2 und den „Spanischen Fandango" spiele. Dann besuche ich Carlo Carli und überlasse ihm vorübergehend meine herrlichen Schätze. Zwei Stradivaris, ein Alto Antonio Guarneri aus dem Jahre 1675, ein Alto Girolomo Amati, Baujahr 1602, und meine wertvolle Gitarre aus Neapel.

Ich statte mich mit Empfehlungsschreiben aus und notiere Adressen der Leute, die ich zu treffen gedenke, in mein rotes Büchlein. Anfang März brechen die Bianchi, Achille und ich nach Wien auf. Eine lange Reise. Sie dauert über eine Woche, ist ermüdend, doch interessant. Wir streifen Verona, Montebello, Treviso, übernachten in bequemen Hotels oder Herbergen und halten häufig, damit die Pferde gewechselt werden und Achille ein wenig im Freien spazieren kann. Er ist zweieinhalb und ich überlege, ob ich ihm das Schachspiel beibringe. Der Junge kommt mir sehr intelligent vor. Am 16. März rumpeln wir über das Wiener Kopfsteinpflaster. Die Bianchi ist sichtlich erleichtert, endlich angekommen zu sein, und springt sofort aus der Kutsche, als wir vor dem Trattnerhof am Graben haltmachen. Wie haben zehn Tage Zeit, uns einzurichten und auf das Konzert im Redoutensaal vorzubereiten. Nach der ersten geruhsamen Nacht trinke ich eine Tasse Schokolade und tanze hoffnungsvoll einige Schritte durchs Zimmer. Die Bianchi steht da und hält Maulaffen feil.

„Sie schmeckt köstlich, diese Schokolade. Einfach köstlich." Bester Laune lege ich den Arm um ihre Hüften und wirbele sie herum.

„Oh", haucht sie, „du bist mir nicht mehr böse?"

Zunächst verstehe ich nicht, was sie damit meint. Mein Kopf schwirrt von den neuen Eindrücken, meine Nerven sind gespannt, mein Büchlein ist gefüllt mit Terminen und diese Schokolade wirkte wie ein Ventil. Die Bianchi schmiegt sich in meinen Arm und reibt sich an mir. Das Blut schießt mir in … in den Kopf. Ich schiebe sie weg.

„Antonia, ich bitte dich. Nicht jetzt. Ich habe tausend Dinge zu tun."

„Wann dann? Du hast mich wochenlang nicht angerührt. Wie kann man nur so nachtragend sein, wegen eines Fingers. Er ist doch schnell verheilt.“ Aufreizend steht sie vor mir. Die Hände in die Hüften gestemmt, das Haar ordentlich gekämmt hoch auf dem Hinterkopf geknotet, das Gesicht rosig frisch und die Lippen aufgeworfen. Ich konstatiere ein wenig überschüssiges Fett um ihren Hals. Das ist mir bis jetzt noch nicht aufgefallen. Sollte es etwas bedeuten, dass es mir auffällt? Der plötzliche Bluteinschuss lässt augenblicklich nach. Nein, ich lasse mich nicht mehr verführen, obwohl es mir hin und wieder guttäte.

„Vergiss den Finger! Den trag ich dir nicht nach, Antonia. Aber du weißt von meiner Halsinfektion, die ich übrigens schnellstens behandeln lassen werde. Rotweingurgeln allein genügt nicht. Außerdem habe ich zu tun. Die Dinge müssen rollen. Mein Ruf ist uns vorausgeeilt. Ich darf ihm nicht wie ein gebrechlicher Greis hinterherhinken. Die Wiener sollen nicht enttäuscht werden. In einer Stunde treffe ich den wichtigsten Verleger Wiens. Signor Artaria verlegt die bedeutendsten Musiker und soll, wenn möglich, mein Agent werden. Außerdem beauftrage ich ihn, Lithographien von uns beiden herzustellen, die in ganz Wien verbreitet werden.“

„Oh! Wie schön!“ Ein überheblich zufriedenes Lächeln erhellt ihr Gesicht. Aha, denke ich. Ruhm ist ihr wichtiger als ein Schäferstündchen mit mir. Antonia, Antonia, würdest du mich wirklich lieben, könnten wir die Welt aus den Angeln heben. Aber kann ich dich wirklich lieben?

In den folgenden Tagen studiert Signorina Bianchi fleißig die Arie von Paër ein, übt ein von Romani komponiertes Stück, während ich Achille bade, mit ihm esse und spiele. Il Cannone – so nenne ich meine Guarneri – rühre ich nur an, um sie zu streicheln. Ich habe in meinem Leben mehr geübt als gelebt und schone meinen Geist sowie meine Arme, Hände und Finger. Achille verrate ich, dass ich vorhabe, das Concerto Nr. 2 wegen seiner kompositorischen Qualität zu geben, dann die „Sonata Militare“ auf der G-Saite, um die Wiener mit meiner Technik zu verblüffen, und die Variationen über ein Rondo aus Rossinis Oper „Cenerentola“, damit sie entdecken, welche Vielfalt in einer Melodie liegt.

Doch was sehe ich am Abend des 28. März, als ich durch den Vorhang spähe? Einen halbleeren Saal. Ein Unding. Das ist mir schon lange nicht mehr passiert und ich verteufle sogleich Artaria als nutzlosen Werbemann. Zu dem Zeitpunkt weiß ich nicht, dass die Wiener die wilden Gerüchte um mich todernst nehmen, statt wie meine Landsleute daran Gefallen zu finden. Stendhal ist schuld. Aus meiner achtstündigen Untersuchungshaft hat der leichtsinnige Schriftsteller einen mehrjährigen Kerkeraufenthalt gemacht, den ich einige Tage nach dem Konzert über eine Wiener Gazette dementieren muss. Vom halbleeren Saal lasse ich mich nur kurz verunsichern. Jene, die gekommen sind, sollen doppelt gut bewirtet werden, schwöre ich mir. Nachdem ich das Publikum ein wenig habe warten lassen, löscht man einen Teil der Saalbeleuchtung. Ich zeige mich noch immer nicht, bewege allerdings den Vorhang. Die Menschen klatschen. Einige rufen meinen Namen. Es ist bei weitem nicht das Geschrei der Italiener. Ohne hervorzutreten, lasse ich aus den Kulissen einen Lauf aufblitzen, wie eine Rakete, stark, blendend, elektrisierend. Stille. Atemlose Stille. In sie hinein trete ich aus dem Vorhang, gehe diagonal nach vorn zur Rampe und verneige mich. Des Deutschen ohnmächtig, bedanke ich mich zuerst auf Italienisch, dann auf Französisch für ihr zahlreiches Erscheinen und ihren Mut, so dicht gedrängt stehen und sitzen zu müssen, wofür mich Gelächter belohnt. Ein zweites Mal verneige ich mich, schließe die Augen, als die Introduktion des Orchesters beginnt, schmiege mich in die Melodie und setze den Bogen mit glasklaren, lieblichen Tönen an, lasse sie anschwellen, in Doppelterzen, chromatischen Trillern, in rasenden Dezimen-Passagen sich austoben und in Flageoletttönen gipfeln. Ich schlage den Ahnungslosen mein Allegro maestoso gepfeffert um die Ohren. Selbst die Bianchi schafft solche Ohrfeigen nicht. Nach den Schlussakkorden des Orchesters erheben sich alle in stürmischem Applaus. In die begeisterten Bravorufe hinein gebe ich den Hörnern das Zeichen, das Adagio einzuleiten. Und zärtlicher als zuvor beim Allegro singt meine Guarneri das Adagio cantabile. Ich spüre, wie meine Seele glüht, von Schmerz und Liebe, Scherz und Ernst fortgetragen wird. Das Publikum lauscht atemlos und wagt es nicht, mit erneutem Beifall zu unterbrechen. Kraftvoll gleite ich in den dritten Satz und brause, stürme, jage dahin, schöpfe Luft, öffne die Augen nur einen Spalt, schließe sie wieder und treibe die Klänge erneut in Pizzicatos und kühnen Läufen dahin, bis das Orchester die erlösenden Schlussakkorde schmettert. Diesmal weine ich. Es ist mir lange nicht passiert. Durch einen Schleier sehe ich ein rasendes Publikum. Die Zuhörer klatschen, rufen, nein, schreien. Die Musiker helfen mir von der Bühne, wobei sie mich umarmen oder anstarren, als sei ich vom Himmel gefallen. Andere Musiker stürzen hinaus, um, wie ich später erfahre, die skeptischen Wiener von der Straße ins Theater zu befehlen. Mit den Worten eines Franz Schubert: „So ein Kerl kommt nie wieder."

Die Bianchi hüllt mich in einen dicken Mantel und reicht mir einen Stapel Tücher für den Schweiß, der mir in Bächen übers Gesicht rinnt.

„Du siehst nicht so aus, als ob du die zweite Hälfte überstehst!", raunt sie mir zu. Ich zucke sarkastisch lächelnd die Schultern.

„Ich bin nicht krank, nur etwas schwach. Mein Hals tut weh, das ist alles. Mit so einem Hals überstehe ich noch vieles." Erneut schließe ich die Augen und lasse mich auf einen Sessel sinken. Tief durchatmen, etwas Wasser trinken und wieder hinaus. Die Bianchi linst durch den Vorhang, sie dreht sich zu mir und ruft aufgeregt:

„Du musst es durchstehen. Der Saal ist brechend voll!" Und wieder kommen mir schlicht und einfach die Tränen.

Die Wiener lieben meine Musik. Alle späteren Konzerte sind ausverkauft, obwohl ich erhöhte Eintrittspreise verlange. Ganz Wien kommt, unwichtige und wichtige Leute, unbedeutende und bedeutende, wie der Signor Johann Strauß oder der Signor Grillparzer, ein Dichter, der mir eine Lyrik widmete. Dann dieser Francesco

Schubert, ebenfalls ein angesehener Komponist. Nichts als Lob, wenn man von ein paar hässlichen Bemerkungen über mein Aussehen absieht.

In der Tat habe ich einen Siegeszug angetreten. Die Leute strömen aus der Umgebung herbei und müssen an der Kasse weggeschickt werden, weil der Saal überfüllt ist.

Im April spiele ich vor dem österreichischen Kaiserpaar, werde von Kaiser und Kaiserin beglückwünscht, spiele und spiele, fast jeden Abend. Die Modemacher kopieren meinen Stil. Es kommen Paganinischals, Paganinihüte und Paganinitücher auf den Markt. Als ich für meine empfindlichen Hände in einem Wiener Laden Handschuhe verlange, legt mir die Verkäuferin ein Modell mit Giraffenköpfen vor die Nase, was ich natürlich ablehne, um nach einem anderen Muster zu fragen. Was geschieht? Sie bringt Handschuhe à la Paganini. Auf dem linken Handschuh ist eine Violine eingestickt, auf dem Rechten ein Bogen. Zwieback, Brot, Koteletts und Kuchen hören auf meinen Namen, doch was mich am meisten belustigt, ist das „Paganinerl", so nennen die Wiener, seitdem ich Furore mache, die österreichische Münze mit dem höchsten Wert. Wenn das keine Ehre ist? Nun erwarte ich natürlich ungeduldig die Krankheiten à la Paganini. Die Halsschmerzen, Hustenanfälle und Durchfälle à la Paganini, die Lues Venerea, besonders die Zahnausfälle à la Paganini. Ich wünsche sie manchem Chronisten, der mich als magere, dämonische, ausgebleichte Puppe darstellt, in den Mund. Nun denn, und die Bianchi möchte ich mir vom Hals schaffen. Der Trubel bekommt ihr nicht. Sie ist einerseits hingerissen von den Festlichkeiten, den Einladungen in herrschaftliche Häuser, dem brausenden Applaus, von dem sie getrost ein wenig für sich beanspruchen darf. Andererseits quält sie mich, wo immer sie kann. Ich finde nicht einmal die Zeit, meine Halsbeschwerden zu behandeln, weil ich mich auf ihre Angriffe vorbereiten und nebenbei Achille schützen muss.

22

Es ist Anfang Mai und es ist mir vergönnt, bis zum nächsten Auftritt ein wenig auszuspannen. Für das kommende Konzert hat sich der Herzog von Reichstadt angemeldet und Mitte Mai werde ich zu Prinz Metternichs 55. Geburtstag spielen. Gestern hatte ich das Augarten-Konzert mit Bianchi besucht und eben komme ich von meiner Bank zurück, wo ich die Einnahmen zwischen deponiere.

„Mit mir schläfst du nicht mehr, aber ich soll in der Öffentlichkeit wie ein Hündchen hinter dir herlaufen. Die Wienerinnen verdrehen die Augen, seufzen in ihren Logen und würden alles tun, um von dir geliebt zu werden, weil sie dich für einen Gott halten, aber ich muss den Gott der Violine ertragen!“, zetert sie, hinter mir herlaufend. Wir bewohnen zwei große Zimmer im Trattnerhof. Mir liegt auf der Zunge, ihr zu raten, nicht wie ein Hündchen hinter mir herzuzotteln, da besinne ich mich noch rechtzeitig.

„Du verdienst das große Geld und ich sehe nichts davon“, schreit sie. Dann wirft sie ihren Körper gewichtig gegen die Tür zu dem Raum, den ich anstrebe.

„Für deine Auftritte wirst du bezahlt und brauchst dieses Geld nicht einmal auszugeben, weil ich alle Ausgaben bestreite.“

„Wenn dir etwas zustößt, habe ich nichts! Nichts! Nichts!“ Sie kreischt markerschütternd. Von oben herab sehe ich sie an und will sie zur Seite schieben, um mein Arbeitszimmer zu betreten. Grob stößt sie mich, schubst mich regelrecht, so dass ich das Gleichgewicht verliere. Ein böses Lachen bricht aus ihr heraus.

„Schau, wie du schwankst. Als ob du betrunken wärst. Dabei bist du krank und kannst jeden Tag sterben.“

Mittlerweile stehe ich wieder gerade. Meine Augen quellen hervor. Ist es möglich?

„Willst du etwa meinen Tod?“

„Nein!“, klirrt ihre Stimme und sie fällt auf die Knie. „Ich liebe und schätze dich, so glaube es doch!“ Sie schluchzt, hält sich am Stoff meiner Hose fest.

„Ich will doch nur das Beste. Alles soll gut und in Ordnung sein.“ Nun wimmert sie, ihre Hände umfassen meine Beine, sie sieht mich klagend an. Energisch ziehe ich sie hoch.

„Antonia, was soll das? Alles ist in Ordnung. Du bist mit mir auf allen Reisen, so wie du es wolltest. Wir sind eine Familie. Das Kind ist bei uns …“, ich blicke mich nervös um, „wo ist Achille überhaupt?“

„Cesare hat ihn zum Einkaufen mitgenommen!“, stammelt sie wimmernd.

„Gut! Steh jetzt auf und beruhige dich! Es ist alles in Ordnung, solange du nicht deine nervösen Anfälle bekommst.“ Das hätte ich nicht sagen sollen. Rasend vor Wut erhebt sie sich, stößt mich mit grober Gewalt gegen die Wand, trampelt wie eine Furie auf den Boden und schlägt wild um sich, wobei eine Vase von der Konsole knallt und in tausend Scherben zerbirst. Himmel, warum ertrage ich diese entsetzliche Szene so hilflos, so ohnmächtig? Sie ist verrückt, durchfährt es mich. Es kann nicht anders sein.

„Santa Maria, Antonia, beruhige dich! Du bist ja nicht du selbst. Ich werde einen Arzt rufen.“

Die spitzen Sätze sind Pfeile in ihr Gemüt. Aufgestachelt jagt sie an mir vorbei in den anliegenden Raum, geradewegs auf meinen Schreibtisch zu. Die wichtigsten Werke habe ich weggeschafft, aber es liegt eine angefangene Partitur da. Eine Variation über Haydns Hymne „Gott erhalte den Kaiser“. Ich möchte sie Wien und dem Kaiser widmen. Brüllend stürzt sich Antonia darauf.

„Ich brauch keinen Arzt, ich brauch kein Mitleid. Ich brauch dich und deine Liebe.“ Sie wedelte mit der Partitur. „Und ich brauch deinen Namen. Deinen Namen, verdammt, hörst du nicht? Verstehst du nicht?“ Nun schnappt sie mit den Zähnen nach der Partitur, beißt ein Stück ab und spuckt es aus. Zitternd vor Wut, die Lippen aufeinandergepresst, gehe ich auf sie zu. Diesmal dresche ich sie, sage ich mir. Wir stehen uns gegenüber. „Niccolò“, faucht sie, „gib mir deinen Namen und alles ist gut. Wenn du mich auch nicht mehr so liebst wie einst, gib mir deinen Namen, heirate mich! Heirate mich!“

„Nein!“ Meine Stimme klingt eiskalt. „Niemals werde ich dich heiraten!“ Hastig greife ich nach ihr, aber sie entschlüpft, dieses Biest. Sie rennt in eine andere Ecke, lächelt hämisch und beißt ein zweites Mal in die Partitur. Jetzt spuckt sie nichts mehr aus. Mit grauenhaft aufgerissenen Augen sieht sie mich an und beißt erneut in die Partitur. Ich springe auf sie zu, will ihr das Manuskript entreißen, da packt sie die letzten Fetzen und stopft sie sich in den Mund. Ich lasse die Arme sinken und starre sie ungläubig an. Zufrieden kauend steht sie da. Kaut und schluckt. Eine Kuh. Sie ist übergeschnappt. Ich lasse zu den Armen auch den Kopf hängen. Vermutlich sehe ich nun wie ein Affe aus, aber das stört mich nicht. Im Augenblick bereue ich allein, kein Affe zu sein. Wäre ich nämlich ein Gorilla, könnte ich sie erschlagen, ohne dafür ins Gefängnis zu kommen.

Abends möchte ich die Wohnung fliehen. Doch Achille springt auf meinen Rücken und will Pferd spielen. Ich spiele Pferd, danach Hund, Katze und Schaf und abschließend spiele ich Affe. Mein Sohn ist entzückt. Cesare füllt den Badezuber mit warmem Wasser und ich setze Achille hinein. Solange er im Wasser ist, greife ich nach der Guarneri, summe die Haydn-Hymne vor mich hin und suche in meinem Gedächtnis nach den von der Bianchi gefressenen Variationen. Achille ist mir behilflich. Der Junge hat mein musikalisches Ohr geerbt. Ohne Zögern singt er das Thema und innerhalb kurzer Zeit habe ich das verzweigte Geäst zurückgeholt, mit dem ich die schlichte Melodie verkomplizierte. Bevor ich die Passagen notieren kann, taucht Cesare wie ein Gespenst im dunklen Türrahmen auf und bittet mich, zur Signora zu gehen, sie fühle sich schlecht. Der arme Diener scheint ebenfalls nervlich zerrüttet zu sein. Dennoch überlasse ich ihm den Jungen und lege il Cannone – meine geliebte

Guarnieri – in den schönen, neuen Kasten aus poliertem Holz. Die Bianchi finde ich gekrümmt im Bett liegen. Ihr Gesicht ist tränenüberströmt, das Haar aufgelöst und ebenfalls nass. Als sie mich sieht, streckt sie die Arme nach mir aus.

„Geliebter Niccolò, verzeih mir. Ich hab dir Unrecht getan."

Sie will mich verführen, denke ich im ersten Moment. Halbnackt der Körper und flehend der Blick, es kann nicht anders sein. Ich bleibe freundlich, aber kühl.

„Hör zu, Antonia. Ich glaube, diese strapaziösen Reisen sind zuviel für dich."

„Nein, nein", stöhnt sie, „mit dir ist mir nichts zuviel."

Ich tätschle ihren Arm und überlege krampfhaft, welche Worte mich meinem Ziel näher bringen könnten.

„Das ist lieb von dir. Dennoch! Nach Wien wartet Prag und dann alle nordischen Länder. Das ist viel zuviel."

„Nordische Länder?" Sie verdreht die Augen. Grazie il cielo, grazie alla Santa Maria und allen himmlischen Heerscharen. Sie haben mir ein Zeichen gesandt. Ich weiß nun, wie ich ihr das Weiterreisen vermiesen kann.

„Alle nordischen Länder", wiederhole ich. „Und glaube mir, vor allem in Deutschland geht es unwirtlich zu. Das Essen ist fett und geschmacklos, es gibt keinen guten Wein, die Leute sind steif. Wie Stöcke sind sie. Du weißt ja, wie sehr sie an meiner unkonventionellen Spielweise herumkritteln."

„Ach, ja!", sagt sie versonnen und wird plötzlich die Antonia von einst, mit der ich über Musik reden konnte, die die Musik nicht nur liebte, sondern auch spürte. „Wie kann man sich nur daran stoßen, dass du das Thema des Adagios mit der Bogenspitze beginnst. Das ist völlig einerlei, wenn es unter deinen Händen zu einem zauberhaften Adagio wird."

Betrübt sehe ich sie an. Sie besitzt einige Qualitäten, aber sie hat diesen furchtbaren Fehler, wegen Kleinigkeiten in Rage zu geraten. Ich kann sie nicht behalten, aber ich will um keinen Preis Achille verlieren.

„Es sind blutleere Musikwissenschaftler, die so reden. In ihnen lebt die Musik nicht so, wie sie in dir lebt. Sie studieren Musik, das ist alles“, fährt sie fort, mich bewundernd und liebevoll anblickend.

„Hmm.“

„Dabei vergessen diese gescheiten Leute, dass ein Virtuose deines Kalibers nicht in ihren Rahmen passen kann. Er sprengt ihn, er will Neues, Unmögliches, noch nie Dagewesenes schaffen.“ Sie hält inne, hebt den Kopf, sieht mich erwartungsvoll an und sprudelt weiter. „Du hast die bisherige Musik transzendiert, du hast sie revolutioniert.“ Ausatmend lässt sie sich zurückfallen. Die wohlwollenden Sätze musste sie bei einem Gespräch aufgeschnappt haben. Ich schätze ihr Gedächtnis, habe aber keine Lust, auf das salbungsvolle Gerede einzugehen. Meine Partitur möchte ich notieren und Antonia vor einer Nordreise das Fürchten lehren.

„In Frankfurt, Bremen, Hamburg regnet es viel, es ist windig und kalt. Angeblich sehen sie die Sonne sehr selten. Ja, es heißt sogar man müsse sich diees Jahr auf arktische Temperaturen gefasst machen.“

Zu meiner großen Freude klappert sie mit den Zähnen.

„Arktisch? Wie sonderbar, wir reisen doch in den Sommer hinein!“

„Wie schön mag es im Augenblick in der Toskana sein.“ Das sage ich nicht nur, um Antonia zu beeinflussen. Im Frühling ist die Toskana ein paradiesischer Fleck. Ich tätschle ihren Arm, gebe ihr einen Kuss auf die Stirn.

„Schlaf jetzt!“

Sie schlingt die Arme um meinen Nacken und zieht mich zu sich herunter.

„Bleib!“, haucht sie in mein Ohr. „Wärme mich! Verbring die Nacht mit mir. Es ist so lange her.“

„Ich kann nicht!“, keuche ich und versuche gleichzeitig, mich aus ihrer affenartigen Umarmung zu befreien.

„Warum?“ Ihre Stimme kippt um. Himmel, sie bekommt einen neuen Anfall. Meine Nerven stehen das nicht mehr durch. Beruhigend streiche ich ihr das Haar aus dem Gesicht.

„Meine Halsentzündung macht mir zu schaffen."

„Du wirst sie in meinen Armen vergessen." Sie umschlingt mich. Den Bruchteil einer Sekunde habe ich das Bild einer Spinne vor Augen. Auflehnung durchströmt mich. In einem einzigen Ruck schnelle ich hoch. Ich kremple mein Hemd über den Ellbogen und weise auf meine Haut.

„Schau! Eine Flechte, irgendein hässlicher Ausschlag, der juckt und mich vor allem nachts quält. Er ist sicher ansteckend."

Antonia winkt ab. „Normalerweise gebrauchst du nicht deinen Ellbogen, um mit mir zu schlafen."

Ihre Antwort erheitert mich, zwingt mich allerdings, noch deutlicher zu werden, was mir sehr unangenehm ist. Sie soll nicht zuviel Einblick in meine Schwäche gewinnen. In stark verschlüsselten Worten erkläre ich, dass ich unter Hämorrhoiden und peinigendem Harndrang leide. Sie versteht oder tut zumindest so.

„Oh, Niccolò", sie schlägt auf die Bettdecke. „Du mit deinen ewigen Gebrechen. Hat es denn niemals ein Ende?"

„Vielleicht bald. Vor einigen Jahren habe ich in Mantua einen Arzt kennengelernt, der mich sehr beeindruckte, er ..." Antonia unterbricht mich:

„Du hast mir nie von einem Arzt gesprochen, der dich beeindruckte. Alle sind Nichtsnutze in deinen Augen."

„Der Mann heißt Francesco Bennati und machte einen guten Eindruck auf mich. Einen besseren als alle vor ihm. Neulich begegnete er mir hier in Wien wieder. Ich war so erfreut, dass ich niemandem davon erzählte, um ganz egoistisch die Wiedersehensfreude alleine zu genießen. In seine Hände werde ich mich willig begeben. Er ist imstande, die Tarantula in meinem Körper, die sämtliche Organe vergiftet, unschädlich zu machen."

Die Bianchi scheint jegliches Interesse an mir verloren zu haben. Sie kriecht unter die Decke, murmelt einen Gutenachtgruß und schließt die Augen. Erleichtert verlasse ich den Raum. Nebenan hat Achille mittlerweile zu Abend gegessen, ist gewaschen und wartet in seinem

Bett auf Papa. Er möchte eine Geschichte hören. Die bekommt er. Mein Herz ist erfüllt von gelebten und ungelebten Geschichten.

23

Francesco Bennati legt sein Stethoskop beiseite und sieht mich bedenklich an. Er hat überall getastet, unter den Achseln, unter den Schlüsselbeinen, er hat in Hals, Nase und Ohren geblickt, Herz und Lungen abgehorcht, den Unterleib unter die Lupe genommen und auch dort geforscht, wo ich gar nicht hinzublicken vermag. Einem Häufchen Elend gleich, nackt, gepeinigt von Hemmungen, sitze ich auf dem Untersuchungsstuhl.

„Erzählen Sie mir von Ihren bisherigen Krankheiten."

Verlegen blicke ich zu ihm hinauf. Stockend berichte ich ihm alles. Ich erzähle von der schweren Lungenerkrankung in Parma, wogegen mir der Arzt Aderlässe und entzündungshemmende Mittel verordnet hatte. Es sei mir trotz anfälliger Konstitution jahrelang gut gegangen, bis ich mir, vermutlich in Neapel, die verdammte Lues Venerea aufgeschnappt habe.

„Mmm, ich nehme an, der behandelnde Arzt verschrieb das einzige wirksame Mittel, die Quecksilberkur. Es ist ihm, wie ich erkenne, gelungen, dieses Biest von Krankheit einzudämmen … nur …" Sein Medizinerauge prüft erneut meinen Mund, den Rachen, die Hautbeschaffenheit, „… nur sind leider noch viele Ärzte höchst beschränkt in ihrer medizinischen Auffassungsgabe. Sie sehen die Seitenwege nicht und erwägen nicht, was von dort kommt und wie man es verhindern kann. Gut, machen wir das Beste draus!"

„Sie sind ein prosaischer Mensch, Dottore. Ein Künstler, vielleicht?" Ich zwinkere.

„Unglücklicherweise haben Sie nichts gegen die Nebenwirkungen der verdammten Quecksilberkur eingenommen. Darum ist heute Ihr Zahnfleisch oft entzündet und die Verdauungsfunktion gestört."

„Krampfartige Hustenanfälle und Fieber haben mich zwischenzeitlich auch gequält und tun es noch. Mit wurde die Roob-Kur verordnet und Le Roy gegen Verstopfung."

Bennati verzieht das Gesicht, als beiße er in eine Zitrone. Nun gehe ihm ein Licht auf, sagt er. Der Roob-Sirup setze sich aus völlig unbekannten Früchten zusammen, die im Magen ein Massaker anrichten können. Nie mehr davon, bleut er mir ein, und nie wieder das katastrophale Abführmittel Le Roy. Von nun an solle ich auf ihn hören und mich unbedingt schonen, denn ich habe bis dato mein Leben an beiden Enden angezündet und er wundere sich, dass ich noch lebe. Er rät mir zu einer angemessenen Diät und lindernden Mittel gegen die Kehlkopferkrankung, die ich der anhaltenden Halsentzündung zu verdanken habe. Und wieder werden mir Bäder und Kuren verordnet. Wenn das so weitergeht, wachsen mir eines Tages Schwimmhäute.

„Ich kann augenblicklich keine Kur machen, guter Dottore. In Wien stehen mir noch viele Konzerte bevor."

Bennati schüttelt den Kopf.

„Sie muten sich sehr viel zu. Zwar atmen Sie augenblicklich noch leicht und keine Rasselgeräusche sind festzustellen. Leider sind Sie mager, schwitzen schnell, haben angegriffene Lungen und sind sehr geschwächt, also kann Ihnen eine Tuberkulose durchaus blühen, mein lieber Paganini."

„Signor Bennati, ich tue alles, was Sie wünschen, aber ich sollte wenn möglich kein einziges Konzert verschieben."

Francesco nickt verständnisvoll. Ich muss ihm versprechen, die verordneten, sehr hilfreichen Medikamente rigoros einzunehmen, Diät zu halten, mich nicht aufzuregen, mich oft auszuruhen und mit der Kur anzufangen, sobald eine Lücke im Programm entsteht.

Es geht mir gut, als ich nach Hause komme. Und es geht mir blendend während der kommenden Konzerte. Metternichs Geburtstag ist ein großes Ereignis. Ein junger Pianist namens Thalberg, der mir ganz außerordentlich gefällt, geht leider in meiner Anwesenheit unter. Er dauert mich ein wenig, aber ich kann nichts anderes für ihn tun, als ihn später weiterzuempfehlen. Den Mai über trete ich teils mit, teils ohne die Bianchi auf. Unter anderem gebe ich im Hofburgtheater ein Wohltätigkeitskonzert. Es bringt mich auf eine Idee. Seit dem letzten Vorfall macht die Bianchi auf mich einen eher vernünftigen Eindruck. Ihre Stirn ist gerunzelt, ihr Blick meist nach innen gekehrt und liegt er auf mir, ist er freundlich, ruhig und nachdenklich. Der Moment scheint günstig, ihr meinen Plan zu unterbreiten. Unglücklicherweise macht sie mir einen Strich durch die Rechnung.

Nach einem sehr vornehmen Abendessen bei einem Herzog fahren wir in einer schönen Kutsche nach Hause. Bianchi trägt ein fürstliches, von mir bezahltes Kleid, die Kutsche ist gepolstert, der Maiabend mild. In Gedanken addiere ich die Einnahmen der bisherigen Konzerte und komme auf eine wunderbare Summe, die ein zufriedenes Lächeln auf meine Lippen zaubert. Dieses Lächeln entzündete Antonias Zorn von neuem.

„Du kannst dich natürlich freuen. Der allerorts bejubelte Geiger wird von den gekrönten Häuptern und deren angeheirateten Frauen hofiert, während kein Mensch auf seine Begleiterin achtet, weil sie ja nur seine Maitresse und Sängerin ist und nicht seine Frau."

„Antonia, bitte fang nicht wieder damit an. Wir haben das Thema ad acta gelegt." Himmel! Warum lasse ich mich stets zu bissigen Sätzen hinreißen?

„Wir haben nichts ad acta gelegt, maledizione!" Zwei flammende Augen sind auf mich gerichtet. „Was glaubst du, wie hochgeachtet ich als deine Frau wäre? Es ginge mir besser, verdammt, weil ich nicht in dieser Unsicherheit leben müsste." Sie beugt sich nach vorn.

„Du lebst nicht in Unsicherheit. Ich will auch für dich sorgen, wenn du alt bist."

„Wie denn, zum Teufel?“ Sie steht mit gebücktem Rücken. Ihre funkelnden Augen bohren sich in mein Gesicht, rechts und am Innendach hält sie sich an den Kutsche fest. Mit schwant Übles. Mit öliger Stimme rede ich von der lebenslangen Leibrente, von der sie ausgezeichnet leben könne, ohne mich dabei ertragen zu müssen.

„So, du willst mich also tatsächlich loswerden?“ Sich festhaltend, balanciert sie ihr Gewicht von einer Seite zur anderen, so dass der Wagen in leichtes Schwanken gerät. Vergeblich versuche ich, sie herabzuziehen, wodurch das Gleichgewicht zusätzlich leidet. Antonia gefällt sich in dem Unfug und schwingt weiter. Mein freundliches Gesicht wird zur Fratze. Sie macht mich rasend.

„Hör sofort auf!“, schreie ich sie an. Sie lacht, wirft den Kopf nach hinten, schwingt stärker. „Du bist ein bösartiges Tier, hör auf!“ Ich hebe meinen Arm, um sie mit Gewalt zur Ruhe zu bringen.

„Ja, schlag mich! Das wolltest du schon immer. Traust dich nur nicht. Los, schlag zu!“

Es gelingt mir nicht. Mein Leben lang werde ich nicht die Hand gegen eine Frau erheben, sei sie auch ein Raubtier. Da der Wagen mittlerweile hält, nutzt sie die Gelegenheit und versetzt mir eine fürchterliche Backpfeife. Dann reißt sie die Tür auf und springt hinaus. Auf dem Kopfsteinpflaster tobt sie weiter. Die übelsten Beschimpfungen gellen in die helle, von wenigen Passanten belebte Nacht. Unmöglich kann ich aussteigen. Es wird einen Menschenauflauf geben, man wird mich erkennen und erdrücken. Bald ist sie von Neugierigen umringt. Ich höre, wie sie brüllt: „Der Teufel sitzt dort drin“, da klopfe ich an die Scheibe und ordne an, weiterzufahren.

Im Trattnerhof angekommen, lasse ich sofort nach Bennati schicken. Dummerweise stürmt die Bianchi herein, bevor er erscheint. Sie ist noch immer in Rage, jagt wie eine Furie an mir vorbei in Achilles Zimmer. Der Junge schläft friedlich neben dem dösenden Cesare. Bei ihrem Eintreten springt der Diener aufgeschreckt hoch.

„Packen Sie meine Sachen und die meines Sohnes, wir reisen sofort ab!“ Cesare sieht mich verwirrt an. Achille erwacht und weint.

Ich nehme ihn in die Arme, tröste ihn, soweit dies meine zerrütteten Nerven zulassen.

„Lass deine diabolischen Finger von ihm." Roh schlägt sie mich von Achille weg, packt ihn und schickt sich an, mit ihm hinauszurasen.

„Papa, Papa!" Die Arme des Jungen strecken sich nach mir aus. Ich haste den beiden hinterher, von Cesare gefolgt. Was wird sie, um Gottes Willen, anstellen, durchfährt es mich. Sie ist zu allem fähig. Zum Schlimmsten. Dabei sieht sie kreuzunglücklich aus. Mitten hinein in dieses Chaos tritt Bennati.

„Guten Abend, Signora Bianchi!", grüßt er höflich. Sie antwortet ihm nicht, presst Achille an sich, der heult auf und ruft erneut nach mir.

„Was macht der Arzt hier?", bellt sie mich an.

„Er wird dich untersuchen. Es geht dir nicht gut."

Die Zornesflamme lodert aus ihrem Gesicht. Sie will mit Achille auf dem Arm davonstürzen, aber Bennati steht ihr krebsrot im Weg, den anderen Ausgang versperrt Cesare und im Zimmer halte ich Wache, so aufrecht ich kann. Mir entgeht nicht, wie ihr Blick zum Fenster wandert. Santa Maria, wir wohnen im zweiten Stock. Geistesgegenwärtig stolpere ich zum Fenster, stelle mich wie ein Wachposten davor auf, breite die Arme aus, als wolle ich sie dort empfangen und ihr verzeihen, doch es ist unnötig. Antonia zögert, sie wankt, sie atmet heftig und plötzlich setzt sie Achille ab, schlägt die Hände vors Gesicht und bricht in jämmerliches Schluchzen aus. Bennati fasst vorsichtig nach ihrem Arm. Worte wie: „Wo soll ich denn hin? Was wird aus mir werden mit einem unehelichen Kind?", sind zu hören. Endlich wird auch mir klar, woran die Frau leidet. Vermutlich bin ich nicht besser als mein Schwager, der Lump Passadore. Ich lasse Antonia nicht sitzen, aber irgendwie lasse ich sie im Stich. Achille hat sich um mein Bein geklammert. Cesare nimmt ihn mir ab. In der Zeit hat der Dottore Antonia zum Sofa geführt und flößt ihr ein beruhigendes Mittel ein. Sie lässt es geschehen. Da liegt sie nun, leblos fast, starrt vor sich hin. Ach, wie leid sie mir tut und wie unfähig ich doch bin. Wie untauglich, eine Frau zufrieden und glücklich zu machen. Von Gewissensbissen geplagt, wanke ich zu ihr, setze mich an den Sofarand und nehme ihre Hände. Ihre nassen Augen schauen gequält.

„Es tut mir leid“, haucht sie kraftlos. „Du bist kein Teufel, nur …“, sie lächelt verzerrt, „nur manchmal siehst du so aus …“, sie atmet hektisch, „… wenn … wenn du sehr böse bist.“

„Antonia, hör zu! Ich werde für dich ein großes Konzert geben. Wir werden die Eintrittpreise vierfach erhöhen und alle Einnahmen sind für dich. Ausgaben ziehe ich davon nicht ab. Du sollst alles haben, und da es wie alle anderen ausverkauft sein wird, kommt eine schöne Summe zusammen.“

„Das ist lieb von dir, aber was geschieht dann? Es hört sich an, als ob du es für meine baldige Beerdigung brauchst.“

„Ich will dich nicht weiterhin mit meiner Gegenwart plagen. Die Leibrente ist hoch genug, um dir ein gutes Leben zu sichern, selbst wenn du einen Mann findest, kannst du sie meinetwegen weiter beziehen.“

„Die Hälfte der Leibrente wird für Achilles Erziehung draufgehen. Und wer weiß, ob ich mit Kind einen Mann finde, selbst wenn es das Kind des berühmten Paganini ist.“

Ich senke die Lider. Der Moment ist gekommen. Doch wie soll ich es ihr sagen? Ich spüre den Druck ihrer Hände stärker und sehe auf. Spöttisch sieht sie mich an. Über der Nasenwurzel steht eine steile Falte.

„Aber sag mal, Niccolò, du liebst Achille mehr als alles andere. Kannst du überhaupt auf ihn verzichten?“

Nun werde ich ihn wohl bekannt geben müssen, den lang gehegten Plan. Hilflos blicke ich Bennati an. Der mustert Antonia verlegen. Ich schlucke, hab dabei ein wenig Schmerzen, weil der Hals noch nicht geheilt ist, und will mich gerade durchringen, das Schwierige auszusprechen, da sehe ich ihr blutleeres Gesicht und die entsetzten

Augen. Der Griff ihrer Hände wird locker, sie drückt sich mit den Ellbogen hoch und zischt gefährlich:

„Jetzt begreif ich alles!“ Schweiß glänzt auf ihrer Stirn und perlt über ihren schönen Lippen. Angewidert schaut sie von mir zu Bennati und zurück.

„Jetzt geht mir ein Licht auf, ihr niederträchtigen Hunde. Du hinterhältiger Kerl, du!“ Der Klang ihrer Stimme kulminiert in grellen, stoßartigen Ausbrüchen.

„Oh, ja, du bist ein Teufel!“ Sie hebt beide Arm und will auf mich eindreschen, aber Bennati hält sie mit eiserner Kraft.

„Signora, bitte reden Sie nicht so von Signor Paganini. Das behagt mir nicht.“

Auch seine Hand schlägt sie zornig weg.

„Hören Sie doch auf! Sie stecken mit ihm unter einer Decke. Ihr habt die Gemeinheit zusammen ausgeheckt.“ Ihr Atem geht flach, ihre Augen treten hervor. Wir fürchten fast um ihr Leben. Sie scheint vollkommen durchzudrehen. Bennati schaut bedenklich.

„Was für eine Gemeinheit, diavolo? Du beschuldigst mich, schreist erbärmlich und ich weiß nicht einmal, warum.“

Erschöpft fällt sie aufs Sofa zurück. Aus ihrem Gesicht ist der Zorn gewichen und hat der Hilflosigkeit Platz gemacht. Sie fängt an zu wimmern.

„Ich hätte niemals geglaubt, dass du mir das antun würdest. Niemals! Es gab Momente, da glaubte ich, du liebtest mich.“ Ihr ganzer Körper bebt. Ihre Schultern zucken, ebenso wie ihre Hände und Gliedmassen, ja, und ich bin sicher, ihr Herz zuckt und bebt fürchterlich. Bennati bereitet eine Lösung vor und fragt mich leise:

„Was haben Sie denn Schändliches vor, Signor Paganini, dass die Frau so außer sich gerät?“

Niedergeschmettert sehe ich ihn an. Von meinem Plan weiß doch kein Mensch, nicht einmal Germi. Wie kann ihn Antonia kennen, und warum ist sie darüber so erbost? Mein Verstand verlässt mich

ich bin drauf und dran, mich aus dem Fenster zu stürzen. Wäre da nicht mein geliebter Sohn …

„Niccolò …“, stammelt Antonia und nimmt mit zitternden Händen Bennatis Gebräu entgegen. Sie kippt den Inhalt des Glases in den Mund und spuckt ihn sogleich mit Elan Bennati ins Gesicht. Blind fingert der Arzt nach seinem riesigen Taschentusch, während ich mich zu ihr herabbeuge. Sie sieht an mir vorbei auf Bennati.

„Niccolò und Sie, Signor Bennati, wollen mich für verrückt erklären, damit ich meinen Sohn abgeben muss, nicht wahr?“

Mir fehlen die Worte. Ich bin ins Herz getroffen.

„Dottore Bennati schreibt, dass ich bekloppt bin, unterzeichnet mit seinem ehrenvollen Namen et cetera, et cetera, und ich lande in der Klapsmühle. Achille bleibt selbstverständlich bei dir. Wofür soll dann das Geld vom Wohltätigkeitskonzert sein?“

Bennati bestraft mich mit einem fürchterlichen Blick. Mir schwindelt angesichts dieses Berges von Missverständnissen. Ich halte mir den Kopf, um nicht ganz den Verstand zu verlieren, schlage gegen meine Stirn, dann trete ich aufrecht vor Antonia und sage scharf:

„Antonia, ich bin entsetzt, nein, zutiefst verletzt, zu welchen niederträchtigen Dingen du mich fähig siehst. Ich bin gekränkt, beleidigt und sehe zum ersten Mal mit klarem Verstand, dass wir niemals hätten heiraten können. Du verkennst mich absolut, das schmerzt mich. Du siehst in mir ein Ungeheuer und das tut weh. Dabei habe ich lange geglaubt, du gehörtest zu den wenigen Menschen, die mich kranken, von seiner Liebe zur Musik verbrauchten, nach Liebe und Familie hungernden Mann ein wenig verstehen. Warum sonst bist du schon vier Jahre bei mir? Warum hoffst du auf diesen Narren, der zwar sein Publikum begeistert, dir aber niemals ein liebender Ehemann sein kann?“

„Weil ich dich trotz allem … irgendwie … liebe … irgendwie verehre … und ach, ich bin stolz auf dich, Niccolò“, haucht sie. Es hört sich an, als hauche sie ihren letzten Satz. Bennati und ich sehen uns bestürzt an. Verlegen reicht er ihr ein zweites Mal das Gebräu, geht aber in Deckung, sobald sie es in der Hand hat. Diesmal schluckt sie den Inhalt. Und wann wird dieses Drama beendet sein? Noch habe ich nicht meine Idee vorgetragen. Vernünftig ist, sie ihr jetzt, da sie den Beruhigungstrank intus hat, zu unterbreiten. In milderem Ton fahre ich fort:

„Nun, du weißt, es ist besser, wir trennen uns, und du weißt, dass ich nicht auf Achille verzichten kann. Darum möchte ich dir einen Vorschlag machen, der dich vielleicht schockieren mag, aber den ein normaler Mensch nur akzeptieren kann. Und für den halte ich dich."

Antonia rückt etwas höher, um mich besser sehen zu können.

„Sage es geradeheraus!"

Während ich spreche, sehe ich sie überzeugend an.

„Ich möchte dir Achille abkaufen." Der Satz sorgt für atemlose Stille. Totenstille. Cesare draußen am Schlüsselloch hat sich noch nie so vorbildlich ruhig verhalten. Antonia erstarrt auf ihrem Sofa, Bennati höre ich geräuschvoll schlucken, dann sagt er stockend:

„Kaufen? Aber geht das denn? Und ist es nicht unmoralisch?"

„Das Kind ist Millionen wert", vernehme ich Antonias kalte Stimme. Darauf bin ich gefasst. Antonia liebt mein Geld vermutlich mehr als Achille und mich zusammen.

„Wir werden einen Preis aushandeln, sobald du grundsätzlich damit einverstanden bist."

„Ich bin nur grundsätzlich damit einverstanden, wenn du mich nicht mit ein paar lächerlichen Scudi abfindest, währenddessen du Zigtausende von Francs, österreichischen Florin, oder wie die heißen, in die Taschen stopfst."

Ich bin heilfroh über Francesco Bennati Anwesenheit, weil er dadurch Antonias Charakter kennenlernt. Sie mag lieblich und feinfühlend sein, gleichzeitig ist sie kühl berechnend.

„Achille soll bei mir aufwachsen. Ich werde ihm eine gute Ausbildung bieten, ein gutes Heim, Bücher, Schulen, vielleicht Privatlehrer, weil ich viel reise. Das alles kostet Geld und wer weiß, wie lange ich mit dieser grässlichen Gesundheit noch lebe. Also kannst du mir nicht jeden Scudi abnehmen, Antonia." Sie antwortet nicht. Sie denkt. Das ist gut so.

Von diesem Abend an schlafen wir in getrennten Zimmern. Das ist mir recht, nun kann ich auch meine geliebte Nachtmütze tragen, ohne von ihr verlacht zu werden.

Die Bianchi behandelt mich wie einen mehr oder weniger guten Bekannten, bekommt keine Ausbrüche, bleibt distanziert. Wie begegnen uns hin und wieder in einem der beiden Räume, zwangsläufig und natürlich beim Abendessen. Es besuchen uns oft Persönlichkeiten der Stadt oder manche Berühmtheiten. Wenn es mir zuviel wird, ziehe ich mich zurück und sie kümmert sich wie meine Angestellte um diese Leute. Ich weiß nicht, ob es an den Beruhigungsmitteln liegt, die ihr Bennati verordnet hat und die sie eifrig einnimmt, jedenfalls ist sie ruhiggestellt. Tagsüber wirkt sie normal, am Abend etwas traurig. Sie spricht kaum, weint oder sitzt steif herum. Am 12. Juni gebe ich das Konzert für Antonia, zwei weitere im Redoutensaal bestreitet sie als Sängerin mit. Sie gratuliert mir scheinbar neidlos zu meinem von Kaiser Franz I. verliehenen Titel des Kammervirtuosen und freut sich auch über die goldene Schnupftabakdose, die er mir wenig später übersenden lässt. Bevor wir unseren Termin beim Magistrat wahrnehmen, kaufe ich Antonia einen Brillantring zum Abschied. Seltsamerweise ist sie mit der ausgehandelten Summe für die Abtretung Achilles einverstanden. Der Magistrat gewährt mir die vollständige Aufsicht über den Sohn. Antonia wird sozusagen aus unserem Leben verschwinden. Ich denke, der Junge verkraftet es. Und ich bin mir ganz sicher, dass sie die Trennung von uns schnell überwindet. Im August kehrt Antonia Bianchi nach Italien zurück. Am Abend ihrer Abfahrt und einige Tage danach ist mir schwer ums Herz. Die Wiener Konzertreise hat mir 60.000 österreichische Schillinge eingebracht, die ich bei der Eskeles-Bank einzahle, damit das Geld nicht müßig bleibt. Alle Konzerte waren ausverkauft. Das Publikum drängte sich, bekam nervöse Anfälle und Ohnmachten à la Antonia, so dass die Polizei eingreifen musste.

Antonia ist nun eine Woche weg und Achille ruft manchmal nach ihr. Ich nehme ihn in den Arm und wir wiegen uns gegenseitig. Ich muss sie vergessen, deine Mama, aber du darfst sie in Erinnerung behalten. Irgendwann wirst du sie wiedersehen. Jetzt warten andere Dinge auf uns.

Am 10. August erstelle ich mein Testament, in dem ich Achille als meinen Universalerben einsetze, und lasse es in Wien registrieren. Fünf Tage später reisen Achille und ich nach Karlsbad ab. Ein neues Kapitel beginnt …

24

So hätte ich es mir gewünscht, doch noch beginnt das neue Kapitel nicht wirklich. Auch nach Antonias Abreise machen lästige Dinge meine Europareise zu einem Hindernisrennen.

Die von einem Wiener Homöopathen verschriebenen Trinkkuren in Karlsbad schwächen mich kolossal, schon bei der geringsten Anstrengung bricht mir der Schweiß aus, ich fühle mich fiebrig, wacklig auf den Beinen und bin tattrig wie ein Greis. Gleichzeitig entwickelt sich mein Sekretär, der Herz und Hirn entbehrt, zu einer Qual, statt eine Hilfe zu sein. Natürlich werfe ich ihn hinaus, ohne ihm einen Scudi zu zahlen. Aber, ach, wie ist die Menschheit verdorben! Er zeigt mich an und ich erhalte den polizeilichen Befehl, dem Tier 150 Florin auszuhändigen. Ich hoffe, ich sehe ihn nie wieder, den Beutelschneider. Um das Maß voll zu machen, entzündet sich mein Unterkiefer, was mich zwingt, meine Zelte in der Goldenen Kanne abzubrechen. Der Abszess kam durch einen lädierten Backenzahn zustande, an dessen Wurzel sich eine aggressive Fistel bildete, die wucherte und dabei den Knochen ruinierte. Schon bei den letzten

Konzerten im Sächsischen Saal rätselte ich über diese bohrenden Schmerzen im Mund. Die Chirurgen in Karlbad behandeln mich mit unzähligen Umschlägen, die Tag und Nacht angewandt und ständig erneuert werden müssen. Weil jedoch die Entzündung nicht abheilt, verweisen sie mich nach Prag. Gott sei Dank gibt es Cesare, der sich fürsorglich um Achille kümmert und auch mir jeden Wunsch von den Augen abliest. Ohne ihn, Bennati und Achille wäre ich schon tot.

Auch in Prag bewohnen wir zwei Zimmer im Hotel Das Schwarze Pferd. Ich treffe hier den Menschen wieder, der mir vor Jahren vorschlug, eine Biographie über mich zu verfassen. Der Augenblick ist günstig. Er kann neben vielen Schmeicheleien der Presse und Lobhudeleien der Kritiker auch von jenem bedauernswerten Paganini berichten, der vier der berühmtesten Professoren kommen lässt, die ihn untersuchen, sich beraten, sich in ihrer Meinung einigen und den Musikus auf einen Stuhl bitten. Dort sitzt er dann, starr wie eine Statue, und sie operieren mit großer Nadel, Federmesser und Scheren. Sie sind erstaunt, wieviel der Geiger ohne nennenswerte Anästhesie erträgt und dass er aufgrund der mangelhaften operativen Technik nicht schreit oder ohnmächtig wird. Sie wissen natürlich nicht, womit ich mich innerlich aufrecht halte. Mit dem Gedanken nämlich, dass viele Leute in Prag sowie in London, Paris oder Frankfurt nach meiner Violine dürsten. Und bevor nicht alle Menschen, ja sogar die kleinste Maus, bis hinauf nach Belfast oder Aberdeen, meine Violine gehört haben, gebe ich nicht auf.

Man hat mir einen verfaulten Knochen im Unterkiefer herausgelöst. Ich habe es klaglos ertragen, obwohl ich schrecklich darunter litt. Mein Gesicht wirkt nun noch eingefallener, auch sieht seitdem mein linkes Auge deutlich schlechter. Vermutlich wurzelt alles Übel in der Lues Venerea. Sie hat einst meinen Körper attackiert und ihr schleichendes Gift zurückgelassen. Auch die Lues Venerea ist eben eine Frau. Es ist einerlei, weil es mir besser geht. Um essen zu können, brauche ich nicht alle Zähne und was ich sehen will, sehe ich auch mit vermindertem Augenlicht. Hoffen wir das Beste. Im Laufe des Novembers erhole ich mich im schönen Prag. Achille ist mir dabei eine große Freude und Hilfe.

Wie durch ein Wunder bin ich im Dezember einigermaßen hergestellt. Angeblich wanke ich etwas. Noch immer echot der Schmerz in mir nach und manchmal meine ich, den Boden unter den Füßen zu verlieren. Wenn ich also leicht gebeugt und leichenblass auf die Bühne komme, hat das seine Gründe. Hätte ich einen monatelangen Sommerurlaub in der Toskana hinter mir anstelle der Operationen, würde ich besser aussehen. Dem namenlosen Rezensenten einer Lokalzeitung, der weniger Mumm als ein loses Mundwerk hat, wünsche ich fünf Tage Urlaub in den Bleikammern von Venedig. Er schreibt Folgendes über mich: *Ich kann nicht verstehen, wie man derartigen Architekturen ein Ohr leihen kann, wenn man zuvor Romberg, Spohr, Lafont gehört hat. Paganini ist im Gebrauch der linken Hand geschickt, aber dahin kann man mit Übung kommen, ohne Talent, Geist und Gefühl. Es ist rein technische Bravour. Es sind Scherze, die jeder Violinist, der Spielereien dieser Art lernen will, in sechs Monaten beherrscht … In seiner Musik gibt es keine Spur des Gefühls, der Seele und der Entwicklung eines Andante in seinen glanzvollsten Punkten und ich bin überzeugt davon, dass er im Norden wahrhaft so geschätzt wird, wie er es verdient. Man wird seine Gewandtheit bei einigen Kunststücken bewundern, die sinnlos und keineswegs anmutig sind, und damit basta.*

Nicht alle Böhmen sind Idioten, aber es herrscht hier ein anderer Musikverstand. Ich möchte und kann mich nicht mit den zeitgenössischen Musikern Böhmens vergleichen. Sie achten vor allem auf die Melodie, während Technik nur als schmückendes Beiwerk dient. Vermutlich sind sie auch durch allzu viel Politik und radikalen Nationalismus verdorben. Die Böhmen sind dabei, ein entzaubertes Volk zu werden. Wie sollen sie „das Wunder Paganini" feiern, wenn sie selbst nicht mehr an Wunder glauben? Vielleicht lehnen manche mich auch ab, weil ich die Eintrittspreise schon wieder erhöht habe.

Ich habe gute Lust, sie ins Unermessliche steigen zu lassen, besonders in diesem Land. Hier wird auch viel von meinem Gefängnisaufenthalt gefabelt, von dem toten Kind und sonderbarerweise stürzt sich das entzauberte Volk sofort auf meine angebliche teuflische Herkunft. Und in diesem Land gehe ich auch noch zum Barbier! Er säbelt zu viel meines gelockten Haares ab. Das haben sogleich einige Schreiberlinge bis nach Wien posaunt und nun gibt es dort Locken und Haarzöpfe à la Paganini. Dem Trauerspiel der Schmierpresse scheint der Klang meiner Geige entgegenzuwirken. Alle wollen sie hören, auch die Verleumder. Meine Kraft ist zurückgekehrt, mein Wille, in ganz Europa meine Geige erklingen zu lassen, in nichts gebrochen

„Cesare, Achille, packt die Koffer. Wir reisen nach Dresden."

TEIL 3

1

Der junge Buonarotti, Carlotta und die Kinder führten ein geruhsames Leben und innerhalb eines Jahres stabilisierte sich Andreas seelisches und körperliches Gleichgewicht. Mit neuem Feuereifer arbeitete er am Instituto, war zwar erschöpft, seine Glieder erlahmten rasch und seine Augen tränten und brannten. Zugleich fühlte er sich im Kreis der Studenten recht wohl, sicher auch, weil ihm jeder mit großer Hochachtung begegnete. Er gehörte zu den Carbonari der ersten Stunde. Wenn es einmal ein vereintes Italien geben sollte, dann hatten er und seine Kameraden den Weg bereitet. Dennoch nahm Andrea zu dem, was mittlerweile in Rom und Umgebung entbrannte, keine Stellung. Zu frisch waren die Wunden, die ihm auf dem Spielberg geschlagen worden waren, und zu groß die Angst, er könne wieder dort landen. Die neuen Revolten in Zentralitalien waren von einer Gruppe italienischer Patrioten um Ciro Menotti organisiert worden. Zur selben Zeit kurbelte Filippo Buonarotti sein Konzept der Republikanischen Revolution neu an. Sie alle lebten im Pariser Exil und hielten an der Verwirklichung ihrer Vorstellungen fest. Die Österreicher sollten nicht glauben, sie hätten den Carbonari die Basis entzogen, indem sie wichtige Männer gehängt hatten. Die Basis war da, es gärte aufs Neue.

Ciro Menotti hatte eine Menge alte Carbonari und neue Sympathisanten zusammengetrommelt, die für Demonstrationen in verschiedenen Städten bereitstanden. In Modena vereitelte der regierende Herzog den Plan, indem er Menottis Wohnsitz angriff und ihn festzunehmen trachtete, dann aber vor der ungeahnten Stärke der Aufständischen zurückwich. In der Zwischenzeit brodelte es in Bologna, Imola und Forlì. Am achten Februar 1831 verließen Mitglieder des Kirchenstaates ihre Posten und proklamierte die provisorische Regierung in Bologna das Ende der weltlichen Macht des Papstes. Am 15. Februar zog sich Marie-Louise von Habsburg aus dem Herzogtum Parma zurück. Menotti schien seinen Siegeszug angetreten zu haben. Ganz Mittelitalien kochte in der Hitzewelle der von ihm angezettelten Aufstände. Andrea verfolgte mit Spannung den Verlauf der Dinge. Ciro Menotti war – wie Andrea damals – jung, entflammt für Italien und vom Enthusiasmus geblendet. Andrea hatte vergeblich auf Carlo Alberto gesetzt, Ciro hatte die Unterstützung Louis-Philippes gewonnen. Doch auch dem französischen König wurde das Eisen, das er mit den Patrioten schmiedete, zu heiß und er kündigte ihnen seine Hilfe auf. Die österreichischen Armeen marschierten ein und wälzten die Aufständischen nieder. Am 9. Mai wurde Ciro Menotti gehängt.

Nach dieser zweiten Niederlage der Patrioten verdrängte Andrea Italiens Schicksal aus Kopf und Herz.

Margherita plante, über Österreich nach Deutschland zu fahren, wo sie Theater und Konzerte genießen wollte. Vielleicht war es möglich, den großen Goethe zu treffen. Noch schien er bei bester Gesundheit. Sie war auch auf England neugierig, die Salons, in denen interessante Leute verkehrten. Leider waren die, die sie gerne getroffen hätte, jung gestorben. Byron, Shelley und Keats. Nun, es gab ja noch diesen aufregenden Violinisten, dessen Musik ihr unter die Haut ging. Vielleicht würde sie ja ihn treffen. Im Frühjahr 1831 begann sie ihre Reise.

2

Es ist März. Die Luft in Berlin ist kühl. Sie riecht nach Kälte und juckt auf der Haut. Überhaupt weht ein Geist, der dem italienischen zuwider läuft. Rossini wird verachtet, lächerlich gemacht. Ein

Komponist namens Weber taufte seinen Affen Rossini. Nun frage ich mich, wie affig ein Mensch sein muss, um sich von einem echten Affen begleiten zu lassen. Ich gebe zu, hin und wieder von seltsamen Tieren begleitet zu werden. Doch gehen sie auf zwei Beinen und werden sie zu dreist, jage ich sie davon.

Wie überall kursieren die übelsten Gerüchte über mich und doch liegen in dieser Stadt 24.000 Scudi bereit, von all jenen im voraus bezahlt, die mich unbedingt sehen wollen. Ich bin also guten Mutes, was die nordische Mentalität betrifft. Dresden hat mir angenehm den Weg bereitet. Meine Konzerte kamen gut an, König Anton von Sachsen, selbst ein Liebhaber der Kammermusik, schenkte mir eine goldene Schnupftabakdose und hundert Dukaten. Rollas Sohn, augenblicklich Konzertmeister im Orchester der italienischen Oper Dresdens, und seine Frau bewirteten mich auf das Köstlichste, außerdem scheine ich mit dem neuen Sekretär Rebizza nicht danebengegriffen zu haben. Er bewährt sich, ist Achille und mir ein Freund, ein wahrer Schatz. Leider musste ich auf die Konzerte in Leipzig verzichten, da die Theaterleitung nicht auf meine Wünsche einging. So bin ich nun in Berlin und bereite mich seelisch und körperlich vor. Achillino und ich richten uns für zwei Monate in einem möblierten Zimmer ein. Cesare wohnt im Stock über uns und pendelt hin und her.

Dem ersten Konzert sehe ich gespannt entgegen, denn noch habe ich die Berliner nicht gewonnen. Zunächst einmal lehnen sie mich ab, weil sie einen Kerl wie mich noch nie gesehen haben und weil ich aus dem Land des Rossinis komme. Gleichzeitig mache ich sie neugierig. Als ich am 4. März aus den Kulissen der Bühne des Schauspielhauses trete, begrüßen sie mich mit lauem, ja unhöflichem Klatschen. Selbst die anwesende Königsfamilie sitzt wie in Bronze gegossen so steif. Ich gönne dem lahmen Publikum keine Orchestereinleitung. Die erste Variation in Doppelgriffen beweist mein unfehlbares Gespür für die Intonation, die anderen zeigen mein Geschick, schnelle Triolen, rasche Läufe oder Arpeggien im Staccato auszuführen, wobei ich selbstverständlich im selben Atemzug das Thema in langsamem Tempo formuliere, teils mit einer Hand.

Der Umschwung im Publikum ist ergreifend. Aus der kleckernden Begrüßung wird tosender Beifall. Die Schärfe meiner Augen lässt deutlich nach, indes mein Auge für Damen unbeschadet bleibt. Sie beugen sich aus den Logen und klatschten wie besessen, haken ihre Korsetts auf. Die Männer stehen auf und rufen mir zu.

Auch Berlin liegt mir nun zu Füßen. Insgesamt gebe ich zwölf Konzerte, zwei davon zu wohltätigen Zwecken. Eines für die Opfer der Danziger Überschwemmung und eines für die Blinden. Weiß der Himmel, ob mich nicht auch irgendwann die Blindheit schlägt. Gott sei Dank höre ich noch gut, im Gegensatz zu König Friedrich Wilhelm, der angeblich so taub ist, dass ihn nur ein Kanonenschlag beeindrucken kann. Er ernennt mich zum Kammervirtuosen und begründet dies mit entgegenkommenden Worten:

„*Ich habe mich entschlossen, Euch, bevor Ihr meine Hauptstadt verlasst, einen Beweis der Befriedigung zu geben, die ich bei Euren Konzerten empfunden habe. Die Natur hat Euch mit einer seltenen Begabung ausgestattet, die Ihr mit originellem Geist gepflegt habt. Die Klänge, die Ihr aus den Saiten der Violine emporsteigen lasst, gehen geradewegs zur Seele und erregen in den Herzen Eurer Zuhörer die eigenartigsten Gefühle …*“

Was er sagt, möchte ich auch besonders den Musikern vermitteln. Die melodische Idee entwickelt sich einzig aus der Violine, die Harmonik ist ihr nur ein schmückender Geselle.

Mitte Mai reisen wir nach Frankfurt an der Oder ab, wo ich mich nur einen Tag aufhalte, um sogleich nach Polen weiterzufahren. Warschau blüht bei meiner Ankunft im milden Frühlingssonnenschein. Es bereitet gerade die Krönungsfeierlichkeiten für Zar Nikolaus I. zum König von Polen vor. In diesem Rahmen gebe ich mehrere Konzerte, bekomme einen Brillantring vom König geschenkt und treffe Lipinsky wieder, der mir einen nachdenklichen Mann namens

Chopin vorstellt. Dieser junge Pianist redet wenig, aber betrachtet mich mit scheuem Interesse und bewundernder Neugier. Er sagt, er wolle Polen verlassen und in Paris leben. Vielleicht sehen wir uns dort wieder, antworte ich ihm.

Meine Konzerte in Warschau werfen große Schatten über den Violinisten Karol Lipinsky. Ich hoffe sehr, dass die Liebe und Achtung, die er für mich empfindet, nicht allzu sehr darunter leidet.

Ich beende meine Reise mit einem Konzert zugunsten der Witwen und Waisen polnischer Musiker und bekomme wieder eine Tabaksdose. Nun habe ich deren drei. Es liegt wohl nahe, endlich mit dem Schnupfen aufzuhören und die Sammlung zu beginnen. Schon Bennati riet mir, diese Unsitte zu unterlassen, da sie meine ohnehin angegriffenen Schleimhäute ständig reize.

Über Breslau, wo ich vier Konzerte gebe, gelangen Achille, Cesare und ich nach Frankfurt am Main. Hier richten wir uns vorerst ein und ich beschließe, von hier aus andere Städte zu besuchen. Ich muss leider feststellen, wie mäßig gesät die guten Dirigenten sind. Den letzten, der sein Handwerk verstand, habe ich in Dresden getroffen – Rollas Sohn. Am liebsten würde ich selbst dirigieren. Das ist bedauerlicherweise unmöglich. Aus diesem Grund gehe ich frühzeitig zur Generalprobe. Einmal angekommen, erkundige ich mich zuerst nach den Blechinstrumenten, den Pauken und der Trommel. Ich erforsche die Akustik des Saales, indem ich ein paar Läufe aufblitzen lasse. Bemerke ich im Saal einen Zuhörer, der nicht zum Personal oder zu den Musikern gehört, mime ich meine Soli nur, denn keiner soll Paganini durch die Hintertür belauschen. Den Musikern kann ich nicht den kleinsten Fehler durchlassen, und da ich weiß, wie es um die Dirigenten bestellt ist, bin ich äußerst hellhörig. Ich ertrage es nicht, wenn das Tutti zu früh einsetzt, schon ein Atemzug zu früh ist eine Katastrophe und entrüstet mich grenzenlos. Aber ich fasse mich rasch wieder. Ziehe mich zurück, um mich innerlich auf das Konzert einzustellen.

Rebizzo hat uns leider verlassen. Dies bekümmert Achille, er spricht viel von dem Sekretär und nicht nur er, auch hübsche Frauen erkundigen sich nach ihm. Es ist ein Jammer, dass die angenehmen Menschen einen oft sitzen lassen, während man sich der Unerträglichen nur mit Mühe entledigen kann.

Die Stadt behagt mir. Der Sommer klingt allmählich aus. Ich habe eine hübsche Wohnung gefunden, die einer adretten und gleichzeitig vernünftigen Hauswirtin gehört. Sie erinnert mich ein wenig an die Bottari, die einstige Krankenschwester und Geliebte. Nun, diese Signora liebt in erster Linie Achille und darum entscheide ich, den Jungen mit Cesare hier zu lassen und viele Städte pendelnd zu besuchen. Mannheim, Mainz, Leipzig, Halle, Magdeburg und viele mehr liegen nicht allzu weit von Frankfurt entfernt. Ich mute es dem Jungen nicht zu. Er ist gerade vier Jahre alt geworden und hat in seinem jungen Leben schon Tausende von Kilometern zurückgelegt.

Nach Weimar nehme ich ihn mit. Dort begegne ich einem bedeutenden Vertreter der deutschsprachigen Kultur. Er heißt Goethe und verspricht, mein Konzert am nächsten Abend zu besuchen. In der Zwischenzeit empfängt mich Signor Wieck. Er wünscht mein Urteil zum Können seiner reizenden Tochter. Die kleine Clara sitzt an einem alten Klavier, spielt sehr unruhig, bewegt sich viel, ist aber außerordentlich begabt.

Wenige Tage später wird mir zugetragen, dass ich Goethe wohl deutlich beeindruckt habe, aber nicht nachhaltig. Es betrübt mich ein wenig, denn dieser Signor scheint eine Art Phänomen der Kultur zu sein und an seinem positiven Urteil liegt mir mehr als an manchem unwissenden Geschwätz der Journalisten. Es war allerdings eine Freude, in Weimar mit dem fähigen Dirigenten Nepomuk Hummel zusammenzuarbeiten.

Ich reise weiter, gebe Konzerte, spiele mit Achille, rechne, bringe Achille das Schachspiel bei, notiere Ausgaben, schreibe trotz schmerzender Augen dem lieben Germi, den ich sehr vermisse, habe

Schluckbeschwerden und komponiere das Concerto Nr. 4. Und hin und wieder musiziere ich privat mit angenehmen Menschen und Musikern. Nur sollten die Abende meine Nerven nicht zu sehr belasten, wie es neulich im Hause Speyer geschah. Abgesehen von dem unliebsamen Stimmen der Instrumente nach jedem Satz, das häufig vorkommt und das ich nicht ertragen kann, wurde ich durch einen Gast verärgert. Wir spielten eines meiner Quartette für Gitarre, Violine, Viola und Violoncello, da wünschte plötzlich dieser Signor Guhr, Orchesterdirigent, ausgezeichneter Pianist und Stammgast im Hause Speyer, den Gitarrenpart aufs Klavier zu übertragen. Warum nicht? Er kam glänzend zurecht, spielte ausgezeichnet und durchaus zumutbar, bis er anfing, mit Intervallen zu improvisieren. Das Ende des Allegros schmückte er mit barbarischen Läufen aus, wobei er sich der Tastatur mit Händen und Kopf aufdrängte, ja auch seine Füße tanzten auf den Pedalen. Mir war das zuwider. Ich fühlte mich kränker, als je zuvor, weil mein Klangempfinden grauenhaft darunter litt. Also bat ich Monsieur Guhr, seine vermaledeiten Finger von den Tasten zu lassen. Mit leiser Stimme sagte ich höflich: „Ne touchez pas." Der Mann hörte mich wohl aufgrund des Lärmes nicht und so bat ich ein zweites Mal etwas lauter: „Ne touchez plus." Mein Satz wurde von den Gästen gehört, aber Guhr reagierte nicht. Im Gegenteil, er steigerte und beschleunigte diese Improvisationen, die mir das Herz brachen. Da erhob ich mich und ging zu ihm ans Klavier. Ich beugte mich etwas tiefer, holte Atem und schrie dem Pianisten so laut ich konnte ins Ohr:

„Eh bien, ne touchez pas! Ne touchez plus, je vous dis!" Als hätte ihn ein Schwarm Hornissen gestochen, schnellte er hoch und rührte von da an das Klavier nicht mehr an, solange ich zugegen war.

Über manche Kritik schütte ich mich aus vor Lachen, weil sie sich nur mit meinem Aussehen beschäftigt. In diesem geistvollen Land bedeuten Äußerlichkeiten in der Tat sehr viel. Sollte es damit zusammenhängen, dass es hier außerordentlich kalt ist? Ach, wie fehlt mir der Duft der Orangen und der Blüten im Frühling. Ganz sicher aber wirkt sich diese Kälte auf die Musikalität aus. Unter heiterem Himmel, von dem eine herrliche Sonne strahlt, die unsere Glieder erwärmt, erwachen Melodien und lassen sich auch spielen. In Italien zupft jeder Lazzarone die Gitarre und pfeift sein Liedchen.

Mit der Komposition des Concerto Nr. 4 habe ich begonnen, bevor ich Helena von Dobeneck begegnete. Der erste Satz ging mir zunächst leicht von der Hand, zudem ich in Dresden und Frankfurt einige Opern gehört habe, die in mir widerhallten. Ich habe mich auch von der differenzierten Instrumentationstechnik hierzulande beeinflussen lassen.

Beim Adagio fing ich an zu grübeln, es mir fiel nichts ein, ich warf alles hin. Dann trat plötzlich Helena in mein Leben. Dass es außer Fiorella noch ein weibliches Wesen geben könnte, das mich tief berührt, hätte ich nicht für möglich gehalten. Die hübschen Mädchen, die sich nach den Konzerten und bei Empfängen um mich scharen, egal wie hölzern und bleich ich aussehe, bedeuten mir nicht mehr viel. In ihren Augen sehe ich die hungrige Sehnsucht, die in Antonias Augen glänzte. Und vor der fürchte ich mich. Helena ist anders. Sie kam eigens nach Nürnberg, um mich zu hören. Zuerst sei sie durch die Presse neugierig gemacht geworden, sagt sie. Dann durch das Geschnatter ihrer Bekannten und Freundinnen, der Herzoginnen, Baroninnen, Gräfinnen. Als sie mich schließlich sah, wurde alles, was sie über mich gelesen und gehört hatte, von einem überwältigenden Gefühl überschwemmt. Sie musste mich kennenlernen. Sie erschien bei allen Konzerten in Nürnberg, dann reiste sie nach Regensburg, München und an den Tegernsee, wo ich für die Königin von Baden spielte. Dort mischte sie sich unters Volk, das von allen Seiten herbeigeströmt kam, um mich zu hören. Es war November, und während die Königin, ihr Hofstaat und ich ein Dach über dem

Kopf hatten, standen all diese Menschen unter freiem Himmel. Gott sei Dank schneite und regnete es nicht, doch ein frischer Wind wehte, und einige finster-graue Wolken näherten sich drohend.

Caroline von Baden belohnte mich mit einer diamantenbesetzten Smaragdbrosche, die ich in meine Sammlung edler Stücke aufnehme. Ich hoffe, Achille kann eines Tages mehr damit anfangen als ich.

Helena gehört nicht zu den Bewunderinnen, die mir nach dem Konzert bis zum Hotel folgen und Haus und Flur belagern. Sie ähnelt auch nicht Fiorella, weder im Aussehen noch in ihrer Art. Sie schreibt mir Briefe. Flammende Briefe, die ich nicht nur verstehe, die auch bezaubern, denn Helena beherrscht die französische Sprache wie ein Dichter und nebenbei kann sie mit dem Italienischen geschickt umgehen. Sie sei von mir hingerissen und sehne sich nach meiner Umarmung, schreibt sie. Die Klänge meiner Violine haben in ihr Liebe geweckt. Erst jetzt wisse sie, was lieben bedeute. Einen Mann von Herzen lieben, an seiner Seite leben, was auch immer er sei, das wolle sie und dieser Mann sei Niccolò Paganini. Sie liebe Niccolò mehr als Paganini, schreibt sie: „*Für Sie leben oder sterben, geliebter Niccolò! An Sie denken oder nichts denken. Ob ich sticke, singe oder schlafe: Meine Gedanken sind erfüllt von Ihnen. Oft weine ich wie ein verlassenes Kind, weil ich an Ihrer Liebe zu mir zweifeln muss. Doch sogleich holt mich die Hoffnung ein, und ich stelle mir vor, Sie lieben mich, Sie denken an mich, und Ihre geliebte Hand greift zur Feder. Schreiben Sie mir. Oh, antworten Sie mir!*“ Die junge Frau ist schön, wohlhabend, Tochter eines bekannten Mannes und will niemand anderem gehören als mir. Wenn ich in den Spiegel schaue, denke ich, sie ist entweder verrückt, dann kommt sie nicht für mich Frage. Das erinnert zu sehr an Antonia. Oder sie gehört zu jenen wenigen Deutschen, denen nichts an schönem Aussehen liegt. Ich bin nicht mehr jung und von der Schönheit, von der ich vielleicht eine Andeutung besaß, ist nichts mehr übrig. Ich bin sogar außerordentlich hässlich geworden. Ich fühle mich krank und einsam, gleichzeitig entzündet ihre glühende Liebe wieder diese Flamme in mir, die seit Antonias Abreise nur noch schwach flackerte. Die Flamme, wieder eine Frau lieben zu können. Was soll ich tun? Auf ihre Ehe pfeife sie, denn neben ihrem Ehemann vertrockne sie, schreibt sie. Ihr Vater ist Ratgeber seiner Majestät, auch das sei ihr egal. Mir nicht. Jetzt, da ich hier angelangt bin, fürchte ich um mein Ansehen, um meinen Ruhm und schäme mich gleichzeitig. Was ist mit dem Paganini geschehen, der wegen einer Angelina nach Parma flüchtete, um mit ihr zu leben? Was ist mit dem, der Fiorella liebte und wochenlang seine Guarneri nicht anrührte? Bin ich alt? Bin ich feige? Oder bin ich bloß vernünftig geworden? Sehr unwahrscheinlich. Auf Helenas unzählige Liebesbriefe, antwortete ich sporadisch. In meinem letzten war ich sehr kühl, aber nicht ganz ehrlich. Ich versteckte mich hinter bürgerlichen Ausflüchten, die so gar nicht zu mir passen. „*Helena, Sie sind eine angesehene, verheiratete Frau, ich ein reisender Künstler*", antworte ich. „*Sie sind jung, ich bin alt und ein sonderbarer Kauz geworden. Verschwenden Sie nicht Ihre Tränen an Paganini. Es wird Sie verzehren. Seien Sie Ihrem Ehemann eine liebende Ehefrau und denken Sie daran, Kinder zu bekommen. Kinder sind eine große Freude. Ihr Niccolò Paganini.*"

3

Anfang Dezember kehre ich nach Frankfurt zu meinem geliebten Achille zurück. Wir bereiten Weihnachen vor. Vorlesen kann ich ihm nichts, auf meinem linken Auge hängt ein Schleier. Ich erzähle ihm weihnachtliche Geschichten. Die Kerzen brennen, ich ziehe die Vorhänge vor und beauftrage Cesare, so wenig Leute wie möglich herein zu lassen. Ein neuer Sekretär spricht vor. Er wird im nächsten Jahr jenen Dummkopf ersetzen, der erst vor kurzem für Rebizzo eingesprungen war. Ich freue mich auf ihn. Georg Harrys ist gut erzogen, gebildet und feinfühlend.

Nun bin ich innerlich für das Adagio des Concerto Nr. 4 bereit. Ich nehme il Cannone, meine Geige, schließe die Augen, suche das

Gleichgewicht mit meinem rechten, vorgesetzten Fuß und befreie die Melodie, die seit einigen Wochen eingesperrt in meiner Seele hockte. Der Abschied von Helena wirkt nach und hilft mir, das Adagio zu konstruieren. Es schmerzt, auf die schöne, junge Frau verzichten zu müssen.

Ich beginne den zweiten Satz mit Bläsern und Streichern, einem Trauermarsch ähnlich. Sogleich setzt die Violine mit ihrer wehmütigen Melodie ein. Steigert sich in ein Sehnen, ein vergebliches Rufen, in ein Wehklagen. Achille ruft: „Papa, du weinst!" Ich lasse mich nicht beirren, schmücke das klagende Thema dennoch mit einigen heiteren Tönen aus. Aber es ist nichts zu machen, von der Grundmelodie komme ich nicht los. Sie klingt wehmütig in mir, hängt wie eine schwere Kette an meinem gebeutelten Herzen.

„Papa!", ruft Achille energisch. „Willst du nicht mehr lachen?"

„Manchmal vergeht einem das Lachen!", sage ich und öffne meiner Zahnlücken wegen den Mund sehr vorsichtig.

„Deine Musik ist lustig!", schreit er und macht bum-bum-bum-bum-bum-bum zu den Schlägen seines Stöckchens. Die Idee fürs Rondo ist geboren. Es wird im Gegensatz zum klagenden Adagio einen prägnanten, rhythmischen Verlauf verpasst bekommen, einzelne Töne werden durch mehrmaliges Anschlagen hervortreten und springen wie das Stöckchen. Natürlich etwas lieblicher.

Doch so einfach lässt sich ein erwachendes Gefühl nicht mit einem klagenden Adagio von der Seele jammern. Hinzu kommt, dass mich Helena während des Frühjahrs erneut mit ihren vortrefflichen, von Sehnsucht erfüllten Briefen bombardiert. Ich reise durchs ganze Land, oft nachts, feiere überall Triumphe, im Süden wie im Norden, lerne interessante Menschen kennen, darunter einen begabten Maler, der meine Nase besonders hervorhebt, und unerbittlich verfolgen mich Helenas Briefe.

Nachdem ich meine Violine in einigen Städten, deren Namen ich vergessen habe oder nicht aussprechen kann, habe hören lassen, kehre ich nach Frankfurt zurück, um Achille abzuholen. Wir fahren sogleich nach Bad Ems in den Darmstädter Hof, wo man uns wie Könige empfängt. Achille bewegt sich tänzerisch die Stufen hinauf. Alle sind von der Schönheit des Jungen angetan. Dabei sehen sie mich fragend an. Nun, augenblicklich sehe ich zerrüttet aus. Fragt man mich, wo es mir wehtut, weiß ich nicht, womit ich anfangen soll. Das linke Auge, im Rachen, auf der Brust, im Unterleib. Die zwei Konzerte in Bad Ems und Wiesbaden strecken mich fast nieder. Ich muss pausieren. Bennati ist nicht zugegen, also bemühe ich Professoren in diesem Land. Ein berühmter Quacksalber aus Göttingen verordnet mir Trink- und Badekuren und Umschläge für das Auge. Dies will ich befolgen und mich drei Monate nicht von der Stelle rühren. Baden-Baden ist ein ruhiger Ort, das Wetter sommerlich, die Menschen angenehm. Achille gefallen die hübschen Gärten, durch die er ungestört tollen kann. Ich treffe den französischen Geiger Lafont wieder, der mit keinem Wort unseren lächerlichen Wettstreit von 1816 in der Scala erwähnt. Wir sind beide gereift, respektieren uns. Lafont umarmt mich mit großer Freude und beglückwünscht mich. In den 14 Jahren habe er keinen Musiker gehört, der mir das Wasser reichen könne, sagt er.

Ich habe vor, den ganzen September zu bleiben und mich von jeglicher Anstrengung fernzuhalten, da erreicht mich ein neuer Brief von Helena. Sie ist verzweifelt, weil sie nichts mehr von mir hört. Sie bittet um eine Nachricht, sie fleht mich an, ihr zu antworten und mich nicht hinter diplomatischem Schweigen zu verstecken.

„*Geliebter Freund! Über alles geliebter Freund, Ihr Schweigen will meinen Tod. Die Sehnsucht nach Ihnen tötet mich, verzehrt mich.*“ Unwillkürlich sehe ich Antonia, wie sie vor mir auf den Knien liegt und sich für ihr unmögliches Verhalten entschuldigt. Aber hat mich Antonia je so sehr geliebt, wie es Helena vorgibt zu tun? Es lässt mich nicht ruhen, körperlich zu erfahren, wie tief ihre Liebe geht. Und natürlich fehlt mir der Körper einer Frau. Obwohl ich noch nicht ganz in Form bin, verabrede ich mich mit ihr in einem Hotel in Ansbach. Um nicht unnötig Aufsehen zu erregen, lasse ich die Kutsche irgendwo anhalten, gehe ein Stück zu Fuß und gebe im Hotel einen falschen Namen an.

Kaum hat sie von meiner Ankunft erfahren, ist sie auch schon da. Als ich ihr die Zimmertür öffne, gerät sie in einen rauschhaften Zustand. Ihr Atem geht rasch, ihr Gesicht ist erhitzt, die Wangen gerötet. Sie löst den Schal, der ihren Hut unterm Kinn festhält und sieht mich dabei unentwegt an.

„Sind Sie es wirklich?", haucht sie. Ich trete zurück, damit sie eintreten kann.

„Ich habe meine Geige nicht dabei, um es zu beweisen."

„Scherzen Sie nicht mit mir!" Behutsam nimmt sie den Hut ab. Senkt verlegen die Lider. „Wie lange habe ich auf diesen Moment gewartet!" Jetzt schaut sie mich wieder an. „So lange, dass ich fürchtete, es werde niemals wahr."

Ich greife nach ihren Händen, küsse den Handrücken, die Finger, die Fingerspitzen. Äußerst vorsichtig, selbstverständlich.

„Helena, Sie sind bezaubernd."

„Paganini!" Sie spricht, als ertränke sie in ihren Gefühlen. Ich bin völlig in ihrem Bann. Hatte ich zuvor noch überlegt, ob ich der Situation männlich gewachsen sei, so sorgt mich das nicht mehr. Meine Sinne sind berauscht von ihrem mädchenhaften Schmelz, dieser warmen, überquellenden Liebe zu mir, mein Körper ist erregt, mein Verstand erledigt. Es ist sinnlos, in solchen Momenten zu denken. Sie sind zu schön, um vom Verstand durchkreuzt zu werden. Ich lege nur meinen Arm um ihre Hüfte und sie sinkt an meine Brust. Zum Glück fällt sie nicht auf die Knie. Es ist immer peinlich, die Damen wieder hochzuziehen.

„Paganini! Ich …", sie hält mich fest, drückt sich an mich „… je suis à vous. Machen Sie mit mir, was Sie wollen!"

Flüchtig überlege ich, ob mein entkräfteter Körper diesen wunderschönen Leib beglücken kann. Helena scheint darüber nicht nachzudenken. Sie hakt ihr Korsett auf, streift ihr Kleid ab und lässt mich dabei nicht aus den Augen. Aber diese Augen schauen nicht gierig wie die von Emilia, von Signora Bottari oder manchmal die von Antonia. Sie schauen völlig hingegeben, fast möchte ich sagen, aufgegeben. Nun nestelt sie die Stiefeletten auf, rollt die Strümpfe herab. Ich sehe zu, aber wage noch immer nicht, ihre Nacktheit zu berühren.

„Je suis à vous pour toujours!" Ihre Kleidung liegt über dem Stuhl und auf dem Bett. Darin unterscheidet sie sich von meinen früheren Geliebten erheblich. Immer lagen die Kleider auf dem Boden verstreut.

„Helena!" Endlich entledige ich mich meiner Jacke. Entwirre die unzähligen Schichten meines Hemdes. Helena hilft mir dabei.

„Ich kann nur Ihnen gehören, niemandem sonst auf der Welt", flüstert sie, während sie mich entkleidet. „Sie sind der Mann, auf den ich immer gewartet habe. Ich spürte es, als ich Sie sah."

Mir wird trotz der wenigen Kleidung heiß. Meine Hose ziehe ich selbst aus.

„Dennoch gehören Sie Ihrem Mann, Helena. Sie sind ihm angetraut." Auch um meine Unterkleider möchte ich mich selbst bemühen. Zuvor geleite ich sie zum Bett.

„Ich habe ihm nie gehört! Nie! Liege ich auch in seinem Bett, so gehöre ich ihm noch lange nicht. Er ist nicht gemein, nicht böse, nicht geizig. Er ist mir fremd." Sie legt sich aufs Bett, breitet ihre Schönheit vor mir aus, streckt ihre Arme in die Höhe.

„Ihnen möchte ich gehören. Von jetzt an und immer. Pour toute ma vie et la vie d'après!"

Rasch streife ich das Unterkleid ab und lege mich zu ihr. Ich grabe mein Gesicht in ihren weichen Busen und vergesse. Ihre Haut schmeckt nach Honig, das volle Haar riecht nach warmen Äpfeln. Sie ist ein Genuss. Bis ich bei ihr bin, seufzt sie zaghaft, als ich ganz bei ihr bin, stöhnt sie ein Moderato Impostamente, das in einem hohen Ton gipfelt.

„Paganini! Paganini!", keucht sie aufbäumend und sinkt zufrieden ins Kissen zurück.

„Freunde nennen mich übrigens Niccolò", antworte ich ein wenig erschöpft. „Und ich habe sehr wenige echte Freunde. Vermutlich nur einen … vielleicht auch zwei." Ich denke an Germi und Bennati.

Drei Tage verbringe ich auf diese Weise. Helena und ich verlassen niemals gemeinsam das Zimmer, um dem Klatsch keine Nahrung zu geben. Zum Spaziergang treffen wir uns in den Mittagsstunden, da alle Welt sich den Magen vollschlägt und wir auf den Waldwegen unbeobachtet bleiben. Dann fahren wir ins Land hinein, sie das Gesicht verschleiert und ich meinen Hemdkragen bis über die Ohren, darüber einen Hut. Erkannt werde ich nicht und das grenzt an ein Wunder. Fast jede Zeitung spricht von mir und meist ist eine Abbildung dabei. Vermutlich rechnet niemand damit, an einem abgeschiedenen Ort wie Ansbach dem berühmten Paganini zu begegnen.

Nach einer langen Liebesnacht gesteht sie mir, sie habe von ihrem Vater die Erlaubnis erwirkt, sich scheiden zu lassen. Ich erschrecke.

„Helena, das war unvernünftig!"

„Warum? Ich will für dich frei sein."

„Aber ein Leben mit mir ist nicht einfach. Die Reisen, wenn du mich begleitest. Die Einsamkeit, wenn du zu Hause bleibst. Meine Krankheiten. Meine Musik."

„Deine Musik spüre ich in mir, darum wird sie uns nie trennen."

Stirnrunzelnd blicke ich sie an, streiche über ihr strahlendes Gesicht.

„Ich gehe, wohin du gehst, Niccolò. Es gibt keinen anderen Weg. Niccolò und die Musik machen mein Leben lebenswert."

Ich richte mich ein wenig auf, um ihren Ausdruck zu erforschen. Der Morgen graut, ich habe wenig geschlafen und meine Augen haben sich trotz Trinkkuren nicht gebessert.

„Elena, Elena! Du bist wundervoll. Deine Liebe rührt mich und ehrt mich. Dennoch …", ich richte mich vollständig auf. „Schau mich an! Ich bin doppelt so alt wie du, meine Gesundheit ist angegriffen. Ich bin kein schöner Mann mehr."

Elena streckt wieder ihre Arme nach mir aus.

„Du bist schöner als alle anderen. Siehst du denn nicht, wie sie aussehen, die Männer? Die meisten sind hässlich und alt. Sie haben Bäuche und Haare auf und in der Nase. Sind sie hübsch, dann sind sie dumm. Und sind sie galant und attraktiv, dann sind sie kalt und berechnend. Ach!“ Sie winkt ab. „Egal, wie sie sind. Wichtig bist du, nur du allein. Paganini.“

„Wenn Paganini die Bühne verlässt, ist er der ungeschickte Niccolò. Welchen liebst du so sehr?“ Ich bringe sie in eine dumme Situation. Wie soll sie nun ehrlich sein? Sie weint.

„Nichts will ich, außer dir. Dein Ruhm interessiert mich nicht. Ich verzichte auf deine Reichtümer, aber ich werde nicht auf dich verzichten können.“

Drei Tage lebe ich hin und her gerissen, am vierten kehre ich nachts nach Baden-Baden zurück, nicht ohne Helena zu versprechen, sie bald wiederzusehen.

Je weiter die Kutsche sich von Ansbach entfernt, umso mehr komme ich ins Grübeln. Sie hat die Scheidung eingeleitet, was wird sein, wenn sie ausgesprochen wird? Helena wird für mich frei sein. Accidenti!

4

Margherita trank eine heiße Schokolade und lauschte. Sie war im Hotel Weidenbusch abgestiegen, in dem Paganini im November des vorigen Jahres ein Konzert gegeben hatte. Jetzt saß sie in einem der hübschen Zimmer und lauschte. Aber es war nicht die Musik des längst vergangenen Konzertes, der sie zuhörte, sondern einem deutschsprechenden Italiener. Er las aus der ersten Biographie des Künstlers vor. Margherita hatte sie in der Vitrine eines Musikalienhändlers ausgestellt gesehen. Es wurden dort unter anderem Paganini-Geigenbögen verkauft, auch kleine, entsetzliche Paganinistatuen, vor allem aber Partituren. Als Margherita im Laden das Buch aufschlug, war sie erbost über das hässliche Porträt des Künstlers. Darauf sah er verquollen aus, aufgedunsen, als sei er ein Trinker. Die Lippen waren zusammengekniffen und die Nase viel zu lang. Sein Haar hing ihm schütter um den Kopf, dabei trug er es schulterlang und gelockt. Die Wangen wirkten eingesunken, der Blick starr. Er ähnelte einem getretenen Hund. Schnell blätterte sie weiter. Da sie kein einziges Wort verstand, schlug sie das Buch zu und ging zur Ladenkasse.

Nun saß mit dem Rücken zum Fenster ein Student und übersetzte ihr gerade die paar Sätze, die von Antonia Bianchi sprachen. Die junge Frau wurde als Reisegefährtin, Kunstgenossin und Mutter seines Kindes aufgeführt. Weiter nichts. Keine große Liebesaffäre, keine Dramatik. Margherita war enttäuscht und erleichtert zugleich. Sie fand es allerdings haarsträubend von der Mutter, ihr Kind zu verkaufen. Für welche Summe auch immer. Welche Seele mochte in dieser Frau wohnen?

Jetzt übersetzte der Student einige Seiten, die von seinem Gefängnisaufenthalt in allen Farben fabelten. Er habe sich in eine schöne, doch untreue Italienerin bis zum Wahnsinn verliebt und sie dann wie Othello in rasender Eifersucht erstochen. Ein andermal hieß es, er habe sich in die Tochter einer Schönheit verliebt, die ihn selbst wollte. Paganini, der alle Frauen liebe, habe auch die Mutter begehrt, und als die Tochter ein Kind bekam, habe er es eigenhändig erstickt, um frei für die Mutter zu sein. So ging es weiter, bis Margherita rief:

„Hören Sie endlich auf. Es ist ja unerträglich."

Der italienische Vorleser nahm seinen Hut und versprach, in zwei Tagen zurückzukommen. Indessen kleidete sich Margherita für ihre Einladung ein.

Sie traf in dem Frankfurter Salon, in den sie eingeladen war, interessante Repräsentanten der deutschen Kultur. Karl Friedrich Zelter befand sich auf dem Heimweg nach Berlin und unterbrach seine

Reise, um einen Freund zu besuchen. Er wurde von seinem Schüler begleitet. Der sehr junge Felix Mendelssohn machte auf Margherita einen nachhaltigen Eindruck. Sein klarer Blick, die hohe Stirn und der dunkle, gekrauste Backenbart erinnerten sie an eine geliebte Person. Er spielte ausgezeichnet Klavier, hatte mit 17 Jahren die Ouvertüre zur Oper „Ein Sommernachtstraum" geschrieben und wurde von Zelter als Wunderkind herumgereicht. Da viel von Musik geredet wurde, gesellte sich Margherita zu der Gruppe. Sogleich erstarb das Gespräch und alle sahen sie entzückt an.

„Eine Venezianerin!", bemerkte Zelter erfreut. „Es ist mir eine Ehre."

„Venedig ist einzigartig. Ich habe es in meinen Reisebildern beschrieben." Ein etwa 30-jähriger Herr kam hinzu. Er stellte sich Margherita als Heinrich Heine vor. Sie neigte diskret den Kopf mit einem Lächeln. Die Umstehenden standen sogleich in ihrem Bann.

„Sie sind also der einzige Dichter unter all diesen Musikern?", fragte Margherita auf Italienisch. Heine antwortete ihr fließend und diente von da an als Übersetzer.

„Es ist schon vorgekommen, dass Herr Goethe uns Gesellschaft leistete. Nur reist er mittlerweile nicht mehr. Er ist nicht mehr der Jüngste, dennoch ist er in bester Verfassung."

„Nun ja, mein guter Heinrich, so rüstig ist er dennoch nicht. Ich hatte schon Mühe, ihn zum Konzert von Paganini zu überreden. Es wäre eine Sünde, den Mann nicht gehört und gesehen zu haben, sagte ich meinem Freund Johann."

„Herr Goethe hat einen klangvollen Namen. Hat er Paganini gesehen?", wollte Margherita wissen. Heine übersetzte.

„Natürlich. Aber seine Begeisterung hielt sich in Grenzen. Dabei machte Paganini mit seinen Konzerten Männer und Weiber toll."

„Was sagte Herr Goethe vom Virtuosen?"

Zelter überlegte, sah sie verschmitzt an und antwortete:

„Er war von seinem Spiel hoch beeindruckt und gestand ihm auch Einmaligkeit zu. Dennoch sagte er etwas in der Art: *Dieser Mann glüht, brennt lichterloh vom Scheitel bis zur Sohle. Er ist eine Flammensäule, die bis zum Himmel hinauflodert, nur habe ich den Eindruck, es fehle ihr der Sockel.*“ Heine übersetzte.

„Der Sockel?“ Margherita war mit einem Mal sehr blass. „Was konnte er damit meinen?“

Zelter sah ihr fest in die Augen. Ihr blasses Grün beunruhigte ihn. Überhaupt sah Margherita plötzlich ganz zart und zerbrechlich aus.

„Ich denke“, begann er, ohne sie aus den Augen zu lassen, „dass ihm ein gewisses Fundament fehlt. Dabei meine ich keineswegs seine Musikalität und sein musikalisches Wissen. Oh nein, dies ist fundiert, sehr fundiert. Es hat mit ihm selbst zu tun, mit seinem Wesen, seinem Charakter. Er hat keine Wurzeln.“ Heine übersetzte und fügte an: „Er kann keine Wurzeln schlagen, wollen Sie sagen, Herr Zelter?“

Zelter nickte und Heine übersetzte.

„Den Eindruck hatte ich auch, als ich ihn gesehen habe. Ich glaube, er ist bei allem Erfolg schlicht und einfach unglücklich. Er fliegt ja regelrecht von einem Ort zum nächsten. Bodenlos, sozusagen. Einsam, unendlich einsam an seine Geige geklammert und an seinen Sohn, so schwebt er an uns vorbei und stürzt uns in absolute Verwirrung.“

„Nun, gut, Herr Heine! Das ist sein Problem. Musiktechnisch allerdings bringt er uns in Schwierigkeiten. Seine vermaledeite Art, die Violine zu spielen, wirkt sich auf die anderen Geiger aus. Er wird die jungen Violinisten aller Orchester ruinieren.“

Diesmal übersetzte Heine nicht, stattdessen stützte er Margherita, die ins Wanken geraten war. Zelter umfing sie von der anderen Seite. Die Männer führten sie zu einem Sessel am Fenster. Heine öffnete es, Mendelssohn holte ein Glas Wasser, Zelter hielt ihre weiße, kalte Hand.

„Madame, wir reizen mit unserem Geschwätz Ihre zarten Nerven.“

„Nein, nein!“, winkte Margherita ab. „Ich habe heut fast nichts gegessen.“ Sie wandte ihr Gesicht dem offenen Fenster und schöpfte Luft.

„Das passt ja ausgezeichnet. Dürfen wir Sie zum Abendessen einladen?“

„Wenn Sie mir versprechen, nicht von Paganini zu reden“, flüsterte sie entkräftet. Heine übersetzte. Zelter runzelte die Stirn.

5

In Baden-Baden erhole ich mich wieder. Sogleich beuge ich mich über eine Sonate mit Variationen in B-Dur auf der G-Saite, tauche ein in Kräuterbäder, schlucke Medikamente und Tinkturen, um das Augenleiden zu lindern. Im September und Anfang November treffe ich Helena heimlich in Frankfurt. Sie ist euphorisch, da sie nun sicher ist, die Scheidung zu erringen.

„Wir werden glücklich sein“, flüstert sie unterm Baldachin unseres heimlichen Treffpunktes. „Ich werde dich immer lieben, auch wenn du nicht mehr der große Paganini bist, der mit ruhiger Sicherheit, ohne Notenpult da oben steht und Wunder vollbringt.“

Ich weiß nicht, warum mich ihre Worte nicht unendlich glücklich machen. Es ist beinahe so, als machten sie mir Angst. Aber, wovor zum Teufel fürchte ich mich? Es hat bisher nur eine Frau gegeben, die mich so liebte wie Helena. Ich war ihrer Liebe nicht gewachsen, ließ sie im Stich, dann verzehrte ich mich nach ihr, bis ich von einem neuen Mann in ihrem Leben hörte. Jetzt gibt es Helena. Vielleicht wird es nie mehr eine wie sie geben.

Sehnsüchtig erwarte ich meine Abreise nach Paris. Sie verzögert sich, weil Achilleino an Röteln erkrankt. Zur selben Zeit teilt mir Germi brieflich den Tod meines Bruders Carlo mit. Er war wenig krank, reiste kaum, schnupfte nicht und hatte kaum Frauen angerührt und selten die eigene. Ich frage mich nun ernsthaft, ob ich mit meinem irrsinnigen Leben den Tod vergraule oder ob ich nur widerstandsfähiger bin. In meinen jungen Jahren nannte man mich oft ein kränkelndes, schwaches Kind. Eine schlechte Nachricht jagt die nächste. Germi unterrichtet mich davon, dass Mutter sehr krank sei, und Helena verkündet glücklich, sie sei nun vor Gott und der Welt frei für mich. Und bei all dem soll ich gesunden! Ich fühle mich von allen Seiten bedrängt und will nichts anderes, als schnellstens mit Achille davonjagen.

Anfang Februar bin ich in Straßburg. Die Straßburger sind herzlich und lieben mich über alles. Damit ich bei meinen beiden Konzerten, die ich im Straßburger Theater gebe, nicht betrogen werde, haben sich verschiedene Musikliebhaber an die Kasse gestellt und überwachen den Verkauf der Karten. In Paris treffe ich allerdings ungünstig ein. Die Verwaltung der Oper soll reformiert werden, weil sie sich in einem desolaten finanziellen Zustand befindet. Während sich ein paar Freunde um Theater und gute Bedingungen bemühen, höre ich am Konservatorium die Fünfte Symphonie von Beethoven, dirigiert von Habeneck, und bin begeistert. Mit diesem Mann wird es eine Freude sein, zusammenzuarbeiten.

Ein erstes Konzert wird für den 4. März bekanntgegeben, aber ich sage es ab. Wie in Deutschland, so gärt auch hier eine unterschwellige Verachtung gegenüber ausländischen Künstlern, Ausländern überhaupt. Ich bin Italiener und werde mich niemandem vor die Füße werfen. Zu Hause kämpfen sie gegen die Fremdherrschaft, und auch wenn ich nicht in die Reihe der Aufständischen gehöre, so bin ich doch Italiener und stolz darauf, einer zu sein.

Zum Konzert am 9. März findet sich in der Opèra Le Peletier die Elite der musikalischen und intellektuellen Pariser Welt ein. Ich vergesse niemals die Namen der Menschen, mit denen ich zu tun hatte und die begierig sind, meine Violine zu hören. George Sand, die im Figaro über mich schreibt, der Maler Eugène Delacroix, der Philosoph Sainte-Beuve und ein Schriftsteller namens Théophile Gautier. Mein Freund Rossini, die Musiker Meyerbeer, Pacini, Cherubini. Schlechte Kritiken gibt es wenige, wenn man von jenen absieht, die mich zum wiederholten Mal verurteilen, nicht werkgetreu fremde Stücke zu spielen. Mögen sie recht haben, aber ich kann nicht anders. Was wissen all diese Menschen von der Macht, die mich tyrannisiert? Niemand kennt den Geist, der Künstler wie mich bewohnt.

In Paris gebe ich elf Konzerte, die mir 165.052 Francs einbringen. Es ist phantastisch, wie sich meine Einnahmen vermehren. Allmählich bin ich wirklich reich. Vielleicht hätte ich Antonia doch etwas mehr Geld für Achille geben sollen, denn einen guten Teil meiner Energie verdanke ich diesem Jungen. Krankheiten werfen mich nieder, doch das Verlangen, Achilles Zukunft zu sichern, reißt mich wieder hoch. Und nebenbei durchströmt mich die warme Zufriedenheit, von so vielen Menschen erwünscht zu sein. Überall verlangt man nach mir. Bevor mein Parisaufenthalt abgeschlossen ist, handle ich mit dem Impresario des King's Theatre in London eine Serie von acht Konzerten aus. Der Signor ist eigens nach Paris gekommen. Er sagt, der Ruf des größten Geigers aller Zeiten eile mir voraus und kein Land wolle mich verpassen.

Wir sind vom Hotel des Princes in eine komfortable Wohnung umgezogen, die von einem Conciergen-Ehepaar instandgehalten wird. Achille geht es gut, ein Privatlehrer kommt täglich und unterrichtet ihn in den wichtigsten Fächern. Bald wird er sechs Jahre alt und jeder will wissen, warum ich ihm nicht das Geigenspiel beibringe. Ich weiß, was dazu gehört, ein Virtuose zu werden. Solange ich lebe, soll mein Sohn keine Geige in die Hand nehmen, hingegen werde ich alles tun, um aus ihm einen fähigen Kontrapunktisten zu machen. Er hat ein feines Gehör und sein Auffassungsvermögen ist erstaunlich. Achille spricht seine Muttersprache nicht besonders, wie sollte er auch, nach all den Reisen und unterschiedlichen Menschen, die sich um ihn kümmern. Cesare ist als Diener ausgezeichnet, aber mundfaul, deshalb lernte Achilleino mehr von der geschwätzigen Hauswirtin in Frankfurt. Darum beherrscht er

Deutsch und nun auch Französisch und versteht nebenbei jedes italienische Wort. Er hat in dem Sohn der Hauswirtin einen Freund gefunden, was mich sehr entlastet. Diesmal wird die Trennung lange sein. Ich habe vor, von England nach Schottland und Irland zu reisen, bis in den hintersten Winkel Europas sollen sie meine Violine hören.

Am letzten Abend scheucht mein Sekretär, so freundlich er kann, die vielen Leute davon, die unsere Wohnung und das Treppenhaus belagern. Sie alle wünschen mir Glück und eine gute Reise. Ich möchte die Stunden mit Achille verbringen. Wir fangen mit dem Löwenspiel an: Junger Löwe springt auf den Rücken des alten Löwen und wirft den alten unter Gebrüll zu Boden. Er darf ihn an der Mähne ziehen, ohne Haare auszureißen, er darf ihm auch Federn durch die Mähne schieben.

Dann sprechen wir über die Reise. Ich erkläre ihm, warum ich ihn diesmal nicht mitnehmen kann. Es würde ihn ermüden und langweilen. Zuerst die lange Fahrt nach Calais, dann mit einem Schiff über die aufgepeitschte See nach Dover. Anschließend …

„Papà, das ist lustig, eine aufgepeitschte See."

„Es ist gefährlich, mein Junge!"

„Für dich auch, Papà."

„Ich bin groß und kann mich festhalten, wenn das Schiff wackelt."

„Das kann ich auch." Achille zwinkert. Ich bin immer wieder erstaunt, wie hübsch der Junge ist. Und welch große Seele er hat. Es gibt keinen lieberen Menschen um mich herum.

„Achille, die Reise ist nichts für dich. Und du musst lernen, darfst nicht krank werden, bis ich wieder zurück bin." Ich sehe ihn fest an. Achille rutscht auf seinem Sessel hin und her. Wir sitzen im Salon und versuchen uns nun im Schachspiel. Mein Sohn kennt mittlerweile das Spiel, tut sich allerdings mit strategischen Überlegungen noch etwas schwer. Wir lachen sehr viel und beenden den Abend, wie wir ihn begonnen haben: mit dem Löwenspiel.

Als er schläft, setze ich einen Dankesbrief an Habeneck auf.

... Ich möchte Paris nicht verlassen, ohne Ihnen meine Dankbarkeit für die Sorgfalt zu bezeugen, die Sie auf das Dirigieren meiner Konzerte verwendet haben. Der Ruhm des Orchesters der Pariser Oper war mir bekannt, aber ... einzig in Paris habe ich das erste europäische Orchester finden können, das mir die Möglichkeit gegeben hat, meine Musik so zu hören, wie ich sie geschrieben habe, und mit Vollendung begleitet zu werden ... Ich bitte Sie, den Ausdruck meines tiefsten Respekts ... entgegennehmen zu wollen, und unterzeichne als Ihr ergebener Diener, N.P.

Ein Blick auf Achilles schlafendes Gesicht erinnert mich an meine Mutter. Sie ist sehr krank, hat mir Germi mitgeteilt. Auch ihr werde ich schreiben und sie bitten, durchzuhalten, bis ich komme. Nur noch ein paar Monate, ein Jahr, vielleicht auch mehr, dann bin ich bei ihr. Ich nehme es mir ganz fest vor.

Ich weise Cesare an, den Brief an Habeneck am folgenden Tag persönlich zu überbringen und den an meine Mutter unverzüglich aufzugeben. Dann ziehe ich mich zurück. Auf meinem Schreibtisch befinden sich noch ein paar Zeitungsartikel. Sie sind für Paolas Archiv. Ich schneide jene von George Sand aus und den eines Monsieur Castil-Blaze, eines Musikverständigen unter den Musikkritikern. Er schreibt:

Die ersten zehn Takte des ersten Solos genügten, um das wunderbare Talent Paganinis erkennen zu lassen ... ein Adagio von großzügigem und pompösem Stil, das harmonische Effekte enthielt, die eines Beethoven würdig wären, und das mit Geschmack, Weisheit und Eleganz ausgeführt wurde, hat die Zuhörer, die sich auf die tour de force des Virtuosen eingestellt hatten und seinem Cantabile-Stil misstrauten, mit großer Befriedigung erfüllt ...

Es ist eine Ehre für mich, im selben Atemzug mit Beethoven genannt zu werden.

Früh am Morgen reise ich ab. Am Himmel drängen sich luftige Wolkenkissen, hinter denen die Glut der aufgehenden Sonne knistert. Von einer fröstelnden Ferne her bestrahlen orangerote Farben die durchlässige, gerippte Wolkenschicht und färben daraus einen violetten Teppich. Ich achte meist nicht auf meine Umgebung und zum Himmel schaue ich nicht oft, nur manchmal buhlt die Natur so stark um meine Aufmerksamkeit, dass ich mich ihr zuwenden muss.

6

Margheritas italienischer Übersetzer hatte kaum die Tür hinter sich geschlossen, da schnappte sie die Zeitung und riss den Artikel heraus, in dem von einer Helena von Dobeneck die Rede war. Den Skandal hatte sich kein Boulevardblatt entgehen lassen. „Junge, schöne Ehefrau des königlichen Ratgebers reicht Scheidung ein, um den Ritter Paganini heiraten zu können. Sie reist ihm überall nach, besucht all seine Konzerte, wird seine Geliebte und fleht um Heirat. Leider haben wir nicht erfahren können, wie die brisante Geschichte endet. Wird der geigende Ritter seine Freiheit gegen den Ehestand eintauschen? Die Zeit wäre reif. Er ist inzwischen achtundvierzig Jahre alt.“ In tausend Fetzen riss sie die ganze Seite und trampelte darauf herum. Genug! dachte sie. Sie hatte in Paris das Concerto Nr. 4 gehört und war dabei in Tränen zerflossen. Majestätisch, hoheitsvoll, grandios und gleichzeitig so leicht, so schwebend wie die Klänge einer Operette hatte er den ersten Satz komponiert. Sie hatte von ihm lange nichts Schöneres gehört. Das Adagio hatte ihr weniger gefallen, dafür überwältigte er sie mit dem dritten Satz, einer schwingenden, heiteren Polonaise. Wie sie ins Hotel zurückgekommen war, blieb ihr noch immer ein Rätsel. Und nun brachte sie dieser Artikel völlig aus der Fassung. Genug, schrie sie laut. Ihre Dienerin schreckte hoch und fragte, ob sie Schmerzen habe. Ja, schrie Margherita zurück. Sie habe Schmerzen, sie leide an Wut und Unfähigkeit. Aber damit sei nun Schluss. Jetzt werde sie es ihm zeigen, diesem lodernden Mann, dieser Flammensäule ohne Sockel. Sie werde ihm einen Sockel verpassen.

„Pack die Koffer, Domenica! Wir reisen weiter.“

„Aber wir sind doch erst angekommen. Paris ist eine wunderschöne Stadt und es ist Frühling."

„Schweig! Du wirst sehen, London ist auch nicht schlecht."

Voller Sorge beobachtete Andrea seine Frau. Sie schleppte sich leidend und stöhnend durchs Haus. Selbst Giuliana bewegte sich flinker und ächzte weniger. Carlottas Haar war im letzten Jahr stark ergraut. Ihre olivenfarbene Haut wirkte ledern, in den Augen glänzte nur das Fieber, das sie von Zeit zu Zeit aufs Lager warf. Der Arzt konnte nichts finden. Die verordneten Aderlässe erschöpften Carlotta noch zusätzlich. Es gab keine andere Hoffnung, als die Medikamente und viel Ruhe. Margheritas Domestiken kümmerten sich um die Kinder, die Köchin sorgte fürs Essen. Giuliana spazierte an schönen Tagen mit ihrer Tochter durchs Polcevera-Tal, Andrea ging seiner Arbeit nach, konnte aber nicht begreifen, warum Carlotta trotz aller Pflege und Ruhe nicht zu Kräften kam. Er schrieb Margherita nichts davon, unterrichtete hingegen die Di Negros und bat sie um die Adresse eines kompetenteren Arztes.

Es war Sommer 1831 und er wartete auf Antwort. Seine letzte Hoffnung.

In London besuchte Margherita alle Konzerte Paganinis und ließ sich sämtliche Artikel über ihn übersetzen. Es war, als wolle sie sich so viel Leid als möglich zuführen. Sie hasste es, über sein düsteres Auftreten, seine schlotternden Hosen, seine klappernden Glieder zu lesen. Die grässlichen Karikaturen brachten sie außer Rand und Band. In einer Ausstellung entdeckte sie eine Bleistiftzeichnung, die ihn als tatterigen, zahnlosen Greis darstellte. Auf die Frage, ob sie das Schundwerk kaufen könne, um es zu vernichten, schüttelte man den

Kopf. Nun war sie froh darüber, in Deutschland die sehr naturgetreue Zeichnung des Herrn Krug und eine interessante Lithographie von G. Nehrlich erstanden zu haben.

Anlässlich einer Soiree bei Lord Holland erfuhr sie von Charlotte Watson. Das Mädchen sei in Paganini verliebt und dieser trüge sich mit dem Gedanken, die junge Frau zu heiraten, obwohl sie seine Tochter sein könne. „Seine Enkeltochter!", tobte Margherita, als sie davon hörte. Wenn Paganini dieses junge Ding tatsächlich ehelichen wollte, hatte er seinen Verstand und seine Würde verloren. War es nicht rücksichtslos, eine dreißig Jahre jüngere Frau an sich binden zu wollen? Sein Genie mag dieses verrückte Leben unbeschadet überstanden haben, murrte Margherita, aber sein Verstand hat wohl erheblich gelitten. Ihm fehlt eine tüchtige Tracht Prügel, damit er zur Besinnung kommt.

7

Da das Leben sehr kurz ist,
werde ich Sorge tragen, keine Zeit zu verlieren.
Niccolò Paganini

Bei meiner Ankunft in meinem Londoner Hotel am Leicester Square werde ich von ausgezeichneten italienischen Musikern empfangen. Bis ich mein erstes Konzert geben kann, spielen wir gemeinsam Quartette. Nebenbei untersuchen mich zwei Musik liebende Ärzte. Dr. Cartwright, dem Zahnarzt, fällt die Kinnlade herunter, als er meinen Mund einsieht. Für mein Alter hätte ich schon erstaunlich viele Zähne eingebüßt und ein reichlich lädiertes Zahnfleisch, das großer Pflege bedürfe. Er zwingt mich regelrecht, die von ihm verschriebenen Mundspülungen eisern durchzuführen. Mehrmals täglich. Der andere Signor, Dr. Billing, schüttelt den Kopf über meine Magerkeit und die große Blässe.

„Sie reden so, als flösse kein Blut in meinen Adern, Signor Billing. Aber ich kann Ihnen versichern, dass Blut fließt. Ich merke es gewöhnlich, wenn eine charmante Dame dahinschmilzt. Dann erröte ich sogar, Dottore."

„Ihr blutleeres Aussehen ist vermutlich auch berufsbedingt, Mister Paganini. Deshalb sollten Sie öfters an die frische Luft, die Sonne genießen, Spazierfahrten machen und mehr essen."

„Sonne? Es ist Mai, und viel Sonne hab ich noch nicht gesehen in diesem sonderbaren Land."

„Dann essen Sie mehr, Maestro! Sie werden sonst heut oder morgen zusammenklappen."

„Ich esse genug!", rufe ich aus. Und wirklich. Sekretär Georg Harrys, der leider nicht mehr bei mir ist, hat häufig meinen guten Appetit bewundert. Das trifft nicht mehr ganz zu, denn oft habe ich Schluckbeschwerden. Die werden dann, je nachdem, von einem italienischen, österreichischen, deutschen oder französischen Arzt behandelt, was mir Besserung verschafft, aber nur vorläufig. Die Ärztebrut lässt überall zu wünschen übrig.

Am 3. Juni 1831 spiele ich zum ersten Mal in meinem Leben im King's Theatre. Die Presse hat meine Geldgier angeprangert, weil ich überhöhte Preise verlange. Alle Zeitungen hetzen mit den hässlichsten Worten gegen mich und loben schon wenige Tage später überschwänglich mein Können. Alles Gerede kehrt sich in Lobpreisungen. Den ganzen Sommer über spiele ich am King's Theatre. Ich stelle auch die Concerti 2 und 3 vor und die Variationen über den „Carneval von Venedig". Die Kritiken sind es wert, gesammelt zu werden. Eine gefällt mir besonders. Der Rezensent schreibt: *Das Auftreten dieses Hexers scheint geeignet, die Mehrzahl der Violinisten in den Selbstmord zu treiben. Er stimmt seine Violine hoch, und trotzdem erhält er einen sphärischen und abgerundeten Klang, der wirklich unglaublich ist. Seine Musik und sein Stil werden von der Melancholie charakterisiert. Der Ausspruch eines französischen Literaten, demzufolge die Traurigkeit immer zerbrechlich ist, kann sehr gut auch auf den Vortrag dieses seltsamen Individuums bezogen werden.*

Mag man sagen, die Briten sind kalt, schwierig zufriedenzustellen und tauen langsam auf, bei meinen Konzerten jedenfalls haben sie das Gegenteil bewiesen. Das ganze Theater – Parkett, Logen, Galerie – war wie ein sturmgepeitschtes Meer, sowohl durch den Lärm der Stimmen und der klatschenden Hände als auch durch die wellenförmige Bewegung der Taschentücher und Hüte, die durch die Luft geschwenkt wurden.

Überallhin werde ich eingeladen und ich weiß nicht, wohin ich zuerst gehen soll. Soirée bei Lady Flint, Dinner mit dem österreichischen Botschafter Esterhazy, Bankett des New Musical Fund, Lunch mit Lord Holland. In der Zwischenzeit gebe ich reichlich Benefizkonzerte oder nehme an ihnen teil. Vom König eingeladen, spielte ich bei Hofe und erwarte nun einen Ring. Sein Juwelier hat an meinem rechten Zeigefinger Maß genommen.

Anfang Juli müssen sie am Eingang Hunderte von Zuhörer wegschicken und mehr als zweihundert Personen geben sich damit zufrieden, zwischen den Orchestermusiker zu stehen. Für die Philharmoniker und die Waisenkinder von London spiele ich gratis, dann eile ich noch in den Saal von London Tavern, außerhalb der Stadt, weil er 800 Personen fassen kann. Wenn Paganini spielt, kommt alle Welt gelaufen. Vielleicht steigt mir das ein wenig zu Kopf, denn als der König ein zweites Mal um ein Privatkonzert bittet und mir lediglich einen Hungerlohn dafür geben will, lasse ich ihm ausrichten, er könne sich weitaus billiger eine Karte für eines meiner Konzerte besorgen: I grandi non temo e gli imili non sdegno – die Großen fürchte ich nicht und die Bescheidenen verachte ich nicht.

Ich spiele in Cheltenham, reise nach Norwich und habe in Liverpool meinen letzten Auftritt, dann schiffe ich mich auf dem Fliegenden Holländer zu einer feuchtkalten Überfahrt nach Irland ein. Es ist August und ich bin nicht auf den entsetzlich hohen Wellengang gefasst. Seekrank werde ich nicht, das ist ausgeschlossen, dazu bin ich schon lädiert genug, aber ich fürchte den Tod durch Ertrinken.

Ich kann nicht schwimmen und verspüre auch nicht die geringste Lust, in diese abscheulichen Fluten zu fallen. Seltsamerweise scheint das Reizklima meiner Gesundheit gut zu tun. Ich bin wach wie ein Hund, fühle mich gestählt, bereit, die Welt aus den Angeln zu heben. Zufrieden atme ich tief durch, spüle meine Lungen mit der salzhaltigen Meeresluft, wage mich allerdings nicht zu weit an den Rand des Schiffes. So stehe ich, geschützt vom Rahmen der Kabinentür, fürchte den Tod durch Ertrinken und blicke gleichzeitig gebannt hinaus auf die wilde, schäumende Macht, die ich genauso schäumend und peitschend in mir spüre. Es ist eine Wohltat, das Tosen in mir mit eigenen, zwar verschleierten, Augen zu sehen. Meine Aufmerksamkeit wird von einer Stimme abgelenkt, die mir irgendwie bekannt vorkommt. Die Person, mit der ich diese Stimme verbinde, kann unmöglich auf einem Schiff nach Irland sein, also reagiere ich nicht darauf. Es ist Möwengeschrei, denke ich. Aber da erklingt sie von neuem. Sie sagt: „Niccolò, erkennst du mich nicht? Niccolò, Niccolò?"

Zuerst blicke ich nach oben, um die Möwe zu erspähen, die solch liebliche Worte in den Meereswind kräht. Doch weit und breit ist keine Möwe zu sehen, jedenfalls erkenne ich mit meinen verschleierten Augen keinen dieser Vögel. Eine zarte Hand berührt mein Handgelenk. Ich wage nicht hinzusehen. Dreh dich nicht um nach fremden Schatten, sage ich mir. Du befindest dich auf einem Geisterschiff.

„Niccolò! Träumst du?"

Zwei Frauenhände packen mein Gesicht und wenden es um. Ich sehe in Fiorellas Augen und bin nun fest überzeugt, auf einem Geisterschiff gelandet zu sein und niemals in Irland anzukommen.

„Francesco!", rufe ich hilflos. Mein Sekretär meldet sich nicht. Er mag wohl schon erstarrt an einem Masten kleben.

„Ich bin es! Fiorella! So hast du mich getauft, das weißt du ganz genau. Tu nicht so, als ob ich dir zu alt wäre. Man liest so dies und das in den Gazetten. Unter anderem, dass du eine Schwäche für ganz junge Frauen hast. Schwächen verzeih ich dir, denn sie sind das Pendant zu deiner Stärke und die Hingezogenheit zur Jugend ist das Pendant zu deinem Siechtum, mein armer Niccolò."

Nun erkenne ich sie. Dennoch glaube ich zu träumen. Vielleicht hat der Traum schon in England angefangen. Es wäre traurig, denn solche Erfolge regnet es vermutlich nie wieder. Ich wünsche bei Gott nicht, sie nur geträumt zu haben. Die Gischt brandet an den Schiffsbug und sprüht weiße Funken durch die Luft. Fiorella sieht mich ernst an, dabei ist ihr Ausdruck sanft und betroffen. Sie hebt die Hand und streicht zart über mein Gesicht.

„Was ist geschehen? Du bist so abgezehrt?" Ihre Fingerspitzen tasten über meinen Mund, meine Wangen. „Als ob du eine schwere Krankheit gehabt hättest. Aber das kann wohl nicht sein, denn du reist schon seit Monaten durch die halbe Welt."

„Die Presse ist tüchtig, wie ich sehe. In Italien wird also mein Ruhm durch die Zeitungen geschmiert."

„Oh ja, das wird er. Wenn du zurückkommst, wirst du keine Ruhe mehr haben. Sie werden nach dir verlangen wie nie zuvor."

„Und du? Zu welchem Zwecke bist du nach Irland unterwegs?"

„Um Niccolò Paganini auf den Bühnen Belfasts und Dublins zu erleben."

„Verhöhne mich nicht, meine Liebe! Du bist mir in Italien gefolgt, hast mich verlassen und dich dann verheiratet oder zumindest fest liiert. Was hat dich veranlasst, auf ein Schiff nach Irland zu gehen?"

„Das Wunder!", antwortet sie trocken und bricht dann in Gelächter aus. Ihre Art, mit mir umzugehen, behagt mir ganz und gar nicht.

„Hör sofort auf, dich über mich lustig zu machen!" Ich mustere sie verärgert. Und da ich schon mit freundlichem Gesicht unfreundlich aussehe, wie muss ich nun aussehen? Auch sie wird wieder sehr ernst. Sie senkt den Blick und entschuldigt sich. Dann höre ich vor dem Hintergrund der aufgewühlten Meeresfluten ihre sanfte Stimme. Sie erzählt sehr vage von dem Mann, der mich hätte ersetzen sollen, und von ihrer Sehnsucht nach mir.

„Attraktiv wie der ‚Mann mit Handschuh‘?“

„Hmm“, macht sie und blickt dabei sehr, sehr traurig. Dennoch ist sie noch blühend schön.

So beginnt mein Irlandaufenthalt. Im Bett des Will's Hotel in Dublin, an Fiorellas Körper geschmiegt. Ich brauche zwei Nächte, um wieder der Mann zu sein, der eine Frau zufriedenstellt. Dabei kann ich meine kleinen Gebrechen nicht verbergen. Mehrmals höre ich nachts ihre sanfte Stimme, die mich fragt, ob ich auch nicht zu sehr leide. Ich antworte kaum und schlafe weiter. Schlaf ist einer meiner Hauptgenüsse und ich möchte ihn nicht gern unterbrechen. Mutters Wollmütze trage ich ausnahmsweise nicht zur Nacht. Morgens richtet sich Fiorella im Bett auf und schaut sehr ernst auf mich herab. Ich liege noch immer wie ein Stein, fühle mich bleiern.

„Du hustest oft in der Nacht!“

„Klingle lieber nach einer Tasse Schokolade, liebste Fiorella, als dich zu sorgen. Der Husten ist es nicht wert, ernst genommen zu werden. Spürst du nicht die Kälte in diesem Land?“

Sie wirft energisch die Bettdecke zurück und erhebt sich. Sie stemmt die Hände in die Hüften und stellt sich vor das Bett. Ihre Augen funkeln.

„Dein Husten klingt fürchterlich. Man meint, du erstickst. Du musst ihn unbedingt auskurieren.“

Ich lache schallend, wobei ich erneut vom Husten geschüttelt werde. Sobald ich sprechen kann, sage ich:

„Auskurieren? Das tue ich doch laufend. Ich mache Kuren, Bäder, bekomme Medikamente. Er beruhigt sich und kommt wieder, wenn es kalt und feucht ist.“

Fiorella runzelt die Stirn. Eine Weile schaut sie mich schweigend an. Ich bemerke einen sehr traurigen Zug in ihrem Gesicht.

„Wenn es so ist, wie du sagst, dann scheint sich hinter dem Husten etwas zu verbergen. Du solltest dich ein Jahr vollkommen unter ärztlicher Aufsicht erholen.“

„Ach, diese Ärzte, zum Teufel mit ihnen! Außerdem habe ich momentan keine Zeit für Erholung. Das mache ich dann in Genua, wenn ich zurück in Italien bin. In Irland stehen mehr als zwanzig Konzerte auf dem Plan, in England auch noch einige und in Paris …"

Fiorella hatte nach dem Diener geklingelt und fällt nun wie eine Hyäne über mich her.

„Lieber Gott, bist du ein Wahnsinniger? Ein Selbstmörder? Das darfst du niemals. Zwanzig Konzerte in diesem Land bringen dich um."

„Geliebte Frau, du malst den Teufel an die Wand. Ich weiß selbst am besten, wann ich nicht mehr spielen kann."

Sie stemmt wieder die Hände in die Hüften und schreit fürchterlich.

„Vielleicht weißt du, wann du nicht mehr spielen kannst. Aber kennst du den Moment, in dem du anfängst, mit deinem Leben zu spielen?"

Es klopft. Fiorella eilt zur Tür und ordert eine Suppe und zwei Tassen Schokolade. Indessen winde ich mich aus den Laken.

„Ich bin Italiener und meine Lungen sind diese feuchte Luft nicht gewohnt." Meine Stimme ist schneidend. Sie merkt es. „Und nun bitte ich dich, mit deinen Vorhaltungen aufzuhören. Heute Abend gebe ich in dieser Stadt mein erstes Konzert und dem soll keine Missstimmung vorausgehen."

Bis zum Abend erwähnt sie ihre Sorgen nicht mehr. Wir unterhalten uns über die Werke, die ich spielen werde, über Achillino und meinen Plan, eine schöne Villa in der Toskana zu kaufen.

Sie begleitet mich nicht zur Orchesterprobe, verspricht aber, abends da zu sein. Die ganze Sache hat mich beunruhigt. Ich mag es nicht, wenn ich an Dinge erinnert werde, die ich beständig vergessen möchte. Oh ja, ich bin auf eine Weise krank, die mir Angst macht. Aber vielleicht bewältige ich Krankheit und Angst mit all der mir zu Gebote stehenden Energie?

In den kühlen Dubliner Straßen schöpfe ich tief Luft. Francesco geht stumm neben mir her. Der junge Mann hat viel mit meinem letzten Sekretär Harrys gemein. Er redet nur, wenn ich danach verlange. Und dieses Verlangen spürt der Mann, ich brauch nicht einmal ein Zeichen zu geben. Er wohnt im Zimmer neben uns, im selben Stock, in dem auch Fiorellas Bedienstete Unterschlupf gefunden hat.

Im Hotel verwende ich mehr Zeit als üblich, mein Instrument zu stimmen, lasse mich auch im Theater nicht drängen und überprüfe es hinter den Kulissen ein weiteres Mal. Dadurch verspäte ich mich und werde, als ich auf die Bühne komme, mit ungezogenen Bemerkungen begrüßt. „Auf was wartest du denn?", schreit einer im Publikum, worauf einige lauthals lachen. Aufs Äußerste gereizt, will ich vom Dirigenten wissen, was dieses respektlose Verhalten bedeuten soll. Seine dürftige, gänzlich unbefriedigende Auskunft gibt mir den Rest. Ich verlasse schnurstracks die Bühne und kehre augenblicklich ins Hotel zurück. Vor diesen Leuten spiele ich nicht, schwöre ich mir. Sollte ganz Irland ein Haufen sich mokierender Affen sein, so werden sie meine Violine niemals hören. Ich verriegle die Tür und lasse niemanden eintreten außer Fiorella, die wenig später erscheint. Sie erwähnt mit keinem Wort, was geschehen ist. Schweigsam essen wir im Hotelzimmer zu Abend. Nur die Geräusche des Bestecks sind zu hören, ein tiefes Ein- und Ausatmen, dann Stühlerücken. Fiorella klingelt dem Diener, ein paar Worte fallen und wir sind wieder allein. Schweigsam, furchtsam. Fiorella richtet sich zur Nacht und legt sich aufs Bett. Ihr Gesicht wird vom Schein der Kerze beleuchtet, die sie hatte brennen lassen, um noch ein paar Zeilen in einem Buch zu lesen. Ich sitze im hintersten Winkel des Zimmers. Es ist dunkel um mich, meine Augen durchdringen die Nacht. Ich nehme von nichts mehr Notiz, bin ganz bei mir. Die Gedanken kommen zur Ruhe, mein Kopf wird leicht und auch das Jucken im Hals lässt ein wenig nach. Ich weiß nicht, was mit mir in diesen Momenten geschieht, aber es ist angenehm. Es ist, als ob mich jemand an der Hand nimmt und Frieden schließen will. Ich weiß auch nicht, wie viel Zeit vergeht. Irgendwann spüre ich Fiorellas streichelnde Hand.

„Es ist kühl, Niccolò! Komm ins Bett, wärme dich. Wärme dich für morgen und für deine Mammuttournee."

Wie ein Kind folge ich ihr, und wie ein verliebter Mann schmiege ich mich an ihren nackten Körper.

Meine Wut über die Dubliner Iren lässt am nächsten Morgen nur mäßig nach. Selbst Fiorellas liebevolle Fürsorge in der Nacht hat meinen Ärger nicht mildern können. In der zweiten Nacht massiert sie ausgiebig meinen Bauch. Es soll die Verspannungen lockern, die das lange Sitzen im Reisewagen verursacht hat. Die Massage dehnt sich unwillkürlich aus, so dass ich nach gewisser Zeit völlig entspannt auf ihr liege.

Am Morgen jener Nacht versammeln sich Musik liebende Iren unter meinem Hotelzimmer und skandieren meinen Namen. Als ich hinunterschaue, blicken sie freundlich herauf und flehen mich an, endlich aufzutreten.

Wer liebenswürdig bittet, dem antworte ich liebenswürdig. Anfang September geht es los. Il Cannone ist in Höchstform. Die Dubliner entzücke ich mit dem Concerto Nr. 2 und ernte tosenden Beifall für „La Campanella".

Zum Abendessen beim Vizekönig Lord Lieutnant nehme ich die schöne Geliebte mit und stelle sie als meine Lebensgefährtin vor. Ich reise durch ganz Irland und werde dabei von einer eher schweigsamen, aber sehr liebevollen Fiorella begleitet. Kein einziges Mal erwähnt sie meine gebrechliche Gesundheit, obwohl sie gegen Ende der Reise drastisch Grund dazu hat. In der Provinzstadt Limerick breche ich nach dem Konzert zusammen. Die Polonaise des Concerto Nr. 4 schaffe ich mit letzter Kraft, kaum bin ich hinter der Bühne, knicken meine Knie ein und mir wird schwarz vor Augen.

„Es ist, weil ich heute fast nichts gegessen habe", beruhige ich Fiorella. Sie steht auf der einen Seite des Hotelzimmerbettes, der Arzt auf der anderen. Er flößt mir einen Sirup ein, der heiß durch meine Kehle fließt und wohlig meinen Körper erwärmt.

„Ich habe doch nichts, Dottore?"

„Sie sind sehr geschwächt. Stabilisieren Sie sich, bevor Sie weiterhin solche Kraftakte bewältigen."

„Il Signor dottore! Was bewältige ich denn schon Großes? Ich fahre spazieren, spiele am Abend und esse zwischendurch. Da es der Himmel manchmal gut mit mir meint, ist zuweilen eine Frau an meiner Seite."

„Er fährt nicht spazieren!", berichtigt Fiorella streng. „Er schaukelt mit einem Reisewagen von Palermo bis hinauf nach Limerick, bei Sturm, Regen und Hagel. Dabei sollte er sich mit seinem geschundenen Magen und dem schrecklichen Husten in der Sonne aufhalten. In der Sonne wandern!" Ihr Zeigefinger schnellte in die Luft. „Zu Fuß, auf den Anhöhen der Bucht von Genua oder in der schönen Toskana."

Der Dottore nickt. Er ordnet die üblichen Medikamente an. Das Tragen von Schals und langen Unterkleidern et cetera, et cetera. Ich wende meinen finsteren Blick nicht von Fiorella. Sie soll wissen, dass sie mich mit dieser Einmischerei nur erbost. Und tatsächlich ist sie einsichtig. Lachend sagt sie zum Dottore:

„Wozu braucht er denn Schals, er trägt doch immer seinen Pelzmantel?"

„Im Sommer einen Pelzmantel?"

„Sie nennen dieses kalte Wetter Sommer?"

Nachdem das Lachen aus ihrem Gesicht gewichen ist, kann ich die Tränen sehen. Sie rollen lautlos über ihre Wangen.

Während eines Spaziergangs an den Seen von Killarney reden wir mal wieder über mich. Gott sei Dank spart sie meine Gesundheit aus.

„Ich verstehe bis heute nicht, warum du Helena abgelehnt hast. Das macht mich traurig, weißt du."

„Du solltest darüber glücklich sein. Kommst du nicht auf die Idee, es könnte mit dir zusammenhängen?"

Fiorella verlangsamt ihren Schritt. Wenige Augenblicke genießen wir schweigend die herrliche Aussicht auf die Seen und ihre kristalline Oberfläche, die mir Kälteschauer über den Rücken jagt. Die

Sonne strahlt von einem klaren Himmel, ich trage zum Schutz meine dunkelblaue Brille und bin trotz der erträglichen Temperaturen in meinen Pelzmantel gehüllt. Das Grün der umgrenzenden Hügellandschaft nehme ich erst wahr, als mich meine Begleiterin darauf hinweist. Meine Augen sind schlecht geworden. Dem Himmel sei Dank ist mein Gehör unversehrt.

„Niccolò!" Sie lächelt geheimnisvoll und ich glaube wieder, dies alles sei nur ein Traum. „Tröste mich nicht. Du hast mich längst abgehakt, weil ich dir keine Kinder schenken kann. Ich meinerseits vermute, dass dich jede ernste Liebe ängstigt, darum fliehst du sie."

Ich schüttle entschieden den Kopf.

„Es ist nicht wahr. Ich sehne mich nach einer Familie, nach einem Zuhause. Siehst du nicht, welch ein Leben ich führe?"

„Das will ich gern glauben. Der Wunsch ist da, doch die Angst ist größer."

Ihre Argumentation missfällt mir. Was sollte ich in einer Beziehung noch fürchten? Ich bin gewappnet.

„So ein Unfug! Ich habe mich ins Netz der Bianchi gewagt, weil ich eine Familie wünschte. Aber sie war nicht dazu fähig."

„Oho!" Fiorella hält mich am Mantelärmel fest und fixiert meine Augen. „Warum ist sie dann schon zwei Jahre glücklich verheiratet?"

„Ist sie das? … Und wenn sie es ist, so ist sie sicherlich nicht glücklich!" Verärgert reiße ich mich von ihr los und schreite heftig aus.

„Niccolò, lauf mir nicht davon! Ich verspreche dir, nicht weiter in dich zu dringen."

Ich halte an, einige Spaziergänger überholen mich, wobei sie interessiert herüber schauen. Ich drücke meinen Hut tiefer in die Stirn, schlage den Mantelkragen hoch. Niemand kann mich solchermaßen erkennen, da nichts weiter von mir zu sehen ist als meine Nase und die dunkle Brille. Fiorella lacht und hakt sich bei mir unter. Sie ist eine kluge Frau und redet nun über die herrliche Landschaft, die intensiven, vom milden Sonnenlicht gemalten Farben der Natur. Ich unterbreche ihre gutgemeinten Worte:

„Ich möchte das Thema auf sich beruhen lassen und von der Bianchi will ich nichts mehr hören, dennoch frage ich mich manchmal, was aus Helena wohl geworden ist."

„Ich weiß es!" Die frische Luft hat Fiorellas Wangen gerötet und ihre gute Laune mobilisiert. Verblüfft bleibe ich stehen.

„Du weißt es? Steht denn alles, wirklich alles über mich in den Zeitungen? Das ist höchst beunruhigend."

Lächeln der Sphinx. Ihre grünen Augen ruhen gelassen auf mir. Dies ist kein junges Mädchen, das eingeschüchtert vor den berühmten Virtuosen tritt und zu allem Ja sagt. Langsam gehen wir weiter, ihre Hand in meinen Arm eingehakt.

„Ich brauche keine Zeitung, um dein Leben zu kennen. Helena, Baronin von Dobeneck, hat der profanen Welt den Rücken gekehrt, nachdem sie begriffen hatte, dass der einzige Mann, den sie aufrichtig liebte, ihre Liebe nicht erwiderte."

Vom Blitz getroffen, bleibe ich stehen.

„Santa Maria, sie lebt nicht mehr?" Fiorella treibt mich voran.

„Aber nein, Niccolò! Sie hat sich der religiösen Welt zugewandt, sie ging ins Kloster."

Ich kann es nicht fassen. Die schöne Helena verzichtet auf Liebe, auf das angenehme Leben in der Blüte ihres Lebens.

„Wie konnte sie das nur tun?"

„Ihre Liebe zu dir hat sie dazu getrieben. Aber beruhige dich. Nach einem Jahr hat sie den Schleier wieder abgelegt. Ich habe ihre Spur verloren, aber soviel ich weiß, ist sie wie ich unterwegs. Sie bereist alle Länder, in denen du auftrittst. Vielleicht hält sie sich ganz in unserer Nähe auf und wir erkennen sie nicht."

„Du machst mich verrückt, geheimnisvolle Fiorella!"

„Wer von uns ist das größere Geheimnis?"

Als wir uns dem Will's Hotel nähern, erkenne ich dieselben Gestalten, die schon an den ersten Abenden den Eingang des Hotels belagerten. Es sind keine Bewunderer, es sind die Armen von Dublin und ich bin so brutal und gebe ihnen diesmal nichts. Anfangs warf ich ihnen einige Münzen hin, worüber sie sich aufregten und mich einen abscheulichen Geizhals hießen. Wenn man mir droht und mir das Geld aus den Taschen ziehen will, kann ich unbarmherzig werden und ich glaube, ich war es bisher nirgends so sehr wie in Dublin.

Dennoch bekommen die Iren eine auf sie zugeschnittene Abschiedssoiree. Ich spiele einige Variationen über das irische Volkslied St. Patrick's Day. Es ist ein lebhaftes Motiv im Sechsachteltakt. Sehe ich von ein paar frechen Ausnahmen ab, so wachsen mir die Iren allmählich ans Herz. Überall, in der Stadt oder auf dem Land, empfangen sie mich mit großer Begeisterung. In den Zeitungen steht, noch nie habe das Land einen Künstler so gefeiert wie mich. Fiorella hingegen gerät in heiligen Zorn, als ich ihr anvertraue, Impresario Freemann habe eine Konzertreise durch Schottland organisiert.

„Ich habe mir geschworen, die Welt meine Violine hören zu lassen, und die Welt hört nicht in Dublin auf!"

„Du bist ein Ungeheuer!", schreit sie wie von Sinnen. Erzürnt und mit Funken sprühenden Augen fährt sie fort: „Hör gut zu, denn ich sage es nicht zweimal: Ich liebe dich, seit ich sechs Jahre alt bin. Keinen anderen Mann wollte ich! Nur dich. Damals warst du noch nicht der große Paganini und hattest noch alle Zähne. Dein Gesicht war anmutig und nicht so verzerrt wie heute. Dass du mich verschmähtest, weil ich dir kein Kind geben kann, verzeih ich dir. Doch nun hast du Achille und wir könnten alle glücklich werden. Nur geht es nicht, wenn du bockig nach deinem verdammten sturen Kopf leben willst. Darunter leidet auch Achille."

All ihre Worte höre ich sehr gut, bin aber viel zu sehr mit dem Rätsel ihrer Identität befasst, als dass ich hätte vernünftig antworten können.

„Du brauchst einen Sockel. Ohne ihn wirst du langsam, aber sicher in die Erde sinken und elendig verkommen."

„Einen Sockel?“ Habe ich mich verhört?

„Ein Fundament, Boden unter den Füßen, einen festen Ort …“

„Germi ist dabei, eine Villa zu kaufen.“

Sie winkt ab und heult mit schriller Stimme: Villa, Villa, das löse noch nicht das Problem. So streiten wir eine Weile hin und her, giften uns an und schließlich endet unser Zank damit, dass Fiorella eine herrliche Vase von der Konsole nimmt und sie mit fürchterlicher Wucht auf den Boden knallt. Dabei knurrt sie und fletscht die Zähne wie ein wildes Tier. Ich eile in eine Ecke des Zimmers, um mich zu schützen.

„Fiorella, Fiorella, ich bitte dich. Das alles erinnert zu sehr an die Bianchi.“

„Das ist mir egal!“ Sie dreht sich weg und rauscht hinaus. Ermattet lasse ich mich in einem Sessel nieder. Warum muss es immer so trostlos enden, denke ich. Warum? Da steht sie plötzlich wieder im Türrahmen. Schön, erhaben, gefasst. Ihr Hut sitzt locker auf dem Kopf, das Kleid ist nach der neuesten Mode höhergeschlossen, aber eng in der Taille.

„Falls wir uns in diesem Leben noch einmal begegnen, nenne mich bitte bei meinem richtigen Namen“, sagt sie und verschwindet.

„Und der wäre?“ murmele ich halblaut.

Sie verlässt mit mir das Hotel und nimmt eine Kutsche in die entgegengesetzte Richtung. Ohne sich umzudrehen, fährt sie davon. Ihre Zofe winkt zaghaft aus dem Wagenfenster. Betroffen starre ich eine Weile vor mich hin. Francesco lädt meinen winzigen Koffer auf das Dach der Kutsche, öffnet mir dann den Schlag. Den Geigenkasten an mich gedrückt, steige ich ein. Ihre Abschiedsworte haben sehr wehgetan.

„Soll ich mit ansehen, wie du dich zugrunde richtest? Soll ich Zeuge deines langsamen Todes sein? Nein, das werde ich nicht! Wenn du jetzt nicht mit mir zurück in die Wärme der Toskana gehst, dann mach, was du willst. Das tust du ohnehin.“

– Nein, Fiorella, hätte ich ihr sagen können, ich mache durchaus nicht, was ich will. Es ist eine innere Macht, die mich schiebt. Ich bin ihr ausgeliefert, sie lässt mich nicht los. Und auf der Bühne packt sie mich mit irrsinniger Gewalt, strömt durch meinen Körper, setzt mich einer ungeheueren Spannung aus. Aber du hattest recht, Fiorella. Diese Spannung schadet mir entsetzlich.

8

Ohne zusammenzubrechen, bewältige ich Glasgow, Edinburgh, Aberdeen und weitere Städte im Norden. Mittlerweile herrschen winterliche Temperaturen, denn es ist November. Ich mag gar nicht daran denken, wie frostig es hier in den Monaten Dezember, Januar und Februar sein muss. Unmenschlich, vermutlich. Es ist bei all der Kälte unbegreiflich, dass diese Menschen einen feinen Geschmack für Musik entwickelten. Die Luft schmeckt nach Schnee und riecht nur nach Kälte, sonst hat sie nicht den geringsten Geruch. Die Glieder erstarren, man verliert die Lust, sich zu bewegen, und kriecht wie ein Schneckentier.

Auch die Schotten haben einen extra Dank verdient. Bevor ich sie in ihrer entsetzlichen Kälte zurücklasse, beschere ich ihnen einen warmen Abend. In den Assembly Rooms improvisiere ich am 18. November Variationen zu einem schottischen Volkslied. Die Musik habe ich nicht notiert. Der Augenblick gab sie mir ein und sie verschwand, als der Augenblick vorüber war. So mag ich mich am liebsten: Als Ausführenden und Improvisierenden, der sich einer vergänglichen Idee überlässt, die entsteht und vergeht, so wie der Ton erklingt und verklingt.

Wenn es so ist, dass der Erfolg mein treuer Begleiter ist und ich überall Begeisterungstaumel auslöse, dann muss ich diesen Taumel ankurbeln, solange ich kann. Von Schottland direkt nach Frankreich zurück, ist also nicht möglich. Ich werde bei meiner Rückkehr in zahlreichen Städten Mittel- und Südenglands gastieren, bevor ich in Paris Achille abhole.

Kurz vor Weihnachten entzündet sich wegen irgendeiner Nachlässigkeit mein Zahnfleisch. Natürlich vermute ich hinter dem Schmerz einen kaputten Zahn. Darüber ärgere ich mich mehr als mir lieb ist.

„Es sieht in der Tat elend aus in Ihrem Mund", konstatiert der englische Chirurg Mr. Norman, dem ich mich anvertraue. „Die durch die Zahnausfälle entstandenen Lücken eignen sich hervorragend als Nester für Bakterien und die haben einen gesunden Zahn angefallen."

„Jetzt habe ich aber genug!" Statt dem Arzt versetze ich dem Tisch einen solchen Tritt, dass sein Bein abbricht. „Offensichtlich hat der Himmel bestimmt, mich den Bakterien zum Fraß vorzuwerfen. Vom Scheitel bis zur Sohle, ob Zahn oder Loch. Wenn dem so ist, reiße ich alle Zähne raus, verdammt!"

„Um Himmels Willen! Wie wollen Sie dann essen? Die Entzündung fängt erst an. Wir können also den Zahn retten."

Ich will dem Dottore glauben, auch wenn es mir schwerfällt.

Germi teilt mir Mutters Tod mit. Sie hat Weihnachten nicht mehr erlebt. Das letzte Mal war ich mit der Bianchi und Achille bei ihr gewesen. Gott sei Dank hat sie den Jungen noch kennengelernt. Ich habe sie nie wirklich vermisst, denn sie war ja da. Dort, in Genua, wo ich bald sein werde. Nun ist ihr Platz im Haus in Ramairone leer. In ihrem Leben hat sie meine Violine selten gehört, aber jetzt, da sie mich nicht mehr hören kann, werde ich für sie spielen. Und niemand soll mich von nun an daran hindern, meine geliebte Nachtmütze zu tragen. Alles vergeht, auch ich, deshalb grübele ich immer häufiger darüber, alle meine Werke drucken zu lassen. Vielleicht überleben sie die Zeit. Und wenn sie auch heute schwierig zu spielen sind, ja manche gar unspielbar scheinen, so wird die Zukunft irgendwann doch Virtuosen hervorbringen, die diese Werke bewältigen wie ich. Es ist nur fraglich, ob sie so spielen können, wenn ihnen die Spannung fehlt. Diese hohe Spannung, die mir immer mehr zu schaffen macht und vor der ich mich immer mehr fürchte, strahlt auf die Zuhörer aus und zieht sie in ein magisches Feld.

In dieser intensiven Zeit, die mir nur wenige Minuten zum Nachdenken lässt, sitze ich manchmal apathisch im Dunkeln und stiere vor mich hin. An einem Abend sehe ich plötzlich eine Szene vor mir, die mehr als dreißig Jahre zurückliegt. Es war ein Nachmittag im Mai und ich kam aus Emilias Boudoir, ein wenig ermattet durch ihre Liebe, aber erfrischt dank eines Bades. Mein Haar war noch etwas nass und lockte sich sehr stark. Den Hemdkragen offen, die Halsbinde gelöst, setzte ich mich mit der Mandoline in den Garten und spielte. Damals komponierte ich einige Stücke für dieses Instrument. Plötzlich zupfte jemand an meinem Rock. Ich drehe mich um. Ein engelsgleiches Mädchen stand da. Sein Lockenhaar bedeckte die Schultern und leuchtete wie Gold. Mit Engelsstimme fragte das Kind: „Darf ich dein Haar anfassen?" Ich nickte. Und das Mädchen tat es. Dann fragte es: „Darf ich deine Nase anfassen?" Ich nickte wieder und die Kleine strich zart über meinen langen Nasenrücken. Und nochmals fragte sie: „Darf ich deine Hände anfassen?" Wieder nickte ich und überlegte dabei, was sie wohl sonst noch alles anfassen wollte. Zärtlich streichelte sie meine Hände. Ein wunderbarer Duft ging von ihr aus und ich hörte ihren leichten Atem.

„Du bist ein schöner Mann!", sagte sie dann. Das Grün ihrer herrlichen Augen strahlte. Diesen Satz hörte ich später nie wieder. Dankbar lächelte ich sie an und fragte: „Wie heißt du?"

„Margherita."

„Der Name passt wundervoll zu dir, denn du bist schön wie eine Margarite."

Die Cholera bricht in London aus, aber ich sehe nicht ein, deswegen die Konzerte abzusagen. Im Gegenteil. Es wird den Menschen Mut machen, sie ablenken.

9
Paris, März 1832

Es herrscht Cholerapanik. Alle fliehen, auch Rossini ist vor Angst davongelaufen. Ich hingegen komme gerade an. Die Polizei hat über tausend Pässe ausgegeben, damit die Furchtsamen verschwinden können. Schon 11.000 Menschen sind von der hässlichen Krankheit befallen, aber ich fürchte sie nicht. Im Gegenteil, ich gehe zum Friedhof und wohne Beerdigungen von Unbekannten bei. Nächsten Freitag werde ich im Grand Theâtre ein Konzert zugunsten der Kranken geben. Der Impresario hat mir das Orchester und das gesamte Personal zur Verfügung gestellt. Er wird alle bezahlen, so dass wir eine stattliche Summe für die Kranken ansammeln.

Margheritas Ratschlägen zum Trotz gebe ich mehr Konzerte als vorgesehen. Der hartnäckige Erfolg lässt mich nicht ruhen, er nährt in mir die Idee, voranzuschreiten, über mich hinauszuwachsen, mich unsterblich zu machen. Augenblicklich geht es mir ohnehin hervorragend. Da mein englischer Chirurg die Entzündung nicht niederzwingen konnte, ließ ich kurzerhand den Zahn ziehen. Am selben Tag noch sollte ich dem Bildhauer David d'Angers für eine Büste Modell stehen und sah verheerend aus. Achille gefiel es, dass mir wie einem fressenden Löwen Blut aus den Mundwinkeln rann, aber d'Angers schnurrte vor Entsetzen zusammen. Ich bin seitdem wohlauf. Die Wunde ist verheilt und gegen Rheumatismus verordnete mir der Dottore ein Einreibemittel gemischt aus Weingeist und Leinöl. Den lästigen Hustenanfällen wollen wir mit Brustumschlägen aus einem Gebräu starker Kräuter von den Küsten Cornwalls den Garaus machen. Ich bin für die Pariser Konzerte gewappnet.

In Paris sind die Leute noch verrückter nach mir geworden. Acht Abende lang drängen sich im Grand Theâtre die Zuhörer, verdrehen sie beim Klang meiner Violine die Augen, jubeln und schreien Bravo. Musiker und Dirigenten bitten mich, meine Musik drucken zu lassen und vor allem eine Methode herauszugeben, die verrät, wie die Violine zu erlernen ist, um sie nur annährend so zu spielen wie ich. Das werde ich alles tun, sobald ich zurück in Genua bin.

Auch Achille freut sich, mich wiederzusehen, doch nichts ist mit den Gefühlen zu vergleichen, die mich durchströmen, als ich den lieben Jungen wieder in die Arme schließe. Wir widmen uns den geliebten Spielen, wobei mir Achilles Zerstreutheit beim Schachspiel auffällt. Aber wie kann ich von dem Kind verlangen, ein Spiel zu memorieren, das er mit niemandem außer mit mir spielt? Achille will mich Mitte Juni nicht gehen lassen.

„Du wirst zu meinem Geburtstag nicht da sein?"

Ich rechne nach und nicke. Impresario Laporte vom King's Theatre hat zwölf Konzerte organisiert. Das wird den Sommer in Anspruch nehmen.

„Wann kommst du zurück?"

„Lieber Achille, sei nicht traurig! Dein Papà liebt dich über alles, aber er muss viel Geld verdienen."

„Du hast doch genug, sagen die Leute. Du hast mehr als genug."

„Lass die Leute reden, Achille! Sie wissen nichts über mich. Du kennst mich am besten. Vertrau auf mich."

In London muss ich mich zunächst einmal ärgern. Von mir komponierte Motive wurden für Klavier umgeschrieben und ohne meine Erlaubnis veröffentlicht. Ich ging gegen die verantwortlichen Herren gerichtlich vor und gewann. Mag man denken, ich sei kleinlich, aber wie soll ich mich sonst gegen Missbrauch schützen? Solange ich nicht wie Mozart oder Beethoven die Rechte an einen Verlag verkaufe, kann sich jeder gewiefte Musiker meine Musik zueigen machen, auf andere Instrumente transponieren und damit hausieren gehen. Ganz zu schweigen von den Plagiaten, Imitationen und Arrangements, die meinen Namen verunglimpfen. Sobald ich in Genua bin, werde ich meine Kompositionen, so wie sie geschrieben stehen, veröffentlichen und ihnen eine Schule hinzufügen, die ihre Ausführung methodisch erläutert. Das habe ich unwiderruflich vor und nur der frühe Tod kann mich daran hindern.

Auch die elf Konzerte in London sind jedes Mal ausgebucht, in Cheltenham stehen die Menschen auf den Stühlen, bei meinem Abschiedskonzert fallen ein paar entzückende Damen in Ohnmacht und der Weg zu meiner Kutsche ist von den reizendsten Mädchen und den verrücktesten Männern gesäumt.

Am kommenden Morgen spricht ein Maler mit Namen George Patten vor. Ich soll ihm Modell stehen, damit in hundert Jahren auch ein schönes Bildnis von mir existiert und nicht nur Karikaturen, sagt der höchstens dreißigjährige Künstler.

Es folgen Boulogne und den ganzen August und September englische Provinzstädte. Kurze Rückkehr nach Paris, um Achille in die Arme zu nehmen, und ich reise weiter durch den Norden Frankreichs, wo ich 20.000 Francs einnehme.

Ein neues Jahr beginnt. Es soll die verdiente Ruhe bringen, Zeit für Achille, Wärme für meinen armen Körper, denn die Kälte in Paris steht der in Schottland in nichts nach. Ihretwegen muss geheizt werden, dabei spucken die Kamine Unmengen von Rauch, den ich nicht ertrage. Ich werde von einem scheußlichen Katarrhhusten geplagt, gleichzeitig ist meine Nase verstopft. Der Arzt meint, ich hätte meine ohnehin empfindlichen Schleimhäute viel zu sehr mit dem Tabakschnupfen drangsaliert. Sechsmal habe ich wegen der Kamine die Unterkunft gewechselt und fühle mich erst jetzt ein wenig besser. So einen Mann kann ich der schönen Margherita, einer Frau, die mich aufrichtig seit ihrem zartesten Alter liebt, nicht zumuten. Wie könnte ich sie in Ehren halten, wenn mein Charakter sie zu der Furie herabzieht, die mich aus dem Haus treibt?

Mit meiner Gesundheit geht es auf und ab. Seit ich keine Konzerte mehr gebe, nicht mehr im rumpelnden Reisewagen sitze, fühle ich mich körperlich schwächer. Die Wochen gehen dahin und ich setze weder Feder noch Bogen ein. Ich schreibe wenig und spiele überhaupt nicht. Es ist mittlerweile Ende Februar, ich habe den Bankdirektor kommen lassen und ihn beauftragt, das viele Geld, das von einer Londoner Bank eintreffen wird, baldigst nach Genua zu transferieren. Es sind große Summen, über eine halbe Million Franken haben mir die Konzerte in Frankreich, Deutschland und England eingebracht, Wien und Italien nicht mitgerechnet. Dennoch fließt auch viel davon fort. Meine Ausgaben sind exorbitant. Ich werde die Ärzte streichen. Sie helfen ohnehin wenig. Nur Bennati versteht es, mich zu behandeln. Und Germi, mein Busenfreund, erwärmt mein Herz. Aber sie sind nicht hier und sie würden sich auch nicht die Mühe machen zu kommen. Germi ist ein sesshafter Mensch, schon eine Reise von Genua nach Florenz bringt ihn um. Bennati ist da anders. Er könnte es schaffen. Ich werde ihn bitten, mich zu besuchen.

Ich wohne nun im Hotel Malta in der rue Richelieu und fühle mich hundeelend. Die dritte Grippe innerhalb von zwei Monaten wirft mich nieder. Den Katarrhhusten behandle ich mit Hausmittelchen. Ich braue mir ein Getränk aus einer geschälten, geteilten Zwiebel, die ich in einem Topf so lange kochen lasse, bis die Hälfte des Wassers verdunstet ist. Dann nehme ich sie heraus, bespicke sie mit Kandiszucker und koche das Ganze von neuem. Heiß getrunken, wirkt das Gebräu wie Balsam für die Brust und befreit die Luftwege. Schließlich lasse ich doch einen Arzt kommen, weil ich mich zeitweise vor Schwäche kaum auf den Beinen halten kann. In diesen ungünstigen Augenblick hinein fällt die Bitte um ein Benefizkonzert für eine englische Schauspielerin. Sie hatte sich bei einem Kutschenunfall das Bein gebrochen und nun droht ihre Schauspieltruppe zu verarmen. Alle namhaften Musiker, darunter Liszt und Chopin, organisierten ein Konzert zu ihren Gunsten. Als ich ablehne, rottet sich die Presse gegen mich zusammen. Der geizige Teufel kommt Gold beladen aus London zurück und wagt es abzulehnen, schreibt einer der Journalisten. Was weiß der Kerl von mir? Fast sechs Monate habe ich den Bogen nicht angerührt und mein Zustand ist so erbärmlich, dass ich unüberwindliche Schwierigkeiten darin sehe, mich dieser wahnsinnigen elektrischen Spannung auszusetzen. Entweder ich breche zusammen oder ich sterbe daran. Es hat keinen Sinn, ich bin gezwungen, abzulehnen.

In der Nacht vor dem Konzert überfällt mich wieder dieser krampfartige Husten.

„Papà, Papà, brauchst du deine Medizin?“ Achille steht am Bett. Seine Augen schauen besorgt, sein Mund ist leicht geöffnet. Er drückt seine Hand in meinen Rücken und hilft mir, höher zu liegen. Ich kann ihm nicht antworten, der Husten packt mich mit eisernen Händen um die Brust, schüttelt meinen Körper, schnürt meine Kehle zu und da meine Nase verstopft ist, weiß ich nicht, wie ich atmen soll.

„Papà, Papà, bleib ruhig!“ Achille streichelt meinen Kopf. „Bleib ruhig, Papa, lieber Papa.“ Er sieht, wie ich um Luft ringe. Er fürchtet sich und ist doch gleichzeitig so unbeschreiblich liebevoll, so vernünftig. „Atme! Atme durch den Mund, aber atme! Du musst ruhig werden, dann geht es schnell vorbei.“ Dieser liebe Knabe wird erst acht und ist so weise und gefühlvoll. Oh, wie ich dieses Kind liebe. Es gibt Momente, in denen ich Antonia und dem Himmel für dieses Kind danke.

Ich brauche vier Monate, bis ich einigermaßen hergestellt bin. Der Gedanke, bald in der Heimat zu sein, hält mich aufrecht. Da ich aber bei Laporte unter Vertrag bin, ist London nicht zu umgehen, sie könnten mir ja sonst einen Prozess anhängen, der mich eine gesalzene Summe kosten würde. Vor der Abreise spiele ich in der Opéra Le Peletier die Sonate über das Gebet von Moses und schließe mit dem „Moto perpetuo“, das jeden vor Verblüffung den Atem nimmt. Es ist aus 2.272 Achtelnoten in Doppelgriffen zusammengesetzt und in drei Minuten und zwanzig Sekunden zu spielen.

In London gebe ich als Erstes ein Wohltätigkeitskonzert, um die Lästermäuler zum Schweigen zu bringen, die mich wegen des abgelehnten Benefizkonzerts für die englische Schauspielerin an den Pranger gestellt und dabei unablässig meine überhöhten Eintrittspreise hinausposaunt hatten. Die erneuten Erfolge in London und den angrenzenden Provinzen mehren die Blätter in meinem Lorbeerkranz, aber glücklicher macht mich die Kammermusik im Hause Dottore Billings. Das Musizieren in Privathäusern ist eine Wohltat für mich. Ich bin keinen großen elektrischen Spannungen ausgesetzt und von guten Musikern umgeben. Bei Dottore Billings halten wir ein von mir komponiertes „Terzetto concertante" für Viola, Violoncello und Gitarre, wobei ich die Viola, Mendelssohn die Gitarre und Lindley das Violoncello übernehmen.

Germi schreibt, er habe nun endlich eine Villa erworben. Sie liegt in der Nähe von Parma. Darüber bin ich unglaublich glücklich. Ich kann es nicht erwarten, die Villa Gajone zu sehen und mich in ihr einzurichten. Dann will ich noch eine in Florenz und eine in Genua kaufen, damit mein Glück vollkommen ist. Der grässliche Winter in Paris ließ mich sechs Monate lang kränkeln. Wenn ich mich nur endlich ein wenig zur Ruhe setzen könnte unter der guten Sonne meines schönen Italiens. Doch für November ist ein weiteres Mal Paris eingeplant und zuvor stehen mindestens zwanzig englische Orte an, die meine Violine noch nicht gehört haben. Das Wetter ist mild, der leichte Regen stört mich nicht, nur die Feuchtigkeit im Reisewagen ist tückisch. Sie kriecht an meinen Waden hinauf zum Herz in die Brust. Ich vermute, sie richtet dort großes Unheil an.

Ich spucke Blut. Achille lässt mich nicht aus den Augen. Obwohl ich darauf achte, dass die Spuckbecher vom Diener diskret entfernt werden, kriegt der Knabe alles mit. Diese Krankheit ist mir ein Gräuel und ich habe das melancholische Gefühl, nie mehr gesund zu werden. Was für ein Leben erwartet mich noch, wenn ich noch eine Weile leben darf? Immer Schmerzen, immer Husten, immer Schweißausbrüche, Fieber oder Schüttelfrost. Aber ich will mich nicht zu sehr beklagen. Sie haben mir Blut abgenommen und untersuchen es nun. Bin ich nicht ein Stehaufmännchen?

In einem fast unleserlichen Brief, weil meine Hand die Feder zitternd führt, bitte ich Germi, nach Paris zu kommen. Die Ärzte sind beunruhigt, sie geben mir nur noch zehn Stunden zu leben. Ich lasse von Francesco einen weiteren Brief an Bennati anfertigen und bitte auch ihn, mir beizustehen. Und immer wieder zögere ich, einen an Margherita zu schreiben. Ich möchte sie in den letzten Stunden an meiner Seite haben. Sie und Achille. Dennoch bringe ich kein einziges Wort aufs Papier und wage es auch nicht, Francesco darum zu bitten.

10

Die Zeit vergeht, ich sterbe nicht und niemand kommt. Germi hat mir als Anwalt aus mancher Zwickmühle geholfen, mich gegen Väter verteidigt, die mich als Mädchenverführer verklagen und mir Geld abluchsen wollten, obwohl ihre Töchter stets aus freiem Willen zu mir kamen. Auch hat er es nie versäumt, auf meine Briefe zu antworten, hörte sich meine Klagen an, meine Unsicherheiten, aber vielleicht mute ich ihm zuviel zu. Ich weihe ihn in alles ein, selbst in meine intimsten Kämpfe. Genügt es nicht, wenn er die finanziellen für mich durchsteht?

Im Laufe des Dezembers ruhe ich mich in der Pariser Wohnung aus. Ich meide die raue Luft, mache anstelle der Spaziergänge im eisigen Bois de Boulogne Inhalationen, Brustumschläge und nehme sehr wirksame Medikamente ein. Die Lungenblutung lässt nach, meine Energie kommt allmählich zurück. Sie erlaubt mir, mit Achille Schach zu spielen. Auf die Löwenspiele verzichten wir augenblicklich, denn Papa Paganini kann sich nicht am Boden rollen, ohne vor Schmerz aufzuschreien.

Drei Tage vor Weihnachten steh ich wieder auf den Beinen und wage es, wenn auch schwankend, ein wenig in der Kutsche auszufahren. Am Konservatorium wird die „Symphonie fantastique“ von Berlioz aufgeführt. Unerkannt, vermummt bis zu den Augen, sitze ich in der

Loge und erlebe den glücklichsten Augenblick seit langer Zeit. Berlioz' Musik weckt meinen dahinsiechenden Körper, entflammt meine Seele und ich meine, neu geboren zu werden. Vielleicht verdanke ich auch dieser wunderbaren Musik den rasanten Aufschwung meiner letzten Lebensjahre. Nach der Aufführung warte ich verborgen in meiner Loge, bis der Saal leer ist. Das dauert nicht lange, da das Theater nicht voll besetzt ist und viele vor dem Ende gegangen sind. Das Genie des Künstlers scheint von den Franzosen nicht erkannt zu werden. Als nur noch ein paar Theaterbedienstete herumlaufen, gehe ich nach vorn, warte in einer der vorderen Reihen, den Hut in die Stirn gedrückt. Da kommt er, ich erkenne ihn, mache ein Zeichen, rufe halblaut seinen Namen. Er bleibt stehen. Runzelt die Stirn, kneift die Augen zusammen, als ob er nicht begreife. Weiß er denn nicht, wer ich bin? Ich nehme meinen Hut ab und stelle mich vor. Er erschrickt, ja, ich würde sagen, er erschrickt zu Tode. Sein Gesicht wird aschfahl, seine Lippen beben, als er ehrfurchtsvoll flüstert: Paganini, der große Paganini! Ich schneide ihm das Wort ab, indem ich ihn den Größten nenne, den Schöpfer der wunderbarsten Musik, die es seit Mozart und Beethoven gibt. Er reicht mir die Hand und schaut mich unendlich dankbar und zugleich erschüttert an. „Signor Paganini, Monsieur Paganini!", flüstert er. „Ich bin es nicht wert, so hoch von Ihnen gelobt zu werden."

Wochen später bitte ich diesen wundervollen Musiker, mit mir zusammenzuarbeiten. Eine geeignete Musik für Viola schwebt mir vor, die er komponieren soll. Berlioz fühlt sich von meinem Vorschlag geehrt.

„Dennoch kann ich es nicht, Monsieur Paganini. Wie soll ich eine Komposition schreiben, mit der ein Virtuose wie Sie brillieren kann, wenn ich selbst die Viola nicht spiele."

„Oh, Sie können es, verehrter Monsieur Berlioz! Sie müssen es können, denn ich leide zu sehr, als dass ich momentan komponieren kann. Vielleicht bin ich gezwungen, das Geigenspiel ganz aufzugeben."

„Aber nein, mein lieber, verehrter Signor Paganini."

Vermutlich weil er mir einen Gefallen tun will, schreibt er ein Konzert für Viola, aber kombiniert sie mit dem Orchester auf eine Weise, die ich nicht gutheißen kann. Vor meiner Abreise in die französische Provinz bekommt unsere zarte Freundschaft einen leichten Riss.

„Die Pausen des Viola-Parts im Allegro sind zu lang. Das kann ich nicht zulassen. Ich muss ununterbrochen spielen. Hier schweige ich einfach zu lange."

„Habe ich es Ihnen nicht gesagt?", antwortet Berlioz schlau. „Das, was Sie wollen, ist ein Konzert für Viola, und nur Sie sind in der Lage, es gut für sich selbst zu schreiben."

Verdrossen gehe ich hinaus und sehe ihn vorläufig nicht wieder.

Oh, wie verurteile ich meinen Egoismus. Ach, wie schrecklich sind die Gewissensbisse, die mich Tag und Nacht quälen. Warum habe ich Bennati nach Paris gebeten? Um mir zu helfen, nicht wahr? Aber, es ging mir ja schon besser, bevor er kam, also wäre es nicht nötig gewesen, in ihn zu dringen. Nun ist alles vorbei. Nun wird er mir nie wieder helfen können. Der einzige Arzt, dem ich wirklich vertraute, einer der wenigen Freunde, ein Mensch, der sich bester Gesundheit erfreute, dieser gute Mensch ist tot. Sein Pferd ging durch und warf ihn mit voller Wucht gegen einen Baum. Vater, Carlo, Mutter, Bennati sind tot. Margherita und Helena aus Furcht verbannt. Ist es da nicht verständlich, dass ich mich an den Erfolg hänge wie an den Rockzipfel einer geliebten Mutter? Der Himmel möge mir meinen Achille erhalten.

11

Februar 1833

„Hör dir das an, lieber Achille. Ich habe eine Sonate für große Viola komponiert, weil Berlioz es nicht machen wollte." Ich deute die kurze Introduktion an und spiele das Rezitativ der Viola.

„Papa, das hast du mir schon einmal vorgespielt."

„Das kann nicht sein. Ich habe es jetzt komponiert."

Achille zieht die Augenbrauen hoch. Er schmollt und wiegt sich in der Musik. Ich fahre fort mit einem Cantabile und nun verzieht Achille stärker das Gesicht.

„Das ist nicht ganz neu. Nur ein bisschen, aber das ist ja egal. Es ist schön, schön, schön!" Er schlägt mit der Hand rhythmisch auf den Tisch. Erschöpft sinke ich auf den Stuhl. Ich sehe Achille voller Liebe an und denke, dass es keinen Sinn hat, diesem Jungen etwas vorzumachen.

„Du hast recht, nur habe ich gehofft, du merkst es nicht. Aber wenn du es merkst, bedeutet es noch lange nicht, dass es das Volk merkt. Das Rezitativ imitiert das Quartett Nr. 14, das ich einst Germi gewidmet habe, und das Cantabile verwendet das Thema der Sonate Nr. 4."

„Mach irgendwas, damit die Leute es nicht so richtig merken." Achilleino prustet los und springt auf. Nun lachen wir beide. Und während wir lachen, kommt mir die Idee, in der dritten Variation das Thema der Pikkoloflöte zu überlassen und die Viola zur klangvollen, aber beweglichen Hintergrundmusik zu machen.

12

März 1833

„Möchtest du etwas Käse aus Piacenza?" Es ist Abend. Ich habe den Käse mit Achille eingekauft, was ich selten tue, obwohl ich oft Lust zu Spaziergängen auf Boulevards oder Märkten verspüre. Mittlerweile kann ich mich allerdings nicht mehr unter die Menschen wagen. Jedermann erkennt Paganini und glotzt ihn an, als käme er direkt aus der Hölle. Mein Magen knurrt, denn wir haben nicht viel zu Abend gegessen.

„Au!“, dieser Schrei lockt Achille endlich herbei. Ich habe mir in den Mittelfinger der linken Hand geschnitten. Und das heute Abend, wo ich noch für die bevorstehenden Konzerte üben wollte.

„Papa!“, sagt Achille vorwurfsvoll. „Wie hast du das nur gemacht? Du hast beim Schneiden nicht geguckt, oder?“

„Oh, doch, ich habe geguckt, aber meine Gedanken waren nicht dabei. Und da ist es passiert.“

„Das ist dumm. Und auch noch die linke Hand, diese flinke, schnelle Hand.“

„Er darf sich nicht entzünden, mein Sohn, das ist das Wichtigste. Mal sehen, wie dein Papa, das Stehaufmännchen, die Sache bewerkstelligt.“

Die belgische Konzertreise ist nicht immer großartig. Es liegt zum einen an den beiden mittelmäßigen Sängerinnen, zum anderen an meinem verheerenden Zustand. Ich bin ausgelaugt, ausgepumpt, ausgebrannt. Ich schleppe meinen Körper und meine Guarneri weiter, immer weiter, wobei ich nur an den nächsten Ort denke, sobald ich den vorhergegangenen hinter mir habe. Jetzt will ich nur noch alles abhaken. So schnell wie möglich.

In den belgischen Städten trage ich unter anderem die Sonate für große Viola vor. Begeisterungsstürme löst mein neues Werk nicht aus, aber das Publikum lernt mich mit einem anderen Instrument kennen. Im August dieses Jahres kaufe ich mir in London die schönste und berühmteste Viola von Stradivari.

Das Gezerfe mit der Presse ermüdet mich. Wieder ist die 18-jährige Charlotte ihre Zielscheibe. Ich hätte eine Sängerin engagiert, die bei weitem nicht meinen hohen Ansprüchen genüge, also hätte ich sie zur Befriedigung meiner Lust eingestellt, schreiben die Schmierfinken. Da mich zur selben Zeit mein Londoner Sekretär wegen unbezahlten Gehaltes verklagt, bitte ich Charlotte, öffentlich bekannt zu geben, sie sei aus rein künstlerischen Gründen mit mir unterwegs. Sie zögert nicht. Das Mädchen mag ja einen kränkelnden Kerl wie mich nicht lieben, aber sie schätzt ihn, das ist mir aufgefallen. Und sie ist einer Heirat nicht abgeneigt. Bevor ich nach Frankreich reise, vereinbaren wir einen Treffpunkt in Boulogne. Sie will nicht mit ihrem Vater zurück nach London, sie will mit mir nach Paris, dann nach Genua, überallhin. Es ist wahr, ich habe mich in Charlotte Watson verliebt und bei einem Londoner Juwelier einen Zwölfkaräter für sie bestellt. Ihr Vater, dieser Lump, ist natürlich gegen eine Hochzeit. Gleichzeitig liebt er mein Geld und meinen Ruhm. Er erfährt von unserem Plan und unterrichtet die Presse, ich wolle seine minderjährige Tochter entführen. Wieder muss ich mich gegen Polemiken verteidigen, wieder muss ich Geld locker machen, denn der Vater hat vor, mich zu verklagen. Dabei habe ich das Tier vor dem Gefängnis gerettet, indem ich eine Kaution für seine horrenden Schulden bezahlte und ein Benefizkonzert für Charlotte gegeben habe, durch das der miserable Kerl von seiner Last befreit wurde.

Damit nicht genug. Während meiner Abwesenheit hat der Pariser Chronist Janin meinem Ansehen erheblich geschadet. Das schreibende Tier hängt sein Fähnlein nach dem Wind. Beim ersten Parisbesuch hat er mich gepriesen, nun verachtet er mich, den Mädchenverführer, Mörder, Geizhals und Lügner, der jedes Benefizkonzert mit fadenscheinigen Begründungen absage. Meine Erkrankungen seien erfunden, denn ich könne ja sonderbarerweise kerngesund durch die Provinzen tingeln. Es ist wahr, ich bin kein Samariter. Wenn ich aus dem letzten Loch pfeife, spiele ich nicht zugunsten unbekannter Bauern oder Überschwemmungsopfer. Dann spiele ich zuerst für Achille und mich. Erst wenn die Kraft noch hinreicht, kommen die anderen.

Ich habe auf seine gemeinen Beleidigungen öffentlich geantwortet, oft beschwichtigend, schließlich fast demütig. Manche meiner Briefe wurden nicht einmal veröffentlicht. Jetzt ist es genug! Ich strafe ihn und seine Brut mit Nichtachtung.

Manchmal habe ich alles satt und ersehne nichts weiter, als nach Hause in mein schönes Italien zurückzukehren. Ich hab die Welt gesehen, die Theater und Hotels aller bedeutenden Städte, ich habe die holprigen Wege gespürt, den Neid, die Missgunst, Verehrung und habe dabei an der Landschaft vorbeigeschaut.

Wie wohl fühle ich mich, trotz einiger rheumatischer Beschwerden, als Achilleino und ich Ende August in einem Coupé, einer neuen Kutsche, die Heimkehr nach Genua antreten.

13

Unruhig wartete Andrea auf Margheritas Ankunft. Sie wolle Ende des Jahres zu Hause sein, hatte sie geschrieben. Nun begannen schon wieder die Blätter des neuen Jahres zu sprießen und Margherita ließ auf sich warten. Seit Ciro Menottis Niederlage in Modena und der Zerschlagung aller konspirativen Zusammenkünfte hatte sich Andrea auch geistig aus dem politischen Leben zurückgezogen. Er hörte zwar von jüngsten Angriffen der Revolutionäre gegen Truppen des Kirchenstaates, aber es berührte ihn nicht mehr. Sein privates Leben bekümmerte ihn. Carlotta musste viel ruhen. Kein Mensch wusste, welche Krankheit sie vergiftete. Die Pflege heilte sie nicht, aber half, das Schlimmste hinauszuzögern. Giuliana betete, der Himmel möge ihnen Carlotta erhalten, und auch Andrea setzte sich oft mit gefalteten Händen zu ihr. Häufiger als früher verlangte die Alte, Andrea solle aus der Bibel lesen, selbst die Kinder wünschten es, weil sie glaubten, es könnte ihrer Mutter das Leben erhalten.

Nun fürchtete Andrea die Cholera. Von Paris, wo sie schon viele Menschen hinweggerafft hatte, zog sie übers Land nach Südfrankreich. Die leicht reizbaren Italiener wurden allein von der Kunde der Krankheit schon krank. Sie bekamen Magenschmerzen, Erbrechen, Durchfälle, erholten sich allerdings nach wenigen Tagen davon. Als in Florenz eine Bäuerin und ein Säugling zur selben Zeit an genau diesen Symptomen starben, geriet die ganze Toskana in Aufruhr.

Carlotta jedenfalls würde für die Cholera eine leichte Beute sein und darum musste alles getan werden, sie wieder gesund zu bekommen.

An einem kühlen Tag Ende März 1833 rollte Margheritas Kutsche in den Hof. Das Kutschendach war mit Koffern und Paketen beladen und im Innern sowie auf Domenicas Schoß türmten sich Hutschachteln.

„Santa Maria, du räumst europäische Läden ab, während wir hier leiden." Andrea kam mürrisch an seiner Krücke die Steintreppe heruntergehumpelt. Giftig blitzte ihn Margherita an.

„Meinst du, ich leide nicht? Glaubst du vielleicht, ich kaufe zum Spaß ein?"

„Ja, das glaube ich!", antwortete er verärgert. Ohne sie richtig zu begrüßen, humpelte er die Stufen wieder hinauf. Johlend rannten die Kinder herbei. Tatsächlich hatte Margherita vor allem für die Kleinen eingekauft. Auch ein hübsches Kleid und den passenden Hut für Carlotta, einen modischen Anzug für Andrea und Schals, Tücher, Hüte für Giuliana. Nachdem die Domestiken alles im Vestibül abgeladen hatte, riss Margherita die großen, quadratischen Pakete auf und rief:

„Die Gemälde und Zeichnungen sind für mich, der Rest ist für euch."

Etwas besser gestimmt näherte sich Andrea den Kunstwerken. Es waren zum großen Teil Porträts, die alle dasselbe Gesicht abbildeten.

„Ich nehme an, der Herr in Öl heißt Paganini."

„Ich hab nur die besten gekauft. Dies hier ist vom berühmten Maler Patten. Ich habe es im letzten Moment entdeckt." Sie zeigte auf ein aufwendig gerahmtes Gemälde, das Paganini bis zur Hüfte zeigt, nachdenklich auf einem Stuhl sitzend, die Augen hellwach, die Wangen voll, die Geige unterm Arm. „Aber dieses", sie wandte sich einem anderen Kunstwerk zu, „dies ist das schönste und kommt ihm am nächsten. Siehst du die Sphinx, auf die er seinen Ellbogen stützt? Und dort im Fenster, ganz in der Ferne, den ausbrechenden Vulkan? Sein Gesicht ist klar, seine Hände fein, seine Haare glänzen wie Ebenholz. Ich habe es von der Künstlerin selbst erstanden. Sie sagte zu mir: *Dieser wunderbare Mensch gehört gewiss zu den seltensten Erscheinungen, die es gibt.*"

Gedankenvoll blickte Margherita hoch. Andrea musterte sie verbittert. Am liebsten hätte er geweint, doch er beherrschte sich.

„Es ist wahr, was sie sagt. Dieser wunderbare Mensch gehört in der Tat zu den seltensten Erscheinungen." Allmählich erwachte sie aus dem Bann, mit dem sie Paganini und das Bild belegt hatten, und fragte nach Carlotta.

„Sie liegt im Bett." Andrea drehte sein Gesicht zum Fenster. Durch Margherita ging ein Ruck. Sie packte ihn so heftig am Arm, dass er aufstöhnte. Mit gesenkten Lidern fügte er an: „Sie ist krank." Er hatte den Satz noch nicht beendet, da rannte Margherita schon über die grünen Marmorfliesen, die Treppen hinauf, den oberen Gang entlang. Andrea hörte eine Tür, dann nur noch die aufgeregten Stimmen der Kinder. Als er jetzt dort hinauf sah, wohin Margherita so schnell verschwunden war, konnte er die Tränen nicht mehr zurückhalten. Es war, als blickte er in eine lange, tiefe Vergangenheit, vor die sich ganz allmählich der Vorhang für immer schob. Carlotta, seine Schwester, seine Freundin, seine Frau und Geliebte. Sie würde heimgehen. Er spürte es.

Ein gewaltiger Schreck durchzuckte Margherita, als sie das ausgezehrte Lebewesen sah, das Kummer und Angst aus der herrlichen Italienerin gemacht hatten. Auf dem weißen Kopfkissen ruhte ein kleines Gesicht, umrahmt von grauen Haaren. Tief lagen die Augen in den Höhlen. Carlottas Schultern ragten knochig aus dem Bettgewand, das sie trug, ihre sonnenbraunen Arme hatten eine erdige Farbe bekommen und waren mager. Erschüttert stürzte Margherita zum Bett und presste Carlotta an sich. Sie meinte, ein Gespenst zu umarmen, so leicht und durchscheinend war ihr Körper.

„Meine liebste Carlotta, was machst du nur?“ Margherita weinte. Lange drückte sie die Kranke und wiegte sie. Dann löste sie sich vorsichtig von ihr. Carlotta hob ihre Hand und strich über Margheritas Gesicht.

„Du bist immer schön. Immer, immerzu, solange du lebst. Nur ich werde hässlich und alt.“

Margherita legte ihren Zeigefinger auf Carlottas Mund. Sie strich ihr die wirren Haare aus der Stirn und bedeckte das schmal gewordene Gesicht mit Küssen. Dann nahm sie die Hand der Kranken und führte sie an ihre Wange.

„Du bist die einzige Italienerin, auf die ich je eifersüchtig war. Ich habe dich immer um dein schwarzes Haar und deine glühenden Augen beneidet. Früher, in deinen roten Kleidern mit den weißen Borten und Tüchern, sahst du aus wie eine Zigeunerin. Carlotta, hör auf, mich über dich zu stellen. Ich bin es nicht wert.“

Carlotta fieberte. Margherita fühlte es an der heißen Hand. Carlottas Herz klopfte stärker und sie wurde plötzlich sehr lebhaft.

„Wir sind Schwestern, die denselben Mann lieben. Nun, da ich gehen muss, braucht er dich mehr denn je. Verlass ihn nicht, sei bei ihm. Margherita, bitte!“ Sie hatte sich nach vorn gebeugt und fiel nun erschöpft zurück in die Kissen. „Du musst …“

„Beruhige dich, wir sind beide noch lange für ihn da.“ Margherita glaubte nicht an das, was sie sagte. In Carlottas Zügen grinste die Fratze des Todes. Heftig atmend versuchte sich die kranke Frau mit dem Ellbogen hochzustemmen. Sie wechselte abrupt das Thema.

„Erzähl mir, was du gesehen hast. Erzähl mir von Paris.“

Und während Margherita die heiße Hand hielt, wanderte sie mit Carlotta über den Boulevard des Italiens, betrachtete die Vitrinen der Musikalienhandlung, in der sie eine Zeichnung Paganinis gesehen hatte, die ihn auf der Pritsche einer Gefängniszelle zeigte. Das brachte Carlotta zum Lachen. Von dem Virtuosen hatte sie schon einiges gehört. Sie wanderten weiter zum Boulevard des Capucines, wo es hübsche Schnürstiefeletten gab, und erreichten durch einen

Torbogen die Rue du Temple mit ihren Theatern, Cafés und Modegeschäften. Dort fanden sich elegante Kleider, Schals, Tücher zu kaufen. Und natürlich gingen sie in die Faubourg du Temple zu den Putzmacherinnen. Carlotta seufzte. Sie schien glücklich. Ihr kleines Gesicht leuchtete, in ihren Augen tanzten Lichter.

„Ich habe dir auch ein Kleid mitgebracht."

Carlotta hörte es nicht. „Erzähl von England! Wie ist es dort?"

„Genauso kalt, wie wir Italiener es uns vorstellen, aber die Engländer sind lustiger, als wir denken. Sie haben einen ganz besonderen Humor. Man nennt ihn den schwarzen Humor und er gefällt mir nicht schlecht."

„Davon verstehe ich nichts." Ganz plötzlich verlor ihre Stimme an Farbe. Sie fiel tief ins Kissen zurück und sagte nichts mehr. Margherita überlegte angestrengt, womit sie Carlotta aufheitern konnte. Etwas von ihrer früheren Schönheit schimmerte in ihren Zügen. Margherita stützte den Kopf in die eine Hand, während sie mit der anderen Carlottas Hand hielt. Sie dachte nach, dabei schweifte ihr Blick durchs Zimmer und so manche Erinnerung tauchte aus dem Raum empor und machte sie melancholisch. Ganz unerwartet wurde Carlotta wieder von Lebendigkeit ergriffen. Sie beugte sich vor und sagte bestimmend:

„Du hast so vieles gesehen. Bleib von nun an zu Hause. Ich bitte dich darum. Nein, ich wünsche es! Versprich es mir!" Entkräftet sackte sie zurück.

„Versprich, dass du bei Andrea bleibst und dich um ihn und die Kinder kümmerst."

„Carlotta!", rief Margherita. „Du wirst wieder gesund."

„Verschone mich mit deinem Trost", stieß sie mit letzter Kraft aus und beugte sich vor. „Mein Leben ist vorbei. Ich habe nur noch auf dich gewartet, um mir das Versprechen zu sichern. Margherita, du bist meine Schwester!" Mit großen Augen fixierte sie die Venezianerin.

14

Der Mensch ist eine Rarität: die Violine selbst.
Zelter an Goethe (Weimar 1829)

Sie erschrecken, als sie mich sehen. Paola Domenica nimmt mich weinend in die Arme. Nicoletta verzieht schmerzlich das Gesicht. Die anderen haben Glückwünsche im Mund und Neugierde in den Augen. Alle freuen sich, mich wiederzusehen, aber Paola leidet. Von überall echot die Nachricht meiner Erfolge und vom boshaften Geschwätz der ausländischen Journalisten nimmt niemand Notiz.

Lange bleibe ich nicht in Genua. Mich drängt es, die Villa Gajone zu sehen. Die Fahrt nach Parma kommt mir länger vor als jede andere Fahrt zuvor. Dabei sitzen wir in meiner neuen Kutsche, die mit einem Klappbrett versehen ist, auf dem ich während der Fahrt Notizen machen kann. Luigi und mein Bankier begleiten Achille und mich und sind ebenso gespannt, wie ich auf die Errungenschaft reagiere. Germi schaut so melancholisch, als stünde uns eine Beerdigung bevor.

„Oh, sie ist wundervoll“, sage ich beim Anblick des herrlichen Gebäudes. Majestätisch steht es auf einer leichten Anhöhe, zu der wir den Weg, der den See säumt, hochfahren. „Hier will ich mich sofort einrichten.“

„Schau, Papa, der große Garten mit den hohen, buschigen Bäumen.“

„Du wirst Platz zum Tollen haben, mein lieber Sohn.“

Wir erreichen das Portal. Zum großen Haupteingang führt eine Treppe, die Fenster des Erdgeschosses lassen sich ebenerdig öffnen, die im ersten Stock sind hoch und schmal. Ich bin sehr zufrieden und bin es auch noch, als wir eintreten. Die Zimmer sind geräumig und hell. Wenige sehr schöne Möbel, darunter eine Konsole aus dem 17. Jahrhundert mit einer wertvollen Marmorplatte, ein breiter, hoher

Spiegel, den ein goldener, mit Schnitzwerk verzierter Holzrahmen umfasst, schmücken Wohn- und Esszimmer sowie Empfangsraum. In einem Schlafgemach, dessen Fenster auf eine dichte Baumgruppe zeigt, steht ein großzügiges Bett. Eine herrliche, ausladende Treppe strebt ins zweite Geschoss, in dem sich Achille seine Zimmer aussuchen wird. Wie stolz wäre Vater, sähe er mich jetzt als Eigentümer dieses Palastes, und wie würde sich Mutter freuen.

Sobald ich das Notwendigste erledigt habe, werde ich Paola und Nicoletta einladen. Doch zuvor mache ich mich auf den Weg zu jener mysteriösen Dame, die Germi vor einigen Wochen ausfindig gemacht hat. Seinen Erkundungen zufolge bewohnt eine elegante Aristokratin mit venezianischem Aussehen einen Palazzo im Polcevera-Tal. Die Schöne stamme aus der Familie Di Negro und führe ein recht unorthodoxes Leben, konnte mein guter Freund ermitteln. Das muss sie sein, jubilierte ich. Auf niemanden sonst trifft diese Beschreibung zu. So wie ich jetzt bin, werde ich hinfahren, müde, krank, beinahe zahnlos, und werde sie fragen, ob sie mich, so wie ich augenblicklich aussehe und bin, zum Manne will. Lehnt sie ab, frage ich sie, ob sie mich nimmt, sobald ich mich erholt habe. Wenn ich wieder der Alte bin mit einer gestärkten Lunge, gesunden Gliedern, neuen Zähnen. Sollte sie zusagen, werden wir noch dieses Jahr Hochzeit feiern und alle Charlotten können zum Teufel gehen. Ich freue mich darauf. Ja, ich freue mich sogar auf ihren starken Charakter und ich werde im Ehevertrag festlegen, dass sie mich von Zeit zu Zeit mit Ohrfeigen züchtigt.

Ich besorge einen Privatlehrer für Achille, stelle einen neuen Diener ein, denn Cesare hat uns längst verlassen, und Francesco war das Gehalt zu mager. Auch eine Köchin darf nicht fehlen.

Noch finde ich keine Zeit, Margherita aufzusuchen, und mit der Erholung wird es vorläufig auch nichts. Ich hatte ein Wohltätigkeitskonzert im Namen der Großherzogin von Parma zugesagt, muss es verschieben, weil die rheumatischen Beschwerden unerträglich werden und mein Husten sich zurückmeldet. Nach einer Woche Sirup, Inhalationen und Behandlung gegen Rheuma lasse ich mich schließlich ins Polcevera-Tal fahren, ohne mich anzumelden. Der Palazzo sieht reichlich vereinsamt aus. Sein Ausblick ist wunderbar, aber es hat den Anschein, als er freue sich momentan keiner daran. Sollte sie schon wieder auf Reisen sein? Mein Kutscher und ich klopfen hartnäckig, schlagen gegen die Pforte und rufen. Wo sind, zum Teufel, die Domestiken? brumme ich. Wir wollen schon aufgeben, da nähert sich ein älterer Herr. Die Dame sei auf unbestimmte Zeit fortgefahren, ruft er von weitem und will wieder verschwinden. Ich lasse mich nicht abspeisen.

„Wohin ist Signorina Di Negro gereist?"

„In die Schweiz, Signor."

„Wie lange?" Ich gehe ihm entgegen. Der Verwalter antwortet im Wegdrehen:

„Sag ich doch: Auf unbestimmte Zeit."

„Das kann nicht sein!" Ich packe den Kerl am Arm und zwinge ihn stehenzubleiben. „Wenn Sie der Verwalter sind, dann wissen Sie, wann die Dame zurückkommt, guter Mann."

„Ich bin kein guter Mann!", sind die nächsten Worte. Ich lasse ihn nicht los. Er sieht mich mit einem Mal genauer an, dreht mir seine primitive Visage geradewegs zu und prüft meine finsteren Züge mit gerunzelter Stirn.

„Sie sehen dem Herrn auf den Gemälden ähnlich, die im Salon und im Vestibül hängen."

„Das freut mich zu hören, aber es genügt mir nicht, guter Mann."

„Ich bin kein guter Mann, Signor! Und lassen Sie mich endlich los, dann sage ich Ihnen, ob sie wiederkommt."

„Ob?"

„Esattamente! Die Signorina ist keine Signorina Di Negro mehr, sondern eine Signora Buonarroti und wohnt seit einigen Monaten mit ihrem Ehemann und dessen Kindern in der Schweiz. So soll es noch einige Jahre bleiben. Das ist alles, was ich weiß. Hin und wieder wird die Villa von einem Marchese bewohnt." Er reißt sich los. Darin tut er sich nicht schwer, denn mich hat jegliche Kraft verlassen. Ich meine, das Blut strömt aus mir, die Sinne schwinden mir und der letzte Hoffnungsschimmer am Horizont meiner Phantasien erlischt für immer. Mir ist zum Heulen zumute und das passiert mir sehr selten. Mein Kutscher stützt mich, denn ich schwanke. Es ist die traurigste Nachricht seit dem Tod meiner Mutter. Ich weiß nicht, ob ich in einer Woche spielen kann. Margherita war mein Strohhalm, meine Nische, in die ich mich flüchtete. Wie soll das nur alles enden?

Neun Tage später gebe ich das Wohltätigkeitskonzert und kaum habe ich den Begeisterungstaumel verarbeitet, wartet das nächste. Ich reise also wieder nach Genua, diesmal mit einem bitteren und sehr traurigen Gefühl. Meine Fingerspitzen fühlen sich taub an, mein Herz hat aufgehört zu klopfen, ich bin eine seelenlose Marionette. Ich funktioniere. Die Königsfamilie erwartet mich im Teatro Carlo Felice. 3.000 weitere Zuschauer sind ebenfalls anwesend. Die Begeisterung ist unbeschreiblich. Ich spiele das „Allegro maestoso" aus dem Concerto Nr. 2, Variationen auf der vierten Saite über das Thema „più andrai" aus „Figaros Hochzeit", die „Sonata marziale" und Variationen über den „Carneval von Venedig". Für den überwältigenden Erfolg und die Wirkung des Konzertes erhalte ich eine Goldmedaille mit der Inschrift: Nic. Paganino Fidicini cui nemo par fuit civique bene merenti.

Nun will ich schnellstens zurück nach Parma, doch ein weiteres Wohltätigkeitskonzert in Piacenza hält mich auf und bereichert meinen Lorbeerkranz. In Parma bin ich schließlich am 10. Dezember, noch rechtzeitig, um anlässlich Marie Louises Geburtstag am 12. Dezember zu spielen. Es bringt mir kein Geld, aber Gedichte und Hymnen ein. Dann endlich ist Weihnachten. Achille und ich begehen es in unserer neuen Villa. Allerdings wirft Margheritas Abwesenheit einen Schatten über das besinnliche Fest, das mir zusätzlich durch die Erkenntnis vergällt wird, für Achille einen Nichtsnutz von Privatlehrer und für mich einen schlampigen Diener eingestellt zu haben. Im neuen Jahr soll das Kind ein Internat besuchen, so schwer mir diese Entscheidung fällt. Der Knabe wird mir fehlen, aber angemessene Bildung ist notwendig. Er spricht das Italienisch allzu schlecht.

15

An Silvester kehre ich auf Wunsch des Gouverneurs Paolucci erneut nach Genua zurück. Auf der Hinreise mache ich Station in Piacenza, um bei einem Grafen zu spielen, und erreiche Genua, als die Cholera ausbricht. Meinen Genuesern bleibe ich nichts schuldig, darum gebe ich am 5. Januar ein öffentliches Konzert im Teatro Carlo Felice, dessen Einnahmen nur den Angehörigen der Cholerakranken zugute kommen.

Und plötzlich bin ich wieder völlig erschöpft. Die Vorstellung, durch den kalten Winter zurück nach Parma zu fahren, lässt mich erzittern. Achille besucht inzwischen das Internat, also werde ich vorerst in Genua bleiben. In Windeseile hatte ich mehrere Konzerte gegeben und sitze nun tatenlos herum. Wie immer machen sich in solchen Augenblicken meine Schwächen besonders bemerkbar. Die matten Glieder, der Reiz beim Sprechen, der Drang, häufig die Toilette aufzusuchen. Aber bin ich nicht ein Stehaufmännchen? Ich besuche Freunde, kümmere mich um meine Schwestern, spaziere auf den Anhöhen der Bucht von Capo Chiara, komponiere und träume dabei von Margherita. Bei jedem Schritt, jeder Bewegung, jedem Atemzug ist sie mit mir. Wir gehen gemeinsam spazieren wie damals an den Seen in Irland. Ich spreche und lache mit ihr. Dabei mache ich ausladende Gesten, schlinge den Arm um sie, lege den Kopf auf ihre Schulter. Sie fehlt mir so sehr. Aber sie ist in meinen Kompositionen präsent. Von jetzt an auf immer. Margherita atmet neben mir wie in all den Betten Italiens und Irlands und Margherita inspiriert mich zu Ornamenten, Figuren, zu gedrängtem Taktwechsel. Diese Zeit bis zum Sommer in meinem geliebten Genua bringt mich wieder auf die Beine. Und es ist fast so, als ob mein Herz sich dehne, als ob es sich vergrößere. Ich schenke Germi 50.000 piemontesische Lire, leihe Sanvitale, dem Verwalter des Teatro Ducale in Parma, 180.000 Lire, beauftrage meinen Bankier Migone, 100.000 Lire zugunsten der Cholerakranken an die Stadtverwaltung von Genua zu überweisen. Ich beschließe, weniger aufzutreten, mehr zu komponieren, die Druckerei zu gründen und mich dem Handel von Musikinstrumenten intensiver zu widmen. Freundlicherweise ernennt mich Großherzogin Marie Louise zum Mitglied der Kommission des Hoforchesters. Ich habe also die Möglichkeit, einem Orchester unter meiner Leitung Ansehen zu verschaffen. Dass es das Orchester von Parma ist, wärmt mein Herz, denn hier hab ich angefangen. Hier haben Maestro Paër und Alessandro Rolla den Paganini geschaffen, der Wien und Paris eroberte.

Im Dezember dirigiere ich anlässlich von Maria Louises Geburtstag die Ouvertüre des „Guillaume Tell“ und des „Fidelio“ und zeige dem gesamten Hofstaat, dass ich ein moderner Dirigent bin, kein Kapellmeister mehr, der am Cembalo sitzt, oder auch keine Erste Geige, die mit dem Bogen die Einsätze zeigt. Ich organisiere, stelle um, schalte und höre alles. Unfähige Musiker entlasse ich unverzüglich. Ich habe verschiedene Geiger geprüft und befunden, dass sie kein musikalisches Ohr haben, ich ließ bei den Holzblasinstrumenten die Rohrblätter austauschen und erziele damit in der Oper „I Puritani“ von Bellini eine erstaunliche Wirkung. Innerhalb von zwei Monaten gebe ich dem Orchester von Parma ein internationales Profil und es ist, obwohl es nicht vollständig ist, zur Stunde das beste Italiens. Marie Louise hat mir den Konstantin-Orden von San Giorgio verliehen, nur verstehe ich nicht, warum gerade sie, die Frau, die mir immer wohlgesonnen war, mein Reglement für das Herzogliche Orchester von Parma widerwillig prüfte. Da ich mit allen wichtigen Orchestern in Wien, Berlin, München und London gearbeitet habe, sehe ich in der Aufgabe eine wunderbare Chance, mein Leben erneut zu erhellen. Ich weiß sehr gut, wie sich das ideale Orchester zusammensetzt, und unterbreite es dem Hof. Marie Louise und ihre Berater befremdet mein Reglement.

„In allen großen Orchestern nimmt der Dirigent eine Position ein, die es ihm ermöglicht, den Sängern und dem Orchester seine Gedanken mitzuteilen. Er steht, gibt die Sätze an, markiert die Takte, dient als Chronometer, verständigt mit dem Auge und ist der Mittelpunkt des Ganzen. Da auf dem dirigierenden Maestro alle Verantwortung lastet, erfordert das Amt einen wahren Maestro, der selbst Werke geschrieben haben sollte und der mit der Erfahrung ausgestattet ist, aus der jene Frische entsteht, die für ein gutes Dirigieren so notwendig ist", beginne ich meine Ausführungen vor der Herrscherin und ihren Beratern. Sie mustern mich nachdenklich. Auch die gebildete Habsburgerin, die mir nie etwas versagt hatte, wirkt distanziert.

„Meine internationalen Erfahrungen auf den Bühnen der Welt erlauben mir, Folgendes vorzusehen: Das ideale Orchester besteht aus siebenundvierzig Elementen statt aus achtundzwanzig. Die Zahl der Musiker muss verdoppelt, alle Blasinstrumente und die Pauke ausgetauscht werden. Die Violen, die Violoncelli müssen genauso akribisch beaufsichtigt werden wie die Kontrabässe, vor allem das Violoncello verdient besondere Aufmerksamkeit, was dringend einen in harmonischer und konzertanter Hinsicht erfahrenen Musiker erfordert."

Nun verziehen sich die Mundwinkel nach unten und selbst der edle Teint der Herzogin bekommt einen Grauschleier. Sie sind mit meinen Vorstellungen sichtlich unzufrieden, aber die genauen Gründe erfahre ich erst später durch Graf Sanvitale, der zwischen dem Hof und mir zu vermitteln sucht. Mein Reglement verleiht dem Dirigenten unanfechtbare Autorität, was allseits abgelehnt wird, mein Denken sei undurchführbar, zu modern, ja, zu dreist. Sie wollen niemandem, auch nicht in kultureller Hinsicht, einen Machtbereich zugestehen, weil sie rückständig und ängstlich sind. So sehe ich es. Statt meiner wählte man Nicola de Giovanni, der behauptet, das

Geheimnis zu besitzen, mich zu übertreffen. Er möge daher nach Wien, Paris und London gehen, wo sie ihn richtig beurteilen werden. Mag er die Geige auch gut handhaben, so werden seine Werke kein Jahr überdauern.

Es ärgert mich, auf diese Weise abserviert zu werden. Aber ich lasse mich nicht unterkriegen. Ich werde nach Russland und Amerika reisen, meine Druckerei gründen und mit Musikinstrumenten handeln. Zunächst jedoch eile ich nach Turin in Sachen Achille, der endgültig zu meinem legitimen Sohn erklärt werden soll. Als ich in Turin einen alten Freund, den Gitarristen Legnani, treffe und mit ihm über ein gemeinsames Konzert nachdenke, überfallen mich erneut Unterleibsbeschwerden und Krämpfe, die jedes Projekt vereiteln.

Ich reise herum, suche nach einem zweiten Landsitz in der Nähe von Alessandria, lasse die Idee fallen, kehre zurück nach Parma und versuche, mein verliehenes Geld zurückzubekommen. Sanvitale entpuppt sich als richtiges Aas, von dem ich vermutlich keinen Scudi wiedersehe und den ich mittlerweile als einen der Intriganten entlarve, die den Dirigentenposten am Teatro Ducale hintertrieben haben. Ich bin von Schädlingen umgeben.

Dummerweise lasse ich mich zu Konzerten in Nizza überreden. Graf de Cessolo, ein wahrer Freund, hat mich in seine Villa am Meer eingeladen, und eigentlich trete ich nur ihm zuliebe auf, denn ich fühle mich durchaus nicht in der Lage. Sechs weitere in Marseille bringen meinen Erschöpfungszustand ganz ans Tageslicht. Die Kritik lässt es mich spüren. Der reich bejubelte Paganini scheint zu schrumpfen. Meine Violine ist ziemlich unzufrieden mit mir. Ausgerechnet in Marseille werde ich von einem Nervenfieber geschüttelt und handle mir eine Blasenentzündung ein. Grazie al cielo wohnt Dr. Maximilian Spitzer hier, Verfechter der Erregungstheorie – welcher Erkenntnis auch immer. Ich kenne ihn aus Mailand und er kennt mich und meine ewigen Beschwerden. Während er mich untersucht, macht er ein fürchterlich besorgtes Gesicht. Auf sein Anraten bleibe ich in Marseille, obwohl in Turin ein Konzert auf mich wartet. Ich sage es ab und kehre, sobald es mir besser geht, nach Nizza zurück, wo ich mich in die Obhut des Grafen de Cessolo begebe. Die vermaledeiten Krankheiten haben mich in ihrem Würgegriff. Ein rheumatisches Fieber fesselt mich ans Bett, eine Grippe raubt mir fast die Sinne und der schreckliche Katarrhhusten drückt mir die Luftröhre ab.

In all der Zeit habe ich kein weibliches Wesen mehr angerührt, kaum eines angesehen, und nur selten sind mir die schönen, weichen Formen einer Frau im Traum erschienen. Aber auch wenn ich momentan ein halber Mann bin, so begehre ich noch immer, und der Wunsch, Charlotte Watson zu heiraten, regt sich von neuem. Sie ist in Amerika und wartet auf mich. Jedenfalls hat sie es mir geschrieben. Ich hatte daraufhin eine Überfahrt für den 24. April reserviert, die ich jedoch heute annulliere.

Es ist nun April und ich bin gerüstet, nach Genua zu reisen. Germi hat eine gute Nachricht: Die sardinische Regierung in Piemont erklärt Achillino zum ehelich geborenen Kind. Ich muss es nur noch vom Herzogtum Parma bestätigen lassen, dann bin ich Achilles Vater vor Gott, dem Staat und der Welt und keiner kann ihn mir entreißen. Am 27. April setze ich mein Testament neu auf.

16

Im Mai 1833 begruben sie Carlotta auf dem Friedhof von Genua. Eichen und Buchen des Polvecera-Tals standen im Frühjahrskleid und die Ercia-Arborea-Büsche leuchteten in ihrem violett-weißen Gefieder. Ein blendender Himmel wölbte sich über ihnen, Möwen blitzten wie Diamanten auf, Kohlmeisen zwitscherten und ein Psittacula Krameri, der scheue afrikanische Papagei, flog aus einer Buche hervor hoch in die Luft, wo er schillerte wie ein Smaragd. Dieser Tag war so schön, dass er wehtat. Andrea konnte sich auf dem Friedhof kaum halten. Mit eiserner Kraft umklammerte er seine Krücke und schleppte sich mühsam zum Grab. Dort stand er taumelnd, an Margherita und die Kinder gelehnt, Giuliana stützte ihn ebenfalls. Die Grabrede ertrug er mit steinernem Gesicht, während des Abendessens sprach er nicht. Er trank viel vom Wein und sank in einen tiefen Schlaf, aus dem er vierzehn Stunden nicht erwachte. Margherita fürchtete um ihn. Und weil sie nicht auf Paganinis Ankunft in Genua warten wollte und einerseits bangte und andererseits hoffte, von ihm aufgesucht zu werden, bereitete sie eine neue Reise vor. Diesmal für mehrere Jahre und mit Andrea. Sie hatte keine Mühe, den Witwer dazu zu überreden. Ihm war alles recht, wenn nur sein seelischer Schmerz gelindert würde. Ein anderes Land, eine andere Umgebung, eine andere Sprache. Die Leere, die Carlotta hinterließ, durfte keine unheilbare Wunde werden.

Sie heirateten im Herbst. Margherita lud Onkel Beppo und Tante Zanze ein. Sie kamen und brachten den Marchese Cataldi, den Nachbarn, mit. Er äußerte den Wunsch, in Margheritas Abwesenheit ihren Palazzo bewohnen zu dürfen, da er mehrmals im Jahr geschäftlich in Genua zu tun habe. Die Idee gefiel Margherita. Somit wusste sie das Haus in einer besseren Obhut als bei unzuverlässigen Verwaltern. Auf diese Weise konnte sie auch den Großteil der Paganini-Bilder hier lassen. Es wäre grausam, Andrea mit diesen Porträts den Anfang eines neuen Lebens zu vergällen. Sie hatte insgesamt sieben. Das Gemälde von J. B. Siber war gut gelungen, auch das eines unbekannten Malers, nur trat in jenem Niccolòs Backenbart wie ein Ziegenbart hervor. Vergeblich hatte sie die Zeichnung eines F. Krüger gesucht, die dem Urheber so fürchterlich missraten war, dass sich Margherita sträubte, diesen Mann einen Künstler zu nennen. Der Nachwelt durften nicht grässliche Verzerrungen hinterlassen werden. Margherita wollte vermeiden, dass es in hundert Jahren heiße, Niccolò Paganini sei ein unansehnlicher Mann gewesen.

Auf ihren Brief an die Di Negros hatte sie eine hocherfreute Antwort bekommen. Emilia und Giancarlo setzten schon alles für ihre

Ankunft instand. Die beiden waren bald sechzig und langweilten sich. Natürlich sollten die jungen Leute im Chalet des Onkels wohnen, konnten aber auch ein eigenes mieten, wie es ihnen beliebte. Es gebe reichlich schöne Häuser. Große Gärten, gute Luft und ein faszinierender Blick auf die Berge erwarte sie.

In den folgenden zwei Wochen packten die Domestiken unter Margheritas Anleitung. Andrea ging zweimal täglich zu Carlotta auf den Friedhof und erzählte ihr jeden Schritt und jeden Handstrich, den er tat. Er versprach ihr, sie niemals zu vergessen, und beteuerte, dass es nichts zu bedeuten habe, komme er nun nicht mehr ans Grab. Im übrigen bleibe Giuliana in Genua, denn nichts könne sie von der Erde trennen, in der ihr Giorgio ruhe. Ein Verwalter kümmere sich um die Grabpflege, aber er, Andrea, kümmere sich um seine Carlotta, die er in seinem Herzen mitnehme, wohin auch immer ihn sein Bein trage.

Sie benötigten noch eine weitere Woche, um sich seelisch auf den Abschied vorzubereiten, und verließen dann Genua, ohne sich umzublicken.

17

Ihm wird keiner folgen,
seinem Ruhm kein anderer ebenbürtig zur Seite gestellt werden können.
Franz Liszt

Heute ist der 27. Mai 1840. Es ist drei Uhr nachmittags. Ich empfinde, wie ich noch nie empfunden habe. Selbst auf der Bühne spürte ich nie das, was jetzt in mir vorgeht. Ich kann es nicht beschreiben.

Seit einer Woche liege ich im Bett, fühle mich elend, aber das ist nichts Neues. Dennoch kommt mir dieser Tag so seltsam vor, als ob sich noch etwas Besonderes ereigne. Ich liege und starre vor mich hin.

Meine Manuskripte sind mir aus der Hand geglitten. Achille hebt sie vom Boden auf und legt sie wieder auf die Bettdecke. Mein rotes Buch, flüstere ich. Der gute Junge versteht mich noch am besten von allen. Er schlägt es auf und legt es in meine schwachen Hände. Ach, ich kann fast nichts mehr lesen. Ich schaue auf die Zeichen, ohne sie recht zu erkennen, und in einer Sturzwelle strömen die Ereignisse der letzten zwei Jahre an mir vorbei.

Die Jahre 1837 und 1838 waren teuflisch gewesen. Ich hatte vor meiner Abreise nach Paris in Turin zwei Wohltätigkeitskonzerte gegeben, deren Einnahmen vollständig den Armen zukommen sollten, erfreute mich an einer Ode an mich, die mein Freund und Journalist Felice Romani in der Gazzetta Piemontese veröffentlichte, fühlte mich bei guter Gesundheit und rumpelte schließlich mit Achille erneut nach Paris, um dort meinen einstigen Sekretär und Freund Rebizzo zu treffen. Ich war zuversichtlich, obwohl ich noch ständig darunter leide, Margherita auf immer verloren zu haben. Es ist ein bohrender, ein grausamer Schmerz, der durch die niederschmetternde Erkenntnis, dass ich mir diesen Verlust ganz alleine zuzuschreiben habe, tiefer und unheilbar wird.

Dazu addierten sich andere Enttäuschungen wie die Intrige um den Dirigentenposten in Parma und die endgültige Absage der Charlotte Watson, die mich noch wenige Monate zuvor in Hoffnung wiegte.

Dann aber sollte ein neues Unternehmen aus der Taufe gehoben werden. Rebizzo wollte gemeinsam mit anderen Interessenten einen Salon für Musik und andere Vergnügungen eröffnen und das Kind auf meinen Namen taufen. Paganini sollte in goldenen Lettern auf der Fassade eines eleganten Gebäudes prangen. Diese Idee belebte meine müden Geister. Ohne zu zögern, zeichnete ich Aktien im Werte von 30.000 Francs, war damit einer der Hauptaktionäre und schoss wenig später weitere 30.000 für Rebizzo vor, der mich flehentlich darum bat. Die Einweihung war für Ende November angesagt und ich erwartete ungeduldig Rebizzos Ankunft, schließlich musste er die

Angelegenheit als Gründer des Unternehmens auch regeln. Leider tauchte er nicht auf, während ich zu allem Unglück an der Luftröhre erkrankte und zur Einweihung nicht spielen konnte. Statt meiner dirigierte ein durchaus brauchbarer Orchesterleiter aus Genua und es sang die Tochter meines Pariser Hauswirtes Signor Loveday. Seine Freude war übergroß, den berühmten Paganini beherbergen zu dürfen. Und seine Frau war ausgesucht nett zu meinem lieben Sohn. Na, dachte ich damals, wenigstens der will kein Geld von mir. Die Presse indessen hatte wie immer nichts Besseres zu tun, als auf den Ersatzleuten herumzuhacken und mich als Drückeberger zu diffamieren. Mit ging es erbärmlich, ich konnte einfach nicht auftreten, und jeder, der mich kennt, hätte es bezeugen können. Jahrelang habe ich trotz Beschwerden die meisten angesagten Konzerte mit Bravour gegeben, aber diesmal war ich gänzlich unfähig. Einer von vielen ruhmvollen Ärzten diagnostizierte neben der beschädigten Luftröhre eine Schrumpfung des Darms. Kein Wunder, dass ich keinen Hunger hatte, an Schwindel litt. Eine grausige Vorstellung, aber gefahrloser als eine Geschwulst, ermutigte mich der Mediziner. Dank täglicher Waschungen und eines Gummikatheters, das den Darm dehnen sollte, würde ich wieder gesunden. Ich verlor die Hoffnung nicht, aber auftreten konnte ich keinesfalls. Das Unheil nahm seinen Lauf. Da der große Paganini ausfiel und die Sängerin keine Katze hinterm Ofen hervorlockte, engagierte der Dirigent den Chor der Oper, womit er die geltenden Gesetze missachtete, gleichzeitig nahm er eine andere Sängerin unter Vertrag, die er hingegen nicht bezahlte. Da der Laden schlecht lief und seinen Ruf durch den Rechtsbruch des Dirigenten einbüßte, verlangte die Casino-Leitung eine gerichtliche Verfügung, die mich zwingen sollte, zweimal wöchentlich zu spielen oder 10.000 Francs fürs Nichterscheinen zu berappen. Die Sängerin ihrerseits verlangte die Bankrotterklärung der Gesellschaft, während all der Zeit ging es mir hundsmiserabel. Ich kann heute nicht mehr sagen, wie sehr ich gelitten habe … Die Gesellschaft des Casinos, die aus Dieben und Mördern bestand, war kurz vor dem Bankrott. Ich hatte einen Rechtsanwalt entlassen müssen, der so tat, als verteidigte er mich, während er im Einvernehmen mit diesem Gesindel seinen eigenen Interessen nachging. Von Rebizzo hörte und sah ich nichts. Er war die Ursache allen Übels. Eines Tages wird er es bereuen, mich so barbarisch behandelt zu haben, dachte ich damals. Ich war entsetzlich unglücklich, und weil ich auch von Germi lange keine Antwort bekam, verzweifelte ich fast. Am liebsten wäre ich zurück nach Parma in die herrliche Villa Gajone gefahren, die von Taugenichtsen verwaltet wurde, aber mein todesähnlicher Zustand erlaubte es nicht. Unter Aufsicht des Dr. Hahnemann wurde ich wieder mit Bädern und Kuren behandelt, dennoch ging es mir nicht besser. Ich hatte Magenkrämpfe, litt an Übelkeit, es schmerzte beim Schlucken und meine Stimme verlor an Kraft und Farbe.

Es war dies eine düstere Zeit. Ich hatte vor, so lange in Paris zu bleiben, bis die Behandlungen Früchte zeitigten. Aber die Krankheit schien diesmal hartnäckiger denn je. Indessen komponierte ich zwei große Sonaten mit Variationen, die „Sonata Primavera" und das „Balletto campestre". Ich instrumentierte auch das grandiose Konzert mit dem Glöckchen. Dabei dachte ich nur an Margherita. Und wenn tatsächlich einer in hundert Jahren das Concerto Nr. 4 hört, so möge er beim Allegro und Rondo an die goldenen Locken einer schönen Venezianerin denken.

Es ist wahr, ich konnte keine Konzerte mehr geben, aber die Kompositionen werden mir eines Tages Ehre machen. Ich weiß nicht, woher ich die Kraft nahm, aber diese Leistungen wappneten mich gegen weitere Angriffe, die nicht aufhörten.

Im Juli erhielt ich doch tatsächlich eine Rechnung von Loveday, der mich als Gast in seinem Haus so überfreundlich empfangen hatte. Ich solle die Beherbergung, die Versorgung Achilles, wenn ich außer Haus war, sowie seinen Hausarzt bezahlen, der mich behandelte, solange ich bei dem Betrüger wohnte. Entrüstet über so viel Gemeinheit rechnete ich sofort das Honorar für sämtliche Musikstunden hoch, die ich seiner unbegabten Tochter gegeben hatte, und kam auf eine stattliche Summe. Das Ungeheuer schwärzte mich daraufhin bei der Presse als Geizhals an. Meine Unglückssträhne wollte nicht reißen. Germi versuchte in Italien vergeblich, von Rebizzo mein Geld einzufordern, hier verklagten mich die Casino-Verbrecher auf einen Schadensersatz von 60.000 Francs. In diesem Moment hielten meine Nerven die Spannung nicht mehr aus. Während einer Zusammenkunft in meiner Wohnung sprang ich außer mir vor Zorn einem Gesellschafter an die Gurgel und schüttelte ihn solange, bis er blau anlief. Ich hätte ihn am liebsten totgeschlagen wie eine grässliche Ratte, aber die anderen hielten mich zurück und natürlich wäre ich zu schwach gewesen. Dafür ließ ich ihn in hohem Bogen von meinem Diener hinauswerfen, wobei ich dem Domestiken nahelegte, äußerst schwungvoll zu werfen, damit das Tier sich den Schädel auf dem Kopfsteinpflaster einschlagen möge. Der Vorfall brachte mir eine Anklage wegen versuchten Mordes und ich wurde polizeilich gezwungen, bis zum Urteilsspruch in der Stadt zu bleiben. Ich versuchte, diesem Land mit seinem niederträchtigen Klima den Rücken zu kehren und konnte es nicht. Allein, zurückgezogen, verbittert und schrecklich traurig fuhr ich, sobald es mir irgendwie möglich war, ein wenig mit der Kutsche aus, ließ meinen neuen Sekretär Guiseppe Casanova die Beethoven-Sammlung besorgen. Je schlechter es mir ging, umso mehr liebte ich Beethoven.

Ein anderer Arzt, dessen Namen ich vergessen habe – schließlich gaben sich diese Herren bei mir die Klinke in die Hand – verschrieb mir eine Diät, die darin bestand, viel zu essen, zum Beispiel die vermaledeiten Quarkravioli, Kräutertee zu trinken und meine Beine mit warmen Schwämmen zu bearbeiten. Unfug! Viele Male am Tag trieb es mich zur Toilette, ich löste mich förmlich auf, meine Stimme wurde immer schwächer, der Schmerz im Rachen unerträglicher und dieser auserwählte Dummkopf seines Berufsstandes versprach mir Heilung.

Am Ende dieses fürchterlichen Jahres besuchten Achille und ich die Aufführung von Berlioz' „Harold in Italien". Seine Musik erfüllte mich mit unbeschreiblichem Glück und ich musste diesem großen Musiker meinen Dank aussprechen. Meine Stimme konnte ich nicht mehr gebrauchen, und so gestikulierte ich heftig, als wir am Orchestereingang auf den Komponisten warteten. Verwundert kam er auf mich zu. Ich bat Achille, an meiner Stelle zu sprechen, worauf der liebe Knabe einen Stuhl holte, sich darauf stellte und sein Ohr an meinen Mund legte. Ich flüsterte ihm vor, was er an Berlioz weitergab: „Mein Vater bittet mich, Ihnen zu versichern, dass er in seinem Leben noch nie von einem Konzert so beeindruckt war und dass ihn Ihre Musik erschüttert hat." Danach griff ich Berlioz am Arm, schleifte ihn ins Theater, wo noch viele Musiker herumstanden, kniete mich vor ihm nieder, nahm seine Hand und küsste sie. Am kommenden Tag schickte ich Achille mit einem Brief zu diesem wunderbaren Musiker, den die Welt noch nicht angemessen ehrt und der armselig sein Leben fristet. Einige Zeilen meines Briefes sind mir noch in Erinnerung:

Nachdem Beethoven tot ist, konnte es niemanden als Berlioz geben, um ihn wieder zum Leben zu erwecken … Eure göttlichen Kompositionen sind eines Genies würdig, wie Ihr eines seid, und ich halte es für meine Pflicht, Euch zu bitten, 20.000 Francs anzunehmen, die Euch vom Herrn Baron Rothschild übergeben werden, sobald Ihr sie von ihm fordert.

Vertraut mir immer als Eurem liebevollsten Freund. Niccolò Paganini, Paris, den 18. Dezember 1838.

Oh, ich kann mich an vieles erinnern, sogar ans Datum. Und auch daran, dass der Journalist Janin, der mich einst als Geizkragen bezeichnete, seine Verleumdungen widerrief und nun in den schönsten Worten von mir spricht.

Ich flüchtete mit Achille nach Marseille und beauftragte Germi, diese entsetzliche Gerichtsgeschichte in Paris zu bereinigen. Im Hause von Camillo Brun suchte ich zu vergessen. Hier blieb ich mehrere Monate. Achille besuchte vorübergehend das dortige Internat, ich widmete mich der Kammermusik, hörte die „Missa solemnis" von

Beethoven und vertiefte mich in den Verkauf von Streichinstrumenten. Ich beabsichtigte, mit den schönsten Violinen, Violen, Violoncelli von Stradivari und von Guarneri zu handeln.

Da mein verbesserter Gesundheitszustand etwas Tückisches an sich hatte, mich hoffen und bangen ließ, pfiff ich auf Dr. Spitzers Bade- und Fangokuren, die ohnehin wirkungslos blieben, und zog einen anderen Arzt zu Rate, der auf den sonderbaren Namen Lallemand hörte. Dottore Lallemand befand mich für kerngesund, was mir schleierhaft erschien, worauf ich einen weiteren berühmten Quacksalber von, wie es allerorts hieß, großer Begabung konsultierte. Der hingegen diagnostizierte eine übermäßige Reizung, Erkrankung des lumbalen Rückenmarks, einen syphilitischen Virus, der das Gaumensegel und vielleicht das Gaumengewölbe befallen hat. Ich war gänzlich niedergeschlagen. Was sollte nun werden? Ich hatte noch so viel vor. In desolatem Zustand reiste ich im Oktober nach Genua. Erneut musste mein lieber Knabe seinen Schulkameraden Adieu sagen. Aber dieses Mal zum letzten Mal, da ich die Absicht hatte, mich endgültig in Parma nieder zu lassen. Von Genua machte ich im November eine mühsame Reise nach Nizza. Gott sei Dank wich Achille nicht von meiner Seite. Er spürte, wie sehr ich ihn brauchte. Ich brauchte seine seelische und physische Stütze, denn bewegte ich mich früher nur unbeholfen und eckig, so bewegte ich mich jetzt fast orientierungslos, schwankte, wenn ich aus dem Reisewagen oder aus dem Bett stieg. Mein Kopf ist bis heute völlig klar, nur meine Glieder, mein armer Körper kann der geistigen Beweglichkeit nicht mehr folgen. Wie lange wird es mein Herz tun?

Achille fragt, warum ich ständig die Uhrzeit wissen will. Es ist vier Uhr, sagt er. Gib mir was zu schreiben, bitte ich ihn, obwohl ich mich sterbenselend fühle. Das Concerto Nr. 5 sollte noch instrumentiert werden. Bis jetzt steht nur der Violinpart. Aber der ist grandios. Er ist wirklich gelungen und ich habe die aufregendsten Ideen für die Orchestrierung. Achille, der die ganze Zeit über sein Ohr an meinen

Mund gelegt hat, erhebt sich und sagt: „Sprich nicht so viel, Papa. Es reizt deine empfindlichen Lungen."

„Dann gib mir ein Blatt!", röchle und gestikuliere ich. Als ich es in Händen habe, fehlt mir die Kraft, an der Partitur zu arbeiten, und so schreibe ich einfach ein paar Worte. Unter großer Anstrengung krakele ich einen kleinen Brief an meinen geliebten Achille. Dann lege ich ihn auf die Bettdecke und suche den lieben Knaben mit meinen schlechten Augen. Da ist er, er beugt sich über mich und lächelt traurig. Ich lächle traurig zurück. Ein ruhiges Gefühl durchströmt mich, das meiste geregelt zu wissen. Rebizzo habe ich die 30.000 erlassen. Er und Germi setzen sich dafür ein, alle erforderlichen Papiere zu beschaffen, die mich aus der vermaledeiten Casino-Affäre herausreißen werden. Unter anderem erreichte es Germi, mich vor dem Pariser Gericht als armen, mittellosen Hund darzustellen. Hilfreich war, dass ich im Herzogtum Genua keinen Besitz habe, denn es gibt noch Gesetze in diesem Land, die nicht allzu vermaledeit sind, sondern ihre Untertanen gegen übertriebene ausländische Urteile schützen wollen. Das tun sie natürlich aus eigenem Interesse. Kurz und gut, alle setzen sich augenblicklich für mich ein, auch Berlioz befasst sich in Paris mit der Sache und so schöpfe ich, trotz beklemmender Schwäche, wieder Mut. In meinem Testament habe ich viele bedacht, denen ich anfangs keinen Scudi hinterlassen wollte. Antonia, die schöne, verrückte Antonia, das Biest, das Raubtier, die zärtliche Katze, ich habe sie geliebt und gehasst. Aber sie hat mir das schönste Geschenk gemacht, das es für mich geben konnte. Für sie verfügte ich in meinem Testament eine zusätzliche Leibrente auf Lebenszeit. Germi wollte nicht erwähnt werden, aber ich erwarte ihn schon lange zum Essen, da werden wir alles noch einmal besprechen. Wird er rechtzeitig kommen?

Wenn ich auch Margherita in meinem Testament auslasse, so habe ich sie doch nie vergessen. Ihr gehört mein Herz. Es hat die Hälfte meines Lebens für sie geschlagen. Jetzt spüre ich es kaum noch, aber es pocht in allen meinen Kompositionen. Wenn mein Leben vergangen ist, schlägt es voller Lebensfreude in meinen Werken weiter. Wer dies nicht hört, soll zum Teufel gehen.

Wie spät mag es sein? Achille hält sein Ohr an meinen Mund. Es ist halb fünf, sagt er.

Lieber Junge! Du weißt am besten, wie hartnäckig ich den grässlichen Krankheiten trotzte. Ich fürchtete sie nicht! Ich verspottete sie! Heute aber, heute ist es anders. Heute ist mir nicht nach Spott. Heute ist mir bang! Ich fühle etwas nahen, das mich aus deinen Armen reißt. Noch immer weigere ich mich! Weigere mich mit lächerlicher Kraft. Ich will nicht fort von hier. Nicht fort ins Unbekannte. Es gibt noch viel zu tun. Meine Pläne, die schöne Villa Gajone und du. Ich möchte dich zu einem Mann heranwachsen sehen. Zu einem glutäugigen, starken Mann, dem die Frauenherzen zufliegen, wie sie mir einst zugeflogen sind. Was für herrliche Momente hat mir das Leben geschenkt. Welche Freude konnte ich den Menschen mit meiner Violine bereiten. Und wie glücklich hat mich deine Geburt gemacht. Doch die glanzvolle Zeit liegt hinter mir und die, die vor mir liegt, ist dunkel und vergeht langsam. Schrecklich langsam, als bliebe sie im nächsten Augenblick stehen. Eingefroren von einer himmlischen Stille.

Guter Junge, was ist denn mit dir los? Warum rufst du immer „Papa! Papa!“? Warum schreist du so? Ich höre dich ja. Aber mir ist seltsam zu Mute, ich fühle mich so schwach, als flösse alles Blut aus mir hinaus und mit ihm meine letzte Kraft. Ja, hilf mir! Halt mich fest! Schlinge deine Arme um mich. Wiege mich. So ist es gut! Nur weine nicht, mein lieber Achille! Weine nicht! Hörst du das Glöckchen? Diese Melodie erklang zum ersten Mal in mir, als deine Mutter mit dir schwanger war. Wir befanden uns auf einem Dampfer nach Palermo. Jetzt erklingt es wieder. Es ruft mich: Steig ein in den Dampfer! Vielleicht fährt er nach Palermo. Und da: Siehst du Margherita? Sie steht in hellem Licht und strahlt mich an. Jetzt seid ihr beide bei mir. Ihr werdet mich nicht verlassen. Ihr werdet mich halten. Aber warum antwortet ihr nicht? Warum hörst du nicht auf zu weinen, Achille?

Ich falle. Oh, Himmel, ich falle! Doch es schmerzt nicht, es ist nicht heftig, es ist leicht. Und da ist noch etwas. Etwas Wunderbares. Etwas, womit ich, wenn ich ehrlich bin, nicht gerechnet habe: da ist *Einer, welcher dieses Fallen unendlich sanft in seinen Händen hält.*

18

Die Kinder lebten sich in der Schweiz gut ein und wollten das Land nicht mehr verlassen. Sie besuchten ein Internat in Genf, waren wissbegierig und lernten eifrig. Filippo wollte Musiklehrer werden. Er wurde in Harmonielehre und Klavier unterrichtet. Gina hingegen studierte ein wenig Malerei, lernte Französisch, doch bereitete sie sich vor allem auf die Ankunft eines Prinzgemahls vor.

Andrea und Margherita waren ein geheimnisvolles Ehepaar. Niemals erfuhr er, was sie auf ihren Reisen erlebt hatte und wie innig ihre Beziehung zu Paganini war. Margherita behandelte Andrea, wie es eine liebende Ehefrau eben tut. Sie verbrachte viele Stunden mit ihm und ging mit ihm ins Theater. Sie war zärtlich, schlief mit ihm, nahm ihn in die Arme und tröstete ihn, wenn die Sehnsucht nach Carlotta ihn fast erdrückte. Doch ihr Geheimnis hütete sie wie einen Schatz.

So lebten sie noch einige Jahre. Sie kamen sich näher, aber blieben sich trotz leidenschaftlicher Momente wie Geschwister verbunden. Sie liebten beide die Sonnenuntergänge über den Berggipfeln, aßen die gleichen Speisen, spazierten schweigend einsame Waldwege entlang und fassten sich dabei an den Händen. Aber es war, als hielten sie nach außen hin aneinander fest, während sich ihre Herzen nach dem Verlorenen sehnten. Kurz vor seinem Tod im Jahre 1837 besuchte Filippo Buonarotti das Ehepaar. Vater und Sohn begegneten sich wie Fremde und trennten sich ohne Wehmut.

Margherita versuchte Paganini zu vergessen und las keine ausländische Presse. Andrea unterrichtete an einer Schweizer Schule Italienisch und lehrte Musikgeschichte. Im Mai 1840 kam Andrea mit einem Zeitungsausschnitt nach Hause, den sich Margherita zu lesen weigerte. Andrea trug vor, was er klein geschrieben auf der vorletzten Seite einer Genfer Zeitung gefunden hatte: *Am 27. Mai 1840 gegen fünf Uhr erlag der berühmte Violinist Niccolò Paganini einer inneren Blutung. Er starb in den Armen seines Sohnes.*

Als Andrea aufsah, blickt er in Margheritas tränenüberströmtes Gesicht. Kein Laut drang über ihre Lippen, kein Zittern erschütterte ihren Körper. Er nahm sie in die Arme.

„Du hast ihn so geliebt, nicht wahr?"

Margherita nickte. Sie war leichenblass. Hastig befreite sie sich aus Andreas Umarmung und ging zum geöffneten Fenster. Warmer Frühlingsduft strömte ihr entgegen. Auf den Ästen des blühenden Kirschbaumes zwitscherten die Vögel, im dichten Gezweig des Alpengoldregens summte es. Die Luft war erfüllt mit fröhlichem Leben.

Lange sah Margherita zum Himmel ohne ein Wort zu sagen. Andrea wagte es nicht, ihr weitere Fragen zu stellen. Geduldig wartete er, bis sie ihm ihr Gesicht zuwandte. Der warme Wind hatte ihre Tränen getrocknet.

„Es gibt einen Verlust, der unwiederbringlich und entsetzlich ist!", sagte sie stockend.

„Den der Liebe!", antwortete Andrea leise.

Margherita schüttelte den Kopf. Sie zitterte noch immer.

„Nein! Liebe kann neu erwachen!"

„Dann ist es der eines bestimmten Menschen."

Wieder schüttelte Margherita den Kopf. Ungläubig sah Andrea sie an. Welcher Verlust konnte es sein?

„Es ist der Verlust der Zeit. Sie ist im Fluge vergangen. Sie hat Niccolò und mir viele Chancen gegeben und wir haben sie nicht genutzt. Jetzt ist sie unwiederbringlich verloren."

„Aber du hattest kurze Augenblicke des Glückes und des Glanzes mit ihm. Danke dem Himmel dafür."

Lautlos sank sie gegen den Fensterrahmen. Eine Weile starrte sie nachdenklich vor sich hin, dann legte sie die Hände über die Augen und flüsterte:

„Es war nicht genug. Und die Erkenntnis, dass nun unweigerlich alles zu Ende ist, tut sehr weh."

Sie hob den Kopf. Ihre Augen schimmerten von einem fernen Glanz angestrahlt. Dem Glanz vergangener Zeit. Und mit einer grausamen Wucht wurde Andrea bewusst, dass er einst für den Glanz in Margheritas Augen sein Leben hingegeben hätte. Für einen Glanz, der ihm nie gegolten hatte.

Drei Jahre später starb Andrea. Er hatte am Abend zuvor über Herzschmerzen geklagt und sich unter Stöhnen ins Bett gelegt. Es ist die Überanstrengung, hatte er Margherita beruhigt, und diese hatte sich gefragt, was an Andreas Leben so schrecklich anstrengend sein sollte. In der Nacht griff er plötzlich nach ihrer Hand, umklammerte sie fest, und Margherita hielt sie liebevoll, war nicht beunruhigt. Erst als ein heftiges Zucken seinen Körper erschütterte, das von einem lang anhaltenden Stöhnen begleitet wurde, schreckte sie hoch und entzündete die Lampe. Andrea streckte den Arm nach ihr aus, bewegte seine Finger, als wolle er sie berühren. Sein Blick irrte durch den Raum und blieb an einer leeren Stelle hängen. Margherita sagte mehrmals: „Hier bin ich, Andrea, schau, ich bin bei dir …", da begriff sie mit einem Mal, dass der traurige Mann in ihrem Bett nicht sie suchte, sondern nach langem Umherirren bei jener angekommen war, die er im Leben nicht wirklich hatte finden können: Carlotta.

19

Im Jahr darauf suchte Margherita Achille Paganini auf. Er war ungewöhnlich hübsch, hatte die schwarzen, funkelnden Augen seines Vaters geerbt, das ebenmäßige Gesicht und die harmonische Figur seiner Mutter. Auf seine Worte hin blickte sie den jungen Mann ungläubig an.

„Was? Man begräbt ihn erst jetzt, vier Jahre nach seinem Tod? Wie ist es möglich?"

Achille stand ihr gegenüber. Wenn Margherita in seine Augen sah, meinte sie, Niccolò vor sich zu sehen. Diese Augen, dieser starke Ausdruck, dieses schäumende Leben unter den dichten Augenbrauen, ließen ihn sekundenlang auferstehen. Achilles Gesicht glühte, in seinen aufgeregten Worten hörte die Frau ein wildes Herz klopfen.

„Den Teufel habe er im Leib gehabt, sagen sie und verwehrten ihm eine Bestattung in geweihter Erde. Keine Totenmesse, nichts! Auch heute bekommt er nicht das Begräbnis, das diesem ungewöhnlichen Menschen zusteht. Er wird in der Sakristei der Pfarrkirche von Gajone vorläufig beigesetzt."

Margherita schoss hoch. Sie wurde kalkweiß und Achille fürchtete, sie falle in Ohnmacht. Dann plötzlich, ohne etwas zu sagen, sank sie zurück auf den Stuhl und bedeckte ihr Gesicht mit den Händen, während Achille weiter sprach.

„Nach Vaters Tod ließ Graf de Cessolo seine Leiche sofort von einem Spezialisten einbalsamieren. Als ob er den langen, demütigenden Gang erahnt hätte. Zwei Monate lag mein toter Vater in seiner Nizzaer Wohnung, wurde dann in des Grafen Keller aufbewahrt, schließlich nach Villafranca gebracht und so lange in der Nähe einer Ölpresse eingegraben, bis die Überführung nach Genua behördlich gestattet wurde. In all der Zeit versuchten Germi, Rebizzo und ich, alles zusammenzutragen, um die Kirche umzustimmen. Aber nichts fruchtete, auch nicht seine frommen Worte im Testament. Und Carlo Felice rührte keinen Finger. Man stelle sich das vor, er hat für das Königshaus gespielt, sie haben ihn bejubelt und sie …"

„Bitte, hören Sie auf, Achille!" Margheritas Hände fielen in ihren Schoß.

„Es ist eine Schande! Es ist ein Unrecht! Wann wird dieser wunderbare Mann endlich Ruhe finden?"

20

Es passierte einiges in den folgenden dreißig Jahren. Giuliana starb einsam im Garten des Häuschens im Viertel San Andrea kurz vor der Revolution 1848. Sie war achtundachtzig Jahre alt, lag auf dem Rücken, die leeren Augen in einen grauen Himmel gerichtet, aus dem es regnete.

Im selben Jahr kam Garibaldi. Er erst konnte sie alle vereinen, die Königlichen mit den Republikanern. Und sogar eine Fahne hatte er mitgebracht, den Franzosen abgeschaut. Aber das alles interessierte Margherita nicht mehr. Einige Monate nach dem Treffen bei Achille fing sie wieder an zu reisen. Weil Italien ihren geliebten Paganini nicht als seinen legitimen Sohn annehmen wollte, weil die Kirche ihm die letzte Ruhe in seinem Vaterland verwehrte, kehrte auch sie Italien den Rücken. Als sie erfuhr, dass Pilger aus Italien und Europa kamen, um den toten, einbalsamierten Paganini zu begaffen, blieb ihr schier das Herz stehen, als sie von einem Amerikaner hörte, der den Toten für viel Geld kaufen wollte, um ihn zu Hause aufzustellen, wie andere ein Gemälde aufhängen, wurde ihr speiübel. Nachdem ihr zugetragen wurde, dass Achille und Paganinis Freunde mit einer Unterschriftenliste und Papieren, die ihn als Menschensohn und Katholiken auswiesen, bis nach Turin zum Innenministerium vordringen mussten und dennoch nur wenig erreichten, spülte ihr Hass auf Staat und Kirche erneut hoch und sie verließ Italien für längere Zeit. Die einzige Ehre, die dem Verstorbenen zuteil wurde, war eine kleine, vornehme Feier in der Kirche des Ritterordens vom heiligen Georg zu Parma.

21

Januar im Jahr 1876. Es fing an zu regnen. Margherita beendete ihren Spaziergang. Sie legte den Schulterumhang über ihren Kopf und kehrte zu ihrer Kalesche zurück. Der Kutscher klappte das Dach hoch und sie fuhren langsam den Weg nach Gajone, wo sich Margherita ein Anwesen ganz nah der Villa Cajone gekauft hatte. Bis zu ihrem Tod wollte sie nun in Italien bleiben.

Als sie nach einer halbstündigen Fahrt ihr Wohnzimmer betrat, dem Hausmädchen ihren feuchten Umhang übergeben und um einen Tee gebeten hatte, wärmte sie ihre Hände am Kamin. Margheritas Haar war zu einem grauen Knoten im Nacken gebunden, ihre Haut ein weitverzweigtes Geäst von feinen Falten, ihr Lippen noch voll. Der weiche Schwung ihrer Augenbrauen und ihrer Stirn waren geblieben, die gerade, zierliche Nase, das Blitzen ihrer hellen Augen, das gelockte Haar erinnerten an die einstige Schönheit, die Niccolò bewundert hatte. Als sie die Wärme durch ihren Körper strömen fühlte, ging sie, wie jeden Tag, durch alle Zimmer ihrer Villa und hielt vor jedem Gemälde Paganinis. Sie sprach täglich mit ihm. Seit dreißig Jahren. In den letzten Wochen erzählte sie ihm immer wieder dasselbe. An jenem Tag im Januar schaute sie an dem Gemälde von Peter Van Haeslere hinauf. Sie hatte es sehr spät erstanden und es gefiel ihr an manchen Tagen gut, an manchen Tagen weniger.

„Mein Liebster, du hast in all deinen Lebensjahren gelitten, doch im letzten ganz besonders. Du hast deiner Vaterstadt deine Violine, il Cannone, vermacht, dennoch untersagten sie der Presse, über dich zu schreiben. Nein, dieses Land hat dir viel Unrecht getan, und darum wollte ich nicht bleiben. Ich reiste nach Deutschland, Frankreich und England und habe dort gelesen, was man dir in deinem eigenen Land vorenthielt. Ich habe Menschen getroffen, die sich ohne deinen

Einfluss nicht entwickelt hätten." Gestikulierend ging sie weiter und hielt vor dem Gemälde von Patten.

„Chopin, Liszt. *Quel homme, quel violon, quel artiste! Dieu, que des souffrances, des tortures dans ces quatres cordes*, schrieb Franz Liszt, und ich möchte hinzufügen, dass du nicht nur gelitten hast, sondern auch sehr glückliche Momente erlebt hast. Das Concerto Nr. 2 ist nur ein Beweis dafür, und ... wenn ich mir erlauben darf, auch ich bin ein Beweis dafür. Berlioz schrieb sehr schön: *Noch nie erschien am Himmel der Kunst ein flammender Stern unberechenbarer und verursachte auf seiner unermesslichen Bahn mehr Erstaunen, bevor er für immer verschwand.* Diese Worte schmerzen mich, denn ganz so kann ich nicht empfinden. Du lebst weiter, nicht allein in deiner Musik, auch in den vielen Gedanken, die um dich kreisen. Auf meinen Reisen durch all die Länder habe ich dich hundertmal getroffen, manchmal habe ich eine Strecke an deiner Seite zurückgelegt und es kam vor, dass ich dich deutlich neben mir habe sitzen sehen." Margherita warf die Arme in die Luft und rief: „Nun sag doch endlich was!" Resigniert ließ sie die Arme wieder sinken und verließ den Salon Richtung Speisesaal. Es war angerichtet. Für zwei.

An der Wand rechts von ihr hing das Gemälde der Karoline Bardua. Sein von schwarzem, gelocktem Haar umrahmtes Gesicht ist sanft, die Haut klar und hell, die Augen wach und der Mund spitzbübisch heiter. „Siehst du, Niccolò, so gut siehst du aus, wenn du mit mir lebst." Sie schaute hinauf. Er lächelte verschmitzt.

An einem Morgen dieses Jahres wachte sie sehr spät auf. Die Vorhänge waren zurückgezogen und der Himmel blickte klar und hell. Wie jeden Morgen galt ihr erster Blick der traurig-schönen Büste Paganinis, die David d'Anger 1832 in Paris geschaffen hatte. Sie war verschwunden. Margherita rieb sich die Augen, sie fühlte sich matt und begriff in diesem Moment nicht so recht, was in ihr vorging, ob es noch Winter, schon Frühling oder Sommer war. Die Sonne schien und ihr wurde wunderbar warm.

„Wir werden zu spät kommen, wenn du nicht endlich aufstehst."

Margherita meinte zuerst, sich verhört zu haben und runzelte die Stirn. Dann wandte sie den Kopf zu der Seite, von der die Stimme erklang. Niccolò saß an ihrem Bett. Er sah jung und gesund aus wie damals in Emilias Garten. Gewaschen und gebürstet fiel sein Haar auf die Schultern und glänzte. Seine Haut war glatt, die Wangen voll. Margherita blinzelte.

„Gibst du heute ein Konzert?"

Niccolò schüttelte den Kopf. Dann beugte er sich vor und flüsterte:

„Nein, heute ist unsere Hochzeit." Er küsste sie. Verwirrt berührte Margherita ihre Lippen. Sie richtete sich hoch, griff nach seiner Hand und fragte leise:

„Bin ich nicht zu alt für dich?"

„Ach, Margherita! Früher war ich zu alt, nun bist es du. Wir werden immer Ausflüchte finden und können doch nicht stets unserer Liebe davonlaufen." Sein Gesicht war ganz nah, seine Augen glühten von einem starken Feuer. Margherita seufzte. Sie sank wieder ins Kissen und hauchte:

„Gut, mein Liebster, ich werde mich beeilen."

Mit einem lauten Flügelschlag stieß ein Psittacula Krameri aus dem Geäst einer Buche und flog hoch in die Luft. Seine Schreie verklangen im warmen Wind, doch sein kleiner Körper schimmerte noch eine Weile wie ein enormer Smaragd.

An diesem Tag im Jahre 1876 wurde Paganini auf den großen Friedhof von Parma überführt und erhielt die Ruhestätte, die seiner würdig ist.

FINE